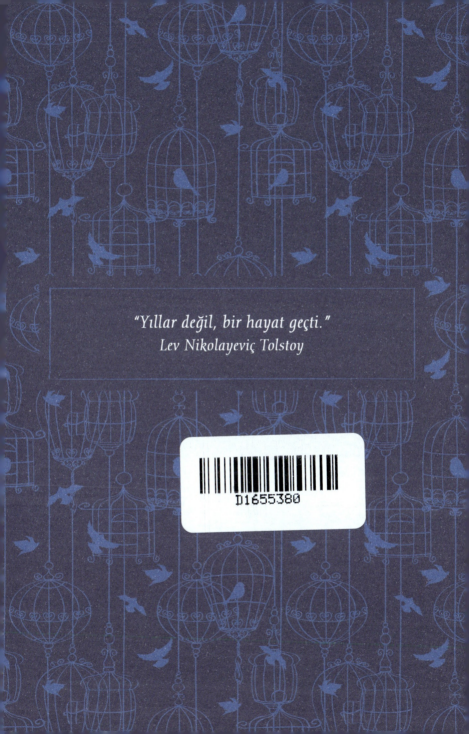

"Yıllar değil, bir hayat geçti."
Lev Nikolayeviç Tolstoy

DİRİLİŞ

LEV NİKOLAYEVİÇ
TOLSTOY

KORİDOR YAYINCILIK – 436

ISBN: 978-605-7572-70-7

YAYINEVİ SERTİFİKA NO: 16229

MATBAA SERTİFİKA NO: 19039

Diriliş
Lev Nikolayeviç Tolstoy

Özgün Adı: **Воскресение - Voskreseniye**

© Tüm hakları saklıdır. Yayıncının izni olmaksızın çoğaltılamaz, kaynak gösterilmek suretiyle alıntı yapılabilir.

Rusça editör: Uğur Büke
Rusça aslından çeviren: Mehmet Yılmaz
Kapak tasarımı: Tuğçe Ekmekçi

Baskı: Ekosan Matbaacılık, İstanbul

EKOSAN MATBAACILIK
Maltepe Mah. Hastaneyolu Sok. No: 1 (Taral Tarım Binası)
Zeytinburnu - İstanbul

Cilt: Derya Mücellit, İstanbul

Koridor Yayıncılık, İstanbul, 2020

KORİDOR YAYINCILIK
Maltepe Mah. Davutpaşa Cad. MB İş Merkezi
No: 14 Kat: 1 D: 1 Zeytinburnu / İstanbul
Tel.: 0212 – 544 41 41 / 544 66 68 / 544 66 69
Faks.: 0212 – 544 66 70
info@koridoryayincilik.com.tr

DİRİLİŞ

LEV NİKOLAYEVİÇ
TOLSTOY

Rusça aslından çeviren:
Mehmet Yılmaz

LEV NİKOLAYEVİÇ TOLSTOY, 9 Eylül 1828'de Moskova'nın güneyinde bulunan Tula'daki Yasnaya Polyana malikanesinde doğdu. Soylu ve toprak zengini bir aileye mensuptu. Küçük yaşta annesini ve babasını kaybedince kardeşleriyle birlikte yakınları tarafından büyütüldü. Kazan Üniversitesi'nde Doğu dilleri ve hukuk öğrenimi gördü. On sekiz yaşındayken tuttuğu günlüklerle edebiyata olan ilgisi başladı. Yirmi dört yaşında orduya katıldı. Askerlik görevini yerine getirdiği Kırım ve Kafkasya'da halkların fakirliği ve sefaletinden etkilenerek ordudan ayrıldı. Varlığın ve yaşamın manasını anlama çabasıyla bir manastırda inzivaya çekildi. Asalet unvanlarından, lüksten ve şatafatlı yaşantıdan bilhassa uzak durmaya çalıştı. Halkın fakirliği ve çaresizliği, Tolstoy'u servetini paylaşmaya ve aristokrat yaşantıyı reddederek halkın geneli gibi bir hayat sürmeye yöneltti. Devamlı ruhsal gelgitler yaşayan Tolstoy, o dönemde gördüklerini ve toplumun güncel meselelerini eserlerine gerçekçi bir dille aktararak hem edebiyat hem de sanat alanında ölümsüz bir iz bıraktı. Huzuru aramak için evinden ayrıldı ve on gün sonra bir tren istasyonunda soğuktan zatürre geçirerek 1910 yılında hayata veda etti.

ÇEVİRMEN HAKKINDA

Mehmet Yılmaz, 1956'da Eskişehir'de doğdu. 1981 yılında Ankara Üniversitesi Dil ve Tarih Coğrafya Fakültesi Rus Dili ve Edebiyatı Bölümü'nü bitirdi. Konstantin Paustovski'nin öykü derlemesi olan "Taşan Irmaklar"'ı ve Valeri Brüsov'un "Ateş Meleği" romanını çevirdi. Türkiye Yazarlar Sendikası üyesi olan Mehmet Yılmaz Bodrum'da yaşıyor.

EDİTÖR HAKKINDA

Uğur Büke, Akşehir Erkek İlk Öğretmen Okulu'ndan mezun olduktan sonra AÜ DTCF Rus Dili ve Edebiyatı Bölümü'nü bitirdi. 1983 yılından beri Rus edebiyat çevreleriyle ilişkisini sürdüren Uğur Büke'nin birçok dergi ve gazetede Sovyet ve Rus Edebiyatı ile ilgili yazıları yayınlandı. İvan Bunin'in "Arsenyev'in Yaşamı", Y. Bondarev'in "Oyun", A. Rıbakov'un "Arbat Çocukları" ve "1935 ve Sonrası", S. Uturgauri'nin "Boğazdaki Beyaz Ruslar", İ. Boyaşov'un " Tankçı ya da Beyaz Kaplan", N. Nekrasov'un "Ayaz Paşa Kol Geziyor" ve "Rusya'da Kim İyi Yaşar", O. Suleymanov'un "Ve Gülümsedi Tanrı Her Sözcükte" ve "Aziya", L. Tolstoy'un "Dört Okuma Kitabı" ve "Anna Karenina", V. Rasputin'in "Mariya İçin Para" ve "İvan'ın Annesi, İvan'ın Kızı", N. Leskov'un "Eski Zaman Delileri", İ. Ehrenburg – V. Grosman'ın "Kara Kitap" eserlerini çevirdi. Türkiye Yazarları Sendikası üyesi olan Uğur Büke, halen İstanbul'da yaşıyor.

BİRİNCİ BÖLÜM

Bunun üzerine Petrus İsa'ya gelip, "Ya Rab," dedi, "Kardeşim bana karşı kaç kez günah işlerse onu bağışlamalıyım? Yedi kez mi?"
İsa, "Yedi kez değil," dedi. "Yetmiş kere yedi kez derim sana. (Matta 18; 21–22)
Sen neden kardeşinin gözündeki çöpü görürsün de kendi gözündeki merteği fark etmezsin? (Matta, 7; 3)
Aranızda kim günahsızsa ilk taşı o atsın. (Yuhanna, 8; 7)
Öğrenci öğretmeninden üstün değildir, ama eğitimini tamamlayan her öğrenci öğretmeni gibi olacaktır. (Luka, 6; 40)

I

Yüz binlerce insan bir avuç toprağın üzerinde üst üste yaşadıkları bu yeri berbat etmek için ne kadar çabalarsa çabalasınlar, ot bitmesin diye ne kadar taş yığınına çevirirlerse çevirsinler, filizlenen her otu ne kadar yolup atarlarsa atsınlar, taş kömürü ve petrolle ortalığı ne kadar dumana boğarlarsa boğsunlar, ne kadar ağaçları rastgele budayıp tüm hayvanları ve kuşları yerlerinden yurtlarından ederlerse etsinler, bahar kentte bile yine de bahardı. Güneş ısıtıyor, otlar yalnızca kökünü kazıyamadıkları yerlerde, bulvarlardaki çimenliklerde değil, her yerde, kaldırım taşlarının arasında bile canlanıp boy atıyor, yeşeriyordu. Akağaçlar, kavaklar, kuş kirazları kokulu, yapışkan yapraklarını çıkarıyor, ıhlamur ağaçlarının tomurcukları patlıyordu. Alakargalar, serçeler ve güvercinler artık bahar sevinciyle yuvalarını hazırlıyor, sinekler güneşle ısınan duvar diplerinde vızıldıyordu. Bitkiler de, kuşlar da, böcekler de, çocuklar da şendi. Ancak insanlar, yetişkin kadınlar ve erkekler, kendilerini ve birbirlerini aldatmaktan ve eziyet etmekten geri durmuyorlardı. İnsanlar, bu güzelim bahar sabahını, tüm canlıların mutluluğu için yaratılmış dünyanın bu güzelliğini, barışa, huzura ve sevgiye davet eden bu güzelliği kutsal ve önemli saymıyorlardı, onların kutsal ve önemli saydıkları şey yalnızca, birbirleri üzerinde hâkimiyet kurabilmek için kendi kendilerine uydurdukları şeylerdi.

Aynı şekilde, eyalet hapishanesinin idaresinde de, baharın tüm hayvanlara ve insanlara bahşettiği duygusallık ve sevinç kutsal ve önemli sayılmıyordu, buna karşın kutsal ve önemli sayılan, ikisi kadın biri erkek, hapishanede tutulan üç tutuklunun, bugün, 28 Nisan'da, sabah saat dokuza kadar getirilmesinin istendiği, bir gün önce alınmış olan numaralı, mühürlü ve antetli evraktı. Başlıca suçlu olan bu kadınlardan biri ayrı olarak teslim edilecekti. İşte bu emre uyarak, başgardiyan 28 Nisan günü sabah saat sekizde, kadınlar koğuşunun leş gibi kokan, karanlık koridoruna girdi. Başgardiyanın ardından, beli mavi kenarlı bir kemerle sıkılı yenleri sırma şerit işli bir bluz giymiş, ağarmış, kıvırcık saçlı bir kadın yorgun argın bir ifadeyle koridora girdi. Bu gardiyandı.

Nöbetçi gardiyanla birlikte koridora bakan koğuşlardan birinin kapısına doğru yürürken, "Maslova için mi geldiniz?" diye sordu.

Gardiyan demir sürgüyü gürültüyle çekip kilidi açtı ve koridordaki havadan çok daha pis bir koku dışarıya hücum ederken koğuşun kapısını ittirdi.

"Maslova, mahkemeye!" diye bağırdı ve beklerken yeniden kapıyı örttü.

Hapishane avlusunda bile rüzgârın kırlardan kente taşıdığı taze, canlandırıcı bir hava vardı ama koridorda, her insanda her gelişinde anında bezginlik ve sıkıntı uyandıran dışkı, katran ve küf kokusuyla dolu, tifo yayan karamsar bir hava vardı. Kötü havaya alışık olmasına karşın, avludan gelen kadın gardiyan da bunun etkisini üzerinde hissetmiş, koridora girer girmez üzerine bir ağırlık ve uyku çökmüştü.

Koğuşta bir telaş koptu: Kadın sesleri ve çıplak ayakların koşuşturmaları işitiliyordu.

"Canlan bakalım, orada oyalanıp durma, Maslova, sana söylüyorum," diye başgardiyan koğuşun kapısından içeri bağırdı.

İki dakika kadar sonra beyaz eteğinin ve beyaz bluzunun üzerine gri bir manto giymiş, kısa boylu, oldukça iri göğüslü genç bir kadın, çevik adımlarla kapıdan çıktı ve hızla dönüp gardiyanın yanında durdu. Kadının ayaklarında keten çoraplar ve hapishane ayakkabıları vardı; başına, altından kıvırcık siyah saç tutamlarını bilerek taşırdığı anlaşılan üç köşeli beyaz bir başörtü takmıştı. Kadının yüzünde, uzun süre içeride kalan insanların yüzünde görülen, bodrumdaki patates filizlerini andıran o tuhaf beyazlık vardı. Mantosunun geniş yakasından görünen dolgun boynu ve küçük, geniş elleri de aynı beyazlıktaydı. Bu yüzde, özellikle bu yüzün donuk beyazlığında, biri hafifçe şaşı bakan, kapkara, pırıl pırıl, biraz şişmiş ama capcanlı gözler şaşkınlık uyandırıyordu. Dolgun göğüslerini gererek dimdik duruyordu. Koridora çıkınca hafifçe başını arkaya atarak, gözlerini doğruca gardiyanın gözlerine dikip ondan istenecek her şeyi yerine getirmeye hazır bir halde durdu. Gardiyan tam kapıyı kapatacakken, içerden, başı açık, ak saçlı, ihtiyar bir kadının solgun, sert, kırış kırış yüzü dışarı uzandı. İhtiyar kadın Maslova'ya bir şeyler söylemeye başladı ama gardiyan kapıyı ittirerek ihtiyar kadının yüzüne kapattı ve yaşlı kadının başı kayboldu. Koğuştan bir kadın kahkahası işitildi. Maslova da gülümsedi ve kapının parmaklıklı küçük penceresine döndü. Yaşlı kadın diğer taraftan pencereye sokulup hırıltılı bir sesle "Unutma, lüzumsuz konuşayım deme sakın, sadece tek bir şey söyle ve ona bağlı kal," dedi.

Maslova başını sallayarak "Bir şey olsa ne olacak, bundan daha kötüsü olmaz ya..." dedi.

"Zaten bir şey olacak, iki şey olacak değil ya," dedi başgardiyan, amirane bir şekilde ve yaptığı espriden emin bir tavırla, "Hadi bakalım, beni takip et, marş marş!"

Yaşlı kadının pencereden görünen gözleri kayboldu, Maslova da koridorun ortasına çıktı ve hızlı, küçük adımlarla başgardiyanın peşine takıldı. Taş merdivenden aşağı inip kadınlar koğuşundan çok daha iğrenç kokan ve daha da gürültülü, bütün kapılarındaki parmaklıklı küçük pencerelerde meraklı gözler tarafından izlendikleri erkekler koğuşundan geçtiler ve silahlı iki muhafızın beklemekte olduğu idareye girdiler. Orada oturan bir yazıcı, askerlerden birine tütün dumanıyla sararmış bir kâğıt verip tutukluyu göstererek "Alın," dedi.

Nijegorod köylüsü, kırmızı, çiçek bozuğu yüzlü asker, kâğıdı kaputunun kol manşetine sıkıştırdı ve gülümseyerek çıkık elmacık kemikli, Çuvaş arkadaşına tutuklu kadını işaret ederek göz kırptı. Askerler tutuklu kadınla birlikte merdivenlerden inip ana kapıya yöneldiler. Ana çıkışta küçük bir kapı açıldı ve askerler tutukluyla birlikte hapishane duvarlarını arkalarında bırakıp kentin kaldırım taşlı sokağına çıktılar.

Arabacılar, tezgahtarlar, aşçı kadınlar, işçiler, memurlar durup merakla tutuklu kadına bakıyorlardı; bazıları başlarını sallayarak "Bizim gibi davranmazsa işte sonu böyle kötüye varır," diye düşünüyorlardı. Çocuklar çapulcu kadına dehşet içinde bakıyor, ancak arkasında askerler olduğu ve artık hiçbir şey yapamayacağı için içleri rahatlamış görünüyorlardı. Kömürünü satıp lokantada çayını içen bir köylü yanına yaklaşıp haç çıkararak ona bir kapik verdi. Tutuklu kadın kıpkırmızı kesildi, başını eğip bir şeyler söyledi.

Bakışların üzerine odaklandığını hisseden tutuklu kadın belli etmeden, başını çevirmeden, ona bakanlara yan gözle bakıyor ve ona yönelen bu ilgi onu neşelendiriyordu. Hapishanedekiyle karşılaştırılınca temiz bahar havası da neşesine neş katıyordu ama ayağındaki hantal hapishane ayakkabılarıyla yadırgar adımlarla taşlara bastıkça canı acıyor ve attığı adımlara dikkat ederek yere olabildiğince yavaş basmaya çalışıyordu. Tutuklu kadın, yanından geçtikleri bir un dükkânının önünde salına salına gezinen, kimsenin dokunmadığı mavimsi gri renkte bir güvercine az kalsın ayağıyla çarpacaktı ki güvercin birden havalanıverdi ve kanatlarını çırparak tutuklu kadının kulağının dibinden, havayı yüzüne estirerek geçti. Tutuklu kadın gülümsedi ama sonra durumunu hatırlayarak derin bir iç çekti.

II

Tutuklu Maslova'nın hikâyesi çok sıradan bir hikâyeydi. Maslova köyde çiftlik sahibi iki kız kardeş hanımın yanında, çobanlık yaparak yaşayan hiç evlenmemiş hizmetçi bir kadının kızıydı. Bu bekar kadın her yıl doğuruyor ve köylerde olağan olduğu üzere çocuğu vaftiz ediyorlardı, sonra annesi bu istenmeden peydahlanan gereksiz, işine engel olan çocuğu emzirmiyor, o da bir süre sonra açlıktan ölüyordu.

Bu şekilde beş çocuk ölmüştü. Hepsi vaftiz edilmiş, sonra beslenmedikleri için ölmüşlerdi. Altıncısı, gezgin bir çingeneden olan gayrimeşru bir kız çocuğuydu ve onun yazgısı da aynı olacaktı ama iki yaşlı hanımdan biri şans eseri inek kokan kaymak yüzünden çobanları azarlamak için ahıra uğramıştı. Ahırda loğusa bir kadın sağlıklı, güzel bir bebekle yatıyordu. Yaşlı hanım hem kaymak için hem de doğum yapan kadını ahırda bıraktıkları için söylendi ve tam gidecekken bebeği gözünün önüne getirerek duygusallaştı ve gönüllü olarak çocuğun vaftiz annesi olacağını söyledi. Kız çocuğunu vaftiz ettirdi, sonra vaftiz evladına acıyarak annesine süt ve para verdi, böylece kız hayatta kaldı. Yaşlı hanımlar onun adını da "kurtarılmış" koydular.

Annesi hastalanıp öldüğünde çocuk üç yaşındaydı. Çoban

ninesi torununa bakmakta zorlanıyordu, bunun üzerine yaşlı hanımlar kızı yanlarına aldılar. Kara gözlü küçük kız son derece canlı ve sevimli bir çocuk çıktı, yaşlı hanımlar da onunla avunuyorlardı.

İki yaşlı hanımdan küçüğü, kızı vaftiz ettiren, Sofya İvanovna daha iyi yürekliydi, büyüğü Mariya İvanovna ise daha sertti. Sofya İvanovna çocuğu süslüyor püslüyor, ona okuma yazma öğretiyor ve onu evlatlık olarak büyütmek istiyordu. Mariya İvanovna ise kızın bir işçi, iyi bir oda hizmetçisi olarak yetiştirilmesi gerektiğini söylüyordu ve bundan dolayı da isteğinde diretir olmuştu, cezalandırıyor, hatta keyfi yerinde olmadığı zamanlar çocuğu dövüyordu. Böylece ortada kalan kızdan büyüyünce yarı hizmetçi yarı yetiştirme biri çıktı. Ona da bu yüzden ne Katka, ne Katenka, ikisinin ortası Katyuşa diye sesleniyorlardı. Dikiş dikiyor, odaları topluyor, ikonaları kireçle temizliyor, kahve kavuruyor, çekiyor, pişiriyor, ikram ediyor, öteberi yıkıyor, bazen de hanımlarla oturup onlara kitap okuyordu.

Talipleri çıkıyordu ama o, efendilerinin saltanat yaşamıyla şımarmış biri olarak, ona dünür gelen emekçi insanlarla yaşamın kendisine zor geleceğini hissediyor ve hiç kimseye varmak istemiyordu.

On altı yaşına kadar böyle yaşadı. On altı yaşını doldurduğu sıralarda hanımlarına, öğrenci yeğenleri, varlıklı bir knyaz[*] çıkıp geldi ve Katyuşa ona âşık olmuş ancak bunu

---

[*] Knyaz: Çarlık Rusya'sında eyaletlerin ve kentlerin başındaki yöneticilere verilen bir unvandı. Önceleri soyluluğun belirtisi olan ve babadan oğula geçen bu unvan daha sonra XVIII. yüzyıldan itibaren çar tarafından dağıtılan bir unvana dönüşmüştür. Aile reisine Knyaz, karısına Knyagina, bekar kızlara Knyajna, erkek çocuklarına Knyajiç denmekteydi. Çocuklar evlendikten sonra erkek çocuklar Knyaz, kızlar ise Knyagina unvanını kullanmaktaydı. (Çev. N.)

ne ona, ne de kendine söylemeye cesaret edebilmişti. İki yıl sonra bu yeğen savaşa giderken halalarına uğradı ve onlarda dört gün geçirdi. Gitmeden bir gün önce Katyuşa'yı baştan çıkardı ve son gün kızın eline bir yüz rublelik banknot sıkıştırarak gitti. Knyazın gidişinden beş ay sonra Katyuşa hamile olduğunu fark etti.

O andan sonra her şey ona iğrenç görünmeye başladı, tek düşündüğü onu bekleyen bu utanç verici durumdan nasıl kurtulacağıydı. Hanımlarına yalnızca isteksizce değil aynı zamanda kötü hizmet etmeye başlamıştı ve bir gün nasıl olduğunu kendisi de anlayamadan ansızın parlayıverdi. Hanımlarına, kendisinin de sonradan pişman olduğu edepsizce bir konuşma yaptı ve hesabının kesilmesini istedi.

Ondan hiç memnun olmayan hanımlar da onu kapının önüne koyuverdiler. Oradan ayrıldıktan sonra polis müdürünün yanına oda hizmetçisi olarak girdi ama müdür, elli yaşlarındaki ihtiyar ona musallat olmaya başladığı için orada yalnızca üç ay kalabildi, bir seferinde, adam iyice cüretkar olmaya kalkınca parlayıverdi ve ona "aptal ve ihtiyar şeytan" diyerek göğsünden ittirdi, o da yere düştü. Terbiyesizliği yüzünden onu kapı dışarı ettiler. Gidebileceği hiçbir yer yoktu artık, yakında doğuracaktı ve köyde şarap satan, dul bir ebenin yanına yerleşti. Doğum kolay oldu ancak köyde hasta bir kadından mikrop kapan ebe hem Katyuşa'ya hem de bebeğe loğusa humması bulaştırdı ve bebeği – oğlan çocuğunu – yetimhaneye gönderdiler, onu götüren ihtiyar kadının söylediğine göre bebek yetimhaneye varır varmaz ölmüştü.

Ebenin yanına yerleştiğinde Katyuşa'nın bütün parası yüz yirmi yedi rubleydi: Yirmi yedi rublesi kendi kazandığı, yüz rublesi de onu baştan çıkaran knyazın verdiği paraydı. Ebenin yanından ayrıldığında ise hepsi hepsi altı rublesi kalmıştı.

Parasına sahip çıkmayı beceremiyor, hem kendi için harcıyor hem de kim istediyse veriyordu. Ebe, kaldığı iki ay, yemek ve çay masrafları için kırk rublesini almıştı, yirmi beş ruble bebeğin gönderilmesine gitmiş, kırk rublesini ebe kadın inek almak için borç istemiş, yirmi ruble kadarı da elbiselere, şekerlemelere ve şuna buna gitmişti. Bu yüzden de Katyuşa iyileştiğinde parası pulu kalmamıştı ve acilen iş bulması gerekiyordu. Bir orman müdürünün yanında iş buldu. Orman müdürü evli bir adamdı ama aynı polis müdürü gibi daha ilk günden Katyuşa'ya asılmaya başladı. Katyuşa ondan iğreniyor ve uzak durmaya çalışıyordu ama o Katyuşa'dan daha deneyimli ve kurnazdı, asıl önemlisi, patrondu, onu istediği yere gönderebiliyordu, bir fırsatını bulup ona sahip oldu. Karısı durumu öğrendi ve bir seferinde kocasını odada Katyuşa ile yalnız yakalayınca dövmek için onun üzerine atıldı. Katyuşa boyun eğmedi ve kavga çıktı, sonucunda da parasını ödemeden onu evden kovdular. Bunun üzerine Katyuşa kente gitti ve orada teyzesinin yanına yerleşti. Teyzesinin kocası eskiden işleri iyi olan bir mücellitti ama şimdilerde bütün müşterilerini kaybetmişti ve eline avcuna ne geçerse hepsini saçıp savuruyor, durmadan içiyordu.

Teyzesi küçük bir çamaşırhaneyi ayakta tutuyor, oradan kazandığıyla çocukları geçindiriyor ve perişan haldeki kocasına destek olmaya çalışıyordu. Teyze, Maslova'ya çamaşırhanede yanında çalışmasını teklif etti. Ancak çamaşırcı kadınların zor yaşam koşullarını gören Maslova ağırdan alıyor ve iş bulma kurumlarında hizmetçilik işi arıyordu. Nihayet liseli iki oğluyla yaşayan bir hanımın yanında iş buldu. İşe girdikten bir hafta sonra altıncı sınıfa giden, bıyıklı, büyük oğlan okulu bıraktı ve Maslova'ya musallat olup ona huzur vermemeye başladı. Anne bütün suçu Maslova'ya yükleyip ona yol verdi. Yeni bir yer çıkmıyordu ama şöyle bir şey oldu: Bir gün iş bulma kurumuna gittiğinde Maslova, orada tombul parmakları yüzüklerle ve kolları bileziklerle dolu bir hanımla karşılaştı. İş arayan Maslova'nın durumunu öğrenen bu hanım ona adresini verip evine davet etti. Maslova ona gitti. Hanım onu güler yüzle karşıladı, börek ve tatlı şarap ikram etti ve oda hizmetçisini eline bir pusula tutuşturup bir yere gönderdi. Akşamleyin odaya uzun boylu, uzun kır saçlı ve sakallı bir adam girdi, bu yaşlı adam hemen Maslova'nın yanına oturup ışıldayan gözlerle gülümseyerek onu baştan aşağı süzmeye ve onunla şakalaşmaya başladı. Ev sahibesi, adamı yan odaya çağırdı ve Maslova ev sahibesinin "köylü bir taze" dediğini işitti. Daha sonra ev sahibesi Maslova'yı çağırdı ve adamın çok paralı bir yazar olduğunu ve Katyuşa'yı beğenirse ondan hiçbir şeyi esirgemeyeceğini söyledi. Yazar, Katyuşa'yı beğendi ve sık sık görüşeceklerini söyleyerek ona yirmi beş ruble verdi. Yeni elbise, şapka, kurdeleler ve masrafları için yanında yaşadığı teyzesine yaptığı ödemeler yüzünden para çok çabuk bitti. Birkaç gün sonra yazar onu bir kez daha çağırdı. O da gitti. Yazar ona yirmi beş ruble daha verdi ve ayrı bir eve taşınmasını teklif etti.

    Maslova yazarın kiraladığı evde otururken aynı avluda başka bir evde yaşayan neşeli bir tezgâhtara âşık oldu. Bu durumu yazara kendisi açıkladı ve müstakil küçük bir daireye taşındı. Evlenme sözü veren tezgâhtar da ona hiçbir şey söylemeden, açıkça onu terk edip Nijniy'e gitti ve Maslova tek başına kaldı. Dairede yalnız yaşamak istiyordu ama ona izin vermediler. Polis memuru ona ancak vesika alıp muayene olmaya razı olması şartıyla kalabileceğini söyledi. Bunun üzerine Maslova yeniden teyzesinin yanına döndü. Üzerinde yeni moda bir elbise, şal ve şapka gören teyzesi onu memnuniyetle kabul etti ve onu artık yüksek sosyeteden kabul ederek çamaşırhanede çalışmasını teklif etmeye cesaret edemedi. Maslova için artık çamaşırhanede çalışıp çalışmama gibi bir sorun kalmamıştı. Girişte bulunan, pencereleri yaz kış açık odalarda, otuz derecedeki sabun buharı içinde çamaşır yıkayıp ütüleyen soluk benizli, kara kuru elli, kimisi çoktan vereme yakalanmış çamaşırcı kadınların yaşadıkları kürek mahkûmlarınınkine benzer hayatlara acıyarak bakıyor ve kendisinin de böyle bir hayatı olabileceğini düşününce dehşete kapılıyordu.

İşte tam da onu himaye edecek hiçbir adamın çıkmadığı, bu yüzden de özellikle zor durumda kaldığı bir sırada, kızları geneleve yerleştiren bir muhabbet tellalı gelip onu buldu.

Maslova çoktandır sigara içiyordu ama tezgâhtar ile beraber olduğu son zamanlarda ve tezgâhtarın onu terk edişinin ardından gittikçe daha fazla içkiye düştü. Sadece tadını beğendiği için değil, daha çok ona yaşadığı tüm zorlukları unutma olanağı sağladığı ve içmeden sahip olamadığı cesaret ve güven duygularını kazandırdığı için içki ona çekici geliyordu. İçmediği zaman daima utanç ve keder içinde oluyordu.

Muhabbet tellalı, teyzesine ikramlarda bulundu ve Maslova'yı sarhoş edip ona kentin en iyi, en mükemmel genelevine girmesini önerdi, bu durumun ona sağlayacağı avantajları ve yararları anlattı. Maslova'nın önünde iki seçenek vardı: Ya erkeklerin tacizlerinden büyük bir olasılıkla kurtulamayacağı, zaman zaman da gizli kapaklı zinaların olacağı hizmetçiliğin aşağılayıcı konumunu kabul edecek ya da güvenceli, huzurlu, açık bir biçimde yasayla izin verilen ve de karşılığında dolgun ücret ödenen sürekli zina yapma işini seçecekti. O, ikinciyi seçti. Böylelikle hem onu baştan çıkaran adamdan, hem tezgâhtardan, hem de ona kötü davranan bütün herkesten öç alacağını düşünüyordu. Dahası kesin kararının başlıca nedenlerinden biri, muhabbet tellalının ona söylediği, kadife, fay, ipek, kollarını ve omuzlarını açıkta bırakan dilediği balo giysilerini sipariş verebilecek olmasıydı ve bu, başını döndürüyordu. Maslova kendini siyah kadife işlemeli, parlak sarı ipekten, düşük omuzlu ve dekolte bir rop içinde hayal edince dayanamadı ve nüfus kâğıdını verdi. Muhabbet tellalı hemen o akşam kupayla gelip onu Kitayev'in ünlü evine götürdü.

O andan sonra Maslova için tanrısal ve insani buyruklara karşı süreğen suç işlenen, yurttaşlarının iyiliğini düşünen hükümetin yalnızca izniyle değil aynı zamanda himayesi altında, yüzlerce, yüz binlerce kadının sürdürdüğü ve on kadından dokuzunun korkunç hastalıklarla, vaktinden önce çöküş ve ölümle karşı karşıya kaldığı o yaşam başlamış oldu.

Gece sefahat âlemlerinden sonra sabah ve gün boyu ağır bir uyku. Saat üçte, dörtte kirli yataktan yorgun kalkış, aşırı içki sonrası maden sodası, kahve, sabahlıklar, bluzlar, bornozlar içinde tembel tembel odalarda sürtüş, perdenin arkasından pencereden bakış, birbirleriyle uyuşuk uyuşuk dalaşmalar; sonra vücudun yıkanması, kremlenmesi, kokular sürünmesi, saç yapımı, giysilerin provası, onlar yüzünden genelev sahibesiyle ağız kavgaları, aynanın karşısında kendini gözden geçirme, yüz, kaş makyajı, şekerli, yağlı bir yemek; sonra vücudu sergileyen parlak ipek bir elbise giyme; ardından süslü, pırıl pırıl aydınlatılmış salona çıkış, konukların gelişi, müzik, danslar, şekerlemeler, içki, sigara ve genç, orta yaşlı, yeni yetme ve işi bitmiş yaşlı, bekar, evli, tüccar, tezgâhtar, Ermeni, Yahudi, Tatar, zengin, yoksul, sağlıklı, hasta, sarhoş, ayık, terbiyesiz, efendi, asker, sivil, üniversiteli, liseli, olabilecek her türden, yaştan ve karakterden erkeklerle zina. Akşamdan gün ağarıncaya kadar bağırış çağırış ve şakalaşmalar, kavgalar, müzik, tütün ve içki ve yine içki, tütün ve müzik. Ancak sabahleyin kurtuluş ve ağır bir uyku. Her gün, bütün hafta boyunca aynı şeyler. Hafta sonu ise, bazen ciddi ve sert, bazen de doğanın suçtan korunmak için yalnızca insanlara değil, aynı zamanda hayvanlara da bahşettiği utanç duygusunu hiçe sayarak, laubalice şakalaşarak bu kadınları muayene eden, kendilerinin de hafta içinde suç ortaklarıyla birlikte işledikleri bu suçları işlemeye devam etmeleri için onlara vesika veren erkek doktorların çalıştığı devlet dairesine gidiş. Sonra yine benzer bir hafta. Her gün, yaz kış, mesai günlerinde ve tatillerde hep aynı şeyler.

Maslova bu şekilde yedi yıl yaşadı. Bu süre içinde iki ev değiştirdi ve bir kez de hastaneye yattı. Yirmi altı yaşındayken, ilk kötü yola düşüşünden sonraki sekizinci, genelevdeki yedinci yılında, onu hapse tıkmalarına, katillerle ve hırsızlarla altı ay hapiste yattıktan sonra, şimdi mahkemeye götürmelerine neden olan olay başına geldi.

III

Maslova uzun yürüyüşten bitkin düşmüş bir halde, muhafızlarla birlikte bölge mahkemesi binasına geldiği sırada, onu baştan çıkaran, hanımlarının yeğeni knyaz Dimitri İvanoviç Nehlüdov henüz kuş tüyü şilte serili, dağınık, yaylı yatağında yatıyor ve Hollanda malı, göğsündeki pilileri ütülü, tertemiz geceliğinin yakasını açmış sigarasını tüttürüyordu. Gözlerini bir noktaya sabitlemiş, dün olanlarla bugün yapacaklarını düşünüyordu.

Herkesin, kızlarıyla evleneceğini düşündüğü, zengin ve tanınmış bir aile olan Korçaginler'de geçirdiği bir önceki akşamı anımsayarak derin bir nefes aldı ve içip bitirdiği sigarasını söndürüp gümüş sigara tabakasından yenisini almak istedi ama fikrini değiştirip pürüzsüz, beyaz ayaklarını yataktan sarkıtarak terliklerini buldu, yapılı omuzlarına ipek robdöşambrını geçirip çevik ve sağlam adımlarla hızla yatak odasının yanındaki iksirlerin, kolonyanın, briyantinlerin ve parfümlerin suni kokularının iyice sindiği tuvalete geçti. Orada çoğu yeri dolgulu dişlerini özel bir tozla fırçalayıp dezenfektan su ile çalkaladı, sonra ağzını iyice yıkayıp değişik havlularla kurulandı. Kokulu sabunla elini yıkayıp uzun tırnaklarını fırçalarla özenle temizledi ve büyük mermer lavaboda yüzünü ve kalın boynunu bir güzel yıkayıp yatak odasının yanındaki, hazırlanmış duşun bulunduğu üçüncü odaya geçti. Orada soğuk suyla yağlanmış, kaslı beyaz vücudunu bir güzel yıkayıp tüylü havluyla kurulandı; tertemiz, ütülü çamaşırlarını, ayna gibi parlatılmış ayakkabılarını giydi ve tuvalet masasına oturup kısa, kıvırcık, kara sakalını ve başının ön kısmındaki seyrekleşen kıvırcık saçlarını iki fırçayla taradı.

Tuvalette kullandığı her şey, çamaşır, giysi, ayakkabı, kravatlar, iğneler, kol düğmeleri birinci sınıf, kaliteli, göze batmayan, sade, sağlam ve değerli şeylerdi.

Onlarca kravattan ve kravat iğnesinden elinin altına ilk gelenleri alan Nehlüdov – bir zamanlar bunları seçmek ona yeni ve eğlenceli bir iş gibi geliyordu ama artık hiç umurunda değildi – temizlenip sandalyenin üzerine bırakılmış elbisesini giydi ve her ne kadar tam olarak kendine gelmediyse de yine de temiz bir halde ve hoş kokular saçarak, kocaman meşe bir büfenin ve yine aynı şekilde oldukça büyük, meşeden, aslan pençesi görünümünde geniş, oymalı ayaklı üzerinde görkemli bir açılır kapanır masanın durduğu, bir gün önce üç uşak tarafından parkeleri pırıl pırıl cilalanmış, yemek odasına girdi. Aile arması işli, kolalı, ince bir örtüyle kaplı bu masanın üzerinde, mis gibi kokan kahve dolu gümüş bir kahvelik, yine gümüşten bir şekerlik, sıcak krema dolu bir sütlük ve taze ekmek, peksimet ve bisküvi dolu bir sepet duruyordu. Bunların yanında gelen mektuplar, gazeteler ve yeni bir kitap *"Revue des deux Mondes"** vardı. Nehlüdov tam mektuplara uzanıyordu ki, koridora açılan kapıda, başında saçlarının ayrıldığı çizgideki açıklığı gizleyen dantel başlıklı, matem elbisesi içinde şişman, yaşlı bir kadın belirdi. Bu kadın, kısa bir süre önce bu evde ölen Nehlüdov'un annesinin oda hizmetçisi, şimdilerde ise oğlunun yanında kâhya olarak kalan Agrafena Petrovna'ydı. Agrafena Petrovna farklı zamanlarda on yıl kadar Nehlüdov'un annesiyle birlikte yurt dışında kalmıştı, dolayısıyla bir hanımefendi havası vardı. Çocukluğundan beri Nehlüdovlar'ın evinde yaşıyor ve Dimitri İvanoviç'i daha Mitenka olduğu zamanlardan tanıyordu.

"Günaydın, Dimitri İvanoviç."

"Merhaba, Agrafena Petrovna," dedi Nehlüdov ve şakayla karışık ekledi: "Yeni bir şeyler var mı?"

Agrafena Petrovna anlamlı anlamlı gülümseyerek "Bir mektup var, knyaginya'dan mı, yoksa knyajna'dan mı bilmiyorum," dedi mektubu uzatırken. "Oda hizmetçisi getireli çok oldu, odamda bekliyor."

Nehlüdov mektubu alırken, "Pekâlâ, şimdi bakarım," dedi ve Agrafena Petrovna'nın gülümsemesini fark ederek, kaşlarını çattı. Bu gülümseme, mektubun Agrafena Petrovna'ya göre Nehlüdov'un evlenmeye niyetlendiği knyajna Korçagina'dan geldiği anlamına geliyordu. Agrafena Petrovna'nın gülümsemesiyle ifade bulan bu tahmin de Nehlüdov'un canını sıkmıştı.

---

* 1829 yılından itibaren Paris'te yayınlanan edebiyat ve siyaset dergisi. (Çev. N.)

"O halde, kıza biraz daha beklemesini söyleyeyim." Agrafena Petrovna masanın üzerinde yerinde durmayan, kırıntıları süpürmek için kullanılan küçük fırçayı kapıp onu başka bir yere koyarak usulca yemek odasından çıktı.

Nehlüdov, Agrafena Petrovna'nın ona verdiği parfüme bulanmış mektubu açıp okumaya başladı.

"Üstlenmiş olduğum sizin belleğiniz olma görevini yerine getirerek, – gri, kalın bir kâğıda sivri uçlu bir kalemle, satırları eşit olmayan ancak geniş aralıklı bir yazıyla yazılmıştı – bugün, 28 Nisan'da, jüri üyesi olarak mahkemede olmanız gerektiğini ve bundan dolayı da dün size özgü düşünmeden söz verdiğiniz gibi, bizimle ve Kolosovlar'la birlikte resim sergisine hiçbir şekilde gelemeyeceğinizi size anımsatmak isterim; zamanında gitmediğiniz için, *à moins que vous ne soyez disposé à payer à la cour d'assises les 300 roubles d'amende, que vous vous refusez pour votre cheval**, Dün tam siz gittikten sonra aklıma geldi. Sakın unutmayın. Kn. M. Korçagina."

Kâğıdın arka tarafına şu not düşülmüştü:

"*Maman vous fait dire que votre couvert vous attendra jusqu'à la nuit. Venez absolument à quelle heure que cela soit***.

M. K."

Nehlüdov yüzünü buruşturdu. Not, Knyajna Korçagina'nın iki aydır sürdürdüğü ve görünmez bağlarla onu Korçagina'ya

---

* *Fr.* Eğer, at satın almak için harcamaya kıyamadığınız 300 rubleyi bölge mahkemesine ceza olarak ödeme niyetinde değilseniz tabii. (Çev. N.)
** *Fr.* Annem geç saate kadar tabağınızın masada hazır duracağını size söylememi istedi. Ne zaman olursa olsun mutlaka gelin. (Çev. N.)

gittikçe daha fazla bağlayan ustaca bir çalışmanın devamıydı. Oysa, Nehlüdov'un, ilk gençlik çağını geride bırakmış ve tutkuyla âşık olmayan insanların evlilik öncesi yaşadıkları alışıldık kararsızlıklarının dışında, karar verse bile şu anda evlilik teklif etmesine engel daha önemli bir nedeni vardı ve bu neden on yıl kadar önce Katyuşa'yı baştan çıkarıp çekip gitmesi değildi, bunu tamamen unutmuştu ve evliliği için engel görmüyordu; asıl neden, tam da o sıralarda evli bir kadınla ilişkisi olmasıydı, her ne kadar bu ilişki Nehlüdov açısından bitirilmiş olsa da, bıraktığı kadın açısından bu gerçek henüz kabullenilmemişti.

Nehlüdov kadınlara karşı çok çekingendi ama bu evli kadında da onu ele geçirme arzusu doğuran asıl bu çekingenliğiydi. Bu kadın Nehlüdov'un seçimler için gittiği ilçenin yöneticisinin* karısıydı. Bu kadın onu, Nehlüdov için her geçen gün gittikçe daha çekici ve bununla birlikte gittikçe daha da iğrenç bir hal alan bir ilişkiye sürüklemişti. Başlangıçta Nehlüdov ayartılmaya karşı koyamamış, sonra da kendisini ona karşı suçlu hissederek, onun olurunu almadan bu ilişkiyi kesememişti. İşte, Nehlüdov istese bile, Korçagina'ya evlenme teklif etme hakkını kendisinde görememesinin asıl nedeni buydu.

Masanın üzerinde, bu kadının kocasından gelen bir mektup duruyordu. Nehlüdov bu yazıyı ve mührü görünce kıpkırmızı kesildi ve tehlikenin yakınlaştığı anlarda o her zaman yaşadığı enerji patlamasını hissetti. Ancak boşuna kaygıla-

---
* Çarlık Rusya'sında 1864 yılından sonra ilçelerde yerel işleri yürüten yönetimler oluşturulmuştu. İlçelerdeki büyük toprak sahipleri, soylular ve sanayiciler bu yerel yönetimlerde aralarından gönderdikleri üyelerle temsil ediliyorlardı. Valinin onayıyla bu üyeler arasından seçilen yönetici başkanlığındaki yönetim yol, okul ve sağlık gibi konularla ilgileniyorlardı. (Çev. N.)

nıyordu: Nehlüdov'un başlıca varlıklarının olduğu o ilçenin soylular başkanı olan kadının kocası, Nehlüdov'a mayısın sonunda olağanüstü yerel meclis toplantısı yapılacağını haber veriyor ve kesinlikle gelmesini ve yerel meclis toplantısında önlerinde duran, gerici partinin güçlü muhalefetinin beklendiği, okullar ve tali yollar hakkındaki önemli sorunlar konusunda *donner un cour d'épaule** rica ediyordu.

Yönetici liberal bir adamdı ve kendisiyle aynı fikirde olan birkaç kişiyle birlikte III. Aleksandr zamanında baş gösteren gericiliğe karşı mücadele ediyordu ve tüm varlığıyla kendini bu mücadeleye adamıştı, talihsiz aile yaşamı hakkında hiçbir şeyden haberdar değildi.

Nehlüdov bu adamla ilgili yaşadığı bütün acı verici anları düşündü: Bir seferinde adamın öğrendiğini ve onunla, kendisinin havaya nişan almaya niyetlendiği düelloya hazırlandığını, kadının umutsuzluk içinde kendini atmak niyetiyle bahçedeki gölete koşturduğu ve onun da kadını aramak için koştuğu o korkunç sahneyi düşündüğünü anımsadı. "Şimdi gidemem, bana yanıt vermeden hiçbir işe girişemem," diye düşündü Nehlüdov. Bundan bir hafta kadar önce kadına suçunu kabul ettiğini ve bedelini her şekilde ödemeye hazır olduğunu, ama yine de, kadının iyiliği için, ilişkilerini sonsuza kadar bitmiş saydığını bildiren nihai bir mektup yazmıştı. İşte bu mektubuna yanıt bekliyor ama gelmiyordu. Yanıt gelmemesi kısmen iyiye işaretti. Şayet ayrılığa razı olmasaydı ya çoktan yazar ya da daha önce yaptığı gibi çıkıp gelirdi. Nehlüdov bugünlerde orada onun peşinden koşan bir subayın varlığını işitmişti, bu da onu kıskançlıkla kıvrandırıyor, bununla birlikte canını sıkan yalanlarından kurtulma umuduyla sevindiriyordu.

---

* *Fr.* Desteklemek. (Çev. N.)

Diğer bir mektup ise çiftlikleri yöneten başkâhyadan gelmişti. Kâhya ona, Nehlüdov'a, mirasla ilgili haklarını sağlama almak ve ayrıca, işlerin bundan sonra nasıl yürütüleceğiyle ilgili sorunları çözmek için mutlaka kendisinin gelmesi gerektiğini yazıyordu: İşleri merhumenin zamanındaki gibi mi, yoksa merhume knyaginyaya ve şimdi de genç knyaza önerdiği gibi envanteri büyütüp köylülere dağıtılan bütün toprakları kendileri işleyerek mi yöneteceklerdi. Başkâhya kendisinin önerdiği şekilde işletmenin çok daha kârlı olacağını yazıyor, ayrıca çizelgeye göre ayın birine kadar ödemesi gereken üç bin rublelik havaleyi göndermekte biraz geciktiği için de özür diliyordu. Bu parayı gelecek postayla gönderecekti. Havaleyi geciktirmesinin nedeni de, vicdansızlıkları son noktaya dayanan köylülerden bir türlü toplayamamış olmasıydı, onları zorlamak için yetkililere başvurmak zorunda kalmıştı. Bu mektup Nehlüdov'un hem hoşuna gitti hem de gitmedi. Hoşuna giden tarafı muazzam topraklar üzerindeki hâkimiyet hissiydi, hoşuna gitmeyen tarafı ise ilk gençlik yıllarında Herbert Spencer'ın* ateşli bir savunucusu olması ve özellikle de büyük toprak sahibi olarak, adalet özel toprak mülkiyetine izin vermez diyen Spencer'ın *"Social statics"*** kitabına vurgu olmasıydı. Gençliğin verdiği içtenlik ve kararlılıkla yalnızca, toprak kişisel mülkiyetin konusu olamaz demekle ve yalnızca üniversitede bu konuda tez yazmakla kalmamış, aynı zamanda, kendi görüşüne aykırı olduğu için toprak sahibi olmak istememiş ve o günlerde uygulamada (annesine ait olmayan, babasından ona şahsen miras kalan) küçük bir toprak parçasını köylülere vermişti. Şimdi miras yoluyla büyük toprak sahibi olarak ikisinden birini yapmak

---
* Herbert Spencer (1820-1903) İngiliz filozof ve sosyolog. (Çev. N.)
** *İng.* Sosyal denge. (Çev. N.)

zorundaydı: Ya bundan on yıl önce iki yüz desyatina baba toprağıyla ilgili yaptığı gibi kendi isteğiyle mirastan vazgeçecek ya da sessizce kabullenerek eski bütün düşüncelerinin yalan yanlış olduğunu itiraf edecekti.

Birincisini yapamazdı, zira topraktan başka geçim kaynağı yoktu. Memur olarak çalışmak da istemiyordu, ayrıca bırakamayacağını düşündüğü, edindiği lüks yaşam alışkanlıkları vardı. Üstelik, artık ne o sıkı sıkıya bağlı olduğu görüşlerinden ve kararlılığından, ne de şöhret olma ve insanları hayretler içinde bırakma isteğinden eser kalmadığı için bir anlamı da yoktu. İkincisine gelince, toprak mülkiyetinin kanunsuzluğu üzerine Spencer'ın "Sosyal Denge"sinden o zamanlar edindiği açık ve çürütülemez kanıtları ve çok sonraları Henry George'un* eserlerinde bulduğu çok daha parlak kanıtları yadsıyamazdı.

Bu yüzden de kâhyanın mektubu canını sıkmıştı.

IV

Kahvesini içen Nehlüdov, mahkemede saat kaçta olması gerektiğine ihbarnameden bakmak ve knyajnanın mektubunu yanıtlamak için çalışma odasına geçti. Oraya gitmek için atölyeden geçmesi gerekiyordu. Atölyede üzerinde, başlanmış ve ters döndürülmüş bir tablo olan bir resim sehpası duruyordu ve duvarlarda eskizler asılıydı. İki yıldır üzerinde çalıştığı bu tablonun, eskizlerin ve tüm atölyenin görüntüsü ona son zamanlarda resim yapmaya karşı içinde doğan aşırı isteksizliği anımsattı. Nehlüdov bunu, çok ince gelişmiş estetik duygu-

---

* Henry George (1839-1897) Amerikalı ekonomist ve devlet adamı. (Çev. N.)

suyla açıklıyordu ama yine de bunu itiraf etmek hiç de hoş değildi.

Bundan yedi yıl kadar önce resme yeteneği olduğuna karar vererek memuriyeti bırakmıştı ve bir sanatçı olarak diğer tüm çalışma alanlarına biraz küçümseyerek bakıyordu. Şimdi anlaşılıyordu ki, buna hakkı yoktu. Bundan dolayı da bu konudaki her anı tatsızdı. Atölyedeki bütün bu kusursuz araç gereçlere can sıkıntısıyla baktı ve neşesi kaçmış bir halde çalışma odasına girdi. Çalışma odası oldukça büyük ve yüksek tavanlı, her türden araç gereci olan konforlu, süslü bir odaydı. Nehlüdov saat on birde mahkemede olması gerektiğini belirten ihbarnameyi kocaman masanın çekmecesinde, acil işler bölümünde bulur bulmaz hemen oturup knyajnaya, daveti için teşekkür ettiğini ve öğlen yemeğine yetişmeye çalışacağını bildiren bir pusula yazmaya koyuldu. Ancak yazdığı pusulayı yırtıp attı: Çok samimi bulmuştu; başka bir tane daha yazdı, bu da soğuk, neredeyse kırıcıydı. Onu da yırttı ve duvardaki zile bastı. Kapıdan içeri gri patiska önlüklü, asık suratlı, tıraşlı, favorili, ihtiyar bir uşak girdi.

"Arabacıyı çağırır mısınız, lütfen?"

"Emredersiniz."

"Bir de, Korçaginler bekliyor, teşekkür ettiğimi ve yetişmeye çalışacağımı söyleyin."

"Emredersiniz."

Nehlüdov "Saygısızca ama yazamıyorum. Nasıl olsa onunla bugün görüşeceğiz," diye düşündü ve giyinmeye gitti.

Giyinip kapının eşiğine çıktığında daha önceden de bildiği arabacı çoktan gelmiş lastik tekerlekli arabasında onu bekliyordu.

"Dün siz tam gittiğinizde ben gelmişim," dedi arabacı, beyaz gömleğinin yakası içindeki kalın, yanık boynunu hafifçe çevirerek, "Kapıcı, yeni gittiğinizi söyledi."

Nehlüdov "Arabacılar bile Korçaginler'le ilişkimden haberdarlar," diye düşündü, çözümlenmemiş, onu son zamanlarda sürekli meşgul eden, Korçagina ile evlenmeli mi, yoksa evlenmemeli mi, sorusu önünde duruyor ve o sıralarda karşılaştığı soruların çoğunda olduğu gibi bu soruya da öyle ya da böyle bir yanıt veremiyordu.

Evlilik genel olarak yararınaydı. Bunun birinci nedeni, evlilik, aile ocağının hoşluğu dışında, cinsel yaşamın yanlışlarına engel olarak ahlaklı bir yaşam sürme olanağı veriyordu, ikincisi ve en önemlisi de, Nehlüdov ailenin ve çocukların onun şimdiki boş yaşamına bir anlam katacağını umuyordu. Genel olarak bu, evlenmek için bir nedendi. Evliliğe karşı olmasının nedeni ise, ilki, genellikle bütün yaşını başını almış bekarlar için özgürlüklerini kaybetme korkusu ve ikinci olarak da, kadının gizemli varlığı karşısında gayriihtiyari duyulan korkuydu.

Ayrıca, özellikle Missi ile (Korçagina'ya Mariya diyorlardı ve tanınmış çevredeki bütün ailelerde olduğu gibi ona lakap takmışlardı) evliliğin yararı ise, ilki, soylu bir kızdı ve giyiminden konuşma tarzına, yürüyüşüne, gülüşüne kadar her şeyde, herhangi bir olağanüstü yanıyla değil, "namuslu oluşuyla" sıradan insanlardan ayrılıyordu, Nehlüdov bu özelliğin başka türlü ifadesini bilmiyor ve bu özelliğe çok büyük bir değer biçiyordu; ikincisi, başka bir şey daha, kız ona başka herkesten daha fazla değer veriyordu, demek ki, onun görüşüne göre, onu anlıyordu; Nehlüdov'un üstün niteliklerinin kabulü olan bu anlayış, onun için kızın aklını ve sadakat düşüncelerini ortaya koyuyordu. Bununla birlikte, Missi ile evlenmeye karşı olmasının başka nedenleri vardı, ilki, büyük bir olasılıkla Missi'den çok daha varlıklı, dolayısıyla onun için çok daha değerli bir kız bulabilirdi, ikincisi kız yirmi yedi yaşındaydı, bundan dolayı da, muhtemelen yaşadığı eski aşkları vardı ve bu düşünce Nehlüdov'un canını acıtıyordu. Gururu Missi'nin geçmişte bile olsun onu sevmemiş olmasını kabullenemiyordu. Kuşkusuz, Missi onunla karşılaşacağını bilemezdi ama tek bir düşünce, Missi'nin daha önce bir başkasını sevebileceği düşüncesi içini acıtıyordu.

Bu düşüncesini destekleyenlerin yanı sıra aksini de gösteren pek çok kanıt vardı; en azından, bu kanıtlar güç bakımından eşitti ve Nehlüdov haline gülerek kendini iki ot demetinden hangisine gideceğini bilemeden öylece kalan Buridan'ın* eşeğine benzetti.

"Yine de, Marya Vasilyevna'dan (Yöneticinin karısından) yanıt almadan, işi tamamen bitirmeden hiçbir şeye girişemem," diye aklından geçirdi.

Karara varma konusunda ağırdan alabileceği ve ağırdan alması gerektiği düşüncesi hoşuna gitti.

Arabası sessizce mahkemenin asfalt girişine iyice yaklaştığında "Neyse, bunu daha sonra etraflıca düşünürüm," dedi kendi kendine. "Şimdi her zaman yaptığım ve yapmak zorunda olduğum gibi dürüstçe toplumsal görevimi yerine getirmeliyim. Hem bu çoğu zaman eğlenceli de oluyor," dedi ve kapıcının yanından geçerek mahkeme binasına girdi.

V

Nehlüdov içeri girdiğinde mahkeme koridorlarında büyük bir koşuşturma yaşanıyordu.

---

* Jean Buridan (1300–1358) Fransız rahip, filozof. (Çev. N.)

Mübaşirler ellerinde evrak ve kâğıtlarla, kâh hızla yürüyor, kâh tırısa kalkmış gibi ayaklarını yerden kaldırmadan, nefes nefese ikide bir, bir ileri bir geri koşturuyorlardı. Polisler, avukatlar ve yargıçlar kâh o tarafa kâh bu tarafa geçip gidiyorlar, davacılar ve tutuksuz sanıklar bezgin bir halde duvar dibinde volta atıyor ya da oturarak bekliyorlardı.

Nehlüdov mübaşirlerden birine "Bölge mahkemesi neresi?" diye sordu.

"Hangisini soruyorsunuz? Sulh mahkemesi mi, sulh ceza mahkemesi mi?"

"Ben jüri üyesiyim."

"O zaman ağır ceza mahkemesi. Öyle söylesenize. Buradan sağa dönün, sonra sola, ikinci kapı."

Nehlüdov tarife göre gitti.

Tarif edilen kapının önünde iki kişi bekliyordu. Biri uzun boylu, şişman bir tüccardı, halinden içkili ve bir şeyler atıştırdığı belli, keyfi yerinde, babacan bir adamdı; diğeri Yahudi asıllı bir tezgâhtardı. Nehlüdov yanlarına yaklaşıp "Jüri odası burası mı?" diye sorduğunda yün fiyatları hakkında konuşuyorlardı.

Babacan tüccar neşeyle göz kırparak "Burası, efendim, burası. Siz de mi jüri üyesisiniz?" diye sordu. Nehlüdov'un olumlu yanıtına. "O halde birlikte çalışacağız," diyerek sürdürdü konuşmasını. Yumuşak, uzun, kavranması imkânsız kocaman elini uzatarak, "İkinci dereceden tüccar Baklaşov," dedi, "Çalışmak şart. Kiminle müşerref oluyorum?"

Nehlüdov kendini tanıtıp jüri odasına geçti.

Küçük jüri odasında her sınıftan on kadar adam vardı. Hepsi de daha yeni gelmişti, kimisi oturuyor, kimisi de birbirini süzerek ve tanışarak odanın içinde dolaşıyordu. Birisi resmî üniformalı bir emekli, diğerleri redingot ve ceket giymişlerdi, yalnızca birinin üzerinde arkası büzgülü kısa bir kaftan vardı.

Bu görev çoğunu işinden alıkoymasına ve bu işin canlarını sıktığını söylemelerine karşın, hepsinin yüzünde toplumsal öneme sahip bir iş yapmanın verdiği memnuniyet hissi okunuyordu. Kimisi tanışan, kimisi de yalnızca kimin kim olduğunu anlamaya çalışan jüri üyeleri kendi aralarında havadan, erken gelen bahardan, önlerinde duran işlerden konuşuyorlardı. Tanıdık olmayanlar da, görülen o ki, büyük bir onur sayarak Nehlüdov'la tanışmak için acele ettiler. Nehlüdov ise tanımadığı insanlar arasında daima böyle olması gerektiğini düşünüyordu. Eğer ona, neden insanların çoğundan kendini üstün gördüğünü sorsalardı, yaşamı boyunca hiçbir özel niteliği olmadığı için bu soruya yanıt veremezdi. Aynı şekilde, çok iyi İngilizce, Fransızca ve Almanca konuşması, en iyi marka çamaşır, takım elbise, kravat ve kol düğmesine sahip olması – kendisi de farkındaydı – kendini üstün görmesinin nedeni olamazdı. Bununla birlikte, kuşkusuz bu üstünlüğünü kabul ediyor ve ona gösterilen saygı ifadelerini zorunlu kabul ediyordu, bu olmadığı zaman da inciniyordu. Jüri odasında ona gösterilmeyen saygının yarattığı o tatsız duyguyu tam olarak hissetti. Jüri üyelerinin arasında Nehlüdov'un tanıdığı biri çıktı. Bu, kız kardeşinin çocuklarının eski öğretmeni Pyotr Gerasimoviç'ti (Nehlüdov hem onun soyadını bilmiyor hem de bilmemesiyle biraz övünüyordu). Bu Pyotr Gerasimoviç üniversiteyi bitirmiş ve şimdi lise öğretmeni olmuştu. Senli benli tavırları, kendini beğenmiş kahkahasıyla, kız kardeşinin dediği gibi genel olarak "görgüsüzlüğü" Nehlüdov'a daima çekilmez geliyordu.

Pyotr Gerasimoviç "Oo, demek siz de buraya düştünüz," diyerek Nehlüdov'u gürültülü bir kahkahayla karşıladı. "Yakayı sıyıramadınız mı?"

Nehlüdov sert ve bezgin bir tavırla "Bunu hiç düşünmedim," diyerek karşı çıktı.

Pyotr Gerasimoviç daha da gürültülü bir kahkaha kopararak "Ooo, ne kahramanlık ama! Karnınız zil çalıp bir de uyku bastırsın, görürüm sizi, o zaman böyle konuşamazsınız!" diyerek lafı ağzına tıkadı.

Nehlüdov "Şu papazın oğlu neredeyse bana 'sen' diye hitap etmeye kalkacak," diye aklından geçirdi ve yüzüne, tüm yakınlarının ölüm haberini o anda almışçasına doğal bir üzüntü ifadesi takınarak uzaklaştı ve heyecanlı bir biçimde bir şeyler anlatan, tıraşlı, uzun boylu, heybetli bir beyefendinin etrafında toplanmış gruba yaklaştı. Bu beyefendi yargıçların ve ünlü avukatların adlarını ve soyadlarını vererek, konuya çok vakıf biri gibi, bugünlerde hukuk mahkemesinde görülen bir dava hakkında konuşuyordu. Ünlü bir avukatın yapmayı becerdiği şaşırtıcı bir manevradan ve taraflardan biri olan yaşlı bir hanımefendinin tamamen haklı olmasına karşın yok yere karşı tarafa bir dünya para ödemek zorunda kaldığından söz ediyordu.

"Dâhi bir avukat," diyordu.

Onu saygıyla dinliyorlar, bazıları kendi düşüncelerini açıklamaya çalışıyor ama sanki bütün her şeyi gerçekten yalnızca o biliyormuş gibi herkesi susturuyordu. Nehlüdov geç geldiği halde uzun süre beklemek zorunda kaldı. O ana kadar gelmeyen bir mahkeme üyesi yüzünden duruşma bir türlü başlayamıyordu.

VI

Reis mahkemeye erken gelmişti. Uzun boylu, şişman, ağarmış geniş favorili bir adamdı. Evliydi ama hovarda bir yaşam sürüyordu, karısı da onun gibiydi. Birbirlerine karışmıyorlardı. Bu sabah, yazları onların evinde çalışan, şimdi de Güney'den Petersburg'a geçen İsviçreli mürebbiyeden bir pusula almıştı, mürebbiye saat üçle altı arası kentte olacak ve onu "İtalya" otelinde bekleyecekti. Bundan dolayı da, geçen yaz sayfiyede aşk yaşadığı, sarışın Klara Vasilyevna'yı saat altıdan önce ziyaret edebilmek için bugünkü duruşmalara bir an önce başlayıp bitirmek istiyordu.

Çalışma odasına girip hemen kapıyı kapadı, evrak dolabının alt rafından iki küçük halter çıkardı ve öne, yukarı, yana ve aşağı yirmi hareket yaptı ve sonra üç kez de halterleri başının üzerinde tutarak hafifçe çömeldi.

Altın yüzüklü sol eliyle sağ pazısını yoklayarak "Duş ve jimnastiğin yerini hiçbir şey tutmuyor," diye düşündü. Kapı sarsıldığında geriye bir tek çark hareketi (uzun duruşmalar öncesinde bu iki hareketi hep yapıyordu) kalmıştı. Birisi kapıyı açmaya çalışıyordu. Reis aceleyle halterleri yerine yerleştirdi ve kapıyı açtı.

"Affedersiniz," dedi.

Altın çerçeveli gözlüğü olan, kısa boylu, omuzları kalkık mahkeme üyelerinden biri suratı asılmış bir halde odaya girdi ve "Matvey Nikitiç yine yok," dedi sıkıntıyla.

Reis resmi ceketini sırtına geçirirken "Hâlâ gelmedi, hep geç kalıyor," dedi.

Mahkeme üyesi "Gerçekten, hayret, nasıl oluyor da utanmıyor," dedi ve sigarasını çıkarıp öfkeyle oturdu....

Her zaman dakik olmaya çok özen gösteren bu mahkeme üyesi bugün sabah, bir aylığına verdiği parayı zamanından önce harcayıp bitirdiği için karısıyla tatsız bir tartışma yaşamıştı. Karısı bir sonraki ayın parasını önceden vermesini istemiş, o da vermeyeceğini söylemişti. Böylece pandomim kopmuş, karısı, "Madem öyle, yemek de yok, evde yemek bekleme," demişti. Bunun üzerine, karısı dediğini yaparsa diye evden korkarak çıkmıştı, zira ondan her şey beklenirdi. Dirseklerini genişçe açıp, düzgün, beyaz parmaklarıyla, işlemeli yakasının üzerindeki gür, ağarmış uzun favorilerini sıvazlayan, gözleri ışıl ışıl, sağlıklı, neşeli, iyi yürekli mahkeme reisine gözlerini dikip "Şuna bak, ne kadar iyi ve düzgün bir hayatı var," diye aklından geçirdi. "Her zaman mutlu ve şen şakrak, bense kıvranıp duruyorum."

O sırada mahkeme kâtibi odaya girip bir dava dosyası getirdi.

"Çok teşekkür ederim," dedi mahkeme reisi ve bir sigara yaktı. "Önce hangi davadan başlıyoruz?"

Kâtip sanki oralı değilmiş gibi "Sanırım, zehirleme," dedi.

Bugünkü işleri saat dörde kadar bitirip sonra da kaçabileceğini düşünen reis "Öyle olsun bakalım, zehirlemeyse zehirlemeden başlarız," dedi. "Matvey Nikitiç gelmedi mi?"

"Hâlâ gelmedi."

"Peki, Breve burada mı?"

"Burada," diye yanıtladı kâtip.

"Onu görürseniz, zehirleme davasından başlayacağımızı söyleyin."

Breve bugünkü oturumda iddia makamında görev yapacak savcı yardımcısıydı.

Kâtip koridora çıkınca Breve'yle karşılaştı. Breve omuzlarını yukarı kaldırmış, resmi ceketinin düğmeleri açık, koltuğunun altına çantasını sıkıştırmış, ökçelerini yere vurarak ve boşta kalan kolunu yürüdüğü yöne doğru dikey bir biçimde sallayarak koşarcasına, hızla koridorda yürüyordu.

Kâtip, "Mihail Petroviç hazır olup olmadığınızı öğrenmemi istedi," dedi.

"Elbette, ben her zaman hazırım," dedi savcı yardımcısı.
"İlk dava hangisi?"
"Zehirleme."
Savcı yardımcısı bunu hiç de iyi bulmadığı halde "Çok iyi," dedi: Gece hiç uyumamıştı. Bir arkadaşlarını uğurluyorlardı, gece saat ikiye kadar içip kâğıt oynamışlar, sonra da bundan altı ay öncesine kadar Maslova'nın çalıştığı geneleve, kadınlara gitmişlerdi, bu yüzden de zehirleme davasını okuyamamıştı, şimdi de hızla ona bir göz atmak istiyordu. Kâtip onun zehirleme davasını okumadığını bile bile, inadına mahkeme reisine ilk bu davadan başlamayı önermişti. Kâtip liberal, hatta radikal görüşlü bir adamdı. Breve ise tutucuydu, hatta Rusya'da memurluk yapan bütün Almanlar gibi koyu bir Ortodoks'tu, kâtip de onu sevmiyor ve mevkiini kıskanıyordu.

Kâtip "Hadımlar* davası ne durumda?" diye sordu.

"Tanık olmadığı için bir şey yapamayacağımı söyledim," dedi. "Aynısını mahkeme heyetine de belirteceğim."

"Ne fark eder ki..."

Savcı yardımcısı "Yapamam," dedi ve kolunu sallayarak odasına koşturdu.

Dava için hiç de gerekli olmayan tanık konusunu bahane ederek hadımlar davasını öteliyordu, tek nedeni, duruşmada, aydınlardan oluşan jüri heyetine uyup, bu davanın beraatla sonuçlanabilecek olmasıydı. Bu dava, mahkeme reisinin onayıyla fazla köylü olacağı ve bundan dolayı da mahkûmiyet şansı artacağı için bir taşra kentindeki mahkemeye aktarılmalıydı.

Koridordaki hareketlilik gittikçe artıyordu. İnsanların

---

* Kondrati Selivanov tarafından 18. yüzyılda kurulan, erkeklerin kendilerini hadım ettikleri, kadınların da memelerini kesip cinsel organlarını dağladıkları ve böylece cinsel arzulardan uzaklaştıkları bir dini tarikat. (Çev. N.)

çoğu, mahkeme işlerine meraklı, heybetli beyefendinin bahsettiği davanın görüldüğü hukuk mahkemesi salonunun önüne toplanmıştı. Verilen arada bu salondan, dâhi avukatın, mal mülk üzerinde hiçbir hakkı olmayan müvekkili lehine elinden varını yoğunu aldığı sözü edilen o yaşlı kadın çıktı, bunu mahkeme de, aslında davacı ve avukatı da biliyordu ancak öyle bir dolap çevirmişlerdi ki, kadının varını yoğunu almamak da davacıya vermemek de olanaksızdı. Şık bir elbise giymiş, şapkasında kocaman çiçekler olan şişman bir kadıncağızdı. Kapıdan çıkınca koridorda durdu ve avukatına dönüp kısa, tombul kollarını açarak "Ne olacak? Bir şeyler yapın canım! Neler oluyor?" diye ha bire yineleyip duruyordu. Avukat bir şeyler düşünerek, şapkasındaki çiçeklere bakıyor ve onu dinlemiyordu. Kadıncağızın arkasından, çiçekli kadıncağızı peş parasız ortada bırakan, müvekkiline yüz binden fazla kazandıran ve ondan on bin ruble koparan o ünlü avukat, açılmış yeleğinin üzerinde parıldayan plastronu* ve yüzünde kendini beğenmiş bir ifadeyle hukuk mahkemesi salonunun kapısından hızla çıktı. Bütün gözler avukata çevrildi, o da bunu hissediyor ve bütün dış görünüşüyle adeta "abartacak bir şey yok" diyordu ve herkesin yanından hızla geçerek gitti.

VII

Sonunda Matvey Nikitiç de geldi, zayıf bir adam olan, uzun boylu, yan yan yürüyen ve aynı şekilde alt dudağı yana sarkmış mahkeme mübaşiri de jüri odasına girdi.

---

* Gömleğin göğsüne eklenen parça. 1900'lerin başında gömlekler farklı parçalardan oluşuyordu, yaka, manşet ve plastron gövdeye giyim sırasında ekleniyordu. (Çev. N.)

Mahkeme mübaşiri üniversite eğitimi almış dürüst bir adamdı ama ayılmadan içtiği için hiçbir yerde tutunamıyordu. Bundan üç ay kadar önce karısına arka çıkan bir kontes ona bu işi ayarlamış, o da o günden bu yana işinde tutunmuştu ve buna seviniyordu.

Burun gözlüğünü takıp üzerinden bakarak "Evet beyler, herkes geldi mi?" diye sordu.

Neşeli tüccar "Sanırım herkes burada," dedi.

Mahkeme mübaşiri cebinden bir liste çıkarıp kâh burun gözlüğünün üstünden kâh arkasından mahkemeye çağırılanlara bakarak "Bir yoklama yapalım," dedi.

"Devlet danışmanı i. M. Nikiforov."

Mahkeme prosedürlerini çok iyi bilen heybetli beyefendi "Buradayım," dedi.

"Emekli albay İvan Semenoviç İvanov."

Resmi üniforma giymiş zayıf bir adam "Burada," dedi.

"İkinci derece tüccar Pyotr Baklaşov."

Babacan tüccar ağzını yayarak gülümsedi. "Burada, hazırım!" dedi.

"Muhafız üsteğmen Knyaz Dimitri Nehlüdov."

"Buradayım," diye yanıt verdi Nehlüdov.

Mahkeme mübaşiri sanki bakışıyla onu diğerlerinden ayrı tutuyormuş gibi burun gözlüğünün üzerinden saygıyla ve hoşgörüyle bakarak selam verdi.

"Yüzbaşı Yuri Dimitriyeviç Dançenko, tüccar Grigori Yefimoviç Kuleşov…"

İki kişi dışında herkes hazır bulunuyordu.

Mübaşir nazikçe kapıyı göstererek "Şimdi lütfen, beyler, salona geçelim," dedi.

Herkes hareketlenip birbirine yol vererek önce koridora, koridordan da duruşma salonuna geçti.

Duruşmanın yapılacağı salon büyüktü. Bir köşesinde üç basamakla çıkılan. Yükseltinin ortasında etekleri iyice koyu yeşil çuhayla örtülü bir masa duruyordu. Masanın yüksek arkalıkları olan, meşeden yapılmış, oymalı konulmuştu, koltukların arkasındaki duvarda da altın veli bir tabloda majestelerinin sırmalı üniforması içinde ayağı önde, kılıç tutan göz alıcı boy portresi asılıydı. Sağ köşede, camlı çerçevede dikenli tacıyla İsa'nın ikonası asılıydı ve bir rahle ile birlikte savcının kürsüsü yine sağ taraftaydı. Sol tarafta, kürsünün karşısında, en geride küçük bir kâtip masası, izleyicilere daha yakın bir yerde de, oymalı, meşeden yapılmış bir parmaklık, onun ardında da şimdilik boş olan sanık sırası vardı. Sağ tarafta yükseltinin üzerinde, jüri üyeleri için yine yüksek arkalıklı iki sıra sandalye ve aşağısında avukatlar için masalar vardı. Bütün bunların hepsi parmaklıkla ikiye bölünmüş salonun ön bölümündeydi. Arka bölüm ise arka duvara kadar tamamen birbiri ardına yükselen sıralarla kaplıydı. Salonun arka bölümdeki ön sıralarda fabrika işçisi ya da hizmetçi kılıklı dört kadınla ve yine işçiye benzeyen iki adam oturuyordu, anlaşılan salonun görkemi altında ezilmiş olacaklar ki, aralarında ürkekçe fısıldaşıyorlardı.

Jüri üyelerinden az sonra mahkeme mübaşiri yan yan yürüyerek ortaya çıkıp duruşmada hazır bulunanları korkutmak istercesine yüksek sesle haykırdı:

"Duruşma başlıyor."

Herkes ayağa kalktı ve yargıçlar kürsüye çıktı: Kaslı, harika favorili mahkeme reisi, ardından, duruşma öncesi, ona kız kardeşinde olduğunu ve ablasının yemek yapmayacağını söyleyen, mahkemede staj yapan kayınbiraderi ile karşılaşan ve

...an dolayı da o anda yüzü daha da asılan altın çerçeveli ...lüklü asık yüzlü mahkeme üyesi.

Kayınbirader gülerek "Anlaşılan meyhaneye gideceğiz," ...emiş, mahkemenin asık yüzlü üyesi de "Bunda gülünecek bir şey yok," diye karşılık vermiş ve yüzü daha da asılmıştı.

En son olarak mahkemenin üçüncü üyesi, şu her zaman geç kalan, iyiliği, iri, aşağı doğru çekik gözlerine yansıyan sakallı Matvey Nikitiç geldi. Bu üye gastritten muzdaripti ve bu sabah doktorun tavsiyesine uyarak yeni bir rejime başlamıştı ve bu rejim onu bugün evde her zamankinden daha çok oyalamıştı. Kürsüye çıktığı şu anda, düşüncelere dalmış bir hali vardı, zira kendisine yönelttiği sorularla ilgili türlü türlü yollarla niyet tutma alışkanlığı vardı. Şimdi de eğer kapıdan sandalyeye kadar adımlarının sayısı üçe bölündüğünde küsur kalmazsa yeni rejim gastritine iyi gelecek demekti diye niyet tutmuştu. Adımlarının sayısı yirmi altı çıktı ama minik bir adım daha attı ve yirmi yediye tamamlayıp sandalyenin yanına geldi.

Kürsüye çıkan mahkeme reisi ve üyelerinin, yakaları sırma işlemeli cüppeleri içinde çok saygın bir görüntüsü vardı. Onlar da bunun farkındaydı ve üçü birlikte kendi heybetlerinden mahcup olmuş gibi aceleyle ve alçak gönüllülükle gözlerini indirerek, üzerine üçgen adalet sembolünün* sarktığı, büfelerde içinde şekerler olan türden cam vazolar, mürekkep hokkası, tüylü kalem uçları ve pırıl pırıl temiz bir kâğıt ve yine uçları sivriltilmiş değişik boylarda kurşun kalemlerin olduğu, yeşil çuha ile örtülü masanın başındaki oymalı sandalyelerine oturdular. Mahkeme heyeti ile birlikte savcı

---

* 1917 yılına kadar bütün devlet dairelerinde ve mahkemelerde adaletin sembolü olarak bulunan, üzerinde çarlığın sembolü çift başlı kartal ve I.Petro'nun adalete uyulmasını emrettiği üç fermanının yazılı olduğu, üçgen prizma şeklindeki kutu. (Çev. N.)

yardımcısı da içeri girdi. Aynı acelecilik içinde koltuğunun altına sıkıştırdığı çantasıyla ve aynı şekilde kolunu sallayarak pencerenin yanındaki yerine geçti ve davaya hazırlanmak için geçen her dakikayı kar bilerek hemen kâğıtları okumaya ve tekrar tekrar gözden geçirmeye koyuldu. Savcının henüz dördüncü davasıydı. Aşırı derecede şöhret düşkünüydü ve kariyer yapmaya kesin kararlıydı, bundan dolayı da iddia makamında yer alacağı bütün davalarda mahkûmiyet kararları çıkartmayı zorunlu görüyordu. Zehirleme davasının içyüzünü genel hatlarıyla biliyordu ve konuşma planını daha önceden hazırlamıştı ama bu konuda biraz daha bilgiye ihtiyacı vardı, şimdi de alelacele dava dosyasından onları not alıyordu. Kâtip kürsünün tam karşısında dipte oturuyor ve okuması için gerekebilecek bütün belgeleri hazırlayıp bir yerlerden aldığı ve bir gün önce okuduğu yasaklanmış bir makaleye göz gezdiriyordu. Bu makaleyle ilgili, onun görüşlerine katılan, uzun sakallı mahkeme üyesiyle konuşmak, konuşmadan önce de makaleyle ilgili iyice bilgilenmek istiyordu.

VIII

Mahkeme reisi belgeleri inceleyip mübaşire ve kâtibe birkaç soru sorup olumlu yanıtlar aldıktan sonra sanıkların getirilmesini emretti. Anında parmaklığın arkasındaki kapı açıldı ve kılıçlarını kınından çıkarmış şapkalı iki jandarma, onların arkasından da iki kadınla birlikte yüzü çilli, sarışın bir adam içeri girdi. Adamın üzerinde ona bir hayli bol ve uzun gelen bir mahkûm kaftanı vardı. Duruşma salonuna çıkarken çıkık, uzun parmaklarını iyice açıp gererek iki yanına yapıştırmıştı, bu şekilde oldukça uzun gelen giysinin sarkan kollarının ellerinin üzerine düşmesine engel oluyordu. Ne mahkeme heyetine ne de izleyicilere bakıyordu, gözlerini dikkatle yanından dolaştığı sıraya dikmişti. Dikkatli bir biçimde sırayı dolaşıp diğerlerine yer bırakacak şekilde kenarına ilişti ve gözlerini mahkeme reisine dikerek, sanki bir şeyler fısıldıyormuş gibi yanak kaslarını oynatmaya başladı. Ardından yine mahkûm kaftanı giymiş yaşı geçkin bir kadın girdi. Başında üç köşeli mahpus başörtüsü bağlıydı, gözleri kızarmış, kaşsız ve kirpiksiz yüzü grimsi beyaz kesilmiş bu kadın oldukça sakin görünüyordu. Yerine geçerken eteği bir şeye takıldı, hiç acele etmeden, özenle eteğini kurtarıp oturdu.

Üçüncü sanık Maslova'ydı.

Maslova içeri girer girmez salondaki bütün erkeklerin gözleri ona dikildi ve uzun süre, cilalanmış gibi pırıl pırıl parlayan kara gözleriyle beyaz yüzünden ve giysisinin altından fırlayan dolgun göğüslerinden gözlerini alamadılar. Yanından geçtiği jandarma bile geçip yerine oturuncaya kadar gözlerini ondan alamadı, yerine yerleştikten sonra kendini suçlu gibi hissederek, aceleyle başını çevirip silkinerek gözlerini tam karşısındaki pencereye dikti.

Mahkeme reisi sanıklar yerlerini alıncaya kadar bekledi ve Maslova yerine geçer geçmez kâtibe döndü.

Her zamanki prosedür başladı: Jüri üyelerinin yoklaması, gelmeyenlerin tespiti, onlara ceza kesilmesi ve ayrılmak için izin isteyenler ile gelmeyenlerin yerine yedeklerin atanması ile ilgili karar alınması. Sonra reis kâğıtları katlayıp cam vazoya koydu ve cübbesinin sırmalı kollarını hafifçe sıvayıp tamamen kıllarla kaplı kollarını açığa çıkararak hokkabaz edasıyla teker teker kâğıtları çıkarmaya ve onları okumaya başladı. Sonra da kollarını indirip papazdan jüri üyelerine yemin ettirmesini istedi.

Sarı, solgun, şişmiş yüzlü, kahverengi cüppeli, göğsünde altın bir haçla, yanında cübbesine iğneyle küçük bir nişan tutturulmuş yaşlıca papaz cüppesinin altından şişmiş ayaklarını yavaş yavaş sürüyerek ikonanın altında duran rahlenin yanına geldi.

Jüri üyeleri ayağa kalkıp toplandılar ve rahleye doğru yürümeye başladılar.

Papaz tüm üyelerinin yanına gelmesini beklerken tombul eliyle göğsündeki haçı sıvazlayarak "Buyurun," dedi.

Bu adam kırk altı yıldır papazdı ve aynı, onun katedralinin baş papazının yakınlarda kutladığı gibi üç yıl sonraki ellinci yılını kutlamaya hazırlanıyordu. Kurulduğundan beri bölge mahkemesinde görev yapıyordu ve on binlerce insana yemin ettirmiş olmaktan ve ilerlemiş yaşına rağmen hâlâ kiliseye, vatana ve evden başka değeri otuz binden fazla tutan faizli bonolardan bir servet ayırdığı ailesine hizmet etmeye devam etmekten gurur duyuyordu. Bu arada, yemin etmeyi açıkça yasaklayan İncil üzerine yemin ettirmekten ibaret olan mahkemede yaptığı işin iyi bir iş olmadığı asla aklına gelmiyor, bunu yapmaktan rahatsız olmadığı gibi sayesinde sık sık iyi beylerle tanıştığı bu alışık uğraşı seviyordu. Şimdi de şapkasında kocaman çiçekler olan kadının yalnızca bir davasından on bin ruble kazanmasıyla, onda büyük saygı uyandıran ünlü avukatla tanışmış olmaktan memnundu.

Bütün jüri üyeleri basamaklardan kürsüye çıktıktan sonra papaz, tepesi açılmış, ak düşmüş başını yana eğip boynuluğu yağ kesmiş atkısını boynuna geçirdi ve seyrek saçlarını düzeltip üyelere döndü.

Her parmağının üzerinde çukurcuklar oluşmuş tombul elini havaya kaldırıp parmak uçlarını bir tutam alır gibi birleştirerek, yaşlılığın çöktüğü sesle, ağır ağır "Sağ elinizi kaldırın, parmaklarınızı da şu şekilde tutun," dedi. "Şimdi benden sonra tekrar edin," diyerek başladı: "Her şeye kadir Tanrı adına, onun kutsal kitabı ve Tanrı'nın hayat veren haçı önünde söz veriyor ve yemin ediyorum, bu davada..." diyerek ve her cümleden sonra duraklayarak konuşmasını sürdürüyordu. Elini indiren gençten birine dönerek "Elinizi indirmeyin, şöyle tutun," dedi. "Bu davada..."

Favorili heybetli beyefendi, albay, tüccar ve bir kısmı, ellerini papazın istediği gibi parmaklarını birleştirmiş, sanki büyük bir zevk alıyorlarmış gibi görülür bir biçimde iyice havaya kaldırmıştı, bir kısmı da adeta isteksizce ve baştan savma. Kimileri "ille de söyleyeceğim" der gibi adeta bağırırcasına coşkuyla ve vurgulayarak sözleri yineliyordu: Kimileri de yalnızca fısıldıyor, papazdan geri kalıyor, sonra da ödü patlamış gibi ondan önce davranıyordu, bazıları bozmaktan korkar gibi parmaklarını gözle görülür bir biçimde sımsıkı tutuyor, bazıları da parmaklarını bir arada tutamıyor sonra yeniden topluyordu. Herkes mahcuptu, yalnızca yaşlı papaz çok yararlı ve önemli bir iş yaptığından çok emindi. Yeminden sonra mahkeme reisi jüri üyelerinden bir sözcü seçmelerini istedi. Üyeler ayağa kalkıp bir araya gelerek, hemen hemen hepsinin anında sigaralarını çıkarıp yaktıkları görüşme odasına geçtiler. Birisi heybetli beyefendiyi sözcü seçmeyi önerdi, hepsi anında kabul etti ve sigaralarını söndürüp izmaritlerini atarak, salona döndüler. Sözcü seçilen, mahkeme reisine kimin seçildiğini bildirdi ve hepsi yeniden birbirinin peşi sıra yürüyerek iki sıra halinde yüksek arkalıklı sandalyelere yerleştiler.

Her şey çok çabuk ve resmi bir biçimde hiç gecikmeden olup bitmişti ve bu doğruluk, tutarlılık ve ciddiyet, önemli ve ciddi bir toplumsal iş yaptıkları bilincini pekiştirerek, katılımcıları gözle görülür bir biçimde memnun ediyordu. Nehlüdov da bu duygu içindeydi.

Üyeler yerlerine oturur oturmaz, mahkeme reisi onlara hak, görev ve sorumlulukları hakkında bir konuşma yaptı. Konuşurken sürekli duruşunu değiştiriyordu: Kâh sağ kâh sol dirseğine, kâh sırtına kâh koltuğun kolçaklarına yaslanıyor, kâh bir kâğıt parçasını ikiye katlayıp mektup açacağıyla düzeltiyor kâh kurşun kalemle oynuyordu.

Hakları, mahkeme reisinin sözlerine göre, kendisi aracılığıyla sanıklara soru sormak, kalem ve kâğıt kullanmak ve maddi kanıtları incelemekti. Görevleri yalan yanlış değil, adil bir biçimde karar vermekti. Sorumlulukları ise toplantının gizliliğine uymak ve yabancılarla ilişki kurmamaktı, aksi halde cezalandırılacaklardı.

Herkes büyük bir saygıyla dinliyordu. Çevresine şarap kokuları saçan tüccar, gürültülü geğirmesini tutarak, her cümleyi başıyla onaylıyordu.

IX

Mahkeme reisi konuşmasını bitirince sanıklara döndü.

"Simon Kartinkin, ayağa kalkın," dedi.

Simon sinirli bir halde ayağa fırladı. Yanak kasları daha hızlı oynuyordu.

"Adınız?"

Önceden yanıtını hazırladığı anlaşılan soruyu, hızla ve cırtlak bir sesle "Simon Petrov Kartinkin," diye yanıtladı.

"Sınıfınız?"

"Köylüyüm."

"Hangi eyalet, ilçe?"

"Tula eyaleti, Krapiven ilçesi, Kupyan birliği, Borki köyü."

"Yaşınız?"

"Otuz dört, doğum yılım bin sekiz yüz..."

"Dininiz?"

"Biz Russuz, Ortadoks."

"Evli misiniz?"

"Hiç evlenmedim."

"Ne iş yapıyorsunuz?"

"Moritanya Oteli'nde kat görevlisiyiz."

"Daha önceden sabıkanız var mı?"

"Hiç mahkemelik olmadım, zira biz önceleri..."

"Daha önce yargılandınız mı?"

"Tanrı esirgesin, asla."

"İddianamenin bir suretini aldınız mı?"

"Aldık."

"Oturun. Yefimiya İvanova Boçkova." Mahkeme reisi sıradaki sanığa döndü.

Ancak Simon ayakta durmaya devam ediyor ve Boçkova'yı perdeliyordu.

"Kartinkin, oturun."

Kartinkin hâlâ ayakta duruyordu.

"Kartinkin, oturun!"

Kartinkin hâlâ ayakta durmaya devam ediyordu ve ancak koşturarak gelen mübaşir başını yana eğerek, gözlerini doğal olmayan bir biçimde açıp, acıklı bir fısıltıyla "Otur, otur!" deyince oturdu.

Kartinkin kalktığı gibi hızla oturdu ve giysisine sarınıp yeniden sessizce yanaklarını oynatmaya başladı.

"Sizin adınız?" mahkeme reisi kadının yüzüne bakmadan ve önündeki kâğıtla ilgilenerek, bitkinlikle nefes alıp ikinci sanığa döndü. Onun için bu çok kolay bir işti, işi hızlandırmak için aynı anda iki işle birden ilgilenebilirdi.

Boçkova kırk üç yaşındaydı, Kolomnalıydı, yine aynı Moritanya Oteli'nde kat görevlisi olarak çalışıyordu. Bugüne kadar mahkemelik olmamış, hakkında soruşturma açılmamıştı. İddianamenin bir nüshasını almıştı. Boçkova yanıtlarını anında yapıştırıyor ve "Evet, Yefimiya, Boçkova, sureti aldım ve bununla gurur duyuyorum, kimsenin dalga geçmesine de izin vermem" dercesine her yanıtını vurguluyordu. Boçkova ona oturmasını söylemelerini beklemeden, sorular biter bitmez de hemen oturdu.

Kadınlara düşkün mahkeme reisi üçüncü sanığa özellikle güler yüzle dönerek "Adınız?" diye sordu. Maslova'nın hâlâ oturduğunu görünce yumuşak, sevecen bir sesle "ayağa kalkmalısınız," dedi.

Maslova hızla yerinden kalktı ve kendinden emin bir tavırla, dolgun göğüslerini kabartarak, sessizce, hafifçe şehla bakan, gülümseyen kara gözlerini doğruca mahkeme reisinin yüzüne dikti.

"Adınız neydi?"

"Lübov*," diye hızla yanıtladı.

Nehlüdov bu arada burun gözlüğünü takmış, sanıkların sorgusunu izliyordu. Verdiği yanıtı işitince, gözlerini sanıktan ayırmadan "Yok canım," diye aklından geçirdi, "nasıl Lübov olur?"

Mahkeme reisi sorguyu sürdürmek istiyordu ama gözlüklü üye sinirli bir halde bir şeyler söyleyerek onu durdurdu. Reis başıyla onu onaylayan bir işaret yaparak sanığa döndü.

"Lübov da nereden çıktı?" dedi. "Başka bir adla kayda geçirilmişsiniz."

---

* *Rusça* Aşk. (Çev. N.)

Sanık sesini çıkarmadı.

"Size asıl adınızı soruyorum."

"Vaftiz adınız ne?" diye sordu sinirli üye.

"Önceleri Katerina diyorlardı."

Nehlüdov "yok canım" diye kendi kendine konuşmayı sürdürdü ama bununla birlikte onun bir zamanlar âşık olduğu, yanıp tutuştuğu sonra da sersemce hareket ederek baştan çıkarıp terk ettiği, açıkça foyasını ortaya çıkarıp kendisinin yalnızca gurur duyduğu kadar dürüst biri olmadığını göstermekle kalmayan aynı zamanda bu kıza doğrudan alçakça davrandığını gösteren, çok canını acıtan bir anı olduğu için bir daha da hiç aklına getirmediği şu yetiştirme hizmetçi kızın ta kendisi olduğundan hiç kuşkusu kalmamıştı.

Evet, bu oydu. Şu anda birini diğerinden ayıran, onu özel, biricik ve eşsiz kılan, o olağanüstü, gizemli özelliği açıkça görüyordu. Yüzün doğal olmayan beyazlığına ve şişkinliğine bakmaksızın bu özellik, bu tatlı, olağanüstü özellik, bu yüzde, dudaklarda, hafifçe şehla bakan gözlerde ve en önemlisi de, yapmacıksız gülümseyen bakışta ve yalnızca yüzünde değil tüm bedenindeki kendinden emin tavrında vardı.

Mahkeme reisi yine çok sevecen bir sesle "Yine de söylemelisiniz, baba adınız neydi?" dedi.

Maslova "Ben gayrimeşruyum," dedi.

"Peki, vaftiz babanızın adı neydi?"

"Mihail."

Bu arada Nehlüdov güçlükle nefes alarak "Ne yapmış olabilir ki?" diye düşünmeye devam ediyordu.

Mahkeme reisi "Soyadınız, lakabınız nedir?" diyerek devam etti.

"Annemin soyadını yazmışlar, Maslova."

"Hangi sınıftansınız?"

"Kentliyim."

"Ortodoks musunuz?"

"Ortodoks'um."

"İşiniz? Neyle uğraşıyorsunuz?"

Maslova sesini çıkarmadı.

Mahkeme reisi "Neyle uğraşıyorsunuz?" diye yineledi.

Maslova "Bir kurumda çalışıyordum," dedi.

Gözlüklü üye sert bir şekilde "Hangi kurumda?" diye sordu.

Maslova "Hangi kurumda olduğunu siz zaten çok iyi biliyorsunuz," diyerek güldü ve hızla çevresine bir göz atıp bakışlarını yeniden doğruca mahkeme reisine dikti.

Yüzündeki ifadede müstesna bir şey, ağzından çıkan sözlerde, bu gülümsemede ve hızla salona attığı bakışta korkunç ve acınası bir anlam vardı, öyle ki, mahkeme reisi mahcup oldu ve salona bir anlığına müthiş bir sessizlik çöktü. Sessizlik izleyicilerin arasından birinin gülmesiyle bozuldu. Mahkeme reisi başını kaldırıp sorularına devam etti.

"Mahkemelik oldunuz mu ya da hakkınızda kovuşturma yapıldı mı?"

Maslova içini çekerek, yavaşça "Hayır," dedi.

"İddianamenin bir nüshasını aldınız mı?"

"Aldım."

"Oturabilirsiniz," dedi mahkeme reisi.

Sanık eteğinin arkasını, şık hanımların eteklerinin kuyruğunu kaldırdığı gibi toplayarak oturdu ve gözlerini mahkeme reisinden ayırmadan küçük beyaz ellerini giysisinin kollarına gömdü.

Görgü tanıklarından kimlerin kalıp gideceğine, doktor raporunun incelenmesine ve doktorun mahkeme salonuna çağırılmasına karar verildi. Daha sonra kâtip iddianameyi okumaya başladı. Tane tane ve yüksek sesle okuyordu ama o kadar hızlı okuyordu ki, l ve r'leri doğru okuyamayan sesi tekdüze, uyku verici bir uğultu gibi çıkıyordu. Mahkeme üyeleri sandalyelerinin kâh bir kâh diğer kolçağına, kâh masaya kâh sırtlarına yaslanıyor, kâh gözlerini kapıyor, kâh açıyor ve fısıldaşıyorlardı. Jandarmalardan biri üst üste bastırmaya başlayan esnemesine birkaç kez engel oldu.

Sanıklardan Kartinkin'in durmaksızın yanakları seğiriyor, Boçkova ara sıra başörtüsünün altından başını kaşıyarak sakin ve dik bir biçimde oturuyordu.

Maslova da kâtibi dinlerken gözlerini ondan ayırmadan sessizce oturuyor, sanki itiraz etmek ister gibi irkiliyor, kızarıyor, sonra da güçlükle nefes alarak, ellerinin konumunu değiştiriyor, çevresine bakınıyor ve yeniden katibe gözünü dikiyordu.

Nehlüdov ön sırada, köşenin yanındaki yüksek arkalıklı sandalyesine oturmuş, burun gözlüğünü çıkartmış Maslova'ya bakıyor ve karmaşık duygular içinde acı acı kendisiyle hesaplaşıyordu.

X

İddianame şöyleydi:

"Moritanya Oteli'nde kalan ikinci dereceden, Kurganlı tüccar Ferapont Yemelyanoviç Smelkov 17 Ocak 188*'de aniden ölmüştür.

Dördüncü kısım yerel polis doktoru, ölüm nedeninin aşırı miktarda alkol kullanımına bağlı kalp krizi olduğunu doğrulamaktadır. Smelkov'un cenazesi toprağa verilmiştir.

Smelkov'un arkadaşı ve köylüsü tüccar Timohin, Petersburg'dan döndükten birkaç gün sonra Smelkov'un ölümüyle ilgili olan biteni öğrenip üzerindeki paraları çalmak için öldürülmüş olabileceği şüphesiyle mahkemeye başvurmuştur.

Bu şüphe ilk soruşturmada aşağıdaki delillerle daha da kuvvetlenmiştir. 1) Smelkov ölmeden kısa bir süre önce bankadan 3800 gümüş ruble çekmiştir. Bununla birlikte merhumun mallarının haczi sırasında kasasından yalnızca 312 ruble 16 kapik çıkmıştır. 2) Smelkov bir gün önce tüm gününü ve ölmeden önceki son gecesini genelevde ve Moritanya Oteli'nde fahişe Lübka (Yekaterina Maslova) ile birlikte geçirmiştir. Yekaterina Maslova, Smelkov'un isteği üzerine onsuz genelevden oteldeki odasına gitmiş, Smelkov'un ona verdiği anahtarla, kat görevlileri Yevfimiya Boçkova ve Simon Kartinkin nezaretinde, çantasını açarak bir miktar para almıştır. Maslova, Smelkov'un çantasını açtığında, orada hazır bulunan Boçkova ve Kartinkin çantanın içinde yüz rublelik para desteleri görmüşlerdir. 3) Smelkov, fahişe Lübka ile birlikte genelevden Moritanya Oteli'ne döndükten sonra, kat görevlisi Kartinkin'nin tavsiyesiyle, Lübka, Smelkov'a bir kadeh kanyağın içinde Kartinkin'den aldığı beyaz bir toz içirmiştir. 4) Hemen ertesi gün fahişe Lübka (Yekatarina Maslova) sahibesine, genelev patronu tanık Kitayeva'ya güya Smelkov'un hediye ettiği onun pırlanta yüzüğünü satmıştır. 5) Moritanya Oteli'nin kat görevlisi Yefimiya Boçkova Smelkov'un ölümünden bir gün sonra yerel ticaret bankasındaki cari hesabına 1800 gümüş ruble yatırmıştır. Adli tıbbın yaptığı incelemede, cesedin otopsisinde ve Smelkov'un bağırsaklarında yapılan kimyasal tahlilde kuşkuya yer bırakmayacak şekilde merhumun bedeninde ölümün zehirlemeden kaynaklandığını kanıtlayan zehrin varlığı tespit edilmiştir.

Suçlu oldukları iddia edilen Maslova, Boçkova ve Kartinkin suçlamayı kabul etmemişler ve Maslova, onun ifadesine göre çalıştığı, genelevden, Moritanya Oteli'ne tüccara para getirmek için gerçekten Smelkov tarafından gönderildiğini ve kendisine verilen anahtarla orada tüccarın çantasını açıp içinden ondan istendiği gibi 40 gümüş ruble aldığını, bunun dışında bir para almadığını, bunu huzurlarında çantayı açıp parayı aldıktan sonra kilitlediği Boçkova ve Kartinkin'in de doğrulayabileceklerini, sonra da tüccar Smelkov'un odasına ikinci gidişinde Kartinkin'in ısrarı üzerine gerçekten ona içmesi için kanyağın içinde uyku verici sandığı bir çeşit toz verdiğini söylemiştir. Smelkov'un onu dövmeye başladığını, ağladığını ve gitmek istediğini, bunun üzerine Smelkov'un yüzüğü bizzat kendisinin hediye ettiğini iddia etmiştir."

Yefimiya Boçkova kaybolan paralar hakkında hiçbir şey bilmediğini, tüccarın odasına hiç girmediğini, orayı yalnızca Lübka'nın çekip çevirdiğini, tüccarın bir şeyleri çalındıysa para almak için tüccarın anahtarıyla geldiğinde Lübka'nın çalmış olabileceğini beyan etmiştir." İddianamenin bu kısmında Maslova irkildi ve ağzı açık bir şekilde dönüp Boçkova'ya baktı. "Yerfimiya Boçkova'ya banka hesabında 1800 gümüş ruble yattığı" diye kâtip iddianameyi okumayı sürdürdü, "ve bunca parayı nereden bulduğu sorulunca, evlenme hazırlığı yaptığı Simon Kartinkin ile birlikte on iki yıl boyunca biriktirdiklerini belirtmiştir. Simon Kartinkin, ilk ifadesinde, Boçkova ile, genelevden anahtarla birlikte gelen Maslova'nın ısrarıyla, parayı çaldığını ve Maslova ve Boçkova ile bölüştüklerini itiraf etmiştir." Bunun üzerine Maslova yeniden irkildi ve hatta yerinden fırlayıp kıpkırmızı kesilmiş bir halde bir şeyler söylemeye başladı ama mahkeme mübaşiri onu durdurdu. "Sonunda," diyerek kâtip iddianameyi okumayı sürdürdü. "Kartinkin, tüccarı uyutmak için Maslova'ya toz verdiğini itiraf etmiştir; ikinci ifadesinde ise tüm suçu Maslova'ya yükleyerek, para çalma olayıyla bir ilgisi olmadığını ve Maslova'ya toz verdiğini reddetmiştir. Boçkova'nın bankaya yatırdığı paralar için de Boçkova'nın doğru söylediğini, birlikte otelde çalıştıkları on iki yıl süresince hizmet ettikleri beylerden yaptıkları hizmetleri karşılığı edindiklerini ifade etmiştir."

İddianame daha sonra yüzleştirmeler, tanıkların ifadeleri, uzmanların görüşleri gibi şeylerle devam etti.

İddianamenin son kısmı şöyleydi:

"Tüm bu yukarıda arz olunanlardan dolayı Borki köyünden 33 yaşındaki Simon Petrov Kartinkin, 43 yaşındaki kentli Yevfimiya İvanovna Boçkova ve yine kentli 27 yaşındaki Yekatarina Mihaylova Maslova, 17 Ocak 188* tarihinde, aralarında önceden kararlaştırarak, tüccar Smelkov'un 2500 gümüş ruble tutarındaki parasını ve yüzüğünü çalmakla ve kasten yaşamına son vermek için ona, Smelkov'a zehir içirmekle ve ölümüne neden olmakla suçlanmaktadırlar.

Bu suç ceza kanunun 4453. maddesinin 4. ve 5. fıkraları kapsamına girmektedir. Bundan dolayı ceza kanunu muhakeme usullerine göre kanunun 201. maddesi gereğince köylü Simon Kartinkin, Yevfimiya Boçkova ve kentli Yekatarina Maslova'nın bölge mahkemesinde jüri üyelerinin katılımıyla yargılanacaklardır."

Kâtip uzun iddianamenin okumasını bu şekilde bitirip kâğıtları toplayarak yerine oturdu ve iki eliyle uzun saçlarını düzeltti. Herkes, artık soruşturmanın başlayacağı, her şeyin aydınlanacağı ve adaletin tecelli edeceği düşüncesiyle içleri rahat, derin bir nefes aldı. Yalnızca Nehlüdov bu duygu içinde değildi: Bundan on yıl kadar önce masum ve çok güzel bir kız olarak tanıdığı Maslova'nın böyle bir şeyi yapabileceği düşüncesiyle büyük bir korkuya kapılmıştı.

XI

İddianamenin okunması tamamlanınca mahkeme reisi üyelere danışıp "açıkça artık her şeyi biliyoruz ve şimdi de kesinlikle bütün detayları öğreneceğiz" demek istercesine Kartinkin'e döndü.

Sola doğru eğilerek "Köylü Simon Kartinkin," diye başladı.

Simon Kartinkin ayağa kalktı, yanakları sessizce seğirirken, ellerini iki yanına yapıştırıp, bütün ağırlığını öne doğru verdi.

"17 Ocak 188* tarihinde Yevfimiya Boçkova ve Yekaterina Maslova ile birlikte tüccar Smelkov'un çantasından ona ait paraları çalmakla ve sonra da arsenik getirip Yekaterina Maslova'yı tüccar Smelkov'un içkisine zehir koymaya ikna etmek ve Smelkov'un ölümüne sebebiyet vermekle suçlanıyorsunuz. Suçlu olduğunuzu kabul ediyor musunuz?" dedi ve sağına yaslandı.

"Bu asla mümkün değil, zira bizim işimiz konuklara hizmet etmek…"

"Bunları sonra anlatırsınız. Suçlu olduğunu kabul ediyor musun?"

"Hayır, asla. Ben yalnızca…"

Mahkeme reisi sakin ama kararlı bir şekilde "Sonra anlatırsın. Suçlu olduğunu kabul ediyor musun?" diye yineledi.

"Ben böyle bir şeyi yapamam, çünkü…"

Mahkeme mübaşiri yeniden Simon Kartinkin'e doğru atılıp acıklı bir fısıltıyla onu durdurdu.

Mahkeme reisi, artık bu iş hallolmuş edasıyla, elinde kâğıt tuttuğu dirseğini başka bir yere koyarak Yevfimiya Boçkova'ya döndü.

"Yevfimiya Boçkova, 17 Ocak 188* tarihinde Moritanya Oteli'nde Simon Kartinkin ve Yekaterina Maslova ile birlikte tüccar Smelkov'un çantasından onun paralarını ve yüzüğünü çalmak, çaldıklarınızı aranızda paylaşmak, suçunuzu örtbas etmek için tüccar Smelkov'a, onun ölümüne neden olan zehri içirmekle suçlanıyorsunuz. Suçunuzu kabul ediyor musunuz?"

Sanık diklenerek sert bir biçimde "Ben suçlu değilim," dedi. "Odaya adım bile atmadım... Bu orospu girdi, bu işi de o yaptı."

Mahkeme reisi tatlı sert bir biçimde "Bunları sonra anlatırsınız," dedi. "Suçlu olduğunuzu kabul ediyor musunuz?"

"Ben para falan almadım, ne zehir içirdim ne de odasına adım attım. Eğer orda olsaydım, kıçına tekmeyi yapıştırırdım."

"Suçlu olduğunuzu kabul etmiyor musunuz?"

"Asla."

"Çok iyi."

Mahkeme reisi üçüncü sanığa dönerek "Yekaterina Maslova," diye söze başladı. "Genelevden tüccar Smelkov'un çantasının anahtarıyla Moritanya Oteli'ne gelip bu çantadan paraları ve yüzüğü çalmakla suçlanıyorsunuz," diye ders verir gibi devam etti – bu arada kulağını, maddi kanıtlar listesinde şişe yer almıyor diyen solundaki üyeye doğru eğildi. "Çantadan paraları ve yüzüğü çalmakla," diye yineledi, "ve çaldıklarınızı paylaşıp sonra yeniden tüccar Smelkov ile birlikte Moritanya Oteli'ne gelerek Smelkov'a, onun ölümüne neden olan zehirli içki içirmekle suçlanıyorsunuz. Suçunuzu kabul ediyor musunuz?"

Maslova "Benim suçum yok," diyerek hızla konuşmaya başladı, "daha önce de söylediğim gibi, şimdi yine söylüyorum, almadım, almadım ve almadım, hiçbir şey almadım, yüzüğü de o bana verdi..."

Mahkeme reisi, "Yani iki bin beş yüz rublenin çalınması konusunda suçlu olduğunuzu kabul etmiyor musunuz?" diye sordu.

"Kırk rubleden başka hiçbir şey almadığımı söylüyorum."

"Peki, tüccar Smelkov'a içkinin içinde toz verdiğinizi, bu konudaki suçunuzu kabul ediyor musunuz?"

"Bunu kabul ediyorum. Bana söylendiği gibi uyku getirici, hiçbir zarar vermeyecek bir şey sandım. Böyle bir şeyi ne akıl ettim, ne de istedim. Tanrı şahidim olsun ki böyle bir şeyi istemedim," dedi.

"Yani, tüccar Smelkov'un parasını ve yüzüğünü çaldığınızı kabul etmiyorsunuz," dedi mahkeme reisi. "Ancak ona toz verdiğinizi kabul ediyorsunuz, öyle mi?"

"Evet, kabul ediyorum, uyku getirici bir toz sanmıştım. Yalnızca uyuması için verdim, böyle bir şeyi istemediğim gibi hiç düşünmedim de."

"Çok iyi," dedi mahkeme reisi, ulaşılan sonuçlardan oldukça memnun görünüyordu. Her iki elini de masanın üstüne koyup arkasına yaslanarak "O halde, olayın nasıl olduğunu anlatın," dedi, "Eğer açık yüreklilikle itiraf ederseniz durumunuzu hafifletebilirsiniz."

Maslova yine aynı şekilde gözlerini doğruca mahkeme reisine dikmiş susuyordu.

"Olay nasıl oldu, anlatın."

Maslova ansızın "Nasıl mı oldu?" diyerek konuşmaya başladı.

"Otele gelmiştim, o beni odasına götürdü, çok sarhoştu." "O" derken, yüzünde büyük bir korku ifadesiyle gözlerini kocaman açmıştı. "Gitmek istiyordum ama o beni bırakmıyordu."

Birden ne diyeceğini unutmuş ya da başka bir şey anımsamış gibi sustu. "Peki, sonra ne oldu?"

"Sonra mı? Sonra kaldım ve eve döndüm."

O sırada savcı yardımcısı tuhaf bir biçimde dirseğine yaslanarak hafifçe yerinden doğruldu.

Mahkeme reisi "Sormak istediğiniz bir soru mu var?" dedi ve savcı yardımcısının olumlu yanıtı üzerine söz sırasını ona verircesine bir işaret yaptı.

Savcı yardımcısı Maslova'ya bakmadan "Şu soruyu sormak isterdim: Acaba sanık, Simon Kartinkin ile daha önceden tanışıyor muydu?" dedi.

Soruyu sorup dudaklarını büzdü ve kaşlarını çattı. Mahkeme reisi soruyu yineledi. Maslova korkuyla savcı yardımcısına gözlerini dikti.

Maslova "Simon'la mı? Evet, tanışıyordum," dedi.

"Şimdi de, sanıkla Kartinkin'in bu tanışmasının derecesini öğrenmek isterdim. Birbirleriyle sıkça görüşüyorlar mıydı?"

Maslova gözlerini kaygıyla savcı yardımcısından alıp yeniden mahkeme reisine dikerek "Tanışmanın derecesi mi? Beni otel müşterileri için çağırırdı, yakınlığım yok," diye yanıt verdi.

Savcı yardımcısı gözlerini kısarak, ancak şeytani ve sinsi bir gülümsemeyle "Öğrenmek istediğim bir şey de, neden Kartinkin başka kızları değil de yalnızca Maslova'yı çağırıyordu?" dedi.

Maslova "Neden beni çağırıyordu, bilmiyorum," diye yanıt verdi, korkuyla çevresine bakınarak, ve bir an için bakışları Nehlüdov'a takıldı. "Kimi isterse, onu çağırıyordu."

Nehlüdov kanın yüzüne hücum ettiğini hissederek, korkuyla "Acaba tanıdı mı?" diye aklından geçirdi ama onu diğerlerinden ayıramayan Maslova hemen başını çevirip yeniden korku dolu bir ifadeyle gözlerini savcı yardımcısına dikti.

"Demek ki, sanık Kartinkin'le yakın bir ilişkisi olduğunu inkâr ediyor. Çok iyi. Başka sorum yok."

Savcı yardımcısı hemen dirseğini masadan çekip bir şeyler not almaya başladı. Aslında hiçbir şey not almıyordu, yalnızca kalemiyle notlarının etrafını çiziyordu, savcıların da avukatların da böyle yaptıklarını çok görmüştü, ustaca bir sorudan sonra sanıkları sıkıştıracak notlar alıyorlardı.

Mahkeme reisi o sırada gözlüklü üyeye daha önceden hazırlanmış ve yazılmış, bundan sonra sorulacak soruların düzeni konusunda hemfikir olup olmadığını sorduğu için o anda sanığa dönüp bakmadan "Daha sonra ne oldu?" diyerek sorgusunu sürdürdü.

Maslova daha da cesur bir biçimde gözlerini doğruca mahkeme reisine dikerek "Eve geldim," diye devam etti, "ev sahibesine parayı verip yatmaya gittim. Tam uykuya dalmıştım ki, bizim kızlardan Berta beni uyandırdı. 'Hadi kalk, senin tüccar yine geldi' diye. Ben çıkmak istemedim ama madam sıkıştırdı. Orada o – o sözcüğünü yine büyük bir korkuyla söylemişti – bizim kızlara içki ikram ediyordu, sonra bir şişe içki daha istedi ama yanındaki bütün parası bitmişti. Ev sahibesi ona inanmadı. Bunun üzerine o da beni kendi odasına gönderdi ve paranın yerini, ne kadar alacağımı söyledi. Ben de gittim."

Mahkeme reisi o sırada solundaki üyeyle fısıldaştığı için Maslova'nın söylediklerini duymadı ama her şeyi duyduğunu göstermek için onun son sözlerini yineledi.

"Gittiniz," dedi. "Peki, sonra ne yaptınız?"

"Onun istediği gibi gidip her şeyi yerine getirdim: Odasına girdim ama yalnız değil, Simon Mihayloviç ile" – Boçkova'yı göstererek – "onu çağırdım," dedi.

Boçkova "Yalan söylüyor, girmek mi, adımımı bile atmadım..." diye konuşmaya kalktı ama onu susturdular.

Maslova yüzünü asarak, Boçkova'ya bakmadan "Onların yanında dört tane kırmızı aldım," diyerek konuşmasını sürdürdü.

Savcı yine "Peki, sanık kırk rubleyi alırken ne kadar para olduğuna bakmamış mı?" diye sordu.

Savcı ona yönelir yönelmez Maslova irkildi. Neden olduğunu bilmiyordu ama onun kötülüğünü istediğini hissediyordu.

"Saymadım ama yalnızca yüz rublelikler vardı."

"Sanık yüz rublelikleri görmüş, başka sorum yok."

Mahkeme reisi saatine bakarak "Peki, sonra paraları getirdiniz mi?" diyerek sorgusunu sürdürdü.

"Getirdim."

Mahkeme reisi "Peki, sonra ne oldu?" diye sordu.

"Sonra da o beni yeniden yanında aldı," dedi Maslova.

Mahkeme reisi "Peki, içkisine tozu nasıl kattınız?" diye sordu.

"Nasıl mı kattım? İçkinin içine döktüm, sonra da verdim."

"Neden verdiniz?"

Maslova yanıt vermeden önce sıkıntıyla derin bir iç çekti. Bir an sustuktan sonra "Bir türlü gitmeme izin vermiyordu," dedi. "Canımı çıkarmıştı. Koridora çıkıp Simon Mihayloviç'e 'N'olur beni bıraksın. Yoruldum,' dedim. 'Biz de ondan bıktık. Ona uyku ilacı vermek istiyoruz, o uyur, o zaman gidersin' dedi. Ben de 'Olur' dedim. Bunun zararlı bir toz olabileceğini düşünmedim. Bana ufak bir kâğıt verdi. Odaya girdim, bölmenin arkasına uzanmıştı ve hemen kendine konyak vermemi istedi. Ben de masadan Finechampagne şişesini alıp iki kadeh doldurdum, kendime ve ona, onun kadehine tozu döküp ona verdim. Bilseydim hiç yapar mıydım."

"Peki, yüzüğün sende ne işi var?" diye sordu mahkeme reisi.

"Yüzüğü o bana kendisi hediye etti."

"Ne zaman?"

"Onun odasına geldiğimizde geri dönmek istedim, o da başıma vurdu ve saç tokam kırıldı. Ben de kızdım ve gitmek istedim. O da parmağından yüzüğü çıkarıp kalmam için bana hediye etti," dedi Maslova.

O sırada savcı yardımcısı yeniden doğruldu ve yine o aynı yapmacık saf haliyle birkaç soru daha sormak için izin istedi ve izni alınca, sırmalı yakasının üzerinden başını eğerek "Sanığın tüccar Smelkov'un odasında ne kadar zaman geçirdiğini öğrenmek isterdim," dedi.

Maslova'nın içini yeniden korku kaplamıştı, kaygıyla gözlerini savcı yardımcısından mahkeme reisine kaçırarak, aceleyle "Ne kadar zaman geçirdiğimi anımsamıyorum," dedi.

"Peki, sanık, tüccar Smelkov'un odasından çıkınca otelde başka bir yere uğradı mı, anımsıyor mu?"

Maslova biraz düşündükten sonra "Yandaki boş odaya uğradım," dedi.

Savcı yardımcısı heyecanlanarak ve doğrudan Maslova'ya dönerek "Neden uğradınız?" diye sordu.

"Kendime çekidüzen vermek ve arabacının gelmesini beklemek için."

"Kartinkin de sanıkla birlikte odada mıydı?"

"O da geldi."

"Neden?"

"Tüccardan kalan içkiyi birlikte içtik."

"Yani, birlikte içtiniz. Çok iyi anlıyorum."

"Sanıkla Simon arasında bir konuşma geçti mi?"

Maslova'nın ansızın yüzü asıldı, kıpkırmızı kesildi ve hızla "Ne mi konuştum? Hiçbir şey konuşmadım. Olan her şeyi olduğu gibi anlattım, başka hiçbir şey bilmiyorum. Bana ne isterseniz yapın. Ben suçsuzum, hepsi bu," dedi.

Savcı yardımcısı mahkeme reisine "Başka sorum yok," dedi ve omuzlarını tuhaf bir biçimde dikip hızla, sanığın Simon ile birlikte boş odaya gittiği itirafını notları arasına aldı.

Bir suskunluk oldu.

"Başka söyleyecek bir şeyiniz var mı?"

Maslova "Her şeyi anlattım," dedi ve derin bir nefes alarak yerine oturdu.

Bunun ardından mahkeme reisi kağıda birtakım notlar aldı ve solundaki üyenin ona fısıltıyla söylediği haberi işitince oturuma on dakika ara verildiğini bildirdi ve aceleyle kalkıp salondan çıktı. Mahkeme reisiyle solundaki uzun boylu, sakallı, iri, iyimser gözlü üye arasındaki görüşmenin konusu şuydu, üyenin midesi ekşimişti, karnını ovmak ve ilaç içmek istiyordu. Bu durumu mahkeme reisine söylemiş ve onun ricası üzerine ara verilmişti.

Hâkim heyetinin ardından üyeler, avukatlar, tanıklar da kalktı ve önemli bir işin bir kısmını bitirmiş olmanın verdiği keyifle sağa sola hareketlendiler.

Nehlüdov çıkıp jüri üyelerinin odasına girdi ve orada pencerenin yanına oturdu.

XII

Evet, bu Katyuşa'ydı.

Nehlüdov'un Katyuşa ile ilişkisi şöyleydi: Nehlüdov, Katyuşa'yı ilk kez üniversite üçüncü sınıfta, toprak mülkiyeti üzerine tezini hazırlarken yazın halalarının yanında görmüştü. Genellikle yazları annesi ve kız kardeşiyle birlikte annesinin

Moskova yakınlarındaki malikânesinde geçiriyordu ama bu yıl kız kardeşi evlenmiş, annesi de yurt dışına kaplıcalara gitmişti. Nehlüdov'un da tezini yazması gerekiyordu, o da yazı halalarının yanında geçirmeye karar vermişti. Yaşadıkları yer sessiz bir köşeydi, eğlence yoktu, halaları yeğenlerini şefkatle seviyorlar, o da vârisleri olarak onları, modası geçmiş sade yaşantılarını seviyordu.

Nehlüdov o yaz halalarının yanında büyük bir coşku içindeydi, delikanlı ilk kez başkaları karışmadan, kendi kendine, yaşamın tüm güzelliğini ve önemini, yaşamda insana yüklenen muazzam misyonu kavrıyor, hem tüm dünyanın sonsuz kusursuzluğa ulaşabileceğini görüyor hem de yalnızca umutla değil aynı zamanda büyük bir inançla kendisinin de bu mükemmelliğe ulaşabileceğini düşleyerek kendini bu kusursuzluğa adıyordu. Daha bu yıl üniversitede Spencer'in "Sosyal dengesi"ni okumuş ve özellikle de büyük toprak sahibi bir kadının oğlu olduğu için Spencer'in toprak mülkiyeti hakkındaki düşünceleri, üzerinde çok güçlü bir etki yapmıştı. Babası varlıklı biri değildi ama annesi çeyiz olarak on bin desyatina toprak almıştı. O zaman yaşamında ilk kez kişisel toprak mülkiyetinin tüm acımasızlığını ve adaletsizliğini kavramış ve kişisel çıkarları daha yüce manevi hazlar adına feda eden bu insanlardan biri olarak toprak mülkiyeti hakkından yararlanmaktan vazgeçmiş ve babasından miras kalan toprakları köylülere dağıtmıştı. Bu konuyu da tezinde yazıyordu.

Bu yıl köyde halalarının yanındaki yaşamı şöyle geçiyordu: Çok erken, bazen saat üçte kalkıyor ve güneş doğana kadar dağın eteğindeki ırmakta yüzüyor, bazen daha sabah sisi içinde otlar ve çiçekler daha çiy içindeyken dönüyordu. Bazen sabahları kahvesini içerek tezinin başına oturuyor ya da tezi için kaynakları araştırıyordu ama çoğu zaman okuma ve yazma yerine yeniden evden çıkıp tarlalarda ormanlarda dolaşıyordu. Öğleden önce bahçede bir yerde kestiriyor, sonra öğle yemeğinde neşeli haliyle halalarını eğlendiriyor ve güldürüyordu, sonra tepelerde dolanıyor ya da kayıkla geziniyordu, akşamları yeniden okuyor ya da iskambille fala bakarak halalarıyla birlikte oturuyordu. Özellikle mehtaplı gecelerde içi içine sığmayan hali ve yaşam sevincinden dolayı sık sık gözünü uyku tutmuyor ve uyumak yerine gün doğuncaya kadar kurduğu hayaller ve düşüncelerle bahçede dolaşıyordu.

Halalarının yanında geçirdiği ilk ay bu şekilde, yarı hizmetçi, yarı eğitimli, kara gözlü, ayağına çabuk Katyuşa'yı hiç umursamadan sakin ve mutlu bir hayat sürüyordu.

Annesinin kanatları altında yetişen Nehlüdov o sırada on dokuz yaşında tam anlamıyla bakir bir delikanlıydı. Yalnızca karısı olabilecek bir kadın hayal ediyordu. Onun anlayışına göre karısı olamayacak her kadın onun için kadın değil yalnızca insandı. Ancak o yaz komşuları kadın Voznesenye'de* iki kızı ve lise öğrencisi oğluyla ve onlarda kalan köylü genç bir ressamla halalarına gelmişti.

Çaydan sonra evin önündeki daha yeni biçilmiş çayırlıkta gorelki** oynamaya başladılar. Katyuşa'yı da aralarına aldılar. Birkaç oyundan sonra Nehlüdov'un Katyuşa'yla eşleşmesi gerekti. Katyuşa'yı görmek Nehlüdov'un her zaman hoşuna gidiyordu ama aralarında özel bir ilişki olabileceği aklına gelmiyordu.

Ebe olan, kısa, çarpık ancak güçlü köylü bacakları üze-

---
* İsa'nın göğe yükselişi. (Çev. N.)
** Baharın başlangıcında bekar kız ve erkeklerin oynadığı oyun. Ebe olan erkek kaçan çiftleri kovalar, kızı yakaladığında diğer erkek ebe olur. Oyunun amacı seven gençlerin birlikteliğidir. (Çev. N.)

rinde çok hızlı koşan, neşeli ressam "Gel de şimdi bunları yakala. Anca takılıp düşecekler de..." dedi.

"Yakala da görelim!"

"Hadi, bir, iki, üç!"

Üç kez el çırptılar. Katyuşa gülmemek için kendini zor tutarak, Nehlüdov'la beraber hızla yer değiştirdi ve onun kocaman elini küçük, kuvvetli ve nasırlı eliyle sıkı sıkı tutup kolalı eteğini hışırdatarak, sola doğru koşmaya başladı.

Nehlüdov hızla koşuyor, ressama yakalanmak istemiyordu, var gücüyle koşarken arkasına dönüp baktığında ressamın Katyuşa'yı kovaladığını gördü ama kız zıp zıp zıplayarak çevik adımlarla sola kaçıyor ona yakalanmıyordu. İleride, kimsenin o yöne koşmadığı bir leylak çalılığı vardı, Katyuşa Nehlüdov'a bakıp başıyla çalılığın arkasında buluşmaları için işaret etti. Nehlüdov onu anlayıp çalılığın arkasına koşturdu. Ancak orada daha önceden bilmediği, ısırgan otlarıyla kaplı bir ark vardı, ayağı takılıp içine kapaklanınca ısırgan otlarından ellerini daladı ve ellerini akşamdan kalma çiyin üzerine bastırdı ama anında haline gülerek doğruldu ve açık bir yere koşturdu.

Katyuşa siyah frenk üzümü gibi kara gözleriyle pırıl pırıl gülümseyerek uçarcasına karşısına çıktı. Koşturarak el ele tutuştular.

Katyuşa diğer eliyle dağılan saç örgüsünü düzelterek, zorlukla nefes alıp gülümsedi ve onu tepeden tırnağa süzerek "Ellerin kavruldu, benim yüzümden," dedi.

Nehlüdov da aynı şekilde gülümseyerek, elini bırakmadan "Orada ark olduğunu bilmiyordum," dedi.

Katyuşa ona yaklaştı, Nehlüdov nasıl olduğunu kendisi de anlamadan yüzünü yüzüne yaklaştırdı, kız uzaklaşmadı, o da elini daha büyük bir güçle sıkarak onu dudaklarından öptü.

Katyuşa hızla elini kurtarıp "Fırsatçı seni!" diyerek, ondan uzaklaştı.

Leylak çalılığına doğru koşarken ondan yaprakları dökülmüş iki beyaz dal kopardı ve alev alev yanan yüzüne onları vurarak ve Nehlüdov'a dönüp bakarak ve hızlı hızlı kollarını sallayarak geri oyun arkadaşlarının yanına gitti.

O andan sonra Nehlüdov'la Katyuşa'nın arasındaki ilişki bambaşka bir hal aldı, masum delikanlıyla masum kız arasında olan, birbirini çeken o kendine özgü ilişki başladı.

Katyuşa odaya girer girmez ya da onun beyaz önlüğünü uzaktan görür görmez her şey Nehlüdov için adeta güneş gibi aydınlanıyor, her şey daha ilginç, daha neşeli, çok daha anlamlı bir hal alıyordu; yaşam mutluluğa dönüşmüştü. Katyuşa da aynı şeyi hissediyordu. Nehlüdov üzerinde bu etkiyi bırakan yalnızca Katyuşa'nın varlığı ve yakınlığı değildi; evet Katyuşa vardı ama onda bu etkiyi yaratan tek şey Katyuşa için de Nehlüdov'un var olduğu bilinciydi. Nehlüdov annesinden tatsız bir mektup aldığında ya da tezi yolunda gitmediğinde, veya nedensiz gençlik hüznüne gömüldüğünde yalnızca Katyuşa'nın var olduğunu ve onu göreceğini anımsaması yetiyor ve bütün hepsi dağılıp gidiyordu.

Katyuşa'nın evde yapacak bir dünya işi vardı ama yine de her şeyin üstesinden geliyor ve boş zamanlarında okuyordu. Nehlüdov ona daha yeni okuduğu Dostoyevski'nin ve Turgenyev'in kitaplarını veriyordu. En çok Turgenyev'in "Sessizlik"ini beğenmişti. Aralarındaki konuşmalar zaman zaman denk geldikleri koridorda, balkonda, avluda ve bazen Katyuşa ile birlikte yaşayan halalarının yaşlı oda hizmetçisi Matryona Pavlovna'nın odasında ve ara sıra Nehlüdov'un kıtlama çay içmek için uğradığı konuk odasında oluyordu. En hoş olan Matryona Pavlovna'nın yanında yaptıklarıydı. Yalnız kaldıklarında konuşmak çok daha zor geliyordu. O anda gözleri, kıvrılarak konuşan ağız ve dudaklardan çok daha önemli başka şeyler konuşmaya başlıyor ve tüyler ürpertici bir şeyler oluyor, onlar da aceleyle uzaklaşıyorlardı.

Nehlüdov ile Katyuşa arasındaki bu ilişki, halalarının yanında ilk kez kaldığı bu süre boyunca bu şekilde sürdü. Halaları bunun farkına varıp korkuya kapıldı ve hatta yurt dışında bulunan Nehlüdov'un annesi knyaginya Yelena İvanovna'ya bir mektup yazarak durumu bildirdiler. Halası Mariya İvanovna, Dimitri'inin Katyuşa ile ilişkiye girmiş olabileceğinden korkuyordu. Ancak bu korkusu yersizdi: Nehlüdov neden olduğunu kendisi de bilmeden masum insanlar gibi Katyuşa'yı seviyordu ve onun sevgisi hem onun hem de Katyuşa için başlıca savunma aracıydı. Ona sahip olma arzusu bir yana, Katyuşa ile böyle bir ilişkinin olabileceği düşüncesi karşısında bile dehşete kapılıyordu. Romantik Sofya İvanovna'nın korkusu ise, Dimitri'inin sağlam, kararlı duruşuyla kıza âşık olup çok daha temel olan şeylere, onun soyuna sopuna, durumuna bakmadan evlenmeye kalkmasıydı.

Eğer o zamanlar Nehlüdov Katyuşa'ya âşık olduğunun gerçekten farkına varsaydı ve özellikle de yazgısını böyle bir kızla birleştiremeyeceğini, böyle bir şeyin asla olamayacağını ona söylemeye kalksalardı, ki bu her an olabilirdi, o tüm içtenliğiyle, sevdikten sonra hangi kız olursa olsun evlenmemesi için hiçbir neden olmadığını söylerdi. Ancak halaları korkularını ona hiç açmıyorlardı, Nehlüdov da bu şekilde kıza olan aşkının farkında olmadan oradan ayrıldı.

Nehlüdov, Katyuşa'ya beslediği duygunun, o zamanlar tüm benliğini kaplayan, bu tatlı, neşeli kızla paylaştığı yaşam sevincinin yalnızca bir parçası olduğundan emindi. Ayrılırken, Katyuşa halalarının yanında kapı eşiğinde durmuş, hafifçe şehla bakan, gözyaşı dolu kara gözleriyle onu uğurlarken, yine de bir daha asla bulamayacağı, çok güzel, değerli bir şeyi terk ettiğini hissetmiş ve çok büyük bir üzüntü duymuştu.

Arabaya binerken halasının başlığı üzerinden "Elveda, Katyuşa, her şey için çok teşekkür ederim," dedi.

Katyuşa da hoş, yumuşak sesiyle "Elveda, Dimitri İvanoviç," dedi ve gözüne dolan yaşları güçlükle bastırarak, dilediğince ağlayabileceği sahanlığa koşturdu.

XIII

Ondan sonra Nehlüdov üç yıl boyunca Katyuşa ile görüşmedi. Onunla yeniden ancak subay olarak orduya katılmak üzere giderken, bundan üç yıl önce yanlarında geçirdiği yaz olduğundan tamamen başka bir adam olarak halalarına uğradığı zaman görüştü.

O zamanlar her türlü iyilik adına kendini feda etmeye hazır, dürüst, özverili bir delikanlıydı; şimdiyse şımarık, aşırı bencil, yalnızca kendi zevklerini düşünen biriydi. O zaman dünya ona, sevinç ve heyecanla anlamaya çalıştığı gizemlerle dolu gibi geliyordu, şimdiki yaşamındaysa her şey apaçık, basit ve içinde bulunduğu koşullar tarafından belirlenmişti. O zaman doğayı, ondan önce yaşayan, düşünen ve hisseden insanları (felsefe, şiir alanında) tanımak gerekli ve önemliydi, şimdi gerekli ve önemli olan ise arkadaşlarıyla kurduğu ilişkilerdi. O zamanlar kadın ona, özelikle gizemli ve olağanüstü bir varlık gibi görünüyordu, şimdi ise kadının, kendi ailesindeki ve arkadaşlarının eşleri hariç, her türlü kadının anlamı çok ortadaydı: Kadın çoktan deneyimlenmiş zevklerin en iyi araçlarından biriydi. O zaman paraya ihtiyacı yoktu ve annesinin verdiğinin üçte birini almayabilirdi, babasının mirasından feragat edebilir ve onu köylülere bağışlayabilirdi, şimdi ise annesinin verdiği ayda bin beş yüz ruble yetmiyordu ve para yüzünden aralarında tatsız konuşmalar geçiyordu. O zamanlar kendini manevi bir varlık olarak görürken, şimdi sağlıklı, dinç, hayvani bir varlık olarak görüyordu.

Bütün bu korkunç değişiklik yalnızca, kendine inanmayı bırakıp başkalarına inanmaya başlaması yüzünden olmuştu. Kendine inanmayı bırakmış, onun yerine başkalarına inanmaya başlamıştı, zira kendine inanarak yaşamak oldukça zordu: Kendine inanarak yaşadığında her türlü sorunu ucuz zevkler peşinde koşan, kendi hayvani "ben"inin çıkarına göre değil, ona karşı çözüyordu, oysa başkalarına inanarak yaşadığında çözecek bir şey yoktu, her şey çoktan çözülmüş oluyordu ve verilen karar daima manevi "ben"in zararına, hayvani "ben"in yararına oluyordu. Seyrek olarak, kendine inandığında, hep insanlar tarafından mahkûm ediliyordu ama başkalarına inandığında çevresindeki insanların takdirini kazanıyordu.

Öyle ki, Nehlüdov düşündüğü, okuduğu, tanrı, gerçekler hakkında, zenginlik ve yoksulluk üzerine konuştuğunda çevresindeki herkes onun bu yaptıklarını yersiz ve kısmen gülünç buluyor, hem annesi hem teyzesi onu alaya alarak *notre cher philosophe** diye adlandırıyorlardı; Aşk romanları okuyup çirkin fıkralar anlattığında, Fransız tiyatrolarında gülünç vodvillere gidip onlardan neşeyle bahsettiğinde herkes onu övüyor ve pohpohluyordu. Tasarruf etmeye kalkıp eski paltosunu giyip içkiyi kestiğinde herkes bu yaptıklarını tuhaf ve mütevaziliğiyle övünmeye kalkmak gibi bir şey sayıyor; av için ya da aşırı lüks bir çalışma odası yapmak için parayı har

---

* *Fr.* Bizim değerli filozofumuz. (Çev. N.)

vurup savurduğunda ise bu kez herkes onun zevkini göklere çıkarıyor ve ona değerli armağanlar veriyorlardı. Ergenliğe ulaşıp evleninceye kadar bu şekilde bakir kalmak istediğinde yakınları onun sağlığından endişe ediyor ve hatta annesi bir süre sonra, onun genç bir adam olduğunu ve yakın arkadaşının Fransız sevgilisini ayarttığını öğrendiğinde üzülmeyi bırakın memnun oluyordu. Katyuşa olayına gelince, annesi knyaginya oğlunun onunla evlenme olasılığını korkuya kapılmadan düşünemiyordu.

Yine aynı şekilde, Nehlüdov ergenlik çağına geldiğinde, toprak mülkiyetini adil bulmadığı için babasından miras kalan küçük bir toprak parçasını köylülere dağıttığında, onun bu hareketi annesinde ve yakınlarında korkuya yol açmış ve tüm akrabalarının onunla alay etmesine ve sürekli başına kakmalarına neden olmuştu. Ona durmaksızın, toprak sahibi olan köylülerin zenginleşmeyi bırak yoksullaştıklarını, üç meyhane edinerek tamamen çalışmayı bıraktıklarını söylüyorlardı. Nehlüdov orduya katılıp yüksek makamlardaki arkadaşlarıyla düşüp kalkmaya ve çokça para kaybetmeye başladığında, Yelena İvanovna sermayeden yemek zorunda kalsa da, bunu doğal ve hatta aşının gençlikte ve iyi bir ortamda yapıldığını düşünerek olumlu buluyor, neredeyse hiç üzülmüyordu.

Başlangıçta Nehlüdov mücadele ediyordu ama mücadele etmek oldukça zordu, zira kendine inanarak iyi saydığı her şey başkalarınca kötü görülüyor, tam tersi kendine inanarak kötü saydığı şeylerin hepsi çevresindeki herkes tarafından iyi olarak görülüyordu. Sonunda bu durum Nehlüdov'un teslim olması, kendine inanmayı bırakıp başkalarına inanmasıyla sonuçlandı. İlk zamanlarda kendini böyle yadsıması hoş değildi ancak bu çok uzun sürmedi ve o sıralarda sigara ve içkiye başlayan Nehlüdov çok kısa bir süre sonra bu tatsız duyguyu unuttu, hatta üzerinden büyük bir yük kalkmış gibi hissetti.

Böylece Nehlüdov, ateşli doğasıyla, çevresindeki herkes tarafından onaylanan bu yeni hayat tarzına iyice kendini kaptırdı ve başka şeyler talep eden iç sesini tamamen bastırdı. Bu durum Petersburg'a taşınmadan önce başladı ve orduya katılmasıyla son buldu.

İnsanları toplumsal sorumluluklardan kurtaran, buna karşılık yalnızca alaya, üniformaya, sancağa sözüm ona onur, diğer taraftan başka insanlar üzerinde sınırsız bir hâkimiyet sağlayan, diğer yandan da kendinden yüksek rütbelilere köle gibi itaat gerektiren askerlik hizmeti, genel olarak ona katılanlara aklıselim ve yararlı işlerden yoksun, tamamen eğlenceli koşullar sunarak insanları bozuyordu.

Sancağı ve üniforması ile onur duyan, zorbalığa ve öldürmeye izin veren askerlik hizmetindeki bu genel çürümeye, yalnızca zengin ve ünlü subayların hizmet ettiği, seçkin muhafız alaylarındaki zenginliğin ve çar ailesiyle yakın ilişkinin yarattığı bozulma eklendiğinde, bu çürüme o ortamdaki insanlarda tam olarak akıl tutulmasına varan kesin bir bencilliğe dönüşür. Askerlik hizmetine girdiğinden beri de Nehlüdov bencilliğin böyle bir akıl tutulması içindeydi ve arkadaşlarının yaşadığı gibi yaşamaya başlamıştı.

Yapılan iş, başkaları tarafından dört dörtlük dikilmiş ve temizlenmiş üniforma ve şapka içinde, yine elinde başkalarınca yapılmış, parlatılmış ve verilmiş silahla, yine başkalarınca eğitilmiş, terbiye edilmiş, beslenmiş mükemmel bir at üzerinde eğitime çıkmak ya da törenlere katılmak, dolu dizgin gitmek, kılıç sallamak, ateş etmek ve bunu başkalarına öğretmekten başka bir şey değildi. Başka bir uğraş da yoktu ve en üst rütbeli insanlar, genci, yaşlısı, çar ve onun yakınları bu uğraşıyı onaylamakla kalmıyor, aynı zamanda göklere çıkarıyorlar, bunun için teşekkür ediyorlardı. Bu uğraşların dışında en iyi ve önemli sayılan, kazanılan paraların nereye gittiği belli olmadan saçıp savurulması, bir araya gelip özellikle subay kulüplerinde ya da en pahalı meyhanelerde içmek, sonra tiyatrolar, balolar, kadınlar ve sonra yine at gezintisi, kılıç sallama, dörtnala sürme ve yine parayı saçıp savurmak ve içki, kumar, kadınlar.

Askerlerin yaşadığı ahlaki yönden bozuk böyle bir hayatı eğer sivil biri yaşasaydı, ruhunun derinliklerinde büyük bir utanç duyardı. Oysa askerler özelikle savaş zamanlarında böyle olması gerektiğini düşünüyor, bununla övünüyor, böyle bir hayat sürdükleri için gurur duyuyorlardı, Türkiye'ye savaş ilan edildikten sonra orduya giren Nehlüdov da aynıydı. "Biz savaşta hayatımızı feda etmeyi göze aldık, dolayısıyla da böyle tasasız, eğlenceli bir yaşamı hoş görmek bir yana bu bizim hakkımız. Öyle de yaşayacağız."

Nehlüdov yaşamının o döneminde çok belirgin olmasa da böyle düşünüyordu: Bu süre boyunca önceden kendine koyduğu tüm ahlaki engellerden kurtulmanın heyecanını hissediyor ve hiç ara vermeden bencilliğin akıl tutulmasına vardığı bu müzmin ortamlarda yer almayı sürdürüyordu.

Üç yıl sonra halalarına uğradığında Nehlüdov işte böyle bir ruh hali içindeydi.

XIV

Nehlüdov halalarına, malikâneleri alayın yolu üzerinde olduğu ve çok ısrar ettikleri için uğramıştı ama uğramasının başlıca nedeni Katyuşa'yı görmekti.

Belki de ruhunun derinliklerinde artık Katyuşa'ya karşı içinde kabaran şehvet duygusunun fısıldadığı kötü bir niyet besliyordu ama o bu niyetin farkında değildi, yalnızca keyifli zamanlar geçirdiği o yerlerde olmak, farkında olmadan çevresini sevgi ve hayranlık uyandıran bir atmosferle saran, biraz komik ama tatlı, iyi yürekli halalarını ve tatlı bir anı olarak kalan sevgili Katyuşa'yı görmek istiyordu.

Martın sonlarında, Paskalya öncesi cuma günü, çok kötü bir havada, bardaktan boşanırcasına yağan bir yağmur altında, iliklerine kadar ıslanmış, buz kesmiş ama o sıralarda hep kendini hissettiği gibi dinç ve coşkulu bir ruh hali içinde gelmişti. Halalarının çatıdan düşen öbek öbek karlarla kaplı eski malikânelerinin avlusuna girerken "Hâlâ yanlarında mı çalışıyor, acaba?" diye aklından geçiriyordu. Çıngırağın sesine Katyuşa'nın koşarak kapıya çıkacağını ummuştu ama onun yerine kapıya çıplak ayaklı, eteklerini beline dolamış, ellerinde kovalarla, hallerinden döşeme sildikleri anlaşılan iki kadın çıktı. Giriş merdiveninde de Katyuşa yoktu; yalnızca, muhtemelen yine temizlikle ilgilenen, önlüklü uşak Tihon çıkmıştı. Ön sundurmaya ipek elbisesi içinde başında başörtüsüyle Sofya İvanovna çıktı.

Onu öperken "Ah canım, gelmiş," dedi. "Maşenka biraz rahatsız, kilisede yoruldu. Ekmek–şarap ayinine katılmıştık."

Nehlüdov Sofya İvanovna'nın elini öperken "Kutlarım, Sonya Hala," dedi. "Kusuruma bakmayın, sizi ıslattım."

"Odana geç. Sırılsıklam olmuşsun. Artık bıyıkların da... Katyuşa! Katyuşa! Ona hemen bir kahve yap."

Koridordan o bildik, tatlı ses "Hemen yapıyorum," diye karşılık verdi.

Nehlüdov'un yüreği sevinçle hop etti. "Burada!" O an sanki güneş bulutların arasından yüzünü göstermişti. Nehlüdov üstünü değiştirmek için Tihon ile birlikte kendi odasına geçti.

Nehlüdov, Tihon'a "Katyuşa nasıl? Neler yapıyor? Evlenmiyor mu?" diye sormak istiyordu ama Tihon öyle saygılı ve aynı zamanda öyle ciddiydi ve lavaboda ellerine su dökmek için o kadar ısrarcı olmuştu ki, Nehlüdov Katyuşa ile ilgili sorular sorma konusunda tereddüt etti ve yalnızca torunlarını, bekçi köpeği Polkan'ı ve kardeşinin yaşlı aygırını sorabildi. Geçen yıl kuduran Polkan'ın dışında hepsi hayatta ve sağlıklıydı.

Nehlüdov üzerindeki bütün ıslak giysileri çıkarıp tam giyinmeye başlamıştı ki, koşuşturan adımları işitti ve kapı çalındı. Ayak seslerini de kapının çalınış şeklini de tanıdı. Bu şekilde yalnızca Katyuşa yürüyor ve kapıyı tıklatıyordu.

Üzerine ıslak kaputunu geçirip kapıyı açtı.

"Buyurun."

Bu, Katyuşa'ydı. Eskiden olduğundan çok daha tatlıydı. Masum bakışlı, hafifçe şehla, gülen kara gözleri aşağıdan yukarı bakıyordu. Her zaman olduğu gibi pırıl pırıl, beyaz bir önlük takmıştı. Halalarının verdiği, ambalajından yeni çıkarılmış bir parça sabunla, biri Rus tarzı büyük, diğeri tüylü iki havlu getirmişti. Üzerindeki yazıları duran, el değmemiş sabun da, havlu da, Katyuşa'nın kendisi de, bütün bunların hepsi aynı şekilde temiz, taze, el değmemiş ve hoştu. Tatlı, dolgun, kırmızı dudakları daha önce de onu gördüğünde olduğu gibi duyduğu olağanüstü sevinçten dolayı aynı şekilde bükülmüştü.

Güçlükle "Hoş geldiniz, Dimitri İvanoviç," dedi ve yüzü al al kesildi.

Ona nasıl hitap edeceğini "sen" mi yoksa "siz" mi demesi gerektiğini bilemeden aynı Katyuşa gibi kızararak "Merhaba... Merhaba, nasılsın, iyi misiniz?" dedi.

Sabunu masanın üzerine, havluyu da sandalyenin kolçağına bırakırken "Tanrı'ya şükür... Halanız size en sevdiğiniz pembe sabunu gönderdi," dedi.

Tihon, Nehlüdov'un kapağı ardına kadar açılmış ve içinde bir sürü şişe, fırça, briyantin, parfüm ve çeşit çeşit tuvalet malzemelerinin bulunduğu gümüş kapaklı tuvalet çantasını gururla gösterip konuğun ayrıcalığını vurgulayarak "Onun zaten var," dedi.

Nehlüdov ruhunda eskisi gibi pırıl pırıl ve sevecen bir şeylerin varlığını hissederek "Halama teşekkürlerimi iletin. Buraya iyi ki gelmişim..." dedi.

Katyuşa bu sözlere yanıt olarak yalnızca gülümsedi ve odadan çıktı.

Nehlüdov'u her zaman seven halaları bu kez onu her zamankinden çok daha büyük bir sevinçle karşılamışlardı. Dimitri yaralanabileceği, ölebileceği bir savaşa gidiyordu. Bu durum teyzelerinin içini acıtıyordu.

Nehlüdov seyahatine halalarının yanında yirmi dört saat kalacak kadar ara vermişti ama Katyuşa'yı görünce iki gün sonraki Paskalya Yortusu'nu halalarında karşılamayı kabul etti ve birlikte Odessa'ya gideceği dostu ve arkadaşı Şenbok'a halalarına gelmesi için bir telgraf çekti.

Nehlüdov, Katyuşa'ya karşı hâlâ onu ilk gördüğü zamanki duyguları besliyordu. Aynı şekilde, daha önce olduğu gibi Katyuşa'nın beyaz önlüğünü görünce heyecanına mani olamıyordu, onun yürüyüşünü, sesini, gülüşünü işittiğinde içi içine sığmıyor, özellikle güldüğü zamanlar, ıslak frenk üzümü gibi kara gözlerine duygulanmadan bakamıyor, en çok da Katyuşa onunla karşılaştığında kızarınca şaşırmadan bakamıyordu. Âşık olduğunu hissediyordu, ancak, bu aşkın onun için gizemli olduğu ve âşık olduğunu kendisine itiraf edemediği, yalnızca bir kez âşık olunabileceğine emin olduğu o zamanlarda olduğu gibi değil, şimdi bunu bilerek ve buna sevinerek, kendisinden gizlese de, aşkın ne olduğunu ve bunun sonucunda neler olabileceğini belli belirsiz hissederek âşık olmuştu.

Tüm insanlarda olduğu gibi Nehlüdov'un da içinde çift kişilik vardı. Biri, manevi, kendisi adına, ancak başkaları için dileyebileceği kadar iyilik dileyen, diğeri, yalnızca kendi çıkarını düşünen ve bu çıkarı elde etmek için tüm dünyanın iyiliğini feda etmeye hazır hayvani bir kişilik. Petersburg'daki yaşamında ve askerliği sırasında ortaya çıkan onun akıl tutulmasına varan bencilliği, bu hayvani kişilik, o dönemde ona hükmediyordu ve içindeki manevi kişiliği iyice ezmişti. Ancak Katyuşa'yı görünce, bir zamanlar ona karşı hissettiklerini yeniden duyumsayınca, içindeki manevi kişilik isyan ederek hakkını aramaya başladı. Böylece Paskalya Yortusu'na kadar geçen iki gün boyunca Nehlüdov'un içinde kimsenin farkında olmadığı, durmaksızın bir iç savaş yaşandı.

İçten içe gitmesi gerektiğini, şu an halalarının yanında kalması için hiçbir nedeni olmadığını ve bundan iyi bir şey çıkmayacağını biliyordu ama o kadar keyfi yerindeydi ki, bunu kendine söylemiyor, kalmaya devam ediyordu.

Cumartesi akşamı, İsa'nın dirilişinin arifesinde, papaz çömezi, papaz ve kutsal eşyaların muhafızı, söylediklerine göre, kiliseyle halalarının evi arasındaki üç verstlik mesafeyi, çayırları ve tarlaları kızaklarla, bin bir güçlükle geçerek, sabahın erken saatinde yapılacak ayin için gelmişlerdi.

Nehlüdov, halalarının ve hizmetçilerin yanında dikilmiş, kapının kenarında duran ve buhurdanlık tutan Katyuşa'dan gözlerini ayırmadan sabah ayinini izliyordu uzaktan, papaz ve halalarıyla bayramlaşıp tam gitmeye niyetlenirken, koridorda Mariya İvanovna'nın yaşlı oda hizmetçisi Matryona

Pavlona'nın Katyuşa ile birlikte, kutsanmak için Paskalya çöreğini kiliseye götüreceklerini duyunca "Benim de gitmem lazım," diye düşündü.

Kiliseye kadar olan yol, ne tekerlek üstünde ne de kızakla gidilecek gibi değildi, bundan dolayı da Nehlüdov halalarında, sanki evindeymiş gibi emirler yağdırıp "kardeş" adlı atın hazırlanmasını, eyerinin vurulmasını istedi ve gidip yatacağına, binici pantolonuyla pırıl pırıl parlayan üniformasını giydi, sırtına kaputunu geçirip semirmiş, hantallaşmış ve durmadan kişneyen yaşlı ata atlayıp karanlığın içinde çayırların ve karların üzerinden geçerek kiliseye gitti.

XV

Bu ayin daha sonra yaşamı boyunca Nehlüdov için en parlak ve güçlü anılardan biri olarak kalacaktı.

Yer yer beyaz karın hafifçe aydınlattığı, koyu karanlığın içinde sulara bata çıka, kulaklarını oynatan atın üzerinde çevresinde tutuşturulmuş yağ kandillerinin aydınlattığı kilise avlusuna geldiğinde ayin henüz yeni başlamıştı.

Mariya İvanovna'nın yeğenini tanıyan köylüler onu kuru bir yere götürüp, atını alıp bağladılar ve kiliseye kadar ona eşlik ettiler. Kilse, ayin için gelenlerle ağzına kadar doluydu.

Sağ tarafta erkekler; ev işi kaftanlar, çarıklar ve tertemiz beyaz tozluklar içinde yaşlılar, belleri parlak kuşaklarla sarılı, yeni çuha kaftanlar ve ayaklarında çizmelerle gençler, sol tarafta, kırmızı ipek başörtülü, yenleri açık kırmızı renkte giysili, pliseli kaftanlar ve mavili, yeşilli, kırmızılı, alacalı bulacalı etekler giymiş, ayaklarında zımbalı ayakkabılar olan kadınlar yer alıyordu. Onların arkasında beyaz başörtüsü takmış, gri kaftanlı ve eski tarz, evli kadınların giydiği türden önlükler ve ayakkabılar ya da yeni çarıklar giymiş mütevazı yaşlı kadınlar dikiliyordu. Her iki grubun arasında da saçları yağlı çocuklar vardı. Erkekler haç çıkarıp saçlarını düzelterek selam veriyorlar; kadınlar, özellikle ihtiyar olanlar çevresinde mumlar yanan bir ikonaya feri kaçmış gözlerini dikip sıkıca birleştirdikleri parmaklarını alınlarındaki başörtüsünün üzerine, omuzlarına ve karınlarına götürerek ve bir şeyler fısıldayarak, ya ayakta durarak eğiliyor ya da dizlerinin üzerine çöküyorlardı. Çocuklar gözler onlara çevrildiğinde büyükleri taklit ederek, özenle haç çıkarıyorlardı. Dört bir yanı uzun, burgulu, altın sarısı mumlarla çevrili ikonastasis* ışıl ışıldı. Avize mumlarla donatılmıştı, koro bölümünden gönüllü şarkıcılardan yükselen, gürleyen bas seslerin ve çocukların tiz seslerinin karıştığı neşeli melodiler işitiliyordu.

Nehlüdov ön sıraya geçti. Ortada aristokratlar duruyordu; karısı ve bahriyeli ceketi giymiş oğluyla toprak sahibi, polis müdürü, telgrafçı, kürklü çizmeli bir tüccar, madalyalı muhtar ve kürsünün sağında, toprak sahibinin karısının arkasında leylak rengi janjanlı bir elbise giymiş ve üzerinde beyaz, oyalı bir şal bulunan Matryona Pavlovna ve mavi kuşaklı, göğsü büzgülü beyaz bir elbise giymiş ve siyah saçlarında kırmızı fiyonguyla Katyuşa duruyordu.

Her şeyde bir bayram havası, görkem ve neşe vardı: Parlak gümüş ve altın sarısı sırmalarla haçlar işli cüppeleriyle papazlar, gümüş ve altın işlemeli giysileriyle papaz çömezi, kutsal eşya muhafızı ve yağlı saçlarıyla, bayram şarkılarını oynayarak, neşeyle söyleyen, şık, gönüllü şarkıcılar ve papazların

---

* Mihrap ile diğer bölümleri ayıran ikonaların olduğu ahşap ya da metal duvar. (Çev. N.)

ardı arkası kesilmeyen, çiçek şeklindeki üç kollu şamdanlarla halkı üç kez kutsamaları ve hep bir ağızdan tekrar edilen haykırışlar: "Mesih dirildi! Mesih dirildi!" Her şey mükemmeldi ama en iyisi, mavi kuşaklı beyaz giysisi içinde, siyah saçlarında kırmızı fiyonguyla ve heyecan içinde parıldayan gözleriyle Katyuşa'ydı.

Nehlüdov bakmasa da onun kendisini gördüğünü hissediyordu. Hemen yanından mihraba doğru geçerken bunu anladı. Söyleyecek bir şeyi yoktu yine de yanından geçerken "Halam ikinci ayinden sonra bir şeyler yiyeceğini söyledi," demeyi akıl etti.

Her zaman onu gördüğünde olduğu gibi tatlı yüzüne gençlik ateşiyle kavrulan kanı hücum etti ve kara gözleri mutlulukla gülümseyerek, masum bir biçimde Nehlüdov'u tepeden tırnağa süzdü ve bakışlarını onun üzerinde sabitledi.

Gülümseyerek "Biliyorum," dedi.

O sırada papaz çömezi, elinde bakır tasla kalabalığı yararak geçiyordu, Katyuşa'nın yanında geçerken fark etmeden cübbesinin eteğiyle ona çarptı, papaz çömezi görünen o ki, Nehlüdov'a saygısından etrafından dolaştığı için Katyuşa'ya çarpmıştı. Nehlüdov, onun, bu papaz çömezinin, her şeyin, hem burada, hem dünyanın dört bir tarafında yalnızca Katyuşa için var olduğunu, dünyada herkese saygısızlık yapılabileceğini ama ona asla yapılamayacağını nasıl olur da anlamadığına şaşıyordu, zira Katyuşa her şeyin merkeziydi. İkonastasis'in altın rengi onun için parlıyor, avizedeki ve şamdanlardaki tüm mumlar da onun için yanıyordu, bu neşeli şarkılarda onun içindi: "Efendimiz dirildi, sevinin insanlar." Yeryüzünde olan her şey, iyi olan ne varsa, hepsi onun içindi. Katyuşa da, ona öyle geliyordu ki, her şeyin onun için olduğunun farkındaydı. Nehlüdov da, Katyuşa'nın büzgülü, beyaz elbisesi içindeki kalem gibi vücuduna ve kendi ruhunda şakıyanla Katyuşa'nın ruhundakinin bire bir aynı olduğunu gördüğünde pürdikkat kesilmiş, tatlı yüzüne bakarken bunu anlamıştı.

Sabahın ilk ayiniyle sonraki ayin arasında Nehlüdov kiliseden çıktı. İnsanlar önünde iki yana ayrılıp selam vererek yol veriyorlardı. Kimisi onu tanıyor, kimisi de "Kimin nesi?" diye soruyordu. Kilise kapısının eşiğinde durdu. Dilenciler çevresini sardı, para kesesindeki bozuklukları dağıtıp merdivenden aşağı indi.

Gözle görülür bir şekilde gün ağarmıştı ama güneş henüz doğmamıştı. İnsanlar kilisenin çevresindeki mezarların arasına dağılmıştı. Katyuşa kilisede kalmış, Nehlüdov da onu beklemek için durmuştu.

Bütün herkes dışarı çıkıyor, çizmelerinin ökçelerini yere vurarak merdivenlerden iniyor ve kilise avlusuyla mezarlığın içine dağılıyordu.

Çok yaşlı bir adam olan titrek başlı Mariya İvanovna'nın şekerlemecisi Nehlüdov'u durdurarak kutsadı, ipek başörtüsünün altındaki boynu kırış kırış karısı da bohçadan safran sarısı bir yumurta çıkarıp ona verdi. Aynı anda yeşil kuşaklı yeni paltosu içinde yapılı, köylü bir delikanlı gülümseyerek yaklaştı, gülen gözlerle "Mesih dirildi!" dedi ve Nehlüdov'un yanına sokulup köylülere özgü hoş kokusuyla ona sarılıp kıvırcık sakalıyla onu gıdıklayarak dolgun, taze dudaklarıyla dudaklarının tam ortasından üç kez öptü.

Tam Nehlüdov köylüyle öpüşüp ondan koyu kahverengi yumurtayı alırken, Matryona Pavlona'nın janjanlı elbisesi ve Katyuşa'nın kırmızı fiyonklu, sevimli, siyah kafası göründü.

Katyuşa önünde yürüyenlerin başları üzerinden onu hemen gördü, o da Katyuşa'nın ışıklar saçan yüzünü gördü.

Matryona Pavlovna'yla birlikte kilise kapısının eşiğine çıkıp durdular, dilencilere sadaka verdiler. Burnunun yerinde iyileşmiş kırmızı bir yara izi olan bir dilenci Katyuşa'nın yanına yaklaştı, Katyuşa da mendilinden bir şeyler çıkarıp ona verdi, sonra da iyice dilenciye sokulup en ufak bir tiksinti belirtisi göstermeden, tam tersi, gözlerinin içi gülerek üç kez öpüştü. Aynı anda dilenciyle öpüşürken gözleri Nehlüdov'un bakışlarıyla karşılaştı. Sanki "Bu şekilde doğru mu yapıyorum," diye soruyordu.

"Evet, evet, canım, her şey çok iyi, her şey harika. Seviyorum."

Kilise kapısının eşiğinden aşağı indiler, Nehlüdov Katyuşa'ya yaklaştı. Bayramlaşmak niyetinde değildi, yalnızca ona daha yakın olmak istiyordu.

Matryona Pavlovna başını eğip gülümseyerek ve bugün herkes eşit diyen ses tonuyla "Mesih dirildi," dedi ve başörtüsünün ucuyla ağzını silip Nehlüdov'un dudaklarına uzandı.

Nehlüdov öpüşürken "Gerçekten," diye yanıt verdi ve başını Katyuşa'ya çevirdi. O anda kıpkırmızı kesilen Katyuşa ona yaklaştı.

"Mesih dirildi, Dimitri İvanoviç," dedi.

Nehlüdov "Gerçekten de dirildi," dedi ve iki kez öpüştüler, sanki bir kez daha öpüşmemiz gerekli mi diyerek ve gerekli olduğuna karar vermişler gibi biraz duraksadıktan sonra üçüncü kez öpüştüler ve her ikisi de gülümsedi.

Nehlüdov "Papazın yanına gitmiyor musunuz?" diye sordu.

Katyuşa sanki zorlu bir uğraştan sonra güçlükle derin bir nefes alıyormuş gibi ve uysal, çocuksu, seven, hafifçe şehla gözleriyle doğruca Nehlüdov'un gözlerinin içine bakarak "Hayır, biz burada oturup bekleyeceğiz," dedi.

Erkekle kadın arasındaki sevgide, bu sevgi zirveye ulaştığında, içinde bilinçli, sağduyulu hiçbir şeyin ve hiçbir cinselliğin olmadığı bir an her zaman olur. Paskalya Yortusu gecesi Nehlüdov böyle bir an yaşamıştı. Şimdi Katyuşa'yı aklına getirince, o an bütün her şeyi silip süpürüyordu. Siyah, dümdüz, pırıl pırıl saçlarıyla minik baş, zarif bedenini ve minik göğüslerini masum bir biçimde sımsıkı saran büzgülü, beyaz elbise, o al al yanaklar, o sevecen, uykusuz geceden cilalanmış gibi parlayan hafifçe şehla gözler ve tüm varlığını kaplayan iki önemli özellik: Birincisi kendisine duyduğu tertemiz, masum aşk, bunu biliyordu, ikincisi de, yalnızca dünyada olan iyi şeylere değil, öpüştüğü dilenciye varıncaya kadar herkese, her şeye karşı duyduğu sevgi.

Nehlüdov onun içinde bu sevginin olduğunu biliyordu, çünkü o gece ve o sabah kendi içinde bu sevginin ve bu sevgi içinde onunla tek yumak olduğunun bilincine varmıştı.

Ah, keşke bütün her şey o gecede olduğu gibi kalsaydı! Şimdi jüri üyelerinin odasında pencerenin yanına oturmuş "Evet, bütün bu korkunç şeyler, o Paskalya Yortusu gecesinden sonra oldu," diye düşünüyordu.

XVI

Kiliseden döndükten sonra Nehlüdov halalarıyla birlikte perhiz yemeği yedi ve kendine gelmek için alayda alıştığı üzere, votka ve şarap içti sonra da odasına çekildi ve üstünü başını çıkarmadan öylece sızdı. Çalınan kapıya uyandı. Çalış biçiminden onun çaldığını anlayıp gözlerini ovuşturarak ve gerinerek kalktı. Kalkarken "Katyuşa, sen misin? Gelsene," dedi.

Katyuşa kapıyı açıp "Yemeğe çağırıyorlar," dedi.

Üzerinde aynı beyaz elbise vardı ama saçındaki fiyongu

çıkarmıştı. Nehlüdov'un gözlerinin içine bakarak gülücükler saçıyor, ona tam anlamıyla müthiş bir sevinç yaşadığını ilan ediyordu.

Saçlarını taramak için tarağı alırken "Şimdi geliyorum," dedi.

Katyuşa biraz oyalandı. Nehlüdov bunu fark edip tarağı fırlatarak ona doğru atıldı. Ancak Katyuşa o anda hemen arkasını dönüp o her zamanki hafif ve hızlı adımlarıyla koridordaki kilimin üzerinde yürüyerek uzaklaştı.

Nehlüdov kendi kendine "Ne kadar aptalım!" dedi. "Neden onu alıkoymadım ki?"

Koşarak koridorda ona yetişti.

Ondan ne istediğini kendisi de bilmiyordu. Katyuşa odasına girdiğinde ona herkesin böyle bir durum karşısında yaptığı şeylerden yapması gerekiyormuş gibi geldi ama o bunu yapmamıştı.

"Katyuşa dur," dedi.

Katyuşa başını çevirip "Ne istiyorsunuz?" dedi.

"Hiçbir şey, yalnızca..."

Bütün gücünü toplayıp onun gibi böylesi bir durumla karşılaşan insanların genellikle nasıl davrandıklarını aklına getirerek Katyuşa'nın beline sarıldı.

Katyuşa durup gözlerinin içine baktı ve ağlayacak gibi kıpkırmızı kesilerek "Yapmayın Dimitri İvanoviç, yapmayın," dedi ve güçlü bir hareketle beline dolanan kolu ittirdi.

Nehlüdov onu bıraktı ve bir anlığına ona, bırakın beceriksizce ve utanç verici bir davranışı, iğrenç bir şeyler yapıyormuş gibi geldi. Kendisine inanmalıydı ama dışa vuran bu beceriksizliğin ve utancın ruhundaki en iyi duygular olduğunu anlamıyordu, tam tersi bunun üzerinde konuşmak aptallık gibi geliyordu, herkes gibi davranmalıydı.

Bir kez daha yetişip onu yeniden kucakladı ve boynundan öptü. Bu öpücük hiç de, biri leylak fundalığının ardında bilinçsizce, diğeri bu sabah kilisede olan daha önceki iki öpücüğe benzemiyordu.

Bu korkunçtu, Katyuşa bunu hissetmişti.

Sanki Nehlüdov çok değerli bir şeyi tamiri olanaksız bir şekilde kırmış gibi "Ne yapıyorsunuz?" diye haykırdı ve kaçarcasına ondan uzaklaştı.

Nehlüdov yemek odasına gitti. Şık giyimli halaları, doktor ve komşu kadın masanın başına geçmişlerdi. Herkes çok sakindi ama Nehlüdov'un ruhunda fırtınalar kopuyordu. Ona söylenenlerin hiçbirini anlamıyor, anlamsız yanıtlar veriyor ve onu koridorda yakalayıp son kez öptüğünde hissettiklerini anımsayarak yalnızca Katyuşa'yı düşünüyordu. Bunun dışında hiçbir şey düşünemiyordu. Katyuşa odaya girdiğinde ona bakmadan, tüm varlığıyla onun varlığını hissediyor ve tüm gücünü kullanarak ona bakmamaya çalışıyordu.

Yemekten sonra hemen kendi odasına geçti ve büyük bir heyecan içinde evdeki seslere kulak kabartarak ve Katyuşa'nın ayak seslerini duymayı umarak uzun süre odada dolanıp durdu. İçinde yaşayan hayvani kişilik şu an yalnızca başını kaldırmakla kalmıyor aynı zamanda ilk gelişinde ve hatta bu sabah kilisede içinde olan manevi kişiliği ayakları altında çiğniyor ve ruhuna yalnızca bu hayvani kişilik hükmediyordu. Durmaksızın onu gözlese de, o gün bir kez bile baş başa kalamadı. Büyük bir olasılıkla Katyuşa onunla karşılaşmamaya çalışıyordu. Ancak akşama doğru Nehlüdov'un yanındaki odaya gitmesi gerekti. Doktor gecelemek için kalmıştı ve Katyuşa da konuğun yatağını hazırlamak zorundaydı. Katyuşa'nın ayak seslerini işiten Nehlüdov suç işlemeye hazırlanır gibi sessizce yürüyerek ve soluğunu tutarak arkasından odaya girdi.

Katyuşa iki eliyle tuttuğu tertemiz bir yastık kılıfına yastığı sokarken ona dönüp daha önceleri olduğu gibi neşe ve sevinçle değil, tam tersi korku ve acıyla gülümsedi. Bu gülümseme adeta ona, "yaptığın kötü bir şey" diyordu. Bir anlığına durdu. Hâlâ mücadele etme olanağı vardı. Zayıf da olsa hâlâ Katyuşa'dan, onun duygularından, yaşamından bahseden, ona duyduğu gerçek aşkın sesini işitiyordu. Diğer ses de "Bak, mutluluğu, alacağın hazları kaçırıyorsun," diyordu. Sonunda bu ikinci ses birincisini bastırdı. Kararlı bir şekilde Katyuşa'ya yaklaştı ve korkunç, başa çıkılamaz hayvani bir duygu onu ele geçirdi.

Nehlüdov onu kollarının arasından bırakmadan yatağa yapıştırdı ve daha da bir şeyler yapması gerektiğini hissederek yanına oturdu.

Katyuşa acıklı bir sesle "Dimitri İvanoviç, canım, lütfen, bırakın beni," diyordu. Kendini kurtararak, "Matryona Pavlovna geliyor," diye haykırdı, gerçekten de kapıya birisi gelmişti.

"O halde ben de geceleyin gelirim sana," dedi Nehlüdov. "Yalnız kalıyorsun, değil mi?"

Katyuşa ağzıyla sadece "Neler diyorsunuz? Asla! Olamaz," diyordu ama heyecan içindeki tir tir titreyen bedeni başka şeyler söylüyordu.

Kapıya gelen gerçekten de Matryona Pavlovna'ydı. Elinde bir yorganla odaya girdi ve Nehlüdov'a sitem dolu bir bakış atıp kızgın bir biçimde Katyuşa'ya "Neden bu yorganı almadın," dedi.

Nehlüdov sessizce odadan çıktı. Utanç bile duymamıştı. Matryona Pavlovna'nın yüz ifadesinden onu ayıpladığını ve bunda da haklı olduğunu bilmesine ve kötü bir şey yaptığının da farkında olmasına rağmen, Katyuşa'ya karşı içinde bastıramadığı şehvet duygusu, 'bunda ne kötülük var ki' diyerek, o eski masum aşk duygusuna baskın çıkmıştı. Artık bu duyguyu tatmin etmek için ne yapması gerektiğini biliyor ve bunun için fırsat kolluyordu.

Akşam boyunca kendinde değildi: Kâh halalarının yanına, kâh kendi odasına ve sokak kapısına gidiyor ve sadece onu nasıl yalnız yakalayabilirim diye düşünüp duruyordu ama Katyuşa ondan kaçıyor, Matryona Pavlovna da gözünü kızdan ayırmıyordu.

XVII

Tüm akşam bu şekilde geçti ve gece oldu. Doktor yatmaya gitti. Halaları da yattılar, Nehlüdov, Matryona Pavlovna'nın artık halalarının yatak odasında, Katyuşa'nın da hizmetçi odasında yalnız başına olduğunu biliyordu. Yeniden sokak kapısına çıktı. Avlu karanlık, nemli ve sıcaktı ve baharda son karı eriten ya da erimekte olan son kardan yayılan beyaz bir sis ortalığı kaplamıştı. Evden yüz adım ötedeki yamacın dibinde bulunan ırmaktan tuhaf sesler geliyordu; buzlar parçalanıyordu.

Nehlüdov merdivenlerden inip su birikintilerinin üzerinden yürüyerek hizmetçi odasının penceresine sokuldu. Yüreği öyle çarpıyordu ki sesini duyuyor, güçlükle nefes alıp veriyordu. Hizmetçi odasında küçük bir lamba yanıyordu. Katyuşa yalnız bir halde masada oturmuş, düşünceli düşünceli önüne bakıyordu. Nehlüdov, Katyuşa'nın nasılsa kimse görmüyor diye düşünüp ne yapacağını merak ederek uzun süre kıpırdamadan onu seyretti. Katyuşa iki dakika kadar hareketsiz oturdu, sonra gözlerini kaldırıp gülümseyerek, sanki kendine sitem edermişçesine başını salladı ve konumunu değiştirip her iki elini de sert bir şekilde masaya koyarak gözlerini önüne dikti.

Öylece dikilmiş onu seyrediyor ve elinde olmadan yüreğinin çarpıntısıyla birlikte ırmaktan ulaşan tuhaf sesleri dinliyordu. Orada, ırmakta, sisin içinde yorulmak nedir bilmeyen, çok ağır ilerleyen bir çalışma yürüyordu ve cam gibi ince buzlar sanki bir şey hırıldıyormuş gibi kâh çatırdıyor, kâh parçalanıyor kâh çınlıyordu.

Katyuşa'nın yüzüne yansıyan düşünceli, acı verici iç hesaplaşmayı izliyordu, ona acımıştı ama tuhaf bir biçimde bu acıma, ona karşı beslediği şehvet duygusunu daha da körüklemekten başka bir işe yaramamıştı.

Şehvet iliklerine kadar işlemişti.

Pencereyi tıklattı. Katyuşa elektrik çarpmış gibi baştan aşağı irkildi ve dehşete kapıldı. Sonra yerinden fırlayıp pencerenin yanına gitti ve yüzünü cama yaklaştırdı. İki avcunu gözlük gibi gözlerine yapıştırdı. Onu tanıyınca da yüzündeki korku ifadesi yok olup gitmedi. Yüzü son derece ciddiydi, Nehlüdov onu hiç böyle görmemişti. Ancak Nehlüdov gülümsedikten sonra gülümsedi, adeta ona boyun eğercesine gülümsedi ama içinde gülümseme değil korku vardı.

Nehlüdov ona, bahçeye, yanına gelmesi için bir el işareti yaptı ama Katyuşa başını hayır anlamında salladı ve pencerenin yanında durmaya devam etti. Nehlüdov bir kez daha yüzünü cama yaklaştırdı ve dışarı çıkması için ona seslenmek istedi ama o anda Katyuşa başını kapıya doğru çevirdi, anlaşılan, biri ona seslenmişti. Nehlüdov pencereden uzaklaştı. Sis o kadar yoğundu ki, evden beş adım öteden pencereleri bile seçilmiyor, yalnızca, devasa bir ışık kaynağı gibi algılanan lambadan çıkan, içinden yalnızca kırmızı bir ışık saçan kararan bir kütle görünüyordu. Irmakta buzun tuhaf hırıltısı, şıkırtısı, çatırtısı, hışırtısı sürüyordu. Avluda sisin içinden yakınlarda bir yerden bir horoz öttü, yakınlardan diğerleri karşılık verdi ve uzaklardan, köyden birbirini bastıran ve hep bir ağızdan bağıran horoz sesleri işitildi, bunlar sabahı müjdeleyen horozlardı, ırmağın dışında çevredeki her şey tamamen sessizliğe gömülmüştü.

Bir iki kez evin köşesine kadar ileri geri gidip gelen ve birkaç kez ayağıyla su birikintisine batan Nehlüdov yeniden hizmetçi odasının penceresine sokuldu. Lamba hâlâ yanıyordu ve Katyuşa yeniden masanın başına oturmuştu, sanki bir kararsızlık içindeydi. Nehlüdov cama yaklaşır yaklaşmaz ona bir göz attı. Nehlüdov camı tıklattı. Katyuşa kimin tıklattığına bakmaksızın hizmetçi odasından dışarı koşturdu, Nehlüdov sokak kapısının açılışını sonra da gıcırtısını duydu. Çoktan sahanlıkta onu bekliyordu ve anında sessizce kucakladı. Katyuşa, Nehlüdov'a sokulup başını kaldırdı ve dudaklarıyla onun öpücüğüne karşılık verdi. Sahanlığın kuru bir köşesinde duruyorlardı, Nehlüdov tamamen, acı veren, tatmin edilmemiş bir arzuyla doluydu. Ansızın kapı gıcırtısı duyuldu ve Matryona Pavlona'nın kızgın sesi işitildi:

"Katyuşa!"

Katyuşa onun kollarından kurtulup hizmetçi odasına döndü. Nehlüdov kapı kancasının şırak diye kapanışını işitti. Bunun ardından her şey sessizliğe gömüldü, penceredeki kırmızı ışık söndü, yalnızca sis ve ırmaktan gelen gürültüler kaldı.

Nehlüdov pencereye yaklaşıp baktı, kimse görünmüyordu. Camı tıklattı, hiçbir yanıt yoktu. Ana merdivenden çıkarak eve döndü ama yatmaya gitmedi. Çizmelerini çıkardı ve yalın ayak koridorda yürüyerek Matryona Pavlovna'nın odasının yanındaki kızın kapısına yöneldi. Önce Matryona Pavlovna'nın sakin horultusunu işitti, tam odaya girecekken kadın öksürmeye başladı ve gıcırtılı yatağında döndü. Nehlüdov buz kesti ve beş dakika kadar öylece kalakaldı. Yeniden her şey sessizliğe gömülüp sakin horultu işitilince gıcırdamayan döşeme tahtalarına basmaya çalışarak ilerledi ve iyice kızın kapısına sokuldu. Çıt çıkmıyordu. Anlaşılan uyumuyordu, zira solukları işitilmiyordu. Daha Nehlüdov "Katyuşa!" diye seslenir seslenmez yatağından fırlayıp kapının yanına geldi ve kızgın bir biçimde – Nehlüdov'a öyle gelmişti – gitmesi için ikna etmeye çalıştı.

"Bu ne hal? Hem nasıl olur? Halalarınız duyacak," diyordu ağzı ama tüm varlığı "Her şeyimle seninim," diyordu.

Nehlüdov bunu hemen anladı.

"Tamam, bir dakikalığına aç, yalvarırım sana," gibi anlamsız sözler söylüyordu.

Katyuşa'dan ses kesildi, sonra kancayı arayan ellerinin hışırtısı işitildi.

Kanca şakırdadı ve Nehlüdov aralanan kapıdan içeri daldı.

Kolsuz, iyice kastarlanmış geceliği içindeki Katyuşa'yı kaptığı gibi kaldırıp çekti.

"Ah! Ne yapıyorsunuz?" diye fısıldadı Katyuşa.

Ancak Nehlüdov, Katyuşa'nın sözlerine aldırmadan onu kendi odasına götürdü.

"Ah! Yapmayın, bırakın," diyor ama kendisi ona sokuluyordu.

Katyuşa titreyerek ve suskun bir halde Nehlüdov'un sözlerine karşılık vermeden yanından ayrılınca, Nehlüdov kapı önüne çıkıp tüm bu olup bitenlere bir anlam vermeye çalışarak durakladı.

Avlu daha da aydınlanmıştı; aşağıda ırmakta buz parçalarının çatırtısı, çıtırtısı ve fışırtısı daha da artmış ve önceki seslere suyun şırıltısı eklenmişti. Sis iyice aşağılara çökmüştü ve sis duvarının ardındaki hilal biçimindeki ay, kara, korkunç bir şeyi iç karartıcı bir biçimde aydınlatarak akıyordu.

"Bu da ne! Yaşadığım büyük bir mutluluk mu yoksa derin bir keder mi?" diye soruyordu kendi kendine. "Her zaman böyle oluyor, her zaman böyle oluyor," diye söylenerek yatmaya gitti.

XVIII

Ertesi gün gözlerinin içi parlayan, neşeli Şenbok, Nehlüdov'u almak için halalarına uğradı ve inceliği, nezaketi, neşesi, cömertliği ve Dimitri'ye olan sevgisiyle hepsini büyüledi. Cömertliği halalarının çok hoşuna gitse de, aşırılığı onları biraz şaşırtmıştı. Gelen kör bir dilenciye bir ruble verdi, çay içerlerken insanlara on beş ruble dağıttı, Sofya İvanovna'nın fino köpeği Süzetka, ayağı sıyırıp kanlar içinde kalınca, ona bandaj yapmak için, bir an bile duraksamadan, kenarı işlemeli patiska mendilini yırttı ve Süzetka için onu sargı bezi olarak kullandı (Sofya İvanovna böyle mendillerin düzinesinin nereden baksan on beş rubleden az olmadığını biliyordu). Halaları böylelerini ne görmüş ne de tanımışlardı, bu Şenbok›un, Nehlüdov›un bildiği, asla ödemediği iki yüz bin borcu vardı ve bundan dolayı da ödeyeceği paradan yirmi beş ruble az ya da çok olmuş onun için bir önemi yoktu.

Şenbok yalnızca bir gün kaldı ve ertesi gece Nehlüdov'la birlikte yola çıktı. Bir an önce alaya katılmaları gerektiğinden daha fazla kalamadılar.

Halalarının yanında geçirdiği son gün Nehlüdov hâlâ gece yaşadıklarının etkisi altındayken birbiriyle çelişen iki ayrı duygu yaşıyordu: Biri, vaat ettiğinden uzak olsa da, yakıcı, hayvani aşkın şehvet dolu anıları ve biraz olsun hedefe ulaşmış olmanın verdiği kendini beğenmişlik; diğeri, çok kötü bir şey yaptığı ve bu yaptığı şeyin Katyuşa için değil, aslında kendisi için tamir edilmesi gerektiği. Nehlüdov bencilliğin akıl tutulmasına vardığı bu ruh hali içinde kendini, eğer öğrenilirse Katyuşa'ya yaptıklarından dolayı onu ne kadar ayıplayacaklarını, yalnızca bunu düşünüyordu, yoksa kızın yaşadıkları ve ona ne olacağı umurunda değildi.

Şenbok'un, Katyuşa ile bir şeyler yaşadığını sezeceğini düşünüyor ve bu da onurunu okşuyordu.

Şenbok Katyuşa'yı görünce, Nehlüdov'a "Bakıyorum da halalarına olan sevgin kabarmış," dedi. "Bir haftadır onlarda kalıyorsun... Ben de senin yerine olsam başka bir yere gitmezdim. Tam bir afet!"

Nehlüdov her ne kadar Katyuşa'yla yaşadığı aşkın tam tadını çıkaramadan şu anda ayrıldığı için üzülse de, sürdürülmesi güç ilişkiyi hemen sonlandıran zorunlu ayrılığın, yararına olduğunu düşünüyordu. Düşündüğü başka bir şey de, ona para vermekti, Katyuşa için değil, bu paraya ihtiyacı olabileceği için de değil, her zaman böyle yapıldığı ve eğer ondan yararlanıp bunun bedelini ödemezse onu namussuzun teki sayacakları için. Kendisinin ve onun konumuna göre oldukça dolgun olduğunu düşündüğü miktarda bir para verecekti ona.

Ayrılacağı gün, öğle yemeğinden sonra sahanlıkta yolunu gözledi. Katyuşa onu görünce heyecana kapıldı ve gözleriyle hizmetçi odasının açık kapısını göstererek yanından geçmek istedi ama Nehlüdov onu durdurdu.

İçinde kâğıt bir yüz rublelik olan zarfı elinde buruşturarak "Vedalaşmak istiyordum," dedi. "Yani ben..."

Katyuşa niyetini anlayarak, yüzünü ekşitti ve başını sallayarak elini itti.

"Hayır, alın," diye mırıldanarak zarfı kızın koynuna soktu ve yüzünü buruşturup sanki bir yeri yanmış gibi sızlanarak odasına koşturdu.

Bundan sonra da uzun süre odasında dolanıp durdu, bu sahneyi anımsadıkça sanki fiziksel bir acı çekiyormuş gibi hem kıvranıyor, hem de zıplayıp yüksek sesle inliyordu.

"Ne yapabilirim ki? Her zaman böyle oluyor. Anlattığına göre Şenbok›la mürebbiye arasında da böyle olmuştu, keza dayısı Grişa da böyle yapmıştı, babası da köyde yaşarken bir köylü kadından hâlâ hayatta olan gayrimeşru oğlu Mitenka olmuştu. Herkes böyle davranıyorsa, demek ki, doğrusu bu." Kendini avutuyor ama bir türlü yatışmıyordu. Bu acı, vicdanını sızlatıyordu.

Derinlerde, ruhunun en derininde pis, alçakça, acımasız bir işe battığını, bu hareketinin bilinciyle, artık kendini eskiden gördüğü gibi iyi, soylu ve yüce gönüllü bir delikanlı sayamayacağını, yalnızca kendini değil başkalarını da kınayamayacağını ve insanların gözlerinin içine bakamayacağını biliyordu. Ancak göğsünü gere gere, neşeli bir hayat sürmesi için kendini eskisi gibi görmeliydi. Bunun için de tek bir yol vardı: Bunu düşünmemek. O da öyle yapıyordu.

Yeni karıştığı yaşam, yeni yerler, arkadaşlar, savaş, buna yardımcı oluyordu. Yaşadıkça unutuyordu ve sonunda gerçekten tamamıyla unuttu.

Yalnızca bir kez, savaştan sonra onu görme umuduyla halalarına uğramış ve artık Katyuşa'nın olmadığını, o ayrıldıktan kısa bir süre sonra doğum yapmak için ayrıldığını ve bir yerlerde doğurduğunu ve halalarının işittiğine göre iyice yoldan çıktığını öğrenmiş ve yüreği sızlamıştı. Katyuşa'nın doğurduğu çocuğun zamanlamasına bakınca, çocuk onun da olabilirdi ama olmayabilirdi de. Halaları onun aynı annesi gibi yoldan çıktığını, ahlaksız bir tabiatı olduğunu söylüyorlardı. Halalarının bu görüşü, sanki kendisini temize çıkarıyormuş gibi hoşuna gidiyordu. Başlangıçta yine de onu ve bebeği arayıp bulmak istemiş ama sonra, özellikle, yüreğinin büyük bir acıyla sızlaması ve duyduğu utanç yüzünden bu arayış için gereken çabayı göstermemiş, zaman geçtikçe de günahlarını unutmuş ve Katyuşa'yı düşünmeyi bırakmıştı.

Ancak şimdi bu şaşırtıcı rastlantı, ona bütün her şeyi anımsatmıştı ve vicdanında böyle bir günahla on yıl boyunca huzurlu bir yaşam olanağı veren kalpsizliğini, acımasızlığını, alçaklığını ondan itiraf etmesini istiyordu. Ancak böyle bir itirafta bulunmaya henüz hazır değildi ve şu anda yalnızca, ya her şey açığa çıkar ve Katyuşa ya da avukatı her şeyi anlatarak onu milletin önünde rezil ederlerse diye kafa yoruyordu.

XIX

Nehlüdov mahkeme salonundan jüri odasına geçerken böyle bir ruh hali içindeydi. Çevresinde geçen konuşmalara kulak kabartarak durmaksızın sigara içiyordu.

Neşeli tüccar, anlaşılan, tüccar Smelkov'un yaşam tarzına bayılmış olacak ki, "Vay canına, adama bak, amma da Sibirya usulü keyifli bir hayat sürmüş, ağzının tadını da biliyormuş, gözüne de ne biçim bir yavru kestirmiş," dedi.

Jüri başkanı her şeyin bilirkişi raporuna bağlı olduğu ile ilgili bazı düşüncelerini anlatıyordu. Pyotr Gerasimoviç Yahudi tezgâhtar ile şakalaşıyor ve bir şeyler konuşarak, kahkahayı basıyorlardı. Nehlüdov ona yöneltilen sorulara tek kelime ile yanıt veriyor ve yalnızca onu rahat bırakmalarını arzu ediyordu.

Yan yan yürüyen mahkeme mübaşiri jüri üyelerini yeniden duruşma salonuna çağırdığında, Nehlüdov sanki yargılamaya değil de yargılanmaya gidiyormuş gibi bir korkuya kapıldı. Ruhunun derinliklerinde artık kendini başkalarının yüzüne utançla bakacak alçağın teki gibi hissediyordu ama bununla birlikte alışkanlığı üzere her zamanki kendine güvenli hareketleriyle yükseltiye çıktı ve jüri başkanının yanındaki ikinci sandalyedeki yerine oturdu, burun gözlüğüyle oynayarak ayak ayak üsütüne attı.

Sanıkları da götürdükleri yerden, yeniden, henüz getirmişlerdi.

Salonda yeni yüzler, tanıklar vardı, Nehlüdov, parmaklığın önünde ilk sırada oturan, kocaman fiyonklu uzun şapkası ve dirseğine kadar çıplak koluna taktığı zarif çantasıyla oldukça şık, ipek ve kadifeler içindeki şişman kadından adeta gözlerini alamayan Maslova'nın birkaç kez dönüp baktığını fark etti. Bu kadın, Nehlüdov'un sonradan öğrendiğine göre, Maslova'nın çalıştığı evin sahibesi olan tanıktı.

Tanıkların kimlik tespitine geçildi: Adı, inancı vb. Sonra, tarafların kimlik tespiti bitince, yemin etmek isteyip istemedikleri soruldu, yeniden, aynı yaşlı papaz ayağını güçlükle sürüyerek geldi ve yine aynı şekilde, ipek göğsündeki altın haçını düzeltip tam anlamıyla yararlı ve önemli bir iş yaptığından emin, sakin bir biçimde tanıklara ve bilirkişiye yemin ettirdi. Yemin bitince tüm tanıkları çıkarıp yalnızca, özellikle genelevin sahibesi Kitayeva'yı bıraktılar. Ona bu olayla ilgili neler bildiğini sordular. Kitayeva yapmacık bir gülümsemeyle, her cümlede şapkalı başını öne doğru sallayarak, Alman aksanıyla ayrıntılı ve düzenli bir biçimde anlatmaya başladı.

İlk önce onun evine tanıdık, kat görevlisi Simon, zengin, Sibiryalı bir tüccar için kız istemeye gelmişti. Lübaşa'yı göndermiş, bir süre sonra Lübaşa tüccarla birlikte dönmüştü.

Kitayeva hafifçe gülümseyerek, "Tüccar iyice kendinden geçmişti," diye anlatıyordu, "bizde de içmeye ve kızlara ikram etmeye devam etti; ancak yanında parası kalmayınca, odasına bu el üstünde tuttuğu Lübaşa'yı yolladı," dedi, sanığa bakarak.

Nehlüdov'a o sırada Maslova gülümsüyormuş gibi geldi ve bu gülümseme ona iğrenç göründü. İçini acımayla karışık, tuhaf, belirsiz bir iğrenme duygusu kapladı.

Mahkemenin atadığı, yargıç adayı olan Maslova'nın avukatı kızarıp bozararak "Maslova hakkındaki düşünceleriniz nedir?" diye sordu.

"Çok iyi biri," diye yanıtladı Kitayeva, "eğitimli ve çok güzel bir kız. İyi bir ailede yetişmiş ve Fransızca okuyabiliyor. Bazen içkiyi biraz fazla kaçırdığı oluyor ama asla sapıtmaz. Çok iyi bir kız."

Katyuşa sahibesine bakıyordu ama sonra birden gözlerini jüri üyelerinin üzerinde gezdirdi ve bakışları Nehlüdov'a takılıp kaldı ve yüzü ciddi, hatta sert bir ifade aldı. Sert bakan gözlerinden biri iyice şehlalaştı. Tuhaf bir biçimde bakan bu iki göz oldukça uzun süre Nehlüdov'u seyretti, Nehlüdov da içini kaplayan korkuya rağmen bakışlarını, bu göz akı bembeyaz, şehla gözlerden alamıyordu. Kırılan buzla, sisle ve en çok da, sabahleyin doğan ve karanlık ve korkunç bir şeyi aydınlatan hilal biçimindeki ayla altüst olan o korkunç gece aklına geliyordu. Hem ona, hem onun yanına bakıyormuş gibi gelen bu iki kara göz ona, o karanlık ve korkunç şeyi anımsatıyordu.

"Tanıdı!" diye düşündü. Nehlüdov darbeyi bekler gibi büzüldü ama Maslova onu tanımamıştı, sakince nefes alıp yeniden mahkeme reisine gözlerini dikti. Nehlüdov da soluklandı. "Ah, bir an önce bitse" diye düşünüyordu. O anda, avda yaralı kuşa darbeyi indirirken hissettiğine benzer duygular yaşıyordu: hem iğrenç hem üzücü hem de can sıkıcı. Can çekişen kuş avcı torbasında çırpınıp durur, hem tiksinirsin, hem acırsın, hem de bir an önce işini bitirip unutmak istersin.

Nehlüdov tanıkların sorgusunu dinlerken işte böyle karmaşık duygular içindeydi.

XX

Ancak sanki ona inat dava gittikçe uzuyordu; bilirkişinin ve tanıkların birer birer sorgusundan ve her zamanki gibi savcı yardımcısı ve avukatların yönelttiği gereksiz sorulardan sonra mahkeme reisi jüri üyelerine oldukça büyük, anlaşıldığı kadarıyla tombul işaret parmağına takılan, armalı, elmas yüzükten ve zehir tespit edilen süzgeçten oluşan maddi kanıtları incelemelerini istedi. Bu kanıtlar mühürlenmişti ve üzerlerinde etiketler vardı.

Tam jüri üyeleri bu kanıtları incelemeye hazırlanırken, savcı yardımcısı yeniden kalkıp maddi kanıtların incelenmesinden önce doktorun cesetle ilgili otopsi raporunun okunmasını istedi.

İsviçreli sevgilisine yetişmek için davayı elinden geldiğince hızla yürüten mahkeme reisi bu kâğıdı okumanın, can sıkıntısından ve öğle yemeğinden zaman çalmaktan başka hiçbir işe yaramayacağını çok iyi bilmesine rağmen, savcı yardımcısı böyle bir talepte bulunma hakkı olduğunu bildiği için bu raporun okunmasını istiyordu, dolayısıyla reddedemedi ve okunmasına izin verdi. Kâtip eline kâğıdı alıp L ve R harflerini G gibi telaffuz ederek can sıkıcı bir biçimde okumaya başladı:

"Yapılan dış incelemeye göre:

Ferapont Smelkov'un boyu 2 arşın 12 verşok*.

Tüccar, Nehlüdov'un kulağına kuşkuyla "Amma da iri kıyım bir adammış," diye fısıldadı.

Dış görünüşüne göre yaşının yaklaşık kırk olduğu tahmin edilmektedir.

Ceset şişmiş durumdadır.

Teninin rengi tamamen yeşile çalmış, yer yer koyu lekeler tespit edilmiştir.

Derinin üst kısmında çeşitli büyüklükte kabarcıklar oluşmuştur, deri yer yer kalkmış ve büyük parçalar halinde sarkmaktadır.

Saçları koyu kumral, gür ve dokunulduğu anda hemen deriden kopmaktadır.

Gözleri yuvasından fırlamış, saydam tabaka donuklaşmıştır.

Burun deliklerinden, her iki kulağından ve ağız boşluğundan sıvı halde köpüklü irin akmaktadır, ağız yarı açıktır.

Yüzün ve göğsün şişmesinden dolayı boynu neredeyse kalmamıştır." vb. vb.

Dört sayfadan ve yirmi yedi maddeden oluşan, kentte keyif çatan tüccarın, iriyarı, şişman, üstelik bir de şişmiş, çürümüş, korkunç bir hal almış cesedinin dış incelemesi böyle ayrıntılı bir şekilde sürüp gidiyordu. Nehlüdov'un hissettiği belli belirsiz iğrenme duygusu cesedin tarifi sırasında daha da artmıştı. Katyuşa'nın yaşamı, burun deliklerinden akan irin, yuvalarından fırlayan gözler ve Katyuşa ile yaptıkları, bütün

---

* Arşın, 71 cm, verşok, 4.4 cm. (Çev. N.)

bunlar ona birebir aynı cinsten ve onu dört bir taraftan saran ve içine çeken şeylermiş gibi geliyordu. Nihayet dış incelemenin okunması bittiğinde mahkeme reisi sonlandığını umarak derin bir nefes alıp başını kaldırdı ama kâtip o anda otopsi raporunu okumaya başladı.

Mahkeme reisi yeniden başını önüne indirdi ve koluna yaslanıp gözlerini kapadı. Nelüdov'un yanında oturan tüccar uyumamak için kendini zor tutuyor, zaman zaman kaykılıyordu; sanıklar arkalarındaki jandarmalar gibi aynı şekilde kıpırdamadan oturuyorlardı.

Otopsi incelemesinden ortaya çıkanlar:

Kafa derisi kafatası kemiklerinden kolayca ayrılır haldedir ve hiçbir yerinde yara bere tespit edilmemiştir.

Kafatası orta kalınlıkta ve bütündür.

Beyin zarında on santim civarında, çok büyük olmayan iki pigment lekesi tespit edilmiştir, zarın kendisi de soluk mat renktedir, vb. vb. On üç madde daha sıralandı.

Ardından otopsiyi yapanların adları, imzaları ve daha sonra da doktorun midede ve kısmen bağırsaklarda ve böbreklerde, otopsi sırasında bulduğu ve kayda geçirdiği anlaşılan, büyük bir olasılıkla Smelkov'un ölümünün midesine içkiyle birlikte giren zehirle zehirlenmesi sonucu gerçekleştiği sonucuna vardığı otopsi raporu izledi. Mide ve bağırsaklarda meydana gelen tahribata göre, mideye özellikle hangi zehrin zerk edildiğini söylemek zordu, ancak Smelkov'un midesinde çok miktarda içki bulunduğu için bu zehrin büyük bir olasılıkla içkiyle mideye girdiği düşünülmekteydi.

Uyku mahmurluğunu üzerinden atan tüccar yeniden "Anlaşılan iyi içiyormuş," diye fısıldadı.

Yaklaşık bir saat süren bu tutanağın okunması yine de savcı yardımcısını tatmin etmemişti. Tutanak okunup bitince mahkeme reisi ona dönüp "Sanırım, otopsi raporunun detaylarını okumaya gerek yok," dedi. Savcı yardımcısı mahkeme reisine bakmadan, hafifçe yana doğrularak ve okunmasını istemenin onun hakkı olduğunu ve bu hakkından vazgeçmeyeceğini, reddinin temyize neden olacağını sesine yansıtan bir tonla, sert bir biçimde "Bu detayların okunmasını rica ederim," dedi.

Uzun sakallı, aşağı doğru çekik gözleri safça bakan, mide ekşimesinden muzdarip mahkeme üyesi kendini çok halsiz hissederek, mahkeme reisine dönüp "Bunu okumaya ne gerek var? Yalnızca işi uzatıyor. İşi kolaylaştıracağına, ortalığı toza dumana boğuyor," dedi.

Karısından da hayattan da umudunu kesmiş, altın çerçeveli gözlüklü üye somurtarak, kararlı bir şekilde önüne bakıyordu.

Detayların okunmasına geçildi.

Kâtip orada hazır bulunanların uykusunu dağıtmak istercesine sesini yükselterek "15 Şubat 188* günü aşağıda imzası bulunan ben, sağlık teşkilatının 638 numaralı emri üzerine, bilirkişi yardımcısının huzurunda aşağıdakilerin otopsi incelemesi yapılmıştır," diye okumaya başladı:

Sağ akciğer ve kalp (altı funtluk bir cam kavanozda)

Mide içeriği (altı funtluk bir cam kavanozda)

Mide (altı funtluk bir cam kavanozda)

Karaciğer, dalak ve böbrekler (üç funtluk bir cam kavanozda)

Bağırsaklar (altı funtluk bir çömlek içinde)

Mahkeme reisi bu sırada üyelerden birine, sonra da diğerine eğilip bir şeyler fısıldadı ve olumlu yanıt alınca okumayı bu yerde kesti.

"Mahkeme detayların okunmasını yararsız görüyor," dedi. Kâtip kâğıtları toplayarak, sustu, savcı yardımcısı öfkeyle bir şeyler not almaya girişti.

Mahkeme reisi "Sayın jüri üyeleri maddi kanıtları inceleyebilirler," dedi.

Jüri sözcüsü ve birkaç jüri üyesi kalkıp ellerini ne yapacaklarını bilemeden masanın yanına gelip sırayla yüzüğe, kapaklı şişeye ve süzgece baktılar. Hatta tüccar yüzüğü parmağında denedi.

"Ne parmakmış," dedi yerine dönerken, zehirlenen tüccarı gözünde bir babayiğit gibi canlandırmaktan büyük bir keyif alarak "Sanki koca salatalık," diye ekledi.

XXI

Maddi kanıtların incelemesi bitince mahkeme reisi adli soruşturmanın tamamlandığını belirtip ara vermeden, hızla işi bitirip kurtulmak umuduyla, savcı yardımcısının da bir insan olduğunu, hem sigara içmek hem yemek yemek isteyeceğini hem de onlara acıyacağını düşünerek sözü iddia makamına verdi. Ancak savcı yardımcısı ne kendine ne de onlara acıdı. Doğuştan çok aptaldı ama bu talihsizliğine rağmen liseyi altın madalyayla bitirmiş ve üniversitede Roma hukukunda başkalarının mülkiyetini kullanma hakkı ile ilgili yazdığı teziyle ödül almıştı ve bundan dolayı da (üstelik kadınlara karşı başarılı olmasına yardımcı olan) özgüveni ve kendini beğenmişliği iyice artmıştı, bu yüzden de son derece budalaca davranıyordu. Ona söz verildiğinde, yavaşça ayağa kalktı ve sırmalı üniforması içindeki zarif vücudunu iyice öne çıkararak, iki elini masanın üstüne koydu, başını hafifçe yana eğip, bakışlarını sanıklardan kaçırarak, salonu gözden geçirdi ve:

"Sayın jüri üyeleri, önünüze konan söz konusu dava," diyerek, otopsi raporunun ve detaylarının okunması sırasında hazırladığı konuşmasına başladı, "doğrusunu söylemek gerekirse, tipik bir cinayet davasıdır."

Savcı yardımcısının konuşması, onun düşüncesine göre, aynı, yaptıkları konuşmalarla ünlenen avukatların yaptığı konuşmalar gibi toplumsal bir anlam ifade etmeliydi. Aslında, izleyici bölümünde topu topu, terzi, aşçı ve Simon'un kız kardeşinden ibaret üç kadın, bir de arabacı oturuyordu ama bunun bir önemi yoktu. Ünlü olanlar da böyle başlamışlardı. Bulunduğu pozisyonun sürekli en tepesinde kalabilmek için savcı yardımcısının kuralı da, suçun psikolojik derinliklerine inmek ve toplumsal yaralara dokunmaktı.

"Önünüzde, sayın jüri üyeleri, deyim yerindeyse, tipik, asrın sonuna damgasını vuran ve bu davanın keskin ışıkları altında bulunan toplumumuz bireylerinin maruz kaldığı, bu acı verici çürümenin kendine özgü özelliklerini taşıyan bir cinayet görüyorsunuz..."

Savcı yardımcısı bir yandan uydurduğu bütün bu zekice şeyleri anımsamaya çalışarak, bir yandan da, en önemlisi, konuşmasının akıcı olması için bir dakika bile duraksamadan, bir saat on beş dakika boyunca hiç susmadan çok uzun bir konuşma yaptı. Yalnızca bir kez durdu ve oldukça uzun süre yutkundu ama hemen kendini toparlayıp bu gecikmeyi daha da büyük bir gayretle ustaca konuşarak telafi etti. Kâh sevecen, kâh yapmacık, alttan alan bir ses tonuyla, ağırlığını bir ayağından diğerine verip jüri üyelerine bakarak konuşuyor, kâh önündeki deftere göz atıp, bir izleyicilere, bir jüri üyelerine bakarak suçlayıcı bir tonda sesini yükseltiyordu. Yalnız, üçü birlikte gözleriyle onu yiyen sanıklara bir kez olsun bakmıyordu. Konuşmasında bir zamanlar çevresinde rağbet gören ve şimdilerde hâlâ bilimsel bilgeliğin son sözü olarak kabul edilen her şey vardı. Soyaçekim de, doğuştan canilik de, Lombraso* da, Tarde** de, evrim de, varoluş mücadelesi de, hipnoz da, telkin de, Charcot*** da, dekadanlık da.

Tüccar Smelkov, savcı yardımcısına göre, saflığı ve cömertliği yüzünden, ellerine düştüğü ahlak yoksunu insanlarca kurban edilen, güçlü kuvvetli, tertemiz yürekli, hoşgörülü, tipik bir Rus'tu.

Simon Kartinkin geçmişte kalmış toprak köleliği hukukunun bir eseri, unutulmuş, eğitimsiz, prensipleri hatta dini inancı bile olmayan biriydi. Yefimiya onun sevgilisi ve soyaçekim kurbanıydı. Soysuzlaşmış kişiliğin bütün özelliklerini taşıyordu. Cinayetin asıl azmettiricisi de, bu dekadanlığın en aşağılık temsilcilerinden biri olan Maslova'ydı.

"Bu kadın," savcı yardımcısı Maslova'ya bakmadan konuşuyordu, "eğitim almış, burada, mahkemede patronunun anlattıklarından öğrendik. Yalnızca okuma yazma değil, Fransızca da biliyormuş, büyük bir olasılıkla içinde suç tohumları taşıyan bir öksüz; soylu, aydın bir ailede yetişmiş ve namusuyla çalışarak yaşayabilecekken tutkularının esiri olmuş ve bu tutkuları tatmin etmek için velinimetlerini bırakarak, eğitimiyle ve dahası, sizin de burada patronundan duyduğunuz gibi, sayın jüri üyeleri, ziyaretçileri, son zamanlarda bilimsel araştırmaların, özellikle Charcot okulunun ortaya koyduğu, herkesçe hipnotizma diye bilinen etkileme yeteneği ile diğer kızlardan daha ön plana çıktığı bir geneleve girmiş. İşte bu özelliğiyle iyi yürekli, Sadko**** gibi saf, varlıklı konuğunu, bir

---

* Lombroso, Cesare (1835–1909) kalıtımsal suçlulukla ilgili antropolojik ve asosyal teoriyi ileri süren İtalyan psikiyatr. (Çev. N.)
** Gabriel De Tarde, (1843– 1904) Fransız sosyolog, psikolog ve kriminalist. (Çev. N.)
*** Jean Martin Charcot, (1825–1893) hipnoz çalışmalarıyla tanınan Fransız, nöropatolog, psikiyatr (Çev.N)
**** Rus halk destanı kahramanı. (Çev. N.)

Rus babayiğidini ele geçirmiş ve bu güveni önce onu soymak sonra da acımasızca onun yaşamına son vermek için kullanmıştır.

Mahkeme reisi yanındaki ciddi üyeye eğilip gülümseyerek "bence artık çok abartıyor," dedi.

Ciddi üye "gevezenin teki," dedi.

Savcı yardımcısı bu arada ince belini zarif bir biçimde kıvırarak "Sayın jüri üyeleri," diyerek konuşmasını sürdürüyordu, "bu insanların yazgısı sizin ellerinizde, ancak vereceğiniz kararla etkileyeceğiniz toplumun yazgısı da kısmen ellerinizde. Bu cinayetin anlamını, toplumun karşısına çıkan deyim yerindeyse, patolojik, Maslova gibi bireylerin yarattığı tehlikeyi kavrayın ve bu toplumun zehirlemesine engel olun, bu toplumun masum, sağlam unsurlarını zehirlenmekten, mahvolup gitmekten kurtarın."

Verilecek kararın önemi karşısında adeta ezilen savcı yardımcısı yapmış olduğu konuşmanın yarattığı, gözle görülür, aşırı bir heyecanla sandalyesine oturdu.

Süslü konuşmasını bir kenara bırakırsak, savcı yardımcısının yaptığı konuşmanın anlamı şuydu, Maslova tüccarı hipnotize etmiş, güvenini kazanmış ve parayı almak için odasına gelmişti, tüm parayı kendisi almak istemiş ancak Simon ve Yefimiya'ya yakalanınca parayı onlarla paylaşmak zorunda kalmıştı. Sonra da işlediği suçu örtbas etmek için yeniden tüccarla otele gelmiş ve onu zehirlemişti.

Savcı yardımcısının konuşmasından sonra avukatların oturduğu sıradan orta yaşlarda, beyaz renkte, kolalı, geniş göğüslüklü, fraklı bir adam ayağa kalkıp Kartinkin ve Boçkova'yı savunan ateşli bir konuşma yaptı. Bu onların üç yüz rubleye tuttuğu avukattı. Her ikisini de temize çıkarıyor ve tüm suçu Maslova'nın üzerine yıkıyordu.

Maslova'nın parayı alırken Boçkova ve Kartinkin'in onunla birlikte olduğu yönündeki ifadesine, zehirlerken suçüstü yakalanmış birinin ifadesinin hiçbir değeri olamayacağının üzerinde ısrarla durarak karşı çıktı. "Paraya, iki bin beş yüz rubleye gelince," diyordu avukat, "çalışkan, dürüst insanlar, müşterilerden bazen günde üçer beşer ruble bahşiş alarak kazanılabilirlerdi. Tüccarın parasını da Maslova çalmış veya birine vermiş ya da hatta kendinde olmadığı için kaybetmişti. Zehirleme işini de tek başına Maslova yapmıştı. Bundan dolayı da jüri üyelerinden Kartinkin ve Boçkova'yı paranın çalınması konusunda suçsuz bulmalarını, şayet para çalma konusunda suçlu bulurlarsa, zehirleme işine katılmadıkları ve önceden tasarlanmış bir kasıtlarının olmadığı yönünde karar vermelerini rica etti.

Sonuç olarak avukat savcı yardımcısının aksine, savcı yardımcısının soyaçekim ile ilgili afili sözlerini, her ne kadar soyaçekimle ilgili bilimsel sorulara açıklık getiriyor olsa da, bu olayda, Boçkova'nın ailesi belli olmadığı için yersiz bulduğunu belirtti.

Savcı yardımcısı öfkeyle, adeta bir köpek gibi hırlayarak, önündeki kâğıda bir şeyler not aldı ve aşağılayan, şaşkın bir bakışla omuzlarını silkti.

Sonra Maslova'nın avukatı ayağa kalktı ve çekingen bir biçimde, duraksayarak savunmasını yaptı. Maslova'nın para çalma olayına karıştığını yadsımadan, Smelkov'a tozu yalnızca uyuması için verdiğini, asla zehirleme düşüncesinde olmadığını ısrarla savundu. Maslova düşüşünün bütün zorluklarına katlanırken, onu bu bataklığa sürükleyen ve elini kolunu sallayarak dolaşan kişiyle ilgili genel bir değerlendirmeyle etkileyici bir söylev çekmek istiyordu ama psikoloji alanındaki bu gezintisi hiç de başarılı olmamış, öyle ki söylediklerinden herkes utanç duymuştu. Erkeklerin acımasızlığı ve kadınların zayıflığı üzerine lafı eveleyip gevelediği sırada, mahkeme reisi onun işini kolaylaştırmak için davanın özünden uzaklaşmamasını rica etti.

Bu savunmadan sonra savcı yardımcısı yeniden söz alıp savunma avukatına karşı çıkarak, soyaçekim hakkındaki tezini; Boçkova'nın ailesi bilinmese de, bunun soyaçekim öğretisinin gerçekliğini zerre kadar etkilemeyeceğini, bilim, soyaçekim kanunu kesin bir biçimde kanıtlandığı için, bırakın soyaçekimden suçu ayırmayı, suçtan yola çıkarak soyaçekime ulaşabileceğimizi savundu. Savunmanın, Maslova'nın hayali (hayali sözcüğünü özellikle alaylı bir biçimde söylemişti) kişiler tarafından baştan çıkarıldığı konusundaki düşüncesine gelince, bütün deliller, elinden geçen pek çok kurbanı, asıl onun baştan çıkarttığını göstermektedir. Bunu söyler söylemez zafer kazanmış bir edayla yerine oturdu.

Daha sonra sanıklara son savunmaları soruldu.

Yefimiya Boçkova hiçbir şey bilmediğini ve hiçbir şeye karışmadığını yineleyerek ısrarla her şeyin asıl suçlusu olarak Maslova'yı gösterdi. Simon yalnızca birkaç kez "Karar sizin ama suçsuz yere, boşu boşuna," diyerek yineledi.

Maslova ise hiç ağzını açmadı. Mahkeme reisinin, savunmasını yapması önerisine karşı, yalnızca gözlerini ona doğrultup köşeye kıstırılmış bir hayvan gibi herkesi süzdükten sonra, hemen gözlerini indirip yüksek sesle hıçkıra hıçkıra ağlamaya başladı.

Nehlüdov'dan ansızın çıkan tuhaf sesi duyan, yanında oturan tüccar "Neyiniz var?" diye sordu. Bu boğazında düğümlenen hıçkırık sesiydi.

Nehlüdov yine de hâlâ, şu anda içinde bulunduğu durumunun ciddiyetini anlamıyor ve gözlerine dolan yaşları ve güçlükle bastırdığı hıçkırıkları sinirlerinin zayıflığına veriyordu. Gözyaşlarını gizlemek için burun gözlüğünü taktı, sonra mendilini çıkarıp sümkürmeye başladı.

Burada, duruşma salonunda bulunan herkes, onun yaptıklarını öğrenirse diye kapıldığı rezil olma korkusu, aklından geçen bütün iç hesaplaşmayı bastırdı. Bu korku ilk anda bütün hepsinden daha aşırıydı.

XXII

Sanıkların son sözlerinden ve tarafların soruların biçimi hakkında oldukça uzun süren görüşmelerinden sonra sorular belirlendi ve mahkeme reisi kendi fezlekesine başladı.

Davayı özetlemeden önce jüri üyelerine, babacan bir tavırla ve hoş bir anlatım tonuyla, soygunun soygun, hırsızlığın hırsızlık, kilitli bir yerden çalmanın kilitli bir yerden çalma, kilitli olmayan bir yerden çalmanın kilitli olmayan bir yerden çalma olduğunu uzun uzun açıkladı. Bunları açıklarken, Nehlüdov'un onu anlayıp arkadaşlarına anlatacağını düşünerek, onda, bunun önemli bir durum olduğu hissini uyandırma arzusuyla sık sık Nehlüdov'a bakıyordu. Sonra jüri üyelerinin bu gerçekleri artık yeterince anladıklarını varsayıp diğer bir gerçeği, insanın ölümüyle sonuçlanan böyle bir hareketin cinayet olduğu, zehirlemenin de bundan dolayı yine aynı şekilde cinayet kabul edildiğini anlatmaya koyuldu. Bu gerçek, onun düşüncesine göre jüri üyelerince anlaşılınca, onları, eğer hırsızlık ve cinayet birlikte gerçekleştirilmişse, o zaman suçun yapısı hırsızlık ve cinayetten oluşmaktadır diye aydınlattı.

Bir an önce davayı bitirmek istemesine ve İsviçreli sevgilisinin onu beklediğine bakmaksızın, işine öylesine bağlıydı ki, konuşmaya başlayınca bir türlü kendine hâkim olamıyordu ve bundan dolayı da eğer jüri üyeleri sanıkları suçlu bulurlarsa onları suçlu sayma, eğer onları suçsuz bulurlarsa onları suçsuz bulma hakları olduğunu, eğer onları bir konuda suçlu, diğer konuda suçsuz bulurlarsa, onları bir konuda suçlu, diğer konuda suçsuz sayabilecekleri konusunda ayrıntılı bir biçimde bilgilendirdi. Sonra onlara bir de, bu hakkın onlara verildiğine bakmaksızın, bunu doğru bir şekilde kullanmaları gerektiğini söyledi. Onlara bir de, eğer onlar hazırlanan soruya olumlu yanıt verirlerse, bu yanıtla soruda yöneltilen her şeyi kabul ediyorlar demek olduğunu, eğer hazırlanan soruda her şeyi kabul etmiyorlarsa, kabul etmedikleri şey hakkında şerh koymaları gerektiğini açıklamak istiyordu ama saatine bakıp üçe beş kalayı gösterdiğini görünce hemen davanın fezlekesine geçti.

"Bu davanın özü şu," diyerek söze başladı ve avukatlar, savcı yardımcısı ve tanıklar tarafından defalarca söylenmiş şeyleri yineledi.

Mahkeme reisi konuşuyor, her iki yanındaki üyeler de onu ciddiyetle dinliyor ve konuşmasını olması gerektiği gibi çok iyi bulsalar da, yine de biraz uzadığını düşünerek arada sırada saatlerine bakıyorlardı. Tüm mahkeme üyeleri ve salonda bulunanlar gibi savcı yardımcısı da aynı düşüncedeydi. Mahkeme reisi fezlekeyi tamamladı.

Her şey söylenmiş gibiydi. Ancak mahkeme reisi konuşma hakkını bir türlü bırakmıyor, kendi sesinin saygı uyandıran tonunu duymak hoşuna gidiyordu ve jüri üyelerine verilen hakkın önemi hususunda, bu hakkı dikkat ve özenle kullanmaları ve suiistimal etmemeleri, yemin ettikleri ve toplumun vicdanı oldukları ve jüri odasının gizliğinin kutsal olması gerektiği yönünde ve benzeri söyleyecek birkaç gerekli söz daha buldu.

Mahkeme reisi konuşmaya başladığından bu yana Maslova tek bir sözcüğü bile kaçırmaktan korkuyormuş gibi gözlerini ayırmadan ona bakıyor, bundan dolayı Nehlüdov da Maslova'nın bakışlarıyla karşılaşmaktan korkmuyor, gözlerini ondan kaçırmıyordu. Yokluğu sırasında meydana gelen dış değişikliklerle şaşkınlık yaratan, sevilen kişinin çoktandır unutulan yüzün yavaş yavaş bundan yıllar önceki halini tam anlamıyla aldığı, değişikliklerin kaybolduğu ve manevi gözlerinin önüne eşi benzeri olmayan manevi kişiliğin başlıca ifadesinin geldiği o bilindik olay Nehlüdov'un da tahayyülünde gerçekleşti.

İşte Nehlüdov'un da içinde olan biten buydu.

Hapishane mantosuna, genişlemiş vücuduna, irileşmiş göğüslerine, yüzünün tombullaşmış alt kısmına, alnındaki ve şakaklarındaki kırışıklıklara ve şişmiş gözlere karşın, bu hiç kuşkusuz, o Paskalya Yortusu gecesi onu, en sevdiği adamı, âşık, neşeyle gülen ve hayat dolu gözleriyle masumca tepeden tırnağa süzen Katyuşa'nın ta kendisiydi.

"Ne şaşırtıcı bir rastlantı! On yıl hiçbir yerde karşılaşmayıp burada, onu sanık sandalyesinde görmek, tam da benim katıldığım oturuma denk gelmesi olacak şey değil! Bakalım bunun sonu neye varacak? Bir an önce, ah, bir an önce bitse!"

İçinde belirmeye başlayan pişmanlık duygusuna hâlâ boyun eğmiyordu. Şu anda başına gelen bu rastlantı, ona yaşamını altüst edecekmiş gibi gelmiyordu. Kendini odalarda kabahat işleyen, sahibince ensesinden tutularak, burnu yaptığı bu pisliğe sokulan köpek yavrusu gibi hissediyordu. Köpek yavrusu ciyak ciyak bağırıyor, işlediği haltın sonucundan olabildiğince uzaklaşmak ve yaptıklarını unutmak için geri geri kaçıyor ama acımasız sahibi onu bırakmıyordu. Nehlüdov da aynı şekilde hem bütün bu pisliğe kendisi neden olmuş hem de sahibinin güçlü eli ensesindeymiş gibi hissediyor ama yine de hâlâ yaptığının anlamını kavramıyor, sahibine boyun eğmiyordu. Karşısında duran şeyin, onun eseri olduğuna hâlâ inanmak istemiyordu. Ancak aman vermeyen, görünmez bir el yakasına yapışmıştı ve artık yakayı sıyıramayacağını seziyordu. Yine de kabadayılık taslıyor ve her zamanki alışkanlıkla, bacak bacak üstüne atıp burun gözlüğüyle gelişigüzel oynayarak, birinci sıranın ikinci sandalyesinde kendinden emin bir halde oturuyordu. Ancak bununla birlikte, yalnızca bu davranışının değil, aynı zamanda başıboş, ahlaksız, acımasız ve kendini beğenmiş yaşamının tüm acımasızlığını, alçaklığını, adiliğini artık ruhunun derinliklerinde hissediyordu ve bir şekilde mucize eseri, tüm bu on iki yıl boyunca hem bu suçu hem de daha sonraki bütün yaşamını ondan gizleyen, o korkunç perde artık sallanıyor ve zaman zaman da olsa arkasına göz atıyordu.

XXIII

Sonunda mahkeme reisi konuşmasını bitirdi ve zarif bir hareketle soru kâğıdını kaldırıp yanına gelen jüri sözcüsüne verdi. Jüri üyeleri gidebileceklerine sevinerek ayağa kalktılar ve ellerini nereye koyacaklarını bilemeden, sanki bir şeyden utanmış gibi peşi sıra jüri odasına geçtiler. Arkalarından kapı kapanır kapanmaz jandarmanın biri kapıya gelip kılıcını kınından çekti ve omzuna koyup kapının önünde nöbet tutmaya başladı. Mahkeme üyeleri de kalkıp gittiler. Sanıklar da götürüldüler.

Jüri odasına giren jüri üyeleri, her zaman yaptıkları gibi, ilk iş olarak hemen sigaralarını çıkarıp yaktılar. Salonda yerlerinde otururken az ya da çok hissettikleri yapaylık ve ikiyüzlülük duygusu, jüri odasına girer girmez dağılıp gitmişti. Bir yandan sigaralarını tüttürürlerken bir yandan da gözle görülür bir rahatlık duygusuyla odaya yerleştiler ve anında ateşli bir sohbet başladı.

Babacan tüccar "Kızın bir suçu yok, ne yapacağını şaşırmış," dedi, "hoşgörülü olmak lazım."

Sözcü "Biz de bunu görüşeceğiz," dedi, "kişisel izlenimlerimizin etkisi altında kalmamalıyız."

"Mahkeme reisi davayı iyi özetledi," dedi, albay.

"Ne demezsin! Neredeyse uyuyordum."

Yahudi tipli tezgâhtar "Aslında Maslova onlarla anlaşmamış olsaydı, hizmetçi kadının paradan haberi bile olmazdı," dedi.

Jüri üyelerinden biri "O halde, sizin görüşünüze göre, parayı o mu çaldı?" diye sordu.

Babacan tüccar "Asla inanmam," diye haykırdı, "bunların hepsi, şu kırmızı gözlü hinoğluhin karının işidir."

"Hepsi muhteşem," dedi, albay.

"Kadın odaya girmediğini söylüyor."

"Siz daha ona inanın. Ben bu rezile hayatta inanmam."

Tezgâhtar "İnanmanız için bu yeterli değil mi?" diye sordu.

"Anahtar ondaymış."

Tüccar "Ne var yani, onda olması neyi ifade eder ki?" diyerek karşı çıktı.

"Peki, ya yüzük?"

Tüccar "Kız söyledi ya," diye yeniden bağırdı, "bildiğin tüccar işte, üstelik bir de sarhoş, ona bir temiz de dayak atmış. Sonra da, besbelli, acımış. Al hadi, ağlama demiş. Ne adammış, duydunuz ya, boylu poslu, iri yarı biri."

Pyotr Gerasimoviç "Konumuz bu değil," diyerek sözünü kesti, asıl konu, bütün bu işi hangisi tezgâhladı, o mu yoksa hizmetçi kadın mı?"

"Hizmetçi kadın bu işi tek başına yapmış olamaz. Anahtar kızdaymış."

Tutarsız konuşmalar uzadıkça uzadı.

Jüri sözcüsü "Beyler izin verin," dedi, "masaya oturup değerlendirelim." Başkan koltuğuna oturarak "Buyurun," dedi.

"Bu kızların hepsi üçkâğıtçı," dedi tezgâhtar ve Maslova'nın asıl suçlu olduğu düşüncesini kanıtlamak için böyle bir kızın bulvarda arkadaşının saatini nasıl çaldığını anlattı.

Bunun üzerine albay gümüş bir semaverin çalınmasıyla ilgili daha da şaşırtıcı bir olayı anlatmaya koyuldu.

Jüri sözcüsü kalemiyle masaya vurarak "Beyler, lütfen sadede gelelim," dedi.

Herkes sustu. Sorular şunlardı:

1) Krapiven ilçesi, Borki köyünden, otuz üç yaşındaki Simon Petrov Kartinkin, 17 Ocak 188*de "N..." kentinde, Tüccar Smelkov'u soymak maksadıyla diğerleriyle anlaşıp, taammüden onun hayatına kast ederek, ona konyak içinde zehir vermekten, bundan dolayı da Smelkov'un ölümüne neden olmaktan ve onun yaklaşık iki bin beş yüz rublesini ve elmas yüzüğünü çalmaktan suçlu mu?

2) Kırk üç yaşındaki, kentli Yefimiya Boçkova, birinci soruda belirtilen suçtan dolayı suçlu mu?

3) Yirmi yedi yaşındaki, kentli Yekaterina Mihaylova Maslova, birinci soruda belirtilen suçtan dolayı suçlu mu?

4) Sanık Yefimiya Boçkova birinci soruda belirtilen suçtan dolayı suçsuzsa, 17 Ocak 188* yılında "N..." kentinde, çalışmakta olduğu Moritanya Oteli'nde, aynı otelde kalan tüccar Smelkov'un odasındaki kilitli çantasını, bulduğu anah-

tarla açıp iki bin beş yüz ruble parayı çalmaktan suçlu mudur? Jüri sözcüsü ilk soruyu okudu.

"Ne dersiniz, beyler?"

Bu soruya anında yanıtı yapıştırdılar. Hepsi birden, Simon'un hem zehirleme hem de çalma olayına karıştığını kabul ederek, söz birliği etmişçesine "Evet, suçlu," yanıtını verdi. Yalnızca bütün sorulara aklama yönünde yanıt veren ihtiyar bir kooperatifçi Kartinkin'in suçlu olduğunu kabul etmedi.

Jüri sözcüsü onun anlamadığını düşünerek, Kartinkin ve Boçkova'nın suçlu olduğundan kimsenin kuşkusu olmadığını ona açıkladı, ama kooperatifçi gayet iyi anladığını, yine de en iyisinin merhamet etmek olduğunu söyledi. "Biz de aziz değiliz," dedi ve dediğinin de arkasında durdu.

Boçkova hakkındaki ikinci soruya, uzun değerlendirmeler ve açıklamalardan sonra, özellikle avukatının üzerinde durduğu, zehirlemeye karıştığına dair yeterli delil olmadığı için "Suçsuz," yanıtını verdiler.

Tüccar, Maslova'yı temize çıkarmak arzusuyla, her şeyde asıl elebaşının Boçkova olduğunda diretiyordu. Jüri üyelerinin çoğu ona katıldılar, ancak sözcü, kesinlikle adil olmak isteğiyle, onu suçlu kabul etmek için zehirlemeye katıldığına dair bir gerekçeleri olmadığını söyledi. Uzun tartışmalardan sonra sözcünün görüşü ağır bastı.

Boçkova hakkında dördüncü soruya "Evet, suçlu," yanıtını verdiler ve kooperatifçinin ısrarı üzerine "yine de hoşgörü gösterilmeli," diye eklendi.

Maslova hakkındaki üçüncü soru şiddetli bir tartışmaya yol açtı. Jüri sözcüsü Maslova'nın hem zehirlemeden, hem de soygundan suçlu olduğu konusunda ısrar ediyor, tüccar ve onunla birlikte albay, tezgâhtar ve kooperatifçi ona katılmıyordu, kalanlar da sanki kararsızlık içindeydi, ancak jüri sözcüsünün görüşü, özellikle bütün jüri üyeleri yorulduğu ve bir an önce içlerini rahatlatacak bir orta yol bulmaya daha yakın olduğu ve böylece hepsi serbest kalacağı için ağırlık kazanmaya başlamıştı.

Hem bu adli soruşturma boyunca olup bitenlerden, hem de Maslova'yı tanıyor olmasından dolayı Nehlüdov, onun soygundan da, zehirlemeden de suçlu olmadığına inanıyordu, ayrıca, başlangıçta herkesin bu görüşte olduğundan da kuşkusu yoktu. Ancak, Maslova'dan hoşlandığını gizlemeyen ve bunun için yaptığı açıkça belli olan tüccarın beceriksizce savunması ve sırf bundan dolayı da jüri sözcüsünün karşı çıkması yüzünden ve en önemlisi de, herkes yorulduğu için kararın suçlu olduğu yönünde ağırlık kazanmaya başlamasından dolayı Nehlüdov itiraz etmek istiyordu ama Maslova'yı savunmaya cesaret edemiyor, herkes anında onunla olan ilişkisini öğrenecekmiş gibi geliyordu. Ancak bununla birlikte, davayı bu şekilde yüzüstü bırakamayacağını, karşı çıkması gerektiğini hissediyordu. Kızarıp bozararak tam konuşmaya başlayacaktı ki, jüri sözcüsünün otoriter tavrına iyice öfkelendiği açıkça belli olan ve o ona kadar suskun kalan Pyotr Gerasimoviç, ansızın sözcüye karşı çıkarak, tam da Nehlüdov'un söylemek istediklerini söylemeye başladı.

"İzninizle," dedi, "anahtar Maslova'da olduğu için onun çaldığını söylüyorsunuz. Kat görevlileri o gittikten sonra başka bir anahtar uydurarak çantayı açmış olamazlar mı?"

Tüccar "Evet ya, evet ya," diyerek onayladı.

"Parayı, onları koyacak bir yeri olmadığı için kız çalmış olmaz."

"Ben de bunu söylüyorum," diye yine onayladı tüccar. "Kızın ani gelişi kat görevlilerinin gözünü açtı, onlar da bu fırsattan yararlandılar, sonra da her şeyi onun üzerine yıktılar."

Pyotr Gerasimoviç tahrik edercesine konuşuyordu. Onun bu kışkırtıcı tavrı jüri sözcüsüne de yansıdı ve özellikle bundan dolayı da, aksi yöndeki görüşünde ayak diremeye başladı ama Pyotr Gerasimoviç o kadar inandırıcı bir şekilde konuşuyordu ki, çoğunluk, Maslova'nın parayı ve yüzüğü çalmadığı, yüzüğün ona hediye edildiği görüşünde hemfikir oldular. Konuşma onun zehirlemeye karışıp karışmadığı konusuna gelince de, Maslova'nın ateşli savunucusu tüccar, zehirlemek için hiçbir nedeni olmadığından suçsuz kabul edilmesi gerektiğini söyledi. Sözcü de, tozu verdiğini kendisi itiraf ettiği için suçsuz kabul edilemeyeceğini belirtti.

"Verdi ama afyon sanıyordu," dedi tüccar.

"Afyon da öldürebilir," dedi, muhalefet yapmayı seven albay ve hemen bu olayla ilgili olarak, kayınbiraderinin karısının afyondan zehirlendiğini ve doktor yakında olmasaydı ve gerekli tedbirleri zamanında almasaydı ölebileceğini anlatmaya koyuldu. Albay o kadar büyük bir ciddiyetle, kendinden emin ve ağırbaşlı bir biçimde anlatıyordu ki, kimse onun sözünü kesecek cesareti kendinde bulamıyordu. Yalnızca tezgâhtar, bu örnek üzerine, başından geçen bir olayı anlatmak için onun sözünü kesmeye kalktı.

"Bazıları öyle alışıyorlar ki," diye söze başladı, "kırk damla alabiliyorlar. Benim bir akrabam…"

Ancak albay sözünün kesilmesine izin vermedi ve afyonun kayınbiraderinin karısı üzerinde yaptığı etkinin sonuçlarını anlatmayı sürdürdü.

Jüri üyelerinden biri "Saat beş oldu, beyler," dedi.

Sözcü "O halde, beyler," diye araya girdi, "hiçbir şey çalmadığına göre soyma kastı olmadan mı suçlu olduğunu kabul ediyoruz, öyle mi, ne dersiniz?" dedi.

Pyotr Geresimoviç elde ettiği zaferden memnun bir halde onayladı.

"Ancak hoşgörüyü hak ediyor," diye ekledi tüccar. Herkes uzlaşmıştı. Yalnızca kooperatifçi "Hayır, suçsuzdur," denmesi konusunda diretiyordu.

Sözcü "Zaten aynı kapıya çıkıyor," diye açıkladı, hiçbir şey çalmamış ve soyma kastı yok diyoruz. Demek ki, suçsuz."

Tüccar neşeyle "hoşgörüyü hak ediyor diye de ekleyelim," dedi, "böylece geriye bir tek beraat etmesi kalıyor."

Herkes o kadar yorulmuş, tartışmalardan dolayı akılları o kadar karışmıştı ki, hiçbiri "evet ama öldürme kastı yok" diye yanıta eklemeyi akıl edemedi.

Nehlüdov o kadar heyecanlıydı ki, o da bunu fark etmemişti. Bu şekilde yanıtlar kayda geçirilip duruşma salonuna götürüldü.

Rabelais*, bir hâkimin kendisine başvuran davalılara, yasalarda var olan tüm olasılıkları belirttikten ve yirmi sayfa, anlamsız Latince hukuksal bir metin okuduktan sonra onlara, tek mi çift mi diye zar atmayı, eğer çift gelirse davacı, tek gelirse davalı haklı çıkar, diye önerdiğini yazar.

Burada da aynısı olmuştu. Başka bir kararın değil de bu kararın alınmasının nedeni, hepsinin uzlaşmış olması değil, birincisi, fezlekesine bu kadar uzun süre ayıran mahkeme reisinin bu kez özellikle, sorulara yanıt verirken her zaman söylediği şeyi, "suçlu ama öldürme kastı yok" diyebileceklerini

---

* Rabelais, François (1494–1553) Fransız yazar. Ortaçağ yobazlığına karşı çıkmış, hümanizmi, düşünce özgürlüğünü, hoşgörüyü, usçuluğu savunmuştur. (Çev. N.)

demeyi atlaması; ikincisi, albayın kayınbiraderinin karısının başına gelenleri uzun uzadıya, can sıkıcı bir biçimde anlatması; üçüncüsü de, Nehlüdov çok heyecanlandığı için "öldürme kastı yok" ifadesinin göz ardı edildiğini fark etmemesi ve "soyma kastı yok" ifadesinin suçlamayı ortadan kaldırdığını düşünmesi; dördüncüsü, Jüri sözcüsünün soruları ve yanıtları okuduğu sırada Pyotr Gerasimoviç'in dışarı çıktığı için odada bulunmaması ve en önemlisi de, hepsinin yorulmuş olması ve bir an önce kurtulmak istemelerinden dolayı derhal her şeyi bitirecek bir kararda uzlaşmış olmalarıydı. Jüri üyeleri zile bastılar. Kapının önünde kınından çekilmiş kılıcı omzunda nöbet bekleyen jandarma kılıcını kınına sokup kenara çekildi. Mahkeme heyeti yerini alırken jüri üyeleri de peş peşe odadan çıktı.

Jüri sözcüsü yanıtların bulunduğu kâğıdı büyük bir ciddiyetle taşıyordu. Mahkeme reisinin yanına gidip kâğıdı ona verdi. Mahkeme reisi kâğıdı okudu ve şaşkın bir halde donup kaldı ve arkadaşlarına dönüp bir durum değerlendirmesi yaptı. Mahkeme reisi "soyma kastı yok" diye şart koyan jüri üyelerinin ikinci "öldürme kastı yok" şartını koymamalarına şaşırmıştı. Jüri üyelerinin kararına göre, Maslova'nın çalmadığı, soymadığı, ancak bununla birlikte görünürde hiçbir amacı olmadan bir adamı zehirlediği sonucu ortaya çıkıyordu.

"Baksanıza, ne kadar saçma sapan bir şey getirdiler," dedi solundaki üyeye. Bu, suçlu olmadığı halde kürek cezası anlamına geliyor.

Sert üye "Nasıl suçsuz oluyor," dedi.

"Suçsuz işte. Bana göre bu olay sekiz yüz on sekizinci maddeye giriyor." (818. madde eğer mahkeme suçlamayı adil bulmuyorsa, jüri üyelerinin kararını bozabilir.)

Mahkeme reisi "Siz ne düşünüyorsunuz? diyerek babacan üyeye döndü.

Babacan üye hemen yanıt vermedi, önünde duran sayfanın sayısına baktı, sayıları topladı, üçe bölünmüyordu. Eğer üçe bölünürse kabul ederim diye niyet tutmuştu ama bölünmediğine bakmaksızın iyi niyetinden kabul etti.

"Bence de böyle olmalı," dedi.

Mahkeme reisi "Ya siz ne düşünüyorsunuz?" diyerek sert üyeye döndü.

Üye kararlı bir şekilde "Asla," diye karşılık verdi. "Gazeteler de zaten jüri üyelerinin suçluları akladıklarını yazıyor. Ya bir de mahkeme aklıyor derlerse. Asla kabul etmem."

Mahkeme reisi saate baktı.

"Ne yazık ki, yapacak bir şey yok," dedi ve soruları okuması için jüri sözcüsüne verdi.

Herkes ayağa kalktı ve jüri sözcüsü kâh bir ayağına kâh öteki ayağına dayanarak öksürdü ve sorularla yanıtları okudu. Tüm mahkeme heyeti, kâtip, avukatlar, hatta savcı yardımcısı bile şaşırıp kalmıştı.

Sanıklar anlaşılan yanıtların ne anlama geldiğini çözemedikleri için istiflerini bozmadan oturuyorlardı, yeniden herkes yerine oturdu ve mahkeme reisi savcı yardımcısına sanıkların nasıl bir cezaya çarptırılmasını talep ettiğini sordu.

Maslova davasındaki beklenmedik başarısına sevinen ve bu başarısını güzel konuşmasına veren savcı yardımcısı, önündeki kâğıtlarda bir yere bakıp doğrularak "Simon Kartinkin'in kanunun 1452. maddesi ve 1453. maddesinin 4. fıkrası gereğince, Yefimiya Boçkova'nın kanunun 1659. maddesi gereğince ve Yekaterina Maslova'nın kanunun 1454. maddesi gereğince cezalandırılmalarını talep ediyorum," dedi.

Bütün bu cezalar verilebilecek en ağır cezalardı.

Mahkeme reisi ayağa kalkarak "Mahkeme karar vermek için çekilecektir," dedi.

Onun arkasından herkes iyi bir iş yapmanın verdiği tatlı bir huzur ve rahatlama duygusuyla, dışarı çıkmak ya da salonda gezinmek üzere kalktı.

Pyotr Gerasimoviç, jüri sözcüsünün bir şeyler anlattığı Nehlüdov'un yanına giderek "Gördünüz mü, babalık, utanılacak bir hata yaptık," dedi, "kızı kürek cezasına mahkûm ettik."

Nehlüdov "Siz ne diyorsunuz?" diye haykırdı, ancak bu kez öğretmenin sevimsiz, senli benli tavrını hiç fark etmemişti.

"Aynen öyle. Yanıtımıza "suçlu ama öldürme kastı yok," ifadesini eklemeliydik, eklememişiz. Bana şimdi kâtip söyledi, savcı yardımcısı onu on beş yıl kürek cezasına çarptıracakmış."

"Biz de zaten böyle karar verdik," dedi jüri sözcüsü.

Pyotr Gerasimoviç, paraları almadığı için öldürme kastının da olamayacağı kendiliğinden anlaşılıyor diyerek tartışmaya başladı.

Jüri sözcüsü "Ama ben çıkmadan önce yanıtları okudum," diyerek, kendini temize çıkarmaya çalıştı. "Kimse karşı çıkmadı."

"O sırada ben odadan çıkmıştım," dedi Pyotr Gerasimoviç. "Peki siz bunu nasıl atlarsınız?"

"Hiç aklıma gelmedi," dedi Nehlüdov.

"Akıl edemediniz demek."

Nehlüdov "Ama bu hâlâ düzeltilebilir," dedi.

"Hayır, artık çok geç."

Nehlüdov sanıklara baktı, yazgıları belirlenecek bu insanlar, askerlerin önünde durduğu parmaklıkların ardında, hâlâ aynı şekilde hiç kıpırdamadan oturuyorlardı. Maslova bir şeye gülümsüyordu. Nehlüdov'un içine de kötü bir his doğmaya başlamıştı. Oysa az önce, Maslova'nın beraat edeceğini ve kentte bırakılacağını hissederek ona karşı nasıl davranması gerektiği konusunda kararsızlık içinde kalmıştı, karşısına çıkmak zor geliyordu. Kürek cezası ve bir de Sibirya, ona karşı nasıl davranması gerektiği konusundaki bütün olasılıkları ortadan kaldırıyordu; avcı torbasında can çekişen kuş çırpınmayı ve kendini anımsatmayı bırakacaktı.

XXIV

Pyotr Gerasimoviç'in tahminleri doğru çıkmıştı.

Danışma odasından dönen mahkeme reisi kâğıdı eline alıp okumaya başladı:

"188* yılı 28 Nisan günü, yüce majestelerinin emriyle, bölge mahkemesi, sayın jüri üyelerinin kararı doğrultusunda, muhakeme usulü kanununun 771. maddesinin 3. fıkrası, 776. maddesinin 3. fıkrası ve 777. madde gereğince 33 yaşındaki köylü Simon Kartinkin'in ve 27 yaşındaki kentli Yekaterina Maslova'nın tüm mülkiyet haklarından yoksun bırakılarak, her ikisi için de yasanın 28. maddesinin uygulanmasına, Kartinkin'in 8 yıl, Maslova'nın ise 4 yıl kürek cezasına çarptırılmasına, 43 yaşındaki kentli Yefimiya Boçkova'nın da tüm özel, sahip olduğu kişisel haklardan ve tüm mülkiyet haklarından ve avantajlardan yoksun bırakılarak, yasanın 49. maddesinin uygulanmasına ve üç yıl hapis cezasına çarptırılmasına karar verilmiştir. Söz konusu davayla ilgili mahkeme masrafları mahkûmlar arasında eşit olarak paylaştırılacak, ödeyememeleri halinde hazineden karşılanacaktır. Söz konusu davadaki maddi kanıtlar satılacak, yüzük iade edilecek, şişeler imha edilecektir."

Yanakları seğiren Kartinkin, aynı şekilde iyice gererek açtığı parmaklarını iki yanına yapıştırmış duruyordu. Boçkova çok sakin görünüyordu. Kararı duyan Maslova kıpkırmızı kesildi.

Ansızın bütün salona "Ben suçsuzum, suçsuzum," diye haykırdı. "Günaha giriyorsunuz. Ben suçsuzum. Böyle bir şeyi ne istedim, ne de aklımdan geçirdim. Doğruyu söylüyorum." Sonra sıraya yığılıp hıçkıra hıçkıra ağlamaya başladı.

Kartinkin ve Boçkova dışarı çıktığında, o hâlâ yerinde oturuyor ve ağlıyordu, sonunda jandarma giysisinin kolundan çekiştirmek zorunda kaldı.

Nehlüdov, içinden geçen kötü duyguyu tamamen unutup kendi kendine "Hayır, bu şekilde bırakmak imkânsız," dedi ve niye yaptığını kendisi de bilmeden, onu bir kez daha görebilmek için koridora koşturdu. Kapıda davanın bitmesinden memnun, jüri üyelerinden ve avukatlardan oluşan hararetli bir kalabalık kapıya yığılmıştı, bu yüzden kapıda birkaç dakika oyalanmak zorunda kaldı.

Koridora çıktığında Maslova çoktan uzaklaşmıştı. Dikkatleri üzerine çektiğini hiç umursamadan, hızlı adımlarla koşturarak ona yetişti ve önüne geçip durdu. Maslova artık ağlamayı bırakmış, başörtüsünün ucuyla alı al moru mor yüzünü silerek, yalnızca hızlı hızlı hıçkırıyordu ve ona bakmadan yanından geçip gitti. Nehlüdov onun peşinden gitmeyi bırakıp mahkeme reisini görmek üzere çabucak geri döndü ama mahkeme reisi çoktan çıkmıştı. Ona ancak girişteki vestiyerde yetişebildi.

O sırada açık renk paltosunu sırtına geçirmiş ve kapıcının

uzattığı gümüş toplu bastonunu alan mahkeme reisinin yanına hızla yaklaşıp "Efendim," dedi, "yeni karara bağlanan davayla ilgili sizinle konuşabilir miyim? Ben, jüri üyesiyim de."

"Elbette, neden olmasın, knyaz Nehlüdov?" Nehlüdov ile karşılaştığı gece bütün gençlerden çok daha güzel ve neşeyle dans ettiğini keyifle anımsayarak, elini sıkarken "Çok memnun oldum, daha önce karşılaşmıştık," dedi mahkeme reisi. "Nasıl yardımcı olabilirim?"

Nehlüdov büyük bir karamsarlıkla "Maslova ile ilgili yanıtta bir yanlışlık oldu. Zehirleme olayında suçsuz ama kürek cezasına çarptırıldı," dedi.

Mahkeme reisi çıkış kapısına yönelirken "Her ne kadar yanıtlar mahkeme heyetine aykırı gelse de, mahkeme sizin verdiğiniz yanıtlara göre karar verdi," dedi.

Jüri üyelerine, verdikleri yanıtta, "öldürme kastı yoktu" demeden "Evet, suçlu," demenin, cinayetin kasten işlendiğini göstereceğini açıklamak istediğini anımsadı ama acele ettiği için bunu yapmadı.

"Peki, bu yanlışı düzeltmenin bir yolu yok mu?"

Mahkeme reisi şapkasını hafifçe yanlamasına takarak ve çıkışa doğru yürümeyi sürdürerek "Temyize başvurmak her zaman mümkün, avukatla konuşmak lazım," dedi.

"Ama bu korkunç."

Mahkeme reisi Nehlüdov'a karşı olabildiğince sıcak ve saygılı davranmaya çalışarak, "Sizin de gördüğünüz gibi zaten Maslova'nın önünde iki seçenekten biri vardı," dedi ve paltosunun yakası üzerindeki favorilerini düzeltip kapıya doğru yönelirken, yavaşça Nehlüdov'un koluna girerek "Siz de çıkıyorsunuz, değil mi?" diyerek konuşmasını sürdürdü.

Nehlüdov paltosunu aceleyle giyerken "Evet," dedi ve onunla birlikte çıktı.

İnsanın içini açan, pırıl pırıl parlayan güneşe çıktılar ve çıkar çıkmaz taş döşeli yoldaki tekerleklerden çıkan gürültü yüzünden daha yüksek sesle konuşmak zorunda kaldılar.

Mahkeme reisi sesini yükselterek "Durum, sizin de buyurduğunuz gibi tuhaf," diyerek konuşmasını sürdürdü, "bu Maslova'nın önünde iki seçenekten biri vardı: Ya neredeyse beraat sayılabilecek, yalnızca tutukluluk süresinin bile yeteceği, içeride yattığı sürenin düşüleceği hapis, ya da kürek cezası, ortası yoktu. 'Ancak kasıt olmaksızın ölüme neden oldu' deseydiniz, o zaman beraat ederdi."

"Bağışlanmaz bir biçimde bunu gözden kaçırdım," dedi Nehlüdov.

Mahkeme reisi gözü saatinde, gülümseyerek "İşte bütün sorun da bu," dedi.

Klara ile randevusuna yalnızca kırk beş dakika kalmıştı.

"Şimdi, isterseniz bir avukata başvurun. Temyize gitmek için bir neden bulmak lazım. Bu da her zaman mümkün." Arabacıya, "Dvoryanskaya'ya," diye seslendi, otuz kapik, asla fazla ödemem."

"Ekselansları, buyurun."

"Saygılar sunarım. Şayet yardımcı olabileceğim bir şey olursa, Dvoryanskaya'da, Dvornikov'un evi, anımsamak kolay."

Sonra da içtenlikle selam verip, arabaya binerek oradan ayrıldı.

XXV

Mahkeme reisi ile yaptığı sohbet ve temiz hava biraz olsun Nehlüdov'u yatıştırmıştı. Artık içinde bulunduğu durumu, sabahtan beri yaşadığı bu kadar olağanüstü koşullar yüzünden abarttığını düşünüyordu.

"Kuşku yok ki, şaşırtıcı ve tuhaf bir rastlantı! Yazgısını hafifletmek için elimden gelen her şeyi yapmalıyım, hem de bir an önce. Hatta şimdi. Fanarin ya da Mikişin'in nerede oturduğunu hemen burada, mahkemede öğrenmeliyim." İki ünlü avukatı anımsamıştı.

Nehlüdov mahkeme binasına döndü, paltosunu çıkarıp yukarı çıktı. İlk koridora girer girmez Fanarin ile karşılaştı. Onu durdurup onunla ilgili bir işi olduğunu söyledi. Fanarin onu hem şahsen hem ismen tanıyordu ve elinden gelenin en iyisini yapmaktan çok memnun olacağını söyledi.

"Gerçi yorgunum... ama eğer çok uzun değilse, ne istiyorsunuz söyleyin, şuraya geçelim."

Fanarin Nehlüdov'u oradaki bir odaya, mahkemedeki çalışma odalarından birine soktu. Bir masaya oturdular.

"Söyleyin bakalım, konu nedir?"

Nehlüdov, "Her şeyden önce sizden, bu işe karıştığımı kimsenin bilmemesini rica ediyorum," dedi.

"Elbette, bundan kuşkunuz olmasın. Buyurun..."

"Bugün jüri üyesiydim, bir kadını kürek cezasına mahkûm ettik, hem de suçsuz yere. Bu durum vicdanımı sızlatıyor."

Nehlüdov kendisinden beklenmeyecek bir şekilde kıpkırmızı kesildi ve duraksadı. Fanarin ona bakarken gözleri parıldadı ve kulak kesilerek yeniden gözlerini kaçırdı.

"Yani," diyebildi yalnızca.

"Suçsuz bir kadını mahkûm ettik. Davayı temyiz etmek ve bir üst mahkemeye taşımak istiyorum."

"Senatoya" diye düzeltti Fanarin.

"Sizden bu işi üstlenmenizi rica ediyorum."

Nehlüdov en zor kısmı bir an önce bitirmek istiyordu ve bundan dolayı da hemen oracıkta, kızararak "Bu davanın masraflarını ve ücretini ne kadar tutarsa tutsun ben üstleniyorum," dedi.

Avukat onun deneyimsizliğine küçümser bir tavırla gülümseyerek "Elbette, bunu aramızda hallederiz," dedi.

"Davanın konusu nedir?"

Nehlüdov anlattı.

"Peki, o halde, yarın dava dosyasını alıp onu incelerim. Yarından sonra da, hayır, perşembe, akşam saat altıda bana gelin, size yanıt veririm. Anlaştık mı? Artık gidelim, daha bakmam gereken bir dünya dosya var."

Nehlüdov onunla vedalaşıp çıktı.

Avukatla sohbet ve böylece Maslova'yı savunmak için girişimde bulunmuş olması onu daha da yatıştırmıştı. Avluya çıktı. Hava harikaydı, bahar havasını sevinçle içine çekti. Arabacılar götürmeyi öneriyorlar ama o yayan yürüyordu ve o anda Katyuşa ve ona yaptıkları ile ilgili bir sürü anı ve düşünce kafasında fırıl fırıl dönmeye başladı. Bunun üzerine kederlendi ve her şey karamsar bir hal aldı. "Hayır, bunu daha sonra etraflıca düşünürüm," dedi kendi kendine, "şimdi tam tersi, ağır izlenimlerden kurtulup kafamı dağıtmalıyım."

Korçagin'lerin yemek davetini anımsayıp saatine göz attı. Henüz geç değildi, yemeğe yetişebilirdi. Yanından çan çalarak atlı tramvay geçiyordu. Hemen koşarak ona atladı. Meydana gelince fırlayıp, iyi bir fayton tuttu ve on dakika sonra Korçaginler'in malikânesinin kapısının önündeydi.

XXVI

Korçaginler'in malikânesinin güler yüzlü, şişko kapıcısı, İngiliz menteşeleri üzerinde sessizce açılan meşe giriş kapısını açarken "Buyurun, zat-ı alileri bekliyorlar," dedi. "Sofradalar, yalnızca sizi içeri almam emredildi."

Kapıcı merdivene kadar gelip yukarının zilini çaldı.

Nelüdov üstünü çıkarırken "Kimse var mı?" diye sordu.

"Bay Kolosov ile Mihail Sergeyeviç; bir de kendileri," diye yanıtladı kapıcı.

Merdivenin başında frak giymiş, beyaz eldivenli, yakışıklı bir uşak "Buyurun, zat-ı alileri," dedi. "Sizi karşılamam emredildi."

Nehlüdov merdivenleri çıkıp ona çok aşina gelen o görkemli, geniş salondan yemek odasına geçti. Orada, odasından hiç çıkmayan anne Kinyagina Sofya Vasilyevna hariç herkes masadaydı. Baş köşede ihtiyar Korçagin oturuyordu; onun yanında, sol tarafında doktor, diğer tarafında eski eyalet yöneticisi, şimdilerde banka yönetim kurulu üyesi, Korçagin'in liberal dostu, konuk İvan İvanoviç Kolosov; sırasıyla sol tarafta Missi'nin küçük kız kardeşinin dadısı Miss Reder ve dört yaşındaki kız çocuğu; sağ tarafta, tam karşılarında bütün ailenin sınavları beklediği için kentte kaldığı, Missi'nin erkek kardeşi, Korçagin'lerin biricik oğulları, lise altıncı sınıf öğrencisi Petya ve rehber öğretmen; sol tarafta Slav yanlısı, kırk yaşındaki, evde kalmış Katerina Alekseyevna; karşısında Missi'nin kuzeni Mihail Sergeyeviç ya da Mişa Telegin ve masanın diğer ucunda Missi oturuyor ve hemen yanında el sürülmemiş bir yemek servisi duruyordu.

Takma dişleriyle ağzındaki lokmayı güçlükle ve dikkatle çiğneyen ihtiyar Korçagin, kan çanağına dönmüş, gözkapakları görünmeyen gözlerini Nehlüdov'a kaldırarak "İşte bu harika. Buyurun, oturun, biz de daha yeni balığa başlıyorduk," dedi. Yemek sevisi yapan şişman, heybetli uşağa, ağzı dolu bir halde dönüp gözleriyle boş yemek servisini göstererek "Stepan," dedi.

Her ne kadar Nehlüdov ihtiyar Korçagin'i çok iyi tanısa ve öğle yemeklerinde görse de, yeleğine takılmış peçetenin üzerindeki şehvetle açılıp kapanan dudaklarıyla bu kırmızı yüz ve yağlı boyun, en çok da, bütün bu besili general figürü bugün nedense özellikle itici gelmişti. Nehlüdov elinde olmadan, valiyken insanları kamçılayan hatta asan bu adamın, varlıklı ve tanınmış olduğu ve hizmet ederek kimsenin gözüne girmek zorunda olmadığı için neden yaptığını tanrının bildiği acımasızlığını anımsadı.

Stepan, gümüş vazolarla dolu büfeden büyük bir kepçe alıp favorili, yakışıklı uşağa başıyla Missi'nin yanındaki, kolalı, arma işli peçeteyle ustaca örtülmüş, el değmemiş yemek servisini işaret ederek, "Yemeğiniz hemen servis ediliyor, zat-ı alileri" dedi.

Nehlüdov masanın çevresini dolaşarak herkesin elini sıktı. İhtiyar Korçagin ve hanımlar dışında herkes yanlarına gittiğinde ayağa kalkıyordu. Masanın çevresinde dolaşmak ve çoğuyla ömründe hiç konuşmamış olsa da, orada bulunan herkesin elini sıkmak o anda Nehlüdov'a özellikle itici ve komik gelmişti. Geciktiği için özür diledi ve masanın diğer ucundaki Missi ve Katerina Alekseyevna'nın arasındaki boş yere oturmak istedi ama ihtiyar Korçagin votka içmese de, hiç olmazsa üzerinde ıstakozlar, havyar, peynirler ve ringa balığı olan meze masasından bir şeyler atıştırmasını önerdi. Nehlüdov bu kadar acıktığını ummuyordu ama ekmek ve peynir yemeye başlayınca kendini tutamayıp tıka basa yedi.

Kolosov, jüri üyelerine karşı çıkan, gerici bir gazetenin ifadesini alaycı bir biçimde kullanarak, "Evet, ne oldu bakalım, altüst ettiniz mi? diye sordu. "Suçluları aklayıp suçsuzları suçladınız, değil mi?" dedi.

Liberal dostunun ve arkadaşının aklına ve bilgeliğine sonsuz bir güven besleyen Knyaz, gülerek "Altüst ettiler, altüst ettiler," diye yineliyordu.

Nehlüdov saygısızlığı göze alarak Koslova'ya hiçbir yanıt vermedi ve ikram edilen, dumanı tüten çorbanın başına oturup lokmasını çiğnemeyi sürdürdü.

"Ona yemeğini yemesine izin verin," dedi gülümseyerek Missi, bu "ona" sözcüğüyle onunla olan yakınlığını anımsatmak istiyordu.

Bu arada Kolosov hararetli bir şekilde ve yüksek sesle, Nehlüdov'u çileden çıkartan, jüri üyelerine kaşı çıkan, bir makalenin içeriği hakkında konuşmayı sürdürüyordu. Yeğen Mihail Sergeyeviç de onu destekledi ve aynı gazeteden başka bir makaleden bahsetti.

Missi her zaman olduğu gibi çok *distinguee** ve hoş giyinmişti.

Çiğneyip yutmasını bekledikten sonra Nehlüdov'a "Çok yorulmuş ve acıkmış olmalısınız," dedi.

"Hayır, çok değil aslında. Siz ne yaptınız? Resim sergisine gittiniz mi?" diye sordu.

"Hayır, Sonra gideriz dedik. Onun yerine Salamatov'larda *lawn tennis*'e** gittik. Mr. Kruks gerçekten harika oynuyor."

---

* *Fr.* Zarif. (Çev. N.)
** *İng.* Tenis. (Çev. N.)

Nehlüdov buraya gönlünü eğlendirmek için gelmişti ve yalnızca ruhuna iyi gelen lüksün verdiği tattan değil, aynı zamanda sezdirmeden onu kavrayan pohpohlayıcı tatlı sözlerin yarattığı atmosferden dolayı da bu evde her zaman hoş vakit geçiriyordu. Şimdi ise, şaşırtıcı bir şekilde, bu evde ne varsa, kapıcıdan tutun da, geniş merdivene, çiçeklere, uşaklara, şu anda ona çekici ve doğal gelmeyen Missi de dahil masadakilerin kılık kıyafetlerine varıncaya kadar her şey sinirine dokunuyordu. Kolosov'un şu kendine güvenen, bayağı, liberal tavrı da hoşuna gitmiyordu, ihtiyar Korçagin'in kendini beğenmiş, açgözlü aygır figürü hiç hoş değildi, Slav yanlısı Katerina Alekseyevna'nın Fransızca cümleleri can sıkıcıydı, mürebbiyenin ve rehber öğretmenin sıkıntılı suratları da hoşuna gitmiyordu, özelikle kendisine yönelik "onu" sözcüğü canını sıkmıştı...
Nehlüdov, Missi ile ilişkisinde sürekli iki arada kalıyordu: Ya sanki gözlerini süzerek, ya da ay ışığında bakıyormuş gibi ondaki her şeyi harika buluyor, Missi ona, hem körpe, hem güzel, hem akıllı, hem de doğal geliyordu... Ya da ansızın, sanki pırıl pırıl bir güneş ışığı altındaymış gibi ondaki göremediği kusurları görüyordu. Bugün de onun için böyle bir gündü. Missi'nin yüzündeki tüm kırışıklıklar gözüne batıyor, saçlarını nasıl kabarttığını biliyor ve görüyor, dirseklerinin sivriliğini, en çok da, aynı babasının tırnağını anımsatan, baş parmağındaki uzun tırnağını gözüne takılıyordu.

Kolosov tenis hakkında "Çok sıkıcı bir oyun," dedi, "çocukluğumuzda oynadığımız *lapta** çok daha keyifliydi."

Missi, "Hayır, siz hiç denemeniz ki. Müthiş sürükleyici bir oyun," diyerek itiraz etti. Nehlüdov'a "müthiş" sözcüğünün telaffuzu hiç de doğal değilmiş gibi geldi.

---

* Beyzbola benzeyen eski bir Rus halk oyunu. (Çev. N.)

Birden Mihail Sergeyeviç ve Katerina Alekseyevna'nın da katıldığı bir tartışma başladı. Yalnızca mürebbiye, rehber öğretmen ve çocuklar susuyordu ve görünüşe bakılırsa sıkılıyorlar gibiydi.

İhtiyar Korçagin, anında uşağın tuttuğu sandalyesini gürültüyle çekip yeleğinden peçeteyi çıkarırken, kahkahayı patlatarak "Bu tartışma bitmez!" dedi. Onun ardından diğerleri de masadan kalktılar ve hoş kokulu sıcak su dolu kapların bulunduğu sehpanın başına gidip ağızlarını çalkalayarak, kimsenin ilgisini çekmeyen konuşmayı sürdürdüler.

Missi, insanların karakterlerinin hiçbir yerde oyundaki kadar ortaya çıkmadığı düşüncesini onaylaması için Nehlüdov'a dönerek "Doğru, değil mi?" diye sordu. Nehlüdov'un yüzündeki düşünceli hali görüyor ve bu ona, Nehlüdov'da onu korkutan kınayıcı bir ifade gibi geliyordu, bundan dolayı da buna neyin yol açtığını öğrenmek istiyordu.

"Doğrusu, bilmiyorum, bunu hiç düşünmedim," diye yanıt verdi Nehlüdov.

Missi, "Anneme uğrayalım mı, ne dersin?" diye sordu.

Nehlüdov sigarasını çıkarırken, hiç gitmek istemediğini açıkça belli eden bir ses tonuyla "Evet, evet, uğrayalım," dedi.

Missi suskun bir halde, soru dolu bakışlarla ona bakıyordu, bunun üzerine Nehlüdov utandı. Kendi kendine "Aslında insanların yanına onların canını sıkmak için geliyorum," diye düşündü ve sevecen olmaya çalışarak, eğer kinyagina kabul ederse, memnuniyetle gideceğini söyledi.

"Evet, evet, annem memnun olur. Orada da sigara içebilirsin. Hem İvan İvanoviç de orada."

Ev sahibesi Kinyagina Sofya Vasilyevna yatalak bir kadındı. Sekiz yıldır konuklarını yatalak bir halde, danteller ve kurdeleler içinde, kadifeler, yaldızlar, fil dişi, bronz, lake eşyalar ve çiçekler arasında kabul ediyor ve hiçbir yere gitmiyordu, yalnızca dediği gibi sürüden bir şekilde ayrılan "kendi dostlarını" kabul ediyordu.

Nehlüdov da akıllı bir delikanlı olarak görüldüğü, annesi ailenin yakın dostu olduğu ve Missi'nin onunla çıkması iyi karşılandığı için bu dostlardan sayılıyordu.

Kinyagina Sofya Vasilyevna'nın odası büyük ve küçük konuk odalarından sonraydı. Nehlüdov'un önünden yürüyen Missi büyük konuk odasından geçerken kararlı bir şekilde durarak, yaldızlı bir sandalyenin arkalığına tutunup Nehlüdov'a gözlerini dikti.

Missi onunla evlenmeyi çok istiyordu ve Nehlüdov iyi bir adaydı. Ayrıca ondan hoşlanıyordu ve kendisini Nehlüdov'un onun olacağı (O Nehlüdov'un değil, Nehlüdov onun olacaktı) düşüncesine alıştırmıştı ve kendinden geçercesine, aynı ruh hastalarında olduğu gibi inatçı bir kurnazlıkla amacı doğrultusunda ilerliyordu. Şimdi de bir açıklama yapması için üstelemeye başlamıştı.

"Gördüğüm kadarıyla canınızı sıkan bir şey olmuş," dedi. "Başınıza bir şey mi geldi?"

Nehlüdov mahkemedeki karşılaşmayı anımsadı, yüzü asıldı ve kıpkırmızı kesildi.

Gerçekçi görünmeye çalışarak "Evet," dedi, "tuhaf, alışılmadık, önemli bir olay başıma geldi."

"Ne oldu ki? Bana söyleyemeyeceğiniz bir şey mi?"

"Şimdi söyleyemem. İzin verin de söylemeyeyim. Henüz tam olarak etraflıca düşünemediğim bir şey oldu," dedi ve çok daha fazla kızardı.

"Bana da söylemiyorsunuz, öyle mi?" Yüzündeki bir kas titredi ve tutunduğu sandalyeyi ileri doğru sürdü.

Nehlüdov "Hayır, söyleyemem," diye yanıt verdi, ona bu

şekilde yanıt vererek, gerçekten başına çok önemli bir şey geldiğini kabullendiği yanıtını kendine verdiğini hissetti.

"Peki, o halde gidelim."

Missi gereksiz düşünceleri kovalar gibi başını salladı ve her zamankinden çok daha hızlı adımlarla önden yürüdü.

Gözyaşlarına engel olmak için ağzını doğal olmayan bir şekilde sıkıyormuş gibi geldi Nehlüdov'a. Onu üzdüğü için içi sızladı ve utandı ama en küçük bir zayıflığın onu mahvedeceğini biliyordu, bu da teslim olmak demekti. Şu anda ise en çok korktuğu şey buydu ve onunla birlikte kinyaginanın odasına kadar sesini çıkarmadan yürüdü.

XXVII

Kinyagina Sofya Vasilyevna, onu bu tatsız durumda kimsenin görmemesi için her zaman yalnız başına yediği, çok zarif ve çok besleyici yemeğini bitirmişti. Kanepesinin yanında bir sehpa, üzerinde kahve vardı, o da mısır koçanı yaprağından sarılmış ince bir sigara içiyordu. Kinyagina Sofya Vasilyevna uzun dişleri ve iri siyah gözleriyle hâlâ yaşını göstermeyen, zayıf, uzun boylu bir kadındı.

Sofya Vasilyevna'yla doktor arasında bir şeyler olduğunu söylüyorlardı ama Nehlüdov bunu çoktan unutmuştu, ancak şu anda bunu anımsamakla kalmamış, aynı zamanda kadının koltuğunun yanında, yağdan parlayan çatal sakalıyla doktoru görünce nefreti kabarmıştı.

Kolosov, sehpanın yanındaki alçak, yumuşak bir koltukta, Sofya Vasilyevna ile yan yana oturmuş kahvesini karıştırıyordu. Sehpanın üzerinde de bir kadeh likör vardı.

Missi, Nehlüdov ile birlikte annesinin yanına girdi ama odada kalmadı.

Kolosov ve Nehlüdov'a dönüp sanki aralarında hiçbir şey geçmemiş gibi "Annem usanıp sizi sepetleyince bana uğrayın," dedi ve neşeyle gülümseyip kalın halının üzerinde sessiz adımlarla yürüyerek odadan çıktı.

Kinyagina Sofya Vasilyevna, gerçeğinden ayırt edilemeyecek, büyük ustalıkla yapılmış, uzun, inci gibi dişlerini göstererek, ince, yapmacık, ancak tamamen doğal hissi veren gülümsemesiyle, "Ooo, merhaba dostum, buyurun oturun. Anlatın bakalım," dedi. "Bana mahkemeden, çok karamsar bir ruh haliyle geldiğinizi söylediler. Düşünüyorum da, iyi insanlar için bu çok ağır bir durum," dedi Fransızca.

"Bu çok doğru," dedi Nehlüdov. "Sık sık kendini çaresiz... yargılama hakkın yokmuş gibi hissediyorsun..."

Sofya Vasilyevna sanki onun düşüncesinin gerçekliğinden şaşkına dönmüşçesine, her zaman yaptığı gibi sohbet arkadaşını pohpohlayarak *"Comme c'est vrai*"* diye haykırdı.

"Peki, tablonuzdan ne haber bakalım, çok ilgilimi çekiyor," diye ekledi. "Şu dermansızlığım olmasa, çoktan sizin yanınıza gelirdim."

Gizlediği yaşlılığı gibi, şimdilerde davranışlarındaki yapmacıklığı da iyice açığa vuran Sofya Vasilyevna'ya soğuk bir tavırla "Tamamen bıraktım," dedi Nehlüdov. Asla kendini nazik davranmaya zorlayamıyordu.

Sofya Vasilyevna, Kolosov'a dönerek "Çok yazık!" dedi. "Biliyor musunuz, çok büyük bir yetenek olduğunu bana bizzat Repin söyledi," dedi.

---

* *Fr.* Ne kadar doğru! (Çev. N.)

Nehlüdov kaşlarını çatarak, "Nasıl oluyor da, böyle yalanlar söylemeye utanmıyor," diye aklından geçirdi.

Nelüdov'un keyfinin olmadığını ve onu güzel ve akıllıca bir sohbetin içine çekmenin olanaksızlığını gören Sofya Vasilyevna, sanki Kolosov'un düşüncesi her türlü kuşkuyu ortadan kaldıracakmış ve bu düşüncenin her sözcüğü ölümsüzleşecekmiş gibi bir edayla, yeni tiyatro oyunu hakkında ne düşündüğü sorusuyla Kolosov'a döndü. Kolosov oyunu yerden yere vuruyor, bu vesile ile sanat hakkındaki görüşlerini ifade ediyordu. Kinyagina Sofya Vasilyevna onun görüşlerinin doğruluğu karşısında şaşkına dönmüş, oyunun yazarını savunmaya çalışıyor ama anında ya pes ediyor ya da bir orta yol buluyordu. Nehlüdov bakıyor ve dinliyordu ama onun görüp işittiği şeyler hiç de önünde olup bitenler değildi.

Nehlüdov, birincisi, hem Sofya Vasilyevna'yı, hem de Kolosov'u dinlerken, ne Sofya Vasilyevna'nın, ne de Kolosov'un, ne tiyatro oyunuyla, ne de birbirleriyle hiçbir işi olmadığını, konuşuyorlarsa da, bunu yalnızca yemekten sonra boğaz ve dil kaslarını oynatarak, fiziksel ihtiyaçlarını karşılamak için yaptıklarını, ikincisi votka, şarap, likör içen Kolosov'un biraz sarhoş olduğunu ama öyle ara sıra içen adamlar gibi değil şarap içmeyi kendisine alışkanlık edinenler gibi sarhoş olduğunu görüyordu. Ne sallanıyor, ne de saçma sapan konuşuyordu ama olağan dışı, coşku dolu, keyifli bir ruh hali içindeydi; Nehlüdov üçüncü olarak da, Kinyagina Sofya Vasilyevna'nın, yaşlılığını oldukça parlak bir şekilde aydınlatabilecek, ona kadar ulaşmaya başlayan eğri güneş ışığının geldiği pencereye, sohbet arasında kaygıyla baktığını görüyordu.

Kolosov'un bir konu üzerindeki düşüncesine "Bu ne kadar doğru," dedi ve kanepenin yanında bulunan duvardaki zile bastı.

O sırada doktor ayağa kalkıp evden biri gibi hiçbir şey söylemeden odadan çıktı. Sofya Vasilyevna gözleriyle onu izlerken konuşmayı da sürdürdü.

Zile basınca içeri giren yakışıklı uşağa gözleriyle penceredeki perdeyi göstererek, "Şu perdeyi indiriver, lütfen, Filip," dedi. Perdeyi indiren uşağın hareketlerini öfkeli bir bakışla izlerken "Hayır, böyle söylemeyin, onda gizemci bir yan var, mistisizm olmadan şiir olmaz," dedi, perdeyi düzelten uşaktan gözünü yine ayırmadan ve kederle gülümseyerek, "şiirsiz mistisizm, boş bir inanç, mistisizm olmayan şiir de sıradan bir şeydir."

Sofya Vasilyevna anlaşılan o ki, sarf ettiği sözler için göstermek zorunda kaldığı çabaya hayıflanarak, acıyla "Filip, o perdeyi değil, büyük penceredekini," dedi ve yatışmak için yüzüklerle kaplı eliyle, tütmekte olan kokulu sigarasını ağzına götürdü.

Yapılı, adaleli, yakışıklı Filip özür diler gibi hafifçe eğildi ve güçlü, muazzam baldırlı bacaklarıyla yavaşça halıya basarak, uysalca ve sessizce diğer pencereye geçti ve dikkatle kinyaginaya bakarak, tek bir ışığın bile onun üzerine düşmeye cesaret edemeyeceği bir şekilde, sıkıca perdeyi kapatmaya çalıştı ama yine istendiği gibi yapamadı, çileden çıkan Sofya Vasilyeva yeniden mistisizm üzerine yaptığı konuşmayı kesip ona acımasızca eziyet eden, kalın kafalı Filip'i ikaz etmek zorunda kaldı. Bir an için Filip'in gözlerinde şimşekler çaktı.

Tüm bu oyunu gözlemleyen Nehlüdov "Büyük bir ihtimalle, içinden, cehennemin dibine kadar yolun var diyordur," diye düşündü. Ancak yakışıklı, iri kıyım Filip zorlanan sabrını gizleyip bitkin, güçsüz ve baştan aşağı yapmacık kinyagina

Sofya Vasilyevna'nın ona buyurduğu şeyi sakince yapmaya koyuldu.

Alçak koltukta yayılarak oturan Kolosov, uykulu gözlerle Kinyagina Sofya Vasilyevna'ya bakarak, "Hiç kuşkusuz, Darwin'in öğretisinde büyük bir gerçek payı var," dedi, "ancak o sınırları zorluyor, evet."

Kinyagina Sofya Vasilyevna, Nehlüdov'a, suskunluğundan rahatsız olarak, "Siz soyaçekime inanıyor musunuz?" diye sordu.

Nedense gözünde canlanan tuhaf hayallere o anda iyice gömülmüş olan Nehlüdov, "Soyaçekim mi?" diye soruyu yineledi. "Hayır, inanmıyorum," dedi. Kendince bir model gibi hayal ettiği iri yarı, yakışıklı Filip'in yanında, dazlak kafası, çırpı gibi kassız kolları ve karpuz biçimindeki karnıyla Kolosov'u çıplak bir halde gözünün önüne getirmişti. Aynı şekilde şu anda ipek ve kadifeyle örtülü Sofya Vasilyevna'nın omuzları, gerçekte olması gerektiği gibi gözünde canlanıyordu ama bu hayal oldukça korkunçtu ve onu aklından uzaklaştırmaya çalıştı.

Sofya Vasilyevna gözleriyle onu tepeden tırnağa süzdü.

"Missi de sizi bekliyor," dedi. "Hadi onun yanına gidin, size Schumann'dan yeni bir şey çalmak istiyordu... Çok ilginç bir şey..."

Nehlüdov ayağa kalkıp, Sofya Vasilyevna'nın saydamlaşmış, bir deri bir kemik kalmış, yüzüklerle kaplı elini sıkarken "Çalmak istediği falan yok. Bütün bunları ne diye uyduruyor ki," diye aklından geçirdi.

Konuk odasında ona rastlayan Katerina Alekseyevna her zaman olduğu gibi Fransızca konuşarak, "Bakıyorum da, jüri üyeliği görevi üzerinizde ezici bir baskıya yol açıyor," dedi.

"Evet, beni affedin, bugün pek keyifim yok, başkalarının da canını sıkmak istemiyorum," dedi Nehlüdov.

"Neden keyfiniz yok ki?"

Nehlüdov şapkasının nerede olduğuna bakınıp onu alırken "İzin verin bunu söylemeyeyim," dedi.

"Peki, 'daima gerçeği söylemek gerekli' dediğinizi ve o zamanlar hepimize en acımasız gerçekleri söylediğinizi anımsıyor musunuz? O halde neden şimdi söylemek istemiyorsunuz? Katerina Alekseyna onlara doğru gelmekte olan Missi'ye dönerek Anımsıyorsun, değil mi, Missi?" dedi.

Nehlüdov ciddi bir biçimde "O oyun olduğu için demiştim," dedi. "Oyunda olabilir. Gerçekte ise o kadar kötüyüz ki, en azından ben gerçekleri söyleyemeyecek kadar kötüyüm."

Katerina Alekseyevna, Nehlüdov'un ciddiyetini fark etmemiş gibi sözcüklerle oynayarak "Kendinizi kurtaramıyorsunuz, bari hiç olmazsa neden bu kadar kötüyüz onu söyleyin," dedi.

"Kendi kendine keyifsiz olduğunu kabullenmekten daha kötü hiçbir şey yoktur," dedi Missi. "Böyle bir şeyi asla kabullenmem ve bundan dolayı da hep keyfim yerindedir. Hadi benim odama gidelim. Sizin *mauvaise humeur*'inizi* dağıtmaya çalışalım."

Nehlüdov aynı, dizginlerini takmak ve arabaya koşmak için okşanan atların hissedebileceği duygu içindeydi. Ancak taşımak için bugün her zamankinden çok daha gönülsüzdü. Eve gitmesi gerektiğini söyleyerek özür diledi ve vedalaşmaya başladı. Missi onun elini alışılmışın dışında daha uzun tuttu.

"Unutmayın, sizin için önemli olan ne varsa, dostlarınız için de önemlidir," dedi. "Yarın gelecek misiniz?"

"İmkânsız," dedi Nehlüdov ve kendisi için mi yoksa onun

---

* *Fr.* Kötü ruh hali. (Çev. N.)

için mi nedenini bilmeden, utanç duyarak kıpkırmızı kesildi ve aceleyle çıktı.

Nehlüdov gidince "Bu da ne böyle? *Comme cela m'intrigue**" dedi Katerina Alekseyevna. "Kesinlikle öğrenirim. Bir şey *affaire d'amour–propre: il est très susceptible, notre cher Mitya***."

Missi, Nehlüdov'a baktığından tamamen farklı, solgun bir yüzle önüne bakarak "*Plutôt une affaire d'amour sale****" demek istedi ama demedi, hatta Katerina Alekseyevna'ya bu kelime oyununun tatsız çağrışımından bile söz etmedi, yalnızca "Herkesin iyi günü de kötü günü de oluyor," demekle yetindi.

"Yoksa bu da mı aldatıyor?" diye düşündü. "Bütün bu olup bitenlerden sonra, onun açısından bu çok çirkin olur."

Eğer Missi "Bütün bu olup bitenlerden sonra" sözlerinden ne anladığını açıklamak zorunda kalsaydı, kesin bir şey söyleyemezdi ama bununla birlikte hiç kuşkusuz Nehlüdov'un ona yalnızca umut vermekle kalmadığını aynı zamanda neredeyse söz de verdiğini biliyordu. Bunlar kesin sözler değildi ama bakışlar, gülümsemeler, imalar, suskunluklar. Ancak ne olursa olsun onu kendisinin sayıyordu ve onu yitirmek Missi'ye çok ağır gelecekti.

XXVIII

Nehlüdov bu arada bildik sokaklardan eve yürüyerek dönerken "Utanç verici ve alçakça, alçakça ve utanç verici,"

---

* *Fr.* Çok merak ediyorum. (Çev. N.)
** *Fr.* Onuruna dokunduğunda: bizim değerli Mitya'mız çok alıngan oluyor. (Çev. N.)
*** *Fr.* Anlaşılan pis bir aşk meselesi. (Çev. N.)

diye düşünüyordu. Missi ile yaptığı konuşmanın yarattığı ağırlık onu bırakmıyordu. Dışarıdan bakıldığında Missi'ye karşı haklı olduğunu hissediyordu; ona bağlayıcı olduğu düşünülebilecek hiçbir şey söylememiş, evlenme teklif etmemişti, ne var ki esasında kendini bağladığını, söz verdiğini fakat bununla birlikte tüm varlığıyla onunla evlenemeyeceğini hissediyordu. Yalnızca Missi ile ilgili ilişkisi için değil hepsi için evinin kapısından içeri girerken "utanç verici ve alçakça, alçakça ve utanç verici," diye kendi kendine yineliyordu.

Arkasından çay takımının hazır olduğu yemek odasına giren Korney'e "Akşam yemeği yemeyeceğim," dedi. "Gidebilirsiniz."

"Baş üstüne," dedi Korney ama gitmedi ve masayı toplamaya başladı. Nehlüdov Korney'e bakıyor ve ona karşı kötü hisler besliyordu. Herkesin onu rahat bırakmasını istiyor ama ona karşı herkes sanki bilerek, inadına yapışıp kalıyormuş gibi geliyordu. Korney kabı kacağı toplayıp gidince çay koymak için semaverin yanına gitti ama Agrafena Petrovna'nın ayak seslerini işitince, onunla karşılaşmamak için konuk odasına gidip kapıyı arkasından kapadı. Konuk odası bundan üç ay kadar önce ölen annesinin bıraktığı gibi duruyordu. Biri babasının diğeri annesinin resminin üzerindeki iki lambanın aydınlattığı bu odaya girince annesiyle son yaşadıklarını anımsadı ve bu yaşadıklarını yapmacık ve aykırı buldu. Bu da utanç verici ve alçakçaydı. Hastalığının son zamanlarında açıkça ölmesini istediğini anımsadı. Bunu kendi kendine, acılarından kurtulması için istediğini söylüyordu ama aslında bunu onun acı dolu görüntülerinden kurtulmak için istiyordu. Onunla ilgili iyi şeyler anımsamak isteğiyle, ünlü bir ressamın beş bin rubleye yaptığı portresine baktı. Göğüs dekolteli, siyah, kadife bir elbise içinde resmedilmişti. Ressam, anlaşılan, göğsü, iki göğüs arasını, göz kamaştırıcı güzellikteki omuzları ve boynu resmederken çok özel bir çaba sarf etmişti. Bu da utanç verici ve alçakçaydı. Annesinin yarı çıplak, güzel bir kadın olarak tasvir edilmesinde iğrenç ve günahkârca bir şeyler vardı. Yalnızca bütün odayı değil, tüm evi, hiçbir şekilde çıkarmanın mümkün olmadığı, her şeye karşın ağır, ezici bir kokuyla dolduran bu kadının, mumya gibi canı çekilmiş bir halde, bu odada bundan üç ay kadar önce yatmış olması daha da iğrençti. Hâlâ o kokuyu duyurmuş gibi hissediyordu. Annesinin ölmeden bir gün önce, kararmış, kemikleri fırlamış eliyle, güçlü, beyaz elini tutup gözlerinin içine bakarak "Yanlış bir şey yaptıysam beni bağışla, Mitya," dediğini ve acıdan feri kaçmış gözlerine yaşlar dolduğunu anımsadı. Nehlüdov muhteşem mermer omuzları ve kollarıyla, zafer edasıyla gülümseyen, yarı çıplak kadına bakarak bir kez daha kendi kendine "Ne kadar iğrenç!" dedi. Portredeki açık göğüsler, ona geçenlerde aynı şekilde gördüğü başka bir kadını anımsattı. Bu, onu akşamleyin yanına çağırmak için, gideceği baloda giyeceği giysiyi göstermeyi bahane eden Missi'ydi. Onun güzel kollarını ve omuzlarını tiksintiyle anımsadı. Acımasız geçmişiyle, kaba saba, vurdumduymaz babası da, kuşkulu *bel esprit'iyle** annesi de. Bütün bunlar iğrenç ve aynı zamanda utanç vericiydi. Utanç verici ve alçakça, alçakça ve utanç verici.

"Hayır, hayır," diye aklından geçirdi, "kurtulmalıyım, hem Koçaginler'le, hem Mariya Vasilyevna'yla olan bütün bu ikiyüzlü ilişkilerden, hem mirastan, hem de geri kalan bütün her şeyden kurtulmalıyım... Evet, özgürce nefes almalıyım. Yurt dışına giderim, Roma'ya, resimle uğraşırım..." Yeteneği hak-

---

* *Fr.* Keskin zekâ. (Çev. N.)

kındaki kuşkuları aklına geldi. "Aman boş ver, özgürce nefes alayım yeter. Önce Konstantinopol'e, oradan da Roma'ya giderim, yalnızca bir an önce jüri üyeliğinden kurtulmalıyım. Bir de avukatla olan şu işi yoluna koymak lazım."

Ansızın, kara, şehla gözlü tutuklu kadın, olağanüstü bir canlılıkla gözlerinin önüne geldi. Sanıklara son sözleri sorulunca nasıl da ağlamaya başlamıştı! Aceleyle onu gözünün önünden uzaklaştırıp dibine kadar içtiği sigarasını küllükte ezdi ve yeni bir tane yakıp odada bir ileri bir geri dolaşmaya başladı. Onunla geçirdiği anlar birbiri ardına gözünde canlanıyordu. Son görüşmelerini, o sırada onu ele geçiren o şehvet dolu tutkuyu, hem de tutkusu tatmin olduktan sonra yaşadığı düş kırıklığını anımsadı. Mavi şeritli beyaz giysi, sabah ayini aklına geldi. "Onu zaten seviyordum, onu o gece gerçekten güzel, tertemiz bir aşkla seviyordum, onu çok daha önce, ta ilk kez halamlarda kaldığım ve tezimi yazdığım sıradaki gibi seviyordum!" O zamanlardaki halini anımsadı. Dipdiri, gencecik, hayat dolu o hali başını döndürdü ve içini acı bir hüzün kapladı.

İkisinin arasındaki fark, onun o zamanlardakiyle şimdiki hali arasındaki gibi muazzamdı: Kilisedeki Katyuşa'yla, bu sabah yargıladıkları, tüccarla kafa çeken şu hayat kadını arasındaki gibi olmasa da, yine de benzer bir farktı. O zamanlar önüne sonsuz olanaklar açılan canlı, özgür bir adamdı, şimdi ise kendini hiçbir çıkış göremediği, üstelik de büyük bölümüyle çıkmak da istemediği, aptalca, boş, amaçsız, anlamsız bir yaşamın ağlarıyla dört bir tarafından kuşatılmış hissediyordu. Bir zamanlar dürüstlüğüyle nasıl gurur duyduğunu, şimdi nasıl tepeden tırnağa yalanlara, çevresindeki herkesin gerçek olarak kabul ettiği en korkunç yalanlara battıysa, o zamanlar kendini daima gerçekleri konuşan ilkeli ve gerçekten haklı olan biri saydığını anımsadı. Bu yalandan kurtuluş yoktu, en azından o, bu yalandan hiçbir kurtuluş yolu görmüyordu. Bu yalana bulaşmış, ona alışmış, içinde keyfini sürmüştü.

Mariya Vasilyevna ile, kocasıyla, kocasının ve çocuklarının gözlerine utanmadan bakabilecek şekilde ilişkisini nasıl düzeltebilecekti? Yalana başvurmadan Missi ile ilişkisini nasıl çözebilirdi? Yasa dışı bulduğu toprak mülkiyetiyle, annesinden kalan mirası sahiplenmesi arasındaki şu çelişkiden nasıl kurtulabilirdi? Katyuşa'ya karşı işlediği günahı nasıl onarabilirdi? Bu şekilde bırakmak da olmaz. "Avukata para ödeyerek, onu hak etmediği kürek cezasından kurtarmakla, bir zamanlar, ona para vermeliyim diye düşünüp yaptığım gibi suçumu parayla onarmakla yetinerek sevdiğim bir kadını terk edemem."

Koridorda ona yetişip para tutuşturarak, kaçarcasına uzaklaştığı dakikayı canlı bir biçimde anımsadı. "Ah, şu para!" O anda olduğu gibi aynı şekilde korku ve tiksintiyle "Ah, ah! Ne büyük bir alçaklık!" dedi. "Böyle bir şeyi ancak namussuz, alçak biri yapabilir! İşte o alçak, o namussuz da benim!" diye yüksek sesle söylendi. "Evet, gerçekten de ben," diyerek dolaşmayı bıraktı, "Yoksa ben gerçekten de, tam bir alçak mıyım? O, kim peki?" diye kendini yanıtladı. "Peki yalnızca bir tek bu mu?" diyerek kendini ifşa etmeyi sürdürdü. Mariya Vasilyevna ve kocasına karşı davranışın alçaklık, aşağılık değil de ne? Ya mal mülkle ilişkine ne demeli? Yasal saymadığın zenginlikten annemin parası bahanesi ile yararlanıyorsun. Bütün yaşamın iğrenç ve anlamsız. Hepsinin zirvesinde de, Katyuşa'ya yaptığın yer alıyor. Alçak, namussuz! Onlar (insanlar) beni diledikleri gibi yargılasınlar, onları aldatabilirim ama kendimi aldatamam."

Ansızın, son zamanlarda insanlara karşı, özellikle de şu sıralarda hem Knyaza, hem Sofya Vasilyevna'ya, hem Missi'ye, hem de Korney'e karşı duyduğu nefretin, kendisine duyduğu nefret olduğunu anladı. Şaşırtıcı olan ise, bu alçaklığını itiraf duygusunda hastalıklı, bununla birlikte sevindirici ve yatıştırıcı bir şeylerin olmasıydı.

Nehlüdov'un "ruhu temizleme" dediği bu şey yaşamında ilk kez başına gelmiyordu. Bazen büyük zaman aralığından sonra, iç yaşamındaki yavaşlamayı, bazen de duraksamayı fark edip birden, bu duraklamaya neden olan, ruhunu dolduran bütün çer çöpü temizlemeye koyulduğu bu ruhsal durumu ruhu temizlemek olarak adlandırıyordu.

Nehlüdov böyle uyanışlardan sonra daima kendine yaşam boyu sürdürmeye niyetlendiği kurallar koyardı; günlük yazar ve bundan böyle asla dönmeyeceğini umduğu, kendi kendine, *turning a new leaf** dediği yeni bir yaşama başlardı ama her seferinde dünyevi şeyler onu içine çeker, kendisi de fark etmeden, yeniden eskisinden olduğundan çok daha kötü durumlara düşerdi.

Bu şekilde birkaç kez temizlenip ayağa kalkmıştı; böyle bir durumu ilk kez yazın halalarına geldiğinde yaşamıştı. Bu en canlı, heyecan verici uyanıştı. Etkileri de oldukça uzun sürmüştü. Daha sonra böyle bir uyanış, memuriyeti bıraktığında olmuş, hayatını feda etmek isteğiyle, savaş sırasında askere gitmişti. Ancak buradaki kirlenme çok çabuk gerçekleşmişti. Bir sonraki uyanış, emekliye ayrıldığında olmuş ve yurt dışına giderek kendini resme vermişti.

O günden bu güne temizlik yapmadan uzun bir zaman geçmişti, zira hiç bu kadar kirlenmemiş, vicdanının isteğiyle, sürdüğü yaşam arasında hiç bu kadar çelişkiye düşmemişti ve aradaki mesafeyi görerek dehşete kapıldı.

---

* *İng.* Yeni bir sayfa açmak. (Çev. N.)

Bu mesafe o kadar büyük, kirlenme o kadar güçlüydü ki, ilk anda temizlenme olanakları bulma konusunda umutsuzluğa kapıldı. İçindeki ayartıcı ses "Daha önce kusursuz ve daha iyi olmayı denedin ama bir işe yaramadı, bir kez daha denemenin ne anlamı var?" diyordu. "Bir tek sen değilsin ki, herkes böyle, hayat böyle." Ancak Nehlüdov'un içinde tek gerçek, tek güçlü ve ebedi, o özgür, manevi varlık çoktan uyanmıştı. Artık ona inanmıyor gibi davranamazdı. Olduğuyla, olmak istediği arasındaki mesafe ne kadar büyük olursa olsun, uyanan manevi varlık için her şey olanaklı görünüyordu.

Nehlüdov kendi kendine kararlı bir biçimde "Beni bağlayan bu yalanı ne pahasına olursa olsun paramparça edeceğim, hem her şeyi itiraf edeceğim hem herkese gerçeği söyleyeceğim ve doğruyu yapacağım," dedi. Missi'ye zevk ve eğlence peşinde koşan biri olduğum gerçeğini ve onunla evlenemeyeceğimi ve ona yalnızca boş yere rahatsızlık verdiğimi söyleyeceğim; Mariya Vasilyevna'ya (yöneticinin karısına) da. Ancak ona söylemeye değmez, kocasına alçağın teki olduğumu, onu aldattığımı söyleyeceğim. Mirası da gerçeği itiraf etmek için kullanacağım. Ona, Katyuşa'ya, alçağın biri olduğumu, ona karşı suçlu olduğumu ve yazgısını kolaylaştırmak için elimden gelen her şeyi yapacağımı söyleyeceğim. Evet, karşısına geçip beni bağışlamasını isteyeceğim. Evet, çocuklar gibi af dileyeceğim." Durakladı. "Eğer gerekirse de, onunla evleneceğim."

Durarak, küçükken yaptığı gibi kollarını göğsüne kavuşturup gözlerini yukarı dikti ve sanki birisine sesleniyormuş gibi "Tanrım, bana yardım et, akıl ver, gel ve içime yerleş ve pisliğin etkilerinden beni arındır!" dedi.

Dua ediyor, Tanrı'dan ona yardımcı olmasını, içine yerleşip onu temizlemesini diliyordu ama bu arada onun dilediği şey çoktan gerçekleşmişti. İçinde yaşayan Tanrı, onun bilincinde uyanmıştı. Kendini Tanrı gibi hissetti, zira yalnızca özgürlüğü, yaşama sevinci ve cesaretini değil, aynı zamanda iyiliğin tüm gücünü hissetmişti. Yalnızca bir insanın yapabileceği bütün iyi şeyleri, hepsini artık kendisinin yapabileceğini hissediyordu.

Kendine bunları söylerken gözlerinde yaşlar belirdi, hem iyi hem kötü gözyaşları; iyi gözyaşlarıydı, çünkü bunlar bunca yıldır içinde uyuyan şu manevi varlığın uyanmasının yarattığı sevinç gözyaşlarıydı ve kötüydüler çünkü onlar kendisine ve erdemli oluşuna karşı hissettiği duyarlılığın gözyaşlarıydı.

Hararet basmıştı. Gidip pencereyi açtı. Pencere bahçeye bakıyordu. Ayın aydınlattığı, sessiz, serin bir geceydi; sokaktan tekerleklerin gürültüsü geldi ve sonra her şey sessizliğe gömüldü. Pencerenin tam altına, temizlenmiş kumluk alan üzerine, yaprakları dökülmüş, uzun kavak ağacının tüm çatallarıyla, dallarının gölgesi düşmüştü. Sağ tarafta, parlak ay ışığında beyaz gibi görünen ahırın çatısı vardı. İleride birbirine girmiş ağaç dallarının ardından çitin çizgi halindeki gölgesi görünüyordu. Nehlüdov ayın aydınlattığı bahçeyi, çatıyı ve kavak ağacının gölgesini seyrederek, canlandırıcı serin havayı içine çekiyordu.

Ruhunda olup bitenlerle ilgili olarak "Ne kadar güzel! Aman Tanrım, ne kadar güzel!" dedi.

XXIX

Maslova hapishanedeki koğuşuna on beş versta alışık olmadığı taşlı yollardan yürüdükten sonra, yorgun argın, sızlayan ayaklarıyla, beklenmedik ağır mahkûmiyet kararından, bunun üstüne de açlıktan perişan bir halde, ancak akşamın saat altısında dönebildi.

Daha duruşmaya verilen ilk arada, muhafızlar hemen yanında ekmekle kaynamış yumurta atıştırırlarken ağzı sulanmış ve aç olduğunu hissetmişti ama onlardan yiyecek istemeyi de kendisine yakıştıramamıştı. Bundan üç saat geçtikten sonra da iştahı kaçmış ve yalnızca halsizlik hisseder olmuştu. Beklenmedik mahkûmiyet kararını bu halde dinlemişti. İlk anda yanlış işittiğini sanmış, o anda kulaklarına inanamamış, kürek cezasıyla kendisi arasında bir bağ kuramamıştı. Ancak, bu kararı önemsiz bir şeymiş gibi son derece doğal karşılayan, işgüzar mahkeme heyetinin ve jüri üyelerinin umursamaz tavrını görünce çileden çıkmış ve bütün salona suçsuz olduğunu haykırmıştı. Ancak haykırışının da yine aynı şekilde doğal, beklenen ve davanın sonucunu değiştirmeyecek bir şeymiş gibi karşılandığını görünce, şaşkınlık içinde, ona reva görülen acımasız adaletsizliğe boyun eğmek zorunda olduğunu hissederek ağlamaya başlamıştı. Onu en çok şaşırtan şey, sürekli onu hayran hayran seyreden erkeklerin, genç erkeklerin, yaşlıların değil, onu böyle acımasızca mahkûm etmiş olmalarıydı. Yalnızca, savcı yardımcısını tamamen farklı bir ruh hali içinde görüyordu. Mahkemenin başlamasını beklerken tutuklu olarak oturduğu sırada ve oturum aralarında, bu adamların sanki başka bir iş için geliyorlarmış gibi yaparak, yalnızca ona bakmak için kapının yanından geçtiklerini ya da odaya girdiklerini görmüştü. Nedense suçladıkları konuda suçsuz olduğuna bakmaksızın, bu adamlar onu aniden kürek cezasına çarptırmışlardı. Başlangıçta ağlamış ama sonra sesini kesmiş ve tam bir şaşkınlık içinde tutuklu odasında oturarak sevk edilmeyi beklemişti. O anda istediği tek şey, sigara içmekti. Kararın açıklanmasından sonra aynı odaya getirilen Boçkova ve Kartinkin onu bu halde buldular. Boçkova hemen ona kürek mahkûmu diyerek sövüp saymaya başladı.

"Ne oldu, gördün mü gününü? Boyladın mı hapsi? Paçayı kurtaramadın işte, namussuz şıllık. Kürekte öyle boyanıp süslenemezsin," dedi.

Maslova ellerini gömleğinin kollarının içine sokmuş, başını iyice aşağı indirmiş, hareketsiz bir biçimde iki adım ötesine, ezilmiş zemine bakıyordu, yalnızca "Ben size bulaşmıyorum, siz de beni rahat bırakın," dedi. "Görüyorsunuz, bulaşmıyorum," diye birkaç kez yineledi ve sonra tamamen sessizliğe gömüldü. Ancak biraz zaman geçip Karinkin ve Boçkova'yı götürürlerken, muhafız da ona üç ruble getirdiğinde canlandı.

"Maslova, sen misin?" diye sordu. Parayı ona verirken "Al bakalım, hanımefendinin biri yolladı," dedi.

"Hangi hanımefendi?"

"Uzun etme de al, bir de sizlerle çene çalacak halim yok ya."

Parayı genelevinin patronu Kitayeva göndermişti. Mahkemeden çıkarken, mahkeme mübaşirine, Maslova'ya biraz para verip veremeyeceğini sormuş, mübaşir de verebileceğini söylemişti. İzin alınca, tombul, beyaz elindeki, üç düğmeli güderi eldivenini, sonra da ipek eteğinin arka plileri arasından son moda bir cüzdan çıkarıp evinde kazandığı yeni basılmış, deste deste paraların arasından iki buçuk rublelik banknot almış ve buna iki yirmi, bir on kapik ekleyip mübaşire vermişti. Mübaşir de muhafızı çağırarak bağışçının yanında parayı ona teslim etmişti.

Karolina Albertovna, muhafıza "Lütfen eksiksiz ulaştırın," demişti.

Muhafız da bu güvensizliğe kırılmış ve bu yüzden Maslova'ya sert davranmıştı.

Maslova paraya çok sevindi, çünkü bu para, ona şu anda en çok istediği şeyi alma olanağı sağlıyordu.

"Yalnızca sigara alıp bir nefes çekebilsem," diye aklından geçirdi, bütün düşüncesi sigara içme arzusu üzerinde toplanmıştı. Bunu o kadar çok istiyordu ki, odaların kapılarından koridora sızan tütün dumanı kokusunu duyduğunda büyük bir açlıkla havayı soluyordu. Ancak daha uzun süre beklemesi gerekti, çünkü onu göndermesi gereken mahkeme kâtibi sanıkları unutarak, yasaklanan bir makale hakkında avukatlardan biriyle konuşmaya, hatta tartışmaya dalmıştı. Hem genç hem yaşlı birkaç kişi, aralarında bir şeyler fısıldaşarak, mahkeme sonrası onu görmek için uğruyor ama artık o bunları fark etmiyordu.

Sonunda saat beşte onu gönderdiler, refakat eden muhafızlar, biri Nijegorodlu, diğeri Çuvaş, onu mahkeme binasının arka kapısından çıkardılar. Daha Mahkeme binasından çıkmadan, iki ekmek ve sigara almalarını isteyerek onlara yirmi kapik verdi. Çuvaş gülerek parayı aldı ve "Olur, alırız," dedi ve gerçekten de sözünde durarak sigara da, ekmek de aldı ve üstünü geri verdi.

Yolda sigara içmek yasak olduğu için Maslova hapishaneye kadar tatmin edemediği sigara içme arzusuyla geldi. Onu kapıya kadar getirdikleri sırada, aynı anda trenle yüz kadar erkek mahkûm getirmişlerdi. Girişte onlarla karşılaştı.

Sakallı, tıraşlı, yaşlı, genç, Rus, yabancı, bazılarının kafası yarı tıraşlı mahkûmlar gürültüyle prangalarını sürükleyerek, girişi tozla, ayak sesleriyle, çıkardıkları uğultuyla ve keskin bir ter kokusuyla doldurmuşlardı. Maslova'nın yanından geçerlerken onu açgözlü bir biçimde tepeden tırnağa süzüyor, bazıları da şehvetten gözleri dönmüş bir halde ona yaklaşarak, sataşıyorlardı.

"Vay be, ne kadar güzel bir kız!" dedi biri.

Bir diğeri göz kırparak "Saygılar ablacım," dedi.

Kararmış, tıraşlı ensesi morarmış, bıyıklı, tıraşlı biri, ayakları gürültüyle prangalara dolaşarak, üzerine atıldı ve onu kucakladı.

Maslova onu ittirince, parıldayan gözlerle sırıtarak "yoksa dostunu tanımadın mı? Kırıtıp durma!" diye bağırdı.

Yanına gelen müdür yardımcısı "Hey sen, aşağılık herif, ne yapıyorsun?" diye bağırdı.

Mahkûm iyice büzülerek, aceleyle bir sıçrayışta uzaklaştı. Müdür yardımcısı da Maslova'ya çıkıştı.

"Burada ne işin var?"

Maslova, onu mahkemeden getirdiklerini söylemek istedi ama o kadar yorgundu ki, konuşmaya üşendi.

Başmuhafız öne çıkıp elini şapkasına koyarak, "Mahkemeden geliyoruz, muhterem efendim," dedi.

"O halde, baş gardiyana teslim etsene. Bu ne kepazelik!"

"Baş üstüne, muhterem efendim."

"Sokolov! Alsana şunu," diye bağırdı müdür yardımcısı.

Kıdemli gardiyan hemen gelip öfkeyle Maslova'yı omuzundan itti ve başıyla işaret ederek onu kadınlar koğuşunun olduğu koridora götürdü. Koridorda iyice yoklayarak üstünü başını aradılar ve hiçbir şey bulamayınca (sigara paketini ekmeğin içine saklanmıştı) sabah çıktığı aynı koğuşa soktular.

XXX

Maslova'nın kaldığı koğuş, uzunluğu dokuz, genişliği yedi arşın olan, iki pencereli, orta yerinde boyası dökülmüş bir soba duran, alanın üçte ikisini tahtaları kuruyup çatlamış ranzaların doldurduğu uzun bir odaydı. Kapının karşısında, ortada yerde, üzerine yapıştırılmış bir mumla, kararmış bir ikona vardı, altında da tozlanmış bir herdemtaze demeti asılıydı. Kapının arkasında, sol tarafta, üzerinde pis kokular saçan bir ahşap teknenin durduğu yerde, zemin kapkara kesilmişti. Yoklama yeni bitmiş ve gece olduğu için kadınların üzerine artık kapılar kitlenmişti.

Bu koğuşta on ikisi kadın, üçü çocuk hepsi on beş kişi kalıyordu.

Henüz hava karamamıştı ve yalnızca iki kadın ranzalarında yatıyordu. Biri, gömleğiyle başını örtmüş, nüfus kâğıdı olmadığı için alınmış, neredeyse sürekli uyuyan aptalca bir kadın, diğeri, hırsızlıktan hüküm giymiş, veremli bir kadındı. Uyumuyordu, gömleğini başının altına koymuş, kocaman açılmış gözleriyle, boğazında biriken ve onu gıcıklayan balgamı tutmaya çalışarak ve öksürmemek için kendini güçlükle tutarak uzanıyordu. Geriye kalan kadınların hepsinin başı açıktı ve üzerlerinde aynı kaba ketenden gömlekler vardı. Kimisi ranzada oturmuş dikiş dikiyor, kimisi pencerenin yanında dikilmiş, avludan geçen mahkûmlara bakıyordu. Dikiş diken üç kadından biri Maslova'yı uğurlayan o ihtiyar kadın Korableva'ydı. Asık suratlı, çatık kaşlı, buruş buruş, gıdığı torba gibi sarkmış, uzun boylu, şakaklarındaki saçları ağarmış, kumral, kısa saç örgülü ve yanağında kıllı bir siğil bulunan, gücü kuvveti yerinde bir kadındı. Bu ihtiyar kadın kocasını baltayla öldürme suçundan kürek cezasına mahkûm edilmişti. Onu, kızına sarkıntılık ettiği için öldürmüştü. Koğuşun hanımağasıydı, içki satışını da o yapıyordu. Gözlüklerini takmış dikiş dikiyor ve nasır tutmuş kocaman elleri arasında iğneyi köylüler gibi üç parmağıyla, sivri ucu kendisine dönük tutuyordu. Yanında kısa boylu, kısa ve kalkık burunlu, küçük kara gözlü, esmer, iyi yürekli, geveze ve aynı şekilde kaba keten bezinden çuval diken bir kadın oturuyordu. İstasyon bekçisiydi, tren gelirken işaret bayrağını kaldırmadığı ve tren kaza yaptığı için üç ay hapis cezası almıştı. Dikiş diken üçüncü kadın, arkadaşlarının Feniçka dediği Fedosya'ydı, beyaz tenli, al yanaklı, pırıl pırıl, çocuksu mavi gözleri ve küçük başının çevresine sarılı, uzun, iki kumral saç örgüsüyle, oldukça genç, sevimli bir kadındı. Kocasını zehirlemeye kalkıştığı için tutuklanmıştı. Kocasını evlendikten hemen sonra zehirlemeye kalkışmış, on altı yaşında gelin edilmiş bir kızdı. Mahkemeye kadar kefaletle serbest kalmayı umduğu geçen sekiz ay içinde kocasıyla barışmakla kalmamış, aynı zamanda onu o kadar çok sevmişti ki, mahkemeye kadar kocasıyla canciğer kuzu sarması olmuştu. Kocası ve kayınpederi, özellikle de onu çok seven kayınpederi, mahkemede onu temize çıkarmak için bütün güçleriyle uğraşmalarına karşın Sibirya'ya sürgüne, kürek cezasına mahkûm olmuştu. İyi, neşeli, gülümsemeyi yüzünden eksik etmeyen bu Fedosya, Maslova'nın ranza komşusuydu ve yalnızca Maslova'yı sevmekle kalmıyor, aynı zamanda onu düşünmeyi ve ona hizmet etmeyi kendine görev sayıyordu. Ranzalarda boş boş oturan iki kadın daha vardı, biri, kırk yaşlarında, bir zamanlar çok güzel olduğu anlaşılan, ancak şimdilerde zayıflamış ve solmuş, soluk, zayıf yüzlü biriydi. Kucağında bir bebek tutuyor, beyaz, sarkık memesiyle onu emziriyordu. Köylerinden asker toplarlarken, köylülerin bir acemiyi haksız yere alıyorlar demeleri üzerine, halk, ilçe polis müdürünü durdurup acemi askeri elinden çekip almış. Bu kadın da haksız yere alınan delikanlının teyzesiymiş, acemi askeri götürürlerken atın dizginlerine ilk bu yapışmış, onun da suçu buydu. Ranzaların birinde boş boş oturan bir kadın daha vardı. Kısa boylu, buruş buruş olmuş, saçları ağarmış, kamburu çıkmış, iyi yürekli, ihtiyar bir kadındı. ihtiyar kadın sobanın yanındaki ranzada oturmuş, saçları kısacık kesilmiş, şiş göbekli, kahkahalar kopararak yanından koşan bir çocuğu yakalamak istiyormuş gibi yapıyordu. Üzerinde aynı kaba keten kumaştan gömlek giymiş oğlan çocuğu yanından koşuyor ve aynı şeyi, yine aynı şekilde "Yakalayamadın ki!" diye yineleyip duruyordu. Oğluyla birlikte kundaklamakla suçlanan bu ihtiyar kadın, cezasına büyük bir hoşgörüyle katlanıyor, yalnızca onunla aynı zamanda hapis cezasına çarptırılan oğluna üzülmekle birlikte, en çok, gelinin bırakıp gittiği ve yıkayacak kimse kalmadığı için onsuz iyice bitleneceğinden korktuğu ihtiyar kocasına dertleniyordu. Bu yedi kadın dışında, dört tanesi de, açık pencerelerden birinin önünde durmuş, demir parmaklıklara yapışarak, Maslova'nın girişte karşılaştığı, avludan geçmekte olan mahkûmlara el işaretleriyle ve bağırıp çağırarak sataşıyorlardı. Hırsızlıktan hükümlü bu kadınlardan biri hantal, sarışın biriydi, sarımtırak yüzü, elleri ve düğmeleri açık yakasından görünen tombul gerdanı çillerle kaplıydı. Pencerede durmuş, hırıltılı bir sesle, ağza alınmayacak sözlerle avazı çıktığı kadar bağırıyordu. Onun hemen yanında, on yaşlarındaki bir kız çocuğu boyunda, biçimsiz, esmer, belinden yukarısı uzun, bacakları kısacık bir mahkûm duruyordu. Genişçe yerleşmiş kara gözlü, etli minik dudaklı, kapanmayan, beyaz, ileri doğru çıkık dişli ve kırmızı suratı lekeler içinde biriydi. Ara sıra, keskin çığlıklar kopararak, avluda olup bitenlere kahkahalarla gülüyordu. Şıklık düşkünlüğünden dolayı Güzellik lakaplı bu mahkûm hırsızlık ve kundaklama suçlarından hüküm giymişti. Onların arkasında, üzerindeki gri gömleği kir pas içinde, zavallı görünüşlü, zayıf, damarları dışarı fırlamış, karnı kocaman, hamile bir kadın duruyordu, hırsızlık suçuna yataklık etmekten hükümlüydü. Susuyor ama avluda olanlara kendini kaptırarak, onaylayıcı bir tavırla sürekli gülümsüyordu. Pencerede duran dördüncüsü, kaçak içki satışı yapmaktan yatıyordu, gözleri iyice dışına fırlamış, iyiliği yüzünden okunan, kısa boylu, tıknaz bir köylü kadınıydı. Bu kadın, bırakacak kimse olmadığı için onunla birlikte hapishanede kalan, ihtiyarla oynayan oğlan çocuğunun ve yedi yaşındaki kızın annesiydi, diğerleri gibi o da pencereden bakıyor, çorap örmeye ara vermeden, avludan geçen mahkûmların söylediklerine karşı, kınar bir biçimde gözlerini kapatarak, yüzünü buruşturuyordu. Beyaz saçları birbirine girmiş, yedi yaşındaki kızı, aynı gömlekten giymiş sarışın kadının yanında durmuş, zayıf, minik eliyle onun eteğine yapışmış, sabit gözlerle kadınların mahkûmlarla atıştığı bu küfürlü sözleri dinliyor ve ezberlemeye çalışıyormuş gibi fısıltıyla yineliyordu. On ikinci mahkûm, papaz çömezinin kızıydı, doğurduğu çocuğu kuyuda boğmuştu. Kalın, kumral örgüsünden çıkan saç telleri birbirine karışmış, uzun boylu, gösterişli, fırlak gözlü bir kızdı. Çevresinde olanlara aldırmadan, sırtında aynı kir pas içindeki gri gömlek, çıplak ayaklarıyla koğuştaki boş kalan yerde duvara gelince aniden, hızla geri dönerek, volta atıyordu.

XXXI

Kilit gürültüyle açılıp Maslova'yı koğuşa soktuklarında hepsi bakışlarını ona çevirdi. Hatta papaz çömezinin kızı bile bir anlığına durup, kaşlarını kaldırarak Maslova'ya baktı ama hiçbir şey söylemeden, anında yeniden kocaman, kararlı adımlarıyla volta atmayı sürdürdü. Korableva iğneyi kaba keten bezine saplayıp soru dolu bakışlarını gözlüğünün üzerinden Maslova'ya dikti.

Hırıltılı, neredeyse erkek gibi kalın sesiyle "Ah, canım!

Döndün demek. Ben de seni salıverirler diye düşünüyordum," dedi. "Anlaşılan, defterini dürdüler."

Gözlüğünü çıkardı ve elindeki işi yanına ranzaya koydu.

"Biz de, şekerim, şu ablanla, belki hemen salıverirler diye konuşuyorduk. Böyle şeyler oluyor diyorduk. Saatine denk gelirsen para bile veriyorlarmış," diyerek, şarkı söyler gibi sesiyle hemen konuşmaya başladı istasyon bekçisi kadın. "Ah, şu olanı görüyor musunuz? Anlaşılan, kestirmek elimizde değil. Tanrı biliyor ya, şekerim," diyerek ara vermeden tatlı, ahenkli konuşmasını sürdürüyordu.

Fedosya, acıma ve sevecenlik okunan, çocuksu açık mavi gözleriyle Maslova'ya bakarak "Yoksa mahkûm mu ettiler?" diye sordu ve neşe dolu, gencecik yüzü birden ağlayacakmış gibi bir hal aldı.

Maslova yanıt vermeden, susarak, Korableva'nın yanındaki kenardan ikinci sıradaki yerine geçti ve ranzanın kenarına oturdu.

Fedosya kalkıp Maslova'ya doğru giderken "Ben de ağzıma lokma koymamıştım," dedi.

Maslova yanıt vermeden, ekmekleri yatağın başucuna koydu ve üstünü başını çıkartmaya başladı, toz toprak içindeki mantosunu ve kıvır kıvır siyah saçlarını örten başörtüsünü çıkarıp oturdu.

Ranzaların diğer ucunda oğlan çocuğuyla oynayan kambur ihtiyar da yaklaşıp Maslova'nın karşısında durdu. Acıyarak başını sallayıp «tüh, tüh, tüh» diyerek dilini şakırdatmaya başladı. İhtiyarın peşinden çocuk da yaklaştı ve üst dudağının köşesini şişirip, gözlerini kocaman açarak Maslova'nın getirdiği ekmeklere dikti. Bugün başına gelenlerden sonra, bütün bu merhamet dolu bakışları gören Maslova'nın içinden ağlamak geldi ve dudakları titremeye başladı. Ancak kendini tutmaya çalıştı ve ihtiyar kadınla çocuk yanına gelinceye kadar da kendine hâkim oldu. İhtiyar kadının iyilik ve acıma dolu tüh tühlerini ve en çok da düşünceli bakışlarını ekmekten ona çeviren çocukla göz göze gelince daha fazla dayanamadı. Bütün yüzü titremeye başladı ve hıçkırıklara boğuldu.

"Hep söylüyorum, en iyi avukatı bul diye," dedi Korableva. "Ne oldu, sürgün mü?" diye sordu.

Maslova yanıt vermek istedi ama yapamadı, hıçkıra hıçkıra uzanıp ekmeğin içinden, üzerinde, kırmızı rujlu, saçları kocaman topuz yapılmış, üçgen biçiminde göğüs dekolteli bir kadının resmi olan, sigara paketini çıkardı ve Korableva'ya verdi. Korableva resme baktı ve daha çok, Maslova'nın parasını böyle lüzumsuz yere harcıyor olması karşısında başını onaylamaz bir biçimde salladı ve bir sigara alıp lambada yaktı, bir nefes çektikten sonra Maslova'nın eline tutuşturdu. Maslova ağlamayı kesmeden, hırsla üst üste sigarayı içine çekti ve dumanını savurdu.

Hıçkırarak "Kürek cezası," dedi.

"Tanrı'dan korkmazlar, asalaklar, kana susamış alçaklar," dedi, Korableva. "Yok yere kızı mahkûm ettiler."

O sırada pencerenin yanında duran kadınların arasında bir kahkaha koptu. Kız çocuğu da gülüyordu ve onun ince, çocuksu gülüşü diğer üçünün hırıltılı, keskin gülüşlerine karışıyordu. Avludan bir mahkûm öyle bir şey yapmıştı ki, pencerede seyredenlerde böyle bir etkiye yol açmıştı.

"Vay, dazlak it! Şunun yaptığına bakın," dedi sarışın olanı ve tepeden tırnağa yağ bağlamış bedeniyle sarsılarak, yüzünü parmaklıklara yapıştırıp akla hayale gelmez, ağza alınmayacak şeyler bağırdı.

Korableva başını sarışına doğru sallayarak "Yüz değil

davul derisi, şu söylediklerine bak," dedi ve yeniden Maslova'ya döndü. "Çok mu verdiler?"

"Dört yıl," dedi Maslova ve gözyaşları gözlerinden öylesine oluk oluk dökülüyordu ki, biri sigarasına düştü.

Maslova sigarayı öfkeyle buruşturarak fırlattı ve yeni bir tane aldı.

İstasyon bekçisi kadın sigara içmemesine karşın sigara izmaritini yerden alıp konuşmaya ara vermeden onu düzelmeye koyuldu.

"İşin doğrusu, şekerim," dedi, "Doğru, kimsenin umurunda değil. Diledikleri gibi at oynatıyorlar. Matveyevna, bırakırlar diyordu, ben de, hayır, şekerim, içime onu yerler diye doğuyor, diyordum, içime doğduğu gibi de çıktı," dedi, sesini dinlemekten keyif alarak.

O sırada avludaki bütün mahkûmlar geçip gitmişti, onlarla çene çalan kadınlar da pencereden uzaklaşıp Maslova'nın yanına geldiler. İlk önce fırlak gözlü, kaçak içki satışından mahkûm kadın kızıyla geldi. Maslova'nın yanına oturup hızla çorap örmeye devam ederek "Çok mu kötüydü?" diye sordu.

"Paran yoksa tabii ki kötü olur. Parası olup da, açıkgöz birini tutsaydı, belki beraat bile ederdi," dedi Korableva.

Öteki "Şunun adı neydi, saçı sakallı birbirine girmiş, karga burun olanın, cancağızım benim, adamı sudan kuru çıkartır diyorlar, keşke onu tutsaydın," dedi.

Yanlarına oturan Güzellik, sırıtarak "Nasıl tutsun ki," dedi, "bin rubleden aşağı kılını bile kıpırdatmaz."

Kundaklama suçundan yatan ihtiyar kadın "Anlaşılan, senin de yazgın böyleymiş," diyerek onu teselli etmeye çalıştı. "Hiç kolay değil, oğlanın elinden karısını aldı, bir de onu bitlere mahkûm etti, beni de bu yaşta buraya tıktı," diyerek yüzüncü kez kendi hikâyesini anlatmaya başladı. "Ne hapisten ne yoksulluktan kurtuluyorsun. Ya yoksulsun ya da hapis."

"Yaptıkları hep aynı şey," dedi kaçak içki satışı yapmaktan yatan kadın ve kız çocuğunun kafasına kontrol edip elindeki çorabı yanına koyduktan sonra, kızı kendine doğru çekip bacakları arasına aldı ve becerikli parmaklarıyla kafasındaki bitleri ayıklamaya başladı.

Alışkın olduğu işe devam ederek "Neden mi içki satıyorum? Çocukları neyle doyuracağım?" diye anlatıyordu.

Kaçak içki satışı yapan kadının bu sözleri Maslova'nın aklına içkiyi getirdi. Gözyaşlarını gömleğinin kollarıyla silip azalan hıçkırıklarının arasından "Ah, biraz içki olsaydı," dedi.

"Piyiz? Parayı bastır o zaman," dedi Korableva.

XXXII

Maslova ekmeğin arasından banknotu çıkarıp Korableva'ya verdi. Korableva parayı alıp baktı ve okuma yazma bilmemesine karşın, bunun iki buçuk rublelik bir banknot olduğu konusunda, her şeyi bilen Güzellik'e inandı ve bir şişe içkiyi zula ettiği hava bacasına seğirtti. Bunu gören ranza arkadaşı olmayan kadınlar ayrılıp kendi yerlerine döndüler. Maslova bu arada mantosundan ve başörtüsünden tozları silkeleyip ranzaya çıktı ve ekmek yemeye koyuldu.

Fedosya, havluya sarılı teneke çaydanlığı ve maşrapayı almak için rafa uzanırken "sana çay ayırmıştım ama soğumuştur herhalde" dedi.

Çay iyice soğumuştu, çaydan başka her şeye benziyordu

ama Maslova maşrapayı doldurdu ve ekmekle birlikte içmeye koyuldu.

Ekmekten bir parça koparıp "Finaşka, al," diye seslendi ve ağzının içine bakan çocuğa verdi.

Bu arada Korabliha içki şişesini ve maşrapayı verdi. Maslova Korableva'ya ve Güzellik'e de ikram etti. Bu üç mahkûm koğuşun aristokrasisini oluşturuyorlardı, çünkü paraları vardı ve sahip olduklarını paylaşıyorlardı.

Birkaç dakika sonra Maslova canlandı ve savcı yardımcısını taklit ederek ateşli bir biçimde mahkemeyi ve özellikle mahkemede onu şaşırtan şeyi anlatmaya koyuldu. Mahkemedekilerin ondan gözünü alamadığını, bir iş bahane edip onu görmeye geldiklerini anlatıyordu.

"Muhafız da hepsi seni görmeye geliyor," dedi. "Kâğıt ya da başka bir şey arıyormuş bahanesiyle biri çıkıp geliyor, kâğıda falan ihtiyacı olmadığını görüyorum, benim de gözlerim var," diyordu, şaşırmış gibi başını sallayarak. "Hepsi artist."

İstasyon bekçisi kadın "Evet, aynen dediği gibi," diyerek sözü kaptı ve anında ahenkli konuşması başladı. "Şekere üşüşen sinekler gibiler. Başka işleri yok, bu yüzden onları içeri tıkmalı. Beter olsunlar..."

Maslova "Burada da" diyerek onun sözünü kesti. "Burada da aynı şeyle karşılaştım. Beni getirdikleri anda istasyondan da bir grup geldi. Öyle üstüme çullandılar ki, nasıl kurtulacağımı bilemedim. Sağ olsun müdür yardımcısı kovaladı. Biri öyle yapıştı ki, yakayı zor kurtardım."

"Nasıl biriydi?" diye sordu Güzellik.

"Bıyıklı, esmer biriydi."

"O, olmalı."

"O, kim?"

"Şu Şçeglov. Daha şimdi buradan geçti."

"Kim ki bu Şçeglov?"

Mahkûmlara not taşıyan ve hapishanede olup biten her şeyden haberi olan Güzellik "Şçeglov'dan haberi yok! Şçeglov iki kez kürek cezasından kaçmış. Şimdi yakaladılar ama o yine kaçar. Gardiyanlar bile ondan kokuyor," diye anlatıyordu. "Mutlaka kaçar."

"Kaçarken nasıl olsa bizi yanına almaz," dedi Korableva. Sen en iyisi anlat bakalım," diyerek Maslova'ya döndü, "avukat dilekçe konusunda ne dedi, bu durum karşısında dilekçe vermen gerekmiyor mu?"

Maslova bu konuda hiçbir şey bilmediğini söyledi.

O sırada sarışın kadın, çillerle kaplı iki elini, karmakarışık, gür, sarı saçlarına daldırıp tırnaklarıyla kafasını kaşıyarak, içki içen aristokratların yanına geldi.

"Katerina, sana her şeyi anlatayım," diye söze başladı. "İlk iş olarak, mahkemeden, sonra da şu savcı yardımcısından memnun olmadığını bildirmelisin," dedi.

Korableva öfkeli, kalın sesiyle "Sana ne oluyor ki?" diyerek ona yöneldi. "İçkinin kokusunu aldın, boşuna çeneni yormazsın. Ne yapılması gerektiğini herkes biliyor, kimsenin senin aklına ihtiyacı yok."

"Seninle konuşan mı var, ne karışıyorsun?"

"Canın içki çekti, değil mi? Onun için yanaşıyorsun."

Elindeki her şeyi herkesle paylaşan Maslova "Hadi, ona da ver," dedi.

"Ben şimdi ona öyle bir şey veririm ki…"

Sarışın kadın "Hadi, hadi görelim bakalım!" diyerek Korableva'nın üzerine yürüdü. "Senden mi korkacağım."

"Yüzsüz karı!"

"Yüzsüz sana benzer!"

"İşkembe torbası!"

"Ben işkembe torbasıyım, ha? Kürek mahkûmu, cani!" diye bağırdı sarışın.

Korableva somurtarak "Defol, diyorum," diye söylendi ama sarışın iyice sokuldu, Korableva da onu iri, açık göğüslerinden ittirdi. Sarışın sanki bunu bekliyormuş gibi birden hızlı bir hareketle bir eliyle Korableva'nın saçlarına yapıştı, diğer eliyle de suratına vurmaya çalıştı ama Korableva elini yakaladı. Maslova ve Güzellik sarışını çekip almaya çalışarak eline yapıştılar ama sarışının saç örgüsüne yapışmış elini çözemiyorlardı. Sarışın bir an için Korableva'nın saç örgülerini eline dolamak için bıraktı. Başını kurtaran Korableva da sarışının karnına yumruğu yapıştırdı ve dişlerini eline geçirdi. Kavga edenlerin başına toplanan kadınlar bağrışıyorlar ve ayırmaya çalışıyorlardı. Veremli kadın bile yanlarına gelip öksürerek, saç saça baş başa girmiş kadınlara bakıyordu. Çocuklar birbirine sokulmuş ağlıyordu. Gürültüye kadın ve erkek gardiyanlar çıkıp geldi. Kavga edenleri ayırdılar ve Korableva ağarmış saç örgüsünü açıp kopmuş saç parçalarını ayıklayarak, sarışın ise göğsünün üzerinde paramparça olmuş gömleğini tutmuş, her ikisi de durumu açıklamaya çalışıp şikâyet ederek bağırıyordu.

Kadın gardiyan "Biliyorum, bütün hepsi içki yüzünden, yarın müdüre söyleyeceğim, o sizin hakkınızdan gelir. Kokuyu alıyorum," dedi. "Bakın, her şeyi toplayın, yoksa çok fena olur, sizi bir daha asla ayırmam. Şimdi yerlerinize ve sesinizi de kesin."

Ancak sessizlik uzun süre sağlanamadı. Kadınlar birbirlerine olayın nasıl başladığını ve kimin suçlu olduğunu anlatarak, oldukça uzun bir süre ağız dalaşını sürdürdü. Sonunda gardiyanlar gitti, kadınlar da seslerini kesip yerlerine çekildiler. İhtiyar kadın ikonanın önüne geçip dua etmeye başladı.

Sarışın birden kısık bir sesle, söylediği her söze şaşılası keskin küfürler ekleyerek, ranzaların diğer ucundan "İki kürek mahkûmu bir olmuş," diyerek söylenmeye başladı.

Korableva benzeri küfürleri ekleyerek "Şuna bak, sanki daha şimdi papara yememiş gibi," diyerek anında yanıtı yapıştırdı. Sonra ikisi de sesini kesti.

Sarışın yeniden "Bana sataşmasaydın, ben de sana saldırmazdım..." diye onu zorlayarak, Korabliha'dan gelecek benzeri bir yanıt bekledi.

Yeniden biraz suskunluk arası ve yeniden küfürleşme.

Aralar gittikçe uzuyordu ve sonunda herkes tamamen sessizliğe büründü.

Herkes yatmış, bazıları horlamaya bile başlamışlardı, yalnızca her zaman uzun uzun dua eden ihtiyar kadın hâlâ ikonanın karşısında eğilerek selam veriyordu, papaz çömezinin kızı da, gardiyan kadın çıkar çıkmaz, kalkmış ve yeniden koğuşta volta atmaya başlamıştı.

Maslova uyumuyor, sürekli kürek mahkûmu olmasını düşünüyor – iki kez Boçkova ve sarışın ona böyle demişlerdi – ve bu düşünceye alışamıyordu. Sırtı dönük yatan Korableva ona doğru döndü.

"Aklıma bile gelmezdi," dedi Maslova. "Başkaları neler yapıyor, hiçbir şey olmuyor, bana gelince yok yere acı çekmek zorunda kalıyorum."

Korableva "Üzülme kızım. Sibirya'da da insanlar yaşıyor. Üstelik sen oralarda yitip gitmezsin," diyerek onu teselli etti.

"Yitip gitmeyeceğimi biliyorum ama yine de çok üzülüyorum. İyi yaşamaya alışmıştım, yazgım böyle olmamalıydı."

Korableva içini çckcrck "Tanrı'ya karşı gelme," dedi, "Tanrı'ya karşı çıkılmaz."

"Biliyorum, teyzeciğim ama her şey o kadar zor ki."

Bir süre sustular.

Korableva "Şu hırpaniyi işitiyor musun?" diyerek, Maslova'nın dikkatini ranzaların diğer tarafından gelen tuhaf seslere çekti.

Bu sesler sarışın kadının tutmaya çalıştığı hıçkırıklardı. Sarışın, şimdi ona sövüp saydıkları, hırpaladıkları ve canı çok çektiği halde içki vermedikleri için ağlıyordu. Tüm yaşamı boyunca küfürden, alaydan, aşağılanmadan ve dayaktan başka hiçbir şey görmediği için ağlıyordu. Avunmak isteğiyle ilk aşkı, fabrika işçisi Fedka Molodenkov'u anımsadı ama aynı anda bu aşkın nasıl bittiği de aklına geldi. Bu Molodenkov sarhoş bir haldeyken, şaka olsun diye, kızın en hassas yerine kezzap sürmüş ve sonra da acıyla kıvranışını seyrederek, arkadaşlarıyla birlikte kahkahalarla gülmüş, bu aşk da böylece son bulmuştu. Bunu anımsayınca yüreği sızladı, kimsenin onu işitmediğini düşünerek ağlamaya başladı ve çocuklar gibi burnunu çeke çeke, hüngür hüngür, tuzlu gözyaşlarını yutarak, ağlıyordu.

Maslova "Yazık kıza," dedi.

"Elbette yazık ama sen uzak dur."

XXXIII

Ertesi gün Nehlüdov uyandığında ilk hissettiği şey, ona bir şeyler olduğunu fark etmesi olmuştu, hatta olup biteni anımsamadan çok önce, önemli ve çok iyi bir şeyin olduğunu biliyordu. "Katyuşa, mahkeme." Evet, yalan söylemeyi bırakıp doğruyu söylemeliyim. O sabah, sonunda yöneticinin karısı Mariya Vasilyevna'dan gelen çoktandır beklediği, şu anda özellikle ihtiyaç duyduğu mektup da şaşırtıcı bir biçimde nasıl da denk gelmişti. Mariya Vasilyena ona tüm özgürlüğünü veriyor, müstakbel evliliğinde mutluluklar diliyordu.

İronik bir biçimde "Evlilik," diye söylendi. "Şimdi bundan ne kadar da uzağım!"

Mariya Vasilyevna'nın kocasına her şeyi anlatmakla ve karşısında pişmanlığını belirterek, özrünün kabulü için her şeye razı olduğunu bildirmekle ilgili dünkü kararını anımsadı. Ancak bu sabah ona, bu kararı dünkü kadar kolay gözükmedi. "Hem adam bilmiyorsa, durduk yerde onu ne diye mutsuz edeyim ki? Eğer o sorarsa, o zaman söylerim. İnadına gidip niye söyleyeyim? Hayır, buna hiç gerek yok." Aynı şekilde bu sabah bütün gerçeği Missi'ye söylemek de zor geldi. Yeniden konuşmaya başlamanın bir gereği yoktu, bu incitici olabilirdi. Kaçınılmaz olarak pek çok gündelik ilişkide olduğu gibi önemsiz bir şey olarak sürüncemede bırakmak lazımdı. Bu sabah yalnızca bir şeye karar vermişti: Onlara gitmeyecek, sorarlarsa doğruyu söyleyecekti.

Ancak her şeye karşın Katyuşa ile arasında hiçbir şey karanlıkta kalmamalıydı.

"Hapishaneye gidip onunla konuşacağım, beni bağışlamasını isteyeceğim. Eğer gerekiyorsa da, evet gerekiyorsa onunla evleneceğim," diye aklından geçirdi. Ahlaki doyum uğruna her şeyi feda edip onunla evlenme düşüncesi, bu sabah onu özellikle duygulandırıyordu.

Çoktandır kendini böyle güçlü hissettiği bir gün olmamıştı. Yanına gelen Agrafena Petrovna'ya anında, kendisinden de hiç ummadığı bir şekilde, daha fazla bu eve de onun hizmetine de ihtiyacı kalmadığını söyledi. Missi ile sessiz bir anlaşmayla bu büyük ve pahalı evi onunla evlenince oturmak üzere tutmuştu. Evi boşaltması büyük yankı uyandıracaktı. Agrafena Petrovna şaşkınlık içinde ona bakakaldı.

"Bana gösterdiğiniz tüm özen için size çok teşekkür ederim, Agrafena Petrovna, ama artık ne böyle büyük bir eve ne de bütün bu hizmetçilere ihtiyacım var. Eğer bana yardımcı olmak istiyorsanız, annemin zamanında olduğu gibi şimdilik eşyaların toplanmasına yardımcı olabilirsiniz. Yoksa Nataşa gelip halleder." (Nataşa Nehlüdov'un kız kardeşiydi.)

Agrafena Petrovna başını salladı.

"Nasıl toplatırım? Hepsi de gerekiyor..." dedi.

Nehlüdov, onun başını sallayarak ifade ettiği şeye yanıt olarak "Hayır, gerekmiyor, Agrafena Petrovna, sanırım gerekmiyor," dedi. "Lütfen, Korney'e iki aylık maaşını da önceden vereceğimi söyleyin ama artık ona ihtiyacım yok."

Agrafena Petrovna "Boş yere böyle yapıyorsunuz, Dimitri İvanoviç," dedi. "Hem yurt dışına gitseniz bile, yine de bir eve ihtiyacınız var."

"Siz onu düşünmeyin, Agrafena Petrovna. Yurt dışına gitmiyorum, gitsem de başka bir yere giderim," dedi Nehlüdov.

Birden kıpkırmızı kesildi.

"Ona da söylemeliyim," diye düşündü. "Susmayı gerektirecek bir durum yok, herkese her şeyi söylemeliyim."

"Dün başıma çok tuhaf ve önemli bir iş geldi. Halam Mariya İvanovnalar'daki Katyuşa'yı anımsıyor musunuz?"

"Nasıl anımsamam, dikiş dikmeyi ona ben öğrettim."

"Biliyor musunuz, dün mahkemede bu Katyuşa'yı yargıladılar. Ben de jüri üyesiydim."

"Ah, Tanrım, çok yazık!" dedi Agrafena Petrovna. "Neden yargıladılar peki?"

"Cinayetten ve bütün hepsi benim yüzümden."

"Neden sizin yüzünüzden olsun ki? Çok tuhaf konuşuyorsunuz," dedi Agrafena Petrovna ve yaşlı gözlerinde ateş kıvılcımları parıldadı.

Katyuşa hikâyesini biliyordu.

"Evet, her şeye ben sebep oldum. İşte bu da benim planlarımı değiştirdi."

Agrafena Petrovna gülmemeye çalışarak "Bundan dolayı sizin için nasıl bir değişiklik olabilir ki?" dedi.

"Onun bu yola düşmesine ben neden olduysam, ona yardımcı olmak için elimden geleni yapmak zorundayım."

Agrafena Petrovna sert ve ciddi bir biçimde "Bu sizin iyi niyetiniz, sizin bu olayda özel olarak bir suçunuz yok. Herkesin başına geliyor, sağduyuyla düşününce, bütün bunlar zamanla düzeliyor ve unutulup gidiyor. Üstelik bunu kendi hesabınıza kesecek bir durum da yok. Yoldan çıktığını ben çok daha önceden işittim, bundan dolayı kim suçlu olabilir ki?"

"Ben suçluyum. Bundan dolayı da onarmak istiyorum."

"Öyleyse, bunu onarmak zor."

"Bu benim bileceğim bir iş. Eğer siz kendinizi, annemin arzu ettiği şu şeyi düşünüyorsanız..."

"Ben kendimi düşünmüyorum. Rahmetli yeterince eli açık biriydi, hiçbir şey istemiyorum. Beni Lizanka çağırıyor (bu onun evli yeğeniydi), burada ihtiyaç olmadığında ona giderim. Boşuna kafaya takıyorsunuz, bunlar hep olağan şeyler."

"Hayır, ben öyle düşünmüyorum. Yine de sizden eşyaları toplamaya yardımcı olmanızı istiyorum. Bana kızmayın. Her şey için size çok ama çok teşekkür ederim."

Şaşırtıcı olan, Nehlüdov kendisinin kötü ve iğrenç biri olduğunu anladığından beri başkaları artık ona iğrenç görünmüyorlardı, tam tersi, Agrafena ve Korney'e karşı sevecenlik ve saygı duymaya başlamıştı. Korney'e de itiraf etmek istiyordu ama Korney o kadar saygın bir görünüşe sahipti ki, bunu yapma konusunda kararsız kaldı.

Mahkeme yolunda aynı araba ile aynı sokaklardan geçerken Nehlüdov içten içe şu anda kendinin tamamen başka biri gibi hissedecek kadar değişmiş olduğuna şaşıyordu.

Daha dün, ona o kadar yakın görünen Missi ile evlilik şu anda tamamen olanaksız geliyordu. Dün Missi'nin onunla evlenmekten mutlu olacağından kuşkusu olmadığı yönünde bir anlayışa sahipti. Bugün ise bırakın evlenmeyi ona yakın olmaya bile kendini layık görmüyordu. "Kim olduğumu bir bilse beni asla kabul etmezdi. Ben de bir de kalkmış adamın birine cilve yapıyor diye ona sitem ediyorum. Evet, şimdi Missi benimle evlense bile, ötekinin orada, hapishanede olduğunu, yarın ya da yarından sonra kürek cezasını çekmeye gideceğini bile bile ne mutlu olabilir, ne de huzur bulabilirdim. Öteki, benim mahvettiğim kadın küreğe giderken ben burada kutlamaları kabul edip genç karımla ziyaretlerde bulunacağım. Ya da utanmazca karısıyla aldattığım yöneticiyle bir olup toplantılarda okulların denetlenmesi konusundaki kararnameyle ilgili olumlu ya da olumsuz yöndeki oyları sayacağım, ya da buna bezer şeyler yapacağım, sonra da karısıyla bir görüşme ayarlayacağım (ne iğrenç); ya da boş işlerle uğraşmamam gerektiği ve şu anda bunu yapmak için elimden hiçbir şey gelemeyeceğinden, asla bitmeyeceği gün gibi ortada olan tabloma devam edeceğim." Nehlüdov bir yandan kendi kendine bunları söylüyor, bir yandan da hissettiği içindeki bu değişikliğe için için seviniyordu.

"Her şeyden önce," diye aklından geçirdi, "şimdi avukatı görüp kararını öğrenmeli, sonra da... sonra hapishaneye gidip onu, dünkü hükümlü kadını görüp ona her şeyi söylemeliyim."

Kendini, Katyuşa'nın karşısına çıkıp her şeyi söylerken, suçunu itiraf ederek, bağışlanması için elinden gelen her şeyi yapacağını, onunla evleneceğini açıklarken gözünün önüne getirir getirmez, onu öylesine büyük bir heyecan kaplıyordu ki, gözleri yaşlarla doluyordu.

XXXIV

Mahkeme binasına gelen Nehlüdov koridora girer girmez dünkü mübaşirle karşılaştı ve mahkemenin haklarında yeni mahkûmiyet kararı verdiği mahkûmların nerede tutulduğunu ve onlarla görüşmek için kimden izin alabileceğini sorup soruşturdu. Mübaşir, mahkûmların farklı yerlerde tutulduğunu ve nihai mahkeme ilamına kadar görüşme izninin savcıya bağlı olduğunu açıkladı.

"Duruşmadan sonra size haber verir, kendim götürürüm. Savcı da henüz gelmedi zaten. Şimdi duruşma salonuna geçelim. Başlamak üzere."

Nehlüdov ona bugün özellikle acınılası bir halde görünen mübaşire inceliği için teşekkür edip jüri odasına geçti. Tam odaya girerken jüri üyeleri de duruşma salonuna geçmek için odadan çıkıyorlardı. Dün olduğu gibi aynı şekilde neşeli, aynı şekilde bir şeyler atıştırmış ve içmiş tüccar, Nehlüdov'u eski bir dostu gibi karşıladı. Pyotr Gerasimoviç de bugün senli benli konuşması ve kahkahasıyla Nehlüdov'da hiçbir tatsız duyguya yol açmıyordu.

Nehlüdov bütün jüri üyelerine dünkü sanıkla olan ilişkisinden bahsetmek istiyordu. "Aslında," diye aklından geçirdi, "dün mahkeme sırasında kalkıp herkesin içinde suçumu itiraf etmeliydim." Ancak jüri üyeleriyle birlikte duruşma salonuna girip dünkü prosedür başlayınca: Yeniden "mahkeme başlıyor," yeniden üçlünün sırmalı yakaları içinde yükseltinin üzerinde yerlerini almaları, yeniden suskunluk, jüri üyelerinin yüksek arkalıklı sandalyelere kurulmaları, muhafızlar, portre, rahip, – bunu yapmak zorunda kalmış olsaydı bile, dün de bu resmiyeti bozamayacağını hissetti.

Mahkeme hazırlıkları (jüri üyelerinin yemin işlemi ve mahkeme reisinin onlara yaptığı konuşma dışında) aynı dünkü gibiydi.

Bugünkü dava gasptı. Kılıçlarını çekmiş iki muhafızın korumasındaki sanık zayıf, düşük omuzlu, gri gömlekli, yüzü kül gibi, yirmi yaşlarında bir delikanlıydı. Tek başına sanıklara ayrılan sırada oturuyor ve girenlere yan yan bakıyordu. Bu delikanlı arkadaşıyla birlikte ambarın kilidini kırıp oradaki, üç ruble altmış yedi kapik değerindeki eski kilimleri çalmakla suçlanıyordu. İddianameden anlaşılan, omzunda kilimleri taşıyan arkadaşıyla birlikte kaçarken, polis delikanlıyı durdurmuş, delikanlı ve arkadaşı da hemen suçlarını itiraf etmiş ve her ikisi de hapse atılmışlardı. Delikanlının arkadaşı çilingir, hapishanede ölmüştü, bu yüzden de delikanlı yalnız yargılanıyordu. Eski kilimler maddi kanıt olarak masanın üzerinde duruyordu.

Dava bütün kanıtları, tanıtları, tanıkları, onların yeminleri, sorgular, bilirkişiler ve çapraz sorgularla aynı dünkü gibi görülüyordu. Tanık Polis, mahkeme reisinin, iddia makamının, avukatın sorularını cansız bir biçimde "aynen öyle", "bilemezdim," ve yeniden "aynen öyle..." diyerek geçiştiriyordu, ancak onun memur sersemliği ve tekdüzeliğine karşın görüldüğü kadarıyla delikanlıya acıyor ve yakalama olayını isteksizce anlatıyordu.

Diğer tanık, evin ve kilimlerin sahibi, mağdur ihtiyardı, huysuz bir adam olduğu çok açıktı, ona kilimlerin kendisine ait olup olmadığı sorulduğunda, oldukça isteksiz bir biçimde kendisine ait olduklarını kabul etti. Savcı yardımcısı, kilimleri ne yapmak niyetinde olduğunu, ona çok mu gerekli olduklarını sormaya kalkınca, öfkelenerek "Cehenneme kadar yolları var, hiçbirine ihtiyacım yok. Onlar yüzünden bu kadar canım sıkılacağını bilseydim, bırakın peşine düşmeyi, üstüne bir on rublelik banknot ve sorguya çekmesinler diye iki de kilim verirdim. Buraya gelmek için arabacılara neredeyse beş ruble ödedim. Üstelik de sağlığım yerinde değil. Fıtığım ve romatizmam var," diye yanıt verdi.

Tanıklar bunları anlatırken, sanık da bütün suçunu itiraf ediyor ve yakalanan vahşi bir hayvan gibi anlamsız gözlerle etrafına bakınarak, kesik kesik, her şeyi olduğu gibi anlatıyordu.

Dava anlaşılmıştı ama savcı yardımcısı aynı dün olduğu gibi, omuzlarını kaldırıp kurnaz suçluyu kıstırabilecek, keskin sorular soruyordu.

Konuşmasında hırsızlığın oturulan bir evde kapı kırılarak yapıldığını, bundan dolayı da delikanlının en ağır cezaya çarptırılması gerektiğini ileri sürüyordu.

Mahkemenin atadığı avukat da, hırsızlığın oturulan bir yerde yapılmadığını ve her ne kadar suçu yadsıma olanağı olmasa da, yine de, suçlunun savcı yardımcısının iddia ettiği gibi toplum için henüz büyük bir tehlike oluşturmadığını iddia ediyordu.

Mahkeme reisi de aynı dün olduğu gibi, tarafsız ve adil olduğunu belirterek, bildikleri ve bilmezlikten gelemeyecekleri şeyleri hem ayrıntılı bir biçimde açıklıyor, hem de telkinde bulunuyordu. Dün olduğu gibi aralar veriliyor, aynı şekilde sigaralar içiliyordu; aynı şekilde mahkeme mübaşiri "Mahkeme başlıyor," diye bağırıyor ve yine aynı şekilde, iki muhafız kılıçlarını çekmiş, suçluya gözdağı vererek ve uyumamaya çalışarak oturuyorlardı.

Bu delikanlının çocukken babası tarafından bir tütün fabrikasına yerleştirildiği ve orada beş yıl geçirdiği davadan anlaşılıyordu. Bu yıl patronla işçiler arasında geçen bir tatsızlıktan sonra patronu tarafından yol verilmiş, yersiz yurtsuz kalmış, elinde son kalanları da içkiye vererek, işsiz güçsüz bir halde sokaklarda sürtüyormuş. Bir meyhanede aynı kendisi gibi çok daha önceden yersiz yurtsuz kalmış ve oldukça çok içen çilingirle karşılaşmış ve ikisi birlikte geceleyin, sarhoş bir halde, kilidi kırmışlar ve önlerine ilk ne çıktıysa alıp götürmüşler, yakalanmışlar, her şeyi itiraf etmişlerdi. Hapse atılmışlar, çilingir mahkemeyi beklerken hapishanede ölmüştü. Şimdi de bu delikanlı, toplumdan yalıtılması gereken, tehlikeli bir varlık gibi yargılanıyordu.

Nehlüdov önünde olup bitenleri dinlerken "Aynı dünkü suçlu gibi tehlikeli bir varlık," diye aklından geçirdi, "onlar tehlikeliler, sanki biz değiliz, öyle mi?.. Ben çapkının, ahlaksızın, yalancının tekiyim ve hepimiz, nasıl biri olduğumu bilen bunların hepsi, benden nefret etmeyi bırakın, bana saygı duymuyorlar mı? Hadi diyelim ki, bu delikanlı toplum için bu salonda bulunan bütün insanlardan daha tehlikeli, o zaman yakalandığında sağduyuyla yaklaşarak, ne yapılmalıydı?"

Çok açık ki, bu delikanlı öyle büyük bir cani değil, tam tersine çok sıradan biriydi, bunu herkes görüyordu, ne olduysa, yalnızca böyle insanları yaratan koşullar içinde bulunduğu için olmuştu. Dolayısıyla da, bu tip delikanlıların olmaması için böylesi mutsuz varlıkları oluşturan koşulları yok etmeye çalışmak gerektiği açıkça ortadaydı.

Peki biz ne yapıyoruz? Rastlantı sonucu elimize düşen böyle bir delikanlıyı yakalayıp böylesi binlercesinin dışarıda olduğunu çok iyi bildiğimiz halde, onu tamamen tembel tembel oturacağı koşullara, hapishaneye, ya da en sağlıksız ve anlamsızca işlerin yapıldığı, onun gibi zayıf düşmüş ve ne yapacağını şaşırmış insanların arasına tıkıyor, sonra da kamu hesabına Moskova'dan İrkutsk eyaletine, en aşağılık insanların arasına sürgün ediyoruz.

Böyle insanları yaratan koşulları yok etmek için yalnızca hiçbir şey yapmamakla kalmıyor, aynı zamanda onları yaratan kurumları özendiriyoruz. Bu kurumların da hangileri olduğu ortada: fabrikalar, imalathaneler, atölyeler, lokantası olan oteller, meyhaneler, genelevler. Biz bu kurumları yok etmeyi bırakın, onları gerekli görerek, özendiriyor, düzenliyoruz.

Nehlüdov, albayın yanındaki sandalyede oturmuş, avukatın, savcının ve mahkeme reisinin seslerindeki farklı tonlamaları dinleyerek, onların kendinden emin tavırlarını izlerken, olağanüstü bir canlılık ve açıklıkla "Yalnızca birini değil, milyonlarca insanı bu şekilde yetiştiriyor, sonra da içlerinden birini yakalıyor ve üzerimize düşeni yaptığımızı, kendimizi koruduğumuzu, artık bizden daha fazla istenen bir şey olmadığını sanarak, onu Moskova'dan İrkutsk eyaletine gönderiyoruz," diye düşünüyordu. Nehlüdov, bu muazzam salonu, bu portreleri, lambaları, koltukları, üniformaları, bu kalın duvarları, pencereleri gözden geçirip bu binanın tüm heybetini ve üstüne üstlük içindeki kurumun azametini, kimsenin işine yaramayan bu komedi için maaş alan, yalnızca burada değil, tüm Rusya'daki bütün memur, yazıcı, odacılar ordusunu aklına getirerek, "üstelik de bu yapmacıklık ne kadar büyük çabalara mal oluyor," diye düşünmeyi sürdürdü. "Huzurumuz ve rahatımız için harcadığımız bu çabaların yüzde birini, şu anda yalnızca et kemik olarak baktığımız, ihmal edilmiş şu varlıklara yardımcı olmak için harcasaydık." Nehlüdov delikanlının hastalıklı, korku dolu yüzüne bakarken, "üstelik yalnızca, henüz yoksulluk yüzünden köyden kente teslim ettiklerinde, ona acıyan, yoksulluk içinde yüzerken ona yardım eden birini bulmaya, ya da kente gelmiş bile olsa, fabrikada on iki saat çalıştıktan sonra, onu ayartan, kendisinden büyük arkadaşlarıyla meyhaneye giderken, 'Gitme, Vanya, bu iyi olmaz' diyen birinin çıkmasına bakardı, çocuk da gitmez, çene çalmaz, kötü bir şey de yapmazdı," diye aklından geçiriyordu. Ancak okula gideceği yerde, vahşi bir hayvan gibi kentte yaşadığı, bitlere yuva olmasın diye saçlarının kazındığı, ustalarının ayak işlerini görmek için koşuşturduğu süre boyunca ona acıyan böyle biri, düzgün biri çıkmamış, tam tersine kentte yaşamaya başladıktan sonra ustalarından ve arkadaşlarından duyduğu tek şey, delikanlı adam aldatır, içer, küfür eder, mıhlar, keyif ve eğlenceye dalar olmuştu.

Sağlıksız çalışma koşulları, ayyaşlık ve uçarılıktan hastalanıp perişan olmuş, rüyada gibi şaşkın ve serseri bir halde amaçsızca kentte sürterken, aniden ambarın birine dalmış ve oradan kimsenin bir işine yaramayacak kilimleri aşırmıştı, biz de, bütün hali vakti yerinde, varlıklı, eğitimli insanlar olarak, bu delikanlıyı bugünkü ortama taşıyan sebepleri ortadan kaldırmaya özen göstereceğimize, sorunu bu delikanlıyı cezalandırarak çözmeye kalkıyoruz.

"Korkunç! Acımasızlık mı yoksa saçmalık mı, hangisi daha üstün belli değil. Ancak, anlaşılan, her ikisi de en son basamağa dayanmış."

Nehlüdov artık önünde olup bitenlere kulaklarını tıkamış, yalnızca bunları düşünüyordu. Önünde açılan manzara karşısında dehşete kapılıyor, bunu daha önceden nasıl olup da, hem kendisinin hem de başkalarının göremediğine şaşıyordu.

XXXV

İlk ara verilir verilmez Nehlüdov kalktı ve bir daha mahkemeye dönmemek niyetiyle koridora çıktı. Bırakın, ne isterlerse yapsınlardı ama bu korkunç ve iğrenç aptallığa daha fazla katlanamayacaktı.

Savcının odasını öğrenen Nehlüdov onun yanına gitti. Savcının şu anda meşgul olduğunu söyleyen odacı, ona izin vermek istemiyordu. Ancak Nehlüdov onu dinlemeden kapıya doğru yürüdü ve karşısına çıkan memura, jüri üyesi olduğunu ve çok önemli bir iş için savcıyı görmesi gerektiğini söyleyerek geldiğini haber vermesini rica etti. Knyaz unvanı ve iyi giyimi Nehlüdov'a yardımcı oldu. Memur savcıya haber verdi ve Nehlüdov'u içeri aldılar. Nehlüdov'un görüşmek için takındığı ısrarcı tutumdan memnun olmadığı her halinden belli olan savcı, onu ayakta karşıladı.

Sert bir biçimde "Ne istiyorsunuz?" diye sordu.

"Jüri üyesiyim, ben Nehlüdov, mahkûm Maslova'yı görmem lazım." Nehlüdov kızararak ve savcının, yaşamını büyük ölçüde etkileyecek bir hareket yapacağını hissederek, hızlı ve kararlı bir biçimde konuşuyordu.

Savcı, kısa saçları ağarmış, parlak gözleri fıldır fıldır dönen ve çıkık alt çenesinde kırpılmış gür sakallı, kısa boylu, esmer bir adamdı.

Savcı sakin bir biçimde "Maslova'yı mı? Nasıl, bilmem. Hani şu zehirlemeden suçlanan," dedi. "Onu neden görmek istiyorsunuz?" Sonra da sanki biraz havayı yumuşatmak istiyormuş gibi, "onu neden görmek istediğinizi bilmeden buna izin veremem," diye ekledi.

Nehlüdov birden kıpkırmızı kesilerek, "Kendim hakkında çok önemli bir konuda görüşmem lazım," dedi.

"Anlıyorum," dedi savcı ve gözlerini kaldırıp dikkatle Nehlüdov'u süzdü. "Onun davası görüldü mü, ne oldu?"

"Dün yargılandı ve tamamen haksız yere, dört yıl kürek cezasına mahkûm edildi. Oysa, masum biri."

Savcı, Nehlüdov'un Maslova'nın masumiyetiyle ilgili yaptığı açıklama üzerinde hiç durmadan "Anlıyorum. Eğer daha dün mahkûm olduysa, demek ki, kararın açıklanacağı mahkeme ilamına kadar, tutukevinde tutuluyordur. Yalnızca orada görüşmeye belirli günlerde izin veriliyor. Size oraya başvurmanızı öneririm," dedi.

Karar anının geldiğini hisseden Nehlüdov alt çenesi titreyerek, "Ancak onu bir an önce görmem lazım," dedi.

Savcı belli belirsiz bir sıkıntıyla kaşlarını çatarak "Neden görmeniz gerekiyor?" diye sordu.

Nehlüdov sesi titreyerek ve aynı zamanda söylememesi gerekenleri söylediğini hissederek "Sebebi, o masum, üstelik de kürek cezasına mahkûm edildi. Asıl suçlu ise benim," dedi.

Savcı "Siz nasıl suçlu oluyorsunuz ki?" diye sordu.

"Onu aldattığım ve şu andaki durumuna neden olduğum için. Onu bu duruma sürüklemeseydim, bu suçlamayla karşı karşıya kalmazdı."

"Yine de, görüşme isteğinizle ilgili bir bağ kuramıyorum."

Nehlüdov "Onun peşinden gitmek istememin nedeni... onunla evlenmek," dedi ve her zaman olduğu gibi, bu konuyu açar açmaz gözlerine yaşlar doldu.

Savcı "Ya, demek öyle," dedi. Bu gerçekten olağanüstü bir durum. Şu anda böylesi tuhaf bir kararı açıklayan, bu Nehlüdov adını daha önceden işittiğini anımsayarak "Siz, sanırım, Krasnoper bölge meclisi üyesisiniz, değil mi?" diye sordu.

Nehlüdov yine kıpkırmızı kesilerek, öfkeyle "Özür dilerim ama bunun benim ricamla bir ilgisi yok," dedi.

Savcı hafifçe gülümseyerek ve hiç sıkılmadan, "Kuşkusuz yok," dedi, "ancak sizin isteğiniz o kadar sıra dışı ve o kadar alışılmışın dışında ki..."

"İzin almak için ne yapabilirim?"

"İzin mi? Ha, evet, şimdi size bir izin belgesi veririm. Buyurun oturun."

Masasına gidip oturdu ve yazmaya başladı.

"Lütfen oturun."

Nehlüdov hâlâ ayakta duruyordu.

İzin belgesini yazan savcı, merakla Nehlüdov'a bakarak notu ona uzattı.

"Bir de söylemek zorundayım," dedi Nehlüdov, "duruşmalara katılamayacağım."

"Sizin de bildiğiniz gibi, bunun için mahkemeye geçerli bir neden sunmalısınız."

"Bütün mahkemeleri yalnızca yararsız değil, aynı zamanda ahlak dışı buluyorum, nedeni bu."

Savcı, o aynı hafifçe gülümsemesiyle, sanki bu gülümsemeyle buna benzer söylemlere yabancı olmadığını ve bildik, onu eğlendiren şeylerden biri saydığını gösterir gibi "anlıyorum" dedi. "Anlıyorum ama mahkeme savcısı olarak sizinle aynı görüşe katılamayacağımı çok iyi anlıyorsunuzdur."

"Bundan dolayı da, bu konudaki düşüncenizi mahkemeye bildirmenizi öneriyorum, mahkeme sizin nedeninizi geçerli ya da geçersiz bulur, ikinci ihtimalde size ceza verir. Mahkemeye başvurun."

Nehlüdov öfkeyle "Ben söyleyeceğimi söyledim, bir yere de başvurmam," dedi.

Savcı, belli ki, bir an öce bu tuhaf ziyaretçiden kurtulma isteğiyle, başını eğerek "Saygılar," dedi.

Nehlüdov'un ardından, savcının odasına giren bir mahkeme üyesi "Yanınızdaki kimdi?" diye sordu.

"Tanırsınız, Nehlüdov, Krasnoper bölge meclisi üyesi, tuhaf tuhaf şeyler söylüyor. Düşünebiliyor musunuz, üstelik bir de jüri üyesi, söylediğine göre, sanıklar arasında kürek cezasına mahkûm olmuş, onun tarafından aldatılmış bir kadın mı, kız mı ne varmış, şimdi onunla evlenmek istediğini söylüyor."

"Nasıl olur!"

"Bana böyle söyledi... hem de tuhaf bir heyecan içinde."

"Günümüz gençlerinde normal olmayan bir şeyler var."

"Evet ama, o kadar da genç sayılmaz."

"Azizim, sizin şu ünlü İvaşenkov var ya, amma da bıktırdı. İnsanı canından bezdiriyor, konuşuyor da, konuşuyor."

"Onları durdurmak lazım, itiraz etmekten başka yaptıkları iş yok..."

XXXVI

Nehlüdov savcının yanından doğruca tutukevine gitti. Ancak orada Maslova diye biri yoktu, müdür, Nehlüdov'a eski sürgün hapishanesinde olabileceğini söyledi. Nehlüdov da oranın yolunu tutu.

Gerçekten de, Yekaterina Maslova oradaydı. Savcı, bundan altı ay kadar önce askerlerce son derece geniş çaplı politik bir tutuklamaya gidildiğini ve tutukevinin yakalanan öğrenciler, doktorlar, işçiler, üniversite öğrencisi kızlar ve hemşirelerle ağzına kadar dolu olduğunu unutmuştu.

Tutukevinden sürgün hapishanesine kadar olan mesafe oldukça uzundu. Nehlüdov hapishaneye ancak akşama doğru varabildi. Kocaman, iç karartıcı binanın kapısına doğru yaklaşmak istedi ama nöbetçi onu bırakmadı, yalnızca zile bastı. Zil sesine gardiyan geldi. Nehlüdov izin kâğıdını gösterdi ama gardiyan, müdürün izni olmadan içeri alamayacağını söyledi. Nehlüdov bunun üzerine müdürün yolunu tuttu. Daha merdivenleri çıkarken kapının ardından piyanoda çalınan, karmaşık, coşkulu bir parçanın seslerini işitti. Gözü sargılı, hırçın bir oda hizmetçisi ona kapıyı açtığında, adeta odadan taşan bu sesler Nehlüdov'un kulaklarını sağır etti. Bu yalnızca bir yere kadar çok güzel çalınan, Liszt'in bıktırıcı bir rapsodisiydi. O yere geldiğinde yine başa dönüyordu. Nehlüdov gözü sargılı oda hizmetçisine müdürün evde olup olmadığını sordu.

Oda hizmetçisi evde olmadığını söyledi.

"Hemen gelir mi?"

Rapsodi yeniden kesildi ve yeniden, mükemmel bir şekilde, büyüleyici yere kadar tekrar etti.

"Gidip sorayım," diyen oda hizmetçisi içeri girdi.

Rapsodi tam hızını almıştı ki, ansızın, büyüleyici yere gelmeden kesildi ve bir kadın sesi işitildi.

Kapının ardından "Ona evde olmadığını ve bugün gelmeyeceğini söyle. Misafirliğe gitti, ne diye yapışıp kalıyorlar ki," diyen bir kadın sesi ve yeniden rapsodi duyuldu ve yine durdu, çekilen bir sandalye sesi duyuldu. Anlaşılan, öfkelenen piyanist hanım, uygunsuz bir saatte gelen bu sırnaşık ziyaretçiye haddini kendisi bildirmek istiyordu.

Kederli gözlerinin altı morarmış, kabartılmış saçlarla acınası bir halde olan soluk yüzlü bir kız kapıya çıkarken, öfkeyle "Babam yok," dedi. Karşısında şık paltolu, genç bir adam görünce yumuşadı. "Lütfen içeri geçin... Ne istiyordunuz?"

"Hapisteki bir kadını görecektim."

"Herhalde, siyasi suçludur?"

"Hayır, siyasi değil. Savcıdan iznim var."

"Bilmiyorum, babam da yok. Girsenize, lütfen" diyerek, yeniden küçük antreden ona seslendi. "Ya da yardımcısına gidin, şimdi bürosundadır, onunla konuşun. Adınız neydi?"

Nehlüdov soruya yanıt vermeden "Teşekkür ederim," diyerek oradan ayrıldı.

Daha arkasından kapı kapanmadan, ne ortalığa yayıldığı yere, ne de ısrarla öğrenmeye çalışan kızın acınılası yüzüne hiç yakışmayan, aynı canlı, neşeli sesler yeniden işitildi. Nehlüdov avluda, bıyığı siyaha boyanmış ve uçları yukarıya doğru sivriltilmiş, genç bir subayla karşılaştı ve müdür yardımcısını nasıl bulabileceğini sordu. Bu müdür yardımcısının ta kendisiydi. İzin kâğıdını alıp baktı ve bu izin kâğıdıyla burada sürgün hapishanesine girmeyeceğini söyledi. Zaten geç olmuştu...

"Yarın gelin. Yarın saat onda açık görüş var; Gelirsiniz, hem yarın müdür de evde olur. Açık görüş yerinde, ya da müdür izin verirse büroda bile görüşebilirsiniz."

Böylece o gün görüşmeyi başaramayan Nehlüdov evin yolunu tuttu. Caddelerden geçerken onu göreceği düşüncesiyle heyecan içindeydi, şu an aklında ne mahkeme ne de savcıyla ve müdürlerle yaptığı konuşmalar vardı. Katyuşa ile görüşmeye çalışmış ve niyetini savcıya açmış, onu görmek için iki hapishaneye gitmiş olması onu o kadar heyecanlandırmıştı ki, uzun süre sakinleşemedi. Eve gelir gelmez, hemen çoktandır elini sürmediği günlüğünü aldı, bir kısmını yeniden okudu ve şunları yazdı: "İki yıl günlük yazmadım ve bu çocukça şeye asla geri dönmeyeceğimi düşünüyordum. Oysa bu çocukça bir şey değil, kendinle, gerçeklerle, her insanın içinde yaşayan kutsal benliğiyle yaptığı bir sohbetmiş. Bunca zaman uyudum ve sohbet edebileceğim kimse yoktu. 28 nisanda, jüri üyesi olduğum mahkemede olağanüstü bir olay onu uyandırdı. Onu sanık sandalyesinde, aldattığım Katyuşa'yı, mahkûm gömleği içinde gördüm. Tuhaf bir yanlış anlama ve benim yanlışım yüzünden onu küreğe mahkûm ettiler. Az önce savcının yanına ve hapishaneye gittim. Yanına sokmadılar ama onu görmek, karşısına geçip suçumu itiraf etmek ve bağışlanmak için evlenmek de dahil, elimden gelen her şeyi yapmaya kararlıyım. Tanrım, bana yardım et! Kendimi o kadar iyi, sevinçli hissediyorum ki..."

XXXVII

Maslova o gece uzun süre uyuyamadı, papaz çömezinin kızının volta atarken perdelediği kapıya bakarak, sarışının sesli sesli solumalarını dinleyerek, gözleri açık yatıyor, düşünüyordu.

Sahalin'de bir kürek mahkûmuyla asla evlenmeyeceğini, müdürlerden biriyle, bir kâtiple, en azından bir gardiyan ya da yardımcısıyla ne yapıp edip bir şekilde işi pişireceğini düşünüyordu. Nasılsa hepsi aynı şeye düşkün. "Yalnızca zayıf düşmemeli. Yoksa mahvolur gidersin." Avukatın, mahkeme reisinin, mahkemede bilerek yanından geçen karşılaştığı erkeklerin ona nasıl baktıklarını anımsıyordu. Hapiste onu ziyarete gelen Berta'nın bahsettiği, Kitayeva'nın evindeyken, sevdiği öğrenciyi anımsadı, onlara gelip, Katyuşa'nın akıbetini soruyor ve çok acınıyormuş. Sarışınla olan kavgayı anımsadı ve ona acıdı; ona fazladan ekmek gönderen fırıncıyı anımsıyordu. Pek çok şey anımsıyor, bir tek Nehlüdov aklına gelmiyordu. Çocukluğunu, gençliğini ve özellikle de ona olan aşkını asla anımsamıyordu. Bu çok acı vericiydi. Bu anılar ruhunda derinlerde bir yerde dokunulmadan duruyorlardı. Rüyasında bile bir kez olsun Nehlüdov'u görmemişti. Bugün mahkemede onu tanımamasının nedeni, son kez gördüğünde onun sakalsız, bıyıkları kısa, hatta yeni terlemiş, gür, kıvırcık saçlı bir askerken, şimdi sakallı, yaşlı görünüşlü biri olmasından değil, onu hiç aklına getirmemesindendi. Onunla geçmişteki tüm anılarını, askerden dönerken halalarına uğramadığı, o karanlık, korkunç geceye gömmüştü.

Geçerken uğrayacağını umduğu o geceye kadar, yüreğinin altında taşıdığı bebekten sıkıntı duymak bir yana, ara sıra, içinde yaptığı yumuşak, ani hareketler onu şaşkınlık içinde bırakarak duygulandırıyordu. Ancak o geceden sonra her şey bambaşka bir hal almış, doğacak bebek yalnızca bir engel teşkil eder olmuştu.

Halaları Nehlüdov'u bekliyordu, uğramasını istemişlerdi ama o telgraf çekerek, vaktinde Petersburg'da olmak zorunda olduğunu bildirmişti. Katyuşa bunu öğrenince onu görmek için istasyona gitmeye karar verdi. Tren gece yarısı saat ikide geliyordu. Katyuşa hanımları yatırıp aşçının kızı Maşka'yı kendisiyle gelmesi için ikna ederek, eski botlarını ayağına geçirmiş, başörtüsünü örtüp sessizce istasyona koşturmuştu.

Karanlık, yağmurlu, rüzgârlı bir sonbahar gecesiydi. Yağmur kâh ılık, iri damlalarıyla dövüyor, kâh diniyordu. Ayaklarının altındaki yol görünmüyordu, orman sobanın içi gibi simsiyah kesilmişti, Katyuşa yolu çok iyi bilmesine rağmen ormanda yolu şaşırmış ve trenin üç dakika durduğu küçük istasyona, umduğundan daha geç, ikinci düdükten sonra varabilmişti. Peronda koşturan Katyuşa birinci mevki vagonunun penceresinde onu hemen görmüştü. Vagon çok aydınlıktı. Kadife kaplı koltuklarda iki subay, redingotlarını çıkarmış, karşılıklı oturmuş, kâğıt oynuyorlardı. Pencerenin yanındaki küçük bir sehpanın üzerinde, eridikçe daha da kalınlaşmış, iri mumlar yanıyordu. Nehlüdov ayağında binici pantolonu, sırtında beyaz bir gömlek, koltuğun kolçağına oturmuş, dirseğini arkalığına yaslamış, bir şeylere gülüyordu. Katyuşa onu tanır tanımaz, soğuktan buz kesmiş eliyle pencereye vurdu. Ancak tam o sırada üçüncü düdük ötmüş ve tren yavaşça kımıldamış, önce geriye, sonra birbiri peşi sıra çarparak, tokuşan vagonları sürükleyerek, ileri doğru hareket etmişti. Kâğıt oynayanlardan biri elinde kâğıtlarla ayağa kalkıp pencereye bakmaya başladı. Katyuşa bir kez daha pencereye vurup yüzünü cama yapıştırdı. O sırada önünde duran vagon silkinerek hareket etti. Katyuşa pencereye bakarak vagonun yanında yürüyordu. Subay pencereyi indirmeye çalışıyor ama açamıyordu. Nehlüdov ayağa kalkıp subayı kenara ittirerek pencereyi indirdi, bu arada tren hızını arttırmıştı. Katyuşa da geriye kalmamak için koşturuyor ama tren gittikçe hızını arttırıyordu ve tam pencere açıldığı sırada kondüktör onu ittirip vagona atladı. Katyuşa geride kalmıştı ama peronun ıslak tahtaları üzerinde hâlâ koşuyordu, sonra peron bitti, merdivenlerden yuvarlanıp yere kapaklanmamak için kendine güçlükle hâkim oldu. Katyuşa koşuyordu ama birinci mevki vagonu iyice uzaklaşmıştı. Artık yanından ikinci mevki vagonları, sonra da, hızını daha da arttırarak üçüncü mevki vagonları geçmeye başladı ama o yine de koşuyordu. Arkasında fener yanan son vagon da geçtiğinde, Katyuşa su pompasını geçmiş, tren korkuluklarını geride bırakmıştı. Rüzgâr başından başörtüsünü savurup giysisini bacaklarına yapıştırarak, sert bir biçimde üzerine esiyordu. Başörtüsünü alıp götürmüş ama o hâlâ koşmaya devam ediyordu.

Arkasından güçlükle yetişen küçük Maşka "Mihaylovna Teyze, başörtün gitti," diye bağırdı.

Katyuşa "O, ışıklar içindeki vagonda, kadife koltuklarda oturuyor, şakalaşıyor, içiyor, bense burada, çamurlar içinde, karanlığın ortasında, yağmur ve rüzgâr altında durmuş ağlıyorum," diye aklından geçirdi, durup başını arkaya atarak, çocuğun eline yapıştı ve hıçkırıklara boğuldu.

"Gitti!" diye haykırdı.

Küçük kız korkuyla Katyuşa'nın sırılsıklam giysisine sarıldı.

"Teyze, eve gidelim."

Katyuşa kıza yanıt vermiyor, bu arada "Tren geçerken, kendini at, her şey bitsin gitsin!" diye aklından geçiriyordu.

Bu şekilde yapmaya karar verdi. Ancak hemen, heyecanlanıp yatıştıktan sonraki ilk anda her zaman olduğu gibi, o, bebek, içinde taşıdığı onun bebeği aniden irkildi, tekmeledi ve yavaşça gerindi, sonra yeniden ince, tatlı ve keskin bir şeyle iteklemeye başladı. Birden, bir dakika önceye kadar ona acı veren, yaşamayı olanaksız kılan her şey, Nehlüdov'a duyduğu bütün öfkesi, kendini öldürerek de olsa ondan öç alma isteği, hepsi kaybolup gidiverdi. Sakinleşip kendini topladı, başörtüsünü örttü ve aceleyle eve yürüdü.

Yorgun argın, sırılsıklam, üstü başı çamur içinde eve döndü ve şimdi bu hale gelmesine neden olan ruhsal dönüşüm o günden sonra içinde baş gösterdi. O korkunç geceden sonra iyiliğe inanmayı bıraktı. Önceden kendisi iyiliğe inandığı gibi, insanların da iyiliğe inandığına inanıyordu, ancak o geceden sonra, kimsenin buna inanmadığına, Tanrı'dan ve iyilikten söz eden herkesin, bunu yalnızca insanları aldatmak için yaptığına aklı yattı. Sevdiği ve onu seven, – bunu biliyordu – Nehlüdov, onunla gönlünü eğlendirip duygularıyla oynamış, onu terk etmişti. Oysa ki, o, Katyuşa'nın tanıdığı insanların arasındaki en iyisiydi. Geriye kalanların hepsi daha da beterdi. Adım başı, başına gelen her olay bunu doğruluyordu. Artık eskisi gibi hizmet edemediği için Nehlüdov'un dini bütün halaları onu kapı önüne koymuşlardı. Karşılaştığı herkes, kadınlar, onun üzerinden para kazanmaya çalışıyor, erkekler, ihtiyar polis müdüründen tutun da, hapishanedeki gardiyanlara varıncaya kadar hepsi, ona bir zevk aracı olarak bakıyordu. Dünyada kimse için zevkten, özellikle bu zevkten başka bir şey yoktu. Özgür olduğu yaşamının ikinci yılında bir süre beraber yaşadığı yaşlı yazar, onu buna daha çok inandırmıştı. Açık açık ona, bütün mutluluğun – bunu şiirsel ve estetik olarak adlandırıyordu – bundan ibaret olduğunu söylemişti.

Herkes yalnızca kendini düşünüyor, kendi zevkleri için yaşıyordu ve Tanrı ve iyilik üzerine edilen bütün sözler birer aldatmacadan ibaretti. Neden dünya üzerinde her şey bu kadar kötü düzenlenmiş, neden insanlar birbirlerine kötülük yapıyor ve acı çekiyorlar soruları yükselmeye başladığında en iyisi bu konulara kafa yormamaktı. Canı sıkıldığında bir sigara yakıyor, ya da içkiye sarılıyordu, ya da hepsinden daha iyisi bir erkekle gönlünü eğliyor ve can sıkıntısı geçip gidiyordu.

XXXVIII

Ertesi gün pazardı, sabahın saat beşinde, hapishanenin kadınlar koğuşunun koridorunda alışıldık düdük öttüğünde, çoktan uyanmış olan Korableva, Maslova'yı uyandırdı.

Gözlerini ovuşturup sabaha doğru iyice ağırlaşan leş gibi

havayı istemeye istemeye içine çekerek, korkuyla "kürek mahkûmu" diye aklından geçirdi ve yeniden uyumak, bilinç altına gömülmek istedi ama alışkanlık haline gelen korku uykusunu yendi, o da doğrulup ayaklarını topladı ve çevresine bakınarak oturdu. Kadınlar da kalkmıştı, yalnızca çocuklar uyuyordu. Fırlak gözlü, kaçak içki satışı yapmaktan mahkûm kadın, çocukları uyandırmamak için, altlarında kalan gömleği yavaşça çekti. İsyancı kadın, kundak işini gören pılı pırtıları sobanın yanına asıyor, bebek de kendisiyle birlikte sallanan ve tatlı bir sesle ninni söyleyerek, onu uyutmaya çalışan mavi gözlü Fedosya'nın kucağında umutsuzca, viyak viyak ağlıyordu. Elleriyle göğsüne yapışan, yüzüne kan oturmuş, veremli kadın öksürerek balgam çıkarıyor ve soluklanabildiği anlarda adeta çığlıklar koparıyordu. Sarışın uyanmış, karnını dikmiş, toplu bacaklarını bükmüş, bağıra bağıra, neşeyle gördüğü rüyayı anlatıyordu. Kundaklama suçundan yatan ihtiyar kadın, ikonanın önüne dikilmiş, aynı sözleri yineleyerek, haç çıkarıp selam veriyordu. Papaz çömezinin kızı ranzada kıpırdamadan oturuyor ve uykulu gözlerle, boş boş önüne bakıyordu. Güzellik, yağlı, sert, kara saçlarını hafif hafif parmağına doluyordu.

Koridorda ayak sesleri işitildi, kilit gürültüyle açıldı ve sırtlarında kabanları ve kısa, ayak bileklerinin çok üzerinde gri pantolonlarıyla tuvalet temizlikçisi iki mahkûm içeri girdi ve ciddi, öfkeli suratlarla, leş gibi kokan ahşap tekneyi sırığa takarak koğuştan çıkarıp götürdüler. Kadınlar ellerini yüzlerini yıkamak için koridora, musluklara çıktılar. Muslukların başında, sarışın, yan koğuştan çıkan bir kadınla kavgaya tutuştu. Yeniden küfürler, bağırışlar, şikâyetler...

"Canınız hücre mi çekti yoksa!" diye bağırdı gardiyan ve sarışının yağ bağlamış, çıplak sırtına öyle bir şaplak yapıştırdı ki, bütün koridor inledi. "Bir daha sesini duymayayım."

Sarışın, bu davranışı okşama sayarak "Amma da coştu ihtiyar," dedi.

"Hadi, canlanın! Ayine hazırlanın."

Daha Maslova saçını başını düzeltmeden, müdür maiyetiyle birlikte gelmişti.

"Yoklamaya!" diye bağırdı gardiyan.

Diğer koğuştan öbür mahkûmlar da çıktı ve hepsi birlikte koridorda iki sıra yaptılar, dahası, arka sıradaki kadınlar ellerini ön sıradaki kadınların omuzlarına koymak zorundaydılar. Hepsi sayıldı.

Yoklamadan sonra kadın gardiyan gelip mahkûmları kiliseye götürdü. Maslova, Fedosya ile birlikte bütün koğuşlardan çıkan yüzden fazla kadının oluşturduğu kalabalığın ortasındaydı. Hepsi beyaz renkte başörtüsü, bluz ve etek giymişti, aralarında renkli giysili kadınlara çok az rastlanıyordu. Bunlar kocalarının peşine takılıp gelen çocuklu kadınlardı. Bütün merdiveni bu kalabalık doldurmuştu. Hapishane ayakkabılarından çıkan yumuşak ayak sesleri, konuşmalar, ara sıra gülüşmeler işitiliyordu. Maslova dönemeçte, düşmanı Boçkova'nın hınç dolu yüzünü gördü ve onu Fedosya'ya da gösterdi. Aşağıya inerlerken bütün kadınlar seslerini kestiler ve henüz boş, altın yaldızları pırıl pırıl parlayan kilisenin ardına kadar açılmış kapısından, haç çıkarıp selam vererek, içeri girmeye başladılar. Onların yeri sağ taraftaydı, sıkışıp birbirlerini sıkıştırarak, yerleşmeye başladılar. Kadınların ardından, üzerlerinde gri renkli kaftanlarıyla asıl sürgün yerine yollananlar, cezası bitip tahliye bekleyenler ve yerel yönetimler tarafından cezalandırılanlar, gürültüyle öksürerek, sol tarafta ve kilisenin ortasında sıkışarak toplandılar. Yukarıda da, koro yerlerinde daha önceden getirilenler, bir tarafta kafaları yarı tıraşlı, varlıklarını zincir şıkırtılarıyla belli eden kürek mahkûmları, diğer tarafta tıraş edilmemiş ve zincire vurulmamış tutuklular duruyordu.

Hapishane kilisesi yeniden inşa edilmiş ve bu işe on binlerce ruble harcayan varlıklı bir tüccar tarafından tamamlanmıştı, altın yaldızlar ve parlak renklerle pırıl pırıl parlıyordu.

Kilisede kısa bir sessizlik oldu, yalnızca burun çekişler, öksürükler, bebek ağlamaları ve ara sıra zincir sesleri işitiliyordu. Birden ortada duran mahkûmlar, yol açarak, kaçışıp, birbirini sıkıştırtırdılar ve bu açılan yoldan hapishane müdürü geçip herkesin görebileceği bir yerde, kilisenin ortasında durdu.

XXXIX

Ayin başladı.

Ayin şundan ibaretti: Üzerine özel, tuhaf ve hiç de rahat olmayan pırıltılı bir giysi giymiş rahip, ekmeği parçalara ayırıp onları küçük bir tabağa sonra da bir şarap kâsesine koyuyor, bunları yaparken de çeşitli isimler söylüyor, dualar okuyordu. Bu arada, önce hiç ara vermeden dualar okuyan papaz çömezi, sonra mahkûmlardan oluşan koroyla sırasıyla, zar zor anlaşılan, üstelik bir de hızlı okuyup söyledikleri için iyice anlaşılmaz bir hale gelen çeşitli Slavca dualar okuyordu. Duaların içeriğini ağırlıklı olarak imparator hazretlerine ve ailesine mutluluk dilekleri oluşturuyordu. Bu içerikteki dualar birçok kez, diğer dualarla ve ayrıca diz çökerek okunuyordu. Bunun dışında Elçilerin İşleri'nden mısralar, papaz çömezince o kadar tuhaf ve gergin bir sesle okunmuştu ki, hiçbir şey anlaşılmamıştı, ancak papaz tarafından Markos incilinden, Yüce İsa dirilip babasının sağ koluna konmadan ve gökyüzüne yükselmeden önce, öncelikle içinden yedi cini kovduğu Mecdelli Meryem'e, sonra da on bir öğrencisine göründüğü ve onlara İncili bütün inançsızlara vaaz etmelerini buyurduğu, dahası inanmayanların mahvolacağını, inananların kutsanacağını, kurtulacağını ve ayrıca şeytanları kovacaklarını, dokunuşlarıyla insanları iyileştireceklerini, yeni diller konuşacaklarını, yılanları elleriyle tutacaklarını, zehir bile içseler ölmeyeceklerini tam tersine sağ kalacaklarını bildirdiği bölüm çok anlaşılır bir biçimde okunmuştu. Bilindik ritüeller ve dualar eşliğinde yapılan ibadetin özünde, papaz tarafından parçalara ayrılan ekmek, içine konduğu şarap, İsa'nın bedeni ve kanı olarak varsayılıyordu. Bu ritüellerde, papaz üzerindeki pırıltılı çuvalın ona engel olmasına aldırmadan, düzenli bir biçimde, her iki elini yukarı kaldırıyor, onları öylece havada tutuyor, sonra dizlerinin üzerine çöküp masayı ve üzerindekini öpüyordu. Burada en önemli hareket, papazın iki eliyle bir bezi tutması ve onu düzenli ve ahenkli bir biçimde tabağın ve altın kâsenin üzerinde sallamasıydı. Tam bu anda ekmek ve şarabın, beden ve kana dönüştüğü varsayılıyordu. Bundan dolayı da özellikle ibadetin bu kısmı tören havası içinde yapılıyordu.

Bundan sonra papaz bölmenin ardından "Kutsalların kutsalı, bakire Meryem Ana'ya" diye yüksek sesle bağırdı ve koro coşkulu bir biçimde, bakireliğini bozmadan İsa'yı doğuran, bunun için Kerubim gibi bir melekten daha büyük bir onur, Serafim gibi bir melekten daha büyük bir şan kazanan Meryem Ana'yı göklere çıkaran ilahiyi okumaya başladı. Bundan sonra dönüşüm gerçekleşmiş sayılıyordu, rahip bezi tabaktan alıp ortadaki parçayı dörde böldü ve önce şaraba batırıp sonra ağzına attı. İsa'nın bedeninden bir lokma yediği, kanından bir yudum içtiği farz ediliyordu. Bundan sonra papaz perdeyi bir kenara çekip ortadaki kapıyı açtı ve onun gibi kâsedeki İsa'nın bedeninden yemek, kanından içmek isteyenleri buyur etti.

İstekli birkaç çocuk çıktı.

İlk iş olarak çocuklara adlarını soran papaz, küçük bir kaşığı özenle kâseden doldurarak, çocukların her birine teker teker birer parça şaraplı ekmek yedirdi. Papaz çömezi ise hemen çocukların ağzını silip, neşeli bir sesle, çocukların İsa'nın bedenini yemeleri ve kanını içmeleri üzerine bir ilahi tutturdu. Daha sonra kâseyi bölmenin arkasına götüren papaz, İsa'nın kâsede kalan bütün kanını içip parçalarını yedikten sonra özenle bıyıklarını yaladı, ağzını ve kâseyi silip aynı neşeli ruh hali içinde buzağı derisinden çizmelerinin ince tabanlarını gıcırdatarak, çevik adımlarla bölmenin arkasından çıktı.

Hıristiyan ayininin en önemli kısmı böylece son bulmuş oldu. Ancak papaz zavallı mahkûmları teselli etme arzusuyla, alışıldık hizmetine bir yenisini daha ekledi. Özellikle eklediği bu hizmet de şuydu, papaz, on kadar mumun aydınlattığı, altın kaplama olduğu söylenen, az önce yediği, şu Tanrı timsalinin (siyah yenleri içinde kararmış yüzlü) resmi önünde durmuş, ne şarkı söylemeye, ne de konuşmaya benzeyen, tuhaf, yapmacık bir sesle aşağıdakilerini söylemeye başladı: "Sevgili İsa, havarilerin en şanlısı, benim İsa'm, çilekeşlerin övüncü, her şeye kadir efendimiz, İsa, beni kurtar, kurtarıcı İsa'm, kızıl kanlar içindeki İsa'm, sana akıp geleni kurtar İsa, bana, sana dua eden herkese merhamet et, hepimizin peygamberi İsa, kurtarıcımız İsa, cennetinin nimetlerini bizden esirgeme, insanları seven yüce İsa!"

Buraya gelince durdu, soluk aldı ve haç çıkardı, yerlere kadar eğilerek selam verdi, herkes de aynısını yaptı. Hapishane müdürü, gardiyan, mahkûmlar ve yukardaki özellikle sık sık zincirlerini şıkırdatanlar da selam verdi.

"Meleklerin yaratıcısı ve Tanrı'nın gücü," diye sürdürdü, "en büyük mucize, melekleri hayretler içinde bırakan İsa, güçlülerin güçlüsü İsa, ataların kurtuluşu, tatlıların tatlısı İsa, patriklerin methiyeler düzdüğü, şanlıların şanlısı, hükümdarlara güç veren, hayırlıların en hayırlısı İsa, peygamberlerin en mükemmeli, eşi benzeri olmayan İsa, çilekeşlerin kalesi, her şeye katlanan, keşişlerin sevinci, merhameti, acıması herkesten bol olan İsa, uluların sevinci, oruç tutanların perhizi, tatlıların en tatlısı, azizlerin sevinci, en saf, bakirelerin bakiri, ölümsüz İsa, günahkârların kurtarıcısı İsa, Tanrı'nın oğlu, bana merhamet et," sonunda, "İsa" sözcüğünü gittikçe artan bir ıslık sesi gibi yineleyerek, nihayet durdu. Papaz cübbesinin ipek astarından eliyle tutarak ve bir dizinin üstüne çökerek, yerlere kadar eğilip selam verdi, koro ise son sözleri söylüyordu:

"Tanrı'nın oğlu, İsa, bana merhamet et," mahkûmlar da kafalarının yarısında kalan saçları sallayıp zayıf bacaklarını sıyıran prangalarını şıkırdatarak eğilip kalkıyorlardı.

Bu şekilde epeyce sürdü. Önce "Bana merhamet et" sözcükleriyle biten övgüler, sonra da "Tanrı yücedir" sözüyle biten övgüler söylendi. Mahkûmlar da haç çıkarıyor, selam veriyor ve kendilerini yere atıyorlardı. Başlangıçta her arada selam veren mahkûmlar, sonra bir ara, daha sonra iki ara vererek eğilerek selam vermeye başladılar, ardından bütün övgüler bitip papaz rahatlamış bir şekilde nefes alıp kitabı kapatarak bölmenin arkasına çekilince mahkûmların hepsi çok mutlu oldu. Geriye tek bir şey kalmıştı; papaz büyük masanın üzerinde duran, uçları mine madalyonlu altın kaplama haçı aldı ve kilisenin ortasına çıktı. Papazın yanına öncelikle hapishane müdürü, sonra yardımcısı, daha sonra da gardiyanlar ve birbirlerini ittirerek ve fısıltıyla birbirlerine söverek mahkûmlar geldiler ve saygıyla haçı öptüler. Müdürle konuşan papaz, haçı ve elini yanına gelen mahkûmların ağzına, bazen de burunlarına sokuyor, mahkûmlar yine de haçı ve papazın elini öpmeye çalışıyorlardı. Böylelikle yolunu şaşırmış kardeşlerin nasihatlerle tesellisi için yapılan Hıristiyan ayini sona ermiş oldu.

XL

Üstelik, papazın türlü türlü tuhaf sözlerle överek, adını sayısız kez ıslık çalar gibi yinelediği İsa'nın, bizzat özellikle burada yapılan her şeyi yasakladığı, yalnızca yol gösterici papazların ekmek ve şarap üzerinden yaptıkları böyle anlamsız laf kalabalığını ve küstahça büyücülüğü yasaklamakla kalmadığı, aynı zamanda açıkça, bazı insanları başka insanların yol göstericisi olarak adlandırmayı, tapınaklarda dua etmeyi yasakladığı ve herkese yalnız başına ibadet etmeyi buyurduğu, tapınakları yıkmaya geldiğini ve tapınaklarda değil, ruhunda ve gerçek anlamda ibadet etmek gerektiğini söyleyerek onları yasakladığı, en önemlisi de, bırakın burada yapıldığı gibi insanları yargılayıp hapse tıkmayı, eziyet etmeyi, aşağılamayı ve öldürmeyi, tutsakları özgürlüğüne kavuşturmaya geldiğini söyleyerek, insanlara yapılan her türlü zorbalığı yasakladığı, orada bulunanlardan papaz ve hapishane müdüründen tutun da Maslova'ya kadar hiç kimsenin aklına gelmiyordu. Orada bulunanlardan hiç kimsenin aklına, İsa'nın adı kullanılarak yapılan tüm bu şeylerin büyük bir büyücülük olduğu ve onunla alay etmekten öte gitmediğini gelmiyordu. Papazın getirip insanlara öptürdüğü bu uçları mineli madalyonlu haçın, şimdi İsa'nın adını kullanarak burada yapılan şeyleri asıl yasakladığı için gerildiği çarmıhın simgesinden başka bir şey olmadığı hiç kimsenin aklına gelmiyordu. Ekmek ve şarap görüntüsünde İsa'nın bedenini yediklerini ve kanını içtiklerini sanan bu papazların, bir parçacık şaraplı ekmekle, İsa'nın kendini özdeşleştirdiği bu "küçükleri" yalnızca aldatmakla kalmayıp aynı zamanda büyük iyilikten yoksun bırakarak ve en acımasız işkencelere uğratarak, İsa'nın onlara getirdiği iyiliğin müjdesini insanlardan saklayarak, gerçekten onun bedenini yedikleri ve kanını içtikleri kimsenin aklına gelmiyordu.

Papaz yaptığı her şeyi büyük bir huzurla yapıyordu, zira çocukluğundan beri ona, önceden yaşamış bütün azizlerin ve şimdi de dini ve siyasi otoritenin inandığı, biricik gerçek dinin bu olduğu öğretilmişti. Ekmekten beden olduğuna, insanın yararına birçok söz söylemek gerektiğine ya da gerçekten İsa'nın bedeninden bir parça yediğine inanmıyordu, buna inanmak olası değildi, yalnızca bu dine inanmak gerektiğine inanıyordu. Onu bu dine inandıran başlıca şey ise, on sekiz yıldır bu dinin taleplerini karşılayarak, ailesini geçindirdiği, oğlunu lisede, kızını din okulunda okuttuğu parayı kazanmasıydı. Aynı şekilde papaz çömezi de inanıyordu, üstelik papazdan daha çok, bu dindeki dogmaların içeriğini tamamen unuttuğu halde, bildiği tek şey; gösterdiği sıcaklığın, cenaze dualarının, harcadığı saatlerin, sıradan duaların ve İsa'yı göklere çıkaran ilahilerin, bütün bunların, gerçek Hıristiyanlarca seve seve ödenen belirlenmiş bir bedeli olduğuydu ve aynı odun, un, patates satan insanların kendinden emin ve huzur içinde yapmak zorunda oldukları gibi "merhamet et, merhamet et," diye bağırarak, ilahi söyleyip dualar okuması gerektiğiydi. Hapishane müdürü ve gardiyanlar da, bu dinin dogmalarının neler olduğunu, kilisede olan biten bütün bu şeylerin ne anlama geldiğini asla bilmemelerine ve buna kafa yormamalarına karşın, kesinlikle bu dine inanmak gerektiği için inanıyorlardı, zira amirleri hatta çar bile ona inanıyordu. Bunun dışında belli belirsiz olsa da (bunun nasıl olduğunu asla açıklayamazlardı) bu dinin onların acımasız görevlerini haklı çıkardığını hissediyorlardı. Bu din olmasaydı, bırakın işlerinin çok daha zor hal almasını, aynı zamanda, ihtimal ki, şu anda büyük bir iç huzurla yaptıkları gibi güçlerini insanlara eziyet etmek için kullanamazlardı. Müdür öyle iyi yürekli bir adamdı ki, bu dinden destek bulmasaydı, asla böyle yaşayamazdı. Bundan dolayı da kıpırdamadan, dimdik durmuş, özenle selam verip haç çıkarmış, "Kerubiler" okunurken duygulanmış, çocuklara şaraplı ekmek yedirirlerken öne çıkmış ve şaraplı ekmek yedirdikleri çocuğu kendi elleriyle kaldırıp onu bir süre tutmuştu.

Mahkûmların çoğu, aralarında bu dinin insanlar üzerinde yarattığı bütün kandırmacayı açıkça gören ve onunla dalga geçen birkaçının dışında çoğu, bu altın yaldızlı ikonalarda, mumlarda, kâselerde, papaz cüppelerinde, haçlarda, "tatlıların tatlısı İsa," "merhamet et," diyerek yinelenen anlamsız sözlerde, hem bu, hem öteki dünyada büyük bir rahatlık elde etmelerini sağlayacak gizli bir güç bulunduğuna inanıyorlardı. Çoğu birkaç kez bu dünyada rahatlık elde etmek için dualardan, ibadetlerden, mumlardan yararlanmayı denemiş ve bir şey elde edememiş olmalarına karşın, – duaları boşa gitmişti – her biri bunun bir şanssızlık olduğuna, bilim insanlarınca ve metropolitlerce onanan bu kurumun bu dünya için olmasa bile, yine de öbür dünya için çok önemli ve gerekli olduğuna kuvvetle inanıyorlardı.

Maslova da böyle olduğuna inanıyordu. O da diğerleri

gibi, ibadet ederken saygı ve can sıkıntısı karışımı bir duygu içindeydi. Önce bölmenin gerisinde kalabalığın ortasında duruyor ve arkadaşlarından başka kimseyi göremiyordu, tören için kadınlar öne doğru hareketlenince Maslova da Fedosya ile birlikte ilerledi ve müdürü, müdürün arkasında gardiyanların arasında duran, açık beyaz sakallı, kumral saçlı bir köylü olan, Fedosya'nın kocasını gördü. Gözlerini dikmiş, karısına bakıyordu. Maslova ayin sırasında, onu inceleyip Fedosya ile fısıldaşıp durdu, herkes haç çıkarıp selam verince o da aynı şeyleri yaptı.

XLI

Nehlüdov evden erken çıktı. Sokakta bir köylü, arabayla gidiyor ve tuhaf bir sesle "Süt, süt, süt!" diye bağırıyordu.

Bir gün önce ilk ılık bahar yağmuru yağmıştı. Kaldırım taşlarının olmadığı her yeri, birden yeşil otlar bürümüştü; bahçelerdeki akağaçlar yeşile çalmış, kuşkirazı ve kavak ağaçları kokulu, uzun yapraklarını doğrultmuşlardı, evlerde ve dükkânlarda pencerelerin dış çerçevelerini çıkarıp içini dışını siliyorlardı. Nehlüdov'un, yanından geçtiği bitpazarında, sıra sıra dizilmiş çadırların çevresinde ardı arkası kesilmeyen bir kalabalık kaynaşıyor, hırpani kılıklı insanlar, koltuk altlarında çizmeler ve omuzlarının üzerine attıkları ütülü pantolonlar ve yelekle dolaşıyorlardı.

Çalıştıkları fabrikalarından kurtulan, tertemiz paltolar ve cilalı çizmeler içinde erkekler, başlarında göz alıcı, ipekli başörtüleri ve boncuk işlemeli mantolarıyla kadınlar çoktan meyhanelerin önüne yığılmışlardı. Sarı şeritli tabancalarıyla polisler, kendilerini ezici can sıkıntısından kurtarabilecek bir kargaşa gözleyerek dikiliyorlardı. Bulvarlardaki yürüme yollarında ve henüz yeni yeşile bürünen çimenlerin üzerinde çocuklar ve köpekler koşup oynuyor, neşe içindeki dadılar banklarda oturmuş kendi aralarında laflıyorlardı.

Orta kısımları kurumuş, gölgede kalan sol tarafları hâlâ serin ve ıslak sokaklarda, taş döşeli yollarda, hiç durmaksızın, beygirlerin çektiği ağır yük arabaları gümbürdüyor, faytonlar zangırdıyor, atlı tramvaylar çanlarıyla ortalığı çınlatıyordu. Hava, dört bir taraftan yayılan ses cümbüşünden ve halkı şu anda aynısı hapishanedeki gibi ibadete çağıran çanların uğultusundan titriyordu. İki dirhem bir çekirdek insanların her biri kendi ibadethanelerine gidiyorlardı.

Arabacı Nehlüdov'u hapishaneye değil, oraya giden dönemece kadar götürdü.

Çoğu, ellerinde bohçalarla, erkekli kadınlı birkaç kişi hapishaneye giden bu dönemeçte, ondan yüz adım kadar ötede durmuş, bekleşiyorlardı. Sağ tarafta alçak, ahşap yapılar, solda üzerinde bir tabela bulunan iki katlı bir bina vardı. Hapishanenin kocaman taş binası ilerideydi ve ziyaretçileri oraya bırakmıyorlardı. Silahlı bir nöbetçi bir ileri bir geri dolaşıyor ve geçmek isteyenlere sert bir şekilde bağırıyordu.

Sağ taraftaki ahşap yapıların girişinde, nöbetçinin karşısındaki sırada, sırmalı üniforması içinde bir gardiyan elinde not defteriyle oturuyordu. Ziyaretçiler onun yanına gidip, görmek istediklerinin adını söylüyor, o da not ediyordu. Nehlüdov da onun yanına gidip Katerina Maslova'yı görmek istediğini söyledi. Sırmalı gardiyan not etti.

Nehlüdov "Neden hâla bırakmıyorlar?" diye sordu.

"Ayin devam ediyor. Bitince bırakırlar." Nehlüdov bekleşen kalabalığa doğru yürüdü. Üstü başı perişan, şapkası buruş buruş, yırtık ayakkabıları içinde adeta yalın ayak, yüzü hepten pancar kesilmiş bir adam kalabalığın arasından çıkıp hapishaneye doğru yönlendi.

Silahlı nöbetçi "Hey sen, nereye gidiyorsun?" diye bağırdı.

Hırpani kılıklı adam hiç sıkılmadan, nöbetçinin haykırışına "Ne diye bas bas bağırıyorsun?" diye yanıt verdi ve geri döndü. "Bırakmazsan bırakma, ben de beklerim. Öyle bağırıyor ki, sanki yeneral."

Kalabalığın içinde onaylayan gülüşmeler yükseldi. Ziyaretçilerin büyük bir kısmı kötü giyimli, hatta hırpani kılıklı ama görünüşe göre görgülü insanlardı. Nehlüdov'un yanında, elinde besbelli bir çamaşır bohçasıyla, iyi giyimli, sinek kaydı tıraşlı, kırmızı yüzlü, şişman bir adam duruyordu. Nehlüdov ona, buraya ilk gelişiniz mi, diye sordu. Bohçalı adam, her pazar burada olduğu yanıtını verdi ve konuşmaya başladılar. Adam bir bankada kapıcıydı, sahtekârlıktan hükümlü, erkek kardeşini görmeye gelmişti. İyi yürekli bu adam Nehlüdov'a bütün olan biteni anlattı ve tam onun hikâyesini soracaktı ki, o sırada iri, safkan, karayağız bir atın çektiği, lastik tekerlekli bir arabanın üzerinde gelen bir öğrenciyle, yüzü peçeli bir kadın dikkatlerini çekti. Öğrencinin kucağında büyük bir bohça vardı. Nehlüdov'a yaklaşıp getirdiği ekmekleri sadaka olarak verip veremeyeceğini ve bunun için ne yapması gerektiğini sordu.

"Bunu nişanlım istediği için yapıyorum. Bu benim nişanlım. Ailesi bize bunları mahkûmlara götürmemizi öğütledi."

Nehlüdov sağ tarafta elinde defterle oturan, sırmalı gardiyanı göstererek "Ben de buraya ilk kez geldim, bilmiyorum ama sanırım şu adama sormak lazım," dedi.

Nehlüdov tam öğrenciyle konuşurken ortasında küçük pencereler olan, hapishanenin kocaman demir kapıları açıldı ve başka bir gardiyanla birlikte üniformalı bir subay çıktı, elinde defter olan gardiyan, ziyaretçilere görüşün açıldığını bildirdi. Nöbetçi bir kenara çekildi ve ziyaretçilerin hepsi gecikmekten korkuyormuş gibi hızlı adımlarla, kimisi koşturarak, hapishanenin kapısına atıldı. Kapıda ziyaretçiler yanından geçtikçe onları sayan bir gardiyan duruyordu, yüksek sesle "On altı, on yedi..." diyordu. Binanın içindeki bir başka gardiyan, çıkışta sayıyı kontrol etmek, tek bir ziyaretçinin hapishanede kalmaması ve tek bir hükümlüyü kaçırmamak için bir sonraki kapıdan geçenlere eliyle tek tek dokunarak, aynı şekilde sayıyordu. Sayım yapan gardiyan kimin geçtiğine dikkat etmeden, eliyle Nehlüdov'un sırtına dokundu ve ilk anda gardiyanın elinin bu dokunuşu Nehlüdov'un ağırına gitti ama hemen buraya neden geldiğini anımsayarak, hissettiği incinme ve hoşnutsuzluktan utanç duydu.

Kapının ardındaki ilk oda, kemerli ve küçük pencereleri demir parmaklıklı, büyük bir odaydı. Nehlüdov, bekleme odası denilen bu odada, duvardaki nişte, orada görmeyi hiç ummadığı, İsa'nın çarmıha gerilmiş büyük bir tasvirini gördü.

Elinde olmadan hayalindeki İsa'yı hapse tıkılmışlarla değil, özgür insanlarla bağdaştırdığı için "Burada ne işi var?" diye aklından geçirdi.

Acele eden ziyaretçilerin önüne geçmesine izin vererek, buraya kapatılmış ağır suçlular karşısında korkuyla karışık duygular içinde, dünkü çocuk ve Katyuşa gibi burada olmak zorunda bırakılan, masum insanlara acıyarak, yapması gereken görüşme öncesi çekingenlik ve duyarlılıkla, ağır adımlarla yürüyordu. Birinci odanın diğer ucundaki çıkışta gardiyan bir şeyler söylüyordu. Ancak kendi düşüncelerine gömülen Nehlüdov bunu fark etmedi ve gitmesi gereken kadınlar bölümüne değil de, ziyaretçilerinin çoğunun gittiği, erkekler bölümüne doğru yürümeye devam etti.

Acele edenlere önüne geçmeleri için izin verip, görüşme odası denen yere en son girdi. Kapıyı açıp bu odaya girer girmez sağır edici bir uğultuya dönüşen yüzlerce bağırış sesi onu bozguna uğrattı. Nehlüdov ancak, aynı şekere üşüşen sinekler gibi, odayı ikiye bölen tel örgüye yapışmış insanlara iyice yaklaşınca olayı fark etti. Arka duvarda pencereleri olan oda bir değil, iki tel örgüyle, yerden tavana kadar ikiye bölünmüştü. Tel örgülerin arasında gardiyanlar yürüyordu. Tel örgülerin bir tarafında mahkûmlar, diğer tarafında ise ziyaretçiler duruyordu. Birbirleri aralarında iki tel örgü ve üç arşın genişliğinde bir mesafe vardı, bırakın bir şeyler vermeyi, karşısındakinin yüzünü görmek, özellikle miyoplar için olanaksızdı. Konuşmak da çok güçtü, sesini duyurmak için avazın çıktığı kadar bağırmak gerekiyordu. Birbirlerini görmek ve bir şeyler söyleyebilmek için kadınların, kocaların, babaların, annelerin, çocukların yüzleri iki taraftan tel örgülere yapışmıştı. Ancak her biri karşısındakinin onu duymasına gayret ettiği, yanındakiler de aynı şeyi istediği için sesleri birbirine karışıyor, her biri diğerini bastırmaya çalışıyordu. Nehlüdov odaya girer girmez onu bozguna uğratan, bağırışlarla kesilen o uğultunun nedeni buydu. Konuşulanları hiçbir şekilde anlama olanağı yoktu. Neler konuşulduğu ve konuşanların arasında nasıl bir ilişki olduğu hakkında ancak yüzlere bakarak fikir sahibi olunabilirdi. Nehlüdov'un hemen yanı başında, tel örgüye sokulmuş başörtülü ihtiyar bir kadın, titreyen çenesiyle, başının yarısı tıraşlı, soluk yüzlü bir delikanlıya bağırarak bir şeyler söylüyordu. Tutuklu, kaşlarını kaldırmış, alnını buruşturmuş, dikkatle onu dinliyordu. İhtiyar kadının yanında, kısa paltolu, genç bir adam, ellerini kulağına koymuş, başını sallayarak, onunla konuşan, kendisine benzeyen bitkin yüzlü, sakalı ağarmış bir tutukluyu dinliyordu. Az ötede hırpani kılıklı biri elini sallayarak, bir şeyler haykırıyor ve gülüyordu. Onun hemen yanında, güzel, yün bir atkıya sarınmış, bebekli bir kadın yerde hıçkıra hıçkıra ağlıyordu, anlaşıldığı kadarıyla, diğer taraftaki hükümlü ceketi içinde, kafası kazınmış, prangalı, ak saçlı adamı bu halde ilk kez görüyordu. Nehlüdov'un konuştuğu kapıcı, bu kadının üzerinden, diğer taraftaki gözleri parıldayan, dazlak kafalı bir tutukluya var gücüyle bağırıyordu. Nehlüdov bu koşullarda konuşmak zorunda olduğunu anlayınca, bu işi düzene sokup gözetebilecek insanlara karşı içinde bir öfke kabardı. Burada onu asıl şaşırtan, böylesine korkunç ve küçümseyici bir durumun kimseyi incitmiyor olmasıydı. Askerler de, müdür de, ziyaretçiler de, mahkûmlar da, bütün bunları, sanki böyle olmak zorunda olduğunu kabullenmiş gibi yapıyorlardı.

Nehlüdov tuhaf bir can sıkıntısıyla, güçsüzlüğünün ve tüm dünya ile aykırı düştüğünün bilinciyle bu odada beş dakika kadar kaldı; gemi sarsıntısı geçirmiş gibi, ahlak anlayışıyla ilgili bir mide bulantısı içini kapladı.

XLII

Nehlüdov kendini yüreklendirerek "Yine de, yapmaya geldiğim şeyi yapmalıyım," dedi, "nasıl olacaksa."

Gözleriyle bir yetkili aramaya koyuldu ve kısa boylu, zayıf, bıyıklı, subay apoletli bir adamı görerek onun yanına gitti. Özellikle, yapmacık bir incelikle "Saygıdeğer beyefendi, lütfen söyler misiniz," dedi, "kadınlar nerede tutuluyor ve onlarla görüşmeye nerede izin veriliyor?"

"Kadın görüş yerini mi soruyorsunuz?"

Nehlüdov aynı yapmacık nezaketle "Evet, mahkûm kadınlardan birini görmek istiyordum da," diye yanıt verdi.

"Bekleme salonunda söyleseydiniz ya. Kimi görecektiniz?"

"Yekaterina Maslova'yı görmek istiyorum."

Müdür yardımcısı "Siyasi suçlu mu?" diye sordu.

"Hayır, sadece..."

"Peki, hükümlü mü?"

Nehlüdov ona ilgi gösteriyormuş gibi gelen müdürün keyfini kaçırmaktan korkarak, yumuşak bir tavırla "Evet, hüküm giyeli üç gün oldu," diye yanıt verdi.

Müdür, Nehlüdov'un dış görünüşüne bakıp onu dikkate değer bulmuş olacak ki, "O halde, kadınlar bölümüne gitmelisiniz, bu taraftan lütfen," dedi.

Göğsü madalyalarla dolu, bıyıklı bir çavuşa dönüp "Sidorov, beyefendiyi kadınlar bölümüne götür," diye ekledi.

"Emredersiniz efendim."

O sırada parmaklıkların dibinden, birisinin yürek parçalayıcı hıçkırıkları duyuldu.

Her şey Nehlüdov'un tuhafına gidiyordu, ama en tuhaf gelen şey, burada bütün acımasız işleri yapan insanlara, müdüre, gardiyana karşı kendini borçlu hissetmesi ve teşekkür etmek zorunda kalmasıydı.

Gardiyan, Nehlüdov'u erkek ziyaretçi bölümünden koridora çıkarıp hemen tam karşıdaki kapıyı açarak onu kadın görüş odasına soktu.

Bu oda da aynı erkeklerinki gibi iki tel örgüyle üçe bölünmüştü, ama çok daha küçük görünüyordu ve ziyaretçisi de, mahkûmu da daha azdı, ne var ki haykırışlar ve uğultu aynı yoğunluktaydı. Tel örgülerin arasında aynı oradaki gibi yetkililer dolaşıyordu. Buradaki yetkili de, üzerine kolları sırmalı, kenarları mavi kürk şeritli bir üniforma giymiş ve aynı erkek gardiyanlar gibi kuşaklı bir kadın gardiyandı ve tıpkı erkekler bölümünde olduğu gibi insanlar tel örgülere yapışmışlardı: Bu tarafta çeşit çeşit giysiler içinde kent sakinleri, diğer tarafta bir kısmı beyaz, bir kısmı kendi giysileri içinde tutuklular. Tüm tel örgü, insanlarla kaplıydı. Bazıları işitilir olabilmek için parmak uçlarına basarak başkalarının başlarının üzerinden yükseliyorlar, diğerleri yere oturmuş konuşuyorlardı.

Bütün kadın mahkûmların arasında en çok dikkat çekeni, şaşırtıcı çığlığı ve kıvırcık saçlarından sıyrılmış başörtülü görüntüsüyle, neredeyse odanın tam ortasında, bölmenin diğer tarafındaki sütunun yanında durmuş ve hızlı hareketlerle, cansız bir sesle, kuşağını sıkıca kuşanmış, mavi redingotlu bir çingeneye bağırarak konuşan killi, zayıf bir çingeneydi. Çingenenin yanında, yere bir asker oturmuş başka bir mahkûm kadınla konuşuyordu, ondan sonra, gözyaşlarını güçlükle tuttuğu belli, sarı sakallı, çarıklı, yüzü kıpkırmızı kesilmiş, genç bir köylü tel örgüye sokulmuş dikiliyordu. Sarışın, hoş bir mahkûm kadın, parıldayan, masmavi gözlerini dikmiş, onunla konuşuyordu. Bunlar Fedosya ve kocasıydı. Hemen yanlarında ablak suratlı, perişan bir kadınla konuşan hırpani kılıklı bir adam vardı; daha sonra, her birinin karşısında birer mahkûm kadın bulunan iki kadın, bir adam, yine bir kadın sıralanıyordu. Masolva aralarında yoktu. Ancak diğer tarafta, mahkûmların gerisinde bekleyen bir kadın daha vardı ve Nehlüdov hemen o olduğunu anladı ve yüreğinin yerinden çıkacakmış gibi çarptığını ve soluğunun kesildiğini hissetti. Beklenen an gelip çatmıştı. Tel örgüye yaklaşınca onu tanıdı. Maslova, mavi gözlü Fedosya'nın arkasında durmuş, gülümseyerek, onun söylediklerini dinliyordu. Üzerinde üç gün önce giydiği hapishane mantosu yerine, beli kemerle iyice sıkılı ve göğüslerini daha da kabartan beyaz bir bluz vardı.

Başörtüsünün altından, aynı mahkemedeki gibi kıvırcık kara saçları görünüyordu.

"Şimdi belli olacak," diye aklından geçirdi. "Onu çağırmalı mıyım? Yoksa kendisi mi gelir?"

Ancak Maslova kendisi yanaşmıyordu. Klara'yı bekliyor ve bu adamın kendisi için geldiğini aklının ucuna bile getirmiyordu.

Tel örgülerin arasında dolanan kadın gardiyan, Nehlüdov'un yanına gelerek "Siz kimi göreceksiniz?" diye sordu.

Nehlüdov güçlükle "Yekaterina Maslova'yı," diyebildi.

Kadın gardiyan "Maslova, sana," diye bağırdı.

XLIII

Maslova başını çevirip baktı ve başını kaldırıp göğsünü önüne çıkararak, kendine özgü, Nehlüdov'un da bildiği o hazır ifadesiyle, iki mahkûmun arasına sokularak parmaklığa yanaştı ve onu tanımayarak, şaşkın, soru dolu bakışlarını Nehlüdov'a dikti.

Ancak, üzerindeki giysiden onu varlıklı bir adam kabul ederek, gülümsedi.

Gülümseyen, şehla gözleriyle yüzünü parmaklığa yakınlaştırarak "Bana mı geldiniz?" diye sordu.

"Görmek istemiştim..." Nehlüdov, sen ya da siz deme konusunda kararsız kaldı ve siz demeye karar verdi. Her zamankinden daha alçak sesle "Sizi görmek istemiştim... Ben..."

Yanındaki hırpani kılıklı adam "Beni lakırtıya tutup durma," diye haykırdı. "Aldın mı, almadın mı?"

Diğer taraftan biri "Sana adam ölüyor diyorlar, daha diyecek var mı?" diye haykırdı.

Maslova, Nehlüdov'un söylediklerini duyamadı ama konuştuğu anda yüzünün aldığı ifadede tanıdık bir şeyler gördü, ne var ki kendine inanamadı. Yine de, yüzündeki gülümseme silindi ve alnı acıyla kırıştı.

Gözlerini kısarak ve alnını iyice kırıştırarak "Söylediğiniz duyulmuyor," diye bağırdı.

"Ben şey için gelmiştim..."

"Yapmam gerekeni yapıyorum, itiraf ediyorum," diye düşündü Nehlüdov ve tam aklından bu düşünce geçerken gözleri doldu, boğazı düğümlendi ve parmaklarıyla parmaklığa yapışıp hıçkırıklara boğulmamak için kendini güçlükle tutarak, sustu.

Bölmenin bir tarafından biri "Üstüne vazife olmayan işe ne karışıyorsun, diyorum..." diye bağırdı.

Diğer taraftan mahkûm bir kadın "Tanrı seni inandırsın, bilmiyorum," diye bağırıyordu.

Maslova, Nehlüdov'un heyecan içindeki halini görünce onu tanıdı.

Ona bakmadan "Benzettim ama çıkaramıyorum," diye bağırdı ve ansızın kıpkırmızı kesilen yüzü daha da karardı.

Nehlüdov sesini yükselterek, vurgusuz, ezberlenmiş bir ders gibi "Senden af dilemeye geldim," diye bağırdı.

Bu sözleri haykırınca utandı ve çevresine bakındı. O anda aklına, utanmasının daha iyi olduğu düşüncesi geldi, çünkü bu utançla yaşamak zorundaydı. Bağırarak konuşmasını sürdürdü: "Bağışla beni, sana karşı korkunç bir suç işledim..."

Maslova hareketsiz duruyor ve şehla gözlerini ondan ayırmıyordu.

Nehlüdov daha fazla konuşamadı ve göğsündeki onu sarsan hıçkırıkları bastırmaya çalışarak, parmaklıktan uzaklaştı.

Nehlüdov'a gözle görülür bir şekilde ilgi gösteren ve onu

kadınlar bölümüne yönlendiren müdür, oraya gelip Nehlüdov'u parmaklıktan uzakta görünce, görüşmek istediği kişiyle neden konuşmadığını sordu. Nehlüdov burnunu çekti ve silkinip sakin bir tavır takınmaya çalışarak, yanıt verdi.

"Parmaklıktan konuşamıyorum, hiçbir şey duyulmuyor."

Müdür düşünceli bir hal aldı.

"Peki, o halde, onu bir süreliğine buraya çıkaralım," dedi.

Kadın gardiyana dönerek "Mariya Karlovna," diye seslendi. "Maslova'yı dışarı getirin."

Bir dakika sonra yandaki kapıdan Maslova dışarı çıktı. Nehlüdov'un yanına kadar hafif adımlarla yaklaşıp durdu ve kaşlarını çatarak ona baktı. Kıvırcık, siyah saçları aynı üç gün önceki gibi başörtüsünün altından taşıyordu, yüzü sağlıksız bir biçimde şiş ve solgun görünüyordu, sevimli ve son derece sakin bir hali vardı, yalnızca şişmiş gözkapaklarının altındaki parlak, şehla, kara gözleri pırıl pırıl parıldıyordu.

Müdür "Burada konuşabilirsiniz," dedi ve uzaklaştı.

Nehlüdov duvarın dibinde duran sıraya yanaştı.

Maslova soru dolu bakışlarla müdür yardımcısına baktı ve sonra şaşırmış gibi omuzlarını silkip Nehlüdov'un peşinden sıraya doğru yürüyüp eteklerini toplayarak onun yanına oturdu.

"Beni bağışlamanızın zor olduğunu biliyorum," diyerek söze başladı Nehlüdov ama yeniden gözyaşlarının engel olduğunu hissederek durdu, "her ne kadar geçmişi onarma olanağı olmasa da, şu anda elimden gelen her şeyi yapıyorum. Söyleyin..."

Maslova ona bakıp bakmadığı belli olmayan şehla gözleriyle, sorusuna yanıt vermeden "Beni nasıl buldunuz?» diye sordu.

Nehlüdov onun bambaşka, şu anda çirkin bir hal almış yüzüne bakarak, kendi kendine "Aman Tanrım! Bana yardım et. Ne yapmalıyım, bana yol göster!" dedi.

"Üç gün önce sizi yargılarlarken jüri üyesiydim. Beni fark etmediniz mi?"

"Hayır, fark etmedim. Fark edecek bir halde de değildim. Hem zaten bakmıyordum," dedi.

Yüzünün kıpkırmızı kesildiğini hissederek "Çocuk doğdu mu?" diye sordu.

Maslova gözlerini ondan kaçırıp "Tanrı'ya şükürler olsun ki, o zaman öldü," diyerek, öfkeyle kestirip attı.

"Ne oldu, neden öldü?"

Maslova gözlerini kaldırmadan "Hastaydım, neredeyse ölüyordum," dedi.

"Halalarım sizi nasıl bıraktılar?"

"Bebekli bir oda hizmetçisini kim tutar ki? Fark eder etmez kapının önüne koydular. Ne diyebilirim ki, hiçbir şey anımsamıyorum, her şeyi unuttum. Her şey bitti."

"Hayır, bitmedi. Sizi bu halde bırakıp gidemem. Hiç olmazsa şu anda günahlarımın bedelini ödemek istiyorum."

Maslova "Ödenecek bir bedel yok, olan oldu, hepsi geçmişte kaldı," dedi ve ansızın Nehlüdov'un hiç ummadığı, tatsız bir biçimde, kırıtarak ve acıyla gülümseyerek ona baktı.

Maslova özellikle şimdi, burada onu görmeyi hiç ummuyordu ve bundan dolayı da onun burada oluşu ilk anda onu şaşkına çevirmiş ve asla anımsamadığı şeyleri anımsamaya zorlamıştı. İlk anda, kendisinin sevdiği ve onu seven mükemmel bir delikanlı tarafından önüne serilen duygu ve düşüncelerin yepyeni, harika dünyasını ve sonra bu sihirli mutluluğu izleyen ve bu delikanlı yüzünden yaşadığı bir yığın aşağılama ve eziyete neden olan onun anlaşılmaz acımasızlığını hayal meyal anımsadı. Yüreği sızladı. Ancak bunu kavrayabilecek gücü bulamayınca, şimdi de her zaman yaptığı gibi hareket etmiş, bu anıları uzaklaştırmış ve onları uçarı yaşamın kendine özgü sisiyle örtmeye çalışmıştı. Şimdi de aynen yaptığı buydu. Başlangıçta şu anda önünde oturan adamı, bir zamanlar âşık olduğu o delikanlıyla özdeşleştirmiş ama bunun çok acı verdiğini görerek bundan vazgeçmişti. Şimdi özenle, tertemiz giyinmiş, sakalına kokular sürmüş bu beyefendi artık onun sevdiği Nehlüdov değil, yalnızca lazım olduğunda, kendisi gibi varlıklardan yararlanan ve kendisi gibi varlıkların da kendi çıkarları için kullanmak zorunda kaldıkları o insanlardan biriydi. Bundan dolayı ona kırıtarak gülümsemişti. Ondan nasıl yararlanacağını düşünerek, sustu.

"Her şey bitti," dedi Maslova. "Kürek cezasına mahkûm ettiler."

Bu korkunç sözleri söylerken dudakları titremeye başladı.

Nehlüdov "Sizin suçlu olmadığınızı biliyorum, bundan eminim," dedi.

"Suçlu olmadığımı herkes biliyor. Benden ne biçim hırsız, soyguncu olur ya! Herkes avukata bağlı diyor," diye konuşmasını sürdürdü. "İçeride temyize gitmek gerektiğini söylüyorlar. Ancak çok para alıyorlarmış..."

"Evet, orası öyle," dedi Nehlüdov. "Ben çoktan avukata başvurdum."

Maslova "Ama paraya acımamak lazım," dedi.

"Elimden gelen her şeyi yapacağım."

Bir sessizlik çöktü.

Maslova yeniden aynı şekilde gülümsedi ve birden "Eğer mümkünse sizden biraz para rica edebilir miyim... Çok değil... On ruble yeter, fazlasına gerek yok," dedi.

Nehlüdov mahcup mahcup "Evet, elbette," diyebildi ve elini cüzdanına attı.

Maslova odada bir ileri bir geri dolanan müdüre bakıp:

"Onun yanında vermeyin, uzaklaşınca verirsiniz, yoksa elimden alırlar."

Nehlüdov, müdür arkasını dönünce banknotu çıkardı ama müdür hemen yüzünü onlara çevirdiği için on rubleliği vermeyi başaramadı. Avcunun içinde sıkıştırdı.

Bir zamanlar sevimli, şimdi ise lekeler düşmüş, ablak suratına ve kötü kötü parıltılar saçarak, müdürü ve para sıkılı elini izleyen, kara, şehla gözlerine bakarak "Yazık, bitmiş bir kadın," diye aklından geçirdi ve bir anlığına kararsızlık içinde kaldı.

Yeniden, Nehlüdov'un içinde dün gece yarısı konuşan, o ayartıcı ses, her zaman onu çözmek zorunda kaldığı sorunların içinden çekip çıkarmaya, yapacaklarından ne elde edeceği, ne yararı olacağı sorusuna yönlendirmeye çalışarak, konuşmaya başladı.

Bu ses "Bu kadına bir şey yapamazsın," diyordu, "yalnızca boynuna, başkalarına yararlı olmanı engelleyecek ve seni boğacak bir taş asmış olursun." "Cebinde ne var ne yok ver ve onunla sonsuza dek vedalaş."

Ancak Nehlüdov, şu anda, şimdi, ruhunda önemli bir şey olduğunu, manevi yaşamının o dakikada, en ufak bir çabayla kefelerden birine ya da diğerine ağırlık vereceği, adeta hassas bir terazi üzerinde durduğunu hissediyordu. Dün, içinde hissettiği Tanrıyı çağırarak bu çabayı gerçekleştirdi ve içindeki Tanrı hemen düşüncesini söyledi. O da hemen orada Katyuşa'ya her şeyi söylemeye karar verdi.

"Katyuşa!"

Birdenbire "sen" demeye başlayarak "Senden af dilemeye geldim ama beni bağışladın mı, yoksa günün birinde mi bağışlayacaksın söylemedin," dedi.

Katyuşa onu dinlemiyor, bir onun eline, bir müdüre bakıyordu. Müdür arkasını dönünce, hızla Nehlüdov'un eline uzanıp banknotu kaptı ve kemerine soktu.

Nehlüdov'un hissettiği kadarıyla, küçümser bir tavırla gülümseyerek "Söyledikleriniz çok tuhaf," dedi.

Nehlüdov onda, Katyuşa'nın yüreğine dokunmasına engel olan, şu anda içinde bulunduğu hali savunan, kendisine karşı doğrudan düşmanca bir şey olduğunu hissediyordu.

Ancak işin şaşırtıcı yanı, bu şey bırakın onu Katyuşa'dan uzaklaştırmayı, kendine özgü, yeni bir kuvvetle ona doğru çekiyordu. Onu ruhsal açıdan uyandırması gerektiğini, bunun korkunç derecede zor olduğunu hissediyordu, ancak onu asıl bu zorluk çekiyordu. Şimdi ona karşı, daha önce ne ona ne de bir başkasına karşı hiçbir zaman duymadığı, içinde kişisel hiçbir şeyin olmadığı bir duygu besliyordu: Kendisi için ondan hiçbir şey istemiyordu, istediği tek şey, şu anki halinden vazgeçmesi ve daha önce nasılsa öyle olmasıydı.

"Katyuşa, neden böyle konuşuyorsun? Seni ne de olsa tanıyorum, ta Panovo'daki halini anımsıyorum..."

Katyuşa soğuk bir tavırla "Geçmişi anımsamanın ne yararı var ki..." dedi.

"Hatalarımı düzeltmek, günahlarımın bedelini ödemek istediğim için anımsıyorum, Katyuşa," diyerek söze başladı ve onunla evleneceğini de söylemek istiyordu ama bakışlarıyla karşılaştı ve onlarda öyle korkunç ve kaba, itici şeyler okudu ki, konuşmasını tamamlayamadı.

O sırada ziyaretçiler gitmeye başladılar. Müdür, Nehlüdov'un yanına gelip görüşün bittiğini söyledi. Maslova uysal bir biçimde onu götürmelerini bekleyerek, ayağa kalktı.

Nehlüdov "Hoşça kalın, daha size söylemem gereken pek

çok şey var ama sizin de gördüğünüz gibi şu anda olanaksız," diyerek elini uzattı. "Yine geleceğim."

"Sanırım, her şeyi söylediniz..."

Elini verdi ama sıkmadı.

"Hayır, uzun uzun konuşabileceğimiz bir yerde sizinle yine görüşmeye çalışacağım ve o zaman size çok önemli bir şey söyleyeceğim," dedi Nehlüdov.

Katyuşa erkeklere karşı beğenmelerini isteyerek takındığı, o gülümsemeyle "O halde, yine gelin," diye karşılık verdi.

"Siz bana kız kardeşimden daha yakınsınız," dedi Nehlüdov.

Katyuşa "Tuhaf," diye yineledi ve başını sallayarak parmaklığın arkasında kayboldu.

XLIV

Nehlüdov daha ilk görüşmede, Katyuşa'nın onu görüp, kendisine yardım etmek niyetini ve pişman olduğunu öğrenince sevineceğini, duygulanacağını ve yeniden Katyuşa olacağını umuyordu ama Katyuşa'nın değil, onun yerine bir Maslova olduğunu dehşet içinde gördü. Bu durum onu şaşırttı ve korkuttu.

En çok şaşırtan da, Maslova'nın durumundan, mahkûm olarak değil (bundan utanıyordu), fahişe olarak utanmaması, hatta memnun olması ve neredeyse onunla gurur duymasıydı. Bununla birlikte başka türlü de olamazdı. Her insan bir işe tutunabilmek için yaptıklarını kaçınılmaz bir şekilde değerli ve önemli sayar ve bundan dolayı da, insan hangi koşullarda olursa olsun, mutlaka, genel olarak toplumsal yaşamda yaptıklarının kendine değerli ve önemli gözükeceği bir görüş edinir.

Genel olarak, hırsız, katil, casus, fahişe gibi insanların kendi mesleklerini kötü kabul edip utanmaları gerektiği düşünülür. Oysa kesinlikle tam tersi olur. Yazgıları, günah ve yanlışlarıyla malum duruma düşen insanlar, sanki bu durumda hiçbir yanlışlık yokmuş, iyi ve saygın bir durumdalarmış gibi bir görüşe kapılırlar. Bu görüşü desteklemek için de, içgüdüsel olarak, yaşamla ve içindeki konumları ile ilgili edindikleri anlayışı kabul eden bir çevreye tutunurlar. Bu durum konu el çabukluğuyla övünen hırsızlara, ahlaksızlıklarıyla fahişelere, acımasızlıklarıyla katillere gelince bizi şaşırtıyor. Ancak bunun bizi şaşırtmasının tek nedeni, bu insanların çevresinin sınırlı olması ve en önemlisi de, bizim bu çevrenin dışında kalmamızdır. Peki aynı olgu servetiyle övünen, aslında yaptıkları soygunculuk olan zenginlerin, zaferleriyle övünen, aslında yaptıkları cinayet olan komutanların, güçleriyle övünen, aslında yaptıkları zorbalık olan iktidar sahiplerinin arasında yok mu? Biz bu insanlarda kendilerini haklı gösteren, yaşam, iyilik ve kötülük anlayışlarında bir sapıklık görmüyoruz, bunun nedeni de yalnızca, böyle sapık bir anlayışa sahip insan çevresinin çok olması ve bizim de aslında o çevreye ait olmamız.

İşte Maslova'da da, yaşamıyla ve içindeki konumu ile ilgili böyle bir görüş oluşmuştu. Küreğe mahkûm edilmiş bir fahişeydi ama buna bakmaksızın, kendini onaylayan ve hatta içinde bulunduğu durumla ilgili insanlar karşısında gurur duyan bir dünya görüşü edinmişti.

Bu dünya görüşü şöyleydi: Tüm erkeklerin, yaşlısı, genci, liselisi, generali, eğitimlisi, eğitimsizi, ayrımsız bütün erkeklerin asıl menfaati çekici kadınlarla cinsel ilişkiye girmekti, bundan dolayı da bütün erkekler, ne kadar kendilerini başka işlerle uğraşıyorlarmış gibi göstermeye çalışsalar da, aslında istedikleri tek şey buydu. Maslova da onlarla dilediğince oynayacak çekici bir kadın, önemli ve gerekli bir insandı. Tüm geçmiş ve şimdiki yaşamı bu görüşü doğruluyordu.

Geçirdiği on yıl boyunca, nerede olursa olsun, her yerde, Nehlüdov'dan ve polis müdüründen tutun da hapishane gardiyanlarına varıncaya kadar bütün erkeklerin ona muhtaç olduğunu görmüş ve bu erkekler arasında ona muhtaç olmayanına rastlamamıştı. İşte bundan dolayı da ona tüm dünya, onu dört bir taraftan kuşatmış ve her türlü yola, yalana, zora, satın almaya, kurnazlığa başvurarak, onu elde etmeye çalışan, şehvete kapılmış insanlar topluluğu gibi geliyordu.

Maslova için hayatın anlamı buydu ve bu hayat görüşüyle de bırakın çok kötü biri olmayı, tam tersi önemli bir insandı. Maslova da bu hayat görüşüne dünyadaki her şeyden çok daha fazla değer veriyordu, değer vermemezlik de yapamazdı, zira bu hayat görüşünü değiştirirse, içinde yaşadığı çevrenin ona verdiği önemi yitirirdi. Hayattaki önemini yitirmemek için de, içgüdüsel olarak kendisiyle aynı hayat görüşüne sahip insanlardan oluşan bir çevre edinmişti. Nehlüdov'un onu başka bir dünyaya götürmek istediğini hissederek, onun çekmek istediği dünyada, güven ve onur duyduğu şimdiki hayattaki yerini yitireceğini öngörerek ona direniyordu. Aynı nedenden dolayı da ilk gençlik anılarını ve Nehlüdov'la ilk ilişkisini kendinden uzak tutuyordu. Bu anılar onun şu anki dünya görüşüyle uyuşmuyordu ve bunun için de belleğinden tamamen silinmiş, ya da daha doğrusu, belleğinde bir yerde el sürülmeden gizlenmişti, ancak onlara hiçbir şekilde erişilmemesi için adeta arıların, bütün ballarını mahvedebilecek kurtçukların yuvalarını sıvadıkları gibi sıvanmış, kilit altına alınmıştı. Dolayısıyla da şimdiki Nehlüdov, bir zamanlar tertemiz bir aşkla sevdiği o adam değil, yalnızca bütün erkeklerle girdiği, o tip bir ilişkiye girerek kullanabileceği, öyle de yapması gereken zengin bir beyefendiydi.

Nehlüdov kalabalıkla birlikte çıkışa doğru giderken "Hayır, en önemli şeyi söyleyemedim," diye aklından geçiriyordu. "Onunla evleneceğimi söylemedim. Söylemedim ama bunu yapacağım."

Gardiyanlar kapının yanında durmuş, yine, fazla çıkan ve hapishanede kalan olmaması için ziyaretçileri iki elle sayarak dışarı çıkarıyorlardı. Sırtına dokunduklarında bırakın ağırına gitmesini, bunu fark etmedi bile.

XLV

Nehlüdov görünen yaşamında değişiklik yapmak, büyük daireyi vermek, hizmetçi kadına yol verip bir otele yerleşmek istiyordu. Ancak Agrafena Petrovna kışa kadar hayat düzeninde herhangi bir değişiklik yapması için hiçbir neden bulunmadığına onu ikna etmişti, yazın kimsenin eve ihtiyacı yoktu, ayrıca yaşamak ve mobilyalarla diğer eşyaları koymak için bir yer lazımdı. Böylece Nehlüdov'un görünen yaşamını değiştirmek için bütün çabası boşa çıktı. (Öğrenci yaşamı gibi sade bir hayat sürmek istiyordu). Üstelik her şey eskisi gibi kalmış, evde, kürklü ve yünlü eşyaların dövülmesi, havalandırılması, asılması için kapıcı ve yamağının, aşçı kadının ve bizzat Korney'in de katıldığı hummalı bir çalışma başlamıştı. Öncelikle, asla kimsenin kullanmadığı birtakım üniformaları ve tuhaf kürklü eşyaları dışarı çıkarıp ipe seriyorlardı; ardından halıları ve mobilyaları dışarı taşımaya koyuldular ve yamağı ile birlikte kapıcı, kaslı kollarını sıvayıp bu eşyaları gayretle dövmeye giriştiler, bütün odaları naftalin kokusu kaplamıştı. Nehlüdov avluda gezerken ya da pencerelerden bakarken, işe yaramaz ne kadar çok şey olduğuna şaşıyordu. "Bu şeylerin tek görevi ve kullanım alanı Agrafena Petrovna'ya, Korney'e, kapıcı ve onun yamağı ile aşçıya antrenman yaptırmaktan ibaret," diye düşünüyordu.

"Maslova ile ilgili konu çözüme kavuşmadan, şimdi yaşam şeklini değiştirmeye değmez," diye geçirdi aklından Nehlüdov. "Üstelik bu da oldukça zor. Nasıl olsa her şey kendiliğinden değişiyor, serbest bıraktıklarında ya da sürgüne gönderdiklerinde peşinden giderim."

Avukat Fanarin ile sözleştikleri gün Nehlüdov ona gitti. Dev bitkilerle ve pencerelerdeki şaşırtıcı perdeleriyle ve genel olarak enayilerden kolay yolla edinilmiş paralarla alınan, yalnızca birdenbire zenginleşmiş insanlarda görülen pahalı mobilyalarıyla, müstakil evinin görkemli dairesine girerken, bekleme salonunda bekleyen, doktor muayenehanelerindeki gibi, üzerleri mecburen oyalanmak zorunda kaldıkları resimli dergilerle dolu sehpaların yanında, bezgin bir şekilde oturan bir dünya insanla karşılaştı. Hemen orada, yüksekçe bir yazı masasında oturan avukatın kâtibi Nehlüdov'u tanıyarak, yanına gitti ve hemen patrona haber vereceğini söyledi. Ancak kâtip daha kapıya varmadan, kapı kendiliğinden açıldı ve kırmızı yüzlü, pos bıyıklı, yaşlıca, tıknaz, üzerine gıcır bir giysi çekmiş bir adamla, Fanarin'in yüksek ve hararetli sesleri işitildi. Her ikisinin yüzünde de, yeni ama pis bir iş çevirmiş insanların ifadesi vardı.

Fanarin gülümseyerek "Asıl suçlu sizsiniz, beyim," diyordu.

"Gönlüm cennette ama şu yünahlarım olmasa."

"Tabii, tabii, bilmez miyiz."

Her ikisi de yapmacık bir şekilde gülmeye başladılar.

Fanarin, Nehlüdov'u görünce "A, knyaz, buyurun lütfen," dedi ve uğurladığı tüccarı bir kez daha başıyla selamlayarak, Nehlüdov'u ağır mobilyalarla döşeli çalışma ofisine aldı. Nehlüdov'un karşısına oturdu ve önceki davanın başarısının neden olduğu gülümsemeyi bastırıp, "Lütfen, yakın," diyerek, sigara ikram etti.

"Teşekkür ederim, Maslova davasıyla ilgili gelmiştim."

"Evet, evet, şimdi bakarız. Ne para babaları şu keratalar," dedi. "Şu babayiğiti gördünüz mü? On iki milyon papeli var ama 'yünahlarım' diyor. Sizden bir yirmi beş rublelik koparabilmek için elinden geleni ardına koymaz."

Nehlüdov bu arada, ses tonuyla, kendisiyle onun bir tarafta müşterilerle diğerlerinin ise karşı kampta olduklarını göstermeye çalışan bu arsız adamdan belli belirsiz tiksinti duyarak "O, yünahlarım diyor, sen de yirmi beşlik diyorsun," diye aklından geçirdi.

Avukat, Nehlüdov'un işiyle ilgili konuya girmemesini sanki mazur göstermek ister gibi "Anamdan emdiğim sütü burnumdan getirdi, namussuz alçak. Biraz içimi dökmek istedim," dedi. "Hadi bakalım, sizin işe gelelim... Dosyayı dikkatle okudum, Turgenyev'in dediği gibi 'içeriği onaylanmadı', yani sizin bu avukat bozuntusu işe yaramazın tekiymiş, temyize gitmek için bütün fırsatları kaçırmış."

"Peki, siz ne yapmaya karar verdiniz?"

Avukat "Bir dakika. Ona dediğim gibi olacağını söyleyin," dedi o sırada içeri giren kâtibine dönerek. "Canı nasıl isterse, istemezse kalsın."

"Kabul etmiyor."

Avukat "O halde kalsın," dedi ve yüzündeki sevinçli, iyimser ifade ansızın kasvetli ve kötümser bir hal aldı.

Yüzüne yeniden önceki, o hoş ifadeyi takınarak "Bir de

kalkmışlar avukatlar bedavadan para kazanıyor diyorlar," dedi. "Tamamen haksız bir şekilde suçlanan, iflas etmiş birini kurtardım, şimdi hepsi kapımı aşındırıyorlar. Böylesi davaların her biri büyük emeklere mal oluyor. Oysa biz, bir yazarın söylediği gibi dişimizle tırnağımızla kazanıyoruz. Neyse, gelelim sizin, ya da sizi ilgilendiren davaya," diyerek konuşmasını sürdürdü. "Dava kötü görülmüş. Temyize gitmek için esaslı bir neden yok ama yine de başvurulabilir, bakın ben şöyle bir şey yazdım."

Kaleme alınmış bir kâğıdı alıp gereksiz birtakım resmi sözleri yutarak ve özellikle diğer kısımları ciddi bir eda ile telaffuz ederek okumaya başladı:

"Temyiz mahkemesine, vs. vs., aynı şekilde vs., temyiz dilekçesidir. Alınan kararla vs. vs., jüri kararı vs., söz konusu Maslova, ceza kanununun 1454. maddesi gereğince tüccar Smelkov'u zehirlemek suretiyle öldürmekten suçlu bulunmuş vs. vs., kürek cezasına çarptırılmış vs. vs."

Burada durdu, bu işlere çok alışık olmasına karşın, yazdığı dilekçeyi büyük bir keyifle dinlediği çok açıktı.

"Pek çok usul ihlali ve hatalarıyla alınan bu karar," diyerek, dikkatli bir şekilde okumayı sürdürdü. "Değiştirilmelidir. İlki, Smelkov'un iç organlarının tetkikiyle ilgili adli soruşma raporu okunurken daha başından mahkeme reisi tarafından kesilmiştir."

Nehlüdov şaşkınlık içinde "Ama bunun okunmasını savcı istemişti," dedi.

"Fark etmez, savunmanın da aynı şeyi isteme hakkı var."

"Hem zaten çok gereksizdi."

"Yine de bir neden. Devam edelim. İkincisi, Maslova'nın avukatı," diyerek devam etti. "Onun kişiliğini analiz etmek isteğiyle, ahlaki düşüşünün asıl nedenlerine değinirken, sözüm ona, doğrudan davayla ilgisi olmadığı ileri sürülerek konuşması mahkeme reisi tarafından kesilmiştir, bununla birlikte ceza davalarında, senato tarafından defalarca belirtildiği gibi karakter analizi ve genel olarak sanığın ahlaki durumu suçla ilgili doğru bir karar verebilmek için birinci derecede önem taşımaktadır." Nehlüdov'a bakarak, "İki," dedi.

Nehlüdov daha da çok şaşırarak "Evet, öyle kötü konuşuyordu ki, herhangi bir şey anlama olanağı yoktu," dedi.

Fanarin gülerek "Aptalın önde gidenidir, doğru dürüst bir şey de söyleyememiş zaten," dedi. "Ne olursa olsun bir neden. Evet, daha sonra. Üçüncü olarak, mahkeme reisi, ceza muhakemeleri yasasının 801. maddesinin birinci fıkrasının kesin talebinin aksine jüri üyelerine hangi hukuksal öğelerin suç kapsamına girdiğini açıklamamış ve onlara Maslova'nın Smelkov'a zehir verdiğini kanıtlanmış bir olgu kabul edip bu eylemde öldürme niyeti yok diyerek onu suçlu bulmama ve böylece de onu cinayetten değil, yalnızca Maslova için beklenmedik bir şekilde tüccarın ölümüyle sonuçlanan olayda dikkatsiz davranmaktan, suçlu bulma hakları olduğunu söylememiştir. İşte en önemlisi de bu."

"Evet, biz bunu kendimiz anlamalıydık. Bu bizim yanlışımız."

"Sonuncu olarak da, dördüncüsü," diyerek konuşmasını sürdürdü avukat, "mahkemenin Maslova'nın suçlu olup olmadığıyla ilgili sorusuna jüri üyelerinin verdiği yanıt kendi içinde çelişki içermektedir. Maslova, Smelkov'u kasıtlı olarak, kişisel çıkarları uğruna zehirlemekle suçlanıyor, jüri üyeleri ise, sanığın soygun amacı olduğuna ve değerli şeyleri çalmaya katıldığı görüşüne karşı çıkıyor, buradan da anlaşılacağı üzere, hem jüri üyelerinin cinayetin kasten işlendiğini reddetmeleri, hem de mahkeme reisinin son sözlerinin yeterli olmayışının doğurduğu yanlış anlama yüzünden, verdikleri yanıtta bunu gerektiği şekilde ifade edemedikleri, dolayısıyla da jüri üyelerinin bu yanıtı, ceza muhakemeleri yasasının 808 ve 816. maddelerinin uygulanmasını, yani mahkeme reisi tarafından jüri üyelerine yapılan açıklamalar onları yanılttığı için yeni bir toplantı yapılması ve sanığın suçlu olup olmadığı sorusuna yeniden yanıt aranması gerektiği açıkça anlaşılıyor," diye okudu Fanarin.

"O halde mahkeme reisi bunu neden yapmadı?"

Fanarin gülerek "Bunu ben de öğrenmek isterdim," dedi.

"Yani senato hâlâ düzeltebilir mi?"

"Bu o anda orada hangi açgözlülerin olacağına bağlı."

"Açgözlüler de ne demek?"

"Hayır kurumunun açgözlüleri. Neyse biz işimize bakalım. Daha sonra şöyle yazıyoruz: "Böyle bir jüri kararı mahkemeye" diyerek hızla devam etti avukat, "Maslova'yı cinayetten mahkûm etme ve ceza uygulama usulümüzün ana hükmünün açıkça, büyük bir ihlali demek olan, ceza muhakemeleri yasanın 771. maddesinin 3. fıkrasını uygulama hakkı vermiyor." Belirtilen nedenlerden dolayı, vs. vs., ceza muhakemeleri yasanın 909, 910 ve 912. maddenin 2. fıkrası ve 928. maddelerine dayanarak iptalini vs. vs., söz konusu bu davanın yeniden görülmek üzere aynı mahkemenin başka bir dairesine verilmesini rica ediyorum. Evet, efendim, yapılabilecek her şey yapıldı. Ancak dürüst olacağım, başarı şansı az. Bununla birlikte, her şey senato heyetinde kimlerin yer alacağına bağlı. Kolun uzunsa, boş durma."

"Tanıdığım biri var."

"O halde elinizi çabuk tutun, yoksa hepsi hemoroid tedavisine gider, o zaman da üç ay beklemek zorunda kalırız... Bir de başarısızlık durumunda majestelerine başvurulabilir. Tabii bu da yapılacak kulis çalışmasına bağlı. Öyle bir durumda, kulis çalışmasına değil ama dilekçenin hazırlanmasına yardımcı olmaya hazırım."

"Çok teşekkür ederim, peki borcum..."

"Kâtip size temize çekilmiş temyiz dilekçesini verirken söyler."

"Size bir şey daha sormak istiyorum: Savcı bana hapishanede bu kişiyle görüşebilmem için bir izin kâğıdı verdi, ancak bana hapishanede, belirlenen görüş günlerinin ve yerlerinin dışında görüşebilmem için validen de izin almam gerektiğini söylediler. Bu gerekli mi?"

"Sanırım, evet. Ancak şu anda vali yok, yardımcısı vekalet ediyor. O da derdinizi anlatamayacağınız kadar kalın kafalı, aptalın teki."

"Şu Maslennikov mu?"

"Evet."

Nehlüdov "Onu tanıyorum," dedi ve çıkmak üzere ayağa kalktı.

O sırada odaya ufak tefek, korkunç derecede rüküş, karga burunlu, bir deri bir kemik, sarışın, rüküşlüğünden zerre kadar sıkılmadığı anlaşılan bir kadın – avukatın karısıydı – koşar adımlarla odaya daldı. Tuhaf bir kıyafet giymekle kalmamış, bir de üzerine açık sarı ve yeşil renkte, kadife ve ipekten bir şey de sarmıştı, seyrek saçları da kıvır kıvırdı ve yüzü toprak rengi, yakası ipek bir redingot giymiş, beyaz kravatlı, ağzını yayarak sırıtan bir adamla birlikte muzaffer bir edayla bekleme salonuna dalmıştı. Bu bir yazardı. Nehlüdov onu simaen tanıyordu.

Kapıyı açıp "Anatol," dedi, "hadi benimle gel. Semen İvanoviç şiirini okumaya söz verdi, sen de mutlaka Garşin hakkında yazdıklarını okumalısın."

Nehlüdov çıkmak istiyordu ama avukatın karısı kocasıyla

bir şeyler fısıldaşıp hemen ona dönerek "Lütfen knyaz," dedi, "sizi tanıyorum ve takdim edilmeyi gereksiz görüyorum, edebiyat sabahlarımıza gelin. İlginizi çeker. Anatol harika okuyor."

Anotol kollarını açıp gülümseyerek ve karısını gösterip bu tavrıyla insanı böylesine hayran bırakan birini kırmanın olanaksız olduğunu ifade ederek "Görüyorsunuz, bin bir çeşit işle uğraşıyorum," dedi.

Nehlüdov düşünceli, sert bir yüz ifadesi ve büyük bir nezaketle avukatın karısına, davetten onur duyduğunu ifade edip, teşekkür ederek, fırsatı olmadığı için katılamayacağını söyledi ve bekleme salonuna çıktı.

Nehlüdov çıkınca, avukatın karısı "Amma da kendini beğenmiş!" dedi.

Bekleme salonunda kâtip Nehlüdov'a hazırladığı dilekçeyi verdi ve ücreti hakkındaki soruya, Anatoli Petroviç'in bin ruble olarak belirlediğini söyledi ve hemen, aslında bu tip işleri Anatoli Petroviç almıyor, bunu da sizin hatırınız için yapıyor diye ekledi.

Nehlüdov "Dilekçeyi kim imzalayacak?" diye sordu.

"Sanığın kendisi imzalayacak ama zor olacaksa, Anatoli Petroviç de ondan vekaletnâme alarak halleder."

Nehlüdov, Maslova'yı görüş gününden önce göreceği düşüncesiyle sevinerek "Hayır, ben gidip imzalatırım," dedi.

XLVI

Her zamanki saatte hapishanenin koridorlarında gardiyanların düdükleri işitildi, koridorların ve koğuşların kapıları gürültüyle açıldı, çıplak ayakların ve ayakkabı ökçelerinin sesleri işitilmeye başladı, dışkı teknelerini taşıyan mahkûmlar havayı leş gibi kokutarak geçtiler; kadın ve erkek mahkûmlar ellerini yüzlerini yıkayıp yoklama için koridorlara çıktılar, yoklamadan sonra da çay için sıcak su almaya gittiler.

O gün hapishanenin bütün koğuşlarında çay içilirken, dayak cezasına çarptırılacak iki erkek mahkûm hakkında hararetli konuşmalar yapılıyordu. Bu mahkûmlardan biri okuma yazmayı çok iyi bilen, Vasilyev adında genç bir tezgâhtardı. Kıskançlık krizi esnasında sevgilisini öldürmüştü. Koğuş arkadaşları onu neşeli, eli açık ve idareyle ilişkisinde dik durduğu için seviyordu. Yasaları biliyor ve onların uygulanmasını istiyordu. İdaredekiler de bu yüzden onu sevmiyorlardı. Bundan üç hafta kadar önce gardiyan, temizlik işlerine bakan bir mahkûma, yeni üniformasına çorba döktüğü için vurmuştu. Vasilyev de, mahkûmlara vurma hakkı veren bir yasa yok diyerek, bu mahkûma arka çıkmıştı. Gardiyan "Ben sana yasayı gösteririm," diyerek Vasilyev'e sövüp saydı. Vasilyev de ona aynı şekilde karşılık verdi. Gardiyan ona vurmaya kalktı ama Vasilyev onu kolundan yakalayıp üç dakika kadar öylece tuttuktan sonra kolunu bükerek kapıdan dışarı itti. Gardiyan şikâyetçi oldu, müdür de Vasilyev'i hücre hapsine çarptırdı.

Hücreler, kapıları dışarıdan sürgüyle kilitlenen, bir dizi karanlık mahzen odalarıydı. Karanlık, buz gibi hücrede ne yatak, ne masa, ne de sandalye vardı, bu yüzden hücreye tıkılan mahkûm, karanlıkta ekmeği bile koruma olanağı bırakmayan, zeminin ve kendisinin üzerinde bir dünya farenin cirit attığı, pislik içindeki yere oturmak ya da yatmak zorundaydı. Fareler ellerinin altındaki ekmeği yiyorlar ve hatta mahkûmlar hareketsiz kalırlarsa onlara bile saldırıyorlardı. Vasilyev suçlu olmadığını söyleyip hücreye gitmeyi reddetti. Onu zorla götürmek istediler. O da direnmeye çalıştı, iki mahkûm da gardiyanların elinden kurtulması için ona yardım etti. Gardiyanlar toplandılar ve bu arada gücüyle tanınan gardiyan Petrov da onlara katıldı. Mahkûmların canlarını okuyup hücrelere tıktılar. Valiye de hemen isyan benzeri bir şey çıktığı haberini uçurdular. Bunun üzerine, iki elebaşıya, Vasilyev ve serseri Nepomneyaşçiy'e, her birine otuz sopa cezası verildiğini bildiren bir yazı geldi.

Ceza kadın görüş bölümünde uygulanacaktı.

Daha akşamdan hapishanedeki herkesin bundan haberi olmuştu ve koğuşlarda uygulanacak cezayla ilgili hararetli konuşmalar yapılıyordu.

Maslova'nın artık yanından hiç eksik etmediği ve arkadaşlarına cömertçe ikram ettiği içkiden kızaran ve canlanan Korableva, Güzellik, Fedosya ve Maslova kendi köşelerine çekilmiş çay içiyorlar ve aynı konu üzerine konuşuyorlardı.

Korableva, Vasilyev'den bahsederek "Kavgayı o mu çıkardı ki," dedi, sağlam dişleriyle küçük bir şeker parçasını kırarken "o yalnızca arkadaşına arka çıktı. Bunun için şimdi dayak yiyecek."

Üzerinde çaydanlık duran ranzanın karşısındaki bir kütüğe oturmuş, başı, uzun saç örgüleri açıkta duran Fedosya "İyi çocukmuş, diyorlar," diye ekledi.

İstasyon bekçisi kadın Maslova'ya dönerek, "ona" derken Nehlüdov'u kastederek "Ona bir çıtlatsan, Mihaylovna," dedi.

Maslova gülümseyerek ve başını sallayarak "Söylerim. Benim için her şeyi yapar," diye karşılık verdi.

"Kim bilir ne zaman gelir, söylediklerine göre, onları almaya gitmişler bile," dedi Fedosya, içini çekerek "Bu korkunç bir şey," diye ekledi.

İstasyon bekçisi kadın "Bir keresinde bizim oralı bir köylüyü dövdüklerini görmüştüm. Kaynatam beni muhtara göndermişti, gittim, o ise, durmuş..." diye başlayarak uzun hikâyesini anlatmaya koyuldu.

İstasyon bekçisi kadının hikâyesini üst kattaki koridordan gelen ayak ve konuşma sesleri kesti.

Kadınlar seslerini kesip kulak kabarttılar.

"Kahrolası, şeytanlar, sürükleyip götürdüler," dedi Güzellik, "şimdi canına okuyacaklar. Yanlarına bırakmadığı için gardiyanlar ona diş biliyorlar."

Üst katta her şey sessizliğe gömüldü ve istasyon bekçisi kadın, samanlıkta köylüyü döverlerken nasıl korktuğunu, içinin nasıl tir tir titrediğini uzun uzun anlatarak, hikâyesini tamamladı. Güzellik de, bir keresinde Şçeglov'u nasıl kırbaçladıklarını, onun gıkını bile çıkarmadığını anlattı. Daha sonra Fedosya çay bardaklarını topladı, Korabieva ve istasyon bekçisi kadın dikiş dikmeye koyuldular, Maslova da ranzada dizlerine sarılmış, özgürlük özlemiyle canı sıkılarak oturuyordu. Kadın gardiyan onu ziyaretçisiyle görüşmek üzere idareye çağırdığında uykuya dalmak üzereydi.

Maslova, sırlarının yarısı dökülmüş aynanın karşısında başörtüsünü düzeltirken, İhtiyar Menşova "Ona mutlaka bizden bahset, biz kundaklamadık, kendisi yaktı, hain, oradaki bir işçi de gördü; o asla yalan söylemez. Mitri'yi çağırmasını söyle, ona her şeyi bir bir anlatır, şu olana bak, ne olduğunu anlamadan içeri tıktılar, o hain ise başka bir karıyla meyhanelerde gününü gün ediyor," dedi.

Korabliha "Bu adalet değil!" diyerek doğruladı.

Maslova "Söylerim, mutlaka söylerim," diye yanıt verdi. Göz kırparak "Cesaretimi arttırmak için biraz daha mı içsem," dedi.

Korabliha ona yarım bardak daha doldurdu. Maslova bir

dikişte içip ağzını sildi ve oldukça neşeli bir ruh hali içinde, "cesaretimi arttırmak için" diye, söylediği sözleri yineleyip başını sallayarak ve gülümseyerek kadın gardiyanın peşinden koridora çıktı.

XLVII

Nehlüdov çoktandır girişte bekliyordu.

Hapishaneye gelip giriş kapısını çalmış ve nöbetçi gardiyana savcının izin kâğıdını vermişti.

"Kimi görecektiniz?"

"Mahkûm Maslova'yı."

"Şu anda göremezsiniz, müdür meşgul."

Nehlüdov "Ofisinde mi?" diye sordu.

Gardiyan "Hayır, burada, ziyaretçi bölümünde," diye yanıtlarken, Nehlüdov'a sanki biraz mahcup bir edayla söylüyormuş gibi geldi.

"Yoksa şimdi mi kabul ediyorlar?"

"Hayır, özel bir iş," dedi gardiyan.

"Onu nasıl görebilirim?"

"Şimdi çıkarlar, o zaman söylersiniz. Biraz bekleyin."

O sırada yan kapıdan, pırıl pırıl sırmaları, cilalanmış gibi parıldayan yüzü ve sigara kokusu sinmiş bıyıklarıyla kıdemli çavuş çıktı ve sert bir biçimde gardiyana dönerek: "Niye buraya aldınız?.. Ofise götürsenize…" dedi.

Nehlüdov, kıdemli çavuşta açıkça görülen huzursuzluğa şaşırarak "Bana müdürün burada olduğunu söylediler," dedi.

O sırada iç kapı açıldı ve kan ter içinde, kızışmış bir halde Petrov dışarı çıktı. Kıdemli çavuşa dönerek "Bunu unutmaz," dedi.

Kıdemli çavuş gözleriyle Nehlüdov'u işaret etti, bunun üzerine Petrov çenesini kapadı, kaşlarını çatıp arka kapıya gitti.

Nehlüdov "Kim unutmayacak? Hepsi neden bu kadar mahcup? Kıdemli çavuş neden ona göz işareti yaptı?" diye düşünüyordu.

Kıdemli çavuş yeniden Nehlüdov'a dönerek "Burada bekleyemezsiniz, lütfen ofise geçin," dedi ve Nehlüdov tam gidecekken arka kapıdan, astlarından çok daha mahcup bir halde müdür çıktı. Derin bir nefes aldı. Nehlüdov'u görünce, gardiyana dönüp "Fedotov, beşinci koğuştan Maslova'yı ofise getirin," dedi.

Nehlüdov'a dönüp "Buyurun," dedi. Birlikte dik bir merdivenden çıkıp tek pencereli, bir yazı masası ve birkaç sandalye olan küçük bir odaya girdiler. Müdür oturdu.

Nehlüdov'a dönüp kalın bir sigara alırken "Ağır, çok ağır bir görev," dedi.

"Çok yorulmuşsunuz, belli," dedi Nehlüdov.

"Çalışmaktan bıktım, çok zor bir görev. İşleri kolaylaştırmak istiyorsun ama daha da kötüye gidiyor. Yalnızca nasıl sıyrılabilirim, onu düşünüyorum. Zor, çok zor bir görev."

Nehlüdov, müdürün nasıl bir zorluk içinde olduğunu bilmiyordu ama bugün onda biraz farklı, acıma uyandıran, kederli ve karamsar bir ruh hali görüyordu.

Nehlüdov "Evet, çok zor olmalı," dedi. "Bu işi neden sürdürüyorsunuz?"

"Ailemi geçindirecek param yok."

"Ancak sizin için bu kadar zorsa..."

"Bununla birlikte bilin ki, elden geldiğince yararlı oluyor, her şeye karşın durumu hafifletiyorum diyebilirim. Benim yerimde başka biri olsaydı böyle idare etmezdi. Tabii dile kolay, iki binden fazla insan, hem de içlerinde neleri var. Nasıl davranacağını bilmen lazım. Onlar da insan, acıyorsun ama gevşek de davranamazsın."

Müdür kısa süre önce başlarından geçen, mahkûmlar arasında cinayetle sonuçlanan bir kavgayı anlatmaya koyuldu.

Hikâyesi gardiyanın getirdiği Maslova'nın içeri girişiyle kesildi.

Nehlüdov onu kapıda, o henüz müdürü fark etmeden görmüştü. Yüzü kızarmıştı. Gardiyanın peşinden gülümsemesini sürdürüp başını sallayarak, çevik adımlarla yürüyordu. Müdürü görünce korkuyla gözlerini ona dikti ama hemen kendini toparlayıp yine çevik adımlarla ve neşeyle Nehlüdov'a yöneldi.

Gülümseyerek ve bu kez geçen seferki gibi değil, sıkıca Nehlüdov'un elini sıkıp, şarkı söyler gibi sözcüğü uzatarak "Merhaba," dedi.

Onu karşılayan Maslova'nın şu andaki, bu canlı haline biraz şaşıran Nehlüdov "İmzalamanız için size bir dilekçe getirdim," dedi, "Avukat dilekçeyi hazırladı, imzalamanız gerekiyor, sonra da Petersburg'a göndereceğiz."

Maslova bir gözünü kısıp gülerek "İmzalayalım bari. Ne isterseniz..." dedi.

Nehlüdov cebinde katlanmış bir kâğıt çıkardı ve masaya yanaştı.

Müdüre "Burada imzalatabilir miyim?" diye sordu.

"Buraya gel ve otur," dedi müdür, "al bakalım şu kalemi, okuma yazman var mı?"

"Bir zamanlar biliyordum," dedi ve gülerek, eteğini ve bluzunun kollarını düzeltip masanın başına oturdu, küçük, güçlü eliyle kalemi beceriksizce tuttu ve gülmeye başlayarak, başını çevirip Nehlüdov'a baktı.

Nehlüdov ona nereye ne yazması gerektiğini gösterdi.

Maslova kalemi mürekkep hokkasına dikkatle batırıp silkeleyerek, adını yazdı. Sonra bir Nehlüdov'a, bir müdüre bakarak ve kalemi bir mürekkep hokkasına bir kâğıdın üstüne koyarak "Yapmamı istediğiniz başka bir şey?" diye sordu.

Nehlüdov kalemi onun elinden alarak "Benim size söylemek istediğim bir şey var," dedi.

Bir şeyler düşünüyormuş ya da uyumak istiyormuş gibi ciddileşti, aniden "Nedir, söyleyin," dedi.

Müdür kalkıp dışarı çıktı, Nehlüdov onunla baş başa kaldı.

XLVIII

Maslova'yı getiren gardiyan masadan biraz uzakta pencerenin kenarına ilişti. Nehlüdov için, beklediği an gelip çatmıştı. İlk görüşmede en önemli şeyi, onunla evlenmek istediğini ona söylemediği için durmaksızın kendine sitem ediyordu ama şimdi bunu söylemeye kesinlikle karar vermişti. Maslova masanın bir tarafında oturuyordu, Nehlüdov da onun karşısına geçip oturdu. Oda aydınlıktı, Nehlüdov açıkça yakın mesafeden ilk kez onun yüzünü, gözlerinin ve dudaklarının çevresindeki kırışıklıkları ve göz altındaki torbaları gördü ve ona eskisinden çok daha fazla acıdı.

Pencereye yaslanmış duran, favorileri ağarmış, Yahudi'ye benzeyen gardiyanın değil, yalnızca Katyuşa'nın duyabileceği şekilde dirseklerini iyice masaya dayadı ve "Bu dilekçeden bir sonuç çıkmazsa, majestelerine başvuracağız. Elimizden gelen her şeyi yapacağız," dedi.

Katyuşa "İyi bir avukat olsaydı..." diyerek sözünü kesti.

"Benim şu avukat salağın önde gideniydi. Devamlı bana iltifat edip duruyordu," dedi ve gülmeye başladı. O zamanlar sizin tanıdığınız olduğumu bilselerdi, başka türlü olurdu. Şimdi ne oldu? Herkes hırsız olduğumu düşünüyor."

"Bugün ne kadar tuhaf!" diye düşündü Nehlüdov ve aklından geçenleri tam söyleyecekti ki, Katyuşa yeniden konuşmaya başladı.

"Size ne diyeceğim. Bizim koğuşta ihtiyar bir kadıncağız var, biliyor musunuz, herkes şaşıp kalıyor. Öyle harika bir kadın ki, yok yere yatıyor, hem o hem oğlu; herkes suçsuz olduklarını biliyor ama onları kundakçılıktan mahkûm etmişler ve yatıyorlar. Sizinle tanıştığımı duyunca, biliyor musunuz," dedi Maslova başını çevirip Nehlüdov'a bakarak "söyle ona, oğlumu çağırsınlar, oğlum onlara her şeyi anlatır diyor. Soyadları Menşov. Ne dersiniz, bir şeyler yapar mısınız? Bilseniz, öyle harika bir kadın ki, boşu boşuna yattığı gün gibi ortada. Tatlım, bir şeyler yapsanız, dedi," Nehlüdov'a bakarak, gözlerini indirip gülümsedi.

Nehlüdov onun sırnaşık haline gittikçe daha çok şaşarak "Olur, öğrenir, ilgilenirim," dedi. "Ancak ben bizimle ilgili konuşmak istiyorum. Geçen geldiğimde, size ne söylediğimi anımsıyor musunuz?" diye sordu.

Katyuşa gülümsemesine ara vermeden, başını sağa sola çevirerek "O kadar çok konuşmuştunuz ki, ne demiştiniz?" dedi.

"Sizden beni bağışlamanızı istemek için geldim demiştim," dedi.

"Aman, ha bire affet, affet, neye yarar ki... Siz en iyisi..."

"İstediğim şey suçumu telafi etmek," diye konuşmasını sürdürdü Nehlüdov, "ve bunu lafta bırakmak istemiyorum. Sizinle evlenmeye karar verdim."

Katyuşa'nın yüzünde ansızın korku ifadesi belirdi. Ona bakıp bakmadığı belli olmayan şehla gözleri donup kaldı. Öfkeyle kaşlarını çatarak "Bu da nereden çıktı şimdi?" dedi.

"Kendimi Tanrı'nın huzurunda bunu yapmak zorunda hissediyorum."

"Hangi Tanrı'dan söz ediyorsunuz? Ağzınızdan çıkanı kulağınız duyuyor mu? Tanrı'ymış? Hangi Tanrı? Tanrı'yı o zaman düşünecektiniz," dedi Katyuşa ve ağzı açık öylece durdu.

Nehlüdov Katyuşa'nın ağzından yayılan yoğun içki kokusunu yeni hissetmiş ve coşkusunun nedenini anlamıştı.

"Sakin olun," dedi.

Ansızın makineli tüfek gibi "Sakin olacak bir şeyim yok. Beni sarhoş mu sanıyorsunuz? Sarhoşsam sarhoşum ama ne dediğimi biliyorum," dedi ve kıpkırmızı kesildi. "Ben bir kürek mahkûmuyum, bir or.spu, siz bir beyefendi, knyazsınız, benimle elinizi kirletmeye değmez. Kinyaginyalarınıza gidin, benim fiyatım belli, kırmızı bir banknot*."

Nehlüdov tir tir titreyerek, sessizce "Ne kadar acı konuşursanız konuşun, hissettiğim şeyin tarifi yok," dedi, "size karşı ne kadar büyük bir suçluluk hissediyorum, tahmin bile edemezsiniz!..."

Katyuşa öfkeyle "Suçluluk hissediyorum," diyerek onu taklit etti. O zaman suçlu hissetmiyordun, yüz ruble sokuşturmuştun, al, bu senin ücretin der gibi..."

"Biliyorum, biliyorum ama şu anda elimden ne gelir ki?" dedi Nehlüdov. "Artık kararımı verdim, seni, bırakmam," diye yineledi, "söylediğimi yapacağım."

Katyuşa kahkahayı kopararak "Ben de yapamazsın diyorum," dedi.

---

* On rublenin halk arasındaki adı. (Çev. N.)

Nehlüdov elini uzatıp Katyuşa'nın eline dokunarak "Katyuşa!" dedi.

Adeta çıldırmış gibi öfkeyle, elini çekerek "Dokunma bana. Ben bir kürek mahkûmuyum, sen ise bir knyazsın, burada işin yok," diye haykırdı. İçinde biriken bütün her şeyi sayıp dökme telaşıyla "Benim sayemde kurtulmak istiyorsun," diye sürdürdü konuşmasını, "benimle bu hayatın tadını çıkardın, yine benim sayemde öbür dünyayı da kurtarmak istiyorsun! Senden iğreniyorum, gözlüklerinden de, yağlı, pis suratından da iğreniyorum. Defol, defol git!" diye haykırarak, hızla yerinden fırladı.

Gardiyan yanlarına geldi. "Ne diye hırlaşıyorsun! Bu kadar da olmaz..." dedi.

"Bırakın, lütfen," dedi Nehlüdov.

"O da kendine hâkim olsun," dedi gardiyan.

"Tamam, müsaade edin, lütfen," dedi Nehlüdov.

Gardiyan yeniden pencerenin yanına çekildi.

Maslova gözlerini önüne indirip küçücük ellerindeki parmakları kenetleyip sıkarak, yeniden oturdu.

Nehlüdov ne yapacağını bilemez bir halde başında dikiliyordu.

"Bana inanmıyorsun," dedi.

"Evlenmek istediğinize mi, böyle bir şey asla olmayacak. Kendimi asarım daha iyi!"

"Ne olursa olsun sana yardım edeceğim."

"Ne yaparsanız yapın, bu sizin bileceğiniz bir iş. Ancak sizden istediğim hiçbir şey yok. Size doğruyu söylüyorum," dedi. "Ah, o zaman neden ölmedim ki?" diye ekledi ve acıklı gözyaşlarına boğuldu.

Nehlüdov ağzını açamıyor, Katyuşa'nın gözyaşları ona bulaşıyordu.

Gözlerini kaldırıp şaşırmış gibi Nehlüdov'a baktı ve başörtüsüyle yanaklarından süzülen yaşları silmeye koyuldu.

Gardiyan o sırada yeniden yanlarına gelip gitme zamanının geldiğini ikaz etti. Maslova ayağa kalktı.

"Şimdi çok gerginsiniz. Fırsat bulursam, yarın yine gelirim. Siz de düşünün," dedi Nehlüdov.

Katyuşa hiçbir yanıt vermedi ve ona bakmadan, gardiyanın peşinden çıktı.

Maslova koğuşa dönünce Korableva "Hadi bakalım kızım, artık iyisin iyi," dedi, "anlaşılan sana kafayı takmış, hazır başına talih kuşu konmuşken, fırsatı kaçırma. Yardımcı olur. Varlıklı insanların elinden her şey gelir."

İstasyon bekçisi kadın şarkı söyler gibi bir sesle "Dediğin gibi," dedi, "Fakirin gecesi kısa, zengininki uzun olur. Bizim orada, şekerim, saygıdeğer biri vardı, öyle bir şey yaptı ki…"

"Benim konudan bahsettin mi?" diye sordu ihtiyar kadın.

Ancak Maslova arkadaşlarına yanıt vermedi, kendini ranzaya atıp şehla gözlerini bir köşeye dikerek akşama kadar öylece yattı. Ruhunda onu ezen bir koşuşturma vardı. Nehlüdov'un ona söylediği şey, onu acı çektiği, anlamayıp kin bağlayarak, çıkıp gittiği dünyaya çağırıyordu. Yaşadığı o ihmali çoktan unutmuştu, şimdi ise geçmişte olup bitenleri anımsatan pırıl pırıl bir bellekle yaşamak çok canını acıtıyordu. Akşamleyin yeniden içki satın aldı ve arkadaşlarıyla birlikte kafayı çekti.

XLIX

Nehlüdov hapishaneden çıkarken "Şu içine düştüğüm duruma bak," diye düşünüyor ve ancak daha yeni yeni, tam anlamıyla suçunu kavrayabiliyordu. Eğer hatasını onarmaya, bedelini ödemeye kalkmasaydı, ne kendisi asla işlediği suçun, dahası ne de Katyuşa kendisine yapılan bütün bu kötülüğün farkına varacaktı. Ancak şimdi bütün her şey tüm korkunçluğuyla gün ışığına çıkmıştı. Şu anda gözünün önüne getirdiği tek şey, perişan ettiği bu kadındı, Katyuşa da ona yapılanları görmüş, anlamıştı. Önceleri Nehlüdov kendine, duyduğu pişmanlığa hayranlık duyarak kendini oyalamıştı, şimdi ise büyük bir dehşet içindeydi. Artık onu bırakamazdı, bunu hissediyordu, bununla birlikte onunla ilişkisi nereye varacak kestiremiyordu.

Tam hapishanenin çıkışında göğsü haçlar ve madalyalarla dolu bir gardiyan sevimsiz, yaltaklanan bir yüz ifadesiyle Nehlüdov'un yanına gelip gizlice ona bir not verdi.

Nehlüdov'a mektubu verirken "Özel bir kadından zat-ı alinize..." dedi.

"Nasıl özel biri?"

Gardiyan "Okuyunca, anlarsınız. Siyasi bir mahkûm. Onlardan sorumluyum. Benden rica etti. Yasak ama ne yaparsınız, insanlık namına..." diyerek yapmacık bir tarzda konuşuyordu.

Nehlüdov, siyasi mahkûmlardan sorumlu bir gardiyan, nasıl oluyor da, herkesin gözü önünde, neredeyse hapishanenin ortasında bir not veriyor, şaşırmıştı; daha o zamanlar onun hem gardiyan hem de casus olduğunu bilmiyordu, yine de notu aldı ve hapishaneden çıkarken okudu. Kişilikli bir yazıyla kaleme alınmış, kalınlaştırma harfinin kullanılmadığı notta şunlar yazılıydı:

"Mahkûm bir kadınla bizzat ilgilenmek üzere hapishaneye gelip gittiğinizi öğrenince, sizinle görüşmek istedim. Benimle görüşmek için izin isteyin. Size verirler, ben de size himaye ettiğiniz kişiyle ve bizim grubumuzla ilgili çok önemli şeyler anlatacağım. Size minnettar, Vera Bogoduhovskaya."

Vera Bogoduhovskaya, Nehlüdov'un arkadaşlarıyla birlikte ayı avına gittiği, bir hayli uzaktaki Novgorod eyaletinde öğretmendi. Bu öğretmen kursa gidebilmek için Nehlüdov'dan, para vermesini rica etmişti. Nehlüdov ona parayı vermiş, sonra da kızı unutmuştu. Şimdi anlaşılan bu kadın siyasi suçlu olarak hapse girmiş, muhtemelen orada onun hikâyesini öğrenmiş ve şimdi de ona yardımcı olmak istiyordu. O zamanlar her şey kolay ve basitti. Şimdi ise her şey zor ve karmaşık bir hal almıştı. Nehlüdov o zamanları ve Bogoduhovskaya ile tanışmasını canlı bir biçimde ve sevinçle anımsadı. Maslenitsa* öncesiydi, demir yolundan altmış versta uzaktaydılar. Bereketli bir av olmuş, iki ayı vurmuşlardı, öğle yemeğini yiyorlar bir yandan da yola çıkmaya hazırlanıyorlardı, o sırada kulübenin sahibi gelip papaz çömezinin kızının Knyaz Nehlüdov ile görüşmek istediğini söylemişti.

İçlerinden biri "Güzel mi bari?" diye sormuş, Nehlüdov ciddi bir ifade takınarak "Uzatmayın ya!" demiş ve masadan kalkıp ağzını silerek ve papaz çömezinin kızına neden gerekli olduğuna şaşırarak ev sahibesinin köy evine gitmişti.

Odada keçe şapkalı, sırtına koyun postundan bir gocuk giymiş, dal gibi, kara kuru çirkince yüzünde, yalnızca çatık kaşlarının altındaki gözleri güzel bir kız vardı.

İhtiyar bir kadın "Hadi bakalım, Vera Yefremovna, konuş onunla," demişti. "İşte sana knyazın ta kendisi. Ben gidiyorum."

---

* Büyük Perhiz öncesi kutlanan bayram. (Çev. N.)

Nehlüdov "Size nasıl yardımcı olabilirim," diye sormuştu.

Kız "Ben... ben... görüyorsunuz işte, siz zenginsiniz, paraları ava, saçma sapan şeylere savurup duruyorsunuz," diye söze başlamış, birden şaşalayarak "istediğim tek bir şey var, insanlara yardımcı olmak istiyorum ama doğru dürüst bir şey bilmediğim için hiçbir şey yapamıyorum," demişti.

Bakışları inandırıcı, iyilik doluydu, duruşu, kararlılığı ve çekingenliği, zaman zaman kendisinin de olduğu gibi, öylesine dokunaklıydı ki, Nehlüdov birden kendini onun yerine koymuş, onu anlamış ve acımıştı.

"Ne yapabilirim?"

"Öğretmenim, yetkinlik kursuna gitmek istiyorum ama beni göndermiyorlar. Aslında göndermiyorlar değil, gönderiyorlar ama para lazım. Bana para verin, kursu bitirince size öderim. Zenginler ayıları vuruyor, köylüler içiriyorlar, düşünüyorum da, bütün bunlar ne kadar kötü. Neden iyi bir şey yapmazlar ki? Bana yalnızca seksen ruble lazım. Yine de siz bilirsiniz, nasılsa bir şekilde başımın çaresine bakarım," demişti öfkeyle kız.

"Aksine, bana böyle bir fırsat verdiğiniz için çok memnun oldum... Hemen getiriyorum," diye yanıtlamıştı Nehlüdov.

Sahanlığa çıkınca hemen orada bir arkadaşını konuşmalarını dinlerken yakalamış, onun takılmalarına yanıt vermeden, çantasından para çıkarıp kıza götürmüştü.

"Rica ederim, rica ederim, teşekküre değmez. Asıl ben size teşekkür ederim," demişti.

Şu anda bunları anımsamak Nehlüdov'un hoşuna gitti; bu olayla ilgili kötü bir şaka yapmaya kalkışan bir subayla neredeyse bozuştuğunu, bir başka arkadaşının ona arka çıkışını, bundan dolayı onunla yakınlaştığını, avın şanslı ve neşeli geçtiğini, gece yarısı tren istasyonuna dönerken yolda kendini ne kadar iyi hissettiğini anımsayınca keyiflendi. Yer yer uzun yer yer kısa, tamamen karla örtülü, karın ağırlığıyla iyice eğilmiş çamlarla kaplı dar orman yollarında, çift at koşulu kızaklar, birbiri ardı sıra sessizce tırıs gitmişlerdi. Biri, karanlığın içinde kırmızı bir ateş gibi parlayan, güzel kokulu bir sigara içmişti. Avda hayvanları çeviren Osip dizlerine kadar karlara gömülerek, kızaktan kızağa koşturmuş, kızaklara yerleşip, o anda geyiklerin, yoğun karın içinde, titrek kavak ağaçlarının kabuklarını kemirerek dolaştığından, kış uykusuna yatmış ayıların inlerinin deliklerinden sıcacık, pofur pofur soluduklarından bahsetmişti.

Nehlüdov bütün bunları anımsamış ve en çok da sağlıklı, güçlü kuvvetli ve tasasız oluşu hoşuna gitmişti. hafif, sıkı sıkı saran gocuğu içinde buz gibi havayı soluyor, sürtündükleri eğri büğrü dallardan yüzüne karlar dökülüyordu, vücudu ısınmış, yüzü kanlı canlıydı, içinde ne bir tasa, ne bir sitem, ne korku, ne de bir arzu vardı. Ne kadar güzel günlerdi! Oysa şimdi? Aman Tanrım, bunların hepsi ne kadar acı verici ve zordu!..

Anlaşılan Vera Yefremovna devrimci bir kızdı ve devrimci eylemleri yüzünde hapisteydi. Özellikle de, Maslova'nın içinde bulunduğu koşulların iyileştirilmesiyle ilgili önerilerde bulunacağı sözü verdiği için onu görmeliydi.

L

Nehlüdov ertesi sabah uyanınca bir gün önce yaşadıklarını anımsadı ve korkuya kapıldı.

Ancak daha önce asla hissetmediği, içindeki bu korkuya aldırmadan, başladığı işi sürdürme kararı aldı.

Üzerindeki yükün yarattığı bu sorumluluk bilinciyle evden çıktı ve hapishanede Maslova'nın dışında, bir de Maslova'nın yardımcı olmasını istediği, şu Menşova ile oğlunu ziyaret için izin belgesi istemeye Maslennikov'a gitti. Ayrıca Maslova'ya yardımı dokunabilecek Bogoduhovskaya ile görüşmek için izin vermesini de rica edecekti.

Nehlüdov, Maslennikov'u çok önceden alaydan tanıyordu. Maslennikov o zamanlar alayın saymanıydı. Alaydan ve çar ailesinden başka hayatta hiçbir şey bilmeyen ve bilmek de istemeyen, iyi yürekli, vazifeşinas bir subaydı. Nehlüdov şimdi karşısında alay yerine eyaleti yöneten bir yönetici bulmuştu. Maslennikov, onu askerlik görevinden devlet memurluğuna geçmeye zorlayan, zengin, dişli bir kadınla evliydi.

Karısı onunla alay ediyor, evcil bir hayvan gibi okşuyordu. Nehlüdov geçen kış bir kez onlara gelmiş, ancak bu çift pek ilgisini çekmemiş ve bir daha da onlara hiç uğramamıştı.

Nehlüdov'u karşısında gören Maslennikov'un yüzünde gülücükler açtı. Aynı yağlı, kırmızı surat, aynı şekilde semirmiş, askerlik zamanlarında olduğu gibi şık giyinmişti. Her zaman temiz, göğsüne ve omuzlarına oturan son moda bir üniforma ya da günlük giysiler giyerdi; şimdi de yine üzerinde aynı şekilde, semirmiş bedenini saran ve geniş göğsünü öne çıkartan son moda, resmi bir ceket vardı. Aralarındaki yaş farkına bakmaksızın (Maslennikov kırk yaşlarındaydı) senli benli konuşuyorlardı.

"Geldiğin için sağ ol! Hadi karımın yanına gidelim. Toplantı öncesi tam on dakikam var. Vali burada değil, eyalete ben bakıyorum," dedi gizleyemediği bir memnuniyetle.

"Seninle bir işim var."

Maslennikov kulak kesilerek, biraz sert, ürkmüş bir ses tonuyla "Hayırdır, ne işi?" diye sordu.

"Hapishanede yakından alakadar olduğum biri var (Hapishane sözünü duyan Maslennikov'un yüzüne daha da sert bir ifade geldi), açık görüş yerinde değil, ofiste, yalnızca görüş günlerinde değil, sık sık görüşmek istiyorum. Bana bu işin sende bittiğini söylediler."

Maslennikov adeta takındığı heybeti yumuşatmak ister gibi her iki eliyle Nehlüdov'un dizlerine vurarak "Elbette, *mon cher**, senin için her şeyi yapmaya hazırım," dedi. "Hallederiz, ancak gördüğün gibi bir günlük vezirim."

"Yani o hanımla görüşebilmem için gerekli olan izin belgesini verebilir misin?"

"Kadın mı?"

"Evet."

"Neden içerde ki?"

"Birisini zehirlemekten ama haksız yere mahkûm edildi."

"Al sana adil mahkeme, *ils n'en font point d'autres***," nedense Fransızca söyledi ve yıl boyunca gerici, tutucu bir gazetede değişik köşe yazarlarından okuduğu düşünceyi belirterek, "Benimle aynı düşüncede olmadığını biliyorum ama elden ne gelir ki, *c'est mon opinion bien arrêtée****," diye ekledi. "Senin liberal olduğunu biliyorum."

Nehlüdov, gülerek "Liberal mi yoksa başka bir şey miyim bilmiyorum," dedi. Herkesin onu bir gruba bağlı saymasına ve yalnızca insanları yargılarken öncelikle onu dinlemeli, yargı karşısında bütün insanlar eşittir, esas olarak da, özellikle hüküm giymemiş insanlara işkence edilmemeli, dövülmemeli dediği için onu liberal olarak nitelemelerine hep şaşıyordu. "Liberal miyim yoksa değil miyim bilmiyorum ama bildiğim

---

* *Fr.* Sevgili dostum. (Çev. N.)
** *Fr.* Başka bir işe yaramazlar. (Çev. N.)
*** *Fr.* Benim kesin inancım bu. (Çev. N.)

bir şey var, ne kadar kötü olursa olsunlar şimdiki mahkemeler yine de öncekilerden daha iyi."

"Hangi avukatı tuttun?"

"Fanarin'i."

Geçen yıl mahkemede onu tanık olarak sorgulayan ve devamında da ince ince yarım saat boyunca onu alaya alan şu Fanarin'i anımsayan Maslennikov yüzünü buruşturarak "Ah, Fanarin ha!" dedi. "Sana onunla iş yapmanı tavsiye etmezdim. Fanarin, *est un homme taré**."

Nehlüdov ona yanıt vermeden "Senden bir ricam daha var," dedi. "Çok eskilerden tanıdığım bir kız var, öğretmen. Zavallının biri, şimdi o da hapiste, benimle görüşmek istiyor. Onunla görüşmem için de bir izin kâğıdı verebilir misin?"

Maslennikov hafifçe başını yana eğerek, duraksadı.

"Siyasi mi?"

"Evet, bana öyle söylediler."

"Bak, siyasi suçlularla görüşmeye yalnızca akrabalarına izin veriliyor ama ben sana genel bir izin kâğıdı vereyim. *Je sais que vous n'abuserez pas...*** senin şu *protégée*'nin*** adı ne?.. Bogoduhovskaya mıydı? *Elle est jolie?*****"

"*Hideuse******."

Maslennikov, "Bu da olacak şey mi?" dercesine başını sallayarak masanın yanına gitti ve antetli bir kâğıda okunaklı ve güzel bir şekilde şöyle yazdı: "İş bu mektup sahibi, Knyaz Dimitri İvanoviç Nehlüdov'un, hapisteki Maslova ve aynı şekilde hemşire Bogoduhovskaya ile ofiste görüşmesine ta-

---

* *Fr.* Şaibeli bir ünü var. (Çev. N.)
** *Fr.* Kötüye kullanmayacağını biliyorum. (Çev. N.)
*** *Fr.* Himaye ettiğinin. (Çev. N.)
**** *Fr.* Güzelce mi, bari? (Çev. N.)
***** *Fr.* Çirkince. (Çev. N.)

rafımdan izin verilmiştir," yazıyı bitirip kocaman bir imza çaktı.

"Orada nasıl bir düzen olduğunu gidince görürsün. Gerçi sürgüne gönderileceklerle ağzına kadar dolu olduğu için düzeni korumak hiç de kolay olmuyor ama yine de sıkı bir şekilde izliyorum, bu işi seviyorum. Hepsi çok iyi, hallerinden memnunlar. Yalnızca onlara nasıl davranılacağını bilmek lazım. Bugünlerde bir tatsızlık, itaatsizlik yaşandı. Başka biri olsaydı bunu isyan kabul ederdi ve dolayısıyla bir dünya tatsızlık çıkardı. Ancak her şey tereyağından kıl çeker gibi halloldu. Bir yandan özen göstermek, diğer yandan da sıkı bir idare gerekli," dedi, beyaz gömleğinin kolalı, altın kol düğmeli, kol manşetinden ileri doğru uzanmış, firuze taşlı yüzüklü, beyaz tombul yumruğunu sıkarak, "özen ve sıkı idare."

"Onu bilmem ama," dedi Nehlüdov, "oraya iki kez gittim, koşullar bana korkunç derecede ağır geldi."

Maslennikov "Biliyor musun, senin kontes Passek'le görüşmen lazım," diyerek konuşmasını sürdürdü, "kadın kendini tamamıyla bu işe adadı. *Elle fait beaucoup de bien**. Onun sayesinde, hiç alçak gönüllülük göstermeden söylüyorum, her şeyi değiştirmeyi başardım, öyle değiştirdim ki, daha önce olan o korkunç şeylerden eser kalmadı ve doğrusu hepsi çok iyi durumda. Görürsün. Şu Fanarin'e gelince, şahsen tanımıyorum, zaten toplumsal konumumdan dolayı yollarımız da kesişmiyor ama kesinlikle kötü biri, buna karşın mahkemede öyle şeyler söylüyor ki, değme gitsin..."

"Sağ ol!" dedi Nehlüdov, kâğıdı alıp sonuna kadar dinlemeden eski arkadaşıyla vedalaştı.

"Karımı görmeyecek misin?"

---

* *Fr.* Çok iyilik yapıyor. (Çev. N.)

"Hayır, kusuruma bakma, şimdi çok acelem var."

Maslennikov eski arkadaşını birinci derecede değil, Nehlüdov'u da onlardan biri saydığı, ikinci derecede önemli insanlara davrandığı gibi merdivenin ilk sahanlığına kadar geçirirken "Nasıl olur, beni bağışlamaz," diyordu. "Olmaz, lütfen, bari bir dakikalığına uğra."

Ancak Nehlüdov ayak diretti ve uşakla kapıcının Nehlüdov'a doğru koşturup ona paltosunu ve bastonunu vererek, önünde bir polisin dikildiği kapıyı açtıkları sırada, şimdi gelemeyeceğini söyledi.

"Peki o halde, perşembe günü gel lütfen. Karımın kabul günü. Ona söyleyeceğim," diye merdivenden ona bağırdı.

LI

O gün Maslennikov'un yanından doğruca hapishaneye giden Nehlüdov, artık çok iyi bildiği müdürün evine yöneldi. Geçen sefer olduğu gibi yine aynı şekilde piyanodan sesler yükseliyordu, ancak şimdi rapsodi değil, yine aşırı derecede güçlü, canlı ve hızla Clementi'nin* sonatları çalınıyordu. Kapıyı açan, tek gözü sargılı oda hizmetçisi yüzbaşının evde olduğunu söyledi ve Nehlüdov'u, bir divan, masa ve altında el örgüsü bir kilim serili, pembe kâğıt abajurunun bir tarafı yanmış, büyük bir lambanın bulunduğu küçük bir konuk odasına aldı. Müdür bitkin, üzgün bir yüz ifadesiyle karşısına çıktı.

Üniformasının orta düğmesini iliklerken "Kusura bakmayın, ne istemiştiniz?" dedi.

Nehlüdov elindeki kâğıdı uzatarak "Vali yardımcısının

---

* Muzio Clementi, (1752–1832) İtalyan besteci. (Çev. N.)

yanından geliyorum, bu da izin kâğıdım," dedi. "Maslova'yı görmek istiyordum."

Müziğin gürültüsünden işitemeyen müdür "Markova'yı mı?" diye soruyu yineledi.

"Maslova'yı."

"Ha, evet, evet!"

Müdür kalkıp Clementi'nin ezgilerinin geldiği kapıya gitti. Bu müziğin onu yaşamdan bezdirdiğini hissettiren bir ses tonuyla "Marusya, birazcık ara versene," dedi. "Bir şey duyulmuyor."

Piyano sustu, sert adımlar duyuldu ve biri kapıya göz attı.

Müdür verilen bu aradan rahatlamış gibi, hafif tütünden kalın bir sigara yaktı ve Nehlüdov'a da ikram etti.

Nehlüdov almadı.

"Şey, Maslova'yı görmek istiyordum."

"Maslova'yı görmeniz için şimdi uygun bir zaman değil," dedi müdür.

"Neden?"

Müdür hafifçe gülümseyerek "Aslında bu sizin suçunuz," dedi.

"Onun eline para vermeyin, knyaz. Para vermek isterseniz bana verin. Son kuruşuna kadar ona aittir. Dün geldiğinizde anlaşılan ona para vermişsiniz, o da bir yerlerden içki bulmuş – bu kötülüğün kökünü bir türlü kazıyamıyorsun – ve bugün öyle sarhoş olmuş ki, iyice azdı."

"Gerçekten mi?"

"Hem de nasıl, hatta sert tedbirlere başvurmak zorunda kaldım, başka bir koğuşa geçirdim. Aslında sakin bir kadın ama para vermeyin lütfen. Bu insanlar böyle..."

Nehlüdov bir gün önceyi tüm canlılığıyla anımsadı ve yeniden ürktü.

Kısa bir sessizlikten sonra "Peki, siyasi mahkûm Bogoduhovskaya'yı görebilir miyim?" diye sordu.

"Şey, elbette," dedi müdür ve o sırada beş, altı yaşlarında, odaya giren ve başını çevirip gözlerini Nehlüdov'dan ayırmadan, babasına doğru koştururken halıya takılan kız çocuğuna gülerek "Sen ne yapıyorsun?" dedi. "Düşeceksin."

"O halde, ben gideyim."

"Tabii, buyurun," dedi müdür, gözünü ayırmadan Nehlüdov'a bakan kız çocuğunu kucaklayıp ayağa kalktı ve sevecenlikle içeri götürüp hole çıktı.

Daha müdür, gözü sargılı kızın verdiği paltoyu giyip kapıdan çıkmadan, Clementi'nin ezgileri yeniden canlı bir biçimde ortalığa yayılmaya başladı.

Müdür merdivenden inerlerken "Konservatuara gidiyordu, orada da ortalık karışık. Aslında büyük bir yetenek. Konserler vermek istiyor," dedi.

Birlikte hapishaneye gittiler. Müdür yaklaşınca kapı anında açıldı. Selam çakan gardiyanlar onu gözleriyle takip ediyorlardı. Girişte, bir şeyler dolu tekneler taşıyan, kafalarının yarısı tıraşlı, dört adamla karşılaştılar, müdürü görünce hepsi dertop oldu. Biri iyice büzülüp somurtarak, kaşlarını çattı, kara gözleri çakmak çakmaktı.

Müdür bu mahkûmlara hiç aldırmadan "Kuşkusuz, yeteneği yetkinleştirmek, köreltmemek lazım ama bu küçük evde, siz de hak verirsiniz ki zor oluyor," diye konuşmasını sürdürdü ve yorgun adımlarla ayaklarını sürükleyerek, kendisine eşlik eden Nehlüdov ile birlikte bekleme odasına geçti.

"Görmek istediğiniz kimdi?" diye sordu müdür.

"Bogoduhovskaya."

"O kule tarafında. Beklemeniz gerekecek," diyerek Nehlüdov'a döndü.

"Peki, o arada kundaklamadan yatan, mahkûm ana oğul Menşov'ları görmem mümkün değil mi?"

"Yirmi birinci koğuştalar. Yani, onları buraya çağırabiliriz."

"Peki, Menşov'u koğuşunda göremez miyim?"

"Bekleme odası sizin için daha uygun olur."

"Yoo, benim için ilginç olur."

"Tam da buldunuz ilginç olacak şeyi."

O sırada yan kapıdan şık giyimli müdür yardımcısı göründü.

Müdür "Knyazı Menşov'un koğuşuna götürün. Yirmi birinci koğuş," dedi yardımcısına, sonra da, ofise getirin. Ben de bu arada çağırayım. Adı ne demiştiniz?"

"Vera Bogoduhovskaya," dedi Nehlüdov.

Müdür yardımcısı bıyıklarının uçlarını yukarı doğru sivriltmiş, çevresine çiçek kolonyası kokuları saçan, sarışın genç bir adamdı.

Hoş bir gülümsemeyle "Buyurun," diyerek Nehlüdov'a döndü. "Bizim kurumla mı ilgileniyorsunuz?"

"Evet, bir de, bana söylendiğine göre hiçbir suçu olmadığı halde buraya düşmüş biriyle."

Yardımcı, omuzlarını silkti.

Geniş, leş gibi kokan koridora geçerken, konuğuna saygıyla yol vererek, sakin bir tavırla "Evet, oluyor böyle şeyler," dedi. "Yalan söyledikleri de oluyor, buyurun."

Koğuş kapıları açıktı, koridorda birkaç mahkûm vardı. Müdür yardımcısı, gardiyanları belli belirsiz selamlayarak ve duvarlara sokularak koğuşlarına geçen ya da amirleri gözleriyle takip ederek, asker gibi ellerini yanlarına yapıştırmış, kapıların yanında dikilen mahkûmlara yan gözle bakarak, Nehlüdov'u bir koridordan geçirip sol tarafta, demir kapısı kilitli, başka bir koridora götürdü. Kapılarda göz denilen yaklaşık iki santim çapında delikler vardı. Koridorda kederle yüzünü buruşturmuş, ihtiyar bir gardiyandan başka kimse yoktu.

Bu koridor daha karanlık ve ilkine göre daha da pis kokuyordu. Koridora her iki taraftan da, asma kilitlerle kilitlenmiş kapılar açılıyordu.

"Menşov hangisinde?"

"Soldan sekizinci."

LII

"Bakabilir miyim?" diye sordu Nehlüdov.

Yardımcı hoş gülümsemesiyle "Müsaade edin," dedi ve gardiyana bir şeyler sormaya koyuldu. Nehlüdov bir delikten içeri baktı: İçeride üzerinde yalnızca iç çamaşırı olan, kısa, siyah sakallı, uzun boylu, genç bir adam hızlı hızlı bir ileri bir geri gidip geliyordu, kapının önündeki sesleri işitince şöyle bir baktı ve somurtarak yürümeye devam etti.

Nehlüdov başka bir deliğe göz attı: Delikten bakan, korkudan kocaman olmuş, başka bir gözle karşı karşıya geldi, hızla geri sıçradı. Üçüncü deliğe göz atınca, ranzada gömleğini başına çekmiş, kısacık, dertop olmuş, uyuyan bir adam gördü. Dördüncü koğuşta solgun, ablak suratlı bir adam, başını iyice önüne eğmiş, dirseklerini dizlerine dayamış oturuyordu. Ayak seslerini duyunca başını kaldırıp baktı. Bütün yüzünde, özellikle de kocaman gözlerinde umutsuz bir keder ifadesi vardı. Anlaşılan, koğuşuna kimin baktığı onu hiç ilgilendirmiyordu. Bakan kim olursa olsun, hiçbirinden iyi bir şey ummadığı çok açıktı. Nehlüdov dehşete kapılmıştı; deliklerden göz atmayı bırakıp Menşov'un yirmi birinci koğuşunun önüne geldi. Gardiyan kilidi açıp kapıyı ittirdi. Uzun boyunlu, kaslı, yuvarlak gözlerinden iyilik okunan, kısa sakallı, genç bir adam yatağın yanında dikilmiş, aceleyle sırtına gömleğini geçirirken, korku dolu bir ifadeyle içeri girenlere bakıyordu. Nehlüdov'un içine en çok dokunan, korkuyla onun üzerinden gardiyana, müdür yardımcısına ve tekrar kendisine yönelen soru ve iyilik dolu bu yuvarlak gözler olmuştu.

"Bu bey senin davanla ilgili bir şeyler sormak istiyor."

"Çok teşekkür ederim efendim."

Nehlüdov koğuşun en dibine gidip demir parmaklıklı, çamur içindeki pencerenin yanında durarak "Bana sizin davanızdan bahsettiler," dedi. "Aslını bir de sizden duymak istedim."

Menşov da pencerenin yanına gidip başlangıçta müdüre çekingen çekingen bakarak, sonra gittikçe daha da artan bir cesaretle, hemen anlatmaya koyuldu. Müdür koğuştan koridora çıkıp birtakım emirler vermeye başlayınca iyice cesaret buldu. Bu hikâye dil ve tarz bakımından sıradan, iyi bir köy delikanlısının hikâyesiydi, Nehlüdov'un özellikle, bu hikâyeyi utanç verici bir giysi içinde, üstelik de hapishanede, bir mahkûmun ağzından dinlemek tuhafına gitmişti. Nehlüdov bir yandan dinliyor, bir yandan da hem alçak ranzadaki saman dolu şilteye, hem kalın, demir parmaklıklı pencereye, hem kir içindeki, nemli, sıvalı duvarlara, hem ayağında hapishane ayakkabısı, sırtında kaftanıyla, büyük bir yıkıma uğramış bu talihsiz köylüye göz gezdiriyor ve üzüntüsü katlandıkça katlanıyordu; bu iyi yürekli adamın anlattıklarının doğru olduğuna inanmak istemiyordu, insanların bir hiç yüzünden, üstelik de incinen o olduğu halde, bir insanı yakalayıp üzerine hükümlü giysisi geçirdikten sonra, bu korkunç yere tıktıklarını düşünmek bile çok korkunçtu. Bununla birlikte bu iyi yürekli insanın anlattığı, bu içten hikâyenin yalan ve uydurma olduğunu düşünmek daha da korkunçtu. Hikâye şöyleydi: Evlendikten hemen sonra tahsildar, karısını elinden almıştı. Delikanlı bütün yasal yollara başvurmuş, ancak başvurduğu her yerde tahsildar, yöneticileri satın almış ve aklanmış. Bir keresinde karısını zorla alıp götürmüş ama ertesi gün kadın kaçmış. Bunun üzerine karısını istemeye gitmiş, tahsildar, karısının orada olmadığını söylemiş (ama o karısını içeri girerken görmüş) ve çekip gitmesini istemiş. Delikanlı gitmemiş. Tahsildar bir işçisiyle birlikte onu eşek sudan gelinceye kadar dövmüş. Ertesi gün tahsildarın evinde yangın çıkmış. Annesiyle beraber onu suçlamışlar ama yangını o çıkarmamış, o sırada vaftiz babasının yanındaymış.

"Gerçekten yangını sen çıkarmadın mı?"

"Aklımdan bile geçmedi, beyim. O başımın belası herif, kendisi kundaklamıştır. Yeni sigorta yaptırdığını söylüyorlar. Annemle bana, onu tehdit ettiğimizi söylüyorlar. Kendime hâkim olamayıp ona sövüp saydığım doğru. Ancak kundaklamaya gelince böyle bir şey yapmadım. Yangın çıktığında orada bile değildim. Annemle gittiğimiz güne bilerek denk getirdi. Sigortadan para almak için kendisi yakıp bizim üstümüze yıktı."

"Gerçekten böyle mi oldu?"

"Tanrı şahidim olsun, doğrusu bu, beyim. Ne olur bize sahip çıkın!" Ayaklarına kapanmak istedi ama Nehlüdov zorla ona engel oldu. "Kurtarın, bir hiç yüzünden mahvolup gidiyorum," diye devam etti.

Birden yanakları titremeye ve ağlamaya başladı, kaftanının kolunu sıvayıp kir içindeki gömleğinin koluyla gözlerini silmeye koyuldu.

Müdür "Bitti mi?" diye sordu.

"Evet. Bu kadar da umutsuz olmayın, elimizden geleni yapacağız," dedi Nehlüdov ve koğuştan çıktı, Menşov kapıda dikiliyordu, gardiyan kapıyla birlikte onu ittirip kapıyı yüzüne kapattı. Asma kilidi kilitlerken, Menşov kapının deliğinden bakıyordu.

LIII

Nehlüdov ona büyük bir merakla bakan, sırtlarına açık sarı mahkûm kaftanı, ayaklarına kısa, şalvar gibi pantolonlar giymiş, hapishane ayakkabılı insanların arasından geniş koridorda geriye dönerken (öğle yemeği saatiydi ve koğuşların kapıları açıktı) tuhaf duygular içindeydi, hem içeri tıkılmış bu insanlara karşı acıma, hem de onları yakalayıp hapse atanlara karşı dehşet ve şaşkınlık hissediyor ve nedense bu durumu sakince seyrettiği için kendinden utanıyordu.

Aynı koridorda biri ayakkabılarının ökçelerini vurarak bir koğuşun kapısına koşturdu ve oradan çıkan insanlar Nehlüdov'un yoluna çıkıp onu selamladılar.

"Kim olduğunuzu bilmiyorum, muhterem efendim, emir buyurun, bir şekilde bizim için karar versinler."

"Ben amir değilim, bir şey bilmiyorum."

"Olsun, amirlere söyleyin," dedi öfkeli bir ses. "Hiçbir suçumuz olmadığı halde iki aydır eziyet çekiyoruz."

"Nasıl yani? Neden?" diye sordu Nehlüdov.

"Hapse tıktılar. İki aydır yatıyoruz ama neden yattığımızı biz de bilmiyoruz."

"Doğru," dedi müdür yardımcısı. "Bu insanları izin belgeleri olmadığı için aldık, kendi eyaletlerine sevk etmemiz gerekiyordu ama oradaki hapishane yandı, valilik de kendilerine göndermemizi istemedi. Başka eyaletlerden olanları gönderdik, bunları da alıkoyduk."

Nehlüdov kapının önüne çakılarak "Nasıl olur, yalnızca bu yüzden mi?" diye sordu.

Hepsi hapishane kaftanı giymiş, kırk kadar adam, kalabalık halinde Nehlüdov'un ve müdür yardımcısının etrafını sardı. Birkaçı hep bir ağızdan konuşmaya başladı. Yardımcı onları keserek "Teker teker konuşun," dedi. Kalabalığın arasından elli yaşlarında, uzun boylu, yakışıklı bir köylü öne çıktı. İzin belgeleri olmadığı için sınır dışı edildiklerini ve hapse atıldıklarını söyledi. Aslında izin belgeleri vardı, yalnızca iki hafta kadar süresi geçmişti. Her yıl böyle süre aşımı oluyordu ama hiçbir ceza verilmiyordu, şimdi ise iki aydır cani gibi içerde tutuyorlardı.

"Hepimiz taş işçisiyiz, hepimiz aynı kooperatifteniz. Eyalet hapishanesi yanmış diyorlar. Bunun bizimle ne ilgisi var? Bir lütufta bulunun."

Nehlüdov dinliyordu ama yakışıklı, yaşlı adamın söylediklerinden neredeyse hiçbir şey anlamıyordu, zira bütün dikkatini, yakışıklı taş ustasının yanağındaki kılların arasında gezinen, kocaman, koyu gri, çok ayaklı bir bite vermişti.

Nehlüdov müdür yardımcısına dönerek "Bu nasıl olur? Yalnızca bunun için olduğu doğru mu?" diye sordu.

"Evet, idarenin hatası, onları göndermek, ikamet adreslerine iade etmek gerekirdi," dedi yardımcı.

Müdür yardımcısı konuşmasını bitirir bitirmez, yine mahkûm kaftanı içinde ufak tefek bir adam kalabalığın içinden sıyrılıp dudaklarını tuhaf bir biçimde bükerek, burada bir hiç yüzünden eziyet çektiklerini söyledi.

"Köpekten beter..." diye söze başladı.

"Tamam, tamam, yine lüzumsuz konuşmaya başlama, kes sesini, yoksa biliyorsun..."

Ufak tefek adam umutsuzca "Bildiğim ne var," dedi, "ne suç işledik ki?"

"Kapa çeneni," diye bağırdı müdür, ufak tefek adam sesini kesti.

Nehlüdov kapıların ardında saf tutmuş yüzlerce gözün onu izlediği ve mahkûmlarla karşılaştığı koğuşların baktığı koridordan çıkarken "Bu da ne böyle?" diyordu kendi kendine.

Koridordan çıkınca Nehlüdov "Gerçekten de bu kadar masum insanları mı içerde tutuyorsunuz?" dedi.

Müdür yardımcısı "Ne yapmamızı buyururdunuz? Çok yalan söylediklerini de göz ardı etmeyin. Onlara bakarsanız, hepsi masum," dedi.

"Evet ama bunların hiçbir suçu yok."

"Öyle olduklarını varsaysak bile, bu insanlar çok bozulmuş. Anladıkları dilden konuşmazsanız, başa çıkamazsınız. İçlerinde öyle belalı tipler var ki, adama parmak ısırtırlar. Daha dün ikisini cezalandırmak zorunda kaldık."

Nehlüdov "Nasıl cezalandırdınız?" diye sordu.

"Sopayla döverek, emir üzerine..."

"Neden, insanlara şiddet uygulamak artık yasak."

"Haklarını yitirenler için değil. Bunlar uygulanabilir."

Nehlüdov bir gün önce dışarıda beklerken gördüklerini anımsadı ve cezanın tam da o sırada, beklerken uygulandığını anladı ve neredeyse fiziksel bir mide bulantısına dönüşen, daha önceden de yaşadığı ancak hiçbir zaman onu bu derece etkilemeyen, merak, üzüntü, şaşkınlık ve maneviyatla karışık bir duygu, onu büyük bir güçle ele geçirmişti.

Müdür yardımcısının söylediklerini dinlemeden ve çevresine bakmadan hızla koridorlardan geçip ofise yöneldi. Müdür de koridora çıkmış ve başka işlerle uğraşırken Bogoduhovskaya'yı çağırmayı unutmuştu. Nehlüdov ofise girdiği anda, Bogoduhovskaya'yı çağırma sözü verdiğini anımsadı.

"Hemen çağırtıyorum, siz buyurun, oturun," dedi.

LIV

Ofis iki odalıydı. Girişteki odada, büyükçe bir yer kaplayan, boyaları dökülmüş bir soba ve kir pas içinde iki pencereyle, bir köşede mahkûmların boyunu ölçmek için kullanılan siyah bir ölçü tablosu, diğer bir köşede, adeta öğretisiyle alay eder gibi, işkence yapılan yerlerin değişmezi olan, İsa'nın büyük bir tasviri vardı. Bu birinci odada birkaç gardiyan bekleşiyordu. Diğer odada ayrı gruplar ya da çiftler halinde erkekli kadınlı yirmi kadar insan duvar diplerinde oturmuş, alçak sesle konuşuyorlardı. Pencerenin yanında bir yazı masası duruyordu.

Müdür yazı masasına oturup Nehlüdov'u da hemen oradaki bir sandalyeye buyur etti. Nehlüdov oturdu ve odadaki insanları gözden geçirmeye koyuldu.

Nehlüdov'un dikkatini hepsinden önce, kara kaşlı, yaşı ilerlemiş bir kadının önünde duran ve elini kolunu sallayarak, ateşli bir biçimde ona bir şeyler anlatan, kısa ceketli, sevimli yüzlü, genç bir adam çekti. Yanında, mavi gözlüklü, ihtiyar bir adam oturuyor ve kendisine bir şeyler anlatan, mahkûm giysili, genç bir kadının elini tutmuş, kımıldamadan dinliyordu. Orta okul öğrencisi yüzü korku dolu bir ifadeyle, gözlerini ayırmadan ihtiyara bakıyordu. Onlardan biraz ötede sevgili bir çift oturuyordu: Kız sarışın, sevimli, kısa saçlı, oldukça genç, hayat dolu biriydi, üzerinde modaya uygun bir giysi vardı; çökük, yüz hatları ince, kıvırcık saçlı, yakışıklı bir delikanlıydı, sırtında suni deri bir ceket vardı. Sevgiden kendilerinden geçtikleri çok belli, bir köşede oturmuş, fısıldaşıyorlardı. Masaya hepsinden daha yakın, siyah giysiler içinde, saçlarına ak düşmüş, anne olduğu anlaşılan bir kadın oturuyordu. Gözlerini kocaman açmış, veremliye benzeyen, sırtına aynı ceketten giymiş, başka bir delikanlıya bakıyor, bir şeyler söylemek istiyor ama gözyaşlarından konuşamıyor, söze başlıyor ama devamını getiremiyordu. Delikanlı elinde bir kâğıt tutuyor ve anlaşılan ne yapacağını bilemeden, öfkeli bir ifadeyle onu ezip buruşturuyordu. Onların yanı başında al yanaklı, iri gözleri iyice şişmiş, topluca, güzel bir kız oturuyordu, üzerinde gri bir elbise ve pelerin vardı. Ağlayan annenin yanında oturuyor ve şefkatle onun sırtını okşuyordu. Bu kızdaki her şey çok güzeldi: İri, beyaz elleri de, kısa, dalgalı saçları da, hokka gibi burnu ve dudakları da ama yüzünün en güzel yanı, kestane rengi, uysal, iyilik okunan, içten gözleriydi. Nehlüdov içeri girer girmez güzel gözleri bir anlığına anneden ayrıldı ve Nehlüdov'un bakışlarıyla karşılaştı ama hemen başını çevirip annesine bir şeyler söylemeye koyuldu. Sevgili çiftten biraz uzakta saçları karmakarışık, esmer bir adam somurtarak oturuyor ve sakalsız, hadımlara benzeyen ziyaretçisine öfkeyle bir şeyler söylüyordu. Nehlüdov müdürün yanına oturmuş, büyük bir merakla çevresine bakıyordu. O sırada yanına sokulan, saçları kısacık kesilmiş küçücük bir çocuk yanına gelip incecik sesiyle "Siz kimi bekliyorsunuz?" diye sordu.

Nehlüdov soruya şaşırdı ama çocuğa bakıp dikkatle, cıvıl cıvıl bakan gözlerini, yüzündeki anlamlı, ciddi ifadeyi görünce, "Tanıdığım bir kadını bekliyorum," diyerek ciddiyetle yanıtladı.

"Neyiniz oluyor, kız kardeşiniz mi?" diye sordu çocuk.

Nehlüdov şaşkınlık içinde "Hayır, kız kardeşim değil," diye yanıtladı. "Sen burada kiminlesin?" diye çocuğa sordu.

"Annemle. Annem siyasi," dedi çocuk gururla.

Müdür Nehlüdov'un çocukla konuşmasını yasaya aykırı bulmuş olacak ki "Mariya Pavlovna, Kolya'yı yanınıza alın," dedi.

Mariya Pavlovna, o uysal bakışlı, Nehlüdov'a dönüp bakan, güzel kız tüm heybetiyle ayağa kalktı ve adeta erkek gibi güçlü, geniş, adımlarla Nehlüdov ile çocuğun yanına geldi.

Hafifçe gülümseyerek ve Nehlüdov'un gözlerinin içine büyük bir sadelikle, adeta geçmişte de, şimdi de, herkesle sade, sevecen, kardeşçe ilişkiler içinde olduğundan kuşkuya yer bırakmayacak bir biçimde, saf saf bakarak "Kim olduğunuzu soruyor, değil mi?" diye sordu. "Her şeyi öğrenmek istiyor," dedi ve çocuğun yüzüne bakarken, yüzüne öyle iyilik dolu, öyle sevecen bir gülümseme yayıldı ki, çocuk da, Nehlüdov da, her ikisi de ellerinde olmadan onun gülümsemesini gülümseyerek karşıladılar.

"Evet, kime geldiğimi soruyor."

"Mariya Pavlovna, biliyorsunuz, başkalarıyla konuşmanız yasak," dedi müdür.

Kız "Peki, peki," dedi ve iri, beyaz eliyle, gözlerini ondan ayırmayan Kolya'yı minicik elinden tutup veremlinin annesinin yanına döndü.

Nehlüdov müdüre dönüp "Bu çocuk kimin?" diye sordu.

Müdür sanki kendi kurumunun eşi benzeri olmadığını göstermek istiyormuş gibi biraz kasılarak "Bir siyasi mahkûmun, hapishanede doğdu," dedi.

"Gerçekten mi?"

"Evet, şimdi de annesiyle Sibirya'ya gidiyor."

"Peki, bu kız kim?"

Müdür omuzlarını silkerek "Size bunu söyleyemem," dedi. "İşte, Bogoduhovskaya da geldi."

LV

İyilik okunan iri gözleriyle, saçları kısacık kesilmiş, çelimsiz, solgun yüzlü Vera Yefremovna arka kapıdan uçarcasına içeri girdi.

Nehlüdov'un elini sıkarken "Geldiğiniz için teşekkür ederim," dedi. "Beni anımsadınız mı? Oturalım."

"Sizi bu şekilde bulacağımı düşünmemiştim."

Vera Yefremovna, her zamanki gibi iyilik dolu, yuvarlak, iri gözleriyle, ürkek ürkek Nehlüdov'a bakarak ve acınası, buruş buruş, kirli bluzunun yakasından çıkan sarı, incecik damarlı boynunu bükerek "Oo, ben çok iyiyim! O kadar iyi, o kadar iyiyim ki, bundan daha iyisini düşünemem bile." dedi.

Nehlüdov bu duruma nasıl düştüğü ile ilgili sorular sormaya başladı. Kız ona yanıt verirken, kendi davasını büyük bir coşkuyla anlatmaya koyuldu. Konuşması, herkesin bildiğinden tamamıyla emin gözüktüğü, oysa Nehlüdov'un asla duymadığı, propaganda, dezorganizasyon, gruplar, seksiyonlar, alt seksiyonlar gibi yabancı sözcüklerle doluydu.

Nehlüdov'un çok ilgisini çektiğinden ve öğrenmekten memnun olduğundan tam anlamıyla emin, halk hareketinin bütün sırlarını ona anlatıyordu. Nehlüdov ise onun cılız boynuna, birbirine karışmış seyrek saçlarına bakıyor ve bütün bunları niye yaptığına ve neden anlattığına şaşıyordu. Nehlüdov ona acıyordu ama kendisince hiçbir suçu olmadan leş gibi hapishanede yatan köylü Menşov'a duyduğu acımaya hiç benzemiyordu. Kız her şeyden daha çok, kafasında açıkça görülen karmaşa yüzünden acınacak haldeydi. Anlaşılan kendini davası uğruna yaşamını feda etmeye hazır bir kahraman gibi görüyordu ama bununla birlikte bu davanın ve bu davada başarının ne olduğu sorulsa acaba açıklayabilir miydi?

Vera Yefremovna'nın Nehlüdov ile asıl konuşmak istediği konu şuydu, Şustova adında, söylediğine göre, onların gizli grubuna bile dahil olmayan bir kız arkadaşı, sırf saklaması için ona verilen kitap ve dokümanlarla bundan beş ay kadar önce onunla birlikte yakalanmış ve Petropavlovsk Hapishanesi'ne atılmıştı. Vera Yefremovna, Şustova'nın hapse atılmasında kısmen kendini suçlu buluyor ve her şeye çare bulabilecek ilişkileri olan Nehlüdov'a onu kurtarması için yalvarıyordu. Bogoduhovskaya'nın ricada bulunduğu diğer bir konu da, Petropavlosk Kalesi'nde tutulan Gurkeviç'e ailesiyle görüşmesine ve bilimsel çalışmaları için ona gerekli olan bilimsel kitapları almasına izin verilmesiydi.

Nehlüdov Petersburg'a gittiğinde, elinden gelen her şeyi yapmaya çalışacağına söz verdi.

Vera Yefremovna kendi hikâyesini de şöyle anlattı: Ebelik okulunu bitirdikten sonra yolu Halkın Özgürlüğü Partisi ile kesişmiş ve onlarla birlikte çalışmış. Başlangıçta her şey yolunda gidiyormuş, bildiriler yazıyorlar, fabrikalarda propagandalar yapıyorlarmış ama sonra hareketin ileri gelenlerinden biri yakalanmış, belgelere el konmuş ve hepsini tutuklamaya başlamışlar.

"Beni de yakaladılar ve şimdi de sürgüne gönderiyorlar," diyerek hikâyesini bitirdi. "Ancak bunun bir önemi yok. Kendimi harika hissediyorum, keyfim çok yerinde," dedi acı acı gülümseyerek.

Nehlüdov uysal bakışlı kızın kim olduğunu sordu. Vera Yefremovna, onun bir general kızı olduğunu, uzun süredir devrimci partide çalıştığını ve bir jandarmanın vurulmasını üstlendiği için içeri düştüğünü söyledi. İçinde baskı makinası olan, gizli bir örgüt evinde kalıyormuş. Geceleyin eve baskın yapıldığında evdekiler kendilerini savunmaya karar vermişler, ışığı söndürüp delilleri yok etmeye başlamışlar. Polisler kapıyı zorlayarak içeri girmişler ve o sırada içerdekilerden biri ateş etmiş ve bir jandarmayı ağır yaralamış. Sorgu sırasında kimin ateş ettiği sorulunca, hayatında eline hiç silah almadığı ve bir örümcek bile öldürmediği halde kendisinin ateş ettiğini söylemiş ve dediğinden de geri dönmemiş. Şimdi de kürek cezasını çekmeye gidiyormuş.

"Kendini başkaları için feda eden, iyi bir kızcağız," dedi Vera Yefremovna takdirle.

Vera Yefremovna'nın konuşmak istediği üçüncü konu Maslova ile ilgiliydi. Hapishanedeki herkes gibi o da Maslova'nın hikâyesini, Nehlüdov ile olan ilişkisini biliyordu ve onu siyasilerin yanına, ya da hiç olmazsa şu anda bir dünya hastanın olduğu ve pek çok çalışana ihtiyaç duyulan hastaneye hastabakıcı olarak geçirmeye çalışmasını tavsiye etti. Nehlüdov ona tavsiyesi için teşekkür edip bunu yapmaya çalışacağını söyledi.

LVI

Ayağa kalkıp görüşme süresinin dolduğunu ve artık gitmeleri gerektiğini söyleyen müdür konuşmalarını kesti. Nehlüdov ayağa kalktı ve kapıya doğru yürüdü ve olup bitenleri gözlemlemek için bir süre kapıda durakladı.

Müdür kâh oturup kâh kakarak "Hadi beyler, tamam, süre doldu," diyordu.

Müdürün uyarısı odada bulunan hem mahkûmların hem de ziyaretçilerin yalnızca canlanmasına yol açmıştı ancak kimse ayrılıp gitmeyi düşünmüyordu. Bir kısmı kalkıp ayakta konuşmayı sürdürüyor, bir kısmı da oturdukları yerde konuşmaya devam ediyordu. Bazıları vedalaşmaya ve ağlamaya başlamıştı. İnsanın içine en çok dokunanı veremli delikanlıyla annesinin haliydi. Delikanlı ha bire elindeki kâğıdı evirip çeviriyor, annesinin duygularına kapılmamak için öylesine büyük bir çaba harcıyordu ki, yüzü öfkeyle gittikçe daha çok kararıyordu. Artık vedalaşmaları gerektiğini işiten anne, delikanlının omzuna yaslanıp burnunu çeke çeke, hıçkırıklara boğuldu. Uysal bakışlı kız – Nehlüdov elinde olmadan onu izliyordu – hıçkırarak ağlayan annenin önünde durmuş, ona yatıştırıcı bir şeyler söylüyordu. Mavi gözlüklü ihtiyar adam ayakta dikilerek, kızını kolundan tutuyor ve kızının söylediklerine başını sallıyordu. Genç sevgililer ayağa kalktı ve sessizce birbirlerinin gözlerinin içine bakarak, el ele tutuştular.

Nehlüdov'un hemen yanında dikilen ve onun gibi vedalaşanları izleyen, kısa ceketli genç adam, sevgili çifti göstererek "Yalnızca bunların neşesi yerinde," dedi.

Nehlüdov'un ve genç adamın bakışlarını üzerinde hisseden sevgililer –üzerinde suni deri bir ceket olan delikanlı ile sarışın, sevimli kız – tutuşan ellerini uzatarak, geriye sıçrayıp gülerek fır fır dönmeye başladılar.

Genç adam "Bu akşam burada, hapishanede evleniyorlar ve kız delikanlıyla birlikte Sibirya'ya gidiyor," dedi.

"Delikanlının cezası ne?"

"Kürek mahkûmu. Hiç olmazsa onlar eğleniyor ama bunu duymak insanın canını çok acıtıyor," dedi ceketli genç adam, veremli delikanlının annesinin hıçkırıklarına kulak kabartarak.

Müdür aynı şeyi birkaç kez yineleyerek "Beyler! Lütfen,

lütfen! Beni zor kullanmak zorunda bırakmayın," diyor, bezgin bir halde, Maryland tütünü sigarasından peşi sıra yakıp söndürerek, zayıf, çekingen bir sesle "Lütfen, yetişir ama, lütfen!" Bu da ne böyle? Süre çoktan doldu. Bu kadar da olmaz. Son kez söylüyorum," diye yineliyordu.

İnsanların sorumluluk duymadan başkalarına kötülük yapmasına izin veren nedenler ne kadar ustaca hazırlanmış, ne kadar eski ve alışıldık bir hal almış olsalar da müdürün bu odada yaşanan acıların suçlularından biri olduğunu görmezlikten gelemediği açıkça anlaşılıyor ve görülen o ki, bu da ona korkunç derecede ağır geliyordu.

Sonunda mahkûmlar ve ziyaretçiler ayrılmaya başladılar: Bazıları iç diğerleri de dış kapıya yöneldiler. Önden erkekler, suni deri ceketliler, veremli, saçları karmakarışık esmer adam, ardından hapishanede doğan çocukla Mariya Pavlovna çıktı.

Ziyaretçiler de gidiyorlardı. Mavi gözlüklü ihtiyar adam ayaklarını sürüyerek çıktı, ardından da Nehlüdov.

Geveze delikanlı sanki yarıda kalmış bir konuşmayı sürdürüyormuş gibi, Nehlüdov ile merdivenlerden birlikte inerken "Evet efendim, harika bir düzen kurmuş," dedi. "Yüzbaşıya tekrar tekrar teşekkürler, iyi bir insan, kuralcı davranmıyor. Her şeyi konuşuyor, içlerini döküyorlar."

"Başka hapishanelerde böyle görüşmeler yok mu?"

"Elbette yok. Baş başa görüşemediğin gibi, üstelik ancak parmaklıkların ardından görüşebilirsin."

Nehlüdov, Medıntsev – geveze delikanlı kendini böyle tanıtmıştı – ile konuşarak kapının önüne çıktığında, müdür yorgun bir halde yanlarına geldi. Nehlüdov'a karşı saygılı ve incelikli bir tavırla "Eğer Maslova'yı görmek istiyorsanız, lütfen yarın buyurun," dedi.

Nehlüdov "Çok iyi olur," dedi ve aceleyle çıktı.

Menşov'un suçsuz yere çektiği acılar, elbette korkunçtu, ancak sebepsiz yere ona eziyet eden insanların acımasızlığını görerek, iyiliğe ve Tanrı'ya duyduğu güvensizlik ve şaşkınlık, çektiği fiziksel acılardan daha da korkunçtu; hiçbir suçları olmadığı halde, yalnızca kâğıtta öyle yazmıyor diye, bu yüzlerce masum insana uygulanan rezillik ve işkence de korkunçtu; kendi kardeşlerine işkence etmekle meşgul, çok iyi ve önemli bir iş yaptıklarından emin olan, bu sersem gardiyanlar da korkunçtu. Ancak Nehlüdov'a en korkunç görüneni, aynı kendisi ve çocukları gibi birer insan olan ana oğulu, baba kızı ayırmak zorunda kalan, yaşlanmaya yüz tutmuş, sağlığı bozuk, iyi yürekli müdürdü.

Hapishaneye her gelişinde, fiziksel mide bulantısına dönüşen o manevi duyguyu olanca şiddetiyle o anda içinde hisseden Nehlüdov "Bütün bunlar neden?" diye soruyor ama yanıt bulamıyordu.

LVII

Nehlüdov ertesi gün avukata gidip savunmasını üstlenmesi ricasıyla, ona Menşov'ların davasını anlattı. Avukat Nehlüdov'u dinledi ve dava dosyasına bakacağını, çok büyük bir olasılıkla Nehlüdov'un dediği gibi olduğunu, eğer öyleyse, herhangi bir ücret talep etmeden savunmayı üstleneceğini söyledi. Nehlüdov bu arada, hapishanede yok yere tutulan yüz otuz kişiden bahsetti ve bunun sorumlusunun kim olduğunu, kimin suçlu olduğunu sordu. Avukat anlaşılan, yanıt olarak tam doğrusunu söyleme isteğiyle durakladı.

"Kim suçlu? Kimse," dedi kararlı bir şekilde. "Savcıya söyleseniz, o vali suçlu diyecektir, valiye söyleseniz, o da savcıyı suçlu bulacaktır. Anlayacağınız, suçu üstlenen çıkmaz."

"Şimdi, Maslennikov'a gidip ona söyleyeceğim."

Avukat gülümseyerek ve "İyi de, bunun bir yararı olmaz," diyerek itiraz etti. "Öyle biri ki, akrabanız ya da arkadaşınız değil, değil mi? Öyle biri ki, sözüm meclisten dışarı, odunun, sinsi hayvanın teki."

Maslennikov'un avukat hakkında söylediklerini anımsayan Nehlüdov hiçbir yanıt vermedi ve vedalaşarak Maslennikov'un yolunu tuttu.

Nehlüdov'un Maslennikov'dan ricada bulunacağı iki konu vardı: Maslova'nın hastaneye geçirilmesi ve vizelerinin süresi geçmiş, suçsuz yere hapishanede tutulan yüz otuz kişi. Saygı duymadığı birinden ricada bulunmak ona ne kadar zor gelirse gelsin, amacına ulaşmak için bu tek yoldu ve bu yolu aşmak zorundaydı.

Nehlüdov, Maslennikov'un evine yaklaşınca kapının önünde birkaç araba gördü: atlı kupa arabaları, faytonlar ve yaylılar vardı ve bugünün Maslennikov'un gelmesini rica ettiği, karısının tam da kabul günü olduğunu anımsadı. Nehlüdov eve yaklaştığı sırada, bir kupa arabası tam girişte durmuş, kokartlı şapkalı ve pelerinli bir uşak, eteğini tutup kaldıran ve siyah ayakkabılı, ince bileklerini açığa çıkaran bir hanımın arabaya binmesine yardımcı oluyordu. Arabaların arasında duran Korçaginler'in kapalı Landosunu tanıdı. Saçları ağarmış, kırmızı yanaklı arabacı, özellikle tanıdığı beyefendiye şapkasını çıkararak, saygıyla selam verdi. Nehlüdov daha kapıcıya Mihail İvanoviç (Maslennikov) nerede diye soracak zamanı bulamadan, kendisi, halı serili merdivenlerde gözüktü, sahanlığa kadar değil, ta aşağılara kadar inerek çok önemli bir konuğunu uğurluyordu. Bu çok önemli asker konuk, merdivenlerden inerken, Fransızca olarak, kentte yetimhaneler yararına düzenlenen piyangodan söz ediyor, bunun hanımlar için iyi bir uğraş olduğu yönündeki görüşünü belirtiyordu: "Hem eğleniyorlar, hem de para topluyorlar."

"Qu'elles s'amusent et que le bon Dieu les bénisse..."* "A, Nehlüdov, merhaba! Çoktandır ortalıklarda görünmüyorsunuz, nerelerdesiniz?" diyerek Nehlüdov'u selamladı konuk. *"Allez présenter vos devoirs à madame***. Koçaginler de burada. Et Nadine Bukshevden. Toutes les jolies femmes de la ville*****", uşağının tuttuğu altın sırmalı, görkemli paltosunun altına doğru asker omuzlarını yaklaştırıp hafifçe kaldırarak *"Au revoir, mon cher!*****" dedi. Bir kez daha Maslennikov'un elini sıktı.

Maslennikov, Nehlüdov'un koluna girip kendi koca cüssesine bakmaksızın onu yukarı sürükleyerek, coşkuyla "hadi yukarı çıkalım, geldiğin için öyle sevindim ki!" dedi.

Bu önemli kişinin ona gösterdiği ilgiden dolayı Maslennikov müthiş bir coşku içindeydi. Çar ailesine yakın muhafız alayında görev yaparken Maslennikov'un çar ailesiyle ilişkiye çoktan alışmış olması gerekirdi ama alçaklık bilindiği gibi yinelendikçe büyür ve gösterilen her ilgi Maslennikov'u sevimli minik bir köpeğin sahibi tarafından okşanıp sevilip kulaklarının arkası kaşındıktan sonra kapıldığına benzer büyük bir heyecana sürüklüyordu. Köpek kuyruğunu sallar, kulaklarını kısar ve çılgınca dört döner. Maslennikov da aynı şeyleri yapmaya hazırdı. Nehlüdov'un ciddi yüz ifadesini fark etmiyor, onu dinlemiyor, onu baş edilmez bir şekilde konuk odası-

---
* *Fr.* Bırakın eğlensinler, Tanrı da onları kutsasın... (Çev. N.)
** *Fr.* Gidip, ev sahibesine saygılarınızı sunun. (Çev. N.)
*** *Fr.* Nadin Buksgevden de. Kentin bütün güzelleri. (Çev. N.)
**** *Fr.* Görüşmek üzere. Sevgili dostum. (Çev. N.)

na sürüklüyordu, öyle ki, karşı çıkmak olanaksızdı, Nehlüdov da ona boyun eğmek zorunda kaldı.

Maslennikov, Nehlüdov'la birlikte salonu geçerken "İş sonra, ne emredersen, yaparım," diyordu. İçeri girerken uşağa "Hanımefendiye, Knyaz Nehlüdov'un geldiğini haber verin," dedi. Uşak koşturarak önden gitti. *"Vous n'avez qu'à ordonner*". Ancak karımı mutlaka görmelisin. Geçen geldiğinde seni görüştürmediğim için zaten paparayı yedim."

İçeri girdiklerinde uşak çoktan haberi ulaştırmış ve Anna İgnatevna, kendi deyimiyle vali yardımcısının karısı, general hanımı, divanın yanında onu çevreleyen başların ve şapkaların arasından, ışıldayan bir gülümsemeyle Nehlüdov'u başıyla selamlamıştı. Konuk salonunun diğer ucunda hanımlar ellerinde çay, masanın başına oturmuş, beyler de, asker, sivil, ayakta dikiliyorlar ve ortalık ardı arkası kesilmeyen erkek ve kadın sesleriyle çınlıyordu.

Anna Ignatevna içeri giren Nehlüdov'u aralarında asla olmayan, su sızmıyormuş hissini veren sözlerle *"Enfin!"** Neden bizi boşladınız? Bir kusurumuz mu oldu?" diyerek karşıladı.

"Sizler tanışıyor musunuz? Tanıştırayım. Madam Belyavskaya, Mihail İvanoviç Çernov. Buyurun yanımıza oturun."

"Missi, *venez donc à notre table. Ou vous apportera votre thé*...*** Siz de..." diyerek Missi ile konuşan subaya döndü, anlaşılan subayın adını unutmuştu. "Lütfen buraya buyurun. Knyaz, çay ister misiniz?"

"Hiç de öyle değil, hiç katılmıyorum, kız yalnızca sevmiyordu," diyen bir kadın sesi duyuldu.

"Ama çörekleri seviyordu."

---

* *Fr.* Emretmen yeter. (Çev. N.)
** *Fr.* Sonunda. (Çev. N.)
*** *Fr.* Bizim masaya gelin. Sizin çay servisinizi buraya yapacaklar. (Çev. N.)

İpek, altın ve taşlarla göz kamaştıran, uzun şapkalı başka bir kadın gülerek "Bitmek bilmeyen aptalca şakalar," diyerek arka çıktı.

"*C'est excellent**, bu gofretler hem çok hafif. Buraya biraz daha getirin."

"Nasıl, yakında gidiyor musunuz?"

"Evet, artık bugün son günümüz. Bunun için de geldik."

"Harika bir bahar, köy şimdi ne kadar güzeldir!"

Missi başında şapka ve incecik beline hokka gibi oturan koyu çizgili bir elbise içinde, adeta bu elbise içinde doğmuş gibi çok güzeldi. Nehlüdov'u görünce kıpkırmızı kesildi.

"Gittiğinizi düşünmüştüm," dedi Nehlüdov'a.

"Gitmek üzereyim. İşler alıkoyuyor. Buraya da bir iş için geldim."

Missi "Anneme uğrayın. Sizi çok görmek istiyor," dedi ve yalan söylediğini ve Nehlüdov'un da bunu anladığını hissederek daha da kızardı.

Nehlüdov onun kıpkırmızı kesildiğini fark etmemiş gibi davranmaya çalışarak, asık yüzle "Zaman bulacağımı pek sanmıyorum," dedi.

Missi öfkeyle kaşlarını çatıp omuzlarını silkti ve elinden boş çay fincanını alan ve kılıcıyla sandalyelere takılarak onu başka bir masaya geçiren zarif subaya döndü.

"Siz de yetimhaneye bağış yapmalısınız."

"Elbette, olabilir ama tüm cömertliğimi piyangoya saklamak istiyorum. Orada kendimi zaten var gücümle göstereceğim."

Yapmacık olduğu çok belli gülen bir ses işitildi.

"Bakın!"

---

* *Fr.* Muhteşem. (Çev. N.)

Kabul günü çok parlaktı ve Anna İgnatevna coşku içindeydi.

"Mika sizin hapishanelerle ilgilendiğinizi söyledi. Bunu çok iyi anlıyorum" dedi Nehlüdov'a. "Mika'nın (onun şişman kocası Maslennikov'du) başka yetersizlikleri olabilir ama onun ne kadar iyi biri olduğunu biliyorsunuz. Bütün bu zavallı mahkûmlar onun çocuğu gibidir. O zaten onları başka türlü göremez. *Il est d'une bonté...**»

İnsanların emri üzerine dövüldüğü, *bonté*** kocasını ifade edebilecek söz bulamayınca durakladı ve hemen gülümseyerek, o sırada içeri giren lila fiyonklar içinde, buruş buruş, yaşlı kadına döndü.

Gerektiği kadar ve laf olsun diye, durumu idare edecek kadar konuşan Nehlüdov ayağa kalktı ve Maslennikov'un yanına gitti.

"Hadi, beni biraz dinler misin, lütfen?"

"Ah, elbette! Ne oldu? Şuraya gidelim."

Japon tarzı küçük çalışma odasına geçip pencerenin kenarına oturdular.

LVIII

"Evet efendim, *je suis à vous****. Sigara ister misin? Yalnız durun, burayı berbat etmeyelim," dedi ve bir kül tablası getirdi. "Evet, sizi dinliyorum."

"Sana iki işim düştü."

"Öyle mi!"

---
* *Fr.* Öyle iyi yüreklidir ki... (Çev. N.)
** *Fr.* İyi. (Çev. N.)
*** *Fr.* Emrine amadeyim. (Çev. N.)

Maslennikov'un yüzü asıldı ve bezgin bir hal aldı. Efendisinin kulaklarının arkasını kaşıdığı, o heyecanlı köpeğin tüm izleri hepten yok olup gitmişti. Konuk odasından sesler duyuluyordu. Bir kadın: "*Jamais, jamaiè je ne croirais*"* diyor, diğer bir köşeden, erkeğin biri, ha bire "*La comtesse Voronzoff ve Victor Apraksine*"** diye yineleyerek bir şeyler anlatıyor, diğer taraftan uğultu halinde bir ses ve gülüşmeler geliyordu. Maslennikov bir taraftan konuk odasında olup bitene kulak kabartıyor, bir taraftan Nehlüdov'u dinliyordu.

"Yine o kadınla ilgili geldim," dedi Nehlüdov.

"Evet, suçsuz yere mahkûm edilen. Biliyorum, biliyorum."

"Onu hastabakıcı olarak hastaneye geçirmeni rica edecektim. Bana bunu yapmanın mümkün olduğunu söylediler."

Maslennikov dudaklarını büzüp düşünceye daldı.

"Hiç sanmıyorum," dedi, "yine de, bir danışayım, yarın sana telgrafla bildiririm."

"Bana hastanede çok fazla hasta olduğunu ve hasta bakıcıya ihtiyaç duyulduğunu söylediler."

"Yok canım, sanmam. Yine de, her koşulda seni haberdar ederim."

"Lütfen," dedi Nehlüdov.

Konuk odasından gürültülü, samimi bir kahkaha koptu.

Maslennikov gülerek "Bütün bular Viktor'un işi," dedi, "keyfi yerinde olduğunda, şaşırtıcı derecede şakacı oluyor."

"Bir şey daha var," dedi Nehlüdov "yalnızca izin belgelerinin süreleri dolduğu için şu anda hapishanede yüz otuz kişi yatıyor. Onları bir aydır içerde tutuyorlar."

Onların içerde tutulmalarının nedenlerini anlattı.

---

* *Fr.* Asla, asla inanmıyorum. (Çev. N.)
** *Fr.* Grafinya Vorontsova ve Viktor Apraksin. (Çev. N.)

Maslennikov "Bütün bunları nasıl öğrendin?" diye sordu ve ansızın yüzünde bir kaygı ve hoşnutsuzluk belirdi.

"Bir sanığın yanına gidiyordum, koridorda bu insanlar etrafımı sarıp rica ettiler..."

"Hangi sanığın yanına gidiyordun?"

"Haksız yere suçlanan ve kendisine avukat tuttuğum bir köylü. Ancak konumuz bu değil. Nasıl oluyor da, hiçbir suçu olmayan bu insanlar, yalnızca izin belgelerinin süreleri dolduğu için içeri atılıyorlar ve..."

Maslennikov can sıkıntısıyla "Bu savcının işi," diyerek Nehlüdov'un sözünü kesti. "Mahkemenin hızlı ve adil olduğunu söyleyen sensin. Hapishaneyi ziyaret etmek ve mahkûmların uğradığı bir haksızlık var mı, bunları öğrenmek savcı yardımcılarının görevi ama hiçbir şey yapmıyorlar, yaptıkları tek şey kâğıt oynamak."

Nehlüdov avukatın, vali savcıyı suçlayacaktır sözlerini anımsayarak, karamsar bir yüz ifadesiyle "Yani, sen hiçbir şey yapamaz mısın?" diye sordu.

"Ne demek, elbette yaparım. Hemen halledeceğim."

Konuk odasından, ne söylediği umurunda olmayan bir kadının sesi işitiliyordu; "Kadın için daha da kötü. *C'est un souffre-douleur*.*"

Başka bir taraftan "En iyisi bunu alayım," diyen neşeli bir erkek sesi ve o neyse adama vermeyen şuh bir kadın kahkahası işitiliyordu.

Kadın "Hayır, hayır, boşuna uğraşmayın," diyordu.

Maslennikov firuze yüzüklü beyaz eliyle sigarasını söndürürken "Her şeyi hallederim," diye yineledi, "şimdi hanımların yanına gidelim."

---

* *Fr.* O cefakâr bir kadın. (Çev. N.)

Nehlüdov konuk odasına geçmeden kapıda durarak "Bir şey daha var," dedi, "bana hapishanede dün birine dayak cezası verildiğini söylediler, bu doğru mu?"

Maslennikov kıpkırmızı kesildi.

Nehlüdov'un koluna girerek ve önemli kişinin gösterdiği ilgiden sonra, ancak bu kez sevinç yerine kaygıyla yaşadığı, o aynı heyecan içinde "Ah, o meseleyi mi diyorsun? Hayır, *mon cher*, sana kesinlikle izin vermemek lazım, üstüne vazife olmayan şeylere karışıyorsun. Hadi, hadi gidelim, Annette bizi çağırıyor," dedi.

Nehlüdov kolunu ondan kurtardı ve kimseye selam vermeden ve hiçbir şey söylemeden, asık bir suratla konuk odasını, salonu geçti ve holde önüne fırlayan uşakları ardında bırakıp sokağa fırladı.

Annette kocasına "Nesi var? Ona ne yaptın?" diye sordu.

Biri "Bu *à la française*"* dedi.

"Ne *à la française*, bu bildiğin *à la zoulou*"**.

"Aman, o hep öyleydi."

Biri masadan kalktı, biri geldi ve takılmalar, eğlenceli sohbet sürüp gitti: İnsanlar Nehlüdov olayını bugünkü sohbetlerinin *jour fixe**** eğlence konusu yapıyordu.

Nehlüdov, Maslennikov'u ziyaret ettiğinin ertesi günü ondan, üzerinde parlak bir arma ve mühürler olan, mükemmel, düzgün bir el yazısıyla kalın bir kâğıda yazılmış, Maslova'nın nakliyesiyle ilgili hastane doktoruna yazdığını ve büyük bir olasılıkla, arzusunun yerine getirileceğini bildiren bir mektup aldı. "Seni seven kadim dostun," diye imzalanmış ve "Mas-

---

* *Fr.* Fransız usulü. (Çev. N.)
** *Fr.* Zulu usulü. (Çev. N.)
*** *Fr.* Başlıca. (Çev. N.)

lennikov," diye yazının altına şaşırtıcı derecede ustaca, kocaman, kalın bir paraf atılmıştı.

Özellikle bu "dostun," sözcüğünde, Maslennikov'un, aşağılık denilebilecek kadar pis ve utanç verici bir iş yaptığına bakmaksızın, kendini çok önemli biri gibi görerek ve eğer yaltaklanmıyorsa, kendini onun dostu olarak adlandırarak, her şeye karşın büyüklüğüyle zerre kadar gururlanmadığını gösteren tavrıyla ona karşı alçakgönüllü davrandığını hisseden Nehlüdov kendini "aptal" demekten alıkoyamadı.

LIX

En yaygın ve en köklü batıl inançlardan biri, her insanın kendine özgü bazı özellikleri – iyi, kötü, akıllı, aptal, canlı, uyuşuk vs. – olduğudur. Oysa insanlar böyle değildir. Birisi hakkında konuşurken onun kötüden daha çok iyi, aptaldan daha çok akıllı, uyuşuktan daha çok canlı olduğunu ya da tam tersini söyleyebiliriz. Ancak bir insan için iyi ya da akıllı, bir diğeri için kötü ve aptal dememiz doğru olmaz. Oysa biz daima insanları bu şekilde ayırırız. Bu da yanlıştır. İnsanlar ırmak gibidir: Su hepsinde, her yerde aynıdır, ancak ırmak kâh dar, kâh hızlı, kâh geniş, kâh sessiz, kâh temiz, kâh soğuk, kâh bulanık, kâh sıcaktır. İnsanlar da aynıdır. Her insan içinde, insanoğlunun tüm özelliklerinin belirtilerini taşır ve bazen bazılarını bazen diğerlerini gösterir ve tamamen kendisi olarak kaldığı halde, sık sık hiç de kendisine benzemeyen biri olur. Bazı insanlarda bu değişiklikler özellikle çok keskindir. Nehlüdov da bunlardan biriydi. Ondaki bu değişiklikler hem fiziksel, hem de ruhsal nedenlerden kaynaklanıyordu. Şimdi de böyle bir değişim içindeydi.

Mahkemeden ve Katyuşa ile ilk görüşmesinden sonra yenilenmenin yarattığı sevinç ve heyecan dalgası tamamıyla geçmiş, yerini son görüşmesinden sonra Katyuşa'ya karşı korku, hatta iğrenme duygusu almıştı. Eğer Katyuşa isterse, onu bırakmamaya ve onunla evlenme kararını değiştirmemeye kararlıydı; ancak bu ona ağır geliyor ve acı veriyordu.

Maslennikov'a ziyaretinin ertesi günü Katyuşa'yı görmek için yine hapishaneye gitti.

Müdür görüşmesine izin verdi ama bu kez ofiste ve avukat odasında değil, kadın görüş bölümünde. Müdür iyi yürekliliğine rağmen Nehlüdov'a karşı önceye göre daha mesafeliydi. Anlaşılan, Maslennikov ile konuştukları, bu ziyaretçiye çok dikkat edilmesi yönünde bir emire yol açmıştı.

"Görüşebilirsiniz," dedi müdür, "yalnızca, lütfen, para konusu, sizden rica ettiğim gibi... Ekselanslarının yazması üzerine, onu hastaneye nakletme konusuna gelince, bu mümkün, doktor da kabul etti. Yalnızca kız kendisi istemiyor 'uyuzların lazımlıklarını taşımaya çok meraklıyım sanki...' diyor, görüyorsunuz ya, knyaz, bu insanlar böyledir," diye ekledi.

Nehlüdov hiçbir yanıt vermedi ve görüşmesine izin vermesini rica etti. Müdür gardiyanı görevlendirdi ve Nehlüdov onun peşinden boş kadın görüş bölümüne girdi.

Maslova çoktan oraya gelmişti, sessizce ve çekingen bir halde parmaklıkların ardından çıktı. Nehlüdov'a iyice yaklaşıp ve Nehlüdov'un yanına bakarak, sessizce "Beni bağışlayın, Dimitri İvanoviç, geçen gün kötü konuştum," dedi.

Nehlüdov "Sizi bağışlamak bana düşmez..." diye başlayacak oldu.

"Ancak yine de benim peşimi bırakın," diye ekledi Katyuşa ve ona diktiği, korkunç bir şekilde kaykılan gözlerinde, Nehlüdov yine gergin ve kötü niyetli bir ifade okudu.

"Sizi neden bırakmamı istiyorsunuz?"

"Öylesi daha iyi."

"Neden öylesi daha iyi?"

Nehlüdov'a yine kötü niyetli görünen bir bakış attı. Titreyen dudaklarıyla "Bakın, size çok açık söylüyorum, benim peşimi bırakın. Yapamam. Bu konuyu tamamen kapatın," dedi ve sustu. "Emin olun, kendimi assam daha iyi."

Nehlüdov onun bu reddedişinde, kendisine karşı bir nefret, bağışlanmaz bir kırgınlıkla birlikte, iyi ve önemli başka bir şeyler daha hissediyordu. Tamamen sakin bir halde, önceki reddedilişinin nedenini ortaya koyan bu durum, Nehlüdov'un içindeki bütün kuşkuları anında yok etti ve onu eskisi gibi ciddi, heyecanlı ve hassas haline döndürdü.

Özellikle ciddi bir tavırla "Katyuşa, daha önce söylediğimi, yine söylüyorum," dedi, "benimle evlenmeni rica ediyorum. Eğer istemiyorsan, isteyinceye kadar, daha önce olduğu gibi sen nerede olursan orada olacağım, seni nereye götürürlerse oraya gideceğim."

"Bu sizin bileceğiniz bir iş, daha fazla söyleyecek bir şeyim yok," dedi ve yine dudakları titremeye başladı.

Nehlüdov da kendinde konuşacak güç bulamıyor, susuyordu.

Sonunda kendini toparlayarak "Şimdi köye gidiyorum, oradan da Petersburg'a geçeceğim," dedi. "Sizin, daha doğrusu bizim davayla ilgili, Tanrı'nın izniyle, kararı iptal etmeleri için uğraşacağım."

"İptal etmezlerse de etmesinler, umurumda değil. Ben bu yüzden değil, başka şeyden dolayı bedel ödüyorum..." dedi ve Nehlüdov, Katyuşa'nın gözyaşlarına engel olmak için ne kadar büyük bir çaba harcadığını gördü. Katyuşa heyecanını gizlemek için hemen "Ne yaptınız, Menşov'u gördünüz mü?" diye sordu. "Gerçekten suçlu değiller, değil mi?"

"Evet, bence de."

Katyuşa "Kadın ne kadar harika bir ihtiyar!" dedi.

Nehlüdov, Menşov'dan öğrendiği her şeyi ona anlattı ve herhangi bir şeye ihtiyacı olup olmadığını sordu; Katyuşa hiçbir şeye ihtiyacı olmadığı yanıtını verdi.

Yeniden sustular.

Katyuşa şehla gözleriyle Nehlüdov'a bakarak, ansızın "Şey, hastane konusuna gelince," dedi, "eğer isterseniz giderim ve içki de içmem..."

Nehlüdov susarak onun gözlerinin içine baktı. Katyuşa'nın gözleri gülümsüyordu.

"Bu çok iyi olur," diyebildi ve Katyuşa ile vedalaştı.

Nehlüdov önceki kuşkularından sonra tamamen yeni, daha önce hiç tatmadığı, aşkın zaferine olan güven duygusu içinde "Evet, evet, o tamamen başka bir insan," diye aklından geçiriyordu.

Bu görüşmeden sonra leş gibi kokan koğuşuna dönen Maslova mantosunu çıkardı ve ranzasına oturup ellerini iki yanına sarkıttı. Koğuşta yalnızca emzirdiği bebeğiyle Vladimirli, veremli kadın, ihtiyar Menşova ve iki çocuğuyla birlikte istasyon bekçisi kadın vardı. Papaz çömezinin kızını dün deli tanısıyla hastaneye göndermişlerdi. Geriye kalan bütün kadınlar çamaşır yıkıyorlardı. İhtiyar kadın ranzada yatmış, uyuyordu; çocuklar kapısı açık koridordaydılar. Vladimirli kadın kucağında bebeğiyle ve istasyon bekçisi kadın da becerikli parmaklarıyla örmeye devam ettiği çorapla Maslova'nın yanına geldiler.

"Ne oldu, görüştünüz mü?" diye sordular.

Maslova yüksek ranzada yanıt vermeden, ayaklarını sarkıtmış sallayarak oturuyordu.

İstasyon bekçisi kadın parmaklarını hızla oynatarak "Bu ağlamaklı halin ne?" dedi. "Boş ver, kendini üzme. Ah, Katyuşa! Hadi ama!" dedi.

Maslova yanıt vermiyordu.

Vladimirli "Bizimkiler çamaşır yıkamaya gittiler. Bugün sadakanın çok olduğunu söylüyorlardı, çok getiren olmuş diyorlar," dedi.

İstasyon bekçisi kadın kapıya doğru "Finaşka," diye seslendi. "Nereye sıvıştın, haylaz."

Şişin birini çıkarıp yumağa ve çoraba saplayıp koridora çıktı.

O sırada koridorda kadınların konuşmaları ve ayak sesleri işitildi, koğuşların sakinleri çıplak ayaklarında hapishane ayakkabıları içeri girdiler, kadınların her birinde birer, bazılarında ikişer ekmek vardı. Fedosya hemen Maslova'nın yanına gitti. Pırıl pırıl mavi gözleriyle Maslova'ya sevecenlikle bakarak "Ne oldu, yoksa bir terslik mi var?" diye sordu. "Çayla yeriz," diyerek ekmekleri rafa koymaya koyuldu.

Korableva "Ne o, yoksa evlenmekten mi vazgeçti?" diye sordu.

"Hayır, vazgeçmedi ama ben istemiyorum," dedi Maslova. "Böyle de söyledim."

Korableva kalın sesiyle "Sen aptalın tekisin," dedi.

"Eee, birlikte yaşamayacak olduktan sonra, neden evlensin ki?" dedi Fedosya.

"Senin kocan seninle birlikte geliyor ya," dedi istasyon bekçisi kadın.

Fedosya "Neden olacak, biz onunla nikâhlıyız," dedi. "Adam birlikte yaşamayacak olduktan sonra neden nikâh kıysın ki?"

"Aptal karı! Nedenmiş? Adam evlensin, onu altına boğar."

Maslova "Seni nereye gönderirlerse göndersinler, peşinden geleceğim dedi," dedi. "Gelirse gelir, gelmezse gelmez. Yalvaracak halim yok. Bu işi çözmek için şimdi Petersburg'a gidiyor. Oradaki bütün bakanlar yakını," diye sürdürdü konuşmasını, "ama yine de ona ihtiyacım yok."

Aklı başka yerde olduğu anlaşılan Korableva çıkınını kurcalarken ansızın "Tabi canım," diyerek ona hak verdi. "Ne dersiniz, içki içelim mi?"

"Ben içmeyeceğim," dedi Maslova. "Siz için."

İKİNCİ BÖLÜM

I

İki hafta sonra dava senatoda ele alınabilirdi, Nehlüdov o zamana kadar Petersburg'a gitmek ve senatodan olumlu bir sonuç çıkmazsa dilekçeyi hazırlayan avukatın tavsiye ettiği gibi majestelerine başvurmak niyetindeydi. Başvurunun sonuçsuz kalması durumunda, ki avukatın düşüncesine göre temyiz gerekçeleri çok zayıf olduğu için buna hazırlıklı olmak gerekiyordu, Maslova'nın da içinde bulunduğu ilk parti kürek mahkûmu haziranın ilk günlerinde sürgüne gönderilebilirdi, dolayısıyla da, Nehlüdov kesin kararlı olduğundan, Maslova ile Sibirya yolculuğuna hazırlanmak için bugünden tezi yok köyleri dolaşıp işlerini toparlamak zorundaydı.

Nehlüdov öncelikle başlıca gelir elde ettiği, en yakındaki, verimli geniş topraklar üzerinde kurulu malikânesine, Kuzminskoye'ye gitti. Bu malikânede çocukluğunu ve gençliğini geçirmiş, yetişkin olduktan sonra da iki kez gitmiş ve bir kez de annesinin ricası üzerine bir Alman kâhya götürmüş ve onunla birlikte işleri kontrol etmişti, bundan dolayı da malikânenin durumundan ve köylülerin idareye, toprak sahibesine karşı tutumlarından çoktandır haberdardı. Köylüler toprak sahibi karşısında, nazikçe söylersek, tam anlamıyla bir bağımlılık içinde, basitçe ifade edersek idare karşısında köle durumundaydılar. Bu kölelik, altmış bir yılında kaldırılan belli kişilerin toprak sahibine köleliği gibi gerçek bir kölelik değildi ama topraksız ve az topraklı köylülerin genel ve ağırlıklı olarak büyük toprak sahiplerine, bazen de istisnai olarak köylülerin de üzerinde yaşadığı toprakların sahiplerine köleliğiydi.

Nehlüdov bunu biliyordu, ekonomi bu kölelik düzeni üzerine kurulu olduğu için bunu bilmemesi olanaksızdı, o da bu ekonomik düzenin kuruluşuna katkıda bulunmuştu. Dahası Nehlüdov yalnızca bunu değil, bunun adaletsizce ve acımasızca olduğunu da biliyordu, bunu Henry George'un öğretisini benimseyip propagandasını yaptığı öğrencilik günlerinden ve bu öğretiye dayanarak, günümüzde toprak mülkiyetini, aynı bundan elli yıl kadar önceki köle mülkiyeti gibi büyük bir günah sayarak, babasından kalan toprakları köylülere dağıttığından beri biliyordu. İşin gerçeği, yaklaşık yılda yirmi bin harcamaya alıştığı askerlik hizmetinden sonra, bütün bu öğretiler yaşamı için zorunlu olmaktan çıkmış, unutulmuştu, üstelik ne mülkiyetle olan ilişkisini, ne de annesinin ona verdiği paranın, bu değirmenin suyunun nereden geldiğini kendisine hiçbir zaman sormadığı gibi bunu aklına bile getirmemeye çalışıyordu.

Ancak annesinin ölümü, miras ve mülklerinin, yani toprakların yönetim zorunluluğu, toprak mülkiyeti ile ilişkisini onun için yeniden gündeme getirmişti. Bundan bir ay kadar önce, Nehlüdov kendi kendine var olan düzeni değiştirecek gücü olmadığını, malı mülkü kendisinin yönetmediğini söyler ve oradan gelen parayla, malikâneden uzakta yaşayarak az çok huzur bulabilirdi. Şimdi ise her ne kadar önünde para gerektiren Sibirya seyahatiyle, hem karmaşık hem de zorlu hapishane dünyasıyla ilişkiler olsa da, yine de işleri eskisi gibi oluruna bırakmamaya, zarar görecek de olsa, onu değiştirmek zorunda olduğuna karar verdi. Bunun için toprakları kendisi işletmemeye, bunun yerine düşük bir fiyata köylülere vererek, onlara toprak sahiplerinden tamamen kurtulmaları olanağını sağlamaya karar verdi. Pek çok kez, toprak kölesi sahipleriyle, toprak sahiplerinin durumunu kıyaslayarak, işçi tutarak toprağı işlemek yerine köylülere vermeyi bir zamanlar toprak sahiplerinin köylüleri angaryadan vergiye geçirmeleriyle bir tutuyordu. Bu, sorunun çözümü değildi ama onun çözümü için bir adımdı, zorbalığın daha kaba bir şekilden daha az kaba bir şekle geçişiydi.

Onun da yapmayı düşündüğü buydu.

Nehlüdov, Kuzminskoye'ye öğleye doğru geldi. Yaşamındaki her şeyi basitleştirdiği için telgraf çekmemiş, bunun yerine istasyondan dört tekerlekli, rahat, çift atlı bir araba tutmuştu. Arabacı, uzun belinin altından büzgülerini kemerle sıktığı, kalın, pamuklu kısa bir kaftan giymiş, bildik arabacılar gibi arabacı yerinde yan oturmuş, beyle konuşmaya meraklı, geçten bir adamdı. Onlar konuşurken, biri cins olmayan, beyaz, bitkin ve topal, diğeri yana koşulmuş, koşturmaktan canı çıkmış, çelimsiz iki at da, her zaman alışık oldukları şekilde yavaş yavaş gidiyorlardı.

Arabacı malikâne sahibini götürdüğünden habersiz, Kuzminskoye'deki kâhyayı anlatıyordu. Nehlüdov da bilerek ona kim olduğunu söylememişti.

Kentte yaşamış ve romanlar okumuş arabacı "Şık bir Alman," diyordu. Uzun kamçı sapını kâh altıdan kâh üstünden tutarak, yolcuya yarı dönük oturuyor ve okumuşluğuyla açıkça böbürleniyordu. "Kuyrukları ve yeleleri açık renk, sarı don atların çektiği bir troyka almış, karısıyla gezip duruyor, keyif çatıyor!" diyerek anlatmayı sürdürüyordu. "Kışın, Noel'de, büyük evde bir çam vardı, konukları yine ben götürmüştüm, alektrik lambalarıyla süslenmişti. Vilayette bile böylesini göremezsin. Parayı vurmuş, bravo adama! Neden yapmasın ki, her şey elinde. Çok güzel de bir malikâne almış diyorlar."

Nehlüdov, Almanın mülkünü nasıl yönettiğinin ve onu nasıl kullandığının hiç umurunda olmadığını düşünüyordu. Ancak uzun belli arabacının anlattıkları canını sıkmıştı. Zaman zaman güneşi kesen, kararan yoğun bulutları, yulaf ekmek için karasabanların peşinde köylülerin dolaştığı baharı müjdeleyen, çevresini kaplayan tarlaları, üzerinde tarla kuşlarının havalandığı yeşile bürünmüş ekinleri, geç yapraklanan meşe ağaçları dışında, tazecik yeşermiş ormanları, sürülerin ve atların alaca bulaca ettiği çayırları, çiftçilerin görünüp kaybolduğu tarlaları seyrediyor, bu harika günün tadını çıkarıyordu. İstemese de, canını sıkan bir şey olduğunu anımsıyor ve bunun ne olduğunu kendine sorduğunda, Kuzminskoye'de Almanın malikâneyi nasıl yönettiğiyle ilgili arabacının anlattıklarını anımsıyordu.

Nehlüdov, Kuzminskoye'ye gelip işlere dalınca bu duyguyu unuttu.

Hesap defterlerinin incelenmesi ve köylüdeki toprakların az ve bey toprakları ile sarılı oluşunun yararlarını safça ortaya koyan kâhya ile yapılan konuşma, Nehlüdov'un toprakları işletmeyi bırakıp bütün toprakları köylülere verme niyetini daha da pekiştirdi. Hesap defterlerinden ve kâhya ile yaptığı konuşmalardan Nehlüdov daha önce olduğu gibi en iyi ekilebilir toprakların üçte ikisinin daha iyi araç gereçlerle kendi işçilerince, geriye kalan üçte birinin desyatina başına beş rubleye tutulan köylülerce işletildiğini, yani köylünün bu beş rubleye toprağı üç kez sürmeyi, üç kez tırmıklamayı ve bir desyatina toprağı baştan başa ekmeyi, sonra harmanı biçmeyi, balyalamayı ya da biçip harman yerine taşımayı, yani dışarıdan ucuz bir fiyata tutulan bir işçinin desyatina başına en az o rubleye yapacağı işi yapmayı üstlendiğini öğrendi. Köylüler ihtiyaç duydukları malzemeleri idareden çok pahalıya alıyorlar ve bunu çalışarak ödüyorlardı. Çayır için, orman için, patatesleri yaprak ve saplarından ayırıp toplamak için çalışıyorlardı ve hemen hemen hepsi yine de idareye borcu kalıyorlardı. Öyle ki, köylülere kiraya verilen uzak topraklar için desyatina başına dört kat daha fazla para alınıyor, yüzde beşten fazlaya geliyordu. Nehlüdov bütün bunları daha önceden de biliyordu ama şimdi bu öğrendikleri yeni bir şeymiş gibi hem kendisinin hem de kendi durumunda olan diğer insanların bu ilişkilerdeki bütün bu anormallikleri nasıl olup da görmediğine şaşıp kalıyordu. Kâhyanın toprakları köylülere verme durumunda bütün demirbaşın yok yere ziyan olacağı, birisini bile değerinin dörtte birine satma olanağı kalmayacağı ve köylülerin toprakları mahvedeceği konusunda ayak direyişi, en çok da böyle bir durumda Nehlüdov'un ne kadar çok zarar edeceği üzerine ortaya koyduğu kanıtlar, Nehlüdov'un toprağı köylülere vererek ve gelirinin büyük bir kısmını yitirerek ne kadar doğru bir şey yaptığı düşüncesini pekiştiriyordu yalnızca. Bu işi hemen, bu gelişinde bitirmeye karar verdi. Ekilmiş ekinin toplanıp satılması, demirbaşların ve gereksiz binaların tamamının elden çıkarılması, bütün bunlar o gittikten sonra kâhyanın yapacağı işlerdi. Kâhyadan hemen Kuzminskoye'ye komşu üç köyün köylülerini, onlara niyetini açıklamak ve verilecek toprakların fiyatında anlaşmak üzere ertesi gün toplantıya çağırmasını istedi.

Nehlüdov, kâhyanın kanıtları karşısında takındığı kararlı tutumun ve köylüler için gösterdiği özverinin yarattığı keyifli bir farkındalıkla yazıhaneden çıktı ve önünde duran işi düşünerek evin çevresinde, bu yıl ihmal edilmiş çiçekliklerin arasında (kâhyanın evinin karşısındaki çiçeklik perişan görünüyordu), hidibalar bürümüş lawn-tennis'de ve genellikle sigara içmek için gittiği, bundan üç yıl önce annesine konuk olan, güzel Krimova'nın ona cilveler yaptığı, iki yanı ıhlamur ağaçlarıyla kaplı yolda gezindi. Nehlüdov, ertesi gün köylülere yapacağı konuşmayı tasarlayarak, kâhyanın yanına döndü ve onunla çay içerken bir kez daha bütün işlerin nasıl tasfiye edileceği sorununu görüştü, bu konuda içi iyice rahatlamış olarak, büyük evde, her zaman konukların ağırlandığı onun için hazırlanmış odaya geçti.

Venedik manzaralı tabloların ve iki büyük pencerenin arasında bir aynanın bulunduğu bu tertemiz küçük odada, pırıl pırıl yaylı bir karyola ve üzerinde bir sürahi, kibritler ve mum külahı olan bir küçük masa vardı. Aynanın önündeki büyük masanın üzerinde, tuvalet takımıyla yanına aldığı kitapların – Rusça, ceza kanunları üzerine araştırma, aynı konuda biri Almanca diğeri İngilizce – göründüğü açık bavulu duruyordu. Köyleri dolaşırken boş zamanlarında onları okumak istiyordu ama şimdi okuyacak zamanı yoktu, ertesi gün erkenden köylülere yapacağı konuşmayı hazırlamak için yatmaya hazırlandı.

Odanın bir köşesinde maundan, oymalı eski bir koltuk duruyordu. Annesinin odasından anımsadığı bu koltuğun görüntüsü ansızın Nehlüdov'un içinde beklenmedik bir duyguya yol açtı. Yıkılıp gidecek bu eve de, yüzüstü kalacak bahçeye de, kesilip gidecek ormanlara da, bütün bu inek, at ahırlarına da, hiç el sürmese de, büyük çabalarla edinildiğini ve üzerine titrenen ambardaki alet edavata, makinelere, atlara, ineklere de acıdı birdenbire. Önceleri bütün bunlardan vazgeçmek kolay geliyordu ama şimdi yalnızca bunlar için değil, aynı zamanda topraklar ve şimdi çok gereksinim duyabileceği, elden gidecek gelirinin yarısı için de üzülüyordu. O anda, toprakları köylülere vermesinin gerekmediği, bunun da, kendi düzenini bozmasının da akılsızca olacağı yönündeki aklına gelen düşünceler yardımına yetişti.

İçinden bir ses "Toprak sahibi olmam gerekmiyor. Toprak sahibi olmayınca da bütün bu işleri ayakta tutamam. Ayrıca şimdi Sibirya'ya gidiyorum, bundan dolayı da ne eve ne de malikâneye ihtiyacım var," diyordu. Diğer bir ses de "Öyle olmasına öyle ama," diyordu, "birincisi, bütün hayatını Sibirya'da geçirmeyeceksin. Evlenirsen çocukların da olabilir. Bu malikâneyi nasıl bir düzen içinde aldıysan, aynı düzen içinde çocuklarına bırakmalısın. Toprağa karşı yükümlülüklerin var. Vermek, yok etmek çok kolay, bütün bunları yeniden edinmek ise çok zor. En önemlisi de, kendi yaşamını etraflıca düşünmeli, tek başına ne yapacağına karar vermeli ve mülklerinle ilgili kararı bunu düşünerek almalısın. Hem bu konuda kesin kararlı mısın? Sonra, atmaya kalkıştığın bu adımı gerçekten vicdanını dinleyerek mi atıyorsun yoksa insanlar karşısında övünmek için mi?" Nehlüdov kendi kendine soruyor ve insanların onun hakkında söyleyecekleri şeyin, kararında etkili olacağını görmezlikten gelemiyordu. Düşünmeye devam ettikçe de sorunlar gittikçe daha çok büyüyor ve iyice içinden çıkılmaz bir hal alıyordu. Bütün bu düşüncelerden kurtulmak için pırıl pırıl yatağa yattı ve şu anda arapsaçına dönen sorunları ertesi gün, dinç kafayla çözmek için uyumak istedi ama uzun süre gözünü uyku tutmadı; açık pencereden içeriyi dolduran taze hava ve ay ışığıyla birlikte, biri hemen yakında, pencerenin altındaki yeni çiçeklenen leylakların arasından, diğerleri parktan, derinlerden gelen bülbül şakımaları ve çığlıklarıyla kesilen kurbağa sesleri geliyordu. Nehlüdov bülbül ve kurbağa seslerini dinlerken müdürün kızının çaldığı müziği anımsadı, müdürü anımsayınca Maslova'yı aklına getirdi, "Bu işin peşini tamamen bırakın," derken aynı bağıran kurbağalar gibi dudakları titriyordu. Sonra Alman kâhya kurbağalara doğru inmeye başladı, kâhyayı durdurmak lazımdı ama o inmekle kalmamış, kaşla göz arasında Maslova'ya dönüşüp ona sitem etmeye başlamıştı: "Ben bir kürek mahkûmuyum, siz ise bir knyaz." "Hayır, etkisi altında kalmamalıyım," diye aklından geçirdi Nehlüdov ve uyku sersemliğini üzerinden atıp "Ne yapıyorum, yaptığım iyi mi yoksa kötü mü? Bilmiyorum, olsun, hiçbir şey umurumda değil. Umurumda değil. Şimdi uyumalıyım." Sonunda kâhya ve Maslova'nın gittiği yere o da tam inmeye başlamıştı ki, orada her şey sona erdi.

II

Ertesi gün Nehlüdov sabah saat dokuzda uyandı. Beye hizmet eden genç kâtip, odasından sesler geldiğini duyunca, bugüne kadar hiç olmadığı kadar pırıl pırıl parlatılmış ayakkabılarını ve tertemiz, buz gibi pınar suyunu getirip köylülerin toplanmaya başladığı haberini verdi. Nehlüdov ayılarak yataktan fırladı. Toprakları vereceği ve işletmeyi tasfiye edeceği için duyduğu dünkü üzüntüden eser kalmamıştı. Şu anda bunları şaşırarak anımsıyordu. Şimdi yapacağı işten sevinç duyuyor ve elinde olmadan kendisiyle gururlanıyordu. Odasının penceresinden, kâhyanın çağrısı üzerine köylülerin toplandığı hindibalar bürümüş *lawn-tennis* alanı görünüyordu. Kurbağalar geceden beri boş yere bağırmıyorlardı. Hava kapalıydı. Sabahtan beri, yaprakların, dalların ve otların üzerine damlacıklar halinde asılı kalan, esintisiz, hafif, ılık bir yağmur atıştırıyordu. Pencereden gelen ot kokusuna bir de yağmura susamış toprağın kokusu eklenmişti.

Nehlüdov giyinirken birkaç kez pencereye göz attı ve dışarda toplanan köylülere baktı. Peşi sıra birbirlerine yanaşıyorlar, şapkalarını, kasketlerini çıkararak birbirlerine selam veriyorlar ve değneklerine dayanarak halka oluşturuyorlardı.

Sırtına yeşil, dik yakalı ve kocaman düğmeli, kısa bir ceket giymiş, kanlı canlı, kaslı, güçlü, genç bir adam olan kâhya, Nehlüdov'un yanına gelip herkesin toplandığını ama onların bekleyebileceğini, önce kahvesini ya da çayını içmesini, her ikisinin de hazır olduğunu söyledi.

Nehlüdov köylüler karşısında konuşma yapacağı düşüncesi aklına geldiğinde kendisinden hiç ummadığı bir utanma ve çekingenlik duyarak, "Hayır, önce onların yanına gitsem daha iyi olur," dedi.

O arzusunu, köylülerin düşünmeye bile cesaret edemeyecekleri arzusunu yerine getirmek, onlara ucuz fiyata toprak vermek üzere, yani onlara iyilik yapmak için köylülerin yanına gitti ama bir şey vicdanını sızlatıyordu. Nehlüdov toplanan köylülerin yanına gidip sarı, kıvırcık, dazlak, ağarmış başlar çıplak kalınca o kadar mahcup oldu ki, uzun süre hiçbir şey söyleyemedi. Hafif yağmur küçük damlalar halinde yağmaya devam ediyor ve köylülerin saçlarında, sakallarında ve kaftanlarının ince tüyleri üzerinde asılı kalıyordu. Köylüler beye bakıyor ve onlara ne söyleyecek diye bekliyorlardı, o ise o kadar mahcup olmuştu ki, ağzını açamıyordu. Bu şaşkınlık içindeki sessizliği kendisini Rus köylüsünün erbabı sayan ve Rusçayı çok güzel ve doğru konuşan, sakin, kendinden emin, Alman kâhya bozdu. Güçlü, semirmiş bu adam, aynı şekilde Nehlüdov'un kendisi de, köylülerin zayıf, buruş buruş yüzleriyle ve kaftanlarının altından belli olan kürek kemikleriyle çarpıcı bir karşıtlık oluşturuyorlardı.

Kâhya "Knyaz size bir iyilik yapıp, toprak vermek istiyor, ancak siz buna değmezsiniz," dedi.

Ağzı laf yapan sarışın bir köylü "Nasıl değmeyiz Vasiliy Karlıç, senin için çalışmadık mı? Biz rahmetli hanımefendiden de çok memnunduk, toprağı bol olsun, genç knyaz da sağ olsun, bizi kapı dışarı etmedi," dedi.

"Bunun için sizi çağırdım, bütün topraklarımı size vermek istiyorum, elbette siz isterseniz," dedi Nehlüdov.

Köylüler anlamamışlar ya da kulaklarına inanamamışlar gibi susuyorlardı.

Kısa kaftanlı orta yaşlarda bir köylü "Toprağı vermek ne anlama geliyor?" diye sordu.

"Kullanmanız için ucuza kiraya vereceğim."

"Güzel iş," dedi ihtiyarın biri.

"Tabii ödeyecek gücün varsa," dedi bir diğeri.

"Toprağı neden almayalım ki!"

"Alışık olduğumuz iş, topraktan geçiniyoruz!"

"Size göre hava hoş tabii, yalnızca alacağınız paracıklara bakarsınız, kim bilir ne dümenler döner!" diyen bir ses işitildi.

"Suç sizin," dedi Alman "siz de adam gibi çalışsaydınız..."

Sivri burunlu, zayıf bir ihtiyar "İnsan kardeşine bunu yapmaz, Vasiliy Karlıç," diyerek söze girişti. "Atı, ekinin içine niye saldın diyorsun, onu salan mı var: Ben sabahtan akşama kadar orak sallıyorum, senede bir gün, geceleyin azıcık uyuyup kalmışım, o da senin yulaflara dalmış, neredeyse derimi yüzecektin."

"Siz de düzeni bozmasaydınız."

Uzun boylu, siyah saçları birbirine girmiş geçten bir köylü "Sana düzeni bozmasaydınız demek kolay, sanki gücümüz yetti de yapmadık," diye karşı çıktı.

"Size çitle çevirin diye söyledim."

Arkalardan ufak tefek, silik bir köylü "Sen de kereste ver," dedi. "Yazın çit yapmak istedim, beni içeri tıktırıp üç ay bitlere yem ettin. Gördük çit çevirmeyi."

Nehlüdov, kâhyaya "Neden söz ediyor?" diye sordu.

Kâhya Almanca *"Der erste Dieb im Dorfe*"* dedi. "Her yıl ormanda enseleniyor. Sen de başkalarının mülküne saygı göstermeyi öğren."

İhtiyarın biri "Sana sanki bir saygısızlığımız mı oldu?" dedi. "Hepimiz avcunun içindeyken, sana saygısızlık yapabilir miyiz? Bizi zaten parmağında oynatıyorsun."

"Bak kardeşim, kimseyi incitmezseniz, sizin de kalbiniz kırılmaz."

"Nasıl kırılmaz! Yazın suratımı dağıttın, öylece de kaldı. Zenginle başa çıkılmayacağı ortada."

"Sen de kurallara uy."

Gözle görülür bir şekilde, konuşanların da neden konuştuklarını doğru dürüst anlamadıkları bir söz düellosu sürüp gidiyordu. Belirgin olan tek şey, bir tarafta korkuyla bastırılmış bir öfke, diğer tarafta üstünlük ve iktidar bilinciydi. Bunları dinlemek Nehlüdov'a ağır geliyor, bir an önce işle ilgili asıl konuya dönmek, fiyatları ve ödeme sürelerini belirlemek istiyordu.

"Peki topraklar ne olacak? İstiyor musunuz? Bütün toprakları verirsem, ne fiyat biçersiniz?"

"Mal sizin, fiyatı da sizin belirlemeniz lazım."

Nehlüdov fiyatı belirledi. Nehlüdov'un belirlediği fiyat çevredekilere ödenenlerin çok daha altında olmasına rağmen, köylüler her zaman yaptıkları gibi fiyatı yüksek bulup

---

* *Alm.* Köydeki en azılı hırsız.

pazarlık etmeye başladılar. Nehlüdov teklifinin memnuniyet yaratacağını ve sevinçle karşılanacağını umuyordu ama gözle görülür hiçbir sevinç belirtisi yoktu. Nehlüdov teklifin onların çıkarına olduğunu ancak konuşma toprağı kimin alacağına, hepsi birlikte mi yoksa bir ortaklıkla mı alınacağına vardığında, toprak alımında aralarındaki güçsüz, doğru dürüst ödeme yapamayacakları ayırmak isteyenlerle, çıkarılmak istenen köylüler arasında amansız bir tartışma patladığında anlayabildi. Sonunda kâhyanın sayesinde fiyat ve ödeme süreleri belirlendi ve köylüler bağıra çağıra konuşarak dağın yamacındaki köylerine döndüler, Nehlüdov da kâhya ile birlikte sözleşmeleri hazırlamak için yazıhaneye gitti.

Her şey Nehlüdov'un beklediği ve istediği şekilde oldu: Köylüler toprağı çevrede kiralanan topraklardan yüzde otuz daha ucuza almışlardı; Nehlüdov'un topraktan elde ettiği gelir neredeyse yarısına düşmüştü ama özellikle ormanın satışından elde ettiği ve demirbaşların satışından gelecek para da eklendiğinde onun için fazlasıyla yeterliydi. Her şey çok güzel görünüyordu ama Nehlüdov'un sürekli içini sıkan bir şey vardı. Her ne kadar köylülerin arasından kimileri ona minnettarlıklarını belirten sözler etseler de, bazılarının memnun olmadığını, ondan daha fazla şeyler beklediklerini görüyordu. Sonuçta, kendisi pek çok şey yitirmiş ama köylüleri tam anlamıyla memnun edememişti.

Ertesi gün evde hazırlanan sözleşmeler imzalandı ve ihtiyar heyetinden gelenler tarafından uğurlanan Nehlüdov, eksik kalan bir şeylerin yarattığı hoşnutsuzlukla, istasyondan getiren arabacının sözünü ettiği, kâhyanın gösterişli troykasına bindi ve olan bitene akıl erdiremeyen ve hoşnutsuz başlarını sallayan köylülerle vedalaşarak istasyona doğru yola koyuldu. Nehlüdov kendisinden memnun değildi. Neden memnun olmadığını o da bilmiyordu ama sürekli içini kahreden, canını sıkan bir şeyler vardı.

III

Nehlüdov, Kuzminskoye'den, halalarından miras kalan, Katyuşa ile tanıştığı o malikâneye gitti. Bu malikânede de toprakla ilgili işleri aynı Kuzminskoye'de yaptığı gibi bir düzene sokmak, ayrıca Katyuşa ve ondan olan bebeği ile ilgili öğrenebileceği her şeyi, bebek gerçekten ölmüş müydü ve nasıl ölmüştü öğrenmek istiyordu. Sabah erkenden Panovo'ya geldi, avluya girer girmez onu şaşkınlığa uğratan ilk şey, tüm yapıların ve özellikle evin yüzüstü bırakılmış harap görüntüsü oldu. Bir zamanlar yemyeşil boyalı olan saç çatı, çoktandır boyanmamış, pas rengine bürünmüş, birkaç yerinden fırtınadan olmalı yukarı kalkmıştı: Evin ince ahşap kaplamaları yer yer, hafifçe kalkan yerlerinden, paslı çivileri elle çıkarılarak sökülmüştü. Kapı önündeki küçük sundurmalar, hem girişteki, hem de onun özellikle anımsadığı arkadaki, her iki sundurma da çürümüş, kırılmış, yalnızca korkulukları ayakta kalmıştı; bazı pencerelere cam yerine ince ahşaplar çakılmıştı ve kâhyanın oturduğu ek bina da, mutfak da, ahırlar da, kısacası bütün her şey köhnemiş ve canlılığını yitirmişti. Yalnızca bahçe o kadar harap değildi ama her yer yeni büyüyüp birbirine girmiş çiçeklerle kaplıydı; çitin ardından tıpkı beyaz bulutlar gibi tomurcuklanmış vişne, elma ve erik ağaçları görünüyordu. Leylak çiti de, bundan on dört yıl önce Nehlüdov'un on sekiz yaşındaki Katyuşa ile, bu çitin ardında kovalamaca oynarken düşüp ısırgan otlarından cayır cayır yandığı, tıpkı o yılki gibi çiçeklenmişti. Sofya İvanovna'nın evin yanına diktiği, o zamanlar kazığa benzeyen melez çam ağacı şimdi her tarafı sarımtırak yeşil, hafifçe tüylenmiş iğne yapraklı dallarıyla kocaman kerestelik bir ağaca dönüşmüştü. Irmak kabarmış, su değirmenden gürleyerek dökülüyordu. Irmağın ardındaki çayırlıkta köylülere ait alacalı bulacalı karma bir sürü otluyordu. Papaz okulunu bitirmemiş kâhya, Nehlüdov'u avluda gülerek karşıladı, gülmesini sürdürerek onu yazıhaneye davet etti ve aynı gülümsemeyle, sanki bu gülümsemeyle özellikle bir şey vaat ediyormuş gibi bölmenin arkasına geçti. Bölmenin arkasından bir fısıldaşma duyuldu sonra kesildi. Bahşişini alan arabacı çıngırakları çala çala avludan çıkıp gitti ve ortalık sessizliğe gömüldü. Bunun ardından pencerenin yanından, işlemeli gömlek giymiş, kulakları ponpon küpeli, yalın ayak bir kız koşarak geçti, kızın arkasından da kalın çizmelerinin çivili topuklarını sertleşmiş patikaya vura vura bir adam koşturdu.

Nehlüdov pencerenin yanına oturup bahçeye bakarak çevreye kulak kabarttı. Küçük kanatlı pencereden, terli alnına dökülen saçlarını ve bıçakla kertik kertik edilmiş pencere kenarında duran not kâğıtlarını hafifçe havalandıran taze bir bahar havası ve sürülmüş toprak kokusu geliyordu. Irmaktan, çamaşır yıkayan kadınların birbiri ardı sıra vurdukları tokaçların "pat, pat, pat" sesleri duyuluyor ve bu sesler pırıl pırıl güneşin altında, bent çekilmiş ırmağın üzerinde dağılıyor, aynı zamanda değirmene dökülen suyun tekdüze sesi işitiliyor ve huzursuz bir sinek kulağının dibinde vızır vızır vızıldayarak uçup duruyordu.

O sırada Nehlüdov ansızın bir zamanlar henüz tertemiz bir gençken, burada, değirmenin tekdüze şarıltısının ardından gelen, ırmak kenarında dövülen ıslak çamaşırlardan yükselen bu tokaç seslerini işittiğini ve aynı bu şekilde bahar rüzgârının terli alnına dökülen saçlarını ve kertikler içindeki pencere kenarında duran kâğıtları havalandırdığını ve yine aynı bu şekilde huzursuz bir sineğin kulağının dibinde uçtuğunu anımsadı. Anımsadığı o zamanlardaki gibi on sekizlik bir delikanlı değildi ama kendini yine aynı o körpelik ve saflık içinde, geleceğe dair en büyük olanaklarla donatılmış hissediyordu. Bununla birlikte, rüyada olduğu gibi, artık böyle bir şeyin olmadığını da biliyordu ve içini korkunç bir keder kapladı.

Kâhya gülümseyerek "Yemeğinizi ne zaman hazırlamamızı emredersiniz?" dedi.

"Ne zaman isterseniz, şimdi aç değilim. Köyü dolaşmaya gidiyorum."

"Evi dolaşmak istemez miydiniz, içerde her şey derli toplu. Buyurun bakın, gerçi dışarıdan..."

"Hayır, sonra bakarım, şimdi lütfen, söyler misiniz, buralarda Matryona Harina adında bir kadın var mı?"

(Bu kadın Katyuşa'nın teyzesiydi.)

Kâhya, yüzünde beyini hoşnut etmek isteyen ve Nehlüdov'un da tıpkı kendisi gibi her işten anladığından emin olduğunu ifade eden, hep o aynı gülümsemeyle "Olmaz mı, kendisi köyde, onunla bir türlü başa çıkamıyorum. Meyhanecilik ediyor. Biliyorum, onu enseliyorum da ama tutanak düzenlemeye gelince acıyorum, ihtiyar bir kadıncağız, torunları da var" dedi.

"Nerede oturuyor? Ona bir uğramak istiyorum da."

Kâhya, neşeyle gülümseyerek "Köyün ucunda, sondan üçüncü kulübe. Sol tarafta kerpiç bir ev var, hemen o kerpiç evin arkasındaki derme çatma kulübe onunki. En iyisi sizi ben götüreyim," dedi.

Nehlüdov, burada da aynı Kuzminskoye'de olduğu gibi, köylülerle mümkünse, hemen bu akşam işi bitirme niyetiyle

"Hayır, teşekkür ederim, ben bulurum, siz lütfen köylülere toplanmaları için haber verin, onlarla toprak işi için görüşmem lazım," dedi.

IV

Nehlüdov avlu kapısından çıkınca, sinir ve bit otlarıyla kaplı, iyice sertleşmiş patikada, tombul, çıplak ayaklarıyla sekerek koşturan, alacalı bulacalı önlüklü, kulakları ponpon küpeli köylü kızla karşılaştı. Gittiği yerden geri dönerken sol elini hızla önüne doğru sallıyor, sağ eliyle de kırmızı bir horozu sımsıkı karnına bastırıyordu. Horoz sallanan kırmızı ibiğiyle oldukça rahat görünüyor ve yalnızca gözlerini belertmiş, tırnaklarını kızın önlüğüne takarak, kara ayaklarından birini kâh uzatıp kâh çekiyordu. Kız beye yaklaşınca, önce yavaşlayıp koşmayı bırakarak, yürümeye başladı, onunla aynı hizaya gelince de durdu ve başını arkaya atarak onu selamladı, Nehlüdov yanından geçer geçmez de horozla birlikte uzaklaştı. Kuyuya doğru inen Nehlüdov, üzerinde kaba kumaştan kirli bir gömlek giymiş, kamburu çıkmış sırtında, ağzına kadar dolu, ağır kovalar taşıyan ihtiyar bir kadıncağızla daha karşılaştı. İhtiyar kadın yavaşça kovaları yere bırakıp aynı şekilde başını geriye atarak Nehlüdov'u selamladı.

Kuyunun ötesinde köy başlıyordu. Pırıl pırıl, sıcak bir gündü ve saat henüz sabahın onu olmasına rağmen, kümeleşen bulutların zaman zaman örttüğü güneş ortalığı kavuruyordu. Sokakları keskin, ağır ancak hiç de kötü gelmeyen bir gübre kokusu kaplamıştı, koku, cilalanmış gibi düzleşmiş, tepeye doğru uzanan yoldan geçen at arabalarından ve en çok da Nehlüdov'un yanından geçtiği kapıları ardına kadar açık bahçelerde kazılmış gübrelerden geliyordu. Yük arabalarının ardından tepeye tırmanan yalın ayak, poturları ve gömlekleri gübre balçığına batmış köylüler, ipek şeridi güneşte parlayan gri şapkasıyla, attığı her adımda, sapı pırıl pırıl, cilalı, boğumlu bastonunu yere değdirerek köyde yukarı doğru yürüyen uzun boylu, topluca beye bakıyorlardı. Tırıs giden boş arabaların arabacı yerinde sarsıla sarsıla tarlalardan dönen köylüler, şapkalarını çıkarıp, sokaklarında yürüyen bu tuhaf adamı şaşkınlık içinde izliyorlar, köylü kadınlar avlu kapılarının önüne ve eşiklere çıkmış, gözleriyle takip ederek, onu birbirlerine gösteriyorlardı.

Nehlüdov'un yanından geçtiği dördüncü kapının önünde, avlu kapısından gıcırdayarak çıkan, üzerlerinde oturmak için çadır bezi serili, tepeleme gübre dolu arabalar önünü kesti. Altı yaşlarında bir erkek çocuğu gezmeye çıkma heyecanıyla arabanın peşine takılmıştı. Ayağında hasır çarıklar olan genç bir köylü, geniş adımlar atarak, atı avlu kapısından çıkartıyordu. Uzun bacaklı, kır bir tay kapıdan dışarı fırladı ama Nehlüdov'dan ürkerek, arabaya yanaştı ve ayaklarını tekerleğe çarparak, ağır arabayı kapıdan çıkartan, huzursuzlanıp hafifçe kişnemeye başlayan anasının önüne sokuldu. Arkadaki atı, ayağına çizgili bir potur, sırtına uzun, kirli bir gömlek geçirmiş, yine yalın ayaklı, zayıf, zayıflıktan sırtındaki kürek kemikleri dışarı fırlamış, dinç bir ihtiyar çekiyordu.

Atlar adeta yanmış yün yumaklarına benzeyen gri gübrelerin saçıldığı, düzleşmiş yola çıkınca, ihtiyar kapıya dönüp Nehlüdov'u selamladı.

"Bizim hanımların küçücük bir yeğeni olacaktı?"
"Evet, onların yeğeniyim."
"Hoş geldiniz. Ne o, yoksa bizi yoklamaya mı geldiniz?" dedi geveze ihtiyar.

Ne söyleyeceğini bilemeyen Nehlüdov "Evet, evet. Ne var ne yok, hayat nasıl gidiyor?" dedi.

Geveze ihtiyar, adeta tadını çıkartıyormuş gibi sözcükleri uzata uzata "Ne hayat ama! Sürünüp gidiyoruz işte," dedi.

Nehlüdov kapının altına sokularak "Neden sürünüyorsunuz ki?" diye sordu.

İhtiyar, Nehlüdov'u arkasından sundurmanın altındaki iyice temizlenmiş toprak alana kadar izleyerek, "Buna hayat mı denir? Bizimkisi sürünmek," dedi.

Nehlüdov onun arkasından sundurmanın altına geçti.

İhtiyar, baş örtüleri kaymış, kan ter içindeki, eteklerini sıvamış, çıplak baldırları yarısına kadar gübre balçığına batmış, ellerinde yabalarla henüz temizlenmemiş gübre yığınının üstünde duran iki kadını göstererek "İşte, bende on iki can var," dedi. "Kolaysa her ay altı pud* satın al bakalım, nereden alınır ki?"

"Peki, kendininki yetmiyor mu?"

İhtiyar, alay eder gibi gülümseyerek "Kendiminki mi?!" dedi. "Benim topraklar ancak üç canlık, bu günlerde hepsi hepsi sekiz tınaz topladık, Noel'e kadar yetmez."

"O halde işin içinden nasıl çıkıyorsunuz?"

"Nasıl mı? Birini işe koydum, sayenizde biraz para aldım. Ancak Büyük Perhiz'e varmadan hepsi suyunu çekti, daha vergiler de duruyor."

"Vergiler ne kadar?"

"Benim haneden üç ayda bir on yedi ruble gidiyor. Ah, Tanrı kimsenin başına vermesin, işin içinden nasıl çıkacağını kendin de bilemezsin!"

Nehlüdov temizlenmiş yerden, henüz yabalarla dokunul-

---

* 16,4 kg ağırlığındaki eski bir Rus ölçü birimi. (Çev. N.)

mamış, dağınık halde duran, sarı, safran rengi, keskin kokular yayan gübre tabakalarına basarak, küçük avluda ilerlerken, "Kulübenize girebilir miyim?" diye sordu.

"Bu da sorulacak şey mi, buyur geç," dedi ihtiyar ve yalın ayak, parmaklarının arasından balçıklar taşırarak, koşturup Nehlüdov'un önüne geçti ve ona kulübenin kapısını açtı.

Başörtülerini düzeltip eteklerini indiren kadınlar, evlerine giren, gömleğinin kolları altın kol düğmeli, tertemiz beye korkuyla karışık bir merakla bakıyorlardı.

Kulübeden üstlerinde gömlekleriyle iki küçük kız çocuğu fırladı. Nehlüdov şapkasını çıkarıp eğilerek hole, oradan da iki dokuma tezgâhının doldurduğu, ekşi ekşi yemek kokan, kirli, dar kulübenin sahanlığına girdi. İçerde sobanın başında, cılız, damarlı, güneşten kavrulmuş kollarını sıvamış yaşlı bir kadın duruyordu.

İhtiyar "Bak, beyimiz bize konuk geldi," dedi.

Yaşlı kadın sıvalı kollarını indirirken, güler yüzle "Buyurun, hoş geldiniz," dedi.

Nehlüdov "Nasıl yaşadığınızı görmek istedim," dedi.

"Nasıl yaşayalım, işte gördüğünüz gibi. Kulübe yıkıldı yıkılacak, nerdeyse birine tabut olacak. Bizim adam da kalkmış, bu iyi diyor. Gördüğünüz gibi saltanat içinde yaşayıp gidiyoruz," diyordu sözünü esirgemeyen yaşlı kadın sinirli sinirli başını titreterek. "Şimdi de öğle yemeği için sofra hazırlıyordum. İşçi kısmını doyurmak gerek."

"Öğle yemeğinde ne yiyeceksiniz?"

"Ne mi yiyeceğiz? Bizim yemek listesi harika. Önden kvasla ekmek, arkasından ekmekli kvas," dedi yaşlı kadın, yarısına kadar çürümüş dişleriyle sırıtarak.

"Hayır, şakayı bırakın, şimdi ne yiyeceksiniz bana gösterin."

İhtiyar adam gülerek "Yemek mi?" dedi. Bizim yemeğimizin öyle ahım şahım bir tarafı yok. Göstersene ona, kocakarı."

Yaşlı kadın başını salladı.

"Bizim köylü yemeklerini mi görmek istiyorsunuz? Bey sana bakıyorum da, ne kadar meraklısın. Her şeyi bilmek istiyor. Dedim ya, kvaslı ekmek, bir de lahana çorbasıyla, kadınlar dün çamuka balığı getirmişlerdi; işte lahana çorbası, ondan sonra da patates."

"Başka bir şey yok mu?"

Yaşlı kadın arada bir gülümseyerek ve kapıya bakarak "Daha ne olsun, biraz da çorbaya süt katarız," dedi.

Kapı açılmış, sahanlık bir dünya insanla dolmuştu; oğlanlar, kızlar, kucaklarında bebekleriyle kadınlar kapıya sıkışmışlar, köylü yemeklerini inceleyen tuhaf beye bakıyorlardı. Yaşlı kadın, besbelli, beye karşı davranışıyla gururlanıyordu.

"Evet, kötü, bizim hayatımız çok kötü bey, ne demeli," dedi ihtiyar adam, kapıda duranlara "nereye dalıyorsunuz!" diye bağırdı.

Nehlüdov nedenini anlayamadığı bir sıkıntı ve utanç duyarak "Hadi, hoşça kalın," dedi.

"Ziyaretimize geldiğiniz için çok teşekkür ederiz," dedi ihtiyar adam.

Girişte toplananlar birbirlerini sıkıştırarak ona yol açtılar, sokağa çıkınca Nehlüdov yukarı doğru yürüdü. Evden çıkarken yalın ayak iki oğlan çocuğu peşine takıldı: biri, daha büyük olanı, üzerine bir zamanlar beyaz olan kirli bir gömlek, diğeri yıpranmış, rengi solmuş pembe bir gömlek giymişti. Nehlüdov dönüp onlara baktı.

Beyaz gömlekli olanı "Şimdi nereye gidiyorsun?" diye sordu.

Nehlüdov "Matryona Harina'ya," dedi. "Tanıyor musunuz?"

"Hangi Matryona? İhtiyar olanı mı?"
"Evet, ihtiyar olanı."
"O-o" diye uzattı çocuk. "Bu Semyon'unki köyün sonunda. Biz seni götürelim. Hadi, Fedka, götürelim onu."
"Atlar ne olacak!"
"Bir şey olmaz."
Fedka razı oldu ve üçü birlikte köyün yukarısına doğru yürüdüler.

V

Nehlüdov büyüklere göre küçüklerle daha rahattı ve yolda yürürken onlarla sohbet etti. Pembe gömlekli küçük olanı gülmeyi bırakmış, onunla koca bir adam gibi akıllıca ve ayrıntılı bir biçimde konuşuyordu.

"Söyleyin bakalım, köydeki en yoksul kim?" diye sordu Nehlüdov.

"En yoksul olanı mı? Mihail yoksul, Semyon Makarov, bir de Marfa daha da yoksul."

"Bir de Anisya, hepsinden yoksul olanı o. Anisya'ların ineği bile yok, dileniyorlar," dedi küçük olan Fedka.

Büyük oğlan "Onların ineği yok ama hepsi hepsi üç kişiler ama Marfa'lar tam beş kişi," diyerek karşı çıktı.

Pembe gömlekli olanı "Öyle olmasına öyle ama o dul," diyerek Anisya'yı savundu.

"Anisya dul diyorsun, Marfa da dul sayılır," dedi büyük olanı. "Kocası yok, aynı şey."

"Kocası nerede?" diye sordu Nehlüdov.

Büyük olanı, yaygın olarak kullanılan ifadeyle "Hapishanede bitleri besliyor," dedi.

Pembe gömlekli küçük olanı "Yazın beyin ormanından iki akağaç kesmiş, onu hapse attılar," diye aceleyle atıldı. "Altı aydır içerde, kadın da dileniyor, üç çocuk, bir de sakat kocakarı var," diye ayrıntılı bir biçimde anlattı.

"Peki, o kadın nerede yaşıyor?" diye sordu Nehlüdov.

Çocuk, Nehlüdov'un yürüdüğü patikada, eğri, dizlerinden dışarı doğru bükülmüş ayakları üzerinde güçlükle, sallanarak duran, sarı saçlı, minicik bir çocuğun tam karşısındaki evi göstererek "İşte şu ev," dedi.

Sırtında adeta kül içinde kalmış gibi, kirli, gri bir gömlek olan bir kadın kulübeden fırlayarak "Vasya, seni haylaz seni, nereye sıvıştın?" diye bağırdı ve sanki çocuğuna bir şey yapacakmış gibi korku dolu bir yüz ifadesiyle, Nehlüdov'un önüne atılıp çocuğu kaptığı gibi kulübeye götürdü.

Bu, kocası Nehlüdov'un ormanından akağaç kestiği için hapiste yatan kadının ta kendisiydi.

Matryona'nın kulübesine iyice yaklaştıkları sırada Nehlüdov "Peki, Matryona'nın durumu nasıl, o da yoksul mu?" diye sordu.

Pembe gömlekli, sıska çocuk "O neden yoksul olsun ki, votka satıyor," diyerek, kararlı bir şekilde yanıt verdi.

Matryona'nın kulübesine varınca Nehlüdov çocukları yolladı ve sahanlığa, oradan da kulübenin içine girdi. İhtiyar Matryona'nın kulübesi altı arşınlık küçücük bir yerdi, sobanın arkasındaki karyolaya uzun boylu biri sığmazdı. "Katyuşa'nın doğurduğu ve sonra da hasta yattığı yatak bu olmalı," diye aklından geçirdi Nehlüdov. Nehlüdov içeri girerken alçak kapısına başını çarptığı kulübeyi, o sırada ihtiyar kadının büyük kız torunuyla birlikte üzerinde uğraştığı bir dokuma tezgâhı neredeyse tamamen kaplamıştı. İki torun daha beyin peşinden koşturarak paldır küldür kulübeye daldı ve beyin arkasında kapının üst kirişine tutunarak kapıda durdular.

Çalışmayan tezgâh yüzünden kötü bir ruh hali içinde olan ihtiyar kadın öfkeyle "Kime baktınız?" diye sordu. Ayrıca kaçak votka ticareti yaptığı için bütün yabancılardan çekiniyordu.

"Ben çiftlik sahibiyim. Sizinle konuşmak istiyordum."

İhtiyar kadın dikkatle gözlerini dikerek sesini kesti, sonra tamamen bambaşka bir hal aldı.

"Ah sen misin, canım? Ne kadar aptalım! Tanıyamadım, yoldan geçen biri sandım," dedi yapmacık bir sevecenlikle. "Ah, şahinim benim..."

Nehlüdov çocukların, onların arkasında da bir deri bir kemik, hastalıktan benzi solmuş ama yine de gülümseyen, başına paçavradan bir takke sarılı bir çocukla, sıska bir kadının dikildiği ardına kadar açık kapıya bakarak "Baş başa konuşabilir miyiz," dedi.

İhtiyar kadın kapıda duranlara "Hiç adam görmediniz mi, şimdi size gösteririm, verin bakayım benim şu bastonumu!" diye bağırdı. "Hemen kapatın kapıyı bakayım, yoksa!" Çocuklar kaçıştı, çocuklu kadın da kapıyı kapattı.

"Ben de kim gelmiş diye düşünüyorum. Meğerse bizim beymiş, canımın içi, yakışıklım benim!" diyordu ihtiyar kadın. Önlüğüyle sandığı silerek "Hor görmeyip gelmiş. Ah pırlantam benim! Şuraya oturun, velinimetimiz, şuraya sandığın üstüne," dedi. "Ben de hangi şeytan geldi diye düşünüyordum, ah gelen bizim velinimetimiz, iyi yürekli beyimiz, rızkımızı veren değil miymiş? Kusuruma bakma, yaşlı bir ahmağım, gözlerim de görmüyor."

Nehlüdov oturdu, ihtiyar kadın, sağ elini yanağına dayayıp

sol eliyle sivri, sağ dirseğini tutarak karşısına dikildi ve şarkı söyler gibi bir sesle konuşmaya başladı: "Velinimetimiz, sen de yaşlanmışsın; bir zamanlar dal gibi, genceciktin, şimdi ne hale gelmişsin! Anlaşılan, senin de derdin çok."

"Sana bir şey sormak için geldim: Katyuşa Maslova'yı anımsıyor musun?"

"Şu bizim Katerina'yı mı? Nasıl anımsamam, o benim kuzenim... Elbette anımsıyorum; onun için ne çok gözyaşı döktüm, ne kadar ağladım. Her şeyden haberim var. Tanrıya karşı kimin günahı, çara karşı kimin suçu yok ki, cancağızım? Gençlikte olur böyle şeyler, çay kahve içer gibi bir şey, şeytan da güçlü, ayartıyor tabii. Elden ne gelir ki! Onu terk etmişsin ama cömert de davranmışsın, çıkarıp yüz ruble vermişsin. Peki, o ne yaptı dersin, aklını başına alamadı. Beni dinlemiş olsaydı, insan gibi yaşardı. Benim yeğenim de olsa doğruyu söylerim, hafif yollu bir kızdı. Üstelik onu sonra iyi bir yere de yerleştirdim ama söz dinlemedi, beyle kavga etti. Beylerle kavga etmek bizim haddimize mi düşmüş! Defterini dürdüler tabii. Sonra orman müdürünün yanında da pekâlâ yaşayıp gidebilirdi ama seninki istemedi."

"Bir de çocuğu sormak istiyorum. Katyuşa sizin yanınızda mı doğum yaptı? Çocuğa ne oldu?"

"Çocuk için cancağızım, o zaman iyi olacağını düşündüm. Katyuşa da çok kötü durumdaydı, ondan da umudumu kesmiştim. Ben de gereği gibi çocuğu vaftiz ettirip yetimhaneye verdim. Anası can verirken, melek ruhu acı çekiyordu. Başkaları ne yapıyor, yavruyu beslemiyorlar, o da ölüp gidiyor ama ben ne yapıp edip onu yetimhaneye göndereyim diye düşündüm. Para da vardı, alıp götürdüler."

"Peki numarası var mı?"

"Numarası vardı ama zaten o zaman hemen ölmüş. Kadın götürür götürmez öldüğünü söyledi."

"Hangi kadın?"

"Götüren kadın, Skorodnoye'de oturuyordu. Bu işlerle uğraşıyordu. Adı Malanya'ydı, geçenler de o da öldü. Akıllı kadındı, çok becerikliydi çok! Şöyle yapardı, ona bebeği getirirler, bebeği alır ve evinde bakardı, sevk zamanına kadar, cancağızım, beslerdi. Üç dört çocuk toplandığında da hemen götürürdü. Her şeyi çok akıllıcaydı, iki kişilik yatak gibi şöyle kocaman bir beşiği vardı, bebekleri bir o yana bir bu yana koyardı. Bir de kulp takmıştı. Dört çocuğu birbirine başları çarpmasın diye birinin başıyla diğerinin ayağı yan yana gelecek şekilde yatırır, aynı anda dördünü birden uyuturdu. Ağızlarına bir emzik sokar, onlar da, canlarım, gıkları çıkmadan yatarlardı."

"Peki, ya sonra?"

"Katerina'nın bebeğine de böyle baktı. Bu şekilde iki hafta kadar yanında tuttu. Yavrucak daha onun evindeyken sararıp solmuş."

"Güzel bir bebek miydi?" diye sordu Nehlüdov.

İhtiyar kadın "Öyle güzel bir bebekti ki, eşi benzeri yoktu," dedi. Çökmüş gözüyle göz kırparak "Aynı sana benziyordu," diye ekledi.

"Neden zayıf düştü ki? Yoksa doğru dürüst beslemediler mi?"

"Ne beslemesi! Onun için yalnızca herhangi bir bebekti, malum, kendi çocuğu değildi. Yalnızca götürünceye kadar, sağ kalacak kadar beslerdi. Söylediğine göre, Moskova'ya varır varmaz, oracıkta ölmüş çocukcağız. Rapor da getirdi, her şey olması gerektiği gibiydi. Akıllı bir kadındı."

Nehlüdov kendi çocuğu hakkında yalnızca bunları öğrenebildi.

VI

Nehlüdov bir kez daha hem kulübenin içindeki hem de sahanlıktaki, her iki kapıya da başını çarparak dışarı çıktı: Beyaz, kül renkli ve pembe gömlekli çocuklar onu bekliyorlardı. Yeni birkaç çocuk daha onlara katılmıştı. Kucaklarında çocuklarıyla bir iki kadın daha bekliyordu, paçavradan takkeli, soluk benizli çocuğunu elinde kuş gibi taşıyan o sıska kadın da aralarındaydı. Bu çocuk ihtiyarlara özgü sevimli yüzünde tuhaf gülümsemesini hiç eksik etmiyor ve eğri başparmaklarını sürekli gererek kıpırdatıyordu. Nehlüdov bunun acıdan kaynaklanan bir gülümseme olduğunu biliyordu. Bu kadının kim olduğunu sordu.

Büyük oğlan "Bu sana sözünü ettiğim Anisya," dedi.

Nehlüdov "Nasıl yaşıyorsun?" diye sordu. "Ne yiyip içiyorsun?"

Anisya "Nasıl mı yaşıyorum? Dileniyorum," dedi ve ağlamaya başladı.

İhtiyarlara özgü sevimli yüzlü çocuk, incecik ayaklarını solucan gibi kıvırarak, ha bire gülücükler dağıtıyordu.

Nehlüdov cüzdanını çıkarıp kadına on ruble verdi. Daha iki adım atmamıştı ki, bebekli başka bir kadın ona yetişti, ardından ihtiyar bir kadın, onun ardından bir kadın daha. Hepsi yaşadıkları yoksulluğu anlatıyor ve yardım etmesini istiyorlardı. Nehlüdov orada, cüzdanında olan altmış ruble bozukluğu onlara dağıttı ve yüreğinde büyük bir kederle eve, kâhyanın oturduğu ek binaya döndü. Kâhya, Nehlüdov'u gülümseyerek, köylülerin akşam toplanacağı haberiyle karşıladı. Nehlüdov içeri girmeden ona teşekkür etti ve elma çiçeklerinin dökülen beyaz taç yapraklarıyla kaplı bahçede gördüklerini ayrıntısıyla düşünmek için gezintiye çıktı.

Başlangıçta ek binanın çevresi sessizdi ama sonra Nehlüdov kâhyanın oturduğu ek binanın yanında, arkasından gülümseyen kâhyanın ara sıra sakin sesinin işitildiği, birbirinin sözünü keserek konuşan iki kadının öfkeli sesini işitip kulak kesildi.

Öfkeli bir kadın sesi "Gücüm yetmiyor, boynumdaki haçı mı çekip alacaksın?" diyordu.

Başka bir ses "Zaten daha yeni girmişti," diyordu. "Geri ver, diyorum. Yoksa hem hayvanlara hem de sütsüz bırakarak çocuklara eziyet etmiş olursun."

Kâhya sakin sesiyle "Ya parasını öder ya da çalışarak kapatırsın," diyordu.

Nehlüdov bahçeden çıkıp biri hamile olduğu besbelli, karnı burnunda, perişan halde iki kadının durduğu, kapının önündeki küçük merdivene yaklaştı. Kâhya ellerini kaba keten bezinden pardösünün ceplerine sokmuş, merdivenin basamaklarında duruyordu. Beyi gören kadınlar seslerini kesip başlarından kaymış başörtülerini düzeltmeye çalıştılar, kâhya da ellerini ceplerinden çıkartıp gülümsemeye başladı.

Kâhyanın anlattığına göre olay şuydu, köylüler danalarını hatta ineklerini bilerek beyin çayırına salıyorlardı. İşte, bu kadınların avlusundan iki inek de çayırda yakalanmış ve ahıra konulmuştu. Kâhya, kadınlardan borçlarını inek başına otuz kapik vererek ya da iki gün çalışarak ödemelerini istiyordu. Kadınlar ise, birincisi, ineklerinin girmeleriyle çıkmalarının bir olduğunu, ikincisi de paralarının olmadığını ileri sürüyorlar ve üçüncü olarak da, çalışarak ödemeye razı olacaklarını, ancak sabahtan beri boğucu sıcakta aç açına, acı acı böğüren ineklerinin hemen geri verilmesini istiyorlardı.

Gülümseyen kâhya, Nehlüdov'a bakarak, sanki onun da tanıklık etmesini ister gibi "Kaç kez güzellikle rica ettim," dedi. "Öğle yemeğine giderken, hayvanlarınıza bakarak olun diye."

"Çocuğa bakmaya koşturmuştum, o arada gözden kaybolmuşlar."

"Sen de üstlendiğin işi bırakıp gitmeseydin."

"O zaman çocuğun karnını kim doyuracaktı? Ona senin meme verecek halin yok ya."

Diğer kadın "Otlağı gerçekten mahvetselerdi bari, o zaman karnım ağrımazdı ama girmeleriyle çıkmaları bir oldu," dedi.

Kâhya Nehlüdov'a dönerek "Bütün çayırı talan etmişler," dedi. "Cezalandırmazsak, saman diye bir şey kalmaz."

"Eeh, günaha girip durma," diye bağırdı hamile olanı. "Benimkiler bir kere bu zamana kadar hiç girmedi."

"Şimdi girdi ya, ya parasını verirsin ya da çalışarak ödersin."

Kadın öfkeyle "Tamam, tamam, çalışarak öderim, yeter ki şu ineği bırak, açlıktan telef etme!" diye bağırdı. Ne gece ne gündüz bir rahat yüzü yok. Kaynanam hasta. Koca desen ortalıklarda yok. Tek başıma her şeyin üstesinden gelmeye çalışıyorum ama artık gücüm kalmadı. Emeklerim boğazında kalsın."

Nehlüdov, kâhyadan inekleri bırakmasını istedi ve yapacaklarını düşünmek için yine bahçeye döndü ama artık düşünecek bir şey yoktu. Onun için artık her şey öylesine açıktı ki, bu kadar gün gibi ortada olan bir şeyi başkalarının da, kendisinin de, bunca zamandır nasıl olup da göremediğine yeterince şaşmıyordu artık.

"İnsanlar yok oluyor, yok oluşlarına alışmışlar, aralarında yok oluşa özgü, çocukların ölümü, kadınların insanüstü çalışması, herkes için, özellikle de yaşlılar için yetersiz beslenme gibi yaşam biçimleri oluşmuş. Halk öyle yavaş yavaş bu hale düşmüş ki, kendisi de bu korkunç durumu görmez, ondan yakınmaz olmuş. Bundan dolayı da biz, bu durumu doğal sayıyor ve zaten olması gereken de bu diye düşünüyoruz." Artık onun için her şey gün gibi açıktı, insanların yoksulluğunun başlıca nedeni, bilincine vardıkları ve sürekli ileri sürdükleri gibi, geçinebilecekleri tek araç olan toprakların toprak sahiplerince gasp edilmiş olmasıydı. Bu arada açık olan bir şey de, çocukların ve yaşlıların süt içemedikleri için öldüğüydü, sütün olmamasının nedeni de, sürülerini otlatacakları, buğday ve saman alacakları toprakları olmamasıydı. Çok açık olan bir diğer şey de, halkın içine sürüklendiği tüm felaketin ya da en azından yoksulluğunun en önemli, başlıca nedeni onu besleyen toprakların, onun elinde değil de, toprak üzerindeki haklarını kullanarak, bu halkın emeğinin üzerine oturan başka insanların elinde olmasıydı. Halka yaşamsal derecede gerekli, yokluğunda insanların öldüğü topraklar ise, elde edilen buğdayın yurt dışına satılması ve toprak sahiplerinin kendilerine şapkalar, bastonlar, faytonlar, bronz eşyalar ve benzeri şeyler satın alabilmeleri için, aşırı yoksulluğa sürüklenen bu insanlar tarafından işleniyordu. Bir çitin içine kapatılmış, ayakları altındaki bütün otları yiyen atlara, kendilerine ot bulabilecekleri başka topraklardan yararlanma olanağı verilmedikçe zayıflayıp açlıktan ölecekleri ne kadar açıksa, bu da onun için artık böylesine açıktı... Bu korkunç bir durumdu ve asla böyle devam edemezdi ve etmemeliydi. Bunun olmasını önleyecek çözüm yollarını bulmalı ya da hiç olmazsa kendisi buna alet olmamalıydı. Nehlüdov hemen oradaki, iki yanı akağaçlarla kaplı yolda bir ileri bir geri gezinirken "Çözüm yollarını kesinlikle bulacağım," diye aklından geçiriyordu. "Bilimsel topluluklarda, devlet kurumlarında ve gazetelerde halkın içine düştüğü yoksulluğun nedenleri ve onu kalkındırma yolları üzerine yorumlar yapıp duruyoruz, ancak halkı kesinlikle kalkındıracak, ihtiyacı olan toprakları zorla elinden almayı bırakmak olan asıl biricik çareden tek söz etmiyoruz." Henry George'un temel ilkelerini ve bu ilkelere olan bağlılığını heyecanla anımsadı ve bütün bunları nasıl olup da unutabildiğine şaşıp kaldı. "Toprak mülkiyet konusu olamaz, tıpkı su gibi, hava gibi, güneş ışığı gibi alım satım konusu yapılamaz. Herkes toprak ve onun insanlara sağladığı olanaklar üzerinde aynı haklara sahiptir." Kuzminskoye'deki işlerini anımsadıkça neden utanç duyduğunu şimdi çok iyi anlamıştı. Kendi kendini kandırıyordu. İnsanın toprak üzerinde hakkı olmayacağını bile bile, bu hakkı kendisinde görmüş ve ruhunun derinliklerinde böyle bir hakkı olmadığını bildiği halde bu hakkın bir kısmını köylülere armağan etmişti. Şimdi böyle yapmayacak ve Kuzminskoye'de yaptıklarını da değiştirecekti. Kafasında kendi planını yaptı, bu plana göre, toprağı köylülere kiraya verecek, kiradan gelen para vergi ödemelerini yapmak ve toplumsal işlerde kullanılmak üzere köylülerin parası kabul edilecekti. Bu Single-tax[*] değildi ama bugünkü düzen içinde ona olabildiğince en yakın olanıydı. Asıl önemlisi ise, toprak mülkiyeti hakkını kullanmaktan vazgeçmesiydi.

Nehlüdov eve gelince kâhya özellikle sevinç içinde gülümseyerek, karısının, ponpon küpeli kızın yardımıyla hazırladığı yemeğin iyice pişmemiş ve güzelce kızarmamış olabileceği yönündeki kaygısını dile getirerek, onu yemeğe davet etti.

---

[*] *Fr.* Tek vergi. (Çev. N.)

Masa ağır bir masa örtüsüyle kaplanmış, peçete yerine işlemeli havlu konulmuştu ve masada sapı kopmuş bir vieux-saxe*çorba kâsesinin içinde, bir o bir diğer kara ayağını uzatan, artık kesilmiş ve hatta parçalara bölünmüş, pek çok yeri hâlâ tüy içindeki, o horozla pişirilmiş patates çorbası, çorbadan sonra ise yine aynı, tüyleriyle kızartılmış horoz ve oldukça yağlı ve bol şekerli peynir tatlısı vardı. Bütün bunlar zerre kadar lezzeti olmamasına karşın, Nehlüdov ne yediğinin farkında olmadan yiyordu: Aklı, köyden gelir gelmez anında yanıtını bulduğu o can sıkıcı sorundaydı.

Kâhyanın karısı başını uzatmış kapıdan bakarken, ponpon küpeli kız da çekingen bir tavırla yemekleri servis ediyor, kâhya da karısının becerisiyle gururlanarak, neşesi iyice artmış bir halde gülümsüyordu.

Yemekten sonra Nehlüdov, kendisini sınamak ve aynı zamanda kafasını bu denli meşgul eden, toprakları köylülere verme projesini birine anlatmak ve bu konuda onun düşüncelerini de öğrenmek için kâhyayı zorla oturttu. Kâhya bunu zaten çoktan düşünmüş ve çok memnun olmuş gibi bir tavır takınmış, gülümsüyor ama aslında, kuşkusuz, Nehlüdov'un doğru dürüst anlatamamasından değil, bu projeden Nehlüdov'un başkalarının çıkarları uğruna kendi çıkarlarından vazgeçtiği sonucu çıktığı için hiçbir şey anlamıyordu, bununla birlikte kâhyanın bilincinde kökleşen asıl gerçek ise, her insan yalnızca başkalarının zararına kendi çıkarlarını düşünür olduğu için, Nehlüdov topraktan elde edilen tüm gelirin köylülere sosyal sermaye olarak verileceğini anlatırken, bir şeyleri anlamadığını sanıyordu.

"Anladım. Demek ki, siz bu sermayeden faiz alacaksınız, öyle değil mi?" dedi, sırıtarak.

---

* *Fr.* Antika Saksonya porseleni. (Çev. N.)

"Yo, hayır. Biliyorsunuz, toprak bireylerin mülkiyet konusu olamaz."

"Bu doğru."

"Dolayısıyla da, toprağın verdiği şeylerin hepsi herkese aittir."

Kâhya gülümsemeyi bırakarak "Yani bu durumda sizin geliriniz olmayacak mı?" diye sordu.

"Evet, ben gelirimden vazgeçiyorum."

Kâhya derin bir nefes aldı ve sonra yeniden gülümsemeye başladı. Şimdi anlamıştı. Nehlüdov'un aklı başında bir adam olmadığını anlamış ve hemen onun topraklarından vazgeçme projesinde kişisel çıkarları için yararlanma olanakları aramaya başlamış ve projeyi ne yapıp edip kiraya verilecek topraklardan yararlanabileceği şekilde yorumlamaya çalışmıştı.

Bunun olanaksız olduğunu anlayınca da, üzülmüş ve projeyle ilgilenmeyi bırakmıştı, yalnızca patronuna yaranmak için gülümsemeye devam ediyordu. Kâhyanın kendisini anlamadığını gören Nehlüdov onu bıraktı, kendisi de kesikler içinde kalmış, mürekkep lekeleriyle kaplı masanın başına oturup projesini notlar halinde kâğıda dökmeye koyuldu.

Güneş yavaş yavaş, yeni yeni yapraklanmaya başlayan ıhlamurların ardından kaybolmaya yüz tutmuş, sivri sinekler sürüler halinde konuk odasını doldurmuş ve Nehlüdov'u ısırıyorlardı. Köyden duyulan sürü melemelerini, açılan kapıların gıcırtılarını ve toplantı için bir araya gelen köylülerin konuşmalarını işittiği sırada notlarını alıp bitiren Nehlüdov kâhyaya, köylüleri yazıhaneye çağırmasına gerek olmadığını, kendisinin köye, onların toplandıkları avluya gideceğini söyledi. Kâhyanın ikram ettiği bir bardak çayı çabucak içen Nehlüdov köyün yolunu tuttu.

VII

Muhtarın avlusunun önündeki kalabalıktan bir uğultu yükseliyordu ama Nehlüdov yaklaşır yaklaşmaz, sesler kesildi ve aynı Kuzminskoye'de olduğu gibi hepsi birbirinin peşi sıra şapkasını çıkarttı. Bu bölgedeki köylüler Kuzminkoye'deki köylülere göre çok daha gösterişsizdiler; genç kızları ve kadınları ponpon küpeler takıyor, erkeklerinin neredeyse hepsi de hasır çarıklar, ev işi gömlekler ve kaftanlar giyiyordu. Bazıları işten döndükleri gibi aynı gömleklerle, yalın ayaktı. Nehlüdov kendini zorlayarak, köylülere toprakları tamamen onlara verme niyetini açıkladığı konuşmasıyla sözlerine başladı. Köylüler susuyorlardı ve yüzlerindeki ifadede hiçbir değişiklik olmamıştı.

"Bana göre," Nehlüdov kıpkırmızı kesilmiş konuşuyordu, "toprağın mülkiyeti işleyenin olmalıdır ve herkesin topraktan yararlanma hakkı vardır."

"Herkesin malumu. Bu çok doğru," diyen köylülerin sesleri işitildi.

Nehlüdov, topraktan elde edilen gelirin herkes arasında paylaştırılması gerektiğini, bunun için de onların toprakları, bedelini kendi belirleyecekleri bir fiyatla satın almaları ve bu miktarı oluşturulacak yine kendilerinin yararlanacakları ortak fona ödemeleri gerekeceğini açıklayarak konuşmasını sürdürüyordu. Onaylayan ve takdir eden sözler duyulmaya devam ediyordu ama köylülerin ciddi yüzleri gittikçe daha ciddi bir hal almış, önceleri beye bakan gözleri ise sanki yaptığı kurnazlığı hepsi anlamış ancak kimseyi kandıramayacağını yüzüne vurmamak için önlerine çevrilmişti.

Nehlüdov oldukça açık konuşuyordu, köylüler de anlayışlı insanlardı; ama onu anlamıyorlardı ve kâhyanın uzun süre anlayamadığı o asıl nedenden dolayı da anlamaları mümkün değildi. Onlar, hiç kuşkusuz, her insanın kendi çıkarını gözeteceğine inanıyorlardı. Toprak sahipleri hakkında edindikleri nesiller boyu süren deneyimlerinden, toprak sahibinin her zaman köylülerin zararına kendi çıkarlarını gözettiğini biliyorlardı. Dolayısıyla da, eğer bir toprak sahibi onları çağırıp yeni bir şey öneriyorsa, bu çok açık ki, bir şekilde onları daha kurnazca aldatmak içindi.

"Evet, ne diyorsunuz, toprağa ne fiyat biçiyorsunuz?" diye sordu Nehlüdov.

Kalabalıktan "Biz nasıl fiyat biçelim? Bu bize düşmez. Toprak da sizin, yetki de sizin," diye yanıt verdiler.

"Olur mu öyle şey, bu parayı toplumsal gereksinimleriniz için kendiniz kullanacaksınız."

"Biz buna karar veremeyiz. Toplum ayrı, bu iş ayrı."

Nehlüdov'un arkasından gelen kâhya, konuya açıklık getirme isteğiyle, gülerek "Anlayacağınız, knyaz size torağı para karşılığı veriyor ama bu para yine sizin sermayeniz olacak, topluma verilecek," dedi.

Öfkeli, dişleri dökülmüş bir ihtiyar, gözlerini yerden kaldırmadan "Biz çok iyi anlıyoruz," dedi. "Yalnızca vadesinde ödemek zorunda olacağımız bankadaki gibi bir şey. Bize çok ağır geleceği için böyle bir şey istemiyoruz, böyle bir şey yaptık mı, hepten battık demektir."

"Gereği yok. Eskisi gibi kalalım daha iyi," diyen hoşnutsuz ve hatta kaba sesler yükseldi.

Özellikle, Nehlüdov hem kendisinin hem de onların imzalaması gereken sözleşmeler hazırlandığından söz edince ateşli itirazlar oldu.

"Ne imzası? Bugüne kadar nasıl çalıştıysak, bundan sonra da öyle çalışmaya devam ederiz. Buna ne gerek var ki? Biz cahil insanlarız."

"Kabul etmiyoruz, zira alışık olduğumuz bir iş değil. Nasılsa, bırakın öyle devam etsin. Yalnızca şu tohum işi değişsin yeter," diyen sesler işitildi.

Tohum işi için istenen değişiklik şuydu, halihazırda ortakçılık usulüne göre ekim yapılan tarlalarda köylüler kendi tohumlarını kullanıyorlardı, şimdi ise bu durumun değişmesini, tohumu beylerin vermesini istiyorlardı.

Nehlüdov, sırtında yırtık pırtık kaftanıyla, lime lime olmuş şapkasını, verilen komut üzerine özellikle dimdik büküllü sol kolunun altında askerler gibi tutan, yüzü ışıldayan, yalın ayak geçten bir köylüye dönerek "Demek ki, siz karşı çıkıyor, toprakları istemiyorsunuz, öyle mi?" diye sordu.

Henüz askerliğin hipnozundan kurtulamadığı anlaşılan bu köylü "Aynen öyle," dedi.

"Demek ki, yeterince toprağınız var?" dedi Nehlüdov.

Eski asker yapmacık neşeli bir tavır takınıp lime lime olmuş şapkasını sanki onu isteyen herkese öneriyormuş gibi özenle önünde tutarak "Nereden olsun bey," diye yanıt verdi.

Nehlüdov şaşırmış bir halde "Ne diyeyim, siz yine de söylediklerimi iyice bir düşünün," diyerek önerisini yineledi.

Dişsiz, somurtkan ihtiyar öfkeyle "Bizim düşünecek bir şeyimiz yok. Ne dediysek o," dedi.

"Yarın bütün gün buradayım, fikrinizi değiştirirseniz, gelip söylersiniz."

Köylüler hiçbir yanıt vermediler.

Böylece hiçbir şey elde edemeyen Nehlüdov, gerisin geri yazıhaneye döndü.

Eve döndüklerinde kâhya "Efendim," dedi, "boşuna uğraşmayın, onlarla anlaşamazsınız; inatçı insanlar. Toplantıda yaptıkları gibi hep ayak direrler, yerlerinden kıpırdatamazsınız. Zira her şeyden korkuyorlar. Aslında bütün bu köylüler, şu karşı çıkan ak saçlı olsun ya da öbür esmer olanı akıllı insanlardır. Birisi yazıhaneye çıkıp gelse, oturtup çay ikram etsen," kâhya gülümseyerek konuşuyordu, "akıl hocası, bakan gibi konuşur, hakkını vererek tartışırlar. Ancak toplantıya gelince bambaşka biri olup çıkıverirler, bir şeyi tutturdular mı..."

"O halde bu kafası çalışan köylülerden birkaçını buraya çağırsak," dedi Nehlüdov, "onlara ayrıntılı bir şekilde anlatsam."

Yüzünden gülümsemesini eksik etmeyen kâhya "Bu olabilir," dedi.

"Öyleyse, lütfen, çağırın yarın gelsinler."

Kâhya iyice neşelenmiş bir halde gülümseyerek "Olur, yarın toplarım," dedi.

Besili kısrağının üzerinde sallanıp duran, karmakarışık sakallarına ömründe tarak değmemiş esmer köylü, sırtında yırtık pırtık kaftanı, demir kösteği şıngırdatarak yanı sıra gelen yaşlı, sıska köylüye "Ne kurnaz adam!" dedi.

Köylüler gece vakti ana yoldan, atları otlatmak için gizlice beyin ormanına gidiyorlardı.

"Toprağı bedavadan vereceğim, yalnızca sen şuraya bir imza at. Bizimkileri az mı kazıkladılar, hayır kardeşim, yağma yok, artık gözümüz açıldı," diye ekledi ve atını durdurup geriye bakarak, geride kalan tayı "Gel canım, gel," diyerek çağırmaya koyuldu, ancak tay geride değildi, yanından çayıra dalmıştı.

Karmakarışık sakallı, esmer köylü, tayın, çiyle örtülü, hoş bir bataklık kokusunun yayıldığı çayırda kuzukulaklarının üzerinde kişneyerek çıkarttığı çatırtıları işitince "Bak, it oğlu ite, iyice alıştı beyin çayırına," dedi.

Yırtık pırtık kaftanlı, sıska köylü "Baksana, zararlı otlar bürümüş, bayramda kadınları yolmaları için göndermek lazım, yoksa tırpanlar körleşir," dedi.

Sakalı karmakarışık köylü beyin yaptığı konuşmayla ilgili görüşünü anlatmayı sürdürüyordu: "İmzalayıver diyor, imzala da seni diri diri yutsun."

"Doğru söylüyorsun," diye karşılık verdi ihtiyar köylü.

Bir daha ağızlarını hiç açmadılar. Yalnızca sertleşmiş yolda atların çıkardığı ayak sesleri işitiliyordu.

VIII

Eve dönen Nehlüdov, yazıhane tarafında, geceyi geçirmek üzere kendisi için hazırlanmış çift yastıklı, anlaşılan kâhyanın karısının çeyizinden çıkarılmış, çift kişilik, koyu kırmızı, ince, desenli ve kapitone işlemeli, ikiye katlanmış bir ipek yorganla kuş tüyü yüksek bir yatak buldu. Kâhya, Nehlüdov'a öğleden kalan yemekleri önerdi ama ret yanıtı alınca kötü yiyecekler ve eşyalar için özür dileyip Nehlüdov'u yalnız bırakarak çekildi.

Köylülerin onun teklifini kabul etmemesi Nehlüdov'u hiç şaşırtmamıştı, tersine Kuzminskoye'de teklifini kabul edip ha bire teşekkür etmelerine, burada ise ona güvensiz hatta düşmanca bir tavır takınmalarına karşın kendini huzurlu ve keyifli hissediyordu. İçerisi havasız ve pisti. Nehlüdov avluya çıktı ve bahçede gezinmek istedi ama o geceyi, hizmetçi odasının penceresini, arkada sundurmayı anımsadı ve suç anılarıyla lekelenmiş yerlerde dolaşmak içinden gelmedi. Yine kapı önündeki küçük sundurmaya oturdu ve genç akağaç yapraklarının keskin kokusuyla dolu ılık havayı içine çekerek, uzun süre gittikçe kararan bahçeyi seyredip değirmeni, bülbülleri ve merdivenin dibindeki çalıların arasında tekdüze bir sesle öten kuşu dinledi. Kâhyanın penceresindeki ışık söndü, doğuda, ambarın arkasında, yükselen ayın kızıltısı parıldıyor, şimşekler çiçek bürümüş bahçeyi ve harap olmuş evi gittikçe daha çok aydınlatıyordu, uzaklardan bir gök gürültüsü işitildi ve gökyüzünün üçte biri kara bir bulutla kaplandı. Bülbüllerin, kuşların sesleri kesildi. Değirmenden gelen su şırıltısının ardından kazların sesleri işitildi, sonra köydeki ve kâhyanın avlusundaki erkenci horozlar, şiddetli fırtınaların olduğu gecelerde hep öttükleri gibi vakitsiz ötüşmeye başladılar. Bir ata sözü vardır, erken öten horozlar neşeli geceyi müjdeler. Nehlüdov için bu gece hepsinden daha neşeliydi. Bu gece onun için mutlu ve keyifliydi. Hayal gücü burada geçirdiği masum gençliğinin o mutlu yazının hatıralarını önünde yeniden canlandırmıştı ve şu anda kendini bırakın o zamanlardakini, hayatının en iyi dakikalarını geçiriyor gibi hissediyordu. Yalnızca anımsamakla kalmıyor, aynı zamanda kendini on dört yaşındaki bir çocukken Tanrı'ya ona gerçekleri göstermesi için yalvardığı, çocukken annesiyle vedalaşırken onun dizinin dibinde her zaman iyi olacağına ve onu hiç üzmeyeceğine söz vererek ağladığı, Nikolay İrtenev ile birlikte birbirlerine sürecekleri namuslu bir yaşam boyu her zaman destek olacaklarına ve tüm insanların mutluluğu için çaba harcayacaklarına söz verdikleri zamanlardaki gibi hissediyordu.

O anda Kuzminskoye'de nasıl ayartıldığını, hem eve hem ormana, hem işletmeye ve hem de topraklara karşı içinde bir acıma duyduğunu anımsadı ve kendi kendine "Peki şu anda acıyor muyum?" diye sordu ve acımış olmasına şaşıp kaldı.

Bugün gördüğü her şeyi gözünün önüne getirdi: Kocası Nehlüdov'un ormanından ağaç kestiği için hapse tıkılan, çocuklu kadını ve onların durumlarındaki kadınları, erkeklerin metresi olmak zorunda gören ya da en azından böyle söyleyen korkunç Matryona'yı; onun çocuklara karşı tavrını, çocukların yetimhaneye götürülüş şekillerini ve zavallı, bir ihtiyar gibi gülümseyen, kötü beslenme koşulları yüzünden ölmek üzere olan paçavra sarılı çocuğu; aç kalmış ineklerine göz kulak olamaması yüzünden Nehlüdov için çalışmak zorunda kalan, çalışmaktan canı çıkmış, bir deri bir kemik kalmış, karnı burnunda kadını. Peşinden de hapishaneyi, tıraşlı kafaları, hücreleri, iğrenç kokuyu, zincirleri ve bunların yanı sıra kendisinin ve tüm kentli beylerin yaşadığı çılgınca lüksü aklına getirdi. Her şey kuşkuya yer bırakmayacak şekilde çok açıktı.

Neredeyse dolunay halini almış pırıl pırıl ay, ambarın arkasından yükseldi ve avluyu kara gölgeler kapladı, harap evin çatısındaki saç parıldadı.

Susan bülbül sanki bu aydınlığı kaçırmak istemiyormuş gibi bahçede ötmeye, şakımaya başladı.

Nehlüdov, Kuzminskoye'de, sorunları çözmek ve ne yapacağına karar vermek için yaşamını ayrıntılı bir biçimde nasıl gözden geçirmeye koyulduğunu ve bu sorunlarla kafasının nasıl karıştığını ve bir türlü onları çözemediğini anımsadı, her soruna ayrı ayrı ne kadar çok kafa yormuştu. Şimdi bu soruları kendisine yöneltmiş, hepsinin ne kadar basit olduğunu görerek hayretler içinde kalmıştı. Basitti çünkü, artık kendisine ne olacağını düşünmüyordu, hatta bu onu zerre kadar ilgilendirmiyor, yalnızca ne yapması gerektiğini düşünüyordu. İşin şaşırtıcı olan yanı, kendisi ile ilgili ne yapacağına bir türlü karar veremiyor ama başkaları söz konusu olduğunda ne yapması gerektiğini çok iyi biliyordu. Artık toprağı elinde tutmanın kötü bir şey olduğunu, köylülere vermesi gerektiğini çok iyi biliyordu. Kesinlikle, Katyuşa'yı bırakmamak, ona yardım etmek, ona karşı işlediği suçun bedelini ödemek için her şeye hazır olmak gerektiğini biliyordu, başkalarının görmediği bir şeyleri gördüğünü hissettiği, bütün bu mahkemelerdeki davaları ve verilen cezaları öğrenmek, incelemek, anlamak zorunda olduğunu da kuşkusuz biliyordu. Bütün bunlardan ne çıkacak bilmiyordu ama kesinlikle bildiği tek şey, onu da, diğerini de, öbürünü de yapmak zorunda olduğuydu ve kendine duyduğu bu müthiş güven Nehlüdov'u sevindiriyordu.

Kara bulut iyice çökmüş, artık şimşekler değil, bütün bahçeyi ve kırılıp gitmiş sundurmasıyla harap evi aydınlatan yıldırımlar görülür olmuştu ve tam tepesinde gök gürledi. Bütün kuşlar seslerini kesti, aynı anda yapraklar hışırdamaya başladı ve rüzgâr Nehlüdov'un oturduğu sundurmaya kadar ulaşarak, saçlarını dağıttı. Bir yağmur damlası düştü, ardından diğeri ve yağmur damlaları dulavrat otlarıyla saç çatının üzerinde patırdamaya başladı ve ortalık birden ateş almış gibi parladı, her şey sessizliğe gömüldü, Nehlüdov daha üçe kadar sayamadan, tam başının üzerinde gökyüzünü kaplayan korkunç bir çatırtı koptu.

Nehlüdov eve girdi.

"Evet, evet," diye düşünüyordu Nehlüdov. "Hayat denen bu şeyi, bu şeyin gerçek anlamını ne anladım ne de anlamam mümkün: Halalarım neden vardı, neden Nikolenka İrtenev öldü de ben hayattayım? Katyuşa neden vardı? Benim yaptığım deliliğe ne demeli? Neden savaş oldu? Ya sonrasında sürdüğüm uçarı yaşam? Bütün bunları, Tanrı'nın bütün yaptıklarını anlamak, benim gücümü aşar. Ancak vicdanıma yazılmış olan onun buyruğunu gerçekleştirmek, işte bu gücüm dahilinde, bunu kesinlikle biliyorum. Yaptığım anda, kesinlikle huzur buluyorum."

Yağmur artmış, bardaktan boşanırcasına yağıyor ve çatıdan şarıltıyla fıçının içine akıyordu; daha seyrek çakan bir şimşek avluyu ve evi aydınlattı. Nehlüdov konuk odasına döndü, soyundu ve kopmuş, kirli duvar kâğıtlarının onda uyandırdığı, tahtakurusu olabileceği kuşkusunun yol açtığı korkuyla yatağa girdi.

"Evet, kendini efendi değil, uşak gibi hissetmelisin," diye aklından geçirdi ve bu düşünceden memnun oldu.

Korktuğu başına geldi. Daha mumu söndürür söndürmez, böcekler her yanını sarıp onu yemeye başladılar.

"Toprakları verip Sibirya'ya gitmek, pire, tahta kurusu, pislik demek... Elden ne gelir ki, buna katlanmam gerekiyorsa, katlanırım." Ancak katlanırım diye düşünmesine karşın dayanamadı ve açık pencerenin yanına oturup uzaklaşan bulutu ve yeniden ortaya çıkan ayı hayranlıkla seyre daldı.

IX

Nehlüdov ancak sabaha doğru uyuyabildi ve bundan dolayı da ertesi gün geç uyandı.

Öğleyin kâhyanın çağırdığı yedi seçilmiş köylü, kâhyanın evinde elmaların altına, yere çakılı kazıkların üzerine kurulu küçük bir masa ve sıranın olduğu elma bahçesine geldiler. Oldukça uzun bir süre köylüleri şapkalarını giyip sıraya oturmaları için ikna etmeye çalıştılar. Hele bugün ayaklarına temiz dolak sarıp çarık giymiş eski asker, lime lime olmuş şapkasını "cenazede" tuttukları gibi önünde tutmuş, ayak diriyordu. Ancak içlerinden biri, Michelangelo'nun Musa'sı gibi kıvırcık sakalı yarı ağarmış, yanık, bronzlaşmış alnına ağarmış gür kıvırcık saçları dökülmüş, saygın görünüşlü, geniş omuzlu bir ihtiyar, koca şapkasını başına geçirip yeni ev yapımı kaftanının önünü kapatarak, sıraya geçip oturunca, diğerleri de onu izledi.

Herkes yerleşince Nehlüdov karşılarına oturup masanın üzerindeki proje notlarını aldığı kâğıda dirseklerini dayayıp projeyi anlatmaya başladı.

Köylüler az olduğundan mı yoksa kendisiyle ilgilenmeyi bırakıp işe kaptırdığında mı, Nehlüdov bu kez hiçbir utanç duymuyordu. Elinde olmadan daha çok geniş omuzlu, kıvırcık ak sakallı ihtiyara dönerek, ondan onaylama ya da itiraz beklentisiyle anlatıyordu. Ancak Nehlüdov'un onunla ilgili düşüncesi yanlış çıktı. Saygıdeğer ihtiyar her ne kadar güzel, vakur başını olumlu anlamda, ya da başkaları itiraz edince kaşlarını çatarak iki yana sallasa da, Nehlüdov'un anlattıklarını anlaşılan büyük bir zorlukla, ancak diğer köylüler kendi dilleriyle yeniden anlattıklarında anlıyordu. Nehlüdov'un söylediklerini, vakur ihtiyarın yanında oturan, ufak tefek, bir gözü kör, sırtına kaba pamuklu kumaştan, yamalı, kısa bir kaftan, ayağına ağzı burnu bir tarafa gitmiş çizmeler giymiş, neredeyse sakalsız, Nehlüdov'un sonradan sobacı olduğunu öğrendiği tonton ihtiyar çok daha iyi anlıyordu. Bu adam dikkat kesilmiş bir halde kaşlarını hızlı hızlı oynatıyor ve hemen Nehlüdov'un anlattıklarını kendi dilince yeniden söylüyordu. Ak sakallı, kısa boylu, bodur, pırıl pırıl zeki gözlü, Nehlüdov'un sözlerine karşı şakacı ve alaycı bir şekilde takılmak için hiçbir fırsatı kaçırmayan ihtiyar da aynı şekilde hemen anlıyor ve açıkça bununla böbürleniyordu. Eski asker de askerlikten dolayı sersemlememiş ve anlamsız askeri dilin alışkanlıklarına karışmamış olsaydı, ihtimal ki, konuyu o da anlardı. Sırtına ev işi bir giysi, ayağına yeni çarıklar giymiş, gaga burunlu, minik sakallı ve uzun boylu, tok sesiyle konuşan adam konuya hepsinden daha ağırbaşlı yaklaşıyordu. Bu adam her şeyi anlıyor ve ancak gerekli olduğunda konuşuyordu. Geriye kalan iki ihtiyar, biri şu dişsiz, bir gün önce toplantıda Nehlüdov'un bütün önerilerine bağırarak kesinlikle karşı çıkan, diğeri de, uzun boylu, soluk yüzünden iyilik okunan, topal, galoş içindeki çırpı gibi ayaklarını beyaz dolaklarla sıkıca sarmış ihtiyar, her ikisi de dikkatle dinlemelerine karşın neredeyse hiç ağızlarını açmıyorlardı.

Nehlüdov öncelikle toprak mülkiyeti konusundaki görüşlerini dile getirdi.

"Toprak, bence," dedi Nehlüdov, "ne satılmalı ne de satın alınmalı, nedenine gelince, eğer satılabilir olursa, bu demektir ki, parası olanlar, parayı bastırıp hepsini alabilir, böylece topraksız kalanlardan da toprağı işleme hakkı için diledikleri kadar para isteyebilirler. Spencer'in savından yararlanarak "ayakbastı parası bile alabilirler," diye ekledi.

Gözleri gülen, ak sakallı ihtiyar "O zaman tek çare, kanat takıp uçmak kalıyor," dedi.

Gaga burunlu, tok sesli köylü "Bu doğru," diye katıldı.

Eski asker de "Aynen öyle," dedi.

Topal, iyi yürekli ihtiyar "Kadıncağız ineğine ot kopardı diye, hemen hapse tıktılar," dedi.

Dişsiz, öfkeli ihtiyar "Bizim tarlalar beş versta ötede, kiralamaya kalksan yanına yaklaşamazsın, öyle bir fiyat çekerler ki, masrafını çıkaramazsın," diye ekledi, "bizi diledikleri gibi parmaklarında oynatıyorlar, angaryadan beter."

"Ben de sizler gibi düşünüyorum," dedi Nehlüdov, "ve toprak sahibi olmayı günah sayıyorum. Bunun için de toprakları size vermek istiyorum."

Musa gibi kıvırcık sakallı ihtiyar, Nehlüdov'un toprağı kiraya vermek istediğini sanarak "Doğrusu iyi bir şey," dedi.

"Bunun için buraya geldim: Artık toprak sahibi olmak istemiyorum, yalnızca bunu nasıl halletmeli, iyi düşünmek lazım."

Dişsiz, öfkeli ihtiyar "Köylülere verirsin, olur biter," dedi.

Nehlüdov bu sözler karşısında niyetinin içtenliğinden kuşku duyulduğu hissiyle ilk anda şaşırdı. Ancak hemen toparlanıp söyleyeceklerini ifade etmek için bu görüşü fırsat bildi.

"Vermekten memnun olurum," dedi, "ancak kime ve nasıl? Hangi köylülere? Neden sizin köyünüze de, Deminskoye'dekilere değil?" (Bu yakınlardaki en fakir köydü.)

Hepsi sesini kesti. Yalnızca eski asker "Aynen öyle," dedi.

"Hadi bakalım," dedi Nehlüdov, "bana söyler misiniz, eğer çar toprağı toprak sahiplerinden alıp köylülere vereceğim deseydi..."

Yine aynı ihtiyar "Gerçekten böyle bir söylenti mi var?" diye sordu.

"Hayır, çarın böyle bir şey dediği yok. Ben öylesine kendi adıma konuşuyorum: Diyelim ki, çar toprak, toprak sahiplerinden alınıp köylülere verilecek deseydi, siz ne yapardınız?"

"Ne mi yapardık? Hepsini herkese can başına eşit olarak dağıtırdık, köylüye de beye de," dedi, sobacı hızlı hızlı kaşlarını kaldırıp indirerek.

Ayağına beyaz dolaklar sarılı, topal, iyi yürekli köylü "Başka nasıl yapılır ki? Can başına dağıtırdık," diyerek destek verdi.

İyi bir yöntem olduğunu düşünerek hepsi bu öneriyi destekledi.

Nehlüdov "Can başına nasıl pay edeceksiniz?" diye sordu. "Uşak takımına da mı vereceksiniz?"

Eski asker yüzüne keyifli, canlı bir ifade vermeye çalışarak "Olur mu öyle şey," dedi.

Ancak ağırbaşlı, uzun boylu köylü ona katılmadı. Bir an düşündükten sonra, tok sesiyle "Bölünecekse, herkese eşit bölünmeli," diye yanıt verdi.

"Olmaz," dedi Nehlüdov, eğer herkese eşit olarak dağıtılırsa, kendisi çalışmayan, ekip biçmeyenlerin hepsi, beyler, uşaklar, aşçılar, memurlar, yazıcılar, bütün kentli insanlar, kendi paylarına düşeni alıp sonra da zenginlere satarlar. Toprak yeniden zenginlerin eline geçer. Diğer yandan, ellerinde kendi paylarını tutanlar, yeniden ürerler, ancak toprakların hepsi çoktan satın alınmıştır. Zenginler de yeniden, toprağa ihtiyacı olanları parmaklarında oynatmaya başlar."

Asker aceleyle "Aynen öyle," diyerek onayladı.

Sobacı öfkeyle askerin sözünü keserek "Toprağı ekip biçenden başkasına satmayı yasaklamalı," dedi.

Nehlüdov kimin kendisi, kimin başkası için ekip biçeceği takip edilemeyeceği için buna karşı çıktı.

Bunun üzerine ağırbaşlı köylü, hep birlikte bir ortaklık kurarak, ekip biçmeyi önerdi.

Kararlı, tok sesiyle "Ekip biçenler paylaşır. Ekip biçmeyen de havasını alır," dedi.

Nehlüdov'un bu komünist projeye karşı savları da hazırdı, bunun için herkesin pulluğunun, aynı ayarda atlarının olması gerektiğini söyleyerek, karşı çıktı, ya da bazılarının diğerlerinden geri kalmaması için atlar da, pulluklar da, harman makineleri de, her şey ortak olmalıydı, bunu gerçekleştirmek için de herkesin buna razı olması gerekirdi.

Öfkeli ihtiyar "Bizim insanımız hayatta böyle bir şeye razı olmaz," dedi.

Ak sakallı, gözlerinin içi gülen ihtiyar "Büsbütün kıyamet kopar," dedi, "karılar birbirinin gözünü oyar."

"Sonra bir de toprağı kalitesine göre nasıl ayıracağız?"

diye sordu Nehlüdov. "Bazılarına verimli, bazılarına da killi ve kumlu toprak düşecek, o zaman ne yapacağız?"

Sobacı "O zaman herkese her topraktan eşit dağıtmalı," dedi.

Nehlüdov yalnızca bir köydeki değil diğer eyaletlerdeki topraklarını da dağıtılacağını söyleyerek karşı çıktı. "Eğer toprağı köylülere parasız verirsek, niye kimileri iyi, geriye kalanlar kötü topraklar alsın ki? Herkes verimli toprak isteyecektir."

Asker "Aynen öyle," dedi.

Diğerleri seslerini çıkarmıyordu.

"Gördüğünüz gibi, bu sanıldığı kadar kolay bir iş değil," dedi Nehlüdov. Bu konuda yalnızca biz değil, pek çok insan kafa yoruyor. George adında bir Amerikalı var, buna bir çare bulmuş. Ben de onun gibi düşünüyorum."

Öfkeli ihtiyar "Patron olan sensin, dilediğin gibi bağışlarsın. Sana kim karışır ki? Kendi bileceğin iş," dedi.

Bu müdahale Nehlüdov'un canını sıktı ama bundan memnun olmayanın yalnızca kendisi olmadığını görerek memnun oldu.

Ağırbaşlı köylü saygı uyandıran tok sesiyle "İzin ver Semyon Amca, bırak da anlatsın," dedi.

Bu müdahale Nehlüdov'u yüreklendirdi ve onlara Henry George'un tek vergi projesini anlatmaya koyuldu.

"Toprak, kimsenin değil, Tanrı'nındır," diye söze başladı.

Birkaç kişi "Bu doğru. Aynen öyle," diye karşılık verdi.

"Toprak herkesin malıdır. Herkes onun üzerinde aynı haklara sahiptir. Ancak toprağın verimlisi de verimsizi de var. Herkes iyisini almak ister. Peki bu durumda eşitliği sağlamak için ne yapmalı?" Nehlüdov "bunun için kim iyi topraklara sahipse o, toprağı olmayanlara, toprağının bedelini öder," diyerek kendi kendini yanıtladı. "Kimin kime ödeme yapacağını belirlemek zor olduğundan ve ortak giderler için para toplamak gerektiğinden, toprak sahibi toprağının ederini her türlü gereksinimlerin karşılanması için fona ödeyecek. Böylece herkes eşit olacak. Toprak mı almak istiyorsun, iyi topraklar için fazla, kötüsü için az öde. Toprak sahibi olmak istemiyor musun, hiçbir şey ödemezsin. Ortak giderleri karşılamak için senin adına yapılacak ödemeyi toprağı olan öder."

Sobacı kaşlarını oynatarak "Bu çok yerinde olur, iyi toprağa sahip olan fazla öder," dedi.

Kıvırcık sakallı, ağırbaşlı ihtiyar "Kafalı adammış bu Jorc," dedi.

Uzun boylu olan, konunun geleceği yeri anlaşılan sezmiş olacak ki, tok sesiyle "Tabii fiyatı da makul olmalı," dedi.

"Fiyat öyle bir ayarlanmalı ki, ne pahalı ne de ucuz olmalı... Eğer pahalı olursa, bu sefer ödenemez ve zarar edilir, ucuz olursa da, herkes birbirinden almaya kalkar ve toprak ticareti başlar. Benim sizinle asıl yapmak istediğim bu."

Köylüler "Bu çok yerinde. Çok doğru. Hem bunun ne zararı var ki..." diye konuşuyorlardı.

Kıvırcık sakallı, geniş omuzlu ihtiyar "Jorc'da da ne kafa varmış!" diye yineledi. "Neler akıl etmiş!"

Kâhya gülümseyerek "Peki, ben toprak almak istersem nasıl olacak?" diye sordu.

"Boş toprak varsa alır, çalışırsınız," dedi Nehlüdov.

Gözlerinin içi gülen ihtiyar "Sen toprağı ne yapacaksın ki? Karnın tok sırtın pek," dedi.

Bu sözlerle toplantı sona erdi.

Nehlüdov önerisini bir kez daha yineledi ama hemen yanıt vermelerini istemedi, diğer köylülerle birlikte değerlendirmelerini ondan sonra ona yanıt vermelerini önerdi.

Köylüler de diğer köylülere danışacaklarını ve öyle yanıt vereceklerini söyleyip vedalaşarak, heyecan içinde ayrıldılar. Yoldan ha bire köylülerin uzaklaşan ateşli konuşmaları işitiliyordu. Köylülerin sesleri gece yarısına kadar uğuldadı ve köyden ırmağın üzerinde yayılarak onlara kadar ulaştı.

Ertesi gün köylüler işi gücü bir yana bırakıp beyin önerisini tartıştılar. Köylüler ikiye bölünmüştü: Bir kısmı beyin önerisini yararlı ve sakıncasız görüyor, diğer kısmı da işin içinde, iç yüzünü anlayamadıkları, bundan dolayı da özellikle korktukları bir oyun seziyordu. Bir sonraki gün teklif edilen koşullarda uzlaşarak, hepsinin ortaklaşa aldığı kararı bildirmek üzere Nehlüdov'un yanına gittiler. Bu uzlaşıda ihtiyar bir kadıncağızın dile getirdiği, yaşlılarca da kabul gören ve yalan dolanla ilgili her türlü tehlikeyi ortadan kaldıran, beyin vicdanını temizlemek için böyle davrandığı açıklaması etkili olmuştu. Bu açıklama Nehlüdov'un Panovo'ya geldiğinde yüklü miktarda sadaka dağıtmasıyla da doğrulanıyordu. Nehlüdov'un burada sadaka dağıtmasına, köylünün içine düştüğü yoksulluğun derecesini ve sert yaşam koşullarını burada ilk kez görmüş olması yol açmıştı ve bu yoksulluk karşısında altüst olmuş, akıllıca olmadığını bile bile, daha geçen yıl Kuzminskoye'deki ormanın satışından aldığı ve bir de demirbaşların satışından gelen kaporayla o sıralarda elinde bir hayli biriken bu paralardan vermemezlik edememişti.

Beyin avuç açanlara para verdiğini öğrenir öğrenmez, halk sürüler halinde, çoğunlukla da kadınlar, tüm çevreden, yardım etmesi için yalvararak kapısını aşındırmaya başlamışlardı. Nehlüdov onlarla nasıl başa çıkacağını, sorunu çözmek için ne yapacağını, kime ne kadar vereceğini gerçekten bilmiyordu. Avuç açanlara, yoksullukları gün gibi ortada olan insanlara, elinde oldukça çok olan parayı vermemezlik edemeyeceğini hissediyordu. Her avuç açana para vermenin de bir anlamı yoktu. Bu durumdan kurtulmanın tek çaresi buradan gitmekti. O da bunu yapmaya çalışıyordu.

Nehlüdov, Panova'daki son gününde eve gitti ve orada kalan eşyaları gözden geçirmekle uğraştı. Eşyaları karıştırırken ihtiyar halalarının kalın, aslan başı şeklinde bronz kulplu maun şifonyerinin alt çekmecesinde pek çok mektup ve onların arasında da grup halinde çekilmiş bir fotoğraf buldu: Sofya İvanovna, Mariya İvanovna, kendisinin öğrenci hali ve saf, körpe, güzel ve yaşam sevinci dolu Katyuşa. Evde olan bütün eşyaların arasından Nehlüdov yalnızca mektupları ve bu fotoğrafı aldı. Geriye kalan her şeyi, sürekli gülümseyen kâhyanın ricasıyla, evi ve Panovo'daki mobilyaları fiyatının onda biri değerine satın alan değirmenciye bıraktı.

Kuzminskoye'de mülklerini yitireceği için hissettiği acıma duygusunu şimdi aklına getirince, bu duyguya nasıl kapıldığına hayret ediyordu; şimdi aynı, yeni dünyalar keşfeden bir gezginin duyabileceği özgürlük ve yenilik hissinin verdiği sonsuz bir sevinç içindeydi.

X

Kent, bu yeni ziyaretinde Nehlüdov'u tuhaf ve bambaşka bir biçimde altüst etmişti. Akşamleyin fenerlerin aydınlattığı yollardan geçerek istasyondan evine geldi. Bütün odalar hâlâ naftalin kokuyor, Agrafena Petrovna ile Korney, her ikisi de kendilerini bitkin ve can sıkıntısı içinde hissediyorlardı, öyle ki, kullanımları yalnızca asmak, kurutmak ve bir yerlere kaldırmaktan ibaret gibi gözüken eşyaların toplanması yüzünden kavga bile etmişlerdi. Nehlüdov'un odasında uğraşan kimse yoktu ama henüz derlenip toplanmamıştı ve sandıklardan odaya geçecek doğru dürüst yer yoktu, Nehlüdov'un gelişi de besbelli, tuhaf bir uyuşukluk içinde yapılan bu evdeki işlere engel oluyordu. Bir zamanlar parçası olduğu bütün bu çılgınca şeyler, köyde gördüğü yoksulluktan sonra Nehlüdov'a o kadar itici gelmişti ki, eşyaların toplanma işini, evdeki bütün işlerin bitirilmesi emrini veren kız kardeşi gelmeden önce tamamlamak isteyen Agrafena Petrovna'ya bırakıp hemen ertesi gün otele yerleşmeye karar verdi.

Nehlüdov sabah erkenden evden çıktı, kendisine hapishaneden çok uzak olmayan, karşısına ilk çıkan, son derece gösterişsiz ve pis mobilyalı, iki odalı bir daire tuttu ve ayırdığı eşyaların evden oraya getirilmesini emredip avukata gitti.

Dışarısı soğuktu. Fırtına ve yağmur sonrası o bildik bahar soğukları bastırmıştı. Hava öyle soğuktu ve öyle insanın içine işleyen bir rüzgâr esiyordu ki, Nehlüdov ince paltosunun içinde buz kesti ve ısınmak için adımlarını hızlandırdı.

Aklında köydeki insanlar vardı: Sanki ilk kez görüyormuş gibi yoksulluk ve eziyet içindeki kadınlar, çocuklar, yaşlı adamlar, özellikle de tonton bir ihtiyar gibi gülümseyen, çarpık bacaklı çocuk, elinde olmadan onlarla kentteki insanları karşılaştırıyordu. Kasap dükkânlarının, balıkçı tezgâhlarının ve hazır giyim dükkânlarının önünden geçerken bir tekine bile köyde rastlamadığı bunca, üstü başı pırıl pırıl, yağ bağlamış esnafı sanki ilk kez görüyormuş gibi hayretler içinde kalmıştı. Açıkçası, bu insanlar, sattıkları ürün hakkında bilgi sahibi olmayan insanları aldatmak için harcadıkları çabanın boş değil, tam tersi yararlı bir uğraş olduğundan çok emindiler. Sırtları düğmeli, koca kıçlı arabacılar da, sırmalı kasketler takmış kapıcılar da, saçları bukleli, önlüklü hizmetçi kızlar da ve özellikle ensesi tıraşlı, arabalarına yayılarak oturmuş, yanlarından geçenleri küçümseyerek ve arsızca süzen fiyakalı faytoncular da aynı şekilde yağ bağlamıştı. Elinde olmadan bütün bu insanların şahsında o topraksız kalmış, yoksulluk içinde kente göçmüş köylüleri görüyordu. Bu insanların bazıları kent koşullarından yararlanmayı becermiş ve aynı hallerinden memnun beyefendilere dönüşmüş, diğerleri ise köyde olduğundan çok daha kötü koşullarda kalmış ve daha da acınası bir duruma düşmüşlerdi. Bir bodrum katının penceresinde gördüğü çalışan ayakkabıcılar da, çıplak çırpı gibi elleriyle, buram buram sabun kokulu buharların taştığı açık pencerenin önünde ütü yapan cılız, sararmış, perişan haldeki çamaşırcı kadınlar da Nehlüdov'a aynı bu şekildeki zavallılar gibi gözüktü. Nehlüdov'un rastladığı baştan aşağıya boyaya batmış, çıplak ayalarına yırtık pabuçlar geçirmiş, önlüklü iki boyacı da aynı şekildeydiler. Güneşten esmerleşmiş, damarlı, zayıf kollarını dirseklerinin üstüne kadar sıvamış boya kovaları taşıyor ve durmaksızın küfürler savuruyorlardı. Yüzleri bitkin ve öfkeliydi. Arabalarında sarsıla sarsıla giden yük arabacılarının toza toprağa batmış, kararmış yüzleri de aynı şekildeydi. Sokak köşelerinde dikilmiş çocuklarıyla dilenen üstü başı yırtık pırtık, eli yüzü şiş kadınlar, erkekler de aynı durumdaydı. Nehlüdov'un yanından geçtiği yolunun üzerindeki lokantanın açık pencerelerinden görünen yüzler de. Üzerlerine şişeler ve çay takımları konulmuş, beyaz önlüklü garsonların sallana sallana çevresinde koşuşturduğu kirli masaların başında ter içinde, kan çanağına dönmüş, sersem suratlı insanlar bağırıp çağırarak, şarkı söyleyerek oturuyordu. Biri sanki bir şeyleri anımsamaya çalışıyormuş gibi kaşlarını kaldırmış, dudaklarını şişirmiş, önüne bakarak, pencerenin yanında oturuyordu.

Nehlüdov elinde olmadan aynı anda buz gibi rüzgârın ona

kadar sürüklediği tozla birlikte her yere sinmiş taze boyanın acı yağ kokusunu soluyarak "İyi ama bütün hepsi buraya neden toplanmış?" diye düşündü.

Sokaklardan birinde, eğri büğrü taşların üzerinde, onunla aynı hizaya gelen, demire benzeyen bir şey taşıyan yüklü bir at arabası, o kadar büyük bir gürültü çıkarıyordu ki, Nehlüdov'un kulakları patlayacak, başı çatlayacak gibi oldu. Arabayı geride bırakmak için adımlarını sıklaştırdı, o anda ansızın demir gürültüleri arasından kendi adını işitti. Durdu ve biraz ötesinde bıyıkları kalıp gibi sivriltilmiş ve cilalanmış gibi pırıl pırıl parlayan suratıyla, arabada oturmuş, ona el sallayan, olağanüstü beyaz dişlerini göstererek gülümseyen bir subay gördü.

"Nehlüdov! Sen misin?"

Nehlüdov ilk anda memnun oldu. Sevinçle "A! Şenbok," dedi ve hemen o anda sevinmesi için hiçbir neden olmadığının farkına vardı.

Bu bir zamanlar halalarına uğrayan Şenbok'un ta kendisiydi. Nehlüdov çoktandır onun izini kaybetmişti ama onun borçlarına aldırmadan alaydan ayrılıp süvari olarak kaldığını, bir şekilde yolunu bulup varlıklı insanların dünyasına katıldığını duymuştu. Halinden memnun, neşeli görüntüsü de bunu destekliyordu.

Arabadan inip kollarını açarak "Sana denk geldiğim iyi oldu! Kentte kimsecikler yok. Görmeyeli amma yaşlanmışsın be dostum," dedi. "Seni yürüyüşünden tanıyabildim. Hadi birlikte yemek yiyelim, ne dersin? Sizin buralarda doğru dürüst yemek yiyecek bir yer var mı?"

Nehlüdov arkadaşını kırmadan atlatmak için "Bilmem ki, pek zamanım da yok," diye yanıt verdi. "Senin burada ne işin var?" diye sordu.

"İşler yüzünden, kardeşim. Veraset işleri. Vasilik yapıyorum. Samanov'un işlerini idare ediyorum. Tanırsın, çok zengin biri. İhtiyar bir bunak. Elli dört bin desyatina arazisi var," dedi, sanki bütün bu arazileri kendisi yapmış gibi kurumlanarak. İşler arapsaçına dönmüş. Köylüler bütün toprakların üstüne oturmuş. Bir şey ödemiyorlar, borçlar seksen bini aşmış. Bir yıl içinde her şeyi değiştirdim ve yüzde yetmiş daha fazla kazandırdım. İyi mi?" diye sordu, gururlanarak.

Nehlüdov, bu Şenbok'un tüm servetini tükettiğini ve dünya kadar borca girdiğini, birisinin arka çıkmasıyla, servetini saçıp savuran varlıklı bir ihtiyarın malını mülkünü yönetmek üzere vasi tayin edildiğini işittiğini anımsadı, anlaşılan bu vasilik sayesinde geçiniyordu.

Nehlüdov, Şenbok'un kalıp gibi sivriltilmiş bıyıklı, pırıl pırıl parlayan, dolgun yüzüne bakarken ve en iyi nerede yemek yenebileceğiyle ilgili içten, dostça gevezeliklerini, vasilik işlerini tereyağından kıl çeker gibi nasıl hallettiği konusundaki böbürlenmelerini dinlerken "Onu kırmadan, paçayı nasıl kurtulabilirim?" diye düşünüyordu.

"Ne dersin, yemeği nerede yiyelim?"

Nehlüdov saatine bakarak "Hiç zamanım yok," diye yanıt verdi.

"O halde şöyle yapalım. Bugün akşam at yarışları var. Gelirsin, değil mi?"

"Hayır, gelemem."

"Gel gel. Artık atım yok ama Grişinler'in atlarına oynuyorum. Anımsıyorsun değil mi? Çok iyi bir harası var. Gelirsin, hem birlikte akşam yemeği yeriz."

Nehlüdov gülümseyerek "Akşam yemeğine de gelemem," dedi.

"Neden ki? Şimdi nereye gidiyorsun? İstersen, ben bırakayım."

"Avukata gidiyorum. Hemen şu köşeyi dönünce," dedi Nehlüdov.

"A, evet hapishanede bir şeyler yapıyormuşsun, öyle mi? Mahkûmlara dava vekili mi ne olmuşsun? Bana da Korçaginler söyledi." Şenbok gülerek çene çalıyordu. "Onlar da gittiler. Neler oluyor? Anlatsana!"

"Evet, evet, hepsi doğru," dedi Nehlüdov "ama bunlar şimdi sokak ortasında konuşulacak şeyler değil!"

"Peki, peki, sen zaten hep tuhaf bir adam oldun. Yarışlara geliyorsun, değil mi?"

"Yo hayır, gelemem, canım da çekmiyor. Lütfen bana kızma."

"Neden kızayım ki! Nerede kalıyorsun?" diye sordu ve yüzü birden ciddileşti, gözleri sabitleşti, kaşları çatıldı. Anlaşılan, bir şey anımsamak istiyordu, Nehlüdov onda, onu hayretler içinde bırakan, lokantanın penceresinde kaşlarını kaldırmış, dudaklarını şişirmiş adamdaki aynı o budalaca ifadeyi gördü.

"Hava amma da soğudu, değil mi?"

"Evet, evet."

Şenbok arabacıya dönüp "Aldıklarım yanında mı?" diye sordu.

Nehlüdov'un elini sıkıca sıkıp arabaya atladı, pırıl pırıl parlayan yüzünün önünde, yeni, beyaz güderi eldivenli elini genişçe sallayarak ve her zamanki gibi olağanüstü beyaz dişleriyle gülümseyerek "Peki öyleyse, hadi hoşça kal; seni gördüğüme çok ama çok memnun oldum," dedi.

Nehlüdov avukata doğru giderken "Yoksa ben de böyle biri miydim?" diye aklından geçirdi. "Evet, tıpatıp olmasa bile, yine de böyle olmayı istiyor ve bu şekilde yaşayacağımı düşünüyordum."

XI

Avukat, Nehlüdov'u hiç bekletmeden kabul etti ve hemen, okuduğu ve asılsız suçlamalarla çileden çıktığı Menşovlar'ın davasıyla ilgili konuşmaya başladı.

"İnsanı çileden çıkartan bir dava," dedi. "Büyük bir olasılıkla kundaklama mülk sahiplerince sigortadan para almak için yapılmış, ancak gerçek şu ki, Menşovlar'ın suçu hiç kanıtlanmamış. Suçlu olduklarına dair en ufak bir kanıt yok. Bu tamamen sorgu hâkiminin işgüzarlığı ve savcı yardımcısının özensizliği. Yeter ki dava ilçede değil burada görülsün, kazanacağımıza söz veririm, hiçbir ücret de almam. Efendim, diğer davaya gelince, Fedosya Birükova'nın, majestelerine sunulacak dilekçesi hazır, Petersburg'a gidecek olursanız yanınıza alın, bizzat kendiniz verip rica edin. Yoksa adalet bakanlığından bilgi isterler, oradan da bir an önce başlarından savmak için olumsuz yanıt verirler, bir şey elde edemezsiniz. Bu arada siz de yukarılardan birilerine ulaşmaya çalışın."

"Çara mı?" diye sordu Nehlüdov.

Avukat gülmeye başladı.

"O artık başvurulacak en yüksek, en yüce makam. En yüksek derken, başvuru ya da idare komisyonunda bir sekreter falan demek istedim. Evet efendim, her şey tamam mı?"

"Hayır, bakın bir de mezhep üyeleri bana yazmış," dedi Nehlüdov, mezhepçilerin mektubunu cebinden çıkartarak. "Eğer yazdıkları doğruysa, bu da inanılmayacak bir iş. Bugün onları görmeye ve işin aslını öğrenmeye çalışacağım."

Avukat gülümseyerek "Bakıyorum da siz, hapishanenin bütün şikâyetlerinin toplandığı şikâyet kutusu olmuşsunuz," dedi. "O kadar çoklar ki, başa çıkamazsınız."

"Evet ama bu şaşırtıcı bir dava," dedi Nehlüdov ve kısaca olayın iç yüzünü anlattı: İnsanlar köyde İncil okumak için toplanmışlar, yöneticiler gelip onları dağıtmış. Bir sonraki pazar yine toplanmışlar, bunun üzerine polise haber verilmiş, tutanak tutulmuş ve mahkemeye sevk edilmişler. Soruşturma hâkimi sorguya çekmiş, savcı yardımcısı bir iddianame hazırlamış, mahkeme heyeti de bu iddianameyi onaylamış ve onları mahkemeye sevk etmiş. Savcı yardımcısı masada duran İncili maddi kanıt olarak göstererek, onları suçlamış ve sürgün cezasına çarptırılmışlar. "Bu korkunç bir şey!" dedi Nehlüdov. "Bu gerçekten doğru olabilir mi?"

"Bunda şaşılacak ne var ki?"

"Her şeyi, emir kulu olan polisi de anlıyorum ama iddianameyi hazırlayan savcı yardımcısına ne demeli, bir de sözüm ona mürekkep yalamış."

"Yanılgı da burada, savcı yardımcılarının, genel olarak mahkeme üyelerinin yeni, liberal insanlar olduğunu düşünmeye alışmışız. Bir zamanlar öyleydiler ama şimdi hiç alakaları kalmadı. Bunlar yalnızca ay sonunu düşünen memurlar. Maaşını alır ama daha fazlasına gereksinim duyar, dolayısıyla bütün ilkeleri bundan ibarettir. Kimi isterseniz suçlar, yargılar, mahkûm ederler."

"Yoksa birini, başkalarıyla birlikte İncil okuduğu için sürgüne gönderecek yasalar mı var?"

"Yalnızca, İncili okurken emredilenden farklı yorumladıkları kanıtlanacak olsun, kilisenin yorumunu aşağıladıkları gerekçesiyle, bırakın o kadar uzak olmayan yerlere sürgüne göndermeyi, kürek cezasına bile çarptırırlar. Ortodoks inancını alenen kötülemenin cezası kanunun yüz doksan altıncı maddesine göre sürgündür."

"Böyle bir şey olamaz."

"Dediğim gibi. Mahkemedeki efendileri gördüğümde onlara teşekkür edemeden yapamadığımı hep söylerim," diye konuşmasını sürdürdü avukat, "nedenine gelince, eğer ben hapiste değilsem, siz de öyle, hepimiz hapishanede değilsek, bu yalnızca onların iyi yürekliliği sayesinde olduğu içindir. Yoksa içimizden her birini temel haklardan yoksun bırakıp o kadar uzak olmayan yerlere postalamaları işten bile değil."

"Eğer dediğiniz gibiyse, her şey savcının ve yasayı dilediğince kullanan güçlü kişilerin keyfine kalmışsa, mahkemeye ne gerek var ki?"

Avukat neşeyle kahkahayı bastı.

"Şu yönelttiğiniz sorulara bakın! Efendim, işte bu, işin felsefesi. Bu konuda da konuşabiliriz. Cumartesi buyurun gelin. Benim evde, bilim adamlarıyla, edebiyatçılarla, ressamlarla tanışırsınız. "Genel sorunlar" sözlerini alaycı bir şekilde vurgulayarak, hem genel sorunlar üzerine de konuşuruz," dedi avukat. "Karımla tanışıyorsunuz zaten. Buyurun gelin."

"Olur, gelmeye çalışırım," diye yanıtladı Nehlüdov gerçeği söylemediğini hissederek, yapmaya çalışacağı bir şey varsa, o da akşamleyin avukatın evinde toplanan bilim adamlarının, edebiyatçıların ve ressamların arasında olmamaktı.

Avukatın, Nehlüdov'un eğer yargıçlar yasaları keyiflerine göre diledikleri gibi uyguluyorlarsa mahkemenin bir anlam ifade etmeyeceği yönündeki değerlendirmesine yanıt olarak attığı kahkaha ve "felsefe" ve "genel sorunlar" sözlerini söylerken yaptığı tonlama, Nehlüdov'a, onun avukatla ve büyük olasılıkla, avukatın arkadaşlarıyla olaylara ne kadar farklı baktıklarını gösteriyor, Şenbok gibi eski dostlarıyla arasındaki şu anki uçuruma rağmen avukatı ve onun dost çevresini kendine onlardan çok daha uzak hissediyordu.

XII

Hapishaneye kadar bir hayli yol vardı, saat de iyice ilerlemişti, bu yüzden Nehlüdov hapishaneye giderken bir fayton tuttu. Sokaklardan birinden geçerken, orta yaşlarda, akıllı ve yüzünden iyilik okunan arabacı Nehlüdov'a dönüp inşaat halindeki kocaman bir binayı gösterdi.

Sanki bu binanın yapımından kısmen sorumluymuş ve bununla gurur duyuyormuş gibi "Baksanıza şuraya ne muazzam bir bina dikiyorlar," dedi.

Gerçekten de bina oldukça büyüktü ve biraz karmaşık, olağandışı bir tarzda inşa ediliyordu. Demir kelepçelerle birbirine tutturulmuş dayanıklı çam keresteler inşaatı çevreliyor ve binayı tahta bir perdeyle sokaktan ayırıyordu. Üstü başı kireç içindeki işçiler ahşap iskelelerin üzerinde karınca gibi mekik dokuyorlardı: Kimisi duvar örüyor, kimisi taş yontuyor, kimisi de ağır tezkereleri ve ahşap tekneleri yukarı taşıyor, boşlarını aşağı indiriyorlardı.

Şişman, iyi giyimli bir bey, büyük bir olasılıkla inşaatın mimarı, kerestelerin yanında dikilmiş, kendisini saygıyla dinleyen ustabaşına yukarıdaki bir şeyi göstererek konuşuyordu. Mimarla ustabaşının yanındaki kapıdan yüklü at arabaları giriyor, boşları çıkıyordu.

Nehlüdov binaya bakarken "Hepsi, şu çalışanlar da aynı şekilde onları çalıştıranlar da, bunun aynen bu şekilde olması gerektiğinden ne kadar eminler," diye aklından geçiriyordu. "Aynı sırada evlerinde şişko karıları güçlerini aşan işlerle boğuşurken ve kısa süre içinde açlıktan ölmeye mahkûm, başlarında paçavradan başlıklı çocukları ayaklarını bükerek, ihtiyarlar gibi gülümserlerken, bu aptal, gereksiz sarayı, onları mahveden ve soyan aptal ve gereksiz bir adamın teki için yapmak zorundalar."

Düşüncelerini "Ne kadar yersiz bir bina," diyerek yüksek sesle dile getirdi.

Kalbi kırılan arabacı "Neden yersiz olsun ki?" diyerek karşı çıktı. "Sağ olsunlar, insanlara iş veriyorlar, hiç de yersiz değil."

"Evet ama gereksiz bir iş."

Arabacı "Gerekli ki, yapıyorlar," diyerek yine karşı çıktı. "İnsanlar geçimini sağlıyorlar."

Nehlüdov daha çok da tekerlek gürültülerinden konuşmak zor olduğu için sustu. Hapishaneye yakın bir yerde arabacı taş döşeli yoldan şoseye geçti, böylece daha rahat konuşma olanağı doğdu, bunun üzerine yeniden Nehlüdov ile konuşmaya başladı.

Oturduğu yerden Nehlüdov'a başını çevirip ellerinde testereler ve baltalarla, gocuklu, sırtlarında çuvallar, karşılarından onlara doğru yürüyen, bir grup köylü işçiyi göstererek "Son zamanlarda bu insanların akın akın kente gelmesinin nedeni tutku," dedi.

"Eski yıllara göre daha mı çok geliyorlar?" diye sordu Nehlüdov.

"Hem de nasıl! Son zamanlarda her yere öyle bir doluşuyorlar ki, felaket. Her yer doldu."

"Peki neden böyle?"

"Ila birc ürüyorlar. Gidecekleri yer kalmadı."

"Ürüyorlarsa ne olmuş? Neden köylerinde kalmıyorlar?"

"Köyde yapacak bir şey yok ki. Toprakları da yok."

Nehlüdov en hassas noktasına dokunulmuş gibi hissetti. İnsan aksi gibi hep en hassas yerine çarptığını sanır, öyle sanmasının nedeni de, yalnızca acıyan yerine aldığı darbeleri fark etmesidir.

Nehlüdov "Yoksa her yerde durum aynı bu şekilde mi?" diye aklından geçirdi ve köylerinde ne kadar toprak olduğu, arabacının kendisinin ne kadar toprağı olduğu, neden kentte yaşadığı ile ilgili sorular sormaya başladı.

"Can başına bir desyatina toprağımız var, beyim. Bizimki üç canlık," diyerek seve seve lafa daldı arabacı. "Evde babam, bir de erkek kardeşim var, diğeri askerde. Onlar idare ediyor. Gerçi idare edecek bir şey de yok ya. Evdeki kardeşim de Moskova'ya gitmek istiyor."

"Peki toprak kiralayamaz mısınız?"

"Bugünlerde toprak kiralayacak yer mi var? Beyler ellerinde ne varsa har vurup harman savurdular. Tüccarlar hepsini ele geçirdiler. Onlardan da kolay kolay alamazsın, kendileri çalıştırıyorlar. Bizim toprakların sahibi bir Fransız, önceki beyden satın aldı. Öldürsen vermez."

"Kim bu Fransız?"

"Düfar adında bir Fransız, belki işitmişsinizdir. Büyük tiyatroda aktörlere peruk yapıyor. Çok iyi bir iş, iyice biti kanlanmış. Bizim hanımın bütün malikânesini satın aldı. Artık bizim sahibimiz o. Canı istediği gibi davranıyor. Bereket versin, kendisi iyi bir adam. Ancak karısı Rus, öyle kancık bir karı ki, Tanrı böylesini dünyaya getirmemiştir. İnsanları soyup soğana çeviriyor. Tam bir bela. İşte hapishaneye de geldik. Ne tarafa, kapıya mı bırakayım? İçeri almazlar."

XIII

Nehlüdov, bugün Maslova'yı nasıl bulacağı ve bununla birlikte hem Maslova'nın içinde hem de hapishanedeki insanların birlikteliğinde yatan o sırrın yarattığı kaygıyla kalbi duracak gibi ana girişteki zili çaldı ve onu karşılayan gardiyana Maslova'yı sordu. Gardiyan içeriye sorup hastanede olduğunu söyledi. Nehlüdov hastaneye gitti. İyi yürekli bir ihtiyar olan hastane bekçisi onu hemen içeri aldı ve kimi görmek istediğini öğrenip onu çocuk bölümüne yönlendirdi.

Üstüne başına fenol kokusu sinmiş genç bir doktor koridorda Nehlüdov'un karşısına çıkıp sert bir şekilde ne istediğini sordu. Bu doktor mahkûmlara karşı her türlü hoşgörüyü gösteriyor ve bundan dolayı da hapishane yönetimiyle, hatta başhekimle sürekli tatsız tartışmalara giriyordu. Nehlüdov'un ondan yasalara aykırı bir şey isteyeceği kaygısıyla ve ayrıca hiç kimseye ayrıcalık yapmadığını göstermek isteğiyle sert bir tavır takınmaya çalışmıştı.

"Burası kadınlar değil, çocuklar koğuşu," dedi.

"Biliyorum ama burada hapishaneden gönderilen bir hizmetli olacak."

"Evet, burada iki tane var. Peki ne istiyorsunuz?"

"Onlardan birinin, Maslova'nın yakınıyım," dedi Nehlüdov. "Onu görmek istiyordum: Davasıyla ilgili bir temyiz başvurusunda bulunmak için Petersburg'a gidiyorum." Cebinden zarfı çıkartarak "Bir de şunu vermek istiyordum. Yalnızca bir fotoğraf," diye ekledi.

Doktor yumuşayarak "Peki, olur," dedi ve beyaz önlüklü ihtiyar bir kadına dönerek, mahkûm hizmetli Maslova'yı çağırmasını söyledi. "Oturmaz mısınız? Hiç olmazsa bekleme odasına geçseydiniz."

"Çok teşekkür ederim," dedi Nehlüdov ve doktorun kendisine karşı tavrındaki olumlu değişikliği fırsat bilip ona hastanede Maslova'dan memnun olup olmadığını sordu.

"İçinde bulunduğu koşulları göz önüne alırsak, hiç de fena çalışmıyor," dedi doktor. "İşte o da geldi."

Kapının birinden yaşlı hizmetli, onun arkasından da Maslova çıktı. Çizgili elbisesinin üzerine beyaz bir önlük giymişti. Başında saçlarını örten bir başörtü vardı. Nehlüdov'u görünce kıpkırmızı kesildi ve kararsızlık içinde durakladı, sonra kaşlarını çatıp, gözlerini yere indirerek, hızlı adımlarla koridordaki yolluğun üzerinden ona doğru yürüdü. Nehlüdov'un yanına geldi, elini uzatmak istemiyordu, sonra uzattı ve iyice kıpkırmızı kesildi. Nehlüdov, birdenbire öfkelendiği için özür dilediği konuşmadan sonra Maslova'yı bir daha görmemişti ve şimdi de onu aynı o zamanki gibi göreceğini umuyordu. Ancak bugün çok farklıydı, yüzündeki ifadede kendini tutan, utangaç ve Nehlüdov'un hissettiği kadarıyla kendisine karşı düşmanca yeni bir şey vardı. Nehlüdov ona da doktora söylediklerini, Petersburg'a gideceğini söyledi ve Panovo'dan getirdiği, içinde fotoğraf olan zarfı verdi.

"Bunu Panovo'da buldum, çok eski bir fotoğraf, belki hoşunuza gider. Alın."

Maslova kara kaşlarını kaldırıp, şehla gözleriyle, adeta bunu niye yapıyorsun diye sorar gibi hayretle Nehlüdov'a baktı ve sessizce zarfı alıp önlüğünün cebine koydu.

"Orada teyzenizi gördüm," dedi Nehlüdov.

Katyuşa umursamaz bir edayla "Öyle mi?" dedi.

"Nasıl, burada rahat mısınız?" diye sordu Nehlüdov.

"İdare ediyorum, iyiyim."

"Çok mu zor geliyor?"

"Yo, idare ediyorum, ancak henüz alışamadım."

"Sizin için çok seviniyorum. Burası oradan çok daha iyi."

"Nereden?" diye sordu Katyuşa ve yüzü alev gibi parladı.

Nehlüdov aceleyle "Hapishaneden yani," diyebildi.

"Neden daha iyi oluyormuş?"

"Sanırım buradaki insanlar daha iyidir. Oradaki gibi insanlar burada yoktur."

"Orada da çok iyi insanlar var."

"Menşovlar için bir hayli uğraştım, onları serbest bırakacaklarını umuyorum," dedi Nehlüdov.

Katyuşa ihtiyar kadınla ilgili kendi tanımlamasını yineleyerek "Umarım, öyle harika bir kadın ki," dedi ve hafifçe gülümsedi.

"Bugünlerde Petersburg'a gidiyorum. Yakında davanız görülecek, kararı bozacaklarını umuyorum."

"Bozup bozmayacakları artık hiç umurumda değil."

"Neden, artık?"

Katyuşa sorgular bir biçimde şöyle bir Nehlüdov'un yüzüne bakarak "Öyle işte," dedi.

Nehlüdov bu söz ve bakıştan, hâlâ kararının arkasında duruyor mu, yoksa verdiği ret yanıtını kabullenip düşüncesini değiştirdi mi, bilmek istiyor anlamını çıkarttı.

"Sizin için neden önemi yok bilmiyorum. Ancak sizi beraat ettirip ettirmemeleri benim kararım açısından gerçekten hiç önemli değil. Her koşulda söylediklerimi yapmaya hazırım," dedi kararlı bir şekilde.

Katyuşa başını kaldırdı ve şehla kara gözleri Nehlüdov'un yüzünde ve yanında takılı kaldı ve tüm yüzüne bir sevinç dalgası yayıldı. Ancak gözlerinin anlattığını değil, bambaşka şeyler söyledi.

"Boşu boşuna konuşuyorsunuz," dedi.

"Bilin diye söylüyorum."

Katyuşa gülmemek için kendini güçlükle tutarak "Bu konuda her şey söylendi, boşuna konuşmanın bir anlamı yok," dedi.

Koğuştan gürültüler gelmeye başladı. Bir çocuk ağlaması duyuldu.

Katyuşa kaygıyla çevresine göz gezdirerek "Sanırım, beni çağırıyorlar," dedi.

"O halde ben gideyim, hoşça kalın," dedi Nehlüdov.

Katyuşa kendisine uzanan eli görmezlikten gelip el sıkışmadan, arkasını dönüp duyduğu sevinci gizlemeye çalışarak, koridora serili yolluğun üzerinde koşar adımlarla uzaklaştı.

"İçinde neler olup bitiyor? Ne düşünüyor? Ne hissediyor? Beni sınamak mı istiyor yoksa gerçekten bağışlayamıyor mu? Bütün düşüncelerini ve duygularını söyleyemiyor mu, yoksa söylemek mi istemiyor? Yumuşadı mı yoksa daha da mı hırslandı?" Nehlüdov bütün bu soruları kendisine soruyor ancak asla yanıtlayamıyordu. Bildiği bir tek şey vardı, o da Katyuşa değişmiş ve Katyuşa'nın ruhunda kendisi için çok önemli bir değişiklik başlamıştı ve bu değişiklik Nehlüdov'u yalnızca ona değil, aynı zamanda bu değişikliğin nedenine de yakınlaştırıyordu ve bu bağ onu sevinçli bir heyecana ve duygusallığa sürüklüyordu.

Sekiz çocuk karyolasının bulunduğu koğuşa dönen Maslova hemşirenin buyruğu üzerine bir yatak hazırlamaya koyuldu, çarşafla birlikte çok uzanınca ayağı kaydı ve neredeyse yere düşüyordu. İyileşmekte olan, boğazı sargılı, ona bakan bir çocuk gülmeye başladı, Maslova'da daha fazla kendini tutamayarak, yatağa oturup öyle bulaşıcı bir şekilde yüksek sesle katıla katıla gülmeye başladı ki, onunla birlikte birkaç çocuk daha kahkahayı koyuverdi, bunun üzerine hemşire öfkeyle "Neden kıkırdayıp duruyorsun? Kendini eski yerinde mi sanıyorsun! Gidip yemekleri getir," dedi.

Maslova sesini kesti ve kabı kacağı alarak yemekleri almaya gitti, ancak çıkarken boğazı sargılı, gülmesi yasak olan çocukla göz göze gelince yeniden kıkırdamaya başladı. Maslova günün devamında birkaç kez, yalnız kalır kalmaz zarftan fotoğrafı azıcık çıkarıp hayran hayran baktı; ta akşamleyin nöbeti teslim ettikten sonra, hizmetli kadınla birlikte kaldığı odada yalnız başına kalınca fotoğrafı zarftan tamamen çıkarttı ve uzun süre hiç kıpırdamadan, yüzlerin, giysilerin, balkonun basamaklarının ve fundalıkların fonunda Nehlüdov'un, kendisinin ve halaların yüzlerini en ince ayrıntısına kadar gözleriyle okşayarak, rengi kaçmış, sararmış fotoğrafa baktı ve özellikle kendisini, alnına dökülmüş kıvırcık saçlarıyla genç, güzel yüzünü seyre doyamadı. Katyuşa fotoğrafa kendini o kadar kaptırmıştı ki, oda arkadaşı hizmetlinin odaya girdiğini bile fark etmedi.

Şişman, iyi yürekli hizmetli kadın fotoğrafa doğru eğilerek "Bu ne? O mu verdi?" diye sordu. "Yoksa bu sen misin?"

Oda arkadaşının yüzüne gülümseyerek bakan Maslova "Başka kim olacak?" dedi.

"Peki bu kim? O mu? Bu da onun annesi mi?"

"Halası. Yoksa beni tanımadın mı?" diye sordu Maslova.

"Nereden tanıyayım. Hayatta tanımazdım. Tamamen bambaşka bir yüz. Nerden baksan, en az kesin on yıl geçmiştir!"

"Yıllar değil, bir yaşam geçti," dedi Maslova ve birdenbire tüm canlılığı gidiverdi. Yüzü donuklaştı ve kaşlarının arasına derin bir çizgi çakılıp kaldı.

"Sanırım, orada hayat kolay olmalı."

Maslova gözlerini kapayıp başını sallayarak "Ya ne demezsin, öyle kolay ki..." dedi. "Kürek cezasından beter."

"İyi de, neden öyleydi ki?"

"Öyleydi işte. Akşamın sekizinden sabahın dördüne kadar. Hem de her gün."

"Öyleyse neden vazgeçmiyorlar?"

"Vazgeçmek istiyorlar ancak olmuyor. Ne denir ki!" dedi Maslova ve yerinden fırlayıp fotoğrafı sehpanın çekmecesine attı, gözyaşlarını güçlükle tutarak, kapıyı çarpıp koridora koşturdu. Fotoğrafa bakarken kendini oradaki gibi hissetmiş ve o zamanlar mutlu olduğu gibi Nehlüdov'la şimdi yine mutlu olabileceği hayalini kurmuştu. Oda arkadaşının sözleri, o zamanlar belli belirsiz hissettiği ancak bir türlü görmek istemediği o yaşamın bütün korkunçluğunu, şu anki haliyle o zamanki halini arasındaki farkı görmesine neden olmuştu. Bütün o korkunç geceleri ve özelikle de, onu kurtaracağı sözünü veren öğrenciyi beklediği o yortu gecesini ancak şimdi tüm canlılığıyla anımsıyordu. İçki lekeleriyle kaplı, kırmızı ipek dekolte elbisesi içinde, dağınık saçlarındaki kırmızı fiyonkla, bitkin, halsiz düşmüş, sarhoş bir halde gecenin ikisine doğru konukları uğurlayıp dans arasında kemancıya eşlik eden, zayıf, kemikleri fırlamış, yüzü sivilceli kadının yanına oturup yaşamının zorluklarından yakınmaya koyulduğunu, kemancıya eşlik eden kadının da kendi yaşamının zorluklarından ve onu değiştirmek istediğinden söz ettiğini, o sırada yanlarına Klara'nın geldiğini ve üçünün birlikte birdenbire bu hayatı bırakıp gitmeye karar verdiklerini anımsamıştı. Gecenin sona erdiğini sanıyorlar ve tam gitmeye hazırlanıyorlardı ki, ansızın kapıdan sarhoş konukların gürültüleri işitilmişti. Kemancı bir giriş çalmış, ona eşlik eden kadın da piyanonun başına geçip şen şakrak bir Rus kadrilinin ilk nağmelerini var gücüyle çalarak ona katılmıştı; ufak tefek, ter içinde, ağzı içki kokan ve hıçkıran, ikinci şarkıda üzerinden çıkarıp attığı bir frak giymiş, beyaz kravatlı bir adam Katyuşa'yı belinden kavramış, yine frank giymiş (bir balodan geliyorlardı) sakallı, şişman diğeri de Klara'yı yakalamış ve uzun süre dönüp durmuşlar, dans etmişler, bağırıp çağırmışlar, içmişlerdi... Bu şekilde bir yıl, derken iki, üç yıl geçmişti. Gel de değişme! Üstelik bütün bunların nedeni de Nehlüdov'du. Ansızın yine, içinde ona karşı duyduğu önceki öfke kabardı ve Nehlüdov'u azarlamak, ona sitem etmek istedi. Onu çok iyi tanıdığını ve bir daha ona kanmayacağını, bedenen yararlandığı gibi manen yararlanmasına izin vermeyeceğini, onun yüce gönüllülüğünün oyuncağı olmayacağını ona bir kez daha söyleme fırsatını bugün kaçırdığına yanıyordu. Bir şekilde kendisine karşı duyduğu bu müthiş acıma duygusunu ve Nehlüdov'a söylemek istediği yararsız sitemleri bastırmak için canı içki çekti. Eğer hapishanede olsaydı, sözünü tutmaz içerdi. Burada ise sağlık memuru dışında, hiçbir şekilde içki bulması mümkün değildi, sağlık memurundan da ona musallat olduğu için çekiniyordu. Erkeklerle ilişkiden de iğreniyordu. Koridordaki sırada oturup kaldı, sonra odasına döndü ve oda arkadaşına yanıt vermeden, mahvolan hayatı için uzun süre gözyaşı döktü.

XIV

Nehlüdov'un Petersburg'da yapacağı üç işi vardı: Maslova için senatoya yapacağı temyiz başvurusu, Fedosya Biryukova'nın dilekçe komisyonundaki işi ve Vera Bogoduhovskaya'nın ricası üzerine jandarma idaresinde ya da üçüncü şubede Şustova'nın salıverilmesiyle ilgili işle ve yine Vera Bogoduhovskaya'nın bir pusulayla bildirdiği, kalede tutulan oğulla annesinin görüştürülmesi işi. Bu iki işi tek bir üçüncü iş sayıyordu. Dördüncü işi ise İncili okuyup yorumladıkları için ailelerinden koparılıp Kafkasya'ya sürgüne gönderilen mezhep üyelerinin davasıydı.

Nehlüdov bu meseleyi açıklığa kavuşturmak için elinden gelen her şeyi yapmaya onlardan çok kendine söz vermişti.

Maslennikov'a son yaptığı ziyaretten ve özellikle de son köye gidişinden bu yana, Nehlüdov bir karar vererek değil ama elinde olmadan bugüne kadar içinde yaşadığı o çevreye, küçük bir azınlığın rahatı ve keyfi için milyonlarca insanın çektiği acıların özenle gizlendiği o çevreye karşı tüm varlığıyla tiksinti duyuyordu, bu çevredeki insanlar görmüyor, çekilen bunca acıyı göremiyor, bu yüzden de yaşamlarının acımasızlığını ve suçluluğunu fark etmiyorlardı. Nehlüdov artık utanmadan, kendini suçlamadan bu çevredeki insanlarla görüşemezdi. Bununla birlikte geçmişteki alışkanlıkları, akrabalık ve arkadaşlık ilişkileri, en çok da, şu anda yapmak için uğraştığı şey, hem Maslova'ya hem de bütün o acı çeken insanlara yardımcı olmak isteği onu bu çevreye çekiyordu. Bu çevredeki insanlardan, yalnızca saygın olanlarından değil, sık sık onda öfke ve nefret uyandıranlarından yardım ve hizmetlerini rica etmek zorundaydı.

Petersburg'a gelip eski bakan karısı, teyzesi Grafinya Çarskaya'nın yanında kalan Nehlüdov, birdenbire artık bir hayli yabancısı olduğu aristokrat toplumun tam ortasına düştü. Bu hoşuna gitmiyordu ama başka türlü de davranamazdı. Teyzesinde değil de, otelde kalmak teyzesini kırmak demekti, ayrıca halletmeyi düşündüğü bütün bu konularda teyzesinin son derece yararlı olabilecek önemli ilişkileri vardı.

Gelişinden hemen sonra, Grafinya Katerina İvanovna ona kahve ikram ederken, "Biliyor musun, seninle ilgili neler duyuyorum? Harika şeyler," diyordu. *Vous posez pour un Howard!** Suçlulara yardım ediyor, hapishaneleri dolaşıyor, yanlışlıkları düzeltiyormuşsun."

---

* Yeni bir Howard olmuşsun! (Çev. N.)

"Yok canım, o kadar da değil."

"Neden ki, bu iyi bir şey. Hem burada ayrıca romantik bir öykü de varmış. Hadi, anlatsana bana."

Nehlüdov, Maslova ile olan ilişkisini, her şeyiyle olduğu gibi anlattı.

"Anımsıyorum, anımsıyorum, sen o ihtiyarların yanında kaldığın sırada olanlarla ilgili zavallı Helen bana bir şeyler çıtlatmıştı. Galiba o ihtiyar kadınlar seni kendi evlatlıklarıyla evlendirmek istiyorlarmış. (Grafinya Katerina İvanovna, Nehlüdov'un halalarını hep küçümserdi...) Aynı kız mı? *Elle est encore jolie?**"

Teyzesi Katerina İvanovna altmış yaşında, sağlıklı, şen şakrak, enerjik, geveze bir kadındı. Uzun boylu ve oldukça topluydu, dudağının üzerinde belirgin bir biçimde siyah bıyıkları vardı. Nehlüdov onu seviyordu ve ta çocukluğundan beri onun enerjik, şen şakrak haline ortak olmaya alışıktı.

"Hayır, *ma tante***, bunların hepsi geride kaldı. Yalnızca ona yardım etmek istiyorum, zira, ilki haksız yere mahkûm edildi, ki bu konuda ben suçluyum, ayrıca onun tüm yazgısıyla ilgili de suçluyum. Kendimi, onun için elimden gelen her şeyi yapmak zorunda hissediyorum."

"O halde neden bana onunla evlenmek istediğini söylüyorlar?"

"Evet, istiyorum ama o istemiyor."

Katerina İvanovna alnını kırıştırıp gözlerini belerterek, şaşkın bir halde yeğenine baktı. Yüzü birdenbire değişmiş ve memnun bir ifadeye bürünmüştü.

"Anlaşılan, o senden daha akıllı. Ne kadar aptalsın! Onunla evlenmeye kalktın, öyle mi?"

---

* *Fr.* Hâlâ güzel mi? (Çev. N.)
** *Fr.* Teyze. (Çev. N.)

"Kesinlikle."

"Onun bu halinden sonra mı?"

"Hem de daha emin bir şekilde. Zaten bütün suç benim."

Teyzesi gülmesini tutarak "Hayır, sen yalnızca dangalağın tekisin," dedi. "Korkunç bir dangalak ama özellikle, böyle korkunç bir dangalak olduğun için seni seviyorum," diye yineledi, anlaşılan, yeğeninin akli ve ahlaki durumunu gözlerinin önüne doğru bir biçimde seren bu sözcüğü özellikle sevmişti. "Biliyor musun, zamanlaması nasıl da denk geldi," diye devam etti. "Aline Mecdelli Meryem adına harika bir ıslah evi yönetiyor. Bir kere gitmiştim. Çok iğrençler. Döndükten sonra tepeden tırnağa yıkandım. Ancak Aline bu işle corps et âme* uğraşıyor. Seninkini de onun yanına veririz. Doğru yola getirilecek birisi varsa, onun adresi Aline'dir."

"Evet ama kız kürek cezasına mahkûm edildi. Ben de bu kararın kaldırılması için uğraşmak üzere buraya geldim. Size düşen ilk işim bu."

"Demek öyle! Onunla ilgili bu dava nerede?"

"Senatoda."

"Senatoda mı? Sevgili kuzenim Levuşka senatoda. Ancak o "aptalların" dairesinde. Yani soyluların işlerine bakan dairede. Şimdikilerden de kimseyi tanımıyorum. Kim bilir kimler var, ya, ge, fe, de – tout l'alphabet** diye başlayan Almanlar veya bin bir çeşit İvanovlar, Semenovlar, Nikitinler, olmadı İvanenko, Simonenko, Nikitenko vardır, pour varier. Des gens de l'autre monde***. Olsun, yine de kocama söylerim. Onları tanır. Tanımadığı yoktur. Ona söylerim. Sen ona kendin anlatırsın, beni asla anlamaz. Ne söylersem söyleyeyim,

---

* *Fr.* Canı yürekten. (Çev. N.)
** *Fr.* Bütün alfabe. (Çev. N.)
*** *Fr.* Değişiklik olsun diye. Farklı toplumdan insanlar. (Çev. N.)

hiçbir şey anlamadığını söyler. *C'est un parti pris**. Herkes anlıyor, yalnızca o anlamıyor."

O sırada uzun çoraplı bir uşak gümüş bir tepsi içinde bir mektup getirdi.

"Tam da Aline'den. Kizeveter adını duymuşsundur."

"Kim ki, bu Kizeveter?"

"Kizeveter mi? Bugün gel. Onun kim olduğunu görürsün. Öyle bir konuşuyor ki, en kaşarlanmış suçlular bile dizlerinin üzerine çöküp ağlayarak tövbe ediyor."

Grafinya Katerina İvanovna, her ne kadar tuhaf görünse de, onun karakterine hiç uygun düşmese de, Hıristiyanlığın özünü bedel ödeme inancından ibaret sayan bir öğretinin ateşli bir yandaşıydı. O zamanlar moda olan bu öğretinin vaaz edildiği toplantılara gidiyor ve inananları kendi evinde topluyordu. Ancak bu öğretide, yalnızca bütün ayinlere, ikonalara değil, aynı zamanda gizemlere de karşı çıkılmasına rağmen Katerina İvanovna'nın bütün odalarında ve hatta yatağının üzerinde bile ikonalar vardı ve kilisenin bütün taleplerini, bunda hiçbir çelişki görmeden yerine getiriyordu.

"Keşke senin Mecdelli de onu dinleyebilseydi; o da düzelirdi," dedi Grafinya. "Sen mutlaka akşam evde ol. Onu bir dinle. İnanılmaz bir adam."

"Benim ilgimi çekmiyor, *ma tante*."

"Sana ilginç olduğunu söylüyorum ya. Mutlaka gel. Hadi, söyle bakalım, benden daha başka ne istiyorsun? *Videz votre sac***."

"Bir de kalede bir işim var."

"Kalede mi? Olur, orayla ilgili baron Krigsmut'a iletmen

---

* *Fr.* Bu onun sabit fikri. (Çev. N.)
** *Fr.* Dökül bakalım. (Çev. N.)

için sana bir pusula verebilirim. *C'est un très brave homme**.
Sen de onu tanırsın. Babanın arkadaşı. Evet *Il donne dans le spiritisme***. Ancak, bunun bir önemi yok. İyi biri. Orada ne işin var?"

"Orada hapis yatan oğlunu görmek isteyen bir anneye izin vermelerini isteyecektim. Ancak bana bunun Krigsmut'a değil de, Çernyavskiy'e bağlı olduğunu söylemişlerdi."

"Çernyavskiy'i sevmiyorum, şu Mariette'nin kocası. Ondan rica edebiliriz. Benim için yapar. *Elle est très gentille****."

"Başka bir kadın için daha ricam olacaktı. Birkaç aydır içerde yatıyor ama neden yattığını kimse bilmiyor."

"Olur mu, hiç öyle şey, neden yattığını kendisi pekâlâ biliyordur. Onlar nedenini çok iyi bilirler. Saçları kazınanlar hak ettiklerini çekiyorlar."

"Hak edip etmediklerini bilemeyiz. Ancak acı çekiyorlar. Bir de siz Hıristiyansınız ve İncil'e inanıyorsunuz, nasıl bu kadar acımasız..."

"Buna engel hiçbir şey yok. İncil İncil'dir, iğrenç olan da iğrenç. Nihilistleri hele de kafası kazınmış nihilist kadınları, onlara katlanamadığım halde seviyormuş gibi davranmam daha kötü olur."

"Onlara neden katlanamıyorsunuz?"

"1 Mart'tan**** sonra bir de neden olduğunu mu soruyorsun?"

"Evet ama hepsi 1 Mart olaylarına karışmadı ki."

"Her neyse, neden üzerlerine vazife olmayan şeye karışıyorlar. Bu kadın kısmının işi değil."

---

* *Fr.* Çok değerli bir adamdır. (Çev. N.)
** *Fr.* İspritizmayla ilgileniyor. (Çev. N.)
*** *Fr.* Çok tatlı bir kadın. (Çev. N.)
**** Halkın Özgürlüğü Partisi Merkez Komitesi kararıyla ikinci Aleksandr'ın 1 Mart 1881'de öldürülmesi. (Çev. N.)

"İyi ama öyleyse Mariette'ye ne demeli, onun yaptıklarını onaylıyorsunuz."

"Mariette mi? Mariette, Mariette'dir. Kimin nesi olduğunu belli olmayan şu Haltüpkina herkese akıl öğretmeye kalkıyor."

"Akıl öğretmek değil, yalnızca halka yardımcı olmak istiyorlar."

"Kime yardım edilip edilmeyeceğini onlara soracak değiller ya."

Nehlüdov düşündüğü her şeyi ona anlatmasını isteyen teyzesinin hoşgörüsüne kendini kaptırmış konuşuyordu. "İyi ama halk yoksulluk içinde. Daha yeni köyden geliyorum. Bu da olacak şey mi, bizler müthiş bir lüks içinde yaşayalım diye köylüler canları çıkıncaya kadar çalışıyorlar ama karınlarını bile doyuramıyorlar."

"Peki sen ne istiyorsun, çalışayım ve hiçbir şey yemeyeyim mi?"

Nehlüdov elinde olmadan gülümseyerek "Hayır, istediğim sizin hiçbir şey yememeniz değil," diye yanıt verdi, "istediğim yalnızca, birlikte çalışıp birlikte yememiz."

Teyzesi yeniden alnını kırıştırıp gözünü belerterek, merakla Nehlüdov'a dikti ve "*Mon cher, vous finirez mal**," dedi.

"Neden kötü olsun?"

O sırada odaya uzun boylu, geniş omuzlu bir general girdi. Bu bakan emeklisi, Grafinya Çarskaya'nın kocasıydı.

Tıraşlı yanağını Nehlüdov'un yanağına değdirerek "A, Dimitri, merhaba," dedi. "Ne zaman geldin?"

Sessizce karısının alnından öptü.

Grafinya Katerina İvanovna kocasına dönerek "*Non, il est*

---

* *Fr.* Canım benim, senin sonun kötü. (Çev. N.)

impayable*" dedi. "Bana dere kenarına gidip çamaşırları yıkamamı ve yalnızca patates yememi söylüyor. Korkunç bir aptal ama sen yine de istediklerini yap." "Korkunç bir dangalak," diyerek hatasını düzeltti. Kamenskaya'yı duydun mu, o kadar perişan bir haldeymiş ki, hayatından endişe ediyorlarmış," diyerek kocasına döndü. "Keşke ona bir uğrasaydın."

"Evet, korkunç bir durum," dedi kocası.

"Hadi, siz gidip konuşun, benim yazmam gereken bir iki mektup var."

Nehlüdov konuk odasının yanındaki odaya girer girmez teyzesi ona arkasından seslendi.

"Mariette'ye yazayım mı?"

"Lütfen, *ma tante.*"

"O zaman kafası kazınmış kızla ilgili yazman için en blanc** bırakırım, o da zaten kocasına yapmasını söyler. Kocası da onun sözünü dinler. Kötü biri olduğumu düşünme. Onların hepsi, senin *protégées*'lerin*** iğrençler ama *je ne leur veux pas de mal*****. Tanrı yardımcıları olsun! Hadi git ama akşam mutlaka evde ol. Kizeveter'i dinlersin. Biz de dua edeceğiz. Karşı çıkıp durmazsan, *ça vous fera beaucoup de bien******. Biliyorum, yalnız Helen değil, hepiniz bu konudan çok uzaksınız. Hadi görüşmek üzere."

---

* *Fr.* Yo, eşsiz biri. (Çev. N.)
** *Fr.* Boşluk. (Çev. N.)
*** *Fr.* Arka çıktıkların. (Çev. N.)
**** *Fr.* Kötülüklerini istemem. (Çev. N.)
***** *Fr.* Sana çok yararı olur. (Çev. N.)

XV

Graf İvan Mihayloviç güçlü inançları olan emekli bir bakandı. Graf İvan Mihayloviç'in gençlik yıllarından beri edindiği inanca göre, kuşların solucanlarla beslenmesi, tüylerle kaplı olması, kanatlarıyla havada uçmaları nasıl doğalsa, onun için de ünlü aşçıların pişirdiği pahalı yemekleri yemek, en konforlu ve pahalı giysileri giymek, en uysal ve hızlı atlara binmek o kadar doğaldı ve dolayısıyla da her şey istediğinde hazır olmalıydı. Ayrıca Graf, hazineden alacağı paralar, elmas madalyalara varıncaya kadar kazanacağı nişanlar ne kadar çok olursa ve taç giymiş, erkekli kadınlı önemli insanlarla ne kadar çok haşır neşir olursa o kadar iyi olacağını sanıyordu. Graf İvan Mihayloviç geriye kalan her şeyi bu temel dogmalarla kıyasladığında önemsiz ve gereksiz görüyordu. Geri kalan hey şey öyle ya da böyle olabilirdi. Graf İvan Mihayloviç kırk yıl boyunca Petersburg'da bu inanca göre yaşamış ve hareket etmiş, bu sürenin sonunda da bakanlık mevkiine ulaşmıştı.

Graf İvan Mihayloviç'in bu mevkie ulaşmasında ona yardımcı olan önemli özelikleri vardı, ilki, yazılı evrakların ve yasaların içeriğini anlayabiliyor, pek düzenli olmasa da anlaşılır evraklar düzenliyor ve yazım yanlışları yapmadan yazabiliyordu; ikincisi, olağanüstü heybetli olması ve yeri geldiğinde yalnızca gururlu değil, aynı zamanda mağrur ve görkemli bir tavır takınabilmesi, yeri geldiğinde de ihtirasa ve alçaklığa varacak derecede alçalabilmesiydi; üçüncüsü, bu konuda ne kişisel ne de devletle ilgili ahlaki hiçbir genel ilkesi ve kuralı yoktu, bundan dolayı da gerektiğinde herkesle aynı düşüncede olabilir gerektiğinde ters düşebilirdi. Bu şekilde davranırken, yalnızca tarzını korumaya ve kendi kendisiyle açık bir biçimde çelişkiye düşmemeye özen gösteriyor, ancak davranışlarının ahlaki olup olmadığına aldırmıyor, bu davranışlarından dolayı Rusya İmparatorluğu ya da tüm dünya büyük bir çıkar mı sağlayacak yoksa büyük bir zarara mı uğrayacak hiç umurunda olmuyordu.

Bakan olduğu zaman, yalnızca ona bağlı olanlar değil, – ona bağlı pek çok insan ve yakını vardı – kendisi de dahil diğer bütün herkes onun çok akıllı bir devlet adamı olduğundan emindi. Ancak biraz zaman geçtikten sonra, hiçbir şey yapmadığı, hiçbir başarı göstermediği ortaya çıkıp, var olma savaşı yasası uyarınca, tam da onun gibi yazabilen, evrakları anlayabilen, heybetli ve ilkesiz memurlar ayağını kaydırınca emekli olmak zorunda kalmış ve hiç de akıllı ve derin düşünceli biri olmadığı, tersine dar kafalı ve eğitim seviyesi düşük biri olduğu, özgüveni çok yüksek olmasına karşın, görüşlerinde en sıradan tutucu gazetelerin baş makalelerinin seviyesine güçlükle ulaştığı herkesçe anlaşılmıştı. Ayağını kaydıran, düşük eğitimli, kendinden emin diğer memurlardan farklı hiçbir özelliği olmadığı ortaya çıkmış, kendisi de bunu anlamıştı ama her yıl hazineden yüklüce para alması ve tören giysisi için yeni, şıkır şıkır madalyalar edinmesi gerektiğine inancı zerre kadar sarsılmamıştı. Bu inanç o kadar güçlüydü ki, kimse onu bundan vazgeçiremiyordu ve her yıl bir kısmı emekli aylığı, bir kısmı yüksek devlet organı üyeliği ve çeşitli komisyonlarda, komitelerde başkanlık şeklinde on binlerce ruble alıyor ve dahası bu yüksek gelirin üstüne her yıl omuzlarına ya da pantolonlarına yeni sırmalar dikme ve frakının göğsüne yeni kurdeleler ve mineli yıldızcıklar takma hakkı kazanıyordu. Bundan dolayı da Graf İvan Mihayloviç'in önemli ilişkileri vardı.

Graf İvan Mihayloviç bir zamanlar yöneticilerin işle ilgili okuduğu raporları dinler gibi Nehlüdov'u dinleyip, biri temyiz dairesindeki senatör Volf'a olmak üzere iki pusula vereceğini söyledi.

"Onunla ilgili çeşitli söylentiler var ama *dans tous les cas c'est un homme très comme il faut**" dedi. "Bana da borçludur ve elinden gelen her şeyi yapacaktır."

Graf İvan Mihayloviç ikinci pusulayı dilekçe komisyonunda sözü geçen birisine yazdı. Hele Nehlüdov'un anlattığı Fedosya Birükova'nın davası grafın çok ilgisini çekmişti. Nehlüdov bu konuda çariçeye mektup yazmak istediğini söyleyince de, bunun gerçekten insanın içini acıtan bir dava olduğunu, fırsat bulursa bu konuyu saraya taşıyacağını, ancak söz veremeyeceğini söyledi. Bırak dava kendi seyrinde yürüsün. Ancak fırsat olursa, biraz düşündü, perşembe günkü *petit comité'ye*** çağırırlarsa, bu konuyu açabileceğini söyledi.

Teyzesinin Mariette'ye yazdığı pusulayla birlikte graftan her iki pusulayı da alan Nehlüdov bütün bu yerlere uğramak için hemen işe koyuldu.

Öncelikle Mariette'ye gitti. Onu varlıklı olmayan aristokrat bir ailenin genç bir kızı olarak neredeyse çocukluğundan tanıyordu ve hakkında hiç de iyi şeyler işitmediği, özelikle de, özel görevinin insanlara işkence yapmak olduğunu, yüzlerce, binlerce siyasi suçluya karşı acımasızca davrandığını işittiği yukarılara tırmanan bir adamla evlendiğini biliyordu ve Nehlüdov'a her zaman olduğu gibi, zulüm gören insan-

---

* *Fr.* Ne olursa olsun, çok dürüst bir adamdır. (Çev. N.)
** *Fr.* Daraltılmış özel toplantı. (Çev. N.)

lara yardım etmek için sanki yaptıklarını yasal görüyormuş gibi onların yanında yer almak ve her zamanki, belki de, farkında olmadıkları acımasızca tutumlarını bırakıp hiç olmazsa tanıdıklarına karşı daha iyi davranmaları için ricalarla bu acımasızca davranan insanlara başvurmak zorunda kalmak son derece acı veriyordu. Nehlüdov böylesi durumlarla karşılaşınca içinde hep bir çelişki ve huzursuzluk duyuyor ve ricacı olsun mu, olmasın mı kararsızlık içinde kalıyor ama her zaman olması yönünde karar veriyordu. Gerçek şuydu ki, Mariette ve kocasının karşısında utanıp sıkılacak, işi hiç kolay olmayacaktı, ancak buna karşın tek başına içeri tıkılan talihsiz, eziyet çeken kadın salıverilecek ve hem o kadının hem de yakınlarının çektiği acıları son bulacaktı. Ayrıca artık kendinden saymadığı, ancak onların kendilerinden gördüğü insanlar arasındaki ricacı konumunu ikiyüzlülük olarak görüyor ve onların arasında kendini eski alışkanlarına batmış ve istemeyerek de olsa bu çevrede hüküm süren o uçarı, ahlaksız yaşam tarzına teslim olmuş hissediyordu. Bu duyguyu teyzesi Katerina İvanovna'nın yanında daha yeni yaşamış, bu sabah teyzesiyle en ciddi konuları konuşurken işi hafife alan bir tarza bürünüvermişti.

Çoktandır gelmediği Petersburg, onun üzerinde o her zamanki fiziksel açıdan yüreklendirici, ahlaken köreltici etkisini yapmıştı: Her şey o kadar temiz, rahat ve konforluydu ki, en önemlisi de, insanlar ahlak düşkünü olmadıkları için yaşam özellikle kolay görünüyordu.

Harika, tertemiz, saygın bir arabacı onu harika, saygın, pırıl pırıl polis memurlarının yanından, tertemiz yıkanmış yollardan, pırıl pırıl evlerin yanından geçirerek Mariette'nin oturduğu kanal boyundaki eve götürdü.

Girişte at gözlüğü takılı bir çift İngiliz atı duruyor ve sürücü yerinde favorileri yanağının yarısına kadar uzanan, İngiliz'e benzeyen, üniformalı bir arabacı elinde kamçı, kendini beğenmiş bir hava takınmış, oturuyordu.

Giriş kapısını alışılmadık derecede temiz üniformalı bir kapıcı açtı, içerde sırmalı üniforması ondan çok daha temiz, favorileri taranmış bir uşakla, elinde süngüsüyle, yeni, temiz üniformalı bir nöbetçi emir eri duruyordu.

"General de generalin hanımı da kimseyi kabul etmiyorlar. Şimdi yola çıkmak üzereler."

Nehlüdov, Grafinya Katerina İvanovna'nın mektubunu teslim edip bir not kâğıdı çıkardı ve üzerinde ziyaretçi kayıt defteri duran küçük masaya gitti, bulamadığı için çok üzüldüğünü tam yazmaya başlamıştı ki, uşak merdivene doğru koşturdu, kapıcı da kapıya çıkıp "Arabayı çağır," diye bağırdı, emir eri de konumunun önemine hiç uygun düşmeyen yürüyüşüyle koşturarak merdivenlerden inen kısa boylu, dal gibi hanımefendiyi gözleriyle takip ederek esas duruşa geçip put kesildi.

Mariette'nin başında tüylü kocaman bir şapka, üzerinde siyah bir elbise ve siyah bir pelerin vardı, ellerine yeni, siyah eldivenler giymişti, yüzü tülle örtülüydü.

Nehlüdov'u görünce tülü kaldırıp gözleri parlayan sevimli yüzünü ortaya çıkardı ve soru dolu bakışlarla Nehlüdov'a baktı.

Neşeli, hoş bir sesle "A, Knyaz Dimitri İvanoviç," dedi. "Neredeyse sizi tanıyamayacaktım…".

"Adıma kadar nasıl oluyor da anımsıyorsunuz?"

"Nasıl anımsamam, bir zamanlar kız kardeşimle birlikte size âşıktık," dedi Fransızca. "Ne kadar çok değişmişsiniz. Ah, ne yazık ki, gitmek zorundayım ama hadi geri çıkalım," dedi, kararsız kalarak.

Duvar saatine bir göz attı.

"Yo, olmaz, imkânı yok. Cenaze ayini için Kamenskaya'ya gidiyorum. Kadıncağız perişan bir halde."

"Kim bu Kamenskaya?"

"Yoksa işitmediniz mi? Oğlu düelloda öldürüldü. Pozen'le kavga etmişler. Bir tanecik oğlu vardı. Korkunç bir durum. Annesi perişan oldu."

"Evet, işittim."

Mariette uçarcasına adımlarla çıkış kapısına doğru koştururken "Hayır en iyisi ben gideyim, siz yarın ya da bu akşam yine gelin," dedi.

Nehlüdov onunla birlikte kapıya çıkarken "Bu akşam gelemem," diye yanıt verdi. Kapının önüne gelen bir çift al ata bakarak "Aslında size bir işim düşmüştü," dedi.

"Nedir?"

Nehlüdov büyük armalı küçük zarfı ona uzatırken "Teyzemin size yazdığı pusula," dedi. "Hepsini orada görürsünüz."

"Biliyorum, Grafinya Katerina İvanovna işlerle ilgili kocama etki edebileceğimi sanıyor. Yanılıyor. Elimden hiçbir şey gelmez, üstelik birinden yana olmak da istemiyorum. Ancak, hiç kuşkusuz, grafinya ve sizin için bu kuralımdan vazgeçemeye hazırım. Konu nedir?" dedi, siyah eldivenli minicik eliyle boş yere cebini karıştırarak.

"Kalede hapis yatan bir kız var, hasta, hiçbir şeye de bulaşmamış."

"Soyadı nedir?"

"Şustova. Lidiya Şustova. Mektupta yazıyor."

"Peki, tamam, bir şeyler yapmaya çalışırım," dedi ve vernikli çamurlukları güneşte pırıl pırıl parlayan, yumuşacık kapitone işli faytona bir sıçrayışta bindi ve şemsiyesini açtı. Uşak ön tarafa oturup arabacıya gitmesi için işaret verdi. Araba hareket etti, ancak o anda Mariette şemsiyesiyle arabacının sırtına dokundu ve ince tenli dilberler, gemlerle çekilen güzel başlarını kısıp becerikli ayakları üzerinde yerlerinde sayarak durdular.

Mariette etkisini çok iyi bildiği gülümsemesiyle "Siz gelin ama lütfen iş için olmasın," dedi ve sanki oyun bitmiş de perdeyi indiriyormuş gibi tülünü indirdi ve şemsiyesiyle yeniden arabacıya dokunarak "Hadi, gidelim," dedi.

Nehlüdov şapkasını çıkarttı. Safkan al kısraklar burunlarından soluyarak, nallarıyla taş döşeli yolu dövmeye başladılar ve araba bozuk yollarda ara sıra yeni lastikleri üzerinde hafifçe sarsılarak uçarcasına uzaklaştı.

XVI

Mariette ile paylaştığı gülümsemeyi anımsayan Nehlüdov kendi kendine başını salladı.

Saygı duymadığı insanlara dalkavukluk etme zorunluluğunun içinde doğurduğu ikilem ve kuşkuyla "Göz açıp kapayıncaya kadar yine kendini bu hayata kaptıracaksın," diye aklından geçirdi. Yeniden geri dönmemek için önce nereye sonra nereye gitmesi gerektiğini ölçüp biçen Nehlüdov öncelikle senatonun yolunu tuttu. Onu çok görkemli bir yer olan ve çok sayıda, olağanüstü saygın, pırıl pırıl memurlarla karşılaştığı kalem odasına götürdüler.

Memurlar, Nehlüdov'a Maslova'nın dilekçesinin alındığını ve inceleme ve rapor için Nehlüdov'un yanında kendisine vermek üzere eniştesinden bir mektup getirdiği senatör Volf'a verildiğini söylediler.

"Senato toplantısı bu hafta yapılacak ama Maslova'nın davasının bu toplantıda ele alınacağını sanmam. Eğer rica ederseniz, belki bu hafta çarşamba gününe alabilirler," dedi biri.

Nehlüdov senatonun kalem odasında gerekli evrakları beklerken yine düello ile ilgili konuşmaları ve genç Kamenski'nin nasıl öldürüldüğü ile ilgili hikâyenin ayrıntılarını dinledi. Bütün Petersburg'un konuştuğu bu olayın ayrıntılarını burada ilk kez öğrendi. Olay şuydu: Subaylar bir dükkânda istiridye yemişler ve her zamanki gibi çok içmişlerdi. İçlerinden biri Kamenski'nin görev yaptığı alayla ilgili olumsuz şeyler söylemiş, Kamenski de onu yalancılıkla suçlamıştı. Öteki de Kamenski'ye vurmuştu. Ertesi gün düello etmişler ve kurşun Kamenski'nin karnına isabet etmiş ve iki saat sonra ölmüştü. Katil ve şahitler tutuklanmıştı, ancak her ne kadar onları askeri hapishaneye atmış olsalar da iki hafta sonra salıverecekleri söyleniyordu.

Nehlüdov senatonun kalem odasından çıkıp dilekçe komisyonuna, bu komisyonda etkili bir memur olan Baron Vorobyev'in hazineye ait muhteşem evine gitti. Kapıcı ve uşak sert bir biçimde Nehlüdov'a baronu kabul günleri dışında göremeyeceğini, baronun bugün çarın yanında olduğunu, yarın da yeniden rapor için gideceğini söylediler. Nehlüdov mektubu verip senatör Volf'a gitti.

Volf kahvaltısını daha henüz yeni yapmıştı ve alışkanlığı üzere sindirimi puro içerek ve odada gezinerek ödüllendirdiği sırada Nehlüdov'u kabul etti. Vladimir Vasilyeviç Volf gerçekten *un homme très comme il faut** idi ve bu özelliğini her şeyden çok önemsiyor, herkese tepeden bakıyordu. Sahip olduğu bu özelliğe büyük bir değer biçmeden edemiyordu, zira asıl arzu ettiği parlak kariyerini yalnızca bu özelliği sayesinde

---

* *Fr.* Olması gerektiği gibi bir adam. (Çev. N.)

yapmış, bu sayede evlenerek, on sekiz bin rublelik gelir getiren bir servete konmuş, kendi çabalarıyla da senatör olmuştu. Kendini yalnızca *un homme très comme il faut* saymıyor, aynı zamanda dürüstlük timsali olarak görüyordu. Bu dürüstlükten kastettiği şey de insanlardan rüşvet almamasıydı. Hükümetin ondan istediği her şeyi köle gibi yerine getirirken, her türlü yolluğu, gündeliği, devlet hazinesine ait kiraları dilenircesine istemeyi namussuzluk saymıyordu. Polonya çarlığında bir eyalette valiyken yaptığı gibi halkına ve atalarının dinlerine bağlı oldukları için suçsuz yüzlerce insanı öldürmeyi, perişan etmeyi, bunu sürgüne sebep sayıp hapse tıkmayı, bırakın namussuzluk saymayı tam tersi kahramanlık, yiğitlik, vatanseverlik kabul ediyordu; Kendisine âşık karısını ve baldızını soyup soğana çevirmeyi de aynı şekilde namussuzluk olarak görmüyor, tam tersine bunu kendi aile yaşantısı için akıllıca bir düzen sayıyordu.

Vladimir Vasilyeviç'in ailesi, kişiliksiz karısı, aynı şekilde malını mülkünü ele geçirip malikânesini satarak parasını kendi hesabına yatırdığı baldızı ve son zamanlarda eğlenceyi – Aline'lerdeki ve Grafinya Katerina İvanovnalar'daki toplantılarda – İncil'de bulan yumuşak başlı, ürkek, çirkin kızından oluşuyordu.

Vladimir Vasilyeviç'in aslında iyi yürekli bir çocuk olan, on beş yaşında bir karış sakalı çıkan ve o zamandan içmeye başlayarak, kendini uçarı bir yaşama kaptıran ve yirmili yaşlarına kadar da bu şekilde yaşamaya devam eden oğlu ise, hiçbir okulda dikiş tutturamadığı ve kendini kötü bir arkadaş çevresine kaptırarak bir dünya borç yapıp babasının saygınlığını sarstığı için evden kovulmuştu. Babası bir kez oğlunun iki yüz otuz ruble borcunu ödemiş, bir başka kez de bunun son olduğunu, eğer kendine çekidüzen vermezse onu evden kovup ilişkisini keseceğini söyleyerek, altı yüz ruble borcunu ödemişti. Oğlu kendine çekidüzen vermek bir yana, bin ruble daha borca girmiş ve babasına evdeki bu yaşamın ona acı verdiğini söyleme cesaretini göstermişti. Bunun üzerine Vladimir Vasilyeviç oğluna istediği yere gidebileceğini, artık onun oğlu olmadığını söylemişti. O günden sonra Vladimir Vasilyeviç oğlu yokmuş gibi davranıyor ve evdeki hiç kimse ona oğlundan söz açmaya cesaret edemiyordu, Vladimir Vasilyeviç ise aile yaşamını çok iyi düzene koyduğundan tamamıyla emindi.

Volf sevecen ve biraz da alaycı bir gülümsemeyle – bu onun tarzıydı ve çoğu insana karşı *komilfo** üstünlüğünün elinde olmadan ifadesiydi – odasındaki gezintisini kesip Nehlüdov'la selamlaştı ve pusulayı okudu.

Ellerini ceketinin ceplerine sokup sade ve ciddi bir tarzda döşenmiş çalışma odasını, diyagonal bir biçimde hafif, yumuşak adımlarla adımlayarak "Buyurun, oturun, benim de kusuruma bakmayın. İzin verirseniz, ben gezinmeye devam edeyim," dedi. Güzel kokulu, mavimtırak bir duman salarak ve külünü dökmemek için dikkatle purosunu ağzından çekerek "Sizinle tanıştığıma çok memnun oldum ve kuşkusuz Graf İvan Mihayloviç'in dileğini yerine getirmekten mutluluk duyarım," diyerek konuşmasını sürdürdü.

"Davanın bir an önce görüşülmesini rica edecektim, zira sanık Sibirya'ya gidecekse bir an önce gitsin," dedi Nehlüdov.

Leb demeden leblebiyi daima herkesten önce anlayan Volf tepeden bakan gülümsemesiyle "Evet, evet, Nijniy'den kalkan ilk vapurla, biliyorum," dedi. "Sanığın soyadı neydi?"

"Maslova."

---

* *Fr.* comme il faut – olması gerektiği gibi. (Çev. N.)

Volf masanın başına gidip dava dosyasındaki evraka göz attı.

"Evet, tamam, Maslova. Peki, arkadaşlardan rica ederim. Çarşamba günü davayı görüşürüz."

"Bunu avukata telgrafla bildirebilir miyim?"

"Avukatınız mı var? Buna neden gerek gördünüz ki? Ancak istiyorsanız, siz bilirsiniz tabii."

"Temyiz gerekçeleri yetersiz olabilir," dedi Nehlüdov. "Ancak sanırım, davaya bakıldığında suçlamanın bir yanlış anlamadan kaynakladığı görülecektir."

Vladimir Vasilyeviç gözü külünde, sert bir biçimde "Evet, evet, olabilir, ancak senato davanın özüne bakmaz," dedi. "Senato yalnızca yasanın doğru uygulanıp uygulanmadığına ve nasıl yorumlandığına bakar."

"Sanırım bu benzersiz bir durum."

"Elbette, bilmez miyim, bütün olaylar benzersizdir. Gerekeni yaparız, merak etmeyin." Kül hâlâ tutunmaya devam ediyordu ama artık çatlak vermiş ve tehlike yaratacaktı. Volf purosunu külü dökülmeyecek şekilde tutup "Petersburg'a seyrek mi geliyorsunuz? diye sordu. Buna rağmen kül sallanmaya başlayınca Volf dikkatli bir biçimde purosunu sonunda döküldüğü küllüğe koydu. O sırada Kamenski ile ilgili tüm Petersburg'un konuştuğu şeyleri neredeyse sözcüğü sözcüğüne yineleyerek "Şu Kamenski'nin başına gelen olay ne kadar korkunç!" dedi. "Harika bir delikanlı. Biricik bir evlat. Özellikle annesinin durumu."

Grafinya Katerina İvanovna'dan ve Vladimir Vasilyeviç'in ne yerdiği ne de doğru bulduğu, ancak onun *komilfo* durumunda hiçbir anlam ifade etmediği açıkça görülen, Grafinya'nın kendini heyecanla kaptırdığı yeni dini eğiliminden söz etti ve zile bastı.

Nehlüdov vedalaştı.

Volf Nehlüdov'un elini sıkarken "Sizin için uygunsa yemeğe de buyurun," dedi. "Hiç olmazsa çarşamba günü gelin, hem size müjdeyi de veririm."

Oldukça geç olmuştu, Nehlüdov da eve, yani teyzesine gitti.

XVII

Grafinya Katerina İvanovnalar'da öğlen yemeği saat yedi buçukta yeniyordu, yemek Nehlüdov'un daha önce hiç görmediği yeni bir tarzda servis ediliyordu. Yemekler masaya konuyor ve uşaklar hemen ayrılıyorlar, herkes yemeğini kendisi alıyordu. Erkekler gereksiz yere yorulmamaları için hanımlara, güçlü cins olarak izin vermiyorlar ve hem hanımların hem kendilerinin tabaklarına yemek koymanın ve içecekleri doldurmanın tüm ağırlığını yiğitçe üstleniyorlardı. Bir yemek yenip bittiğinde Grafinya masadaki elektrikli zilin düğmesine basıyor, uşaklar da sessizce içeri girip boşalan tabakları toplayıp yenileriyle değiştiriyorlar ve bir sonraki yemeği getiriyorlardı. Yemek de şaraplar da harikaydı. Büyük aydınlık mutfakta iki iyi yardımcısıyla birlikte bir Fransız şef çalışıyordu. Yemekte altı kişiydiler: Graf ve grafinya, dirseklerini masaya dayamış, asık suratlı, muhafız subayı olan oğulları, Nehlüdov, görevi yüksek sesle Fransızca kitap okumak olan bir Fransız hanım ve grafın köyden gelen başkâhyası.

Burada da sohbet konusu düello idi. Değerlendirmeler çarın olaya nasıl yaklaşacağı ile ilgiliydi. Çarın anne için çok üzüldüğü biliniyordu, annenin durumuna herkes üzülüyordu. Ancak çar başsağlığı dilese de, üniformasının onurunu savunan katile sert davranmak istemediği bilindiği için herkes üniformasının onurunu savunan katile karşı hoşgörülü yaklaşıyordu. Yalnızca kimin ne dediğini umursamayan Grafinya Katerina İvanovna aklına geldiği gibi katili kınayan sözler söyledi.

"İçip içip kafayı bulacaklar, sonra da namuslu gençleri öldürecekler, ben olsam asla bağışlamazdım," dedi.

Graf "İşte ben de bunu anlamıyorum," dedi.

Grafinya "Benim söylediklerimi asla anlamadığını biliyorum," dedi ve Nehlüdov'a doğru dönerek "Herkes anlıyor, bir tek kocam anlamıyor. Anneye acıdığımı ve öldürenin yanına kâr kalmasını istemediğimi söylüyorum."

O ana kadar suskunluğunu koruyan grafinyanın oğlu cinayeti savundu ve oldukça kaba bir biçimde, subayın başka türlü hareket edemeyeceğini, aksi halde askeri mahkemenin onu alaydan atabileceğini ileri sürerek, annesine yüklendi. Nehlüdov konuşmaya karışmadan dinliyordu ve eski bir subay olarak genç Çarski'in ileri sürdüğü gerekçeleri kabul etmese de anlıyordu, ancak bununla birlikte başka bir subayı öldüren bu subayla, kavgada cinayet işlediği için kürek cezasına çarptırılmış, hapishanede gördüğü yakışıklı delikanlıyı karşılaştırmadan edemiyordu. İkisi de sarhoşluk yüzünden katil olmuşlardı. O köylü, bir öfke anında birini öldürmüş, karısından, ailesinden, yakınlarından koparılmış, prangaya vurulmuş, kafası kazınmış bir halde küreğe gidiyor, bu subay ise askeri hapishanede güzel bir odada kalıyor, güzel yemekler yiyor, kaliteli şaraplar içiyor, kitap okuyordu ve bugün yarın salıverilecek ve eskisi gibi yaşamaya devam edecekti, hem de çok daha ilgi odağı olarak.

Düşündüklerini söyledi. Başlangıçta Grafinya Katerina İvanovna yeğenine katıldı ama sonra suskunluğa büründü.

Herkes gibi Nehlüdov da anlattığı bu öyküyle yakışıksız bir şey yaptığını hissediyordu.

Akşam, yemekten hemen sonra, büyük salonu adeta bir konferans salonu haline getirdiler, yüksek arkalıklı, oymalı sandalyeleri sıra sıra dizip önüne de bir masa ve koltuk ve bir sehpayla konuşmacı için üzerine bir sürahi su koydular, insanlar konuk Kizeveter'in vaaz edeceği toplantı için gelmeye başlamıştı.

Kapının önünde pahalı arabalar duruyordu. Pahalı mobilyalarla döşenmiş salonda ipekli, kadifeli, dantelalı giysiler içinde postişli, belleri korselerle sımsıkı sıkılmış hanımlar oturuyordu. Hanımların arasına askeri ve sivil beylerle alt tabakadan beş kişi – iki kapıcı, tezgâhtar, uşak ve arabacı – oturmuştu.

Saçı sakalı beyaza bürünmüş Kizeveter İngilizce konuşuyor, genç, sıska, burun gözlüklü bir kız hızlı ve güzel bir biçimde Rusçaya çeviriyordu.

Kizeveter günahlarımızın büyüklüğünden, cezasının çok büyük ve kaçınılmaz olduğundan, bu cezayı bekleyerek yaşanamayacağından söz ediyordu.

"Sevgili kardeşlerim yalnızca kendimizi, yaşamımızı, neler yaptığımızı, nasıl yaşadığımızı, sevgi dolu Tanrı'mızı nasıl kızdırdığımızı, İsa'ya nasıl acılar çektirdiğimizi düşünürsek, bağışlanamayacağımızı, çıkışın ve kurtuluşun olmadığını, hepimizin mahvolmaya mahkûm olduğunu anlarız. Korkunç bir ölüm, sonsuz acılar bizi bekliyor," diyordu titreyen ağlamaklı bir sesle. "Nasıl kurtulacağız? Kardeşlerim! Bu korkunç cehennem ateşinden nasıl kurtulacağız? Çoktan evlerimizi sarmış, çıkış da yok."

Bir süre sustu, yanaklarından gerçek gözyaşları süzüldü. Sekiz yıldır istisnasız her seferinde konuşmasının en çok hoşuna giden bu bölümüne geldiğinde boğazının düğümlendiğinin, ha bire burnunu çekip durduğunun ve gözlerinden yaşlar boşandığının farkındaydı. Bu gözyaşları onu daha da çok duygulandırıyordu. Odada hıçkırıklar işitiliyordu. Grafinya Katerina İvanovna başını iki elinin arasına almış, mozaik bir sehpanın yanında oturuyor, iri omuzları titriyordu. Arabacı, adeta bu Alman, araba okunu ona çevirmiş, dolu dizgin üzerine geliyormuş ancak o kaçamıyormuş gibi şaşkınlık ve korku içinde Almana bakıyordu. Katerina İvanovna da dahil çoğunluk aynı pozda oturuyordu. Volf'a benzeyen kızı moda elbisesinin içinde, diz çökmüş, elleriyle yüzünü örtmüştü.

Konuşmacı birden yüzünü açtı ve yüzünde aktörlerin sevinç ifade ettikleri, gerçeğe çok benzeyen bir gülümseme belirdi ve tatlı, şefkatli bir sesle konuşmaya başladı. "Ancak bir kurtuluş yolu var. Kolay ve sevinçli bir kurtuluş yolu. Bu kurtuluş bizim uğrumuza işkenceye katlanan Tanrı'nın biricik oğlunun bizim için dökülen kanıdır. Onun çektiği acılar, onun kanı bizi kurtaracak. Kardeşlerim," yine ağlamaklı bir sesle konuşuyordu, "İnsanlığın kurtuluşu için biricik oğlunu feda eden Tanrı'ya şükredelim. Onun kutsal kanı..."

Bu durum Nehlüdov'a o kadar iğrenç gözüktü ki, sessizce kalktı ve yüzünü buruşturarak ve duyduğu utancın yol açtığı iç titremelerini bastırıp, parmak uçlarına basarak oradan çıktı ve odasına gitti.

XVIII

Ertesi gün Nehlüdov tam giyinmiş, aşağıya inmeye hazırlanıyordu ki, uşak ona Moskovalı avukatın kartvizitini getirdi. Avukat kendi işleri için gelmişti ancak yakında görüşülecekse Maslova'nın senatodaki davasında da hazır bulunmak istiyordu. Nehlüdov'un gönderdiği telgraf ona ulaşmamıştı. Maslova'nın davasının ne zaman görüşüleceğini ve senatörlerin kim olduğunu Nehlüdov'dan öğrenince gülümsedi.

"Senatörlerin her biri bir çeşit," dedi. Volf, Petersburglu bir memur, Skovorodnikov hukuk bilgini, Be de sorunlara kolay ve hızlı çözüm bulabilen bir hukukçu. Hepsinden çok umudum onda. Peki, dilekçe komisyonunda işler ne durumda?"

"Şimdi Baron Vorobyev'e gidiyordum, dün görüşme fırsatı bulamadım."

Avukat Nehlüdov'un bu yabancı unvanı böylesine bir Rus soyadıyla birleştirerek söylerken yaptığı biraz komik kaçan tonlamaya yanıt olarak "Vorobyev'in baronluğu nereden geliyor, biliyor musunuz?" diye sordu. "Bizim Pavel, dedesini bir hizmeti için, sanırım oda hizmetçisiymiş, bu unvanla ödüllendirmiş. Onu bir hayli memnun etmiş olmalı ki, baron yapmış. Bana ters değil ama aynen bu şekilde Baron Vorobyev olmuş. Bununla da çok gurur duyuyor. Ancak büyük bir dolandırıcıdır."

"İşte şimdi ben de ona gidiyorum," dedi Nehlüdov.

"Öyle mi, çok iyi, o halde birlikte gidelim. Ben sizi götürürüm."

Tam kapıdan çıkarlarken Nehlüdov girişte ona Mariette'den bir pusula getiren uşakla karşılaştı.

"*Pour vous faire plaisir, j'ai agi tout à fait contre mes principes, et j'ai intercédé auprès de mon mari pour votre protégée. Il se trouve que cette personne peut-être relachée immédiatement. Mon mari a écrit au commandant. Öylesine venez donc. Je vous attend. M*.*"

---

* *Fr.* Sizi memnun etmek için tüm kurallarımı çiğneyerek hamiliğini yaptığınız kişi için kocamdan ricada bulundum. Bu kişi derhal serbest bırakılabilecek gibi görünüyor. Kocam kumandana yazdı. İçiniz rahatlamış olarak, gelebilirsiniz... Sizi bekliyorum. M. (Çev. N.)

"Ne biçim iş?" dedi Nehlüdov avukata. "Bu da korkunç bir şey! Yedi aydır tecritte tuttukları kadının, meğer hiçbir suçu yokmuş ve salıverilmesi için tek sözcük yeterliymiş."

"Bu her zaman böyledir. Neyse ki, hiç olmazsa siz istediğinizi elde ettiniz."

"Evet ama bu başarı beni üzüyor. Demek ki, kim bilir oralarda neler oluyor? Kadıncağızı neden içerde tutuyorlardı ki?"

"Hadi, boş verin, en iyisi çok kurcalamamak. Gelin sizi götüreyim," dedi avukat. Kapıya çıktıkları sırada avukatın tuttuğu gösterişli bir kupa araba kapıya yanaştı. "Siz de zaten Baron Vorobyev'e gidiyordunuz, değil mi?"

Avukat arabacıya gidecekleri yeri söyledi ve bakımlı atlar kısa sürede Nehlüdov'u baronun oturduğu eve götürdü. Baron evdeydi. Girişteki odada son derece uzun boylu, çıkık gırtlaklı, alışılmadık narin yürüyüşlü, resmi üniformalı, genç bir memur ve iki hanım vardı.

Çıkık gırtlaklı genç memur alışılmadık narin ve nazik bir biçimde hanımlardan ayrılarak Nehlüdov'a yöneldi. "Soyadınız?" diye sordu.

Nehlüdov soyadını söyledi.

"Baron sizden bahsetmişti. Bir dakikanızı rica edeyim."

Genç memur kapısı kapalı bir odaya girdi ve yas giysisi içinde gözyaşlarını tutamayan bir kadına odadan dışarı eşlik etti. Kadın gözyaşlarını gizlemek için bir deri bir kemik parmaklarıyla karışmış tülü yüzüne örtmeye çalışıyordu.

Genç memur narin adımlarla çalışma odasının kapısına gidip kapıyı açtı ve önünde durarak Nehlüdov'a dönüp "Buyurun," dedi.

Çalışma odasına giren Nehlüdov kendini orta boyda, tıknaz, saçları kısa kesilmiş, redingotlu, büyük bir yazı masasının başında koltukta neşe içinde önüne bakarak oturan bir adamın karşısında buldu. Nehlüdov'u görünce, bembeyaz bıyıklarının ve sakallarının arasından özellikle dikkat çeken kırmızı yüzünde tatlı bir gülümseme yayıldı.

"Sizi gördüğüme çok sevindim, annenizle tanışıklığımız eskiye dayanıyor, onunla eski arkadaştık. Sizi küçük bir çocukken, sonra da subay olduğunuzda görmüştüm. Buyurun, oturun, size nasıl yardımcı olabilirim, söyleyin," dedi. Nehlüdov, Fedosya'nın başına gelenleri anlatırken tıraşlı beyaz başını sallayarak "Evet, evet" diyordu. "Anlatın, anlatın, hepsini anladım; evet, evet, gerçekten üzücü bir olay. Peki, dilekçe verdiniz mi?"

"Bir dilekçe hazırladım," dedi Nehlüdov dilekçeyi cebinden çıkartırken. "Ancak sizden rica etmek istedim, siz iletirseniz bu davaya özel bir özen gösterirler diye düşündüm."

Baron neşeli yüzüne hiç yakışmayan bir acıma ifadesi takınarak "Çok iyi yaptınız. Kesinlikle bizzat iletirim," dedi. "Çok üzücü. Baksanıza kız daha çocukmuş, kocası ona kaba davranmış, bu da kızı kocasından soğutmuş, sonra da zaman gelmiş birbirlerini sevmişler... Evet, ben iletirim."

"Graf İvan Mihayloviç, bu konuyla ilgili çariçeden ricada bulunmak istediğini söyledi."

Nehlüdov daha bu sözleri bitirmeden, birden baronun yüzündeki ifade değişti.

"Yine de, dilekçeyi kaleme siz verin, ben de elimden geleni yaparım," dedi Nehlüdov'a.

O sırada odaya yürüyüşüyle açıkça caka satan genç memur girdi.

"Şu hanım size bir iki şey daha söylemek istiyor."

"Peki, çağırın. Ah, *mon cher*, burada o kadar çok gözyaşı görüyoruz ki, keşke hepsini silebilsek! Elimizden geleni yapıyoruz."

Kadın odaya girdi.

"Kızın geri vermesine izin verilmesin diye rica etmeyi unuttum, yoksa o her şeyi..."

"Yapacağımı söyledim ya."

"Baron, Tanrı aşkına anneyi kurtarın."

Kadın, baronun ellerine yapışıp öpmeye başladı.

"Ne gerekiyorsa yapılacak."

Kadın çıkınca, Nehlüdov da vedalaşmak için kalktı.

"Elimizden geleni yaparız. Adalet Bakanlığı'yla temasa geçeceğiz. Bize yanıt verdikleri zaman gerekeni yaparız."

Nehlüdov çıkıp kalem odasına gitti. Yine aynı senatodaki gibi görkemli odada, giysilerinden ulu orta yaptıkları sert konuşmalarına kadar pırıl pırıl, nazik, gösterişli memurlarla karşılaştı.

Nehlüdov yine elinde olmadan "Ne kadar çoklar, korkunç derece çoklar, nasıl semirmişler, gömlekleri, elleri ne kadar temiz, hepsinin çizmeleri ne kadar güzel parlatılmış, peki, bütün bunları kim yapıyor? Yalnızca hapishanedekilerle değil, köydekilerle de karşılaştırıldığında hepsi de ne kadar iyi durumda," diye düşünüyordu.

XIX

Petersburg'daki mahkûmların yazgısının bağlı olduğu adam, yaka iliğine taktığı beyaz haç nişanı dışında üzerinde taşımadığı pek çok nişana sahip saygı değer ama dediklerine göre bunamış, Alman baronlarından yaşlı bir generaldi. Özellikle onun gururunu okşayan bu haçı, görev yaptığı Kafkasya'da, onun önderliğinde o zamanlar kafaları tıraşlı ve süngülü tüfeklerle silahlandırılmış üniformalı Rus köylüleriyle, özgürlüklerini, evlerini ve ailelerini savunan binden fazla insanı katlettiği için kazanmıştı. Sonra üniforması için yeni süsler ve nişanlar kazanmak için yine Rus köylülerini pek çok cinayete alet ettiği Polonya'da görev yapmış; daha sonra da bir yerde daha bulunmuş ve şimdi de artık güçten düşmüş bir ihtiyar olarak ona verilen çok iyi bir ev, dolgun bir maaş ve şu anda bulunduğu saygın yeri edinmişti. Yukarıdan verilen emirleri sert bir biçimde uyguluyor ve bu emirleri yerine getirmeyi çok önemsiyordu. Yukarıdan gelen bu emirlere büyük önem verirken, dünyadaki her şeyi değiştirilebilir ancak bir tek bu yukarıdan gelen emirleri değiştirilemez sayıyordu. Görevi, yarısı geçen onlarca yıl boyunca ölüp giden, bir kısmı aklını kaçıran, bir kısmı veremden ölen, bir kısmı da kimisi açlık greviyle kimisi damarlarını cam parçasıyla keserek, kimisi de kendini asarak ve yakarak hayatına son veren kadın erkek siyasi suçluları hücrelerde ve zindanlarda tutmaktı.

Yaşlı general bunların hepsini biliyor, bütün bunlar gözlerinin önünde oluyor ama tıpkı fırtınaların ve su baskınlarının vs. yol açtığı felaketler gibi bütün bu olaylar da vicdanını sızlatmıyordu. Bu olaylar çar adına yukarıdan gelen emirlerin yerine getirilmesi yüzünden oluyordu. Bu emirler kaçınılmaz bir şekilde yerine getirilmek zorundaydı, dolayısıyla da bu emirlerin yerine getirilmesinin yol açtığı sonuçları düşünmenin hiçbir anlamı yoktu. Yaşlı general de görüşüne göre çok önemli görevler olan bu emirleri yerine getirirken zayıflık göstermemek için yaptıklarını vatanseverlik ve askerlik borcu sayarak böyle konuların aklına gelmesine izin vermiyordu. Yaşlı general haftada bir kez görev gereği bütün zindanları dolaşıyor ve mahkûmlara herhangi bir istekleri olup olmadığını soruyordu, onları sakin, duyarsız bir biçimde sesini çıkarmadan dinliyor ve bütün bu istekler mevzuata aykırı düştüğü için asla hiçbir şey yapmıyordu.

Nehlüdov'un arabası yaşlı generalin oturduğu yere yaklaştığı sırada kuledeki çalar saatlerin minik çanları tiz bir sesle "Tanrı kutsaldır"ı çalıyordu, sonra saatler ikiyi vurdu. Nehlüdov bu çalar saatleri dinlerken elinde olmadan, saat başı yinelenen bu tatlı müziğin, müebbet hapse mahkûm insanların ruhunda nasıl yankılandığı hakkında Dekabristlerin notlarında okuduklarını anımsadı. Nehlüdov evin kapısına yaklaştığı sırada yaşlı general loş konuk odasında sedef kakmalı bir sehpanın başına oturmuş, astlarından birinin kardeşi, genç bir ressamla birlikte bir kâğıdın üstünde çay tabağını bir bu yana bir öbür yana sürüklüyordu. Ressamın ince, nemli, zayıf parmakları yaşlı generalin sert, buruş buruş, eklemleri katılaşmış parmaklarına geçmiş ve bu birbirine geçmiş eller, ters çevrilmiş çay tabağıyla birlikte kâğıda yazılı alfabedeki bütün harflerin üzerinde gidip geliyordu. Tabak, generalin yönelttiği öldükten sonra ruhlar birbirini nasıl tanıyacak sorusuna yanıt veriyordu.

O sırada oda hizmetini gören emir erlerinden biri Nehlüdov'un kartvizitiyle odaya girdiğinde, Jeanne d'Arc'ın ruhu tabak yardımıyla konuşuyordu. Jeanne d'Arc'ın ruhu harflerle "Birbirlerini tanıyacaklar," demiş ve bu not edilmişti. Emir eri girdiği anda tabak bir kez "s" ikinci kez "o" harfinin üzerine gitmiş, sonra da "n" harfine gelip bu harfin üzerinde durmuş ve sağa sola gitmeye başlamıştı. Sağa sola gidip geliyordu, çünkü generale göre bir sonraki harf "r" olmalıydı, yani Jeanne d'Arc, generalin düşüncesine göre, ruhlar bütün dünyevi şeylerden arındıktan ya da buna benzer bir şeyden *sonra* birbirini tanıyacaklar diyecekti ve bundan dolayı da bir sonraki harf "r" olacaktı, ressam ise sonraki harfin "ı" olacağını, ruhun, ruhların birbirini göksel bedenlerinden çıkacak *son ışık'a* göre tanıyacağını söyleyeceğini düşünüyordu.

General somurtarak, gür, kır kaşlarını çatmış, dikkatle ellere bakıyordu ve tabağın kendisinin hareket ettiği hayaliyle onu "r" harfine doğru götürdü. Yağlı saçlarını kulaklarının arkasına sıkıştırmış soluk benizli genç ressam da ölü gibi bakan mavi gözlerini konuk odasının bir köşesine dikmiş, sinirli sinirli dudaklarını oynatarak, tabağı "ı" harfine çekti. General uğraşının kesilmesine yüzünü ekşitti ve dakikalar süren suskunluktan sonra kartvizitti aldı, burun gözlüğünü taktı ve kocaman belindeki ağrıdan inleyerek, uyuşmuş parmaklarını ovuşturarak tüm heybetiyle ayağa kalktı.

"Çalışma odasına buyur et."

Ressam ayağa kalkarak "İzin verirseniz, ekselansları ben yalnız tamamlayım," dedi. "Ruhun varlığını hissediyorum."

General kararlı ve sert bir biçimde "Tamam siz bitirin," dedi ve tutulmuş bacaklarıyla büyük adımlar atarak, emin ve ölçülü bir yürüyüşle çalışma odasına yöneldi. General yazı masasının önündeki koltuğu Nehlüdov'a göstererek ve kaba sesiyle sevecen sözler söyleyerek "Sizi görmek ne güzel," dedi. "Petersburg'a geleli çok oldu mu?"

Nehlüdov kısa süre önce geldiğini söyledi.

"Anneniz, knyaginanın sağlığı iyi mi?"

"Annem öldü."

"Bağışlayın, çok üzüldüm. Oğlum sizinle karşılaştığını söylemişti." Generalin oğlu babasıyla aynı mesleği seçmiş ve askeri akademiden sonra istihbarat teşkilatına girmişti ve kendisine emanet edilen buradaki görevinden çok gurur duyuyordu. Görevi casus avıydı.

"Bir zamanlar babanızla birlikte çalışmıştım. Yakın arkadaştık. Peki, şimdi çalışıyor musunuz?"

"Hayır, çalışmıyorum."

General olumsuz anlamda başını yana eğdi.

"Sizden bir ricam var, general," dedi Nehlüdov.

"Ooo, çok memnun oldum. Nasıl yardımcı olabilirim?"

"Eğer ricam yersiz kaçarsa, lütfen beni bağışlayın. Ancak bunu size iletmem lazım."

"Nedir?"

"Sizin hapishanede tutulan Gurkeviç adında biri var. Annesi onunla görüşmek ya da hiç olmazsa ona kitaplarını iletmek için izin verilmesini istiyor."

General, Nehlüdov'un isteği karşısında en ufak bir memnuniyet ya da hoşnutsuzluk belirtisi göstermedi, sanki düşünüyormuş gibi başını yanına eğip gözlerini kapadı. Aslında hiçbir şey düşünmüyor ve hatta yasa gereğince ne söyleyeceğini çok iyi bildiği için Nehlüdov'un isteğiyle ilgilenmiyordu bile. Hiçbir şey düşünmeden yalnızca zihinsel olarak dinleniyordu.

Biraz başını dinledikten sonra "Biliyor musunuz, bu bana bağlı değil," dedi. "Görüşmelerle ilgili yukarının kesin emri var, bu emirde ne deniyorsa ona izin veriliyor. Kitaplara gelince, bizim kütüphanemiz var, yasak olmayan kitaplar da onlara veriliyor."

"Evet ama onun bilimsel kitaplara ihtiyacı var, çalışmak istiyor."

"Buna inanmayın." General bir süre sustu. "Bu çalışmak için değil. Yalnızca huzursuzluk çıkarmak için."

"Nasıl olur, hem içinde bulundukları ağır koşullarda oyalanacak bir şeylere ihtiyaçları var," dedi Nehlüdov.

"Onlar hep yakınırlar," dedi general. "Hem biz onları biliriz." Mahkûmlardan genel olarak, özellikle kötü bir insan türü gibi söz ediyordu. "Oysa burada onlara hapishanelerde çok az rastlanan bir rahatlık sağlanıyor," diye konuşmasını sürdürdü general. Sanki kendilerini haklı çıkarmak istercesine, bu kurumun başlıca amacı içerde tutulanlara adeta iyi bir konut sağlamaktan ibaretmiş gibi, mahkûmlara sağlanan bütün olanakları ayrıntılı bir biçimde anlatmaya koyuldu.

"Eskiden koşulların oldukça zor olduğu doğru, ancak şimdi burada çok iyi koşullarda tutuluyorlar. Üç kap yemek yiyorlar ve biri kesinlikle etli yemek – köfte ya da pirzola – oluyor. Pazar günleri bir de dördüncü kap olarak tatlı veriliyor. Keşke Tanrı, her Rus'a böyle yemek olanağı verse."

General, mahkûmların zor beğenen ve nankör insanlar olduklarını kanıtlamak için, bir kere diline doladı mı bırakmayan tüm yaşlı insanlar gibi defalarca söylediği şeyleri yineliyordu.

"Onlara hem dini içerikli kitaplar hem de eski dergiler veriliyor. Kütüphanemizde gerekli bütün kitaplar var. Ancak çok az okuyorlar. Başlangıçta ilgileniyor gibi görünürler, sonra bir bakarsın yeni kitaplar yarısına kadar bile açılmadan, eskiler ise sayfalarına bile dokunulmadan kalmış." General alakasız, yapmacık bir gülümsemeyle "Hatta bilerek kitapların arasına kâğıt parçası bile koymayı denedik," dedi. "Koyduğumuz gibi el sürülmeden kaldı. Üstelik onlara yazmak da yasak değil," diyerek devam etti. "Yazarak vakit geçirsinler diye kara tahta ve tebeşir de veriliyor. Silip yeniden yazabilirler. Yine de yazmıyorlar. Boş verin, çok kısa bire sürede tamamen kuzu kesilirler, yalnızca başlangıçta kaygılanırlar, sonra bir bakarsın yağ bile bağlamışlar, sesleri iyice kesilir," diye konuşuyordu general, sözlerinin taşıdığı korkunç anlamdan kuşku duymadan.

Nehlüdov, generalin o yaşlı, hırıltılı sesini dinliyor, kemikleri çıkmış yüzüne, ellerine, bembeyaz kesilmiş kaşlarının altındaki feri kaçmış gözlerine, askeri giysisinin yakasının desteklediği, ihtiyarlıktan pörsümüş, tıraşlı yüzündeki elmacık kemiklerine, bu adamın gurur duyduğu, özellikle, sırf acımasızca pek çok insanı katlettiği için kazandığı o beyaz haça bakıyor ve karşı çıkmanın, ona sözlerinin anlamını açıklamanın bir yararı olmayacağını anlıyordu. Ancak yine de çaba göstererek, bir de bugün serbest bırakılacağı haberini aldığı tutuklu Şustova'nın durumunu sordu.

"Şustova? Şustova... Herkesi adıyla anımsamıyorum." Hapishaneyi tıklım tıklım doldurdukları için tutukluları hissedilir bir biçimde kınayarak "Hem bu isimde o kadar çok tutuklu var ki," dedi. Zile bastı ve kâtibi çağırmalarını söyledi.

Kâtibi beklerken, çarın ve vatanın özellikle dürüst, soylu insanlara gereksinim duyduğunu söyleyerek – kendisini de bu insanlardan sayıyordu – çalışması için Nehlüdov'a akıl veriyordu. "Vatanın" sözcüğünü anlaşılan konuşmasını süslemek için özellikle söylemişti.

"Gördüğün gibi yaşlı biriyim ama yine de gücüm yettiğince çalışıyorum." Kara kuru bir adam olan kâtip, zeki gözleri tedirgin bir halde gelip Şustova'nın tuhaf bir istihkam yerinde tutulduğunu, onunla ilgili bir yazının alınmadığını bildirdi.

General yine, yalnızca yaşlı yüzünün çarpılmasına yol açan, neşeli bir gülümseme çabası içinde "Alır almaz, hemen o gün göndeririz. Onları alıkoyduğumuz yok, onları içerde tutma sevdalısı değiliz," dedi.

Nehlüdov bu korkunç ihtiyara karşı duyduğu iğrenme ve acımayla karışık duyguyu belli etmemeye çalışarak ayağa kalktı. Yaşlı adam da arkadaşının düşüncesiz, özellikle de yolunu şaşırmış oğluna karşı çok sert davranmaması ve ona öğüt vermeyi bırakmaması gerektiğini düşünüyordu.

"Güle güle canım, benim kusuruma bakmayın lütfen, ama sizi seviyorum, söyleyeyim. Bizde yatanlarla da görüşmeyin. İçlerinde suçsuz kimse yok. Bu insanların hepsi ahlaksızın önde gideni. Onların ne mal olduğunu biliyoruz," dedi kuşkuya yer bırakmayan bir tonda. O da bunun böyle olduğundan adeta hiç kuşku duymuyordu, çünkü aksi takdirde kendini iyi bir yaşam sürmeye layık, saygın bir kahraman değil, vicdanını satan ve bu ilerlemiş yaşında da satmaya devam eden alçağın teki olduğunu itiraf etmek zorunda kalacaktı. "Siz en iyisi çalışın," diye sürdürdü konuşmasını. "Çarın namuslu insanlara gereksinimi var... vatanın da," diye ekledi. "Hem ben hem de başkaları sizin gibi çalışmasaydık ne olurdu? Geriye çalışacak kim kalırdı? Kalkmış düzeni kınıyoruz ama iş hükümete yardımcı olmaya gelince ortadan yok oluyoruz."

Nehlüdov derin bir nefes aldı, eğilerek selam verdi, tepeden bakan bir hoşgörüyle ona uzatılan kemikli kocaman eli sıkıp odadan çıktı.

General olumsuz anlamda başını sallayıp belini ovuşturarak yeniden, Jeanne d'Arc'ın ruhundan alınan yanıtı çoktan yazmış olan ressamın kendisini beklediği konuk odasına geçti. Burun gözlüğünü takıp yazıyı okudu: "Birbirlerini göksel bedenlerden çıkan ışıktan tanıyacaklar."

Kabullenen bir tavırla, gözlerini kapayarak "A," dedi general. "Peki herkesten çıkan ışık aynı olursa nasıl tanıyacaksın?" diye sordu ve yeniden parmaklarını ressamın parmaklarına geçirerek, sehpanın başına oturdu.

Nehlüdov'un arabacısı kapıya doğru sürdü. Nehlüdov'a dönerek "Burası ne kadar sıkıcı bir yermiş, beyim!" dedi. "Az kaldı, dayanamayıp gidecektim."

Nehlüdov bütün havayı ciğerlerine çekip oradan kurtulmuş olmanın verdiği rahatlamayla bakışlarını, gökyüzünde süzülen dumanlı bulutlara ve üzerinde gidip gelen teknelerin ve buharlı vapurların yol açtığı Neva'nın hafifçe parıldayan dalgalarına bırakarak "Evet sıkıcı," dedi.

XX

Ertesi gün Maslova'nın davası büyük bir olasılıkla görüşüleceği için Nehlüdov senatoya gitti. Önüne çoktan birkaç arabanın gelip durduğu, senato binasının heybetli girişinde avukatla buluştu. Binayı avcunun içi gibi bilen avukat görkemli merdivenlerden ikinci kata çıkınca yasaların yürürlüğe giriş tarihleri rakamla yazılı soldaki kapıya yöneldi. Girişteki uzun odada paltosunu çıkarıp frakı ve beyaz plastronunun üzerinde beyaz kravatıyla kalan, kapıcıdan bütün senatörlerin içerde olduğunu ve sonuncusunun da yeni geldiğini öğrenen Fanarin kendinden emin bir halde neşeyle bir sonraki odaya geçti. Bu odanın sağ tarafında büyük bir dolap, yanında masa ve sol tarafında, o sırada koltuğunun altında çantasıyla resmi üniformalı şık bir memurun inmekte olduğu döner bir merdiven vardı. Yanında büyük bir saygıyla iki görevlinin durduğu, ceketli, gri pantolonlu, uzun ak saçlı, saygıdeğer görünümlü, tonton bir ihtiyar odada dikkatleri üzerinde topluyordu.

Ak saçlı ihtiyar dolaba daldı ve orada kayboldu. O sırada Fanarin aynı kendisi gibi beyaz kravatlı ve fraklı bir avukat arkadaşını görünce hemen onunla hararetli bir sohbete daldı; Nehlüdov ise odada olup bitenleri izliyordu. Biri burun gözlüklü genç, diğeri saçları ağarmış iki hanım dahil on beş kişi vardı. Bugün görülecek dava basında çıkan bir yazıyla ilgili bir hakaret davasıydı, bu yüzden her zamankinden çok izleyici vardı, bu insanların çoğu basın dünyasındandı.

Al yanaklı, yakışıklı bir mahkeme mübaşiri sırtında gösterişli üniforması, elinde bir kâğıtla, hangi dava için geldiği sorusuyla Fanarin'in yanına geldi, Maslova'nın davasıyla ilgili geldiğini öğrenince bir şeyler not edip gitti. O sırada dolabın kapısı açıldı ve içinden saygıdeğer görünümlü ihtiyar çıktı, ancak bu kez üzerinde ceket değil, onu kuşa benzeten, göğsünde parlak metal nişanlarla, sırmalar işli süslü bir giysi vardı.

Bu komik giysi anlaşılan ihtiyarın kendisini de şaşkına çevirmiş olacak ki, aceleyle, her zaman yürüdüğünden çok daha hızlı adımlarla girişin karşısındaki kapıdan kayboldu.

"Bu Be, çok saygın bir adamdır," dedi Fanarin, Nehlüdov'a ve onu meslektaşıyla tanıştırıp, çok ilginç bulduğu, birazdan görüşülmesi beklenen davayı anlatmaya koyuldu.

Dava kısa bir süre sonra başladı, Nehlüdov da izleyicilerle birlikte sol taraftaki duruşma salonuna geçti. Hepsi, Fanarin de dahil parmaklığın arkasındaki izleyiciler için ayrılan yere geçtiler. Yalnızca Petersburglu avukat öne çıkıp parmaklığın önündeki masanın başına geçti. Senatonun duruşma salonu bölge mahkemesinin salonundan daha küçük ve çok daha sade döşenmişti, bunun dışında tek fark, senatörlerin oturduğu masanın yeşil çuhayla değil de altın sırmalarla işli, koyu kırmızı bir kadifeyle kaplı olmasıydı, ancak onun dışında adliye binalarının başköşesinde yer alan adalet simgesi çift başlı kartal, ikona ve çarın portresi yerli yerindeydi. Mübaşir her zamanki gibi büyük bir ciddiyetle "Mahkeme başlıyor," diye bildirdi. Herkes aynı ciddiyetle ayağa kalktı, üniformalı senatörler de aynı ciddiyetle salona girdiler ve doğal görünmeye çalışarak, aynı ciddiyetle yüksek arkalıklı sandalyelerine oturup, yine aynı ciddiyetle dirseklerini masaya koydular.

Senatörler dört kişiydiler. İnce yüzü sinekkaydı tıraşlı ve çelik bakışlı başkan Nikitin; iyice dudaklarını bükmüş pamuk gibi elleriyle dava dosyasını karıştıran Volf; sonra, şişman, göbekli, çilli hukuk bilgini Skovorodnikov; ve dördüncü, şu en son **gelen**, saygıdeğer görünüşlü, tonton ihtiyar Be. Senatörlerle birlikte başkâtip ve orta boylu, sıska, tıraşlı, koyu tenli, kara gözleri hüzünle bakan, genç başsavcı yardımcısı da gelmişti. Nehlüdov tuhaf üniformaya ve nerdeyse altı yıldır görmüyor olmasına karşın öğrencilik yıllarından en iyi arkadaşını hemen tanıdı.

"Başsavcı yardımcısı Selenin mi?" diye avukata sordu.

"Evet, niye sordun?"

"Onu çok iyi tanırım, harika bir insandır..."

"Başsavcı yardımcısı hem harika hem de becerikli biridir. Keşke ondan da yardım rica etseydik," dedi Fanarin.

Nehlüdov, Selenin ile dostça yakın ilişkisini ve onun saflık, dürüstlük ve ahlak sözcüklerinin tam anlamıyla hakkını veren iyi özelliklerini anımsayarak "Ne olursa olsun vicdanıyla hareket eder," dedi.

Fanarin okunmaya başlayan dava raporuna kulak kesilerek, "Zaten artık çok geç," diye fısıldadı.

Bölge mahkemesinin kararını değiştirmeden olduğu gibi bırakan istinaf mahkemesinin verdiği kararla ilgili temyiz davası başlamıştı.

Dinlemeye koyulan Nehlüdov önünde olup bitenlerin anlamını kavramaya çalışıyordu ancak aynı bölge mahkemesinde olduğu gibi anlamasındaki başlıca güçlük, konuşmanın olması gerektiği gibi asıl konu üzerinde değil, tamamen tali konular üzerine yapılmasıydı. İlk görüşülen dava bir anonim şirket başkanının yaptığı dolandırıcılığı açığa çıkaran bir gazetedeki makaleyle ilgiliydi. Beklendiği gibi asıl konuşulması gereken, anonim şirket başkanının kendi yatırımcılarını soyduğu doğru mu ve yatırımcıların soyulmasının önüne geçmek için nasıl hareket edilmeli olmalıydı ancak yapılan konuşmaların bunlarla uzaktan yakından ilgisi yoktu. Davada, yalnızca yayıncının yasaya göre fıkra yazarının makalesini yayınlama hakkı olup olmadığı ve bu makaleyi yayınlayarak nasıl bir suç işlediği, yalan haber yayarak birinin onuruyla oynama suçu mu yoksa kara çalma suçu mu işlediği, yalan haber yayarak birinin onuruyla oynamanın kara çalmak mı yoksa kara çalmanın birinin onuruyla oynamak mı olduğu ve bir de sıradan insanların pek akıl erdiremeyeceği değişik makaleler ve bir dairenin aldığı kararlar üzerine konuşuluyordu.

Nehlüdov'un anladığı tek şey, bir gün önce senatonun davanın özüne giremeyeceğini kesin bir dille kendisine bildirmiş olmasına karşın, davayla ilgili raporu sunan Volf'un, açıkça önyargılı bir biçimde yüksek mahkemenin onayladığı kararın iptali lehine rapor verdiği ve Selenin'in kendi ölçülü karakterine hiç uymayan bir davranışla bu dava ile ilgili karşıt görüşünü beklenmedik ateşli bir biçimde ifade ettiğiydi. Her zaman ölçülü olan Selenin'in bu ateşli halinin Nehlüdov'u şaşırtmasının nedeni anonim şirket başkanının kara paraya bulaşmış bir insan olduğunu bilmesinden ve bu arada bir rastlantı sonucu neredeyse iş adamıyla ilgili duruşma günü öncesinde bu iş adamının verdiği muhteşem bir yemeğe Volf'un katıldığını öğrenmiş olmasından kaynaklanıyordu. Şimdi de Volf her ne kadar çok dikkatli olsa da yine de açıkça yanlı bir şekilde davayla ilgili bilgi verince, sıradan bir dava da olsa Selenin galeyana gelip büyük bir öfkeyle kendi görüşünü ifade etmişti. Bu konuşma anlaşılan Volf'u kırmıştı; kızarmış, gözleri dolmuş, şaşkınlaşıp sessizliğe bürünmüş ve çok saygın ve kırgın bir ifadeyle diğer senatörlerle birlikte toplantı odasına çekilmişti.

Senatörler çıkar çıkmaz mahkeme mübaşiri Fanarin'in yanına gelip yeniden "Siz hangi dava için gelmiştiniz?" diye sordu.

"Size söylemiştim ya, Maslova davası için," dedi Fanarin.

"Evet, bu dava bugün görüşülecek ama..."

"Aması ne?" diye sordu avukat.

"Bu davada tarafların olmayacağı düşünülüyordu, bundan dolayı sayın senatörlerin karar açıklanmadan önce çıkacaklarını sanmam ama izninizle haber vereyim..."

"Bu da ne demek?"

"Şimdi haber veriyorum." Mübaşir elindeki kâğıda bir şeyler not etti.

Gerçekten de senatörler kara çalma davasıyla ilgili kararı açıkladıktan sonra kalan davaları, bu arada Maslova'nın davasını da toplantı odasından çıkmadan çay ve sigara içerek sonuçlandırmak niyetindeydiler.

XXI

Senatörler toplantı odasında masanın başına geçer geçmez Volf çok hararetli bir biçimde davanın temyiz edilmesi gerektiği konusundaki gerekçelerini ortaya koymaya başladı.

Başkan hep kötümser biriydi, bugün de özellikle hiç keyfi yerinde değildi. Daha oturum sırasında davayı dinlerken kararını vermişti, şimdi de kendi düşüncelerine dalmış, Volf'u dinlemiyordu, aklı çoktandır göz koyduğu o önemli göreve kendisinin değil de Vilyanov'un atanması ile ilgili dün anı defterine yazdıklarına takılıp kalmıştı. Başkan Nikitin görev yaptığı sırada ilişki kurduğu ilk iki dereceden değişik memurlar hakkındaki değerlendirmelerinin çok önemli tarihi değerde bir kaynak olduğuna kesin bir biçimde içtenlikle inanıyordu. Dünkü bölümü yazarken, Rusya'yı şimdiki yöneticilerin içine sürüklediği felaketlerden kurtarmak için kendisine engel oluyorlar diye belirttiği, ama gerçekte, sırf şimdi kazandığından daha çok aylık almasına engel olmaları yüzünden ilk iki dereceden memurların bazılarına verip veriştirmişti, artık bütün bu yakınmaların sonraki kuşaklarda yepyeni bir aydınlanmaya yol açacağı düşüncesindeydi.

Ona dönen Volf'un sözlerine, dinlemediği halde "Evet, kuşkusuz," diye karşılık verdi.

Be ise, Volf'u, önündeki kâğıda çiçeklerden bir çelenk karalayarak, üzgün bir ifadeyle dinliyordu. Be, su katılmamış bir liberaldi. Altmışlı yılların geleneğini kutsal bir inanç gibi koruyordu, eğer tarafsız katı tutumundan ödün vermek zorunda kalırsa kesinlikle liberallerin safında yer alırdı. Şimdiki bu olayda, onuruyla oynandığından şikâyetçi olan anonim şirket sahibi iş adamının pisliğe batmış biri olmasının yanında, gazeteciyi kara çalmayla suçlamanın basın özgürlüğünün kısıtlanması anlamına geleceği için de Be şikâyeti sonuçsuz bırakma taraftarıydı. Volf gerekçelerini anlatıp bitirince, Be çizdiği çelengi bir kenara bırakıp, üzüntüyle – bu türden gerçekleri ispatlamak zorunda kaldığında üzülüyordu – hoş, tatlı bir sesle, kısa, basit ve inandırıcı bir biçimde şikâyetin bir dayanağı olmadığını belirtti ve ak saçlı başını önüne eğip çelengi çizmeye devam etti.

Volf'un karşısında oturan ve tombul parmaklarıyla durmadan sakalını ve bıyığını ağzına sokan Skovorodnikov, Be konuşmasını bitirir bitirmez sakalını kemirmeyi bırakıp yüksek ve çatlak bir sesle, anonim şirket başkanının namussuzun önde gideni olmasına karşın, yasal gerekçeleri olmuş olsaydı kararın bozulmasından yana olacağını, ancak böyle gerekçeler olmadığı için, bununla Volf'u iğnelemekten sevinç duyarak, İvan Semyonoviç'e (Be'ye) katıldığını söyledi. Başkan da Skovorodnikov'a katılınca dava olumsuz karara bağlandı.

Volf'un özellikle, sanki vicdansızca davranırken suçüstü yakalanmış gibi canı sıkılmıştı, ancak oralı değilmiş gibi davranarak, bir sonraki Maslova'nın dava dosyasını alıp içine gömüldü. Bu arada senatörler zile basıp çay istediler ve Kamenski'nin düellosuyla birlikte o sıralarda bütün Petersburg'un gündemine oturan bir olayla ilgili lafa daldılar.

Bu 995. maddede öngörülen suçtan suçüstü yakalanan bir şube müdürünün davasıydı.

Be nefretle "Ne iğrenç!" dedi.

Skovorodnikov avcunun içinde parmaklarının dibinde tuttuğu, ezilmiş sigarasından hırsla derin bir nefes çekerek ve kahkahayı basarak "Bunda ne kötülük var ki? Bir Alman yazarın dilimize çevrilmiş, erkekler arasında da nikâh kıyılabileceği, bunun doğrudan suç sayılmaması gerektiği konusunda teklif ettiği tasarıyı size gösteririm," dedi.

"Hayır, olamaz," dedi Be.

Skovorodnikov yazının tam başlığını ve hatta yayın yılını ve yerini belirterek "Size gösteririm," dedi.

"Onu, Sibirya'da bir ile vali tayin edecekleri söyleniyor," dedi Nikitin.

"Bu da harika! Piskopos onu haçıyla karşılar artık. Piskopos da öyle olmalı. Bana kalsa onlara öyle birini önerirdim," dedi Skovorodnikov ve sigarasının izmaritini çay tabağına fırlatıp sakalını ve bıyıklarını toplayabildiği kadar ağzına sokup kemirmeye koyuldu.

O sırada içeri giren mübaşir avukatın ve Nehlüdov'un, Maslova'nın davası görülürken hazır bulunmak istedikleri haberini verdi.

"Şu dava desene," dedi Volf, "tam bir romantik öykü," ve Nehlüdov'un Maslova ile ilişkisiyle ilgili bildiklerini anlattı.

Bu konu üzerine konuşarak, çaylarını ve sigaralarını içip bitiren senatörler duruşma salonuna geçtiler, bir önceki dava ile ilgili kararı açıklayıp Maslova'nın davasını görüşmeye başladılar.

Yine tam anlamıyla tarafsız kalmayan, mahkeme kararını bozmaktan yana olduğu açıkça hissedilen Volf ince sesiyle Maslova'nın temyiz başvurusuyla ilgili çok ayrıntılı bir açıklama yaptı.

Başkan, Fanarin'e dönüp "Eklemek istediğiniz bir şey var mı?" diye sordu.

Fanarin ayağa kalktı ve beyazlar içindeki geniş göğsünü kabartarak, madde madde, çok etkileyici ve düzgün bir ifadeyle mahkemenin yasaya altı noktada tam anlamıyla aykırı hareket ettiğini savundu ve ayrıca kısaca da olsa hem asıl davanın özüne hem de insanı isyan ettiren mahkemenin verdiği haksız karara değindi. Kısa olmasına karşın Fanarin'in konuşma tarzı öyle sertti ki, sayın senatörler sağgörüleri ve hukuksal bilgelikleriyle kendisinden çok daha iyi görüp anlayacaklarından bu konuda üstelediği için özür diliyor ancak bunu sırf üstlendiği sorumluluk gereği yapıyordu. Fanarin'in konuşmasından sonra senatonun mahkeme kararını bozacağından en ufak bir kuşku kalmamış gibiydi. Konuşmasını bitiren Fanarin muzaffer bir edayla gülümsedi. Avukatına bakan ve bu gülümsemeyi gören Nehlüdov davanın kazanıldığından emin oldu. Ancak senatörlere göz atınca gülümseyenin ve bayram edenin yalnızca Fanarin olduğunu fark etti. Başsavcı yardımcısı ve senatörler ne gülümsüyor ne de bayram ediyorlar, buna karşın "senin gibilerini çok dinledik, bunların hepsi boş laflar" diyen sıkıntı içinde bir görüntü sergiliyorlardı. Hepsi açıkçası, avukat konuşmasını bitirip onları boş yere oyalamaya son verince keyiflendiler. Avukatın konuşması biter bitmez başkan başsavcı yardımcısına döndü. Selenin kısa ancak açık ve anlaşılır bir biçimde, temyiz için gösterilen kanıtların hepsini temelsiz bulduğu için davayla ilgili verilen kararı değiştirmeden olduğu gibi bırakmaktan yana olduğunu belirtti. Bunun ardından senatörler kalkıp görüşmek üzere çekildiler. Toplantı odasında oylar bölünmüştü. Volf kararın bozulmasından yanaydı; sorunu anlayan Be de son derece doğru anladığı şekliyle mahkemenin tablosunu ve jüri üyelerinin yanlışlarını arkadaşlarının önüne koyarak, ateşli bir biçimde kararın bozulmasından yana çıktı; her zaman olduğu gibi hep sertlikten ve katı bir şekilcilikten yana olan Nikitin kararın bozulmasına karşı çıktı. Her şey Skovorodnikov'un oyuna kaldı. Bu oy da, Nehlüdov'un ahlaki nedenler adına bu kızla evlenme kararı ona son derece iğrenç geldiği için red tarafında kaldı.

Skovorodnikov materyalist, Darwinistti ve her türlü soyut ahlak belirtisini ya da daha da kötüsü dinsel bir belirtiyi yalnızca aşağılıkça bir delilik değil aynı zamanda kendine kişisel bir hakaret sayıyordu. Bu fahişeyle ilgili kopartılan tüm bu gürültü patırtı ve onu savunan ünlü bir avukatın ve bizzat Nehlüdov'un burada, senatoda bulunması ona son derece iğrenç geliyordu. Sakalını ağzına tıkıştırıp yüzünü ekşiterek, çok doğal bir biçimde, sanki bu dava hakkında hiçbir şey bilmiyormuş gibi, yalnızca temyiz gerekçelerini yetersiz bulduğu için başvuruyu sonuçsuz bırakma yönünde başkanın yanında yer aldı.

Böylece başvuru reddedilmiş oldu.

XXII

Nehlüdov çantasını toplayan avukatla birlikte bekleme salonuna çıkarken "Korkunç," dedi. "Her şey gün gibi ortadayken, şekli bahane edip reddediyorlar. Korkunç!"

"Dava daha mahkemede berbat edilmiş," dedi avukat.

"Selenin de reddetti. Korkunç, korkunç!" diye yineliyordu Nehlüdov. "Şimdi ne yapacağız?"

"Çara dilekçe vereceğiz. Siz hazır buradayken kendi elinizle verirsiniz. Ben size yazarım."

O sırada üniforması ve yıldızları içinde, ufak tefek Volf, bekleme salonuna çıkıp Nehlüdov'un yanına geldi.

Dar omuzlarını silkip gözlerini kısarak "Elden ne gelir ki, sevgili knyaz. Yeterli gerekçeler yoktu," dedi ve çekip gitti.

Volf'un arkasından da, eski dostu Nehlüdov'un orada olduğunu senatörlerden öğrenen Selenin çıktı.

Nehlüdov'un yanına gelerek "Seninle burada karşılaşacağımı ummazdım," dedi. Dudakları gülümserken gözleri hüzünle kaplanmıştı. "Petersburg'da olduğunu bilmiyordum."

"Ben de senin başsavcı olduğunu bilmiyordum."

"Yardımcısı," diye düzeltti Selenin. Bezmiş bir halde, kederle dostuna bakarak, "Senin senatoda ne işin var?" diye sordu. "Petersburg'da olduğunu öğrendim ama burada ne işin var?"

"Adalet bulmak ve suçsuz yere mahkûm edilen bir kadını kurtarmak umuduyla buradayım."

"Hangi kadını?"

"Şimdi davasını karara bağladığınız kadını."

Selenin anımsayarak "A, Maslova'nın davası," dedi. "Tamamen temelsiz bir başvuruydu."

"Konu başvuru değil, suçsuz yere cezaya çarptırılan bir kadın."

Selenin derin bir nefes aldı.

"Büyük olasılıkla, ancak..."

"Olasılıkla değil, kesinlikle..."

"Sen nereden biliyorsun?"

"Jüri üyesiydim de ondan. Nerede yanlış yaptığımızı biliyorum."

Selenin düşüncelere daldı.

"O zaman bunu bildirmek gerekirdi," dedi.

"Bildirdim."

"Tutanak tutulmalıydı. Temyiz başvurusu yapılırken bu belirtilmiş olsaydı..."

Selenin her zaman meşgul ve sosyeteye çok az karışan biri olduğu için anlaşılan Nehlüdov'un aşk hikâyesiyle ilgili hiçbir şey işitmemişti; Nehlüdov da bunu fark edince Maslova ile ilişkisinden ona söz etmenin gereksiz olduğuna karar verdi.

"Evet ama sonuçta kararın ne kadar saçma olduğu gün gibi ortadaydı," dedi Nehlüdov.

Selenin az önceki davayı anımsayarak "Senatonun bunu söylemeye hakkı yok. Eğer senato en adil kararları kendisinin vereceği görüşüne dayanarak mahkemelerin kararlarını bozma hakkını kendinde görmeye kalkarsa, bırakın senatonun bütün varlık nedenlerini yitirmesini ve adaleti sağlamak yerine onu anında büyük bir tehlikeye sokacak olmasını, jüri üyelerinin bütün karalarının da anlamını yitireceğini söylemeye bile gerek kalmaz," dedi.

"Bildiğim tek şey, bu kadının kesinlikle suçsuz olduğu ve haksız yere çarptırıldığı cezadan kurtarmak için son umudun da yitirildiğidir. En üst yargı organı eşsiz bir kanunsuzluğa imza attı."

Selenin gözlerini kısarak "İmza falan atmadı, çünkü dava gündeme alınmadı dolayısıyla da görüşülmedi," dedi. Besbelli konuyu değiştirme arzusuyla "Sanırım teyzende kalıyorsun," diye ekledi. "Burada olduğunu dün ondan öğrendim. Grafinya beni seninle birlikte gezgin vaizin toplantısına davet etti," dedi, gülümseyerek.

Selenin'in konuyu değiştirmesine canı sıkılan Nehlüdov öfkeyle "Evet, bir keresinde katıldım ama tiksinerek kaçtım," dedi.

"Neden tiksindin ki? Her ne kadar tek yanlı ve hoşgörüden uzak olsa da sonuçta dini duygunun bir şekilde ortaya konması," dedi Selenin.

"Çok tuhaf bir saçmalık," dedi Nehlüdov.

Selenin adeta eski dostuna onun için yeni olan görüşlerini bir an önce söylemek istercesine "Hayır, neden saçmalık olsun. Burada tuhaf olan yalnızca, kilisemizin öğretisi hakkında çok az şey bildiğimiz için temel dogmalarımızı yeni bir buluş gibi kabul etmemiz," dedi.

Nehlüdov şaşkınlık içinde dikkatle Selenin'e baktı.

Selenin yalnızca üzüntü değil aynı zamanda düşmanca bir ifade takınan bakışlarını Nehlüdov'dan kaçırmadı.

"Yani kilisenin dogmalarına inanıyorsun, öyle mi?" diye sordu Nehlüdov.

Selenin Nehlüdov'un gözlerine dik dik, canlılığını yitirmiş bir şekilde bakarak "Elbette, inanıyorum," diye yanıt verdi.

Nehlüdov derin bir nefes aldı.

"Şaşırtıcı," dedi.

"Neyse, daha sonra konuşuruz," dedi Selenin. Saygıyla yanına yaklaşan mübaşire dönerek "Geliyorum," dedi. İçini çekerek "Mutlaka görüşelim," diye ekledi. "Ancak seni yakalama olanağı var mı? Beni her gün saat yedide yemekte bulabilirsin. Nadejdinskaya'da oturuyorum." Evin numarasını verdi. Giderayak, yeniden yalnızca dudaklarıyla gülümseyerek "O zamandan bu yana köprünün altında çok sular aktı," diye ekledi.

Nehlüdov bir zamanlar yakın bulduğu ve sevdiği biri olan Selenin'in bu kısa sohbet sonrası düşman denmese de, yabancı, uzak ve anlaşılmaz biri olduğunu hissederek "Fırsat bulursam gelirim," dedi.

XXIII

Nehlüdov'un öğrenciyken tanıdığı Selenin, o zamanlar harika bir çocuk, güvenilir bir arkadaş, yaşına göre iyi eğitimli, modern, olağanüstü gerçekçi ve dürüst olmasının yanında çok nazik, her zaman zarif ve şık biriydi. Özel bir çaba harcamadan ve en ufak bir bilgiçlik taslamadan yazdığı tezlerle altın madalyalar alarak çok iyi okuyordu.

Yalnızca sözde değil, gerçekte de gençlik yaşamının hedefi insanlara hizmet etmekti. Bu hizmeti de devlet görevi dışında başka bir biçimde yapabileceğini düşünemiyordu ve bundan dolayı da üniversiteyi bitirir bitirmez tüm gücünü adayabileceği bütün çalışma alanlarını sistemli bir biçimde inceleyip yasa tasarılarını hazırlayan çarın özel kaleminin ikinci şubesinde çok daha yararlı olabileceğine karar verdi ve oraya girdi. Ancak ondan istenen her şeyi çok doğru ve büyük bir iyi niyetle yerine getirmesine karşın yararlı olma açlığını bu görevde bir türlü karşılayamadı ve yapması gerekeni yaptığının bilincine varamadı.

Bu hoşnutsuzluk, aşırı mızmız ve kendini beğenmiş, dip dibe çalıştığı müdürüyle çatışması sonucu öyle arttı ki, ikinci şubeden ayrılıp senatoya geçti. Senatoda kendini daha iyi hissediyor ancak tatmin olamamanın farkındalığı peşini bırakmıyordu.

Olanın, hiç de olması gereken, umduğu şey olmadığını aralıksız hissediyordu. Burada, senatodaki görevi sırasında, akrabaları çarın odabaşısı olarak atanması için çok çaba harcamışlardı, o da sırmalı üniforması ve beyaz keten göğüslüğünün içinde kupa arabasıyla bir dünya insana, kendisini uşaklık rütbesine çıkarttıkları için teşekkür ziyaretleri yapmak zorunda kalmıştı. Ne kadar uğraşırsa uğraşsın, bu görevle ilgili bir türlü makul bir açıklama yapamıyor, bunun 'olması gereken' olmadığını önceki görevine göre çok daha fazla hissediyordu, ancak bir yandan kendisi için çok iyi bir şey yaptıklarından emin olan insanları üzmemek adına bu görevden vazgeçemiyor, bir yandan da bu görev doğasındaki en ilkel güdülerini okşuyor ve altın sırmalı üniforması içinde kendini aynada görmek ve bu unvanın kimi insanlar arasında yarattığı saygınlıktan yararlanmak ona büyük bir zevk veriyordu.

Evlilikle ilgili de aynı şey başına gelmişti. Ona, sosyetenin bakış açısına göre çok parlak bir evlilik sağlamışlardı. Evlenmesinin başlıca nedeni, reddetmesi halinde hem bu evliliği isteyen gelinlik kızı, hem de organize edenleri incitecek ve üzecek olması, ayrıca genç, sevimli, soylu bir kızla evlenmenin onurunu okşaması ve ona zevk vermesiydi. Ancak çok kısa bir süre sonra bu evliliğin önceki görevinden ve saraydaki görevinden çok daha fazla 'olması gereken' olmadığı ortaya çıktı. İlk bebekten sonra karısı daha fazla çocuk sahibi olmak istemedi ve kendisinin de ister istemez katılmak zorunda kaldığı, şatafatlı bir sosyete yaşamı sürmeye başladı. Karısı çok güzel bir kadın değildi, ona sadıktı ancak bu yaşam biçimiyle kocasına hayatı zehir etmesi bir yana, kendisi de bu yaşamdan korkunç çabalar ve yorgunluklar dışında bir şey elde etmiyor ama yine de ısrarla bu yaşamı sürdürmeye devam ediyordu. Selenin'in bu yaşamı değiştirmek için giriştiği tüm çabalar, böyle yaşamak gerektiği konusunda tüm akrabalarının ve tanıdıklarının desteklediği, karısının kendinden emin tutumuna adeta taş bir duvara çarpar gibi çarparak boşa gidiyordu.

Altın sarısı, uzun, lüle lüle saçlı, çıplak ayaklı kız çocuğu hiç de kendisinin istediği gibi yetiştirilmediği için babasına tamamen yabancı bir varlık olup çıkmıştı. Karıkoca arasında genel bir anlayışsızlık ve hatta birbirini anlama konusunda isteksizlik ve evdeki yaşamı onun için çekilmez hale getiren sessiz, derinden, yabancılardan gizlenen bir savaş başlamıştı. Böylece aile yaşamının da, önceki işinden ve saraydaki görevinden çok daha fazla 'olması gereken olmadığı' ortaya çıkmıştı.

Hepsinden daha çok 'olması gerekenin olmadığı' dinle ilişkisiydi. Çevresindeki ve zamanındaki tüm insanlar gibi o da, içinde yetiştiği boş dinsel inançlarla ilişkisini aklını çalıştırarak en ufak bir çaba bile göstermeden kesmişti, ancak bunlardan tam anlamıyla ne zaman kurtulduğunu kendisi de bilmiyordu. İlk gençlik yıllarında, öğrenciliğinde ve Nehlüdov ile senli benli olduğu dönemlerde ciddi ve dürüst biri olarak resmi dinin boş inançlarından bu kurtuluşunu gizlemiyordu. Ancak yıllar geçtikçe ve görevinde yükseldikçe, özellikle de o sıralarda toplumda başlayan tutuculuğun tepkisiyle bu manevi özgürlük onu rahatsız etmeye başlamıştı. Evdeki ilişkiler, özellikle babası öldüğünde yaşananlar ve onun için yapılan cenaze ayini, annesinin ondan oruç tutmasını istemesi ve bu konuda kısmen de olsa toplumsal baskının etkisi bir yana, – görev gereği durmadan dualara, kutsamalara, şükür ayinlerine vb. katılmak zorunda kalıyordu; neredeyse kaçıp kurtulma olanağı olmayan herhangi bir dini törensiz günü geçmiyordu. Bu görevleri yerine getirirken iki şeyden birini yapması gerekiyordu: Ya inanmadığı halde inanıyormuş gibi davranacak (doğrucu karakteriyle asla böyle davranamıyordu) ya da yalan saydığı şeylere katılmak zorunda kalmamak için bütün bu yalanları kabul edip yaşamını ona göre düzenleyecekti. Ancak çok da önemli görünmeyen bu şeyi yapmak için pek çok şey gerekiyordu: Bir kere en yakınındaki insanların hepsiyle sürekli mücadele etmenin dışında bir de tüm konumunu değiştirmesi, görevi bırakıp artık bu görevin sağladığını düşündüğü ve gelecekte de daha fazla sağlayacağını umduğu bütün bu insanların yararına olan şeyleri feda etmesi gerekiyordu. Bunu yapması için de haklılığından kesinlikle çok emin olmalıydı. Aslında birazcık tarih bilgisi olan, genel olarak dinin, kilisenin, Hıristiyanlığın doğuşu ve çöküşünü bilen çağımızdaki eğitimli, sağduyu sahibi her insan gibi haklı olduğundan kesinlikle emindi. Kilise öğretisinin gerçekliğini yadsıyarak doğru davrandığını biliyordu.

Ancak her ne kadar doğru bildiğinden şaşmayan bir insan olsa da, yaşam koşullarının baskısı altında küçük bir yalana göz yumarak, kendi kendine akla uygun olmayan şeylerin akla uygun olmadığını kanıtlamak, bunun için de her şeyden önce bu akla uygun olmayan şeyi incelemek gerektiğini söylüyordu. Bu küçük bir yalandı, ancak bu da onu şimdi elini kolunu bağlayan büyük yalana sürüklemişti.

İçinde doğup büyüdüğü, çevresini saran herkesin ondan bir şeyler beklediği, kabul etmemesi durumunda insanlar için yaptığı yararlı çalışmaları sürdüremeyeceği Ortodoksluğun haklı olup olmadığı sorusunu sormuş ve bunu çoktan çözüme ulaştırmıştı. Bu sorunu açıklığa kavuşturmak için Voltaire'in, Schopenhauer'in, Spencer'in, Comte'nin kitaplarını değil, Hegel'in felsefe kitaplarını ve Vinet ile Homyakov'un dini eserlerini almış ve doğal olarak da onlarda kendisine gerekli olan şeyleri bulmuştu: Bu, eğitimini gördüğü ve aklının çoktandır kabul etmesine izin vermediği ancak onsuz tüm hayatının sıkıntılarla dolu olacağı, oysa kabul etmesi durumunda bütün bu tatsızlıkların birdenbire ortadan kalkacağı dini öğretinin yatıştırılıcığı ve haklı çıkarması gibi bir şeydi. O da insanın tek başına gerçeği anlayamayacağı, gerçeği insanların yalnızca topluca anlayabileceği ve gerçeği anlamanın biricik yolunun da vahiy olduğu, bu vahinin de kilise tarafından korunduğu konusundaki vb. bütün o bilindik çıkarımları benimsedi; o zamandan beri de huzur içinde, söylenen yalanların farkında olmadan, dualarda, cenaze merasimlerinde, ayinlerde bulunabiliyor, oruç tutabiliyor ve ikona karşısında haç çıkarabiliyordu, dahası mutsuz aile yaşantısı içinde hem onu avutan hem de insanlara yararlı olduğu bilincini veren görevini sürdürebiliyordu. İnandığını düşünüyordu ancak bu arada her şeyden çok bu inancın 'olması gereken olmadığının' tüm varlığıyla bilincindeydi.

Bu yüzden bakışları hep hüzünlüydü. Dolayısıyla Nehlüdov'u görünce tüm bu yalanların henüz onda yer etmediği o zamanlardaki halini anımsamış ve özelikle de ona dini görüşlerini hissettirmede aceleci davrandıktan sonra bir zamanlar hissettiğinden çok daha fazla bunun o 'olması gereken olmadığını' hissetmiş ve çok derinden üzülmüştü. Eski dostunu görünce ilk sevinç anından sonra Nehlüdov da aynen bunu hissetmişti.

Böylece her ikisi de birbirlerine görüşme sözü verseler de görüşme fırsatı kollamamışlar ve Nehlüdov'un Petersburg'a bu gelişinde bir daha görüşmemişlerdi.

XXIV

Senatodan çıkan Nehlüdov avukatla birlikte kaldırımda yürümeye başladı. Kupa arabasına arkasından takip etmesini söyleyen avukat, Nehlüdov'a, senatörlerin sözünü ettiği, suç üstü yakalanan ve yasaya göre küreğe gönderilmesi gerekirken Sibirya'ya vali olarak atanan şube müdürünün hikâyesini anlatmaya koyuldu. Tüm hikâyeyi ve bu olayın bütün rezilliklerini, bunun arkasından bu sabah yanından geçtikleri henüz inşası tamamlanmamış anıt için toplanan paraların yüksek makam sahiplerince nasıl çalındığını ve bir de birinin metresinin borsadan milyonlar kazandığını ve karısını satan ve satın alan birilerini tadını çıkara çıkara sonuna kadar anlatan avukat hapishane yerine değişik kurumların başkanlık koltuklarında oturan, devlette görevli üst düzey memurların işlediği çeşit çeşit suçlarla ve dolandırıcılıklarla ilgili yeni bir hikâye daha anlatmaya başlamıştı. Ardı arkası pek kesileceğe benzemeyen bu hikâyeler, onun para kazanmak için başvurduğu tüm yolların Petersburg'daki üst düzey memurların aynı amaçlar için başvurduğu yollarla kıyaslandığında ne kadar doğru ve masum olduğunu bütün açıklığıyla gözler önüne serdiği için avukata büyük bir keyif veriyordu. Bundan dolayı da üst düzey memurların işlediği suçlarla ilgili anlattığı son hikâyeyi bitirmeden Nehlüdov'un kendisiyle vedalaşarak, bir araba tutup rıhtımdaki eve doğru yola çıkması avukatı çok şaşırmıştı.

Nehlüdov'un canı çok sıkılmıştı. Esas olarak da, senatonun verdiği ret kararının, masum Maslova'ya uygulanan bu anlamsızca zulmü onaylaması ve bu yüzden de, yazgısını Maslova ile birleştirme konusundaki kesin kararını daha da zora sokmuş olması canını sıkıyordu. Üstelik bu can sıkıntısı, avukatın büyük bir neşe içinde anlattığı, hüküm süren kötülüğün korkunç hikâyeleri yüzünden daha da artmıştı, ayrıca bir zamanlar cana yakın, açık yürekli ve soylu biri olan Selenin'in kötü, buz gibi itici bakışları sürekli aklındaydı.

Nehlüdov eve dönünce, kapıcı biraz da saygısızca bir tavırla ona, kadının birinin kapıcı odasında yazdığını söylediği bir pusula verdi. Pusula Şustova'nın annesindendi. Kadın, kızının kurtarıcısına, velinimetine teşekkür etmek istediği ve kendilerine, Vasilyevskiy, beşinci hattaki falanca numaralı evlerine gelmesini rica etmek, yalvarmak için geldiğini yazmış, bunun Vera Yefremovna için son derece gerekli olduğunu belirtmişti. Minnettarlıklarını ifade ederek onu rahatsız edeceklerinden korkmamasını, teşekkür faslını açmayacaklarını, yalnızca onu görmekten memnun olacaklarını yazmış, mümkünse ertesi sabah gelip gelemeyeceğini sormuştu.

Bir diğer pusula Nehlüdov'un, mezhep üyeleri adına hazırladığı dilekçeyi bizzat çara vermesini rica ettiği eski bir arkadaşı olan, çarın yaveri Bogatıryev'dendi. Bogatıryev iri, kişilikli bir el yazısıyla, dilekçeyi söz verdiği gibi doğrudan çarın eline vereceğini, ancak aklına bir düşünce geldiğini yazıyor, Nehlüdov'a öncelikle bu işin bağlı olduğu kişiye gidip ondan rica etse, daha iyi olup olmayacağını soruyordu.

Nehlüdov Petersburg'da geçirdiği son günlerde edindiği izlenimlerden sonra herhangi bir şey elde etme konusunda tam bir umutsuzluk içindeydi. Moskova'da yaptığı planları, hayata yeni adım atan insanların kaçınılmaz olarak kırılan gençlik hayallerine benzetiyordu. Ancak yine de, Petersburg'dayken, yapmak istediği her şeyi yerine getirmeyi boynunun borcu sayıyordu ve yarından tezi yok Bogatıryev'in yanına uğrayıp onun tavsiyesine uyarak mezhep üyelerinin davasının bağlı olduğu kişiye gitmeye karar verdi.

Grafinya Katerina İvanovna'nın uşağı, üst kata, çaya davet etmek için kapısını çaldığı sırada Nehlüdov çantasından mezhep üyelerinin dilekçesini çıkarmış, yeniden okuyordu.

Hemen geleceğini söyleyen Nehlüdov kâğıtları çantasına koyup teyzesinin yanına gitti. Üst kata çıkarken pencereden dışarıya göz attı ve Mariette'nin bir çift doru atını görünce birden neşelendi ve içinden gülümsemek geldi.

Mariette bu kez başında siyah değil, açık renk bir şapka, sırtında rengarenk bir giysiyle elinde çay fincanı Grafinya'nın koltuğunun yanında oturmuş, ışıl ışıl, içi gülen gözleriyle bir şeyler şakıyordu. Nehlüdov tam odaya girdiği sırada Mariette öyle gülünç ve gülünç olduğu kadar öyle yakışık almayan bir şey patlatmıştı ki, – Nehlüdov bunu kahkahanın şeklinden anlamıştı – iyi yürekli, bıyıklı Grafinya Katerina İvanovna koca bedeniyle sarsılarak, katıla katıla gülüyor, Mariette de anlamlı anlamlı *mischievous** bir ifadeyle hafifçe gülümseyen ağzını bükmüş, hayat dolu, neşeli yüzünü yana eğmiş, sessizce sohbet arkadaşına bakıyordu.

Nehlüdov kulağına çalınan birkaç sözcükten o sıralarda Petersburg'u çalkalayan ikinci havadisten, yeni Sibirya valisinin olayından söz ettiklerini ve Grafinya uzun süre gülmekten kendini alamadığı için Mariette'nin özellikle sohbetin bu yerinde çok gülünç bir şey söylediğini anlamıştı.

Grafinya boğulacakmış gibi öksürerek "Beni gülmekten öldüreceksin," diyordu.

Nehlüdov selam verip yanlarına oturdu. Tam Mariette'ye bu hafifliği yüzünden çıkışacaktı ki, Mariette, Nehlüdov'un yüzündeki ciddi ve hafifçe tatsız ifadeyi fark edip onun beğenisini kazanmak için – bunu onu gördüğü andan beri istiyordu – anında yalnızca yüzündeki ifadeyi değil, aynı zamanda tüm ruh halini de değiştirdi. Birdenbire yapmacık değil, gerçekten de Nehlüdov'un o anda içinde bulunduğu aynı o ruh haline bürünerek, – her ne kadar bu durumun nasıl bir şey olduğunu asla sözcüklere dökemeyecek olsa da – ciddi,

---

* *Fr.* Yaramazca. (Çev. N.)

yaşamından mutsuz ve bir şeyler peşinde, arayış içinde biri tavrını takınıverdi.

Mariette, Nehlüdov'a işlerini bitirip bitirmediğini sordu. O da senatodaki başarısızlıktan ve Selenin ile karşılaşmasından söz etti.

"Ah, ne saf bir yürek! Tam bir *chevalier sans peur et sans reproche**. Tertemiz bir insan." Her iki hanım da Selenin'in toplum içinde ün yaptığı sıfatları kullanmışlardı.

"Karısı nasıl biri?" diye sordu Nehlüdov.

"Karısı mı? Onu eleştirmek bana düşmez ama kocasını anlamıyor. Ne oldu, yoksa o da mı karşı çıktı?" diye sordu içtenlikle. "Bu korkunç bir şey, kız için çok üzüldüm!" diye ekledi derin bir nefes alarak.

Nehlüdov kaşlarını çattı ve konuyu değiştirme arzusuyla kalede tutulan ve Mariette'nin isteği üzerine salıverilen Şustova'dan bahsetmeye başladı. Kocasından ricada bulunduğu için teşekkür etti ve bu kadının bütün ailesiyle birlikte yalnızca onları kimse anımsamadığı için acı çektiklerini düşünmenin ne kadar korkunç bir şey olduğunu tam söylüyordu ki, Mariette konuşmasını bitirmesine izin vermedi ve kendi öfkesini belirtti.

"Bana anlatmayın," dedi Mariette. "Daha kocam bana onun serbest bırakılabileceğini söylediği an bu düşünce beni zaten yeterince üzdü. Madem suçlu değil, onu neden tuttular?" diye sorarak Nehlüdov'un hislerine tercüman oldu. "Rezalet, tam bir rezalet!"

Grafinya Katerina İvanovna, Mariette'nin yeğenine kur yaptığını görüyor, bundan da keyif alıyordu.

Sustukları anda Nehlüdov'a "Biliyor musun?" dedi, "yarın

---

* *Fr.* Sitemsiz, korkusuz bir şövalye. (Çev. N.)

akşam Aline'ye gel, Kiziveter orada olacak." Mariette'ye dönerek "Sen de gel," dedi.

"*Il vous a remarqué**" dedi yeğenine. "Senin söylediklerini ona anlatınca, bütün bunların iyiye işaret olduğunu ve senin de eninde sonunda İsa'nın yolunu bulacağını söyledi. Mutlaka gel. Hadi Mariette ona gelmesini söylesene. Sen de gel."

Mariette Nehlüdov'a bakarak ve bu bakışıyla, Grafinya'nın sözlerine ve genel olarak İncil'in doğrularına karşı onunla arasında tam bir uzlaşma sağlayarak, "Grafinya, birincisi, benim knyaza hiçbir şey önermeye hakkım yok," dedi. "İkincisi çok hoşlanmıyorum, siz biliyorsunuz..."

"Bilmez miyim, kafana göre, hep ters ters hareket edersin."

"Nasıl kafama göre? Saf bir köylü kadını kadar inançlıyım," dedi gülümseyerek." "Hem üçüncü olarak da," diye sürdürdü konuşmasını, "yarın Fransız tiyatrosuna gideceğim..."

"Ah! Şu şeyi gördün mü... şey, kadının adı neydi?" dedi Grafinya Katerina İvanovna.

Mariette ünlü Fransız aktrisin adını yavaşça söyledi.

"Kesinlikle git, inanılmaz bir şey."

Nehlüdov gülümseyerek "Önce hangisini seyretmeli, *ma tante*, aktrisi mi yoksa vaizi mi?" diye sordu.

"Lütfen beni laf oyununa getirme."

"Vaaz dinleme zevkini tümden yitirmemek için önce vaize, sonra Fransız aktrise gitmeli diye düşünüyorum," dedi Nehlüdov.

"Hayır, en iyisi Fransız tiyatrosundan başlayıp sonra günah çıkarmak," dedi Mariette.

"Hadi bakalım, benimle dalga geçmeye kalkmayın. Vaizin

---

* *Fr.* Adam seni fark etmiş. (Çev. N.)

yeri ayrı, tiyatronun yeri ayrıdır. Kurtulmak için suratını bir karış yapıp hiç de ha bire ağlamak gerekmiyor. Önce inanmak lazım, sonrası eğlenceli olur."

"Siz, *ma tante*, vaizden daha iyi vaaz veriyorsunuz."

Mariette düşüncelere dalmış bir halde "Ne dersiniz," dedi, "yarın locama gelseniz."

"Maalesef, gelemem..."

Konuşmayı ziyaretçi haberiyle gelen uşak kesti. Gelen Grafinya'nın başkanlık yaptığı bir hayır kurumunun kâtibiydi.

"Çok sıkıcı bir adam. Onu salonda kabul edeyim. Sonra yanınıza gelirim. Mariette, sen ona çay ikram et," dedi Grafinya çevik adımlarla salona doğru koştururken.

Mariette eldivenini çıkarttı ve yüzük parmağı yüzüklerle kaplı pürüzsüz, becerikli elini çıplak bıraktı. Gaz ocağının üzerindeki gümüş çaydanlığı alıp serçe parmağını tuhaf bir biçimde ileri uzatarak "İster misiniz?" diye sordu.

Yüzü ciddi ve üzüntülü bir hal almıştı.

"Düşüncelerine değer verdiğim insanların beni içinde bulunduğum konumla bir tuttuklarını düşünmek, oldum olası canımı korkunç ama çok korkunç derecede acıtıyor."

Son sözleri söylerken neredeyse ağlayacak gibiydi. Tek tek ele alındığında bu sözler hiçbir anlam ifade etmiyor ya da çok belirsiz bir anlam içeriyor olsa da, Nehlüdov'a olağanüstü derin, içten ve iyilik dolu sözler gibi gelmişti: Bu sözlere eşlik eden genç, güzel ve şık giyimli kadının pırıl pırıl parlayan gözlerindeki bakış onu öylesine kendisine çekmişti ki...

Nehlüdov sessizce ona bakıyor ve gözlerini yüzünden alamıyordu.

"Sizi, içinizde kopan fırtınaları hiç anlamadığımı düşünüyorsunuz. Oysa yaptıklarınızı herkes biliyor. *C'est le secret* *de polichinell**. Ben de yaptıklarınıza hayranlık duyuyor ve sizi takdir ediyorum."

"Henüz o kadar az şey yaptım ki, doğrusu hayranlık duyulacak bir şey yok."

"Fark etmez. Sizin duygularınızı ve onu anlıyorum, – hadi, tamam, tamam, bu konudan söz etmeyeceğim," diyerek, Nehlüdov'un yüzündeki hoşnutsuzluğu görünce kendi sözünü kesti. Kadınca bir içgüdüyle Nehlüdov'un değer ve önem verdiği şeyi sezerek, sırf onu kendisine çekme arzusuyla "Ancak bütün bu çekilen acıları, hapishanelerde yaşanan bütün o dehşeti görünce elbette anlıyorum," diyerek konuşmasını sürdürdü Mariette. "Eziyet çekenlere, korkunç derecede zulüm gören, tüyler ürpertici aymazlık ve acımasızlık yüzünden acılar içinde kıvranan insanlara yardım etmek istemenizi kuşkusuz anlıyorum," dedi. "İnsanın bu uğurda hayatını feda edebileceğini de, ben de feda ederdim. Ancak herkes kendi yazgısını yaşıyor."

"Yani siz yazgınızdan mutlu değil misiniz?"

Mariette böyle bir soru sorulabilmiş olması karşısında adeta dağılmış, şaşkına dönmüş halde "Ben mi?" diye sordu. "Mutlu olmak zorundayım ve mutluyum. Ancak aklımı kurcalayan bir kurt var..."

Nehlüdov Mariette'nin kıvırdığı yalana iyice kendini kaptırarak "Açığa çıkmasına izin vermelisiniz, bu sese kulak vermeniz lazım," dedi.

Sonraları Nehlüdov onunla yaptığı bütün bu konuşmayı pek çok kez utançla anımsadı; Mariette'nin onun yanında söylediği yalan, uydurma sözlerinden çok, ona hapishanedeki dehşeti ve köydeki izlenimlerini anlatırken, sanki onu duyarlı

---

* *Fr.* Herkesin bildiği bir sır. (Çev. N.)

bir biçimde dinliyormuş gibi pürdikkat kesilen o yüzü aklına geliyordu.

Grafinya geri döndüğünde bırakın eski tanışık olmayı, onları anlamayan bir kalabalığın içinde yalnızca birbirini anlayan eşi benzeri bulunmaz iki dost gibi sohbet ediyorlardı.

İktidarın adaletsizliğinden, zavallı insanların çektiği acılardan, halkın içinde bulunduğu yoksulluktan konuşsalar da aslında birbirine bakan gözleri sohbetin arasında kimseye sezdirmeden, durmadan "Beni sevebilir misin?" diye soruyor ve "Sevebilirim" diye yanıtlıyordu ve bu arada cinsel cazibe, en beklenmedik gökkuşağı renklerine bürünerek onları birbirine çekiyordu.

Mariette ayrılırken elinden gelen her konuda daima ona hizmet etmeye hazır olduğunu söyledi ve onunla konuşacak önemli bir şeyi daha olduğunu belirterek ertesi akşam bir dakikalığına da olsa mutlaka tiyatroya locasına gelmesini rica etti.

Derin bir nefes alarak "Evet, sizi yeniden ne zaman göreceğim?" diye ekledi ve yüzüklerle kaplı eline dikkatle eldivenini giymeye koyuldu. "Geleceksiniz, değil mi?"

Nehlüdov söz verdi.

O gece Nehlüdov odasında yalnız başına kalınca yatağa uzanıp ışığı söndürdü, ancak uzun süre uykuya dalamadı. Maslova'yı, senatonun verdiği kararı, her şeye karşın Maslova'nın peşinden gitme kararlılığını ve topraklar üzerindeki hakkından vazgeçme düşüncesini aklından geçirirken, ansızın, sanki bu sorulara yanıt olacakmış gibi, Mariette'nin yüzü, iç çekişi ve "Sizi yeniden ne zaman göreceğim?" diye sorduğu anki bakışları ve sanki canlı bir biçimde karşısında duruyormuş gibi gülümsemesi gözünde canlandı ve o da gülümsedi. "Sibirya'ya gitmekle doğru mu yapıyorum? Kendimi servetten mahrum etmekle doğru mu yapıyorum?" diye kendisine sordu.

Yarı aralık perdenin arasından görünen o aydınlık Petersburg gecesinde bu soruların yanıtları da belirsizdi. Kafasının içi karmakarışıktı. Eski ruh haline bürünüp önceki düşüncelerini anımsadı, ancak bu düşünceler artık eski inandırıcılıklarından yoksundular.

Nehlüdov "Ya bütün bunları birdenbire ben uydurduysam, ya bu şekilde yaşayamazsam, iyi şeyler yaptığım için pişman olursam?" diye kendi kendine soruyor, ancak bu sorulara yanıt verecek gücü kendinde bulamıyordu, çoktandır hissetmediği büyük bir üzüntüye ve umutsuzluğa kapıldı. Bu sorunlarla başa çıkacak gücü kalmamıştı, zaman zaman kumarda çok kaybettikten sonra üzerine çöken o ağır uykulardan birine daldı.

XXV

Ertesi sabah Nehlüdov uyandığında ilk hissettiği bir gün önce iğrenç bir şey yaptığı duygusuydu.

Anımsamaya başladı: Yaptığı bir iğrençlik, attığı kötü bir adım yoktu, ancak Katyuşa ile evlenmek ve toprakları köylülere vermekle ilgili şimdiki niyetleri hakkında, bütün bunlar katlanamayacağı, tamamı yapmacık, zoraki, ham hayallerden ibaret, nasıl yaşadıysa öyle yaşaması gerektiği türünden kötü düşüncelerdi.

Attığı kötü bir adım yoktu ama kötü bir adımdan çok daha kötü şeyler, tüm kötü adımları doğuran bu kötü düşünceler vardı. Attığın kötü adımı bir daha atmamak ve bundan pişmanlık duymak mümkündür, kötü düşünceler ise tüm kötü adımları doğurur.

Kötü adım yalnızca başka kötü adımlara yolu açar; kötü düşünceler ise karşı konulmaz bir şekilde bu yolda sürükler.

Nehlüdov sabahleyin bir gün önceki düşüncelerini hayalinde yineleyince bir anlığına bile olsa onlara nasıl inanabildiğine şaşırdı. Yapmaya kalkıştığı şey ne kadar yeni ve zor da olsa, bunun onun için şu anda yaşama tutunmanın biricik yolu, eskiye dönmenin ne kadar alışıldık ve kolaysa da ölüm demek olduğunu biliyordu. Bir gün önce onu ayartan; şimdi ona, insanın uykuya dalarken başına gelen, onu bekleyen önemli ve sevindirici bir iş için kalkma zamanının gelip çattığını bilmesine karşın uyumak istemese bile biraz daha yatmayı, yatağın tadını çıkartmayı istemeye benzeyen bir şey gibi gelmişti.

Petersburg'daki bu son gününde, sabahtan Vasilyevskiy adasına Şustova'ya gitti.

Şustova'nın dairesi ikinci kattaydı. Nehlüdov kapıcının tarifine göre karanlık bir koridora daldı ve dik bir merdivenden çıkıp doğruca ağır yemek kokan, sıcak bir mutfağa girdi. Kollarını sıvamış, önlüklü, gözlüklü ihtiyar bir kadın ocağın başında durmuş dumanlar tüten bir tencereyi karıştırıyordu.

Nehlüdov'a gözlüğünün üzerinden bakarak, sertçe "Kime bakmıştınız?" diye sordu.

Nehlüdov daha kendini tanıtma fırsatı bulamadan, kadının yüzünü korkuyla karışık sevinçli bir ifade aldı.

Ellerini önlüğüne silerken "Ah, knyaz!" diye haykırdı. Neden arka merdivenlerden geliyorsunuz? Velinimetimiz! Ben onun annesiyim. Kızcağızı az daha öldüreceklerdi. Kurtarıcımız," diyordu, Nehlüdov'un ellerine sarılıp öpmeye çalışarak. Size dün gelen bendim. Kız kardeşim çok ısrar etti. O da burada. Şustova'nın annesi üstüne başına ve saçlarına çekidüzen vererek, Nehlüdov'u dar bir kapıdan ve karanlık, küçük bir koridordan geçirirken, "Bu taraftan, bu taraftan, lütfen beni takip edin," diyordu. Kapının önünde durup "Kız kardeşim Kornilova, adını duymuş olmalısınız," diye fısıltıyla ekledi. "Siyasi işlere karıştı. Akıllı bir kadındır."

Koridordaki kapıyı açan Şustova'nın annesi Nehlüdov'u, küçük bir odaya soktu, masanın önündeki küçük bir divanda, üzerine çizgili basma bir bluz giymiş, kıvırcık sarı saçlarıyla çerçevelenmiş annesine benzeyen yuvarlak yüzü sapsarı kesilmiş, kısa boylu, topluca genç bir kız, onun karşısındaki koltukta, üzerine Rus tarzı, yakası işlemeli bir gömlek giymiş, siyah bıyıklı ve sakallı bir delikanlı iki büklüm bir halde oturuyordu. Her ikisi de anlaşılan, kendilerini konuşmaya öyle bir kaptırmışlardı ki, ancak Nehlüdov içeri girdikten sonra başlarını çevirip baktılar.

"Lida, Knyaz Nehlüdov, hani şu..."

Soluk yüzlü kız, kulağının arkasından fırlayan bir tutam saçı düzelterek, sinirli bir halde yerinden fırladı ve iri gri gözlerini, içeri giren adama korkuyla dikti.

Nehlüdov gülümseyerek elini uzatıp "Demek Vera Yefremovna'nın ricacı olduğu, şu tehlikeli kadın sizsiniz?" dedi.

Ağzını kocaman açarak inci gibi dişlerini ortaya çıkaran, yüzüne iyilik dolu, çocuksu bir gülümseme yayılan Lidiya "Evet, ta kendisi," dedi. "Teyzem sizi görmeyi çok arzu etti." Kapıya doğru dönerek, sevecen bir sesle "Teyze!" diye seslendi.

"Vera Yefremovna tutuklandığınız için çok üzülüyordu," dedi Nehlüdov.

"Şöyle buyurun ya da buraya oturun daha rahat," dedi Lidiya delikanlının o anda kalktığı, yumuşak, kırık koltuğu göstererek. Nehlüdov'un delikanlıyı süzdüğünü fark ederek

"Kuzenim, Zaharov," dedi. Delikanlı aynı Lidiya gibi iyilik dolu bir gülümsemeyle Nehlüdov ile selamlaştı ve Nehlüdov onun yerine oturunca pencerenin önündeki sandalyeyi çekip yanına oturdu. Başka bir kapıdan on altı yaşlarında, sarışın liseli bir kız daha çıktı ve sessizce gelip pencerenin kenarına oturdu.

"Vera Yefremovna teyzemin çok iyi arkadaşıdır ama ben onu neredeyse hiç tanımıyorum," dedi Lidiya.

O sırada yan odadan, beline deri kemer takmış, beyaz bluzlu çok hoş, akıllı olduğu yüzünden belli bir kadın çıktı.

Hemen Lidiya'nın yanına divana ilişip "Merhaba, geldiğiniz için teşekkürler," diye söze başladı. E, Veroçka'dan ne haber? Onu gördünüz mü? Durumuna katlanabiliyor mu?"

"Yakınmıyor," dedi Nehlüdov, "keyfinin yerinde olduğunu söylüyor."

Teyze gülümseyerek ve başını sallayarak "Ah, Veroçka, onu bilmez miyim," dedi. "Tanımanız lazım. Harika bir insandır. Kendinden çok başkalarını düşünür."

"Evet, kendisi için hiçbir şey istemedi, yalnızca yeğeniniz için kaygılanıyordu. Onu en çok üzen şeyin, yeğeninizi suçsuz yere içeri atmaları olduğunu söylüyordu."

"Aynen öyle," dedi teyze. Korkunç bir şey! Aslında benim yüzümden acı çekti."

"Hiç de öyle değil, teyze," dedi Lidiya. "Siz olmasaydınız da bildirileri alırdım."

"Bırak da senden daha iyi bileyim," diye sürdürdü teyze. "Görüyorsunuz," dedi Nehlüdov'a dönerek. "Bütün hepsi, adamın birinin benden bir süreliğine bildirilerini saklamamı istemesinden çıktı, ben de evim olmadığı için ona getirdim. O gece de evinde arama yaptılar hem bildirileri hem onu aldılar ve bu zamana kadar kimden aldığını söylemesi için tuttular."

Lidiya onu rahatsız etmeyen bir tutam saçını sinirle çekiştirerek "Ben de söylemedim," dedi.

"Ben de söyledin demiyorum," diyerek karşı çıktı teyze.

Lidiya kızarıp huzursuzca çevresine bakınarak "Mitin'i aldılarsa, kesinlikle benim yüzümden değil," dedi.

"Bu konu üzerine konuşma, Lidoçka," dedi annesi.

Lidiya artık gülümsemeyi bırakmış, kızarmıştı ve artık bir tutam saçını düzeltmiyor, parmağına dolayarak sürekli çevresine bakınıyordu. "Nedenmiş, anlatmak istiyorum," dedi.

"Bundan söz etmeye kalkıştığında, dün olanları biliyorsun."

"Hiç de değil... Bırakın, anneciğim. Ben konuşmadım, ağzımı bile açmadım. Teyzem ve Mitin ile ilgili beni iki kez sorguya çektiğinde hiç konuşmadım, ona yanıt vermeyeceğimi söyledim. O zaman şu... Petrov..."

Teyze yeğeninin sözlerine açıklık getirmek için "Petrov gizli polis, jandarma ve büyük bir alçak," dedi Nehlüdov'a.

Lidiya heyecana kapılarak aceleyle "O zaman o," diye konuşmasını sürdürdü. "Beni kandırmaya çalıştı. Bana söyleyeceğiniz şeylerin kimseye zararı dokunmaz, tam tersine... Konuşursanız, belki de bizim boş yere acı çektirdiğimiz, suçsuz insanları kurtarırsınız," dedi. Ancak ben ne olursa olsun konuşmayacağım dedim. O zaman da bana 'peki, öyle olsun, hiçbir şey söyleme, yalnızca benim söyleyeceklerimi inkâr etme yeter dedi." Sonra isimleri saymaya başladı, Mitin'in adını da söyledi.

"Şunu kessen artık," dedi teyze.

"Ah, teyze, bir karışmasanız..." bir tutam saçını ha bire çekiştirip çevresine bakıyordu. "Birdenbire, düşünebiliyor musunuz, – bana duvara vurarak işaretle bildiriyorlardı – ertesi gün Mitin'in yakaladığını öğreniyorum. Onu ele verdiğimi düşünüyorum. Bu da benim öyle canımı acıtıyor, öyle acıtıyordu ki, neredeyse aklımı yitiriyordum."

"Onun senin yüzünden yakalanmadığı anlaşıldı," dedi teyze. Lidiya, gittikçe çok daha fazla heyecanlanarak ve bir tutam saçını parmağına dolayıp yeniden çözerek ve durmadan çevresine bakınarak "Evet ama ben bunu bilmiyordum. Ben ele verdim diye düşünüyorum. Duvardan duvara yürüyüp duruyor, düşünmeden yapamıyorum. Ben ele verdim diye düşünüyorum. Yatıyorum, yorganıma gömülüp gözlerimi kapayıp kulak kabartıyorum – biri kulağıma fısıldıyor: Ele verdin, Mitin'i ele verdin, Mitin'i ele verdin. Bunun bir karabasan olduğunu biliyorum ama duymazlıktan gelemiyorum. Uyumak istiyor, yapamıyor, düşünmemek istiyor, yine yapamıyordum. Bu gerçekten çok korkunçtu!" diye anlatıyordu.

Annesi omzuna dokunarak "Lidoçka, sakin ol," diye yineliyordu.

Ancak Lidoçka artık kendini tutamıyordu.

"Bu çok korkunçtu..." diye bir şey daha anlatmaya başlamıştı ki, sözünü bitiremeden birden hıçkırıklara boğuldu, divandan fırlayıp sandalyeye takılarak odadan çıktı. Annesi peşinden gitti.

Pencerenin kenarında oturan liseli "Alçakları asmak lazım," dedi.

"Sen ne diyorsun?" diye sordu anne.

"Hiç... Öylesine işte," diye yanıt verdi liseli ve masanın üzerinde duran sigarayı kapıp içmeye koyuldu.

XXVI

Teyze de sigara içip başını sallayarak "Evet, gençler için bu tecrit korkunç bir şey," dedi.

"Sanırım, herkes için," dedi Nehlüdov.

"Hayır, herkes için değil," diye karşılık verdi teyze. "Gerçek devrimciler için, bana söylediklerine göre, bu dinlenmek, yatışmak için bir fırsatmış. Kaçak hep kaygı ve maddi yoksunluklar içinde hem kendisi hem başkaları hem de dava için korku duyarak yaşar ve sonunda yakalanınca her şey biter, bütün sorumluluklardan kurtulurmuş: Yan gel yat. Bana yüzüme karşı söylüyorlar, yakalandıklarında sevinç duyuyorlarmış. Ancak, suçu olmayan masum gençler için – hep de öncelikle Lidoçka gibi suçsuzları içeri alıyorlar – böyleleri için ilk şok çok korkunç oluyor. Sizi özgürlüğünüzden yoksun bırakıyorlarmış, kaba davranıyorlarmış, kötü yemek veriyorlarmış, hava rezaletmiş, genel olarak her şeyden mahrum bırakıyorlarmış, bunların hiçbirinin önemi yok. İlk içeri düştüğünde geçirdiğin o manevi şok olmasa bunların üç katı zorluk bile çıkarsalar, hepsine daha kolay dayanırsınız."

"Yoksa sizin başınıza da mı böyle bir şey geldi?"

Teyze kederli, hoş bir gülümsemeyle "Benim mi? İki kez hapis yattım," dedi. "Beni ilk içeri attıklarında – hiçbir suçum yokken içeri atmışlardı," diye sürdürdü konuşmasını, "yirmi iki yaşındaydım, bebeğim vardı, üstelik de hamileydim. O zamanlar özgürlüğümden olmak, bebeğimden, kocamdan ayrı düşmek, bana ne kadar zor gelirse gelsin, bunların hiçbirinin, insanlıktan çıkıp bir nesneye dönüştüğümü anladığımda hissettiklerimle karşılaştırıldığında bir anlamı kalmamıştı. Kızımla vedalaşmak istiyorum – gidip arabaya binmemi söylüyorlar. Beni nereye götürüyorsunuz diye soruyorum, gidince öğrenirsin yanıtını veriyorlar. Neyle suçladıklarını soruyorum, yanıt vermiyorlar. Sorgu sonrası üstümü başımı çıkarıp numaralı bir hapishane giysisi giydirdiler, kemerlerin altından geçirip bir kapıyı açtılar ve beni oraya ittirip kapıyı kilitlediler ve çekip gittiler, yalnızca sessizce dolaşan ve ara sıra kapının deliğinden içeri göz atan silahlı bir nöbetçi kaldı, kendimi korkunç derecede kötü hissetmiştim. Anımsıyorum da o zaman en çok sarsan şey, jandarma subayının beni sorguya çekerken bana sigara teklif etmesi olmuştu. Demek ki, insanların sigara içmeyi ne kadar çok sevdiğini biliyor, bu da insanların özgürlüğü, ışığı ne kadar çok sevdiklerini, annelerin çocuklarını, çocukların annelerini nasıl sevdiklerini biliyor demek. O halde değer verdiğim her şeyden beni acımasızca koparıp vahşi bir hayvan gibi niye üzerime kilit vurdular? Suçun olmadığı halde böyle bir şeye katlanılamaz. Tanrı'ya, insanlara, insanların birbirini sevdiğine inanan biri, bundan sonra inanmaktan vazgeçer. O zamandan sonra insanlara inanmayı bıraktım ve öfke duymaya başladım," diyerek konuşmasını bitirdi ve gülümsedi.

Lidiya'nın çıktığı kapıdan annesi içeri girdi ve Lidoçka'nın çok perişan bir halde olduğunu ve gelmeyeceğini söyledi.

"Gencecik bir kızın hayatını neden mahvettiler?" dedi teyze. "İstemeden de olsa neden olduğum için çok üzülüyorum."

"Tanrı vere de, köy havası iyi gelse," dedi annesi, "babasının yanına göndereceğiz."

"Evet, siz olmasaydınız, hepten perişan olacaktı," dedi teyze. "Size çok teşekkür ederiz. Sizi görmek istememin bir nedeni de Vera Yefremovna'ya bir mektup iletmenizi rica etmekti," dedi cebinden bir mektup çıkartarak. "Mektup kapalı değil, isterseniz okuyabilir, sonra da yırtıp atabilirsiniz ya da düşüncelerinize uygun bulursanız iletirsiniz," dedi. "Mektupta sizi zora sokacak bir şey yok."

Nehlüdov mektubu aldı ve ileteceği sözünü vererek kalktı, vedalaşarak sokağa çıktı.

Mektubu okumadan zarfı yapıştırdı ve yerine teslim etmeye karar verdi.

XXVII

Nehlüdov'u Petersburg'da alıkoyan son işi, alaydan eski arkadaşı çarın yaveri Bogatıryev aracılığıyla dilekçelerini çara iletmek istediği mezhep üyelerinin davasıydı. Sabahleyin Bogatıryev'e gitti ve onu çıkmadan evde kahvaltıda yakaladı. Bogatıryev kısa boylu, tıknaz, fiziksel bakımdan eşine az rastlanır güçlü bir adamdı – nal bükerdi – iyi yürekli, içten ve hatta liberal görüşlüydü. Bu özelliklerine karşın saraya yakın biriydi, çarı ve ailesini seviyordu ve yaşadığı bu yüksek çevrede yalnızca en iyi şeyleri görme ve hiçbir kötü, dürüst olmayan işe karışmama konusunda inanılmaz bir yöntem sahibiydi. Asla ne insanları ne yapılan işleri yargılar, ya susar ya da bir şey söylemesi gerektiğinde sanki bağırır gibi yüksek sesle, yürekli bir biçimde konuşur, bu arada genellikle aynı şekilde gürültülü bir kahkaha atardı. Bunu da politik davranmak için değil, karakteri böyle olduğu için yapardı.

"Uğramakla amma harika bir şey yaptın. Kahvaltı yapmak istemez misin? Hadi otur. Biftek harika. Her zaman en esaslısından başlar ve bitiririm. Hah, hah, ha! Hadi şarap iç," diye bağırdı, kırmızı şarap dolu sürahiyi göstererek. "Ben de seni düşünüyordum. Dilekçeyi vereceğim. Eline teslim edeceğim, bundan kuşkun olmasın; yalnızca aklıma önce Toporov'a gitmen daha iyi olmaz mı diye geldi."

Toporov'un adı geçince Nehlüdov yüzünü ekşitti.

"Her şey ona bağlı. Sonuçta yine de ona soracaklar. Belki seni kırmaz."

"Eğer sen gitmemi öneriyorsan, giderim."

"Çok iyi. Peki, Piter sana nasıl geliyor?" diye haykırdı Bogatıryev, "söyle bakalım, ha?"

"Kendimi hipnotizmayla uyutulmuş gibi hissediyorum," dedi Nehlüdov.

"Hipnotizmayla mı?" diye yineledi Bogatıryev ve kahkahayı patlattı. İstemiyor musun, o halde sen bilirsin." Peçeteyle bıyıklarını sildi. "Anlaştık, gidiyorsun, değil mi? Eğer o yapmazsa, bana ver, yarın ben veririm," diye bağırdı ve masadan kalkıp göründüğü kadarıyla ağzını silerken olduğu gibi aynı şekilde farkında olmadan büyükçe bir haç çıkardı ve kılıcını kuşanmaya koyuldu. "Şimdilik hoşça kal, benim gitmem gerekiyor."

Bogatıryev'in geniş, güçlü elini içtenlikle sıkan Nehlüdov "Birlikte çıkalım," dedi ve her zaman olduğu gibi sağlıklı, ne olduğunu kendisinin de bilmediği taze bir şeyin hoş izlenimi altında onunla kapının önündeki merdivenlerde vedalaştı.

Nehlüdov her ne kadar ziyaretinden iyi bir şey çıkacağını ummasa da, yine de Bogatıryev'in tavsiyesine uyarak, mezhep üyelerinin davasının bağlı olduğu kişiye, Toporov'a gitti.

Toporov'un yaptığı, kendisine verilen görev ancak ahlaki duygulardan yoksun, dar kafalı birinin göremeyeceği bir iç çelişki barındırıyordu. Toporov bu olumsuz özelliklerin her ikisine de sahipti. Yaptığı görevdeki çelişki, üstlendiği görevin güç kullanmak da dahil her türlü yola başvurarak, kendi tanımına göre bizzat Tanrı tarafından kurulan ve ne cehennem kapılarıyla ne de herhangi bir insan çabasıyla sarsılması mümkün olmayan kiliseyi himaye etmek ve savunmak olmasında yatıyordu. Bu kutsal ve hiçbir şekilde sarsılmaz ilahi kurum, başında memurlarıyla birlikte Toporov'un olduğu şu insanoğlu kurumunca himaye edilmeli ve savunulmalıydı. Toporov bu çelişkiyi görmüyor ya da onu görmek istemiyordu, dolayısıyla da herhangi bir Katolik ve Protestan papazının ya da mezhep üyesinin cehennem kapılarının bile alt edemeyeceği şu kiliseye zarar vermesinden çok ciddi bir şekilde kaygılanıyordu. Toporov temel dini duygulardan, insanların eşitliği ve kardeşliği bilincinden yoksun her insan gibi halkın, kendisinden tamamen farklı başka varlıklardan oluştuğundan ve kendisi, onsuz da gayet güzel idare edebileceği şeyin halk için zorunlu olduğundan çok emindi. Kendisi ruhunun derinliklerinde hiçbir şeye inanmıyor ve böyle bir durumu çok elverişli ve keyifli buluyordu, ancak halkın böyle bir duruma gelmesinden korkuyor ve dediği gibi, halkı bundan kurtarmayı kutsal bir görev sayıyordu.

Tıpkı bir yemek kitabında, yengeçler canlı canlı pişirilmeyi severler dendiğinde, yemek kitabındaki bu ifadeden çıkan mecazi anlamı değil de yazıldığı şekliyle kabul ettiği gibi, açıkça, halkın da boş inançlı olmayı sevdiğini düşünüyor ve söylüyordu. Destekledikleri dine, bir tavukçunun tavuklarını beslediği artık gibi yaklaşıyordu. Artık çok iğrenç bir şeydir ama tavuklar artığı sever ve yerler, bundan dolayı da onları artıklarla beslemek gerekir.

Hiç kuşkusuz, bütün bu İvercilerin, Kazanlıların, Smolensklilerin* yaptığı çok kaba bir putperestlik, ancak halk bunu seviyor ve buna inanıyor, dolayısıyla da bu boş inançları desteklemek gerekir. Toporov böyle düşünüyordu, böyle düşünürken de, halkın, kendisinin düşündüğü türden boş inançları sevmesinin tek nedeninin kendisi gibi acımasız insanların hep var olması, onun gibilerin elde ettikleri ışığı onu kullanması gerektiği gibi, halkın cehaletin karanlığından kurtulmasına yardımcı olmak için değil, halk arasında bu karanlığı daha da perçinlemek için kullanmaları yüzünden olduğunu göz önüne almıyordu.

---

* Rusya'nın batı kesimlerinin Polanya tarafından işgaliyle oralarda yerleşen doğu katolik toplumları ve bunların kiliseleri. (Çev.N)

Nehlüdov bekleme odasına girdiğinde, Toporov kendi çalışma odasında, batı illerinde zorla Ortodoksluğa geçirilmeye çalışılan Katoliklerin arasında Ortodoksluğu yayan ve destekleyen ateşli, aristokrat bir başrahibe ile sohbet ediyordu.

Bekleme odasındaki özel görevli memur Nehlüdov'a ne için geldiğini sordu ve Nehlüdov'un mezhep üyelerinin dilekçesini çara iletme görevini üstlendiğini öğrenince dilekçeye göz atmak için verip vermeyeceğini sordu. Nehlüdov dilekçeyi verdi, memur da dilekçeyle birlikte çalışma odasına gitti. Başrahibe başında başlığı, dalgalanan peçesi ve arkasından uzanan elbisesinin kuyruğuyla, topaz bir tespih tuttuğu, tertemiz tırnaklı beyaz ellerini önüne kavuşturmuş bir halde çalışma odasından çıkmış, çıkışa doğru yönelmişti, ancak Nehlüdov'u hâlâ içeri davet etmiyorlardı. Toporov dilekçeyi okuyor ve başını sallıyordu. Açık ve etkili bir dille yazılmış dilekçeyi okurken canı sıkılarak şaşırmıştı.

Dilekçeyi sonuna kadar okuduktan sonra "Eğer bir şekilde çarın eline geçerse tatsız sorulara ve yanlış anlaşılmalara yol açabilir," diye düşündü. Dilekçeyi masanın üzerine koyup zile bastı ve Nehlüdov'u çağırmalarını söyledi.

Bu mezhep üyelerinin davasını anımsıyordu, onda daha önce verdikleri bir dilekçeleri de vardı. Dava konusu şöyleydi, Ortodoksluktan ayrılan Hıristiyanlara akıllarını başlarına almalarını öğütlemişler, sonra da mahkemeye vermişlerdi, ancak mahkeme haklarında beraat kararı vermişti. Bunun üzerine piskopos valiyle birlikte evliliklerinin gayrimeşru olduğu savıyla karı, koca ve çocukları ayrı ayrı yerlere sürmeye karar vermişti. İşte bu çiftler de birbirlerinden ayrılmak istemiyorlardı. Toporov bu davanın ilk kez önüne geldiği anı anımsadı. O zaman bu davayı kapatıp kapatmama konusunda kararsız kalmıştı. Ancak bu köylü ailelerin üyelerini ayrı ayrı yerlere gönderme emrini onaylamanın herhangi bir zararı olamazdı; onları yerlerinde bırakmak geri kalan nüfus üzerinde Ortodoksluktan ayrılma bakımından kötü sonuçlara yol açabilirdi, ayrıca piskoposun çabası da bunu gösteriyordu, bunun için de davayı kendi akışına bırakmıştı.

Şimdi de Nehlüdov gibi Petersburg'da ilişkileri olan böyle bir savunucusuyla dava çarın önüne acımasız bir olay gibi konulabilir ya da yurt dışındaki gazetelerde haber olabilirdi, bunun üzerine hemen beklenmedik bir karar verdi.

Ayakta Nehlüdov'u karşılarken, çok meşgul biri edasıyla "Merhaba," der demez, hemen dava konusuna girdi.

Eline dilekçeyi alıp onu Nehlüdov'a göstererek "Bu davayı biliyorum. Daha isimlere göz atar atmaz, hemen bu talihsiz meseleyi anımsadım," dedi. "Bu davayı bana anımsattığınız için size çok müteşekkirim. Hep valiliğin işgüzarlığı... – Nehlüdov soluk suratın takındığı hareketsiz maskeye tiksintiyle bakarak, susuyordu – "Derhal bu tedbirin kaldırılması ve bu insanların ikametgahlarına geri gönderilmesi emrini vereceğim."

"O halde bu dilekçeyi vermeme gerek kalmıyor, öyle mi?" diye sordu Nehlüdov.

"Kesinlikle. Bu konuda size ben söz veriyorum," dedi, özellikle "ben" sözcüğünü vurgulayarak, sanki *onun* sözleri en büyük garantiymiş, *onun* dürüstlüğünden asla kuşku duyulmazmış gibi. "Ya da en iyisi şimdi yazayım. Lütfen biraz oturun."

Masaya gidip yazmaya başladı. Nehlüdov ayakta, tepeden bu küçük, dazlak kafaya, kalemi hızla kullanan kalın mavi damarlı bu ele bakıyor ve hiçbir şeyi umursamadığı ortada olan bu adam, bu yaptığını, hem de büyük bir telaş içinde niye yapıyor diye şaşıyordu. Niye?..

Toporov zarfı kapatırken "Evet, efendim, işte hazır," dedi. Gülüyormuş gibi dudaklarını bükerek "Müşterilerinize bildirebilirsiniz," diye ekledi.

Nehlüdov zarfı alırken "Bu insanlar bunca acıyı niye çektiler?" diye sordu.

Toporov başını kaldırıp Nehlüdov'un sorusundan memnun olmuş gibi gülümsedi.

"Bunu size söyleyemem. Yalnızca, tarafımızca korunan halkın çıkarlarının çok önemli olduğunu, günümüzde yaygın hale gelen dine karşı aşırı umursamazlığın yanında, inancı sorgulamak için gösterilen aşırı çabanın o kadar korkunç ve zararlı olmadığını söyleyebilirim."

"Ancak nasıl oluyor da din adına iyiliğin en başta gelen gerekleri ihlal ediliyor, aileler birbirlerinden ayrı düşürülüyor..."

Toporov, Nehlüdov'un söylediklerini besbelli hoş karşılamış, hoşgörüyle gülümsüyordu. Gerçi Nehlüdov ne söylerse söylesin, Toporov geniş devlet yetkilerine sahip olduğunu düşündüğü makamının tepesinden bakarak, hepsini hoş karşılayacak ve tek yanlı bulacaktı.

"Tek tek insanların görüş açısından böyle görünebilir," dedi, "ancak devletin görüş açısından durum biraz farklı olabilir. Neyse, saygılar sunarım," dedi Toporov başını eğip elini uzatarak.

Nehlüdov bu eli sıktı ve sıktığı için pişmanlık duyarak hiçbir şey söylemeden aceleyle odadan çıktı.

"Halkın çıkarları," diyerek Toporov'un sözlerini tekrarladı Nehlüdov. "Senin çıkarların, yalnızca senin," diye düşünüyordu Toporov'un yanından çıkarken.

Adaleti yeniden tesis eden, dini destekleyen ve halkı eğiten kurumların yaptığı çalışmalar yüzlerinden okunan, –, kaçak içki ticareti yaptığı için mahkûm olan köylü kadından tutun da, hırsızlıktan içeri atılan delikanlıya, serserilikten yakalanan serseriye, yangın çıkaran kundakçıya, zimmetine para geçiren bankacıya ve sırf gerekli bilgileri alabilmek uğruna tuttukları şu zavallı Lidiya'ya, Ortodoksluğa ihanet ettikleri gerekçesiyle mezhep üyelerine ve yeni bir anayasa istediği için Gurkeviç'e kadar cezalandırılan bütün bu insanları hızla birer birer gözünde canlandıran Nehlüdov'un aklına şaşırtıcı bir açıklıkla, adalete karşı geldikleri ya da yasadışı davrandıkları için değil, yalnızca memurların ve zenginlerin halktan topladıkları servetle diledikleri gibi at oynatmalarına engel oldukları için bütün bu insanları, yakalayıp hapse tıktıkları ya da sürgüne gönderdikleri düşüncesi geldi.

Kaçak içki ticareti yapan köylü kadın da, kentte sürten hırsız da, bildirileriyle Lidiya da, boş inançları yerle bir eden mezhep üyeleri de ve yeni anayasa isteyen Gurkeviç de buna engel oluyorlardı. Bundan dolayı da Nehlüdov, teyzesinin kocasından, senatörlerden ve Toporov'dan başlayan ve bütün bu bakanlıklarda masa başında oturan küçük rütbeli, temiz giyimli, nazik beylere kadar uzanan memurların hiçbirinin suçsuz insanlara acı çektirdikleri için utanmadıklarını, yalnızca bütün bu tehlikeli insanların nasıl ortadan kaldırılacağına kafa yorduklarını çok açık bir biçimde görüyordu.

Bırakın masum birini suçlamamak için on suçluyu bağışlama kuralına uyulmasını, tam tersine, kurunun yanında yaş da yanıyor, gerçekten tehlikeli olan birini ortadan kaldırmak için on tehlikesiz insan cezalandırılarak yok ediliyordu.

Bütün bunların bu şekildeki açıklaması Nehlüdov'a çok basit ve anlaşılır geliyor, ancak özellikle bu basitlik ve anlaşılırlık bu gerçeği kabullenmede Nehlüdov'u kararsızlığa sürüklüyordu. Böylesine karmaşık bir durumun bu kadar basit ve bu kadar korkunç bir açıklaması olması, adalet, iyilik, yasa, din, Tanrı vb. adına sarf edilen bütün o sözlerin yalnızca sözden ibaret kalması, en kaba çıkarın ve acımasızlığın üstünü örtmesi mümkün olamazdı.

XXVIII

Nehlüdov o gün akşam gidebilirdi, ancak Mariette'ye tiyatroya geleceğine söz vermişti, bunu yapmak zorunda olmadığını bilmesine karşın, yine de ayıp olacağı kaygısıyla kendini verdiği sözü tutmak zorunda hissederek tiyatroya gitti.

Hiç de kendinden emin olmayan bir hisle "Bu ayartmaya karşı koyabilecek miyim?" diye aklından geçirdi. "Son kez bir bakayım."

Frakını giyip turnedeki aktristin, Kamelyalı Kadın'ın ikinci perdesindeki veremli kadınların ölümünü yeni bir biçimde sahnelemesine yetişti.

Tiyatro tıklım tıklım doluydu, Nehlüdov'a, sorduğu kişiye duyulan saygıyla, hemen Mariette'nin locasını gösterdiler.

Koridorda üniformalı bir uşak duruyordu, tanıdık biri gibi Nehlüdov'u selamlayarak kapıyı açtı.

Bütün karşı localardaki oturanlarla, onların arkasında ayakta duranlar, parterde dip dibe oturan sırtlar, ak saçlı, saçları kırlaşmış, tepesi dökülmüş, dazlak, pomatlı, ondüleli kafalar, – bütün bu izleyiciler oyundaki ipek ve dantelalar içinde, nazlı, yapmacık bir sesle konuşan, sıska, bir deri bir kemik aktrisin monoloğuna dikkat kesilmişlerdi. Kapı açılınca biri "şişşt" diye sessiz olunması için uyardı, o anda hem soğuk hem sıcak iki hava akımı birden Nehlüdov'un yüzüne esti.

Locada Mariette ve kırmızı pelerinli, saçları kocaman, ağır tuvaletli tanımadığı bir kadın ile iki adam, Mariette'nin yakışıklı, uzun boylu, duygusuz, sert suratlı, gaga burunlu, sırtında tela ve kumaşla göğsü kabartılmış askeri üniformasıyla general kocası ve sarışın, dazlak, heybetli favorilerinin arasındaki çenesinin ortası çukur bir adam oturuyordu. Omuzlarıyla birleştiği yerde bir ben lekesi olan boynunu aşağıya doğru yapılı omuzlarıyla birlikte açıkta bırakan zarif, ince zevkli, şık, dekolte bir giysi içindeki Mariette hemen başını çevirip baktı ve içten bir selamlamayla ve Nehlüdov'un hissettiği kadarıyla pek çok anlam ifade eden bir gülümsemeyle yelpazesiyle Nehlüdov'a arkasındaki sandalyeyi gösterdi. Mariette'nin kocası her zaman yaptığı gibi sakin bir biçimde Nehlüdov'a bakıp başını eğerek selam verdi. Duruşuna, karısıyla paylaştığı bakışlarına güzel bir kadına sahip olmanın gururu yansıyordu.

Monolog bitince tiyatro alkıştan yıkılmaya başladı. Mariette ayağa kalktı ve hışırdayan ipek eteğini tutarak, locanın arka bölümüne geçti ve kocasını Nehlüdov ile tanıştırdı. General sürekli gülen gözleriyle memnun olduğunu söyleyerek, sakin ve duygusuz bir biçimde sessizliğe gömüldü.

Nehlüdov Mariette'ye dönerek "Bugün gitmem gerekiyordu ancak size söz verdiğim için..." dedi.

Mariette, Nehlüdov'un sözlerinde yatan anlamı kavrayarak, "Beni görmek istemeseniz de, hiç olmazsa şu eşsiz aktrisi görün," dedi. Kocasına dönerek "Doğru değil mi, son sahnede ne kadar harikaydı!"

Kocası başını eğerek onayladı.

"Açıkçası bu beni hiç de duygulandırmıyor," dedi Nehlüdov. "Bugün gerçek anlamda çaresiz o kadar çok insan gördüm ki..."

"Öyle mi, lütfen oturup anlatın."

Mariette'nin kocası kulak kabartıyor ve gözlerindeki alaylı gülümseme gittikçe daha çok fark ediliyordu.

"Uzun süre içerde tuttuktan sonra bıraktıkları o kadının yanındaydım, hepten mahvolmuş bir varlık."

Mariette "Bu sana sözünü ettiğim kadın," dedi kocasına.

General başını sallayıp Nehlüdov'un hissettiği kadarıyla, alaycı bir biçimde bıyık altından gülerek, sakin bir tavırla "Evet, kurtulmasına çok memnun oldum," dedi. "Ben sigara içmeye çıkıyorum."

Nehlüdov, Mariette'nin ona söylemek istediği, ona söyleyeceği bazı şeyler olduğu beklentisiyle oturuyor ama Mariette ona hiçbir şey söylemediği gibi oralı da olmuyor, bunun yerine Nehlüdov'u özellikle duygulandıracağını sandığı oyunla ilgili şakalar yapıyordu.

Nehlüdov, Mariette'nin ona söyleyecek bir şeyi olmadığını, aslında beni ve omuzlarıyla birlikte gece tuvaleti içindeki tüm ihtişamını onun gözleri önüne sermek istediğini anlıyor, aynı zamanda hem hoşlanıyor hem de iğreniyordu.

Daha önce de her şeyin üzerini örten bu çekici perde Nehlüdov için henüz kalkmış değildi, ancak o perdenin altında olanı görüyordu. Mariette'ye bakarken, onu hayran hayran seyrediyor, ancak onun yüzlerce insanın hayatı ve gözyaşları üzerinde mesleğinde yükselen kocasıyla birlikte yaşayan ve bu durumu hiç umursamayan, bir gün önce söylediği şeylerin hiçbiri gerçeği yansıtmayan, nedenini ne kendisinin ne de onun bildiği, tek amacı Nehlüdov'u kendisine âşık etmeye çalışmak olan yalancının teki olduğunu biliyordu. Bu durum ona hem çekici hem iğrenç geliyordu. Birkaç kez şapkasını alarak gitmeye niyetlendi ama yeniden oturdu. Ancak, en sonunda gür bıyıklarında tütün kokusuyla locaya dönen Mariette'nin kocası sanki onu tanımıyormuş gibi tepeden, küçümser bir tavırla süzünce, Nehlüdov kapının kapanmasına izin vermeden koridora fırladı ve paltosunu kapıp tiyatrodan çıktı.

Nevskiy Caddesi'nden eve dönerken, az ötesinde, geniş kaldırımda sakin sakin yürüyen, uzun boylu, çok alımlı, kışkırtıcı bir biçimde şık giyimli bir kadına elinde olmadan gözü takıldı, kadının yüzünden ve tüm bedeninden iğrenç bir özgüven akıyordu. Yanından gelip geçen herkes dönüp dönüp kadına bakıyordu. Nehlüdov hızlı hızlı yürüyerek onu geçti, geçerken de elinde olmadan kadının yüzüne göz attı. Büyük bir olasılıkla makyajlı, güzel bir yüzdü, kadın parıldayan gözlerini Nehlüdov'a dikerek gülümsedi. İşin tuhafı, o anda hemen aklına Mariette geldi, zira tiyatroda arzu ve tiksintiye dönüşen o aynı duyguyu hissetmişti. Aceleyle kadını geride bırakan Nehlüdov kendi kendine kızarak, Morskaya'ya saptı ve rıhtıma çıkıp, bekçinin şaşkın bakışları altında bir ileri bir geri dolaşmaya başladı.

"Öteki de tiyatroda locaya girdiğimde aynı bu şekilde bana gülümsemişti," diye aklından geçirdi. "Oysa hem o hem bu gülümsemede aynı anlam var. Tek fark, bu açık seçik, basitçe 'Arzu ediyorsan beni al. İstemiyorsan önümden çekil git' diyor. Öbürü ise sanki oralı değilmiş, yüksek, zarif duygular içinde yaşıyormuş gibi davranıyor ama hepsi aynı kapıya çıkıyor. Bu hiç olmazsa numara yapmıyor, öteki ise sahtekârca davranıyor. Dahası bu yoksulluk yüzünden bu duruma düşmüş, öteki ise bu müthiş güzel, iğrenç ve korkunç tutkuyla oynaşıyor, gönül eğlendiriyor. Bu sokak kadını, susuzluğu iğrenme duygusundan çok daha güçlü olan birine sunulan pis kokulu, kirli bir su; öteki, tiyatrodaki, fark ettirmeden, eline geçen herkesi zehirleyen bir zehir." Nehlüdov yöneticinin karısıyla olan ilişkisini anımsadı ve utanç verici anılar üzerine çullandı. "İnsanın içindeki vahşi canavarlık iğrenç," diye aklından geçirdi, "ancak manevi yaşamın tepesinden bakıp onu tüm çıplaklığıyla gördüğünde onu aşağılıyorsun, düştün mü, karşı durabildin mi, neysen o olarak kalıyorsun ama bu hayvani duygu sahte bir estetik ve şiirsel bir örtünün altına gizlenip önünde eğilmeni istediğinde, o zaman, onu tanrılaştırarak, iyi ile kötüyü ayırt edemeden kendini tamamen ona kaptırıyorsun. İşte o zaman yandın."

Nehlüdov şimdi bunu sarayları, nöbetçileri, kaleyi, ırmağı, tekneleri, borsayı gördüğü gibi tüm açıklığıyla görüyordu.

Nasıl bu gece yeryüzünde yatıştırıcı, rahatlık veren karanlıklardan eser yoksa, bunun yerine sönük, sıkıcı, doğal olmayan, kaynaksız bir ışık varsa, aynı şekilde Nehlüdov'un ruhunda da rahatlık veren cehaletin karanlığından hiç eser yoktu. Her şey gün gibi ortadaydı. Önemli ve iyi sayılan bütün her şeyin önemsiz ya da alçakça olduğu ve bütün bu parıltının, bütün bu şatafatın, cezalandırılmasını bırakın, üstüne üstlük yalnızca insanların uydurabileceği bütün güzelliklerle, zafer edasıyla süslenen, herkesçe alışılmış eski suçları örtbas ettiği çok açıktı.

Nehlüdov bu gerçeği unutmak, görmemek istiyor ama artık görmezlikten gelemiyordu. Petersburg'un üzerinde uzanan ışığın kaynağını görmediği gibi her ne kadar bütün gerçekleri önüne seren bu ışığın da kaynağını görmese ve her ne kadar bu ışık ona sönük, sıkıcı, yapay bir ışık gibi gelse de, bu ışıkta önüne serilen gerçekleri görmezlikten gelemiyordu ve aynı anda hem seviniyor hem kaygılanıyordu.

XXIX

Nehlüdov Moskova'ya gelir gelmez ilk iş olarak, Maslova'ya senatonun mahkeme kararını onaylamasıyla ilgili üzücü haberi vermek ve Sibirya için yolculuk hazırlıklarına başlamak gerektiğini söylemek için hapishane hastanesine gitti. Avukatın çara hitaben yazdığı ve Maslova'nın imzalaması için şimdi yanında getirdiği dilekçeden de pek umudu yoktu. Söylemesi tuhaftı ama artık başarı isteği falan da kalmamıştı. Sibirya'ya gitme, sürgünler ve kürek mahkûmları arasında yaşama düşüncesine kendini alıştırmıştı, Maslova'yı beraat ettirecek olurlarsa hem kendisinin hem Maslova'nın hayatını nasıl düzene koyacağını hayal bile edemiyordu. Amerikalı yazar Thoreau'nun* Amerika'da köleliğin hüküm sürdüğü dönemde söylediği, 'Köleliğin korunduğu ve yasal olduğu bu devlette namuslu vatandaşlara yakışan tek yer hapishanedir' sözlerini anımsıyordu. Nehlüdov da özellikle Petersburg seyahatinden ve orada gördüğü bütün bu şeylerden sonra aynı düşüncedeydi.

"Evet, Rusya'da günümüzde namuslu insana yakışan tek yer hapishane," diye aklından geçirdi. Hatta arabayla hapishaneye yaklaşıp dört duvarı arasına girerken, bunun ne kadar doğru olduğunu açıkça hissetti.

Hastanedeki kapıcı Nehlüdov'u görür görmez hemen ona Maslova'nın artık orada olmadığı haberini verdi.

"Nerede peki?"

"Yine hapishanede."

"Neden oraya geçirdiler?" diye sordu Nehlüdov.

Kapıcı küçümser bir edayla gülümseyerek, "Bu tür insanları bilirsiniz, efendim," dedi, "Hastabakıcıyla oynaşınca başhekim de sepetledi."

Nehlüdov, Maslova'nın ve onun içinde bulunduğu ruh halinin kendisini bu kadar yakından ilgilendireceğini asla aklına

---

* Henry Thoreau (1817–1862) Kölelik karşıtı Amerikalı yazar ve filozof. (Çev. N.)

getirmemişti. Bu haber onu şaşkına çevirmişti. Aynı, beklenmedik, büyük bir felaket haberi alan insanların yaşadığı duygular içindeydi. Birden içi sızladı. Bu haber karşısında hissettiği ilk şey utanç oldu. Her şeyden önce de Maslova'nın ruhsal durumunun değiştiğini sevinçle hayal etmekle kendini gülünç duruma düşmüş hissetti. Kendisinden özveri göstermesini istemediği yönündeki Maslova'nın bütün sözlerinin de, sitemlerinin de, gözyaşlarının da, bütün bunların hepsinin yalnızca, olabildiğince en iyi şekilde onu kullanmak isteyen ahlaksız bir kadının kurnazlığı olduğunu düşünüyordu. O anda, son ziyareti sırasında, şimdi açığa çıkan ondaki bu onarılamaz belirtileri sanki görmüş gibi geliyordu. İçgüdüsel olarak şapkasını giyip hastaneden çıkarken kafasından bunlar geçti.

"Peki şimdi ne yapacağım?" diye sordu kendi kendine. "Onunla bir bağım kaldı mı? Özellikle bu davranışından sonra artık bağımsız değil miyim?"

Ancak bu soruyu zihninden geçirir geçirmez, anında, kendisini bağımsız sayarak onu terk ederse, arzu ettiği gibi Masolva'yı değil kendisini cezalandırmış olacağını anladı ve dehşete kapıldı.

"Hayır! Bu olup bitenler kararımı değiştiremez, olsa olsa daha da keskinleştirir. Canı nasıl istiyorsa öyle yapsın – hastabakıcıyla oynaşmak istiyorsa hastabakıcıyla oynaşsın – bu onun bileceği iş… benim işim, vicdanımın sesini dinlemek," dedi kendi kendine. Öfke ve kararlılıkla "Vicdanım günahımın bedelini ödemek için özgürlüğümü veda etmemi ve nereye gönderirlerse göndersinler peşinden gitme ve kâğıt üzerinde bir evlilik de olsa onunla evlenme kararımdan dönmememi istiyor," diye söylendi ve hastaneden çıkıp, emin adımlarla hapishanenin ana kapısına doğru yöneldi.

Kapıya gelince nöbetçiden, Maslova'yı görmek istediğini müdüre haber vermesini istedi. Nöbetçi Nehlüdov'u tanıyordu ve bir arkadaş gibi hapishanelerindeki önemli bir yenilikten onu haberdar etti: Yüzbaşı ayrılmış, yerine başka, sert bir müdür gelmişti.

"Çok sıkı önlemler alındı, felaket," dedi gardiyan. "Kendisi de buralarda, şimdi kokunuzu alır."

Gerçekten de müdür hapishanedeydi ve az sonra Nehlüdov'un karşısında bitti. Yeni müdür uzun boylu, bir deri bir kemik, yanaklarından elmacık kemikleri fırlamış, çok ağırkanlı ve somurtkan biriydi.

Nehlüdov'a bakmadan "Görüşmelere görüş günlerinde ziyaretçi bölümünde izin veriliyor," dedi.

"Evet, ama çara verilecek dilekçeyi imzalatmam lazım."

"Bana verebilirsiniz."

"Mahkûmu da görmem gerekiyor. Eskiden bana hep izin veriyorlardı."

Önemsemez bir tavırla Nehlüdov'a şöyle bir göz atan müdür, "O eskidendi," dedi.

Nehlüdov "Validen iznim var," diye direterek, elindeki kâğıdı uzattı.

Müdür hep aynı şekilde, başını kaldırıp bakmadan "İzninizle," diyerek, uzun, kupkuru, beyaz, işaret parmağında altın bir yüzük takılı parmaklarıyla, Nehlüdov'un uzattığı kâğıdı alıp ağır ağır okudu.

"Ofise buyurun lütfen," dedi.

Bu kez ofiste kimse yoktu. Müdür masanın başına geçip üzerinde duran kâğıtları gözden geçirerek, oturdu, anlaşılan görüşmede kendisi de bulunmak istiyordu. Nehlüdov siyasi suçlu Bogoduhovskaya'yı görüp göremeyeceğini sorduğunda da müdür kısaca bunun yasak olduğunu söyledi.

"Siyasi suçlularla görüşmeye izin verilmiyor," dedi ve yeniden kâğıtları okumaya daldı.

Cebinde Bogoduhovskaya'ya vereceği bir mektup bulunan Nehlüdov kendini niyeti anlaşılan, perişan bir suçlu gibi hissetti.

Maslova yazıhaneye girince müdür başını kaldırdı ve Maslova'ya da Nehlüdov'a da bakmadan "Buyurun, görüşün," dedi ve kâğıtlarıyla ilgilemeye devam etti.

Maslova yine aynı eskisi gibi beyaz bir bluz ve etek giymiş, başına da başörtü takmıştı. Nehlüdov'un yanına giderken onun buz kesmiş, öfkeli yüzünü görünce kıpkırmızı kesildi ve eliyle bluzunun kenarı çekiştirerek, gözlerini yere indirdi. Mahcubiyeti Nehlüdov için hastane kapıcısının sözlerini doğrular nitelikteydi.

Nehlüdov ona daha önceki gibi davranmak istiyordu ama o anda ona öyle iğrenç görünüyordu ki, istese de elini uzatamadı.

Yüzüne bakmadan ve elini uzatmadan tekdüze bir sesle "Size kötü bir haber getirdim," dedi, "senatoda reddedildi."

Maslova adeta soluğu kesilerek, tuhaf bir sesle "Böyle olacağını biliyordum zaten," dedi.

Eskiden olsaydı Nehlüdov böyle olacağını nereden biliyordunuz ki, diye sorardı; şimdi ise yalnızca ona şöyle bir göz atmakla yetindi. Maslova'nın gözleri dolmuştu. Ancak bu durum bırakın onu yumuşatmayı ona karşı gittikçe daha çok öfkelendiriyordu.

Müdür ayağa kalkıp odada bir ileri bir geri dolaşmaya başladı.

Nehlüdov, Maslova'ya karşı o anda hissettiği tüm tiksintiye karşın yine de senatonun ret kararıyla ilgili üzüntüsünü belirtmeyi gerekli gördü.

"Umutsuzluğa düşmeyin," dedi, "çara yapacağımız başvuru belki işe yarar, umut ediyorum ki..."

Maslova yaşlar dolmuş, şehla gözleriyle ona bakarak, "Evet de ben ondan söz etmiyorum ki..." dedi.

"Peki, neden söz ediyorsunuz?"

"Hastanedeydiniz ve mutlaka size benden söz etmişlerdir..."

Nehlüdov kaşlarını çatarak, buz gibi bir sesle, "Evet de bu sizin bileceğiniz bir iş," dedi.

Biraz yatışan, kırılan gururunun yol açtığı acı, Maslova hastaneden söz açar açmaz yeni bir güçle tekrar kendini göstermişti. Nehlüdov nefretle Maslova'ya bakarak, "Yüksek çevreden her kızın evlenmeyi mutluluk sayacağı sosyeteden bu adam, bu kadına kocası olmayı öneriyor, o ise bekleyemiyor ve hastabakıcıyla oynaşıyor," diye aklından geçirdi.

"İşte imzalayacağınız dilekçe," diyerek cebinden büyük bir zarf çıkarttı ve masanın üzerine koydu. Maslova başörtüsünün ucuyla gözyaşlarını silip nereyi imzalaması gerektiğini sorarak, masanın başına geçti.

Nehlüdov imzalaması gereken yeri gösterdi ve Maslova sol eliyle bluzunun sağ kolunu düzelterek masanın başına oturdu; Nehlüdov başında dikilip sesini çıkarmadan, Maslova'nın ara sıra bastırdığı hıçkırıklarla sarsılan, masaya eğilmiş sırtına bakıyor ve içinde iki duygu mücadele ediyordu, kötülük ve iyilik, kırılan gururu ve acılar içindeki Maslova'ya karşı hissettiği acıma duygusu, kazanan son duygu oldu.

Önce hangisi olmuştu, önce bütün kalbiyle ona acımış mıydı, yoksa önce kendini, günahlarını, tam da onu kınadığı asıl kendi yaptığı alçaklığı mı anımsamıştı, çıkaramıyordu. Ancak birden aynı anda hem kendini suçlu hissetti hem de ona acıdı.

Katyuşa dilekçeyi imzalayıp mürekkep bulaşan parmağını eteğine silerek ayağa kalktı ve Nehlüdov'a göz attı.

Nehlüdov "Ne sonuç çıkarsa çıksın ne olursa olsun, hiçbir şey kararımı değiştirmez," dedi.

Onu bağışladığı düşüncesi içindeki acıma duygusunu ve ona karşı hissettiği şefkati arttırıyor ve onu teselli etmek istiyordu.

"Söylediklerimin arkasındayım. Sizi nereye gönderirlerse göndersinler, yanınızda olacağım."

Maslova aceleyle "Boş yere uğraşıyorsunuz," diyerek Nehlüdov'un sözünü kesti ve gözlerinin içi parladı.

"Yolculuk için neye gereksiniminiz var, bir bakın."

"Sanırım, hiçbir şey gerekmiyor. Teşekkür ederim."

Müdür Nehlüdov'a doğru yaklaştı ama o müdürün uyarısını beklemeden Maslova ile vedalaşıp daha önce hiç hissetmediği, için için bir sevinç, huzur ve bütün insanlara sevgi duyarak oradan çıktı. Nehlüdov'u sevindiren ve hiç yaşamadığı doruklara çıkartan şey, Maslova'nın hiçbir davranışının ona duyduğu sevgiyi değiştirmeyeceği bilinciydi. Varsın hastabakıcıyla oynaşsın, bu onun bileceği işti: O Maslova'yı kendisi için değil, onun için, Tanrı için seviyordu.

Bu arada Maslova'nın hastaneden atılmasına sebep olan ve Nehlüdov'un yaşandığına inandığı, hastabakıcıyla oynaşma olayı aslında şundan ibaretti: Hastabakıcı kadının emri üzerine öksürük şurubu almak için koridorun sonundaki eczaneye giden ve çoktandır tacizleriyle bıktıran, sivilceli suratlı, uzun boylu hastabakıcı Ustinov'a orada yakalanan Maslova adamın elinden kurtulmak için var gücüyle onu itmiş, adam da rafa çarpmış ve iki şişeyi düşürüp kırmıştı.

O sırada koridordan geçen başhekim kırılan şişelerin sesini işitip kıpkırmızı kesilmiş bir halde koşarak kaçan Maslova'yı görüp, ona öfkeyle "Bak canım, eğer burada oynaşacaksan, seni buradan sepetlerim," diye bağırmıştı. Gözlüğünün üzerinden sert bir biçimde hastabakıcıya dönerek "Ne oluyor?" demişti. Hastabakıcı gülümseyerek kendini haklı çıkarmaya çalışmış, doktor ise sözünü bitirmesine izin vermeden gözlüklerinden bakacak şekilde başını iyice kaldırıp koğuşların yolunu tutmuş ve aynı gün müdüre Maslova'nın yerine başka birisini göndermesini istemişti. Maslova'nın hastabakıcıyla oynaşma hadisesi işte yalnızca bundan ibaretti. Çoktandır nefret ederek baktığı erkeklerle ilişkiye girme konusu, Nehlüdov ile görüştükten sonra ona iyice iğrenç gelirken, erkeklerle oynaştığı bahanesiyle hastaneden atılması Maslova için özellikle acı verici olmuştu. Maslova'nın geçmişini ve bugünkü durumunu yargılayan herkesin, bu arada sivilceli hastabakıcının da onu aşağılama hakkını kendinde görmesi ve ona direnmesine şaşırması Maslova'nın korkunç derecede canını acıtmış ve içinde kendisine karşı bir acıma duygusuna ve gözyaşlarına neden olmuştu. Şimdi, Nehlüdov'un karşısına çıkarken, büyük bir olasılıkla duyduğu bu haksız suçlamayla ilgili onun önünde kendini temize çıkartmak istiyordu. Ancak, kendini savunmaya başlar başlamaz, Nehlüdov'un ona inanmayacağını, kendisini temize çıkarma gayretinin onun kuşkularını daha da arttırmaktan başka bir işe yaramayacağını hissetmiş ve gözyaşları boğazına düğümlenmiş, susup kalmıştı.

Maslova hâlâ aynı düşüncede olduğunu, ona ikinci görüşmelerinde söylediği gibi onu affetmediğini ve ondan nefret ettiğini düşünüyor ve kendini buna inandırmayı sürdürüyordu ama artık onu yeniden seviyor ve öyle seviyordu ki, Nehlüdov'un ondan istediği her şeyi istemese de yapıyordu: İçkiyi, sigarayı, ona buna cilve yapmayı bırakmış ve hizmetli olarak hastaneye girmişti. Bütün bunları Nehlüdov'un istediğini bildiği için yapıyordu. Nehlüdov onunla evlenerek yapacağı özveriyi her ima edişinde, bu kadar kararlı bir biçimde karşı çıkmasının nedeni, asıl gururunu okşayan o sözleri yinelemek istemesinden ve en çok da kendisiyle evlenmesinin onu mutsuz edeceğini bilmesinden kaynaklanıyordu. Nehlüdov'un özverisini kabul etmemekte çok kararlıydı, ancak bununla birlikte onun kendisinden nefret ettiğini, eskisi gibi olmayı sürdürdüğünü ve içinde gerçekleşen o değişikliği görmediğini düşünmek çok üzüntü veriyordu. Şu an, Nehlüdov'un aklından hastanede kötü bir şey yaptığı düşüncesinin geçme ihtimali bile kürek cezasının kesinleştiği haberinden çok daha fazla onu üzüyordu.

XXX

Maslova'yı giden ilk partiyle birlikte gönderebilirlerdi, bunun için de Nehlüdov yolculuk hazırlıklarına girişti. Ancak yapması gereken o kadar çok işi vardı ki, ne kadar boş zamanı olursa olsun, asla işlerini bitiremeyeceğini düşünüyordu. Daha önce olanın tam tersi bir durum söz konusuydu. Önceden yapacak bir iş icat etmek gerekiyordu ve işin ilgi odağı da her zaman aynıydı – Dimitri İvanoviç Nehlüdov; bununla birlikte, yaşamın bütün ilgi odağı o zamanlar Dimitri İvanoviç'in üzerinde toplanmasına karşın bütün bu işler can sıkıcıydı. Şimdiki bütün işler ise Dimitri İvanoviç'e değil, başkalarına ait hepsi de ilgi çekici, sürükleyici işlerdi ve yığınlaydı.

Dahası Dimitri İvanoviç'in uğraştığı önceki işler hep bir can sıkıntısına, sinir bozucu bir duruma yol açarken, başkalarına ait bu işler ise çoğunlukla keyiflendiriyordu.

O sırada Nehlüdov'u meşgul eden işler üç bölüme ayrılmıştı; alışkanlık haline gelmiş titizliğiyle onları üçe bölmüş ve amaçlarına uygun olarak üç ayrı evrak çantasına yerleştirmişti.

Birinci işi, Maslova ve ona yapacağı yardımlarla ilgiliydi. Bu iş artık çara verilen dilekçenin takibi için ricacı olmaktan ve Sibirya yolculuğuna hazırlanmaktan ibaretti.

İkinci iş, mülklerinin bir düzene konmasıydı. Panovo'daki topraklar köylülere ortak ihtiyaçları için kira ödemeleri koşuluyla verilmişti. Ancak bu işi sağlama almak için bir sözleşme ve vasiyetname hazırlayıp imzalamak gerekiyordu. Kuzminskoye'deki iş ise hâlâ onun yaptığı şekliyle bıraktığı gibi duruyordu, yani toprak karşılığında alacağı para vardı ama vadeleri belirlemek ve bu paradan geçimi için ne kadar alacağını, köylülerin kullanımına ne kadarını bırakacağını kararlaştırmak gerekiyordu. Sibirya yolculuğu sırasında karşısına ne gibi masraflar çıkacağını bilmediği için yarı yarıya azaltmış da olsa henüz bu gelirden yoksun kalmama kararı vermişti.

Üçüncü iş, ona gittikçe daha çok başvuran mahkûmlara yardım etmekti.

Başlangıçta kendisine yardım için başvuran mahkûmlarla görüşür görüşmez, yazgılarını kolaylaştırma gayreti içinde hemen onlar için kapı kapı dolaşmaya koyuluyordu; ancak zamanla o kadar çok ricacı kapısını aşındırmaya başlamıştı ki, onların her birine tek tek yardımcı olamayacağını görmüş ve elinde olmadan, son zamanlarda onu diğer işlerinden çok daha fazla meşgul eden dördüncü bir işe girişmişti.

Dördüncü iş, sakinleri hakkında kısmen fikir sahibi olduğu, şu hapishaneyi ve onu şaşkına çeviren şu ceza yasasının yüzlerce, binlerce kurbanının eziyet çektiği, Petropavloks Kalesi'nden Sahalin'e kadar bütün bu cezaevlerini yaratan, ceza mahkemesi denen, şaşırtıcı kurumun nasıl bir şey olduğu, neden, nereden çıktığı sorusunu çözümlemekti.

Mahkûmlarla kişisel ilişkilerinden, avukatın, hapishane papazının ve müdürün sorduğu sorulardan ve içerde tutulanların listelerinden Nehlüdov suçlu olarak adlandırılan mahkûmların beş insan grubuna ayrıldığı yargısına varmıştı.

Birinci grup, Maslova, hayali kundakçı Menşov ve diğerleri gibi tamamen suçsuz, yargı hatalarının kurbanı insanlardı. Bu grupta yer alan insanların sayısı çok fazla değildi, papazın gözlemlerine göre, yaklaşık yüzde yediydi, ancak bu insanların durumu özel bir ilgi uyandırıyordu.

Diğer grup, öfke, kıskançlık, sarhoşluk ve buna benzer olağanüstü koşullarda, onları yargılayıp cezalandıranların da büyük bir olasılıkla hemen hemen hepsinin aynı koşullarda yapabileceği hareketler yüzünden mahkûm olmuş insanlardı. Bu grup Nehlüdov'un görüşüne göre tüm suçluların neredeyse yarısından fazlasını oluşturuyordu.

Üçüncü grup, kendi görüşlerine göre en sıradan ve hatta iyi şeyler yaptıkları halde, hiç tanımadıkları kanun yazıcılarına göre suçlu sayılarak mahkûm olan insanlardan oluşuyordu. Bu gruba, kaçak içki ticaretiyle uğraşan, kaçakçılık yapan, büyük toprak sahiplerine ve devlet hazinesine ait ormanlardan odun kesen, ot toplayan insanlar giriyordu. Bu insanlara, hırsızlık yapan dağlılarla bir de kiliseleri soyan dinsizler dahildi.

Dördüncü grubu, ahlaki açıdan toplumun ortalama seviyesinin üzerinde oldukları için, yalnızca bu yüzden suçlu sayılan insanlar oluşturuyordu. Mezhep üyeleri bu gruptandı, özgürlükleri uğruna isyan eden Polonyalılar, Çerkezler de, aynı şekilde siyasi suçlular, sosyalistler ve yetkililere direndikleri için mahkûm olan grevciler de. Nehlüdov'un gözlemlerine göre toplumun en niteliklilerinden oluşan bu insanların oranı bir hayli yüksekti.

En son, beşinci grubu, toplum karşısında onlardan daha

çok toplumun suçlu olduğu insanlar oluşturuyordu. Bunlar, Nehlüdov'un hapishanede ve dışarıda gördüğü, yaşam koşulları yüzünden adeta sistemli bir biçimde, zorunlu olarak, suç olarak adlandırılan davranışlara sürüklenen, halıları çalan çocuk ve diğer yüzlercesi gibi yüzüstü bırakılmış, sürekli eziyetten ve baştan çıkarıcı şeyler yüzünden serseme çevrilmiş insanlardı. Nehlüdov'un gözlemine göre, bir kısmıyla şu sıralarda ilişki kurduğu pek çok hırsız ve katil de bu insanlara dahildi. Yeni akımın* peşinen suçlu saydığı ve toplumdaki varlıklarını, ceza yasasının gerekliliğinin başlıca kanıtı kabul ettiği ahlakça bozulmuş, kokuşmuş insanları daha yakından tanıdıkça onları da bu insanların arasına katmıştı. Bozulmuş, suçlu, anormal olarak adlandırılan bu tiplerin, Nehlüdov'un düşüncesine göre, onların topluma karşı olduğundan çok daha fazla toplumun onlara karşı suçlu olduğu insanlardan bir farkı yoktu, ancak toplum onlara karşı yalnızca şimdi suçlu değildi, çok daha önceden ana babalarına, atalarına karşı suçluydu. Bu insanlar arasından, Nehlüdov'u bu ilişkileri sırasında özellikle bir fahişenin gayrimeşru oğlu, üç kuruşa barınaklarda geceleyen, otuz yaşına kadar, besbelli bekçilerden daha ahlaklı kimseyle karşılaşmamış, genç yaşında hırsızlar çetesine bulaşmış, sabıkalı hırsız ve aynı zamanda olağanüstü komiklik yeteneğiyle insanları kendisine çeken Ohotin şaşkına çevirmişti. Nehlüdov'dan kendisine sahip çıkmasını istiyor, bu arada da hem kendisiyle hem mahkemelerle hem hapishaneyle hem de yalnızca ceza yasalarıyla değil Tanrı'nın yasalarıyla da dalga geçiyordu. Bir diğeri de elebaşılık yaptığı çeteyle yaşlı bir memuru öldürüp soyan yakışıklı Fe-

---

* Kalıtımsal suçlulukla ilgili antropolojik teoriye göre suçun nedeninin toplumda değil kişede olduğunu söyleyen akım. (Çev.N)

dorov'du. Babasının elinden tamamen yasa dışı bir şekilde evi çekilip alınan, sonra askere giden ve orada bir subayın sevgilisine âşık olduğu için başı derde giren bir köylüydü. Çekici, tutkulu bir doğası vardı, her ne pahasına olursa olsun zevk almak isteyen biriydi, herhangi bir şey için zevkinden vazgeçen birine asla rastlamamış ve yaşamda zevkin dışında herhangi bir amaç olabileceği ile ilgili asla tek bir sözcük bile duymamıştı. Nehlüdov için çok açıktı, her ikisinin de doğaları zengindi, yalnızca bakımsız kalmış bitkiler gibi bozulmuş, ihmal edilmişlerdi. Bu arada aptallıkları ve acımasızlıklarıyla tiksinti uyandıran bir serseriyle ve bir kadınla tanışmıştı ama onlarda hiç de İtalyan ekolünün* sözünü ettiği o suçlu tipini görememişti, bunun yerine frakların, apoletlerin ve dantelaların içinde elini kolunu sallayarak dolaşan tıpatıp aynılarına defalarca rastladığı insanların iğrençliğini bulmuştu.

Öyle ki, bunca çeşit çeşit insan hapse tıkılmışken, başkalarının, tıpkı onlar gibi olan insanların neden dışarıda elini kolunu sallayarak dolaştıkları ve hatta bu içerdeki insanları yargıladıkları sorusuna yanıt aramak da bu sıralarda Nehlüdov'u meşgul eden dördüncü iş olmuştu.

Başlangıçta Nehlüdov bu sorunun yanıtını kitaplarda bulacağı umuduyla, bu konuya değinen bütün kitapları almış, Lombroso'nun, Garofalo'nun, Ferry'in, List'in, Maudsley'in, Tarde'nin** kitaplarını dikkatle okumuştu. Ancak bu kitapları okudukça giderek daha çok hayal kırıklığına uğruyordu. Bi-

---
* Başını İtalyan ceza yasası profesörü Enrico Ferri'nin (1856–1929) çektiği kriminal antropoloji tezini savunan ekol. (Çev. N.)
** Raffaele Garofalo (1851–1934) İtalyan hukukçu ve kriminolog. Franz von Listz (1851–1919) Avustauryalı ceza hukuku uzmanı. Henry Maudsley (1835–1918) İngiliz filozof ve psikiyatr. Cesare Lombroso (1835–1909) İtalyan hekim ve kriminilog. Gabriel Tarde (1843–1904) Fransız yazar. Sosyal davranışlar konusunda çalışan sosyolog. (Çev. N.)

limde bir rol oynamak adına, yazmak, tartışmak, öğretmek için değil, doğrudan, basit, hayatı ilgilendiren sorularla ilgili bilime başvuran insanların başına her zaman gelen şey onun da başına gelmişti: Bilim ona ceza yasası ile ilgili, aşırı sinsi ve şaşılası, birbirinden farklı binlerce sorunun yanıtını veriyor, ancak yalnızca bir tek onun yanıtını aradığı soruyu yanıtlamıyordu. Çok basit bir şey soruyordu; bazı insanlar eziyet ettikleri, kamçıladıkları, öldürdükleri insanlardan hiç de farklı olmadıkları halde, neden ve hangi hakla başka insanlara eziyet ediyor, sürgüne gönderiyor, kamçılıyor ve öldürüyorlardı? Bunu soruyordu. Buna karşılık ona insanda özgür irade var mı yoksa yok mu gibi değerlendirmelerle yanıt veriyorlardı. Kafatası ölçüsüne göre vs. bir insanı suçlu kabul etmek mümkün müdür, yoksa değil midir? Kalıtım suçta nasıl bir rol oynamaktadır? Doğuştan ahlaksızlık var mıdır? Ahlak nedir? Delilik nedir? Yozlaşma nedir? Karakter nedir? İklim, yiyecekler, cehalet, öykünme, hipnotizma ve tutku suçu nasıl etkiliyor? Toplum nedir? Toplumun görevleri nelerdir? vs. vs.

Bu değerlendirmeler Nehlüdov'a bir kercsinde okuldan yaya dönen küçük bir çocuktan aldığı yanıtı anımsatıyordu. Nehlüdov çocuğa hecelemeyi öğrenip öğrenmediğini sormuş, çocuk da "Öğrendim," diye yanıt vermişti. "O halde, pençeyi hecele bakalım," çocuk yüzünde kurnaz bir ifadeyle "hangi pençeyi, köpek pençesini mi?" diyerek yanıt vermişti. Nehlüdov kendi tek temel sorusuna bilimsel kitaplarda aynı soru şeklinde böyle yanıtlar buluyordu.

Bu kitaplarda akıllıca, bilimsel, ilginç pek çok yanıt vardı ama asıl soruya, hangi hakla bazıları başkalarını cezalandırıyor sorusuna yanıt yoktu. Yalnızca bunun yanıtının olmaması bir yana, bir de hepsi cezanın gerekliliğini aksiyom olarak kabul eden, cezayı açıklama ve haklı kılma yönündeki değerlendirmelerdi. Nehlüdov çok ama ancak zaman buldukça okuyordu ve yanıt bulamamasını, daha sonra bulacağı umuduyla, yaptığı yüzeysel çalışmaya bağlıyor ve bundan dolayı da son zamanlarda ona gittikçe daha çok adil görünen yanıta henüz inanası gelmiyordu.

XXXI

Maslova'nın da gideceği kafilenin hareket tarihi 5 Temmuz olarak belirlenmişti. Nehlüdov da aynı gün onun peşinden gitmek için hazırlıklarını yaptı. Bu yolculuktan bir gün önce Nehlüdov'un kız kardeşi kocasıyla birlikte onu görmek için kente gelmişti.

Nehlüdov'un kız kardeşi Natalya İvanovna Ragojinskaya erkek kardeşinden on yaş daha büyüktü. Nehlüdov kısmen ablasının etkisi altında büyümüştü. Ablası onu çocukken çok seviyordu, sonra, tam da evliliği arifesinde, yirmi beş yaşında genç bir kızken, Nehlüdov da on beş yaşında bir erkek çocuğu olduğu halde adeta yaşıt gibi olmuşlardı. Ablası o zamanlar onun merhum arkadaşı Nikolay İrtenyev'e âşıktı. Her ikisi de Nikolenka'yı ve ondaki ve kendi içlerindeki, bütün insanları birleştiren iyiliği seviyorlardı.

O zamandan sonra her ikisi de ahlaken bozulmuştu: Nehlüdov askerlik hizmeti, kötü yaşamı, ablası da evliliği yüzünden; Natalya İvanovna ile Dimitri için bir zamanlar çok kutsal ve değerli olan şeyleri sevmek bir yana ne olduğunu bile anlamayan ve Natalya İvanovna'nın o zamanlar yaşadığı bütün bu ahlaken olgunlaşma ve insanlara hizmet sevdasını, anladığı tek şeye, onur düşkünlüğüne ve insanların önünde kendini gösterme isteğine bağlayan dış görünüşüne âşık olduğu bir adamla evliliği yüzünden.

Ragojinskiy adı sanı olmayan, çulsuz biriydi ama liberalizm ile muhafazakârlık arasında, o anda içinde bulunduğu durumda hangisi yaşamı için daha iyi sonuçlar verecekse ondan yana çıkarak, ustaca manevra yapan çok becerikli bir memurdu, en önemlisi de özellikle kadınlar tarafından beğenilmesi sayesinde adliyede parlak bir kariyer yapmıştı. İlk gençlik yıllarını geride bıraktığı sıralarda yurt dışındayken Nehlüdovlar'la tanışmış, kendisi gibi artık pek genç sayılmayan Nataşa'yı kendine âşık etmiş ve bu evliliğe *mésalliance**
gördüğü için karşı çıkan annesine rağmen Nataşa ile evlenmişti. Nehlüdov kendisinden gizlemesine, hatta bu duyguyla mücadele etmesine karşın eniştesinden nefret ediyordu. Bayağı duyguları, kendinden emin dar kafalılığı yüzünden onu itici buluyordu ama itici bulmasının asıl nedeni, kız kardeşinin bu zavallı adamı, böylesi büyük bir tutkuyla, bencilce, içinden gelerek sevmesi ve ona yaranmak için içindeki bütün iyi şeyleri bastırmasıydı. Nataşa'nın kıllı, pırıl pırıl dazlak kafalı, kendine çok güvenen bu adamın karısı olduğunu düşünmek Nehlüdov'a hep acı veriyor, öyle ki, bu adamın çocuklarından bile tiksinti duymadan edemiyordu. Nataşa'nın anne olmaya hazırlandığını her duyuşunda, kendisine tamamen yabancı olan bu adamdan kız kardeşinin kötü bir şey kaptığı duygusuyla başsağlığı dilemeye benzer bir hisse kapılıyordu.

Ragojinskiler bu kez çocukları almadan gelmişler – biri kız biri erkek iki çocukları vardı – ve en iyi otelin, en iyi odasına yerleşmişlerdi. Natalya İvanovna gelir gelmez annesinin eski dairesine uğramış, ancak orada kardeşini bulamayınca,

---

* *Fr.* Eşit olmayan evlilik.

Agrafena Petrovna'dan onun mobilyalı bir odaya taşındığını öğrenip oraya gitmişti. Havasız, güpegündüz lambayla aydınlatılmış loş koridorda onu karşılayan üstü başı kir içindeki uşak knyazın evde olmadığını söylemişti.

Natalya İvanovna bir not bırakmak için kardeşinin odasına uğramak istemiş, kat görevlisi de onu odaya götürmüştü.

Natalya İvanovna kardeşinin kaldığı iki minicik odayı dikkatle gözden geçirmiş, her şeyde o bildik temizliği, özeni ve onu şaşırtan kardeşi için tamamen yeni mütevazı ortamı görmüştü. Yazı masanın üzerinde bildiği bronz köpekli kağıt ağırlık, yine tanıdık, özenle yerleştirilmiş evrak çantaları ve kâğıtlar, yazı takımları ve ceza kanunu ciltleriyle, Henry George'un İngilizce bir kitabı ve arasına bildik fildişi saplı, büyük, ucu eğri kitap açacağı konmuş Tarde'nin Fransızca bir kitabı vardı.

Masaya oturup kardeşine, mutlaka hemen o gün yanına gelmesini isteyen bir not yazmış ve gördüklerine şaşkınlıkla başını sallayarak, oteline dönmüştü.

Natalya İvanovna'yı o sıralarda kardeşi konusunda ilgilendiren iki sorun vardı: Oturduğu yerde herkesin diline düştüğü için kulağına gelen Katyuşa ile evliliği ve pek çoklarına siyasi ve tehlikeli görünen, yine herkesin malumu, topraklarını köylülere verme meselesi. Katyuşa ile evlenmek istemesi bir bakıma Natalya İvanovna'nın hoşuna gidiyordu. Kardeşinin bu kararlılığına hayranlık duyuyordu. Hem kardeşinin o halini hem kendini, evleninceye kadar her ikisinin de geçirdiği o güzel günleri anımsıyor ancak bununla birlikte, kardeşinin böyle korkunç bir kadınla evleneceğini düşününce içini bir korku kaplıyordu. Sonuncu duygu daha güçlüydü ve olabildiğince kardeşini etkilemeye ve çok zor olduğunu bilmesine karşın ona engel olmaya karar vermişti.

Diğer meseleye, toprakları köylülere vermeye gelince, onu o kadar da ilgilendirmiyordu; ancak kocası buna isyan ediyor ve ondan kardeşi üzerinde baskı kurmasını istiyordu. İgnatiy Nikiforoviç böyle bir davranışın uçarılığın, düşüncesizliğin ve gururun son noktası olduğunu, böyle bir hareketin, eğer bir şeyle açıklama olanağı varsa, yalnızca kendini göstermek, övünmek, kendinden söz ettirmek isteğiyle açıklanabileceğini söylüyordu.

İgnatiy Nikiforoviç "Toprakları köylülere kendi kendilerine ödeme yapacak şekilde vermenin ne anlamı var? Eğer bunu yapmak istiyorsa, köylü bankası üzerinden onlara toprak satabilirdi. Bu mantıklı olabilirdi. Bu davranış tamamen kaçıklıkla eş değer," diyor ve karısından, artık vesayet konusunu da düşünerek bu tuhaf niyetiyle ilgili kardeşiyle ciddi ciddi konuşmasını istiyordu.

XXXII

Eve dönünce masasının üzerinde ablasının notunu bulan Nehlüdov hemen onun yanına gitti. Akşam olmuştu. İgnatiy Nikiforoviç diğer odada dinleniyordu, Natalya İvanovna kardeşini yalnız karşıladı. Göğsü kırmızı fiyonklu, beline oturan, siyah ipek bir elbise giymiş, siyah saçları kabartılmış, modaya uygun yapılmıştı. Besbelli, yaşıtı kocasına genç görünmek için büyük bir gayret gösteriyordu. Kardeşini görür görmez divandan fırlayıp koşar adımlarla, ipek eteğini hışırdatarak, onu karşılamaya çıktı. Öpüştüler ve gülümseyerek bakıştılar. Gizemli, sözlerle ifade edilemeyen, pek çok anlam barındıran, içinde her şeyin doğruyu yansıttığı bu bakışmalardan sonra, içinde o gerçekten eser olmayan karşılıklı sözler başladı. Annelerinin ölümünden sonra görüşmemişlerdi.

"Kilo almış ve gençleşmişsin," dedi Nehlüdov.

Natalya İvanovna'nın dudakları memnuniyetten kıvrıldı.

"Sen de zayıflamışsın."

"Yoksa, İgnatiy Nikiforoviç yok mu?"

"Dinleniyor. Gece uyumadı."

O anda söylenecek çok şey vardı ama sözcükler hiçbir şey söylemiyor, bakışlar ise söylenmemiş, söylenmesi gereken bir şeyler olduğunu anlatıyordu.

"Sana uğradım."

"Evet, biliyorum. Evden ayrıldım. Benim için çok büyük, yalnız canım sıkılıyor. Hem benim eve falan ihtiyacım yok, her şeyi, ne varsa, mobilyaları falan sen al, hepsini."

"Evet, Agrafena Petrovna bana söyledi. Eve uğramıştım. Sana çok teşekkür ederim. Ancak..."

O sırada otelin garsonu gümüş bir çay takımıyla gelmişti, çay takımını bırakıp gidinceye kadar konuşmadılar. Natalya İvanovna sehpanın karşısındaki koltuğa geçip sessizce çay doldurdu. Nehlüdov da susuyordu.

Nataşa kardeşine şöyle bir göz atıp kararlı bir biçimde "Neler oluyor, Dimitriy, her şeyden haberim var," dedi.

"Öyle mi, bildiğine çok sevindim."

"Böyle bir yaşamdan sonra Maslova'yı düzeltebileceğini mi sanıyorsun?" dedi Natalya İvanovna.

Dimitriy, küçük bir sandalyede dirseklerini dayamadan dimdik oturuyor ve doğru anlamaya ve doğru yanıtlamaya çalışarak ablasını dikkatle dinliyordu. Maslova ile son görüşmesinin yarattığı ruh hali, içini tatlı bir sevinç ve bütün insanlara karşı sıcak duygularla doldurmaya devam ediyordu.

"Onu değil, kendimi düzeltmek istiyorum," diye yanıt verdi.

Natalya İvanovna derin bir nefes aldı.

"Evlenmekten başka yollar da var."

"Evet ama ben bunun daha iyi olduğunu düşünüyorum; hem bu beni yararlı olabileceğim bir dünyaya sokacak."

"Mutlu olabileceğini sanmıyorum," dedi, Natalya İvanovna.

"Konu benim mutluluğum değil."

"Elbette ama eğer o kadında iyi bir yürek varsa, o da mutlu olamaz, hatta böyle bir şeyi isteyemez bile."

"Zaten o da istemiyor."

"Anlıyorum ama yaşam..."

"Ne olmuş yaşama?"

"Yaşam farklı şeyler talep ediyor."

Nehlüdov, gözlerinin ve ağzının çevresi kırışıklıklarla kaplı olsa da hâlâ güzelliğini koruyan ablasının yüzüne bakarak "Yaşam, yapmak zorunda olduklarımızın dışında hiçbir şey talep etmez," dedi.

Natalya İvanovna "Anlamıyorum" dedi, içini çekerek.

Nehlüdov, Nataşa'nın evlenmeden önceki halini anımsayıp ona karşı sayısız çocukluk anılarından örülmüş şefkat duygusuyla "Zavallı, canım benim! Nasıl olur da bu kadar değişebilir?" diye aklından geçirdi.

O sırada İgnatiy Nikiforoviç her zamanki gibi, başını yukarı dikmiş, geniş göğsünü kabartmış, gözlüğü, dazlak kafası ve siyah sakalıyla ışıl ışıl bir halde, gülümseyerek, hafif, yumuşak adımlarla odaya girdi.

Bilinçli, yapay vurgular yaparak "Merhabalar, merhabalar," dedi.

(Ablasıyla evlendikten sonra ilk zamanlarda Nehlüdov ile senli benli olmaya çalışmalarına karşın sizli bizli kalmışlardı).

El sıkıştılar ve İgnatiy Nikoforoviç yavaşça kendini bir koltuğa bıraktı.

"Konuşmanıza engel olmuyorum, değil mi?"

"Hayır, kimseden saklı gizli bir işim yok."

Bu yüzü, bu kıllı elleri görüp bu kibirli, kendinden emin ses tonunu işitir işitmez o anda Nehlüdov'un uysal hali kayboldu.

"Biz de Nehlüdov'un niyetlerinden konuşuyorduk," dedi Natalya İvanovna. "Çay ister misin?" diye ekledi çaydanlığı alarak.

"Evet, lütfen, nedir niyetiniz?"

"Karşısında suçluluk duyduğum bir kadınla birlikte mahkûm kafilesiyle Sibirya'ya gitmek," dedi Nehlüdov.

"Yalnızca birlikte gitmek değil, daha fazlasını duydum."

"Evet, eğer isterse bir de onunla evlenmek."

"Demek öyle! Eğer sakıncası yoksa, bana gerekçelerinizi açıklar mısınız? Bunlara akıl erdiremiyorum da."

"Gerekçeleri, bu kadın... Kötü yola düşerken attığı ilk adım..." Nehlüdov tam olarak ifade edecek sözcüğü bulamadığı için kendi kendine kızdı. "Gerekçesi şu, suçlu ben olduğum halde o cezalandırıldı."

"Cezalandırıldığına göre, demek ki, masum değilmiş."

"O tamamen masum."

Sonra da Nehlüdov gereksiz bir heyecana kapılarak davayı baştan sona anlattı.

"Evet, mahkeme reisinin ihmali olduğu, bu yüzden de jüri üyelerinin doğru dürüst düşünmeden yanıt verdikleri anlaşılıyor. Ancak bu durumda senato var."

"Senato reddetti."

İgnatiy Nikiforoviç, mahkemenin vardığı sonucun asıl gerçek olduğu yönündeki o malum düşünceye besbelli tam anlamıyla katılarak "Reddettiğine göre, demek ki, temyiz için sağlam gerekçeler yokmuş," dedi. "Senato davanın özüne bakamaz. Eğer gerçekten mahkemenin bir hatası varsa o zaman majestelerine başvurmak gerekir."

"Başvuru yapıldı ancak hiç başarı ihtimali yok. Bakanlıkta rapor hazırlanacak, bakanlık senatoya soracak, senato kendi verdiği kararı yineleyecek ve her zaman olduğu gibi masum biri cezalandırılacak."

İgnatiy Nikiforoviç tepeden bakan bir gülümsemeyle "Birincisi, bakanlık senatoya sormaz," dedi ve acele etmeden, kendinden hoşnut bir gülümsemeyle "mahkemeden dava dosyasını talep ederek getirtir ve eğer bir hata bulursa, o zaman hatalı olduğu yönünde hüküm verir, ikincisi de, suçu olmayan insanlar en azından bunun gibi ender rastlanan olaylar dışında asla cezalandırılmıyor, cezalandırılanlar suçlular," diye ekledi.

Nehlüdov eniştesine karşı hınç dolu bir duyguyla "Ben de tam aksini düşünüyorum," diye söze girişti. "Eminim ki, mahkemelerin mahkûm ettiği insanların yarısından çoğu suçsuz."

"Bu nasıl olur?"

"Nasıl bu kadın zehirleme olayında suçsuza, nasıl yeni tanıdığım bir köylü işlemediği bir cinayetten suçsuza, nasıl ana ile oğul bizzat mal sahibinin yaptığı, neredeyse hüküm giyecekleri kundaklama işinden suçsuza, kelimenin tam anlamıyla suçsuzlar."

"Evet, hiç kuşkusuz mahkeme hataları hep oldu, bundan sonra da olacak. İnsani kurumlar kusursuz olamaz."

"Sonra suçsuzların büyük bir kısmının suçlu sayılmasının nedeni, yetiştikleri çevrede yaptıkları davranışların suç sayılmaması."

İgnatiy Nikoforoviç sakin, kendine güvenen, Nehlüdov'u çileden çıkartan hep o aynı tepeden bakan gülümsemesiyle "Kusura bakmayın ama bu kadarı da haksızlık; her hırsız, hırsızlığın kötü bir şey olduğunu, çalmaması gerektiğini, hırsızlığın ahlaksızca bir şey olduğunu bilir," dedi.

"Hayır, bilmiyor; ona çalma diyorlar ama o fabrikatörlerin

üç kuruş karşılığında emeğini çaldığını, hükümetin tüm memurlarıyla vergi görünümü altında onu durmaksızın soyduğunu biliyor da, görüyor da."

İgnatiy Nikiforoviç sakin bir biçimde "Bu da artık anarşizm oluyor," diyerek kayınbiraderinin sözünü kesti.

"Bunun ne olduğunu bilmiyorum ama böyle olduğunu söylüyorum," diye sürdürdü konuşmasını Nehlüdov, "hükümetin onu soyduğunu biliyor; bizim, büyük toprak sahiplerinin toplumun malı olması gereken toprakları elinden çekip alarak onu çoktandır soyduğumuzu biliyor, sonra da o, bu çalınmış topraklardan sobasında yakmak için çalı çırpı topladığında, onu hapishaneye tıkıyor ve hırsız olduğuna inanmasını bekliyoruz. Oysaki o asıl hırsızın kendisi değil, topraklarını çalanlar olduğunu ve onlardan çalınan her şeyin *restitution*'nı* almasının ailesinin önünde boynunun borcu olduğunu biliyor."

"Anlamıyorum, anlasam da katılmıyorum. Toprağın birisinin malı olamayacağı diye bir şey olamaz. Eğer siz onu paylaşırsanız," diyerek söze girişti İgnatiy Nikiforoviç, Nehlüdov'un tam anlamıyla sosyalist olduğundan, sosyalist kuramın tüm toprakların eşit bir biçimde paylaşılmasını istediğinden, böyle bir paylaşımın çok aptalca olduğundan ve çok kolayca çürütebileceğinden emin ve sakin bir biçimde "Eğer onu bugün eşit bir şekilde paylaştırırsanız, yarın o yine daha çalışkan, becerikli başka ellere geçer," dedi.

"Kimsenin toprakları eşit olarak paylaştırmayı falan düşündüğü yok, toprak kimsenin malı olamaz, alınıp satılacak ya da kiraya verilecek bir meta olamaz."

İgnatiy Nikiforoviç otoriter bir tonda, toprak mülkiyeti

---

* *Fr.* Karşılığı. (Çev. N.)

lehine, toprak mülkiyeti konusundaki açgözlülüğün onun zorunluluğunu gösterdiği yönündeki tartışılmaz kabul edilen o malum savı yineleyerek.

"İnsanın mülkiyet hakkı doğuştan vardır. Mülkiyet hakkı olmazsa hiç kimse toprakla uğraşmak istemez. Mülkiyet hakkı ortadan kalkarsa biz yeniden vahşi hayata döneriz," dedi.

"Tam tersi, o zaman büyük toprak sahipleri işleyemedikleri topraklara, onu işleyebileceklerin ulaşmalarına şimdi yaptıkları şekilde, karnı tok köpekler gibi engel olamayacakları için topraklar şimdiki gibi bomboş kalmaz."

"Bakın, Dimitriy İvanoviç, bu tam bir çılgınlık! Günümüzde toprak mülkiyetini ortadan kaldırmak hiç olabilecek bir şey mi? Bunun sizin eskiden beri *dada*'nız* olduğunu biliyorum. Ancak size doğruyu söylememe izin verin..." İgnatiy Nikiforoviç'in rengi atmış, sesi titremeye başlamıştı: Anlaşılan bu konu onu yakından ilgilendiriyordu. "Bu konudaki kararınızı hayata geçirmeden önce size iyice düşünmenizi önerirdim."

"Benim kişisel işlerimden mi söz ediyorsunuz?"

"Evet. Sanırım, hepimiz, belli konuma gelmiş insanlar, bu konumun gereği olan yükümlülüklerimize sahip çıkmalı, içinde doğduğumuz, atalarımızdan miras aldığımız ve bizden sonraki nesillere aktarmak zorunda olduğumuz bu yaşam koşullarını sürdürmeliyiz."

"Yükümlülük olarak saydığım..."

"Lütfen, izin verin" diyerek sözünün kesilmesine engel olan İgnatiy Nikiforoviç konuşmasını sürdürdü. "Kendim ve çocuklarım için söylemiyorum. Çocuklarımın durumu güvence altında, ben de geçinebileceğimiz kadar kazanıyorum

---

* *Fr.* Dilden düşürülmeyen şey. (Çev. N.)

ve çocukların sıkıntı çekmeden yaşayacaklarını sanıyorum, dolayısıyla da kırılmayın ama etraflıca düşünmeden atmaya kakıştığınız adımlara karşı çıkmamın nedeni, kişisel çıkarlarımdan değil, prensip olarak sizinle aynı düşüncede olmamamdan kaynaklanıyor. Size daha çok düşünmenizi ve okumanızı önerirdim..."

Nehlüdov "Bırakın da kendi işlerimle ilgili kendim karar vereyim, ne okumam gerekli, ne gereksiz bileyim," dedi ve benzi atmış bir halde, ellerinin buz kestiğini ve kendine hâkim olamadığını hissederek, sustu ve çay içmeye koyuldu.

XXXIII

Nehlüdov biraz yatıştıktan sonra ablasına "E, çocuklardan ne haber?" diye sordu.

Ablası çocuklardan, babaannelerinin yanında kaldıklarından bahsetti ve kardeşiyle kocası arasındaki tartışmanın kesilmiş olmasına sevinerek, çocuklarının tıpkı bir zamanlar Nehlüdov'un, birine Zenci diğerine Fransız kız diye ad taktıkları ablasının bebekleriyle oynadığı gibi yolculuk oyunu oynadıklarını anlatmaya koyuldu.

Nehlüdov gülümseyerek "Gerçekten anımsıyor musun?" dedi.

"Düşünebiliyor musun, tıpkı senin gibi oynuyorlar."

Tatsız konuşma bitmiş, Nataşa sakinleşmişti ama kocasının yanında yalnızca kardeşinin anlayabileceği şeylerden söz etmek istemiyordu ve genel bir sohbet başlatmak için oralara kadar ulaşan Petersburg'daki havadisten, biricik oğlunu düelloda kaybeden anne Kamenskaya'nın acısından söz açtı.

İgnatiy Nikiforoviç düelloda işlenen cinayetin ceza suçlarının dışında tutulduğu bir düzeni onaylamadığını belirtti.

Onun bu düşüncesi Nehlüdov'un itirazına yol açtı ve uzlaşamadıkları o tartışma kaldığı yerden yeniden alevlendi ve her ikisi de demek istediklerini söylemiyor ve karşılıklı olarak birbirlerinin görüşlerini kınayan taraf olarak kalmaya devam ediyorlardı.

İgnatiy Nikiforoviç, yaptığı bütün çalışmaları Nehlüdov'un küçümseyerek kınadığını hissediyor ve ona düşüncelerinde ne kadar yanıldığını göstermek istiyordu. Nehlüdov da eniştesinin toprakla ilgili işlerine (ruhunun derinliklerinde eniştesinin, ablasının ve çocuklarının, onun mirasçıları olarak bu hakka sahip olduklarını hissediyordu) burnunu sokmasının yol açtığı can sıkıntısı bir yana, bu dar kafalı adamın kendinden çok emin ve sakin bir tavırla, şu anda Nehlüdov'a düpedüz çılgınca ve suç olarak görünen bu meseleyi doğru ve yasal saymaya devam etmesine için için öfkeleniyor, bu kendine güvenli hali onu çileden çıkartıyordu.

"Mahkeme ne yapabilirdi ki?" diye sordu Nehlüdov.

"İki düellocudan birini sıradan katiller gibi kürek cezasına mahkûm edebilirdi."

Nehlüdov'un yeniden elleri buz kesti ve ateşli bir biçimde söze girişti.

"Peki, öyle yapsaydı ne olacaktı?"

"Adalet yerini bulmuş olacaktı."

"Sanki mahkeme faaliyetlerinin amacı adaleti sağlamak da," dedi Nehlüdov.

"Başka ne olabilir ki?"

"Sınıfsal çıkarları korumak. Mahkeme, bana göre, sınıfımız lehine, mevcut düzeni korumak için idari bir araç."

İgnatiy Nikiforoviç sakin bir tebessümle "Bu tamamen

yeni bir bakış açısı," dedi. "Genellikle mahkemeye biraz farklı bir anlam yükleniyor."

"Benim gördüğüm kadarıyla kuramsal olarak öyle ama pratikte değil. Mahkemenin tek amacı mevcut durumdaki toplum düzeninin korunması ve bunun için de gerek toplumun ortalama seviyesinin üzerinde olan, onu yüceltmek isteyen, siyasi suçlu denilenleri, gerekse de ortalama seviyenin altındaki suçlu tipler diye adlandırılanları kovuşturmak ve cezalandırmak."

"Birincisi, siyasi suçlu diye adlandırılanların, toplumun ortalama seviyesinin üzerinde oldukları için cezalandırıldıkları düşüncesine hiç katılmıyorum. Onlar büyük kısmıyla toplumun süprüntüleri, her ne kadar biraz farklı da olsalar o kadar ahlaksızlaşmışlar ki, aynı sizin toplumun ortalama seviyesinin altında saydığınız şu suçlu tipler gibiler."

"Kendilerini yargılayan mahkeme heyetinden çok daha değerli insanlar tanıyorum; bütün mezhep üyeleri, ahlaklı, sağlam insanlar..."

Ancak İgnatiy Nikiforoviç konuşurken söz sırası vermeyen insanlardaki alışkanlıkla Nehlüdov'u dinlemiyor, bu haliyle onu çileden çıkararak, Nehlüdov ile aynı anda konuşmaya devam ediyordu.

"Mahkemenin mevcut düzeni korumayı amaçladığı düşüncesine hiç katılmıyorum. Mahkemenin amaçları var, ya yola getirmek..."

"Hapishanelerde çok iyi yola getiriyorlar ya," diyerek çıkıştı Nehlüdov.

"Ya da toplumsal varlığı tehdit eden ahlaksızlaşmış o vahşi hayvan timsali insanları ortadan kaldırmak," diyerek, konuşmasını ısrarla sürdürdü İgnatiy Nikiforoviç.

"Asıl nokta da bu ya, ne onu ne de diğerini yapıyor. Toplumun bunu yapma olağanı yok."

İgnatiy Nikiforoviç zoraki bir gülümsemeyle "Nasıl olmaz? Anlamıyorum," dedi.

"Aslında söylemek istediğim şey şu, çok eskiden kullanılan iki mantıklı ceza vardı, işkence ve idam, ancak törelerin yumuşamasından dolayı gittikçe kullanılmaz oldu," dedi Nehlüdov.

"Bunu sizden duymak hem yeni hem de şaşırtıcı."

"Evet, aynı şeyi ileride bir daha yapmaması için yaptığı şeyler yüzünden bir insanın canını yakmak akıllıca, toplum için zararlı ve tehlikeli birinin kafasını uçurmak da öyle. Bu iki cezanın mantıklı bir yanı var. Ancak tembel tembel dolaşmaktan ve karşılaştığı kötü örnekler yüzünden ahlakı bozulan bir adamı zorunlu olarak tembelliğe sevk eden koşullarda, en ahlaksız insanların arasına hapsetmenin, ya da herhangi bir nedenle Tula eyaletinden İrkutsk'a ya da Kursk'a kadar sürmenin – her biri hazineye beş yüz rubleden fazlaya mal oluyor – ne anlamı var?"

"Evet ama, insanlar hazinenin karşıladığı bu sürgünlerden korkuyorlar, eğer bu sürgünler ve hapishaneler olmasaydı, sizinle burada şimdi oturduğumuz gibi oturamazdık."

"Bu hapishaneler bizim güvenliğimizi sağlayamazlar, çünkü bu insanlar sonsuza kadar orada yatmıyor, eninde sonunda serbest bırakılıyorlar. Aksine, bu insanlar bu kurumlarda kötü niyetin ve ahlaksızlığın iyice içine battıkları için tehlikeyi daha da arttırıyorlar."

"Ceza infaz sisteminin iyileştirilmesi gerektiğini mi söylemek istiyorsunuz?"

"Bu sistemi iyileştiremezsiniz. Hapishaneleri iyileştirmek, halkı eğitmek için harcayacağınızdan daha pahalıya mal olur ve halkın sırtına yeni bir yük getirir."

"Ancak ceza infaz sistemindeki eksiklikler mahkemeyi

hiçbir şekilde sakatlamıyor ki..." diyerek, yine kayınbiraderini dinlemeden konuşmasını sürdürdü İgnatiy Nikiforoviç.

Nehlüdov sesini yükselterek "Bu eksiklikleri gideremezsiniz," dedi.

İgnatiy Nikiforoviç muzaffer bir edayla gülümseyerek "Ne yapalım yani? Öldürelim mi? ya da bir devlet adamının önerdiği gibi gözlerini mi oyalım?" dedi.

"Evet, bu çok acımasızca ama yerinde olurdu. Şimdi yapılan da hem çok acımasız hem de bırakın yerinde olmasını, aynı zamanda o kadar aptalca ki, ceza mahkemesinde yer alan, ruhen bu kadar sağlıklı insanların böylesine saçma sapan ve acımasızca bir işe nasıl alet olduklarını anlamak olanaksız."

"Ben de onların arasında yer alıyorum," dedi İgnatiy Nikiforoviç rengi kaçmış bir halde.

"Bu sizin işiniz ama ben bu olan biteni anlamıyorum."

İgnatiy Nikiforoviç sesi titreyerek "Sanırım, pek çok şeyi anlamıyorsunuz," dedi.

"Mahkemede, vicdan sahibi her insanda ne olursa olsun yalnızca acıma duygusu uyandıracak zavallı bir çocuğu var gücüyle suçlamaya çalışan bir savcı yardımcısı gördüm; bir mezhep üyesini sorgulayan başka bir savcının İncil okumayı ceza hukuku çerçevesinde değerlendirdiğini, ayrıca da mahkemelerin tüm faaliyetlerinin yalnızca anlamsızca ve acımasızca eylemlerden ibaret olduğunu biliyorum."

İgnatiy Nikiforoviç "Ben böyle düşünseydim, görev almazdım," dedi ve ayağa kalktı.

Nehlüdov eniştesinin gözlükleri altında farklı bir parıltı gördü. "Yoksa gözyaşı mı?" diye aklından geçirdi. Gerçekten de bunlar aşağılanmanın göz yaşlarıydı. İgnatiy Nikiforoviç pencerenin yanına gidip mendilini ve gözlüğünü çıkarttı, öksürerek hem gözlüklerini hem gözlerini silmeye koyuldu.

Sonra divana dönüp bir sigara yaktı ve bir daha ağzını açmadı. Nehlüdov eniştesini ve ablasını bu kadar üzdüğü, özelikle de ertesi gün gideceği ve bir daha onları görmeyeceği için üzülmüş ve utanmıştı. Utanç içinde vedalaşarak eve gitti.

"Büyük bir olasılıkla, söylediklerim doğru, en azından bana hiç itiraz etmedi ama yine de böyle konuşmamalıydım. Bu kadar hınçla kendimi kaptırabildiğime ve onu böylesine aşağılayıp zavallı Nataşa'yı bu kadar üzdüğüme göre pek değişmemişim," diye düşündü.

XXXIV

Maslova'nın da içinde bulunduğu kafile istasyondan üçte hareket edecekti, bundan dolayı Nehlüdov kafilenin hapishaneden çıkışını görmek ve istasyona kadar onunla birlikte gitmek için hapishaneye on ikiden önce gitmek niyetindeydi.

Eşyalarını ve evrakları yerleştirirken gözü günlüğüne takılan Nehlüdov bazı yerlerini ve son yazdıklarını yeniden okudu. Petersburg'a gitmeden önce en son yazdıkları şöyleydi: "Katyuşa benim kendimi feda etmemi değil, kendini feda etmek istiyor. O da amacına ulaştı ben de. İçinde olup bittiğini sandığım – inanmaya korkuyorum – o değişiklik beni sevindiriyor. İnanmaya korkuyorum ama galiba Katyuşa diriliyor." Hemen bunun ardında şöyle yazmıştı: "Çok acılar da çektim, çok sevinçler de yaşadım. Hastanede uslu durmadığını öğrendim. Ansızın canım korkunç yandı. Hem de hiç ummadığım kadar. Tiksinerek ve nefret ederek onunla konuştum, sonra birdenbire pek çok kez ve şimdi de, düşüncede bile kalsa, ondan nefret ettiğim şeyden dolayı ne kadar suçlu olduğumu anımsadım ve aynı anda kendimden tiksindim, ona ise acıdım ve kendimi çok iyi hissettim. Keşke gözümüzdeki perdeyi zamanında kaldırmayı becerebilseydik, ne kadar mutlu olurduk." Bugünün tarihiyle yeni bir not düştü: "Nataşalardaydım ve sırf kendimi beğenmişliğim yüzünden kaba ve kötü davrandım ve geriye tatsız bir duygu kaldı. Peki, ama ne yapabilirim? Yarından itibaren yeni bir yaşam başlıyor. Elveda eski yaşam, hem de ebediyen. O kadar çok anı biriktirdim ki, ancak yine de onları bir araya toplayamıyorum."

Ertesi sabah uyanınca Nehlüdov'un ilk hissettiği eniştesiyle yaptığı tartışmadan duyduğu pişmanlık oldu.

"Bu şekilde çekip gitmek olmaz," diye düşündü, "ona uğrayıp durumu düzeltmeliyim."

Ancak saatine bakınca hiç zamanı olmadığını ve kafilenin çıkışına geç kalmaması için acele etmesi gerektiğini gördü. Acele içinde toplanıp kendisiyle birlikte gelecek olan Fedosya'nın kocası Taras ve kapıcıyla eşyalarını doğruca istasyona gönderen Nehlüdov karşısına çıkan ilk arabayı tutup hapishaneye gitti. Mahkûm treni Nehlüdov'un bineceği posta treninden iki saat önce hareket ediyordu, artık bir daha dönmeyeceği düşüncesiyle kaldığı odanın hesabını kapattı.

Temmuz sıcakları iyiden iyiye bastırmıştı. Bunaltıcı gece sonrası sokakların ve evlerin soğumamış taşlarıyla saç çatılar ısılarını sıcak ve durgun havaya veriyorlardı. Rüzgâr yoktu, esse de, toz ve yağlı boya kokusu dolu, pis pis kokan, sıcak bir hava getiriyordu. Sokaklarda pek kimse yoktu, olanlar da evlerin gölgesinden yürümeye çalışıyorlardı. Yalnızca güneşten iyice esmerleşmiş, çarıklı, köylü taş işçileri sokağın ortasına oturmuş, ellerindeki çekiçlerle, sıcak kumların arasına yerleştirdikleri taşları dövüyorlar, sırtlarında kaba kumaştan resmi ceketleri, turuncu kaytanlı tabancalarıyla asık suratlı polisler bezgin bir halde kâh bir kâh diğer ayaklarına dayanarak sokağın ortasında dikiliyorlar, başlarına beyaz örtü geçirilmiş, kulakları örtünün deliklerinden fırlamış atlar koşulu, güneşin geldiği tarafı örtülü, tramvaylar ortalığı çınlatarak, sokaklarda bir aşağı bir yukarı gidip geliyorlardı.

Nehlüdov hapishaneye geldiğinde kafile henüz çıkmamıştı, hapishanede sabahın dördünde başlayan, gönderilecek mahkûmların teslim ve kabulü ile ilgili hummalı çalışma hâlâ devam ediyordu. Gönderilecek kafilede altı yüz yirmi üç erkek ve altmış dört kadın vardı: Hepsini listelerde kontrol etmek, hasta ve zayıf olanları ayırmak ve muhafızlarına teslim etmek gerekiyordu. Yeni müdür, onun iki yardımcısı, doktor, sağlık memuru, kafile subayı ve yazıcı bahçede duvar dibine gölgeye yerleştirilmiş, üzeri kâğıtlar ve yazı araç gereçleriyle kaplı bir masaya oturmuş, peşi sıra yanlarına yaklaşan mahkûmları teker teker çağırıyor, gözden geçiriyor, sorup soruşturuyor ve kayda geçiriyorlardı.

Masa şimdiden yarı yarıya güneş altında kalmıştı. Sıcak iyice bastırmış, özellikle de yaprak kıpırdamadığı ve hemen orada bekleşen mahkûm kalabalığının nefesleri yüzünde hava iyice boğucu bir hal almıştı.

Uzun boylu, şişman, kırmızı suratlı, üzerine kalkık omuzlu, kolları kısa bir ceket giymiş, ağzını kaplayan bıyıkları arasından durmaksızın sigara tüttüren kafile başkanı "bu ne biçim iş ya, bir türlü bitmek bilmiyor!" diyordu. "Canımıza okudular. Bu kadar insanı nereden buldunuz? Daha çok var mı?"

Yazıcı kontrol edip "Daha yirmi dört erkekle kadınlar var," diye yanıtladı.

Konvoy başkanı henüz kontrol edilmemiş, birbirine sıkışmış, bekleşen mahkûmlara "Ne dikilip duruyorsunuz, hadi, yaklaşsanıza!" diye bağırdı.

Mahkûmlar üç saatten fazladır, açıkta, güneş altında sırada bekliyorlardı.

Bu çalışma hapishanenin içinde sürüyor, dışarıda ise, kapının önünde her zamanki gibi silahlı bir nöbetçi dikiliyor, mahkûmların eşyalarını, hastaları ve zayıfları taşımak için yirmi kadar yük arabasıyla, bir köşede, mahkûmların çıkışını bekleyen, görmek, mümkün olursa bir çift laf etmek ve yanlarına bir şeyler vermek umuduyla bir eş dost grubu bekleşiyordu. Nehlüdov da bu gruba katıldı.

Neredeyse bir saat orada bekledi. Bir saat sonunda kapının ardından zincir şakırtıları, ayak sesleri, amirane sesler, öksürükler ve büyük kalabalıktan yükselen hafif bir uğultu işitildi. Bu yaklaşık beş dakika sürdü, bu esnada küçük kapıdan gardiyanlar girip çıkıyordu. Sonunda komut duyuldu.

Kapı gürültüyle açıldı, zincir şıkırtıları iyice yükseldi, silahlı, beyaz asker ceketli muhafızlar dışarı çıkıp bildikleri, alışık oldukları belli bir manevrayla kapının önünde düzgün, geniş bir halka oluşturdular. Onlar yerlerini aldıktan sonra, yeni bir komut işitildi ve mahkûmlar tıraşlı başlarında yassı, yuvarlak şapkaları, omuzlarında çuvalları, prangalı ayaklarını sürükleyerek ve boş cllerini sallayarak, diğer elleriyle de sırtlarındaki çuvalları tutarak, ikişerli sıralar halinde çıkmaya başladılar. Önce kürek mahkûmu erkekler çıktı, hepsi de aynı tip gri pantolon ve sırtı kare damgalı kaftanlar giymişti. Hepsi, genç, yaşlı, sıska, şişman, yüzü solgun, kırmızı, kara, bıyıklı, sakallı, sakalsız, Rus, Tatar, Yahudi, prangaları şakırdatarak ve sanki uzaklara gideceklermiş gibi kollarını hızlı hızlı sallayarak çıkıyorlar, ancak on adım atar atmaz duruyor ve dörder dörder, sessizce birbirleri arkasına sıraya geçiyorlardı. Onların arkasından, hiç ara vermeden yine aynı şekilde tıraşlı, prangasız ama elleri bileklerinden birbirine kelepçeli, yine aynı tip giysili insanlar kapıdan akmaya başladı. Bunlar sürgünlerdi. Onlarda aynı şekilde hızlı hızlı çıkıyor, durarak, dörder dörder sıraya geçiyorlardı. Sonra yerel yönetimler tarafından cezalandırılanlar, onların arkasından da yine aynı düzen içinde kadınlar, önce gri kaftanlı, başörtülü kürek mahkûmları, sonra sürgünler ve kentli, köylü giysileri içinde refakatçılar çıktı. Bazı kadınlar bebekleri gri kaftanların eteklerine sarılı taşıyorlardı.

Kadınlarla birlikte irili ufaklı erkek, kız çocukları yürüyordu. Bu çocuklar sürüdeki taylar gibi kadın mahkûmlara sokuluyorlardı. Erkekler yalnızca ara sıra öksürerek ve ani uyarılar yaparak ses çıkartmadan durmuş bekliyorlar, kadınlar ise ha bire konuşup duruyorlardı. Nehlüdov, Maslova'yı kapıdan çıkarken görür gibi oldu ama o hemen koca kalabalığın içinde kayboldu. Nehlüdov çocukları ve çuvallarıyla birlikte erkelerin arkasında sıraya giren, özellikle de adeta insanlığını, kadın olma özelliğini yitirmiş varlıkların oluşturduğu yalnızca gri bir kalabalık görüyordu.

Hapishanede bütün mahkûmlar sayılmış olmasına karşın kafile görevlileri önceki sayıyla karşılaştırarak, yeniden saymaya başladılar. Bazı mahkûmlar bir yerden başka bir yere geçerek yerlerinde durmadıkları ve bu yüzden de konvoy görevlileri sayıyı şaşırdıkları için bu yeni sayım bir hayli uzun sürdü. Konvoy görevlileri, seslerini çıkarmadan ama öfkeyle boyun eğen mahkûmları küfürler savurarak itip kakıyor ve yeniden sayıyorlardı. Hepsi yeniden sayıldıktan sonra kafile subayı bir komut verdi ve kalabalığın içinde bir karışıklık başladı. Yürüyemeyecek durumda olan erkekler, kadınlar ve çocuklar birbirlerini geçmeye çalışarak yük arabalarına yöneldiler ve önce torbalarını koyup sonra da kendileri tırmanmaya başladılar. Ciyak ciyak ağlayan bebekleriyle kadınlar, neşeli, yer kavası yapan çocuklar, kederli, asık suratlı erkek mahkûmlar arabalara çıkıp oturuyorlardı.

Birkaç mahkûm şapkalarını çıkarıp bir şey rica etmek için kafile subayının yanına gitti. Nehlüdov'un daha sonra öğrendiğine göre arabalara binmek istemişlerdi. Nehlüdov konvoy subayının sessizce, rica edene dönüp bakmadan, sigarasından bir nefes çektiğini ve sonra da ansızın kısa kolunu, tokat beklentisiyle tıraşlı başını omuzlarının içine çekip geri sıçrayan mahkûma vuracakmış gibi kaldırdığını gördü.

Subay "Şimdi seni öyle bir soyluya benzetirim ki, bir daha hiç unutmazsın! Yaylan bakalım!" diye bağırdı.

Subay yalnızca ayakta sallanan, prangalı, uzun boylu ihtiyar bir adamın arabaya binmesine izin verdi, Nehlüdov da bu ihtiyar adamın arabaya doğru giderken, yassı, yuvarlak şapkasını çıkarıp haç çıkardığını ve sonra ihtiyarlıktan dermanı kesilmiş, zincire vurulmuş ayaklarını yukarı çekmesine engel olan prangaları yüzünden uzun süre arabaya çıkamadığını ve daha önce arabaya oturmuş bir köylü kadının elinden tutup çekerek ona yardım ettiğini gördü.

Bütün arabalar torbalarla dolup arabalara binmelerine izin verilenler torbaların üzerine oturduktan sonra kafile subayı şapkasını çıkarıp mendille alnını, kel kafasını ve kırmızı, kalın boynunu silip haç çıkardı.

"Kafile, marş!" diye komut verdi. Askerler silahlarını şakırdatarak omuzlarına astılar, mahkûmlar şapkalarını çıkarıp bir kısmı sol elleriyle haç çıkartmaya başladılar, uğurlayanlar bir şeyler bağırıyor, mahkûmlarda bir şeyler bağırarak yanıt veriyorlardı, kadınların arasından bir ağıt yükseldi ve beyaz ceketli askerlerle çevrili kafile, zincirli ayaklarıyla tozları kaldırarak hareket etti. Önden askerler, onların arkasından da dörderli sıralar halinde zincirlerini şakırdatarak prangalı mahkûmlar, onların peşinden sürgünler, en sonda da ikişer ikişer el bileklerinden birbirlerine kelepçeli yerelciler ve kadınlar yürüyordu. Son olarak da birisinin üzerinde en tepeye oturmuş, uzun boylu, örtülü bir kadının durmaksızın çığlıklar atarak, hıçkıra hıçkıra ağladığı, torbalarla ve dermansızlarla dolu arabalar hareket etti.

XXXV

Yürüyüş kolu o kadar uzundu ki, en öndekiler gözden kaybolduğunda torbalar ve dermansızlarla dolu yük arabaları daha yeni hareket etmişlerdi. Yük arabaları hareket edince Nehlüdov onu bekleyen arabaya binip erkek mahkûmların arasında tanıdık birileri var mı diye bakmak, sonra da kadınların arasında Maslova'yı bulup ona gönderilen eşyaları alıp almadığını sormak için arabacıya kafilenin yanından geçmesini söyledi. Aşırı bir sıcak çökmüştü. Yaprak kıpırdamıyordu, binlerce ayaktan kalkan toz, yolun ortasında ilerleyen mahkûmların üzerinde sürekli bir toz bulutu meydana getiriyordu. Mahkûmlar hızlı adımlarla yürüyor, Nehlüdov'un bindiği atlı araba da ağır ağır yanlarından geçiyordu. Serbest kollarını adeta cesaret alırcasına adımlarına uydurarak sallayan, bir örnek ayakkabı ve pantolon giymiş binlerce ayağı hareket ettiren, tanımadığı tuhaf ve korkunç görünümlü varlıklar sıralar halinde yürüyordu. O kadar çoklardı, o kadar tekdüze ve öylesine kendine özgü tuhaf koşullar içine sokulmuşlardı ki, Nehlüdov'a insan değil de ne olduğu belli olmayan korkunç varlıklarmış gibi görünüyorlardı. Ondaki bu izlenim, ancak kürek mahkûmlarının kalabalığı içinde katil Fedorov ile sürgünler arasındaki komik Ohotin'i ve bir de ondan yardım isteyen serseriyi tanıyınca bozuldu. Mahkûmların hemen hepsi yan gözle yanlarından geçen arabaya ve üzerinde oturan beye bakıyorlardı. Fedorov başını yukarı doğru sallayarak, Nehlüdov'u tanıdığını işaret etti, Ohotin göz kırptı. Ancak ne o, ne de öbürü yasak olduğu düşüncesiyle selam vermedi. Nehlüdov kadınlarla aynı hizaya gelir gelmez Maslova'yı gördü. Kadınların ikinci sırasında yürüyordu. En kenarda kıpkırmızı kesilmiş bir halde kısa bacaklı, kara gözlü, çirkin, kaftanının eteğini kemerine sokuşturmuş bir kadın yürüyordu, bu "Güzellik'ti". Onun yanında ayaklarını sürüyerek, güçlükle yürüyen hamile bir kadın vardı, üçüncü de Maslova'ydı. Omzunda bir torba taşıyor ve dimdik önüne bakıyordu. Yüzü sakin ve kararlıydı. Sırada, onun yanındaki dördüncü, çevik adımlarla yürüyen, kısa kaftanlı, başörtüsünü köylü kadınları gibi bağlamış, genç, güzel bir kadındı, bu Fedosya'ydı. Nehlüdov, Maslova'ya hem eşyaları alıp almadığını hem de kendini nasıl hissettiğini sormak için arabadan inip yürümekte olan kadınlara yaklaştı, ancak kafilenin o tarafında yürüyen görevli bir çavuş, yanaşan Nehlüdov'u hemen fark edip ona doğru koşturdu.

Gelirken "Yasak, efendim, kafileye yaklaşmaya izin verilmiyor," diye bağırdı.

Yaklaşınca Nehlüdov'u tanıyan çavuş (hapishanede artık herkes Nehlüdov'u tanımıştı) parmaklarını kasketine götürüp Nehlüdov'un yanı başında durarak "Şimdi olmaz, belki istasyonda, burada izin verilmiyor. Hadi bakalım, sallanmayın, marş!" diye bağırdı mahkûmlara ve sıcağa aldırmadan, yeni, gıcır gıcır çizmeleriyle hızla yerine koşturdu. Nehlüdov kaldırıma çıkıp arabacıdan arkasından takip etmesini istedi ve kafileyi görecek şekilde yürümeye başladı. Kafilenin geçip de üzerine acıma ve korkuyla karışık bir dikkat çekmediği hiçbir yer yoktu. Gelip geçenler arabalardan başlarını uzatıyor, geçerlerken gözleriyle mahkûmları takip ediyorlardı. Yayalar duruyorlar hem şaşkınlık hem korkuyla bu korkunç manzaraya bakıyor, bazıları yaklaşıp sadaka veriyorlardı. Sadakayı kafile görevlileri alıyordu. Bazıları hipnotize edilmiş gibi kafilenin ötesinden yürüyüp gidiyorlar ama sonra duruyorlar ve başlarını sallayarak, gözleriyle takip etmekle yetiniyorlardı. İnsanlar birbirlerine seslenerek bina girişlerinden, kapılardan dışarı uğruyorlar, pencerelerden sarkıyorlar ve kıpırdamadan, sessizce bu yürüyüş koluna bakıyorlardı. Kafile bir dört yol ağzında gösterişli bir faytonun geçmesine engel olmuştu. Binici yerinde yüzü pırıl pırıl parlayan, koca kıçlı, ceketinin sırtı sıra sıra düğmeli bir arabacı, arabanın arka bölümünde de bir karı koca, zayıf, soluk yüzlü, açık renk şapkalı, parlak şemsiyeli bir kadın ve silindir şapkalı, açık renk, çok şık paltolu bir adam, karşılarında da çocukları, süslü püslü, bir çiçek kadar taze, dağınık sarı saçlı, yine parlak şemsiyeli bir kız çocuğu ile uzun, ince boyunlu, köprücük kemikleri dışarı fırlamış, uzun şeritlerle süslenmiş denizci şapkalı, sekiz yaşlarında bir erkek çocuğu oturuyordu. Baba, onları yollarından alıkoyan kafileyi zamanında geçmediği için arabacıya sert bir biçimde çıkışıyor, anne ise ipek şemsiyesini güneşe ve toza karşı siper ederek, tiksintiyle gözlerini kısıp yüzünü buruşturuyordu. Koca kıçlı arabacı, bu yoldan gitmesini emreden patronunun haksız söylenmelerini dinlerken öfkeyle somurtuyor ve pırıl pırıl parlayan, koşumlarının altı ve boyunları ter içindeki, yerinde duramayan yağız aygırlara güçlükle sahip çıkıyordu. Bir bekçi gösterişli fayton sahibine tüm içtenliğiyle hizmet etmek, mahkûmları durdurup onu geçirmek istiyor, ancak bu yürüyüş kolunda böyle zengin bir beyefendi için bile bozulamayacak karamsar bir ciddiyet olduğunu hissediyordu. Yalnızca zenginlik karşısındaki saygısının işareti olarak elini şapkasının siperine koyup ne olursa olsun faytonun yolcularını mahkûmlardan koruyacağı sözü verircesine onlara sert sert baktı. Böylece fayton bütün yürüyüş kolunun geçmesini beklemek zorunda kaldı ve aralarında sesini kesen, gösterişli arabayı görünce yeniden ağlamaya ve çığlıklar atmaya başlayan histerik kadının da bulunduğu, torbaların üzerine oturmuş mahkûmlarla ve torbalarla dolu son yük arabası gürültüyle geçip gittikten sonra ancak hareket edebildi. Ancak o zaman arabacı hafifçe dizginleri oynattı ve yağız yorga atlar nallarıyla taşları döverek, lastik tekerleklerin üzerinde zaman zaman hafifçe sarsılan arabayı, karı, koca, kız ve ince boyunlu, kürek kemikleri çıkık oğlanı eğlenmek için gittikleri yazlığa götürdü.

Ne baba, ne anne, ne kız çocuğuna ne de oğlana gördükleri şey üzerine bir açıklama yaptılar. Bu yüzden de çocuklar bu manzaranın ne anlama geldiği sorusunu kendileri çözmek zorunda kaldılar.

Kız, anne ve babasının yüz ifadelerine bakarak, soruyu, bu insanların onun anne ve babasından, tanıdıklarından tamamen bambaşka kötü insanlar olduğu ve bundan dolayı da onlara nasıl davranılıyorsa öyle davranmak gerektiği şeklinde çözdü. Bu nedenle de yalnızca korkmuştu, bu insanlar gözden kaybolunca da sevindi.

Ancak mahkûm koluna gözünü kırpmadan ve ayırmadan bakan uzun boylu, ince boyunlu oğlan soruyu başka türlü çözmüştü. Doğrudan doğruya Tanrı'dan öğrendiğine göre, kesinlikle ve kuşkuya yer bırakmayacak şekilde, bu insanların aynı onun gibi, bütün insanlar gibi insan olduğunu ve bundan dolayı da bu insanlara birilerinin yaptığı kötü şeyleri yapmamak gerektiğini daha onları görür görmez anlamıştı. Onlara acıdı, hem zincire vurulmuş ve tıraş edilmiş bu insanlar, hem de onları zincire vuran, tıraş eden insanlar karşısında dehşete kapıldı. Bu yüzden de oğlanın dudakları gittikçe sarkıyor ve böylesi durumlarda ağlamanın ayıp kaçacağını düşünerek, ağlamamak için büyük bir çaba harcıyordu.

XXXVI

Nehlüdov aynı mahkûmlar gibi çevik adımlarla yürüyordu ama hafif bir giysi, incecik bir pardösü giymiş olmasına karşın sıcaktan kavruluyor, en çok da sokaklarda yaprak kımıldamayan sıcak hava ve toz yüzünden boğulacakmış gibi hissediyordu. Çeyrek versta yürüdükten sonra arabaya bindi, ancak sokak ortasındaki araba ona daha da sıcak geldi. Bir gün önce eniştesiyle yaptığı konuşmayla ilgili düşüncelerini anımsamaya çalıştı ama o anda bu düşünceler artık onu sabahki kadar heyecanlandırmıyordu. Kafilenin hapishaneden çıkışı ve yürüyüşünün bıraktığı izlenimler, en çok da var olan bezdirici sıcak bu düşünceleri unutturmuştu. Bir çitin dibinde, ağaçların gölgesinde, kasketlerini çıkarmış, iki tabii bilimler ortaokul öğrencisi önlerinde dizlerinin üzerine çökmüş bir dondurmacının başında dikilmiş duruyorlardı. Çocuklardan biri minik bir tahta kaşığı yalayarak dondurmanın tadını çıkartmaya koyulmuştu, diğeri ise küçük bir bardağa sarı bir şey koyan dondurmacının başında bekliyordu.

Nehlüdov içi yanmış bir halde arabacısına "Buralarda susuzluğumuzu giderecek bir yer yok mu?" diye sordu.

"Hemen şurada iyi bir meyhane var," dedi arabacı ve köşeyi dönüp Nehlüdov'u büyük tabelalı bir kapının önüne götürdü.

Tezgâhın arkasında duran gömlekli, tombul bir tezgâhtarla, müşteri olmadığı için masalarda oturan, önlükleri bir zamanlar beyaz olan garsonlar merakla yadırgadıkları konuğa bakarak, buyur etmek için koşturdular. Nehlüdov bir maden suyu isteyip pencereden biraz ötede, üzeri kirli bir örtüyle kaplı küçük bir masaya oturdu.

İki adam çay takımlarının ve beyaz cam bir şişenin başında bir masada oturmuş alınlarındaki teri siliyor ve sakin bir biçimde bir şeyler hesaplıyorlardı. Birisi esmerdi, siyah saçları aynı İgnati Nikiforoviç'de olduğu gibi ensesinde kelini çevreliyordu. Bu izlenim Nehlüdov'a yine, bir gün önce eniştesiyle yaptığı konuşmayı ve onunla ve kız kardeşiyle yola çıkmadan önce görüşme isteğini anımsattı. "Trene kalkıncaya kadar gidip gelemem," diye düşündü, "en iyisi mektup yazmak." Kâğıt, zarf ve pul isteyip köpüren serin suyu yudumlamaya ve yazacaklarını ayrıntılarıyla düşünmeye koyuldu. Ancak düşüncelerini toplayamıyor ve bir türlü mektubu yazamıyordu.

"Sevgili Nataşa, dünkü İgnatiy Nikiforoviç ile sohbetin tatsız izlenimiyle gitmek istemiyorum..." diye yazmaya başladı. "Peki ya sonra? Dün söylediklerimden dolayı özür mü dileyeceğim? Hem ben ne düşünüyorsam onu söyledim. Sonra da benim düşüncelerimden vazgeçtiğimi sanacak. Üstelik benim işlerime burnunu sokmasına ne demeli... Hayır, yapamam." Bu yabancı, kendine güvenen, onu anlamayan insana karşı içinde yeniden kabaran nefreti hisseden Nehlüdov yarım bıraktığı mektubu cebine koydu ve hesabı ödeyip sokağa çıktı ve kafileye yetişmek için arabayla yola koyuldu.

Sıcak daha da artmıştı. Duvarlardan ve taşlardan adeta sıcak hava fışkırıyordu. İnsanın ayağı sıcaktan kavrulan taşlara basınca yanıyormuş gibi geliyordu, Nehlüdov çıplak eliyle arabanın cilalı çamurluğuna dokununca eli yanmış gibi hissetti.

At tembel tembel, tozlu ve bozuk yolda nallarını muntazam bir biçimde vurarak sokaklarda ağır ağır ilerliyordu; arabacı sürekli uyukluyor, Nehlüdov ise hiçbir şey düşünmeden, kayıtsızca önüne bakarak oturuyordu. Sokağın aşağısında, büyük bir evin kapısının karşısında bir grup insanla silahlı muhafız duruyordu. Nehlüdov arabayı durdurdu.

"Ne oluyor?" diye sordu kapıcıya.

"Mahkûma bir şey olmuş."

Nehlüdov arabadan inip kalabalığın yanına gitti. Eğri büğrü taşların üzerinde, eğimli kaldırımın dibinde geniş omuzlu, yaşı geçkin, sarı sakallı, kırmızı yüzlü, yassı burunlu, gri gömlekli ve aynı renk pantolonlu bir mahkûm baş aşağı serilmiş, sırt üstü yatıyor ve çillerle kaplı ellerini avuçları yere gelecek şekilde açmış ve kan çanağına dönmüş gözlerini gökyüzüne dikerek, muntazam bir şekilde kabarık güçlü göğsüyle sarsılarak, uzun aralıklarla hıçkırıyordu. Asık suratlı bir polis memuru, bir işportacı, bir postacı, bir tezgâhtar, şemsiyeli yaşlı bir kadın ve boş sepetli, kısa saçlı bir çocuk başına toplanmıştı.

Tezgâhtar yanlarına gelen Nehlüdov'a dönerek "Hapishanede tutarken zayıf düşürmüşler, bir de bu cehennem sıcağında götürüyorlar," diyerek ayıpladı.

Şemsiyeli kadın ağlamaklı bir sesle "Ölecek, besbelli," dedi.

Postacı "Gömleğini gevşetmeli," dedi.

Polis memuru titreyen tombul parmaklarıyla, beceriksizce, damarları çıkmış, kırmızı boynundaki bağları çözmeye koyuldu. Anlaşılan heyecanlanmış ve şaşırmıştı ama yine de kalabalığa çıkışmayı gerekli görmüştü.

"Ne diye üşüşüyorsunuz? Zaten çok sıcak. Çekilin de hava alsın."

Tezgâhtar besbelli kurallar konusundaki bilgisiyle böbürlenerek "Doktorun bakmalıydı, dermanı olmayanları bırakmalıydı ama bunlar canlı cenazeleri bile götürüyorlar," dedi.

Polis memuru gömleğin bağcıklarını çözdükten sonra doğrulup çevresine bakındı.

"Dağılın diyorum. Hem size ne, hiç mi adam görmediniz?" dedi Nehlüdov'a dönüp kendini acındırarak ama onun bakışlarında bir acıma görmeyince muhafıza göz attı.

Ancak muhafız bir kenarda duruyor ve çarpılmış ökçesine bakarak, zor durumdaki polis memuruyla oralı bile olmuyordu.

"Kimsenin umurunda değil. Kurallar yüzünden insanların canı çıkmak zorunda mı?"

"Mahkûmsa, mahkûm, herkes insan," diye konuşuyorlardı kalabalığın içinde.

"Başını yukarı kaldırıp su verin," dedi Nehlüdov.

"Su getirmek için gittiler," diye yanıt verdi polis memuru ve mahkûmu koltuklarının altından tutarak, zorlukla gövdesini daha yukarı taşıdı.

Ansızın kararlı, amirane bir tonda "Ne diye toplandınız?" diyen bir ses işitildi ve alışılmadık derecede temiz, pırıl pırıl ceketli ve çok daha göz alıcı uzun çizmeli bir komiser mahkûmun çevresinde toplanmış insan kalabalığına doğru hızlı adımlarla yaklaştı. Daha kalabalığın neden toplandığını görmeden "Dağılın! Burada ne işiniz var!" diye bağırdı.

İyice yaklaşıp ölmek üzere olan mahkûmu görünce sanki böyle bir durumla karşılaşmayı bekliyormuş da, başka ne olabilirdi ki der gibi başını sallayarak polis memuruna döndü:

"Bu nasıl oldu?" diye sordu.

Polis memuru kafile geçerken mahkûmun yere düştüğünü, kafile görevlisinin de burada bırakılmasını emrettiğini söyledi.

"Peki ne bekliyorsunuz? Karakola götürmek lazım. Bir araba çağırın."

Polis memuru elini şapkasının siperliğine koyarak "Kapıcı çağırmaya gitti," dedi.

Tezgâhtar sıcakla ilgili bir şeyler söylemeye kalktı.

"Senin üstüne vazife mi? Ha? Hadi, çek arabanı bakalım," dedi komiser ve ona öyle sert baktı ki, tezgâhtar sesini kesti.

"Su içirmek lazım," dedi Nehlüdov.

Komiser sertçe Nehlüdov'a bir göz attı ama hiçbir şey söylemedi.

Kapıcı maşrapayla suyu getirince polis memuruna, mahkûma içirmesini emretti. Polis memuru düşüp kalmış başı kaldırıp ağzından su akıtmaya çalıştı ama mahkûm içemiyordu; su sakalından akıp ceketinin göğüs kısmını ve toz içindeki keten gömleğini ıslatıyordu.

Komiser "Başına dök!" dök diye emretti ve polis memuru da adamın başından yassı, yuvarlak şapkasını çıkarıp tepesi çıplak başıyla sarı kıvırcık saçlarına suyu boca etti.

Mahkûmun gözleri korkmuş gibi kocaman açıldı ama durumu değişmedi. Toz toprak içindeki yüzünden çamurlu sular akıyordu ama önceki gibi muntazam bir şekilde hıçkırıyor ve bütün vücudu irkiliyordu.

Komiser Nehlüdov'un arabasını göstererek "Şuradaki ne güne duruyor? Onu tutsana," diyerek polis memuruna döndü. "Hey, sen, kaldır kıçını bakalım!"

Arabacı gözlerini kaldırmadan, somurtarak "Meşgul," dedi.

"Arabayı ben tutmuştum," dedi Nehlüdov, "ama alın. Parasını ben öderim," diye ekledi arabacıya dönerek.

"Daha ne duruyorsunuz" diye bağırdı komiser. "Alın şunu!"

Polis memuru, kapıcılar ve kafile görevlisi can çekişen adamı kaldırıp arabaya taşıdılar ve arabanın koltuğuna oturttular. Ancak adam kendine hâkim olamıyordu: başı arkaya düşüyor ve olduğu gibi koltuktan aşağı kayıyordu.

"Yatırın şunu!" diye emretti komiser.

Polis memuru ölmek üzere olan adamın yanına koltuğa güç bela oturup sağ eliyle koltuğunun altından tutarak "Sorun değil efendim, böyle götürürüm," dedi.

Muhafız ayakkabılarını çıplak ayağına giymiş adamın ayaklarını kaldırıp arabacının oturduğu yerin altına doğru uzatarak yerleştirdi.

Etrafına bakınan komiser mahkûmun yerde duran şapkasını görünce, alıp arkaya kaykılmış ıslak başına geçirdi.

"Marş!" diye komut verdi.

Arabacı kızgınlıkla çevresine bir göz attı, başını salladı ve konvoy görevlisi eşliğinde gerisin geriye karakolun yolunu tuttu. Mahkûmun yanına oturan polis memuru dört bir tarafa sallanarak kayan vücutla başı durmaksızın zapt etmeye çalışıyor, konvoy görevlisi yanı başında yürüyerek adamın ayaklarını düzeltiyor, Nehlüdov da peşlerinden yürüyordu.

XXXVII

Mahkûmu taşıyan araba itfaiye birliğinin yanındaki polis karakolunun avlusuna girdi ve kapılardan birinin önünde durdu.

Avluda itfaiyeciler kollarını sıvamış, bağıra çağıra konuşup gülüşerek araba yıkıyorlardı.

Araba durur durmaz birkaç polis memuru etrafını sardı ve mahkûmun cansız bedenini koltuk altlarından ve ayaklarından tutarak, ağırlıkları altında gıcırdayan arabadan çekip çıkarttılar.

Mahkûmu getiren polis memuru arabadan inip uyuşan kolunu sallayarak, şapkasını eline alıp haç çıkardı. Ölüyü kapıdan içeri sokup merdivenlerden yukarı taşıdılar. Nehlüdov arkalarından gitti. Ölüyü götürdükleri küçük pis odada dört yatak vardı. İkisinde, biri ağzı çarpılmış boynu sargılı, diğeri veremli, gömlekli iki hasta oturuyordu. İki yatak boştu. Onlardan birine mahkûmu yatırdılar. Ufak tefek, gözleri parlayan ve kaşları sürekli oynayan, iç çamaşırlı, çoraplı bir adam yumuşak adımlarla hemen, getirilen mahkûmun yanına geldi, önce ona sonra Nehlüdov'a baktı ve kahkahayı patlattı. Bu bekleme odasında kendi halinde tutulan bir deliydi.

"Beni korkutmak istiyorlar," diye söze başladı. "Yağma yok, başaramayacaklar."

Ölüyü taşıyan polis memurlarının peşinden komiser ve sağlık memuru içeri girdi.

Sağlık memuru ölünün yanına gelip çillerle kaplı henüz yumuşak ama artık iyice sararmış mahkûmun eline dokundu, önce kaldırıp sonra bıraktı, el, cansız bir biçimde ölünün karnına düştü.

Sağlık memuru başını sallayarak "İşi bitmiş," dedi ama besbelli kurallara uymak için ölünün kaba kumaştan ıslak gömleğinin önünü açtı ve kıvırcık saçlarını kulağının arkasına kıstırıp kulağını mahkûmun sararmış, hareketsiz, kabarık göğsüne yapıştırdı. Herkes susmuştu. Sağlık memuru doğrulup bir kez daha başını salladı ve açık kalmış mavi gözlerinin üzerindeki gözkapaklarından önce birine sonra diğerine parmaklarıyla dokundu.

"Korkutamazsınız, korkutamazsınız," diyordu deli, sağlık memuruna doğru tükürerek.

Komiser "Ne diyorsunuz?" diye sordu.

Sağlık memuru "Ne mi diyorum? diye soruyu yineledi. "Morga kaldırmak lazım."

"İyi bakın, emin misiniz?" diye sordu komiser.

Sağlık memuru nedense ölünün açık göğsünü kapatarak "Bırakın da o kadarını bilelim," dedi, "yine de Matvey İvanıç'ı çağırayım da bir de o baksın. Petrov aşağı gel," diyerek ölünün yanından ayrıldı.

Komiser "Morga götürün," dedi. Mahkûmu hiç yalnız bırakmayan muhafıza dönerek "Sen de işin bitince kaleme uğra da, imzala," diye ekledi.

Muhafız "Emredersiniz," diye karşılık verdi.

Polis memurları ölüyü kaldırıp yeniden merdivenlerden aşağı indirdiler. Nehlüdov arkalarından gitmek istedi ama deli onu alıkoydu.

"Siz madem bu düzenin içinde değilsiniz, o halde bir sigara verin," dedi.

Nehlüdov sigara tabakasını çıkarıp ona uzattı. Deli kaşlarını oynatarak hızlı hızlı konuşup hipnotizmayla ona nasıl işkence yaptıklarını anlatmaya koyuldu.

"Ne de olsa hepsi bana karşı, medyumlarıyla işkence yapıyor, eziyet ediyorlar..."

Nehlüdov "Beni bağışlayın," dedi ve onu sonuna kadar dinlemeden, ölüyü götürdükleri yeri merak ederek avluya çıktı.

Polis memurları yükleriyle birlikte bütün avluyu geçmiş, bodrumun girişine varmışlardı. Nehlüdov yanlarına gitmek istedi ama komiser onu durdurdu.

"Ne istemiştiniz?"

"Hiçbir şey," diye yanıt verdi Nehlüdov.

"İstediğiniz bir şey yoksa, o halde gidin."

Nehlüdov sesini çıkarmadan arabasına doğru yürüdü. Arabacısı kestiriyordu. Nehlüdov onu uyandırıp yeniden istasyonun yolunu tuttu. Daha yüz adım gitmemişlerdi ki, silahlı bir muhafız eşliğinde besbelli çoktan ölmüş başka bir mahkûmun yattığı bir yük arabasıyla karşılaştı. Mahkûm arabada sırt üstü yatıyor, yassı, yüzünü burnuna kadar kaplayan yuvarlak şapkasıyla örtülü, siyah sakallı, tıraşlı kafası arabanın her sarsılışında sallanıp arabaya çarpıyordu. Arabacı ayağında kalın çizmeleri, atı tutmuş, yanında yürüyerek çekiyor, arkasından da bir polis memuru geliyordu. Nehlüdov arabacısının omzuna dokundu.

Arabacı "Neler oluyor!" diyerek atı durdurdu.

Nehlüdov arabadan inip yük arabasının peşinden yine itfaiye birliğinin yanından geçerek karakolun avlusuna girdi. Avluda itfaiyeciler arabayı yıkamışlar, şimdi onların yerinde mavi kuşaklı şapkasıyla, uzun boylu, zayıflıktan kemikleri fırlamış, bir itfaiye müdürü elleri ceplerinde dikilmiş, bir itfaiyecinin önünde dolaştırdığı, dolgun boyunlu, kula ata sertçe bakıyordu. Aygırın ön ayağı aksıyor, itfaiye müdürü orada duran veterinere öfkeyle bir şeyler söylüyordu.

Komiser de oradaydı, ölü birisinin daha geldiğini görünce yük arabasının yanına gitti.

Olumsuz anlamda başını sallayarak "Nereden alıp getirdiniz?" diye sordu.

"Staraya Gorbatovskaya'dan," diye yanıt verdi polis memuru.

"Mahkûm mu?" diye sordu itfaiye müdürü.

"Aynen öyle."

"Bugün ikinci," dedi komiser.

İtfaiye müdürü "Bu da iş mi! Sıcaklar da cabası," dedi ve topal kula atı götüren itfaiyeciye dönerek "Köşe bölmeye koy! İt herif, yanında peş para etmediğin atları sakatlamak nasıl oluyormuş sana göstereceğim, düzenbazlar sizi," diye bağırdı.

Polis memurları ilki gibi bu ölüyü de arabadan kaldırıp aldılar ve hasta kabule götürdüler. Nehlüdov hipnotize olmuş gibi arkalarından yürüdü.

Bir polis memuru "Ne istemiştiniz?" diye sordu.

Nehlüdov yanıt vermeden, ölüyü götürdükleri yere doğru yürüdü.

Deli yatağına oturmuş, Nehlüdov'un verdiği sigarayı hırsla içiyordu.

"A, geri dönmüşsünüz!" dedi ve kahkahayı patlattı. Ölüyü görünce yüzünü ekşitti. "Bir tane daha," dedi. Nehlüdov'a dönüp sorgular biçimde gülümseyerek "Bıktırdılar, ben de çocuk değilim ya, haksız mıyım?" dedi.

Nehlüdov bu arada artık kimsenin önüne siper olmadığı ölüyü, daha önce şapkayla örtülü yüzünü rahatça görüyordu. Öteki mahkûm ne kadar çirkinse, bu hem yüzü hem tüm vücuduyla bir o kadar olağanüstü güzeldi. Çiçeği burnunda biriydi. Başın yarısı her ne kadar tıraş edilerek çirkinleştirilmiş olsa da artık yaşam belirtisi göstermeyen kara gözlerin üzerindeki basık, dik alın, tıpkı ince, kara bıyıkların üzerindeki minik kemerli burun gibi çok güzeldi. Artık morarmaya yüz tutmuş dudakları gülümser gibi bükülmüştü; yüzün alt kısmını yalnızca küçük bir sakal çerçeveliyor ve kafanın tıraşlı tarafında küçük, dik, güzel bir kulak görünüyordu. Yüzün ifadesi hem sakin, hem sert, hem iyilik doluydu. Bu yüze bakınca, bu insanın içindeki pek çok manevi yaşam olanaklarının mahvedildiğinin açıkça görülmesi bir yana hem ince kemikli ellerde, hem zincire vurulmuş ayaklarda, hem de orantılı uzuvlarının güçlü kaslarında, ne kadar mükemmel, güçlü, becerikli bir insani varlık olduğu, sakatlandığı için itfaiye müdürünün bu kadar öfkelendiği şu kula aygırdan çok daha mükemmel bir varlık olduğu apaçık görülüyordu. Bu arada onu öldürmüşlerdi ama bir insan olarak acıyan kimse olmaması bir yana, boş yere telef olan bir iş hayvanı kadar acıyan bir kimse bile yoktu. Bu insanın ölümünün insanların üzerinde uyandırdığı tek duygu, çürüyerek tehdit oluşturan bu bedenin ortadan kaldırılması zorunluluğu yüzünden başlarına açılan uğraşın yarattığı can sıkıntısıydı.

Doktor, sağlık memuru ve komiserle birlikte bekleme odasına girdi. Doktor sağlam yapılı, tıknaz bir adamdı, üzerinde sarımsı kum rengi ipek kumaştan bir ceket ve aynı kumaştan kaslı baldırlarını sımsıkı saran dar bir pantolon vardı. Komiser ufak tefek, şişko, ağzının içine çektiği havayı yavaş yavaş bırakma alışkanlığının daha da yuvarlaklaştırdığı top şeklinde kırmızı yüzlü bir adamdı. Doktor aynı sağlık memuru gibi ölünün yanına yatağa oturup ellerine dokundu, kalbini dinledi ve pantolonunu düzelterek ayağa kalktı.

"Bundan daha ölü olmaz," dedi.

Komiser bütün ağzını havayla doldurup yavaş yavaş bıraktı.

"Hangi hapishaneden?" diye sorarak muhafıza döndü.

Muhafız yanıtladı ve ölünün ayağındaki prangaları anımsattı.

"Çıkartmalarını söylerim; Tanrı'ya çok şükür ki, demirciler var," dedi komiser ve yeniden yanaklarını şişirip yavaş yavaş havayı üfleyerek, kapıya yöneldi.

Nehlüdov doktora dönerek "Neden böyle oluyor?" diye sordu.

Doktor gözlüğünün üstünden ona baktı.

"Neden mi böyle oluyor? Neden güneş çarpması yüzünden ölüyorlar diye mi soruyorsunuz? Bütün kışı gün yüzü görmeden, hiç hareket etmeden oturup hele bugünkü gibi böyle bir günde, ansızın güneşe çıkarsan, üstelik de hiç hava akımının olmadığı bir kalabalığın içinde yürüyorlar, bir de güneş çarparsa, olacağı bu."

"O halde neden onları gönderiyorlar ki?"

"Bunu onlara sormalısınız. Pardon, siz kimsiniz?"

"Ben buradan geçiyordum da."

"A-a!.. Saygılar, hiç vaktim yok," dedi doktor ve can sıkıntısıyla pantolonunu aşağı doğru çekiştirip hastaların yataklarına yöneldi.

Ağzı çarpılmış, boynu sargılı, soluk benizli adama "E, nasıl gidiyor bakalım?" diye sordu.

Bu arada deli kendi yatağında oturuyor, sigara içmeyi bırakmış, doktora doğru tükürüyordu.

Nehlüdov aşağı inip avluya çıktı ve itfaiye atlarının, tavukların ve bakır miğferli nöbetçinin yanından geçip kapıya gitti, yine uyuklayan arabacısının arabasına binip istasyonun yolunu tuttu.

XXXVIII

Nehlüdov istasyona geldiğinde bütün mahkûmlar pencereleri parmaklıklı vagonlara doluşmuşlardı. Peronda uğurlamaya gelen birkaç kişi duruyordu; onların vagonlara yaklaşmasına izin vermiyorlardı. Muhafızlar bugün ayrı bir telaş içindeydiler. Hapishaneden istasyona gelinceye kadar, Nehlüdov'un gördüğü o iki kişi dışında, güneş çarpmasından yolda üç kişi daha ölmüştü: Biri daha önceki ilk ikisi gibi en yakın karakola götürülmüş, ikisi de hemen orada, istasyonda* düşüp kalmış-

---

* (80'li yılların başında Butırski Hapishanesi'nden Nijegorod demir yolu istasyonuna götürülürlerken beş mahkûm aynı gün içinde güneş çarpması yüzünden öldü). (L.N. Tolstoy'un notu).

lardı. Muhafızların telaşı, onların kafilelerinden beş kişinin, hayatta kalabilecekken ölmelerinden değildi. Bu onları hiç ilgilendirmiyordu, onları ilgilendiren tek şey, bu tip durumlarda yasaların gerektirdiği bütün evrakları hazırlamak, ölüleri, onların belgeleri ve eşyalarını gereken yerlere teslim etmek ve Nijniy'e götürülmesi gerekenlerin listesinden çıkarmaktı, bu da böylesi bir sıcakta oldukça zorlu bir işti.

Muhafızlar bu işlerle meşguldü, bu yüzden de bütün bunlar bitirilmeden, vagonların yanına gitmek için izin isteyen Nehlüdov ile diğerlerini bırakmıyorlardı. Ancak her şeye rağmen Nehlüdov'a izin verildi, zira kafile çavuşuna para vermişti. Bu kafile çavuşu Nehlüdov'un geçmesine izin vermiş ve ancak çabucak konuşup komutana görünmeden hemen uzaklaşmasını rica etmişti. Toplam on sekiz vagon vardı, komutanların vagonu dışındaki bütün vagonlar ağzına kadar mahkûmlarla doluydu. Nehlüdov vagonların yanından geçerken içlerinde olup bitenleri anlamak için kulak kabartıyordu. Bütün vagonlardan zincir şakırtıları, koşuşturmalar, akla hayale gelmeyecek küfürlerle dolu konuşmalar işitiliyor ama hiçbirinde Nehlüdov'un duymayı umduğu, düşüp ölen yol arkadaşlarıyla ilgili bir konuşma geçmiyordu. Konuşmalar çoğunlukla çuvallar, içme suyu ve yer seçimi ile ilgiliydi. Vagonlardan birinin penceresinden içeri göz atan Nehlüdov, vagonun ortasındaki koridorda mahkûmların kelepçelerini çıkartan muhafızları gördü. Mahkûmlar ellerini uzatıyor, bir muhafız anahtarla kelepçelerin kilitlerini açıp çıkartıyor, bir diğeri de onları topluyordu. Erkek vagonlarını geride bırakan Nehlüdov kadınlarınkine yaklaştı. Bu vagonlardan ikincisinde "Ah, anacığım! Ah, anacığım!" diyen tekdüze bir kadın inlemesi işitiliyordu.

Nehlüdov onun yanından geçip muhafızın tarifine uyarak,

üçüncü vagonun penceresine yaklaştı. Nehlüdov başını pencereye yaklaştırır yaklaştırmaz burnuna ağır ter kokusuyla dolu sıcak bir hava çarptı ve belirgin, ciyak ciyak bağıran kadın sesleri duyuldu. Bütün sıralarda gömlekli, bluzlu, kıpkırmızı kesilmiş, ter içinde kadınlar oturuyor ve cır cır konuşuyorlardı. Nehlüdov'un parmaklığa yaklaşan yüzü dikkatlerini çekti. Yakınındakiler seslerini kesip ona doğru yanaştılar. Maslova karşı taraftaki pencerenin önünde başörtüsünü çıkarmış, sırtında bir bluz oturuyordu. Daha yakında bembeyaz dişleriyle gülümseyen Fedosya vardı. Nehlüdov'u tanıyınca Maslova'yı dürtüp eliyle ona pencereyi gösterdi. Maslova alelacele kalktı, siyah saçlarını başörtüsüyle örtüp canlanan kızarmış, ter içindeki gülen yüzüyle pencereye yaklaşıp parmaklıklara tutundu.

Sevinçle gülümseyerek "Hava da çok sıcak," dedi.

"Eşyaları aldın mı?"

"Aldım, çok teşekkür ederim."

Nehlüdov, adeta kuzine gibi kavrulmuş vagondan yükselen sıcağı hissederek "Başka bir şey lazım mı?" diye sordu.

"Başka bir şey lazım değil, teşekkür ederim."

"İçecek bir şeyler olsaydı," dedi Fedosya.

"Evet, içecek bir şeyler olsaydı," diye yineledi Maslova.

"Yoksa, suyunuz yok mu?"

"Veriyorlar ama hepsi bitti."

"Hemen," dedi Nehlüdov, "Muhafızdan rica ederim. Artık Nijniy'e kadar görüşemeyeceğiz."

Nehlüdov'a sevinçle göz atan Maslova sanki bilmiyormuş gibi "A, yoksa siz de mi geliyorsunuz?" diye sordu.

"Bir sonraki trenle geliyorum."

Maslova hiçbir şey söylemedi, ancak birkaç saniye sonra derin bir iç geçirdi.

Mahkûmlardan ihtiyar bir kadın kalın, erkeksi, köylü sesiyle "Ne dersiniz, efendim, on iki mahkûmun öldüğü doğru mu?" diye sordu.

Bu kadın Korableva'ydı.

"On iki olduğunu duymadım. Ben ikisini gördüm," dedi Nehlüdov.

"On iki kişi diyorlar. Onlardan bu olanların hesabını sorarlar mı acaba? İblisler!"

"Kadınlardan hiç hastalanan yok mu?" diye sordu Nehlüdov.

Ufak tefek başka bir kadın gülerek, "Kadınlar daha güçlü," dedi, sürekli inlemelerin geldiği yandaki vagonu göstererek "yalnızca birinin doğuracağı tuttu. Baksanıza, yırtınıp duruyor," dedi.

Maslova dudaklarında beliren sevinç gülümsemesini güçlükle tutarak, "Başka bir şey lazım mı, diyordunuz," dedi, "acaba bu kadını burada bırakamazlar mı, yoksa kıvranıp duracak. İdareye bir söyleseniz."

"Olur, söylerim."

Maslova, gözlerinin içi gülen Fedosya'yı göstererek, "Bir de onu kocası Taras ile görüştürebilseydiniz," diye ekledi. "Madem o da sizinle birlikte geliyor."

"Beyefendi, görüşmek yasak," diye seslenen kafile çavuşunun sesi işitildi. Bu, Nehlüdov'a izin veren çavuş değildi.

Nehlüdov oradan ayrılıp doğum sancısı çeken kadınla ve Taras'la ilgili ricada bulunmak üzere komutanı aramaya koyuldu ama uzun süre nerede olduğunu bulamadı, muhafızlardan da bir yanıt alamadı. Hepsi büyük bir koşuşturma içindeydiler: Bazıları kimi mahkûmları bir yere götürüyor, bazıları kendilerine erzak satın almak için koşuşturuyor ve eşyalarını vagonlara yerleştiriyor, diğerleri de muhafızla birlikte yola çıkacak bir hanıma hizmet ediyor ve Nehlüdov'un sorularına isteksizce yanıt veriyorlardı.

Nehlüdov kafile subayını ancak ikinci kampanadan sonra bulabildi. Subay ağzını kaplayan bıyıklarını kısa koluyla silip omuzlarını dikerek, bir şey yüzünden kıdemli çavuşa çıkışıyordu.

Nehlüdov'a "İstediğiniz bir şey mi var?" diye sordu.

"Vagonda sizin kadınlardan biri doğuruyor, sanırım..."

Kafile subayı, kısa kollarını hızlı hızlı sallayarak, kendi vagonuna doğru geçerken "Bırak doğursun. O zaman bakarız," dedi.

O sırada bir kondüktör elinde düdüğüyle geçti; son kampana ve düdük sesi işitildi, hem peronda uğurlayanlar arasından hem de kadınlar vagonundan ağlaşmalar, feryat figan sesler yükseldi. Nehlüdov, Taras ile yan yana peronda durmuş, peş peşe yanından uzanıp giden parmaklıklı vagonlara ve bu parmaklıkların ardından görünen tıraşlı erkek kafalarına bakıyordu. Sonra başörtülü, başı açık kadınların bulunduğu birinci vagon, sonra o kadının inlemelerinin işitildiği ikinci vagon, son olarak da Maslova'nın içinde bulunduğu vagon önünden geçti. Maslova diğerleriyle birlikte pencerenin önünde durmuş, Nehlüdov'a bakıyor ve ona acı acı gülümsüyordu.

XXXIX

Nehlüdov'un gideceği yolcu treninin kalkmasına iki saat vardı. Başlangıçta bu aradan yararlanıp bir kez daha kız kardeşine uğramayı düşünüyordu ama şimdi, bu sabah yaşadıklarından sonra kendini o kadar kaygılı ve bitkin hissediyordu ki, birinci mevki koltuğuna oturur oturmaz hiç ummadığı bir biçimde öylesine ağır bir uyku bastırmış, yan dönüp yanağını avcunun içine almış ve hemen uykuya dalmıştı.

Onu frak giymiş, rozetli ve peçeteli bir uşak uyandırdı.

"Beyim, beyim, siz knyaz Nehlüdov değil misiniz? Bir hanımefendi sizi arıyor."

Nehlüdov gözlerini ovuşturarak, yerinden fırladı ve nerede olduğunu da, bu sabah olan bütün şeyleri de anımsadı.

Mahkûmların yürüyüşü, ölüler, parmaklıklı vagonlar ve orada kilit altına alınmış, biri, çaresiz, doğum sancıları içinde kıvranan, diğeri demir parmaklığın ardından ona acı acı gülümseyen kadınlar belleğinde canlandı. Gerçekte ise önünde bambaşka bir manzara vardı. Şişelerle, vazolarla, kollu şamdanlarla, sofra takımlarıyla donatılmış bir masa ve masanın yanında mekik dokuyan, becerikli uşaklar. Salonun dip tarafında, dolabın önünde, meyve tabakları ve şişelerin ardında büfeci ve büfeye yanaşan yolcuların sırtları.

Nehlüdov kaykıldığı yerden doğrulup yavaş yavaş kendine geldiği sırada, salonda bulunan herkesin merakla kapıda olup biten bir şeye baktığını fark etti. O da oraya bakınca, bir hanımı, tenteli bir sandalyede taşıyarak geçen insanlar gördü. Öndeki taşıyan bir uşaktı ve Nehlüdov'a tanıdık gelmişti. Arkadaki de kasketi şeritli, tanıdık bir kapıcıydı. Sandalyenin arkasında önlüklü, saçları bukleli, zarif bir oda hizmetçisi yürüyor ve elinde şemsiyelerle, deri kılıflı yuvarlak bir şey ve bir bohça taşıyordu. Hemen onun arkasından da dolgun, sarkık dudaklı, boynu fıtıklı, Knyaz Korçagin, başında seyahat kasketi, göğsünü şişirmiş yürüyor, peşinden de Missi, Mişa, kuzeni ve uzun boyunlu, çıkık gırtlaklı ve her zaman neşeli, keyifli görünen Nehlüdov'un tanıdığı diplomat Osten geliyordu. Gülümseyen Missi'ye ciddi bir tavırla ancak besbelli şaklabanca bir şeyler anlatıyordu. Arkadan öfkeyle sigara içen doktor geliyordu. Korçaginler sayfiyelerinden knyaginyanın kız kardeşinin Nijegorod yolu üzerindeki malikânesine geçiyorlardı.

Taşıyanların, oda hizmetçisinin ve doktorun kadınlar bölümüne yürüyüşlerini herkes merak ve saygıyla izliyordu. Yaşlı knyaz masaya oturup hemen yanına bir uşak çağırdı ve bir şeyler ısmarlamaya koyuldu. Missi ile Osten de restoranda kaldılar ve tam oturacaklarken kapıda tanıdık bir hanım gördüler ve onu karşılamaya gittiler. Bu tanıdık kadın Natalya İvanovna'ydı. Agrafena Petrovna'nın refakatindeki Natalya İvanovna etrafına bakınarak restorana girdi. Neredeyse aynı anda Missi'yi ve kardeşini gördü. Nehlüdov'u başıyla selamlayarak, önce Missi'nin yanına gitti ama Missi ile öpüşüp hemen kardeşine döndü.

"Sonunda seni buldum," dedi.

Nehlüdov ayağa kalktı, Missi, Mişa ve Osten ile selamlaşıp ayaküstü sohbete başladı. Missi onları teyzelerine gitmek zorunda bırakan, köydeki evlerinde çıkan yangından bahsetti. Osten de bu fırsattan yararlanıp yangın hakkında komik bir fıkra anlattı.

Nehlüdov, Osten'i dinlemeyi bırakıp ablasına döndü.

"Geldiğin için o kadar sevindim ki..." dedi.

"Geleli çok oldu," dedi Natalya İvanovna. "Agrafena Petrova ile geldik," diyerek, başında şapkası, sırtında yağmurluğuyla, rahatsız etmemek için Nehlüdov'u sevecen bir ağırbaşlılıkla uzaktan, utana sıkıla selamlayan Agrafena Petrovna'yı gösterdi. "Her yerde seni aradık."

"Burada uyuyup kalmışım. Geldiğin için o kadar sevindim ki..." diye yineledi.

"Tam sana mektup yazıyordum," dedi.

"Öyle mi?" dedi korkuyla Natalya İvanovna. "Ne hakkında?"

Missi, kardeşler arasında özel bir konuşma başladığını fark ederek, kavalyeleriyle birlikte bir kenara çekildi. Nehlüdov da ablasıyla birlikte, pencerenin yanındaki kadife bir kanepeye, başka birine ait eşyaların, battaniye ve karton kutuların yanına oturdu.

"Dün sizden çıktıktan sonra geri dönüp duyduğum pişmanlığı dile getirmek istedim ama kocanın nasıl karşılayacağını bilemedim," dedi Nehlüdov. "Ona karşı sert konuştum, bu da beni üzüyor."

"Böyle olsun istemediğini biliyordum, bundan emindim," dedi ablası. "Sonuçta, sen de biliyorsun..."

Birden gözlerine yaşlar doldu ve Nehlüdov'un eline dokundu. Bu cümle açık değildi ama Nehlüdov ablasını çok iyi anlamış ve söylemek istediği içine dokunmuştu. Ablasının sözleri, her şeyiyle ona hükmeden kocasına duyduğu sevgisi dışında, ona, kardeşine duyduğu sevginin de çok önemli ve değerli olduğu, onunla her türlü dargınlığın kendisi için büyük bir üzüntü demek olduğu anlamına geliyordu.

"Teşekkür ederim, sana çok teşekkür ederim... Ah, bugün neler gördüm," dedi birden ölen ikinci mahkûmu anımsayarak. "İki mahkûm öldürüldü."

"Nasıl öldürüldü?"

"Bayağı öldürüldü işte. Onları bu sıcakta götürdüler. İkisi güneş çarpmasından öldü."

"Olamaz! Nasıl? Bugün mü? Şimdi mi?"

"Evet, şimdi. Cesetlerini gördüm."

"Peki ama neden öldürdüler? Kim öldürdü?" dedi Natalya İvanovna.

Nehlüdov ablasının bu olaya kocasının bakış açısından baktığını hissederek, öfkeyle "Onları zorla kimler götürdüyse, onlar öldürdü," dedi.

Nehlüdov'un yanına yaklaşan Agrafena Petrovna "Ah, aman Tanrım!" dedi.

Nehlüdov, peçetesini takmış, masada meyveli kokteylinin başında oturan ve aynı zamanda Nehlüdov'a başını çeviren, ihtiyar knyaza bakarak, "Evet, bu zavallı insanların başına neler geldiği konusunda en ufak bir fikre sahip değiliz ama bu olan bitenleri bilmemiz gerekiyor," diye ekledi.

Knyaz "Nehlüdov!" diye bağırdı. "İçini serinletmek ister misin? Yolculukta iyi gelir!"

Nehlüdov daveti reddetti ve sırtını döndü.

"Peki ama sen ne yapabilirsin ki?" diye sürdürdü konuşmasını Natalya İvanovna.

"Ne yapabilirsem. Bilmiyorum ama bir şeyler yapmam gerektiğini hissediyorum. Elimden geleni de yapacağım."

"Evet, evet, bunu anlıyorum. Peki onlarla," dedi Natalya İvanovna, gülümseyerek ve gözleriyle Korçagin'i işaret ederek. "Yoksa tamamen bitti mi?"

"Tamamen bitti, sanırım, iki taraf açısından da kırıcı olmadan."

"Yazık. Üzüldüm. Onu seviyorum. Peki, bunun böyle olduğunu varsayalım. Ancak kendini neden bağlamak istiyorsun?" diye ekledi çekine çekine. "Neden gidiyorsun?"

Nehlüdov bu konuşmayı kesmek istiyormuş gibi ciddi ve soğuk bir tavırla "Gidiyorum, çünkü, böyle olması gerekiyor," dedi.

Ancak hemen kardeşine karşı takındığı soğuk tavır yüzünden vicdanı sızladı.

"Neden ona bütün düşündüklerimi söylemiyorum ki?" diye aklından geçirdi. "Bırak Agrafena Petrovna da duysun," dedi kendi kendine, yaşlı oda hizmetçisine bakarak. Agrafena

Petrovna'nın varlığı kararını kız kardeşine yineleme konusunda onu daha da isteklendiriyordu.

"Katyuşa ile evlenme isteğimden mi söz ediyorsun? Senin de bildiğin gibi, bunu yapmaya karar verdim ama o kesinlikle ve kararlı bir biçimde beni reddetti," dedi ve bu konuyu her açışında olduğu gibi sesi titredi. "Benim fedakârlık etmemi istemiyor ama kendisi, onun durumunda olan biri için çok fazla fedakârlık yapıyor, bir anlığına bile bu fedakârlığı kabul edemiyorum. İşte ben de onun peşinden gidiyorum ve o nerede olursa orada olacağım ve elimden geldiğince yardımcı olup yazgısını hafifletmeye çalışacağım."

Natalya İvanovna hiçbir şey söylemedi. Agrafena Petrovna başını sallayarak, soru dolu bakışlarla Natalya İvanovna'ya bakıyordu. O sırada kadınlar bölümünün bulunduğu taraftan az önce giden grup çıktı. Yakışıklı uşak Filip ve kapıcı knyaginyayı taşıyorlardı. Knyaginya taşıyanları durdurup eliyle işaret ederek Nehlüdov'u yanına çağırdı ve acınacak derecede zayıf, yüzüklerle dolu beyaz elini, sert bir şekilde sıkacağı korkusuyla Nehlüdov'a uzattı.

"*Epouvantable!*[*]" dedi sıcağı kastederek. "Buna dayanamıyorum. *Ce climat me tue*[**]" Rusya'daki iklimin ne kadar korkunç olduğundan söz edip Nehlüdov'u kendilerine davet etti ve taşıyıcılara götürmeleri için işaret etti. Giderken uzun yüzünü Nehlüdov'a çevirip "Mutlaka gelin," diye ekledi.

Nehlüdov perona indi. Knyaginyanın grubu sağa birinci mevkie yönelmişti. Nehlüdov ise eşyalarını taşıyan hamal ve torbası elinde Taras'la sola doğru yürüdü.

Nehlüdov daha önce hikâyesini anlattığı Taras'ı ablasına göstererek "İşte o arkadaşım bu," dedi.

---

[*] *Fr.* Korkunç. (Çev. N.)
[**] *Fr.* Bu havalar beni öldürecek. (Çev. N.)

Nehlüdov üçüncü mevki vagonun önünde durup Taras ve hamal eşyalarla birlikte o vagona binince Natalya İvanovna "Yoksa üçüncü mevkide mi gidiyorsun?" diye sordu.

"Evet, benim için böylesi çok daha rahat, hem Taras'la birlikte gideceğim," dedi. "Bir de," diye ekledi, "şimdiye dek, Kuzminskoe'deki toprakları henüz köylülere vermedim, ölümüm durumunda çocukların mirasçı olacak," diye ekledi.

"Dimitri, kes şunu," dedi Natalya İvanovna.

"Versem de söyleyebileceğim tek şey, evlenmem zor olduğu, evlensem bile çocuklarım olmayacağı için geri kalan her şeyin onların olacağı."

"Dimitriy, lütfen, böyle konuşma," dedi Natalya İvanovna, ancak bu arada Nehlüdov, söylediklerini duymaktan ablasının memnun olduğunu görüyordu.

İleride, birinci mevki önünde, hâlâ Knyaginya Korçagina'nın bindirildiği vagona bakan küçük bir grup duruyordu. Geri kalan herkes yerine yerleşmişti. Geciken yolcular aceleyle ahşap peronlarda gürültüyle koşturuyorlar, kondüktörler kapıları çarparak kapatıyor ve yolcuların yerlerine geçmesini, uğurlayanların ise çıkmasını istiyorlardı. Nehlüdov güneşten kızmış, sıcak, leş gibi kokan vagona bindi ve hemen sahanlığa çıktı.

Natalya İvanovna başında moda şapkası, üzerinde şalı, Agrafena Petrovna ile yan yana vagonun karşısında duruyor ve besbelli, konuşacak bir konu arıyor ama bulamıyordu. "*Ecrivez**" demek de olmazdı, zira kardeşiyle birlikte çok eskiden beri ayrılanların söylediği bu bildik sözcükle eğlenirlerdi. Para meseleleri ve mirasla ilgili yapılan o kısa konuşma da aralarında var olan şefkat dolu kardeşçe ilişkiyi anında yerle

---

* *Fr.* Bana yazın. (Çev. N.)

bir etmişti; artık kendilerini birbirlerine yabancı hissediyorlardı. Tren hareket edince Natalya İvanovna o kadar memnun olmuştu ki, yalnızca başını sallayarak, kederli ve sevecen bir yüzle "Elveda, elveda, Dimitri," diyebilmişti. Ancak vagon uzaklaşır uzaklaşmaz kardeşiyle yaptığı konuşmayı kocasına nasıl anlatacağını düşündü ve yüzü ciddi ve kaygılı bir ifade aldı.

Nehlüdov'a da, ablasına karşı en iyi duygular dışında hiçbir duygu beslememesine ve ondan hiçbir şey gizlememesine karşın artık ablasıyla birlikte olmak sıkıcı ve ağır geliyor ve bir an önce ondan kurtulmak istiyordu. Bir zamanlar kendisine son derece yakın olan o Nataşa'nın yerinde yeller estiğini, artık onun yerinde yalnızca yabancı, sevimsiz, siyah kıllarla kaplı bir adamın kölesi bir kadın olduğunu hissediyordu. Bunu çok açık bir biçimde görüyordu, zira kocasını ilgilendiren, köylülere toprakların verilmesi ve mirasla ilgili konulardan söz ederken ablasının yüzü özellikle sevinçten ışıl ışıl aydınlanmış, bu da onu üzmüştü.

XL

Günün kalan kısmında güneşte kavrulan, ağzına kadar tıka basa dolu koca üçüncü mevkii vagonda sıcak o kadar boğucuydu ki, Nehlüdov vagona adım atamadı, sahanlıkta kaldı ama orada da nefes alınacak gibi değildi, Nehlüdov ancak vagonlar kıvrılarak evlerin arasından çıkıp cereyanda kalınca ciğerlerini doldurarak derin bir nefes aldı. "Evet, öldürdüler," diyerek, kendi kendine ablasına söylediği sözleri yineledi. Ölen ikinci mahkûmun dudaklarındaki gülümseme, alnındaki sert ifade ve morarmaya yüz tutmuş tıraşlı başının yanındaki minik, dik kulağıyla güzel yüzü, yaşanan günün tüm izlenimleri arasından olağanüstü bir canlılıkla hayalinde canlandı. "En korkuncu da onu öldürdüler ve onu kimin öldürdüğünü hiç kimse bilmiyor ama öldürdüler. Onu da bütün mahkûmlar gibi Maslennikov'un emriyle götürdüler. Maslennikov ihtimal ki, her zamanki emirlerinden birini vermiş, antetli bir kâğıda budalaca imzasını basmıştır ve kuşkusuz, kendisini asla suçlu saymıyordur. Mahkûmları muayene eden hapishane doktoru da kendisini o kadar suçlu saymıyordur. O görevini özenle yerine getirip zayıfları ayırmıştır ve ne bu korkunç sıcağı ne de onları bu kadar gecikerek, böyle sürü gibi götüreceklerini asla öngörmemiştir. Ya müdür?.. Ancak müdür yalnızca falanca gün şu kadar erkek, kadın, kürek mahkûmu, sürgün gönderilecek emrini yerine getirmiştir. Sorumluluğu, bir yerden sayarak şu kadar teslim alıp bir yerde aldığı kadar teslim etmekten ibaret olan muhafız da suçlu olamaz. Her zaman yaptığı gibi gereğini yerine getirerek kafileyi götürmüş ve Nehlüdov'un gördüğü o iki kişi gibi bu kadar güçlü insanların dayanamayıp öleceğini asla öngörememiştir. Hiç kimse suçlu değil ama insanlar öldürülüyorlar ve her şeye karşın bu insanların ölümünden asıl suçlu olmayan insanlar tarafından öldürülüyorlar."

"Bütün bunlar," diye düşündü Nehlüdov, "bütün bu insanların, valilerin, hapishane müdürlerinin, komiserlerin, polis memurlarının, dünyada insana insanca davranmanın şart olmadığı böyle durumların var olduğuna inanmaları yüzünden oluyor. Aslında bütün bu insanlar, hem Maslennikov, hem hapishane müdürü, hem kafile subayı, onların hepsi, eğer vali, hapishane müdürü, subay olmasalardı, insanlar bu kadar sıcakta, böyle sürü gibi gönderilir mi diye yirmi kez düşünürler, birinin halsiz düştüğünü, bunaldığını görseler yolda yirmi kez durup kalabalığın içinden çekip alır, gölgeye taşır, su verir, soluklandırır ve bir talihsizlik yaşandığında da üzüntülerini belirtirlerdi. Bunu yapmıyorlar, hatta, önlerinde insanları ve onlara karşı sorumluluklarını değil, insanca davranmanın gereklerinden çok daha yukarı konumladıkları görevlerini ve onun gereklerini gördükleri için başkalarının da bunu yapmasına engel oluyorlar."

"Bütün mesele bu," diye aklından geçirdi Nehlüdov. "Eğer hiç olmazsa bir saatliğine, en azından herhangi tek bir olağanüstü olayda insan sevgisinden daha önemli hiçbir şey olmadığını kabul etmek olanaklı olsaydı, kendini suçlu saymadan, insanlara karşı hiçbir suç işleme olanağı da olmazdı."

Nehlüdov düşüncelere öyle dalmıştı ki, havanın nasıl değiştiğini fark etmemişti: Güneş ileridiki, alçak, parçalı bulutların arkasına saklanmış ve batı ufkundan oralarda, uzaklarda bir yerlerde, tarlaların ve ormanların üzerinde eğri, iri damlalarını serpiştirmeye başlayan, açık gri, yoğun bir bulut yaklaşmıştı. ortalığı yağmur bulutunun sürüklediği nemli bir hava kaplamıştı. Zaman zaman bulutu şimşekler yarıyor ve vagonların gürültüsüyle gök gürültüsü giderek daha sık birbirine karışıyordu. Bulut gittikçe daha çok yaklaşmış, rüzgârın savurduğu eğri yağmur damlaları sahanlığın zeminini ve Nehlüdov'un pardösüsünü ıslatmaya başlamıştı. Nehlüdov diğer tarafa geçti ve taze, nemli havayı ve çoktandır yağmuru bekleyen topraktaki buğday kokusunu içine çekerek, yanından koşuşturarak geçen bahçeleri, ormanları, sararmış çavdar tarlalarını, hâlâ yeşilliğini koruyan yulaf şeritlerini ve koyu yeşil yapraklarla kaplı patates tarlalarındaki kararan çizileri seyrediyordu. Bütün her şey adeta cilalanmış gibiydi: yeşil daha yeşil, sarı daha sarı, siyah, daha siyahtı.

Nehlüdov, tarlaların, bahçelerin, bostanların bereketli yağmurla canlanmasına sevinerek, "Daha, daha!" diyordu.

Bardaktan boşanırcasına yağan yağmur çok uzun sürmedi. Bulut kısmen yükünü boşaltmış, kısmen çekip gitmişti ve ıslak toprağa artık son küçük, sık, dik damlalar düşüyordu. Güneş yeniden açmış, her şey parlamaya başlamıştı, doğuda ufuk çizgisinin üzerinde alçak ancak parlak, mor rengiyle öne çıkan, bir ucu kesik bir gökkuşağı kıvrılmıştı.

Nehlüdov doğadaki bütün bu değişiklikler olup bittikten ve tren yüksek yamaçlardan bir geçide girerken "Evet, ne düşünüyordum?" diye sordu kendine. "Evet, düşündüğüm şey şuydu: Bütün bu insanlar, hapishane müdüründen tut da muhafızlara kadar görev yapan bütün hepsi çoğunluğu iyi huylu, uysal insanlar, yalnızca görevleri yüzünden kötü olmuşlar."

Maslennikov'a hapishanede olup bitenleri anlatırken onun takındığı kayıtsız tavrı, hapishane müdürünün sertliğini, yük arabasına binilmesine izin vermeyen ve trende doğum sancılarıyla kıvranan kadınla ilgili oralı olmayan kafile subayının acımasızlığını anımsadı. "En küçük bir merhamet duygusu bile göstermeyen bu insanların yüreklerinin kaskatı kesilmesinin tek nedeni belli ki görevlerini yapıyor olmaları." Nehlüdov yağmur sularını toprağa geçirmeyen, derecikler oluşturan geçidin yamaçlarındaki rengarenk taşlara bakarken, "Bu memurlar da şu yağmur geçirmeyen taşlı toprak gibiler, insan sevgisini içlerine alamıyorlar," diye düşünüyordu. "Belki geçitlere taş döşemek gerekli ama tıpkı geçidin üzerinde buğday, ot, çalı, ağaç yetişebilecekken boş bırakmak, bomboş bırakıp baktığımız bu topraklar gibi üzücü. İnsanlar da aynı böyle," diye düşündü Nehlüdov. "Belki bu valiler, hapishane müdürleri, polis memurları gerekli ama birbirini sevme ve merhamet etme gibi en önemli insani özelliklerinden yoksun insanlarla karşılaşmak çok korkunç."

"Bütün mesele," diye düşünüyordu Nehlüdov, "bu insanlar yasa olmayan şeyi yasa kabul ediyor, bizzat Tanrı tarafından insanların yüreğine yazılmış, sonsuz, değişmez, ivedilikle uygulanması gereken yasayı yasa kabul etmiyorlar. Bu insanlarla beraber olmak bana bu yüzden ağır geliyor. Açıkça onlardan korkuyorum. Gerçekten de bu insanlar korkunç. Eşkiyalardan çok daha korkunçlar. Eşkiyalar bile yeri gelir merhamet eder ama bu insanlar asla merhamet duymaz: Şu taşlarda otlara nasıl yer yoksa, onların yüreklerinde de acıma duygusuna yer yoktur. Bu yüzden bu kadar korkunçlar. Pugaçev ve Razin'den korkunç diye söz ederler. Bunlar onlardan bin kat daha korkunç," diye düşünmeyi sürdürdü Nehlüdov. "Eğer günümüz insanlarına, Hıristiyanlara, iyi yürekli insanlara, sıradan iyi insanlara hem suç işleyip hem de kendilerini nasıl suçsuz sayabilecekleri şeklinde psikolojik bir soru sorulsa, alınacak yanıt aynı olurdu; var olan düzenin sürmesinin ve şimdiki gibi vali, hapishane müdürü, subay, polis olarak, ilki, insanlara insanca, kardeşçe değil, eşya gibi davranabilecekleri adına devlet memurluğu denen böyle bir görevleri olduğuna inanmalarının ve ikincisi de, bu devlet memurlarının insanlara karşı yaptıkları eylemlerin sonuçlarından dolayı hiçbirine karşı ayrı ayrı sorumlu tutulmamalarının gerektiğini söylerlerdi. Bugün gördüğüme benzer bu kadar korkunç şeylerin günümüzde bu koşullar dışında gerçekleşmesine olanak yoktur. Bütün hadise, insanların, insanlara karşı acımasızca davranılabilecek durumların olabileceğini düşünmelerinde yatıyor, oysaki böyle bir durum yok. Eşyalara acımasızca yaklaşabilirsiniz: Acımasızca odun kesebilir, tuğla dökebilir, demir dövebilirsiniz; ancak nasıl arılara ihtiyatsızca yaklaşamazsanız, insanlara da acımasızca yaklaşamazsınız. Arıların böyle bir özelliği var. Eğer onlara ihtiyatsızca yaklaşmaya kalkarsanız, hem onlara hem kendinize zarar verirsiniz. İnsanlarla da aynıdır. Ayrıca bu başka türlü de olamaz, çünkü insanlar arasındaki karşılıklı sevgi insan hayatının temel yasasıdır. İşin doğrusu, insan kendini çalışmaya zorladığı gibi başkasını sevmeye zorlayamaz ama bundan, insanlara karşı, özellikle onlardan bir şey isterken, acımasızca davranabileceğiniz anlamı da çıkmaz. İnsanlara karşı sevgi duymuyor musun, o zaman uslu uslu otur," diye düşünüyordu Nehlüdov, kendine yönelerek. "Kendinle, istediğin şeylerle meşgul ol, yalnızca insanlara dokunma. Nasıl acıktığın zaman yediğin yemekten zarar değil yarar görüyorsan, insanlara karşı da yalnızca ve yalnızca sevgiyle yaklaştığında zarar değil yarar görürsün. Dün eniştene davrandığın gibi insanlara yalnızca sevgisizce davranmana izin verirsen, bugün gördüğün gibi başka insanlara yapılan acımasızlığın ve vahşetin, yaşam boyu öğrendiğin gibi çektiğin acıların sonu gelmez. Evet, evet, bu böyle," diye düşündü Nehlüdov. Korkunç sıcaktan sonra çıkan serinlik ve çoktandır kafasını kurcalayan soruda ulaştığı netliğin bilinciyle duyduğu zevki ikiye katlayarak "Çok iyi, çok iyi," diye yineliyordu kendi kendine.

XLI

Nehlüdov'un bulunduğu vagon yarısına kadar doluydu. Hizmetçiler, ustalar, fabrika işçileri, kasaplar, Yahudiler, tezgâhtarlar, kadınlar, işçilerin karıları, bir asker, biri genç, biri çıplak kolunda bilezikler olan yaşlıca bir hanım ve siyah kasketinde kokart bulunan sert görünüşlü bir bey vardı. Bütün bu insanlar yerlerine yerleştikten sonra artık sakinleşmişler, kimi çekirdek çitleyerek, kimi sigara içerek, kimi yanındakilerle hararetli bir şekilde sohbet ederek rahat rahat oturuyorlardı.

Taras, Nehlüdov'a yer tutmuş, koridorun sağında mutlu bir yüz ifadesiyle oturuyor ve Nehlüdov'un sonradan çalıştığı yere giden bir bahçıvan olduğunu öğrendiği, karşısındaki önü açık çuha pardösülü, iri yapılı bir adamla hararetli hararetli konuşuyordu. Nehlüdov, Taras'ın yanına varmadan, koridorda, köylü giysili genç bir kadınla konuşan, sırtına kaba pamuklu pardösü giymiş, ak sakallı, saygın görünüşlü bir ihtiyarın yanında durdu. Kadının hemen yanında, üzerinde yeni, kolsuz bir elbise olan, neredeyse bembeyaz saç örgülü, ayakları yere yetişmeyen, yedi yaşlarında bir kız çocuğu oturuyor ve durmadan çekirdek çitliyordu. Başını çevirip Nehlüdov'a bakan ihtiyar, yalnız başına oturduğu döşemesi cilalı sıradan pardösüsünü toplayarak, güler yüzle "Lütfen, oturun," dedi.

Nehlüdov teşekkür ederek, gösterilen yere oturdu. Nehlüdov oturur oturmaz kadın yarım kalan hikâyesini anlatmayı sürdürdü. Şimdi vedalaştığı kocasının onu kentte nasıl karşıladığını anlatıyordu.

"Büyük Perhiz'de gelmiştim, işte Tanrı'nın izniyle şimdi de ziyaret ettim," diyordu. "Artık, Tanrı izin verirse, Noel'de gelirim."

"Çok iyi yapıyorsun," dedi ihtiyar, Nehlüdov'u süzerek, "arada bir yoklamak lazım, ne de olsa genç adam, kentte baştan çıkıp yaramazlık yapabilir."

"Hayır, dedeciğim, benimki öyle biri değil. Öyle saçmalıkları yapmak şöyle dursun, mahcup bir kız gibidir. Paracıkları son kuruşuna kadar eve gönderir. Hem kızdan da memnun, o kadar memnun ki, anlatamam," diyordu kadın gülümseyerek.

Çekirdekleri tükürerek, annesini dinleyen kız çocuğu sakin, zeki gözlerle, annesinin sözlerini onaylar gibi hem ihtiyarın hem Nehlüdov'un yüzüne bakıyordu.

"Akıllı adammış, en iyisini yapıyor," dedi ihtiyar. Koridorun diğer tarafında oturan, besbelli fabrika işçisi olan karı koca çifti gözleriyle işaret ederek "peki şununla da mı alakası yok?" diye ekledi. Fabrika işçisi adam başını arkaya atmış ağzına votka şişesini dayamış, şişeden çekiyor, karısı ise içinden votka şişesi görünen elinde bir bohça oturuyor, gözlerini dikmiş kocasına bakıyordu.

"Hayır, benimkisi ne sigara ne de içki içer," dedi. İhtiyarın sohbet arkadaşı kadın bu fırsattan yararlanarak, bir kez daha kocasıyla övündü. "Onun gibiler, dedeciğim, dünyaya az gelir. Eşi benzeri olmayan biridir," dedi Nehlüdov'a dönerek.

İhtiyar kafayı çeken fabrika işçisine bakarak "En iyisini yapıyor," diye yineledi.

İşçi birkaç yudum içip şişeyi karısına uzattı. Karısı şişeyi aldı hem gülerek hem başını sallayarak o da şişeyi ağzına dayadı. Nehlüdov'un ve ihtiyarın bakışlarını üzerinde hisseden işçi onlara dönüp: "Ne oldu, beyim? İçmek yasak mı? Nasıl çalıştığımızı kimse görmez, içmeye kalkınca herkes görür. Çalışıp kazandım, içerim de karıma da içiririm. Kimseyi de ilgilendirmez," dedi.

Nehlüdov ne yanıt vereceğini bilemeden "Evet, evet," diye karşılık verdi.

"Değil mi, beyim? Karım sıkı kadındır! Karımdan memnunum, çünkü bana sahip çıkabilir. Doğru söylüyorum, değil mi, Mavra?"

"Hadi, al şunu. Daha fazla içmek istemiyorum," dedi karısı, şişeyi kocasına uzatarak. "Anlamsız anlamsız ne mırıldanıp duruyorsun?" diye ekledi.

"İşte böyle," diye sürdürdü konuşmasını işçi, "iyi olmasına iyidir ama yağsız araba tekerleği gibi gıcırdar. Doğru söylüyorum, değil mi, Marva?"

Marva, gülümseyerek, kafayı bulmuş bir hareketle elini salladı.

"Hadi, atıp durma..."

"İşte böyle, iyi olmasına iyidir de, bir yere kadar, kuyruğundan yakalayıp dizginleri bir ele geçirsin, yapacaklarını hayal bile edemezsiniz... Doğru söylüyorum. Kusuruma bakmayın beyim. Yeterince içtim, şimdi de yapılacak şey..." dedi işçi ve gülümseyen karısının dizine başını koyup uyumak için yatmaya koyuldu.

Nehlüdov, sobacılık yaptığını, elli üç yıldır çalıştığını, hayatı boyunca sayısız soba yaptığını, artık köşesine çekilip dinlenmek istediğini ancak bir türlü vakit bulamadığını anlatarak kendisinden bahseden ihtiyarın yanında bir süre daha oturdu. İhtiyar bu kentte çalışıyormuş, çocukları işin başına koymuş, şimdi de evdekileri yoklamak için köye gidiyormuş. Nehlüdov ihtiyarın hikâyesini dinledikten sonra kalkıp Taras'ın onun için tuttuğu yere geçti.

Taras'ın karşısında oturan bahçıvan yukarı doğru Nehlüdov'un yüzüne bakarak, güler yüzle "Buyurun, beyim, oturun, torbayı şuraya koyalım," dedi.

Gülümseyen Taras şarkı söyler gibi sözcükleri uzatarak "Kalabalıktan zarar gelmez," dedi ve güçlü kollarıyla iki pudluk torbasını tüy gibi kaldırıp pencerenin yanına koydu. "Yer çok, ister ayakta dur, ister yan gel yat. Rahat rahat yayılabilirsiniz. Sorun yapmaya gerek yok!" diyordu iyilikle ve içtenlikle aydınlanan yüzüyle.

Taras kendiyle ilgili, içmediği zaman söyleyecek söz bulamadığını, votkayı çekince bülbül gibi şakıdığını, o zaman ağzının çok iyi laf yaptığını söylerdi. Gerçekten de, Taras ayıkken çoğu zaman hiç konuşmuyor, çok az, ancak özel durumlarda içince de, özellikle çok iyi bir hatip olup çıkıyordu. Böyle durumlarda büyük bir sadelik ve en önemlisi de iyilik dolu mavi gözlerinden ve dudaklarından hiç eksik olmayan tatlı bir gülümsemeyle, içtenlikle uzun uzun ve güzel konuşuyordu.

Bugün de böyle bir haldeydi. Nehlüdov'un gelişi bir anlığına konuşmasını kesmişti ama torbayı yerleştirdikten sonra güçlü işçi ellerini dizlerine koyup doğruca bahçıvanın gözlerinin içine bakarak, hikâyesini anlatmaya devam etti. Karısının başından geçen olayları, onu neden sürgüne gönderdiklerini ve şimdi niye onun peşinden Sibirya'ya gittiğini bütün ayrıntılarıyla yeni ahbabına anlatıyordu.

Nehlüdov bu hikâyenin ayrıntılarını hiç duymamıştı ve bundan dolayı merakla dinliyordu. Hikâyeyi tam zehirleme olayının gerçekleştiği ve bunu Fedosya'nın yaptığı aile içinde öğrenildiği yerde yakalamıştı.

Taras içtenlikle Nehlüdov'a dönerek "Derdimden bahsediyordum," dedi. "Hazır böyle iyi birisini bulmuşum, çene çalıyoruz, ben de anlatıyorum işte."

"Devam et, devam et," dedi Nehlüdov.

"İşte, böylece sevgili kardeşim, işin aslı ortaya çıktı. Anacığım da o ekmeği kaptığı gibi 'Gidip polise anlatacağım' diyor. Babam da yol yordam bilen bir ihtiyar. 'Dur bakalım, diyor, kocakarı, daha çocuk, ne yaptığını kendisi de bilmiyor, insaf et, hele bir aklı başına gelsin.' Kime anlatıyorsun, kulağına laf mı giriyor. 'Onu yanımızda tutarsak,' diyor, 'bizi de hamam böceği gibi ezer.' Hemen toparlanıp sevgili kardeşim, polisin yolunu tuttu. Polis hemen tepemize çöktü. Anında tanıklar falan."

"Peki, sen bu arada ne yapıyorsun?" diye sordu bahçıvan.

"Ben de sevgili kardeşim, karın ağrısından kıvranıyorum. İçim dışıma çıkıyor, bir şey de söyleyemiyorum. Babam hemen atları koşup Fedosya'yı arabaya bindirdi, doğru karakola, oradan da sorgu yargıcına. O da sevgili kardeşim, en başından itiraf ettiği gibi yargıca her şeyi sırasıyla sayıp dökmüş. Arseniği nereden aldığını da, ekmeğe nasıl kattığını da. 'Peki, bunu neden yaptın?' diye soruyor. 'Çünkü ondan iğreniyorum,' diyor. 'Onunla yaşamaktansa Sibirya'ya giderim daha iyi, yani onunla yaşamaktansa,' diyor, yani benimle yaşamaktansa, " diye açıkladı Taras gülerek. "Yani her şeyi itiraf etmiş, bunun üzerine de tabii doğruca hapishaneye atmışlar. Babam yalnız döndü. O sırada da iş zamanı geliyor, bizde tek kadın, yalnızca anam var, o da artık iş görecek durumda değil. Aldı mı bizi bir düşünce, nasıl yapsak nasıl etsek, kefaletini mi ödesek. Babam müdürün birine başvurdu ama bir şey çıkmadı, bir başkasına gitti. Böyle böyle beş müdür dolaştı. Tam bütün çabalarımız boşa çıkmıştı ki, karşımıza bir memur çıktı. Öyle açıkgöz biri ki, arasan bulamazsın. 'At bir beşlik, halledeyim,' diyor. Üç rubleye anlaştık. İşte böyle, sevgili kardeşim, ben de onun ketenlerini rehine koyup parayı verdim. Daha kâğıdı yazar yazmaz, (Taras bu söylediklerini bir ölüm emrinden söz eder gibi uzatmıştı) iş halloldu. Ben de o sıralarda artık ayaklanmıştım, karımı almak için kente gittim. Kente geldim, sevgili kardeşim. Hemen kısrağı hana bırakıp kâğıdı kaptığım gibi hapishaneye girdim. 'Ne istiyorsun?' Böyle böyle oldu, diyorum, karım burada, sizde hapis. 'Evrak var mı?' diye soruyor. Hemen kâğıdı verdim. Kâğıda göz atıp 'Bekle,' diyor. Oradaki bir sıraya oturdum. Gün neredeyse devrilecek. Bir müdür çıktı. 'Varguşov sen misin?' diye soruyor. 'Benim.' – 'Hadi, al bakalım,' diyor. Hemen kapıyı açtılar. Onu her zamanki giysileri içinde çıkarttılar. 'Hadi gidelim.' – 'Yoksa yayan mı geldin?' 'Hayır, atla.' Hana geldik, hesabı kesip kısrağı arabaya koştum, kalan kuru otu hasırın altına serdim. Oturup örtüsüne sarındı. Yola çıktık. O susuyor, ben de susuyorum. Ne zaman ki eve yaklaştık 'Anan sağ mı?' diyor. 'Sağ,' diyorum. 'Ya baban?' 'Sağ.' 'Yaptığım aptallık için beni bağışla, Taras,' diyor. 'Ne yaptığımı ben de bilmiyordum.' 'Gevezeliğin âlemi yok, ben seni çoktan bağışladım,' diyorum. Lafı daha fazla uzatmadım. Eve gelince hemen anamın ayaklarına kapandı. Anam 'Tanrı bağışlasın,' diyor. Babam da selamlaşıp 'Geçmişi anımsamanın ne yararı var! Adam gibi yaşamaya bak. Şimdi, bunları konuşmanın zamanı değil, tarladan ekini toplamak lazım. Tanrı adım başı öyle bol çavdar verdi ki, orak yetişmez, hepsi birbirine girmiş, yatmış vaziyette, bir an önce biçmek lazım. Yarın hemen Taras'la işe koyulun,' diyor. O saatte işe girişti, sevgili kardeşim. Öyle bir girişti ki, görsen şaşarsın. O zamanlar üç desyatina kiralık toprağımız vardı, Tanrı da eşi benzeri olmayan bollukta çavdar, yulaf vermiş. Ben biçiyorum, o demet yapıyor, ya da ikimiz de biçiyoruz. Ben eline çabuk biriyimdir, elimden hiçbir şey kurtulmaz, ama o elinden hiçbir iş kurtulmayan benden daha becerikli biri çıktı. Tuttuğunu koparan, işin canına okuyan, genç bir kadın. İşe öyle bir sarıldı ki, sevgili kardeşim, tutabilene aşk olsun. Eve geliyoruz, parmaklarımız şişmiş, kollarımızda derman kalmamış, dinlenmemiz lazım ama o akşam yemeği falan yemeden doğruca samanlığa koşturuyor, sabaha hazır olsun diye saman için bağ hazırlıyor. Değme gitsin!"

"Peki sana karşı güler yüzle davranıyor muydu?"

"Ne diyorsun, bana öyle bir sokuluyordu ki, sanki tek vücut olmuştuk. Aklıma geleni dakikasında anlıyor. Ona o kadar kızan anam da artık 'Şu bizim Fedosya'yı öyle bir değiştirmişler ki, bambaşka bir kadın olup çıktı,' demeye başladı. Bir keresinde ikimiz demetleri almaya gidiyoruz, birlikte arabanın önüne oturmuşuz. 'Fedosya, nasıl oldu da böyle bir şeyi yapmayı aklına koydun?' diye sordum, 'Nasıl mı oldu?' dedi, 'Seninle yaşamak istemiyordum. Ölürüm daha iyi ama yapamam diye düşünüyordum.' 'Peki, ya şimdi?' diyorum. 'Şimdi sen benim canımın içisin,' diyor." Taras durdu ve sevinçle gülümseyerek, şaşkın şakın başını salladı. "Tarladan kesimi yaptık, keneviri suya basmak için eve gidiyorum" diyerek sustu. "Bir baktım, ihbarname, yargılanacak. Oysa biz ne için yargılanacak, onu bile çoktan unutmuştuk."

"Şeytanın işinden başka bir şey değil," dedi bahçıvan, "Yoksa insan bir canı öldürmeyi aklına koyabilir mi? Öyle olmasına öyle ama bizim orada bir adam vardı," diye tam bahçıvan anlatmaya koyulmuştu ki, tren yavaşlamaya başladı.

"İstasyon olmasın," dedi, "hadi, gidip boğazımız ıslatalım." Sohbet kesildi ve Nehlüdov bahçıvanın peşinden vagondan çıkıp peronun ıslak ahşap zeminine indi.

XLII

Nehlüdov daha vagondan çıkmadan istasyonun avlusunda çanlarını şıkırdatan, dörtlü ve üçlü besili atlar koşulu birkaç gösterişli araba fark etmişti; yağmurdan kararmış ıslak perona çıkınca, birinci mevkiinin önünde, aralarında başına pahalı tüylerle kaplı bir şapka, sırtına yağmurluk giymiş, uzun boylu, topluca bir hanım ile yanında pahalı tasmalı, besili kocaman bir köpek olan, ince bacaklı, uzun boylu, bisikletçi kıyafetli genç bir adamın göze çarptığı bir grup insan gördü. Onların arkalarında karşılamaya gelen yağmurluklu ve şemsiyeli uşaklarla bir arabacı duruyordu. Topluca hanımdan tutun da uzun kaftanının eteğini tutan arabacıya varıncaya kadar bu grupta yer alan herkesin üzerinde huzurlu bir özgüvenin ve bolluğun damgası vardı. Bu grubun çevresini hemen insanların zenginliği karşısında dalkavukluk eden meraklılardan oluşan bir halka sardı: Kırmızı kasketli istasyon şefi, jandarma, yazın trenlerin her gelişinde orada olan, Rus kıyafetleri içinde, kolyeli, zayıf kız, telgrafçı ve kadınlı erkekli yolcular.

Nehlüdov köpekli genç adama bakınca liseli, genç Korçagin'i tanıdı. Topluca hanım ise Korçaginler'in malikânesine gittikleri knyaginyanın kız kardeşiydi. Pırıl pırıl sırmaları ve çizmeleriyle başkondüktör vagonun kapısını açıp Filip ve beyaz önlüklü hamal, upuzun yüzlü knyaginyayı portatif sandalyesinde dikkatle trenden çıkartırlarken saygı belirtisi olarak kapıyı tuttu; Kız kardeşler selamlaştılar, knyaginyanın kupa arabasıyla mı yoksa faytonla mı gideceği hakkında Fransızca cümleler işitildi ve saçları bukleli, elinde şemsiyeler ve bir kutuyla onlara katılan oda hizmetçisiyle birlikte grup istasyonun kapısına doğru yürüdüler.

Nehlüdov yeniden karşılaşıp vedalaşmak zorunda kalmak istemediği için istasyonun kapısına gitmeden önce durarak, bütün grubun geçmesini bekledi. Oğluyla knyaginya, Missi, doktor ve oda hizmetçisi önden gidiyorlardı, ihtiyar knyaz ise baldızıyla arkalarında kalmıştı ve fazla yaklaşmayan Nehlüdov uzaktan, onların konuşmalarından bölük pörçük Fransızca cümleler duyuyordu. Knyazın dile getirdiği bu cümlelerden biri, sıklıkla olduğu gibi, bir şekilde nedense tüm tonlamaları ve çıkardığı seslerle Nehlüdov'un belliğine kazındı.

Knyaz yüksek, kendinden emin sesiyle birisi hakkında *"Oh! il est du vrai grand monde, du vrai grand monde,"*[*] diyerek, saygıyla eşlik eden kondüktörler ve taşıyıcılarla birlikte yanında baldızı istasyonun kapısından çıktı.

Tam o sırada istasyonun köşesinden birden perona çıkan, çarıklı, gocuklu ve sırtlarında torbalarla bir işçi grubu belirdi. İşçiler yumuşak, kararlı adımlarla birinci vagonun yanına ge-

---

[*] *Fr.* Ah, o gerçekten yüksek sosyete adamıdır, gerçekten yüksek sosyete adamıdır. (Çev. N.)

lip o vagona binmek istediler ama anında kondüktör tarafından oradan kovalandılar. İşçiler hiç oyalanmadan, aceleyle, birbirlerinin ayaklarına basarak, hemen yandaki vagona gidip bir uçlarından torbalarına ve vagonun kapısına yapışarak tam o vagona bineceklerken, istasyonun kapısından onların niyetlerini anlayan başka bir kondüktör onlara sertçe bağırmaya başladı. Vagona binen işçiler hemen aceleyle inip yine aynı yumuşak, kararlı adımlarla yandaki, Nehlüdov'un da bulunduğu diğer vagona doğru yürüdüler. Kondüktör onları yine durdurdu. Bir sonraki vagona gitmeye niyetlenerek, duraksamışlardı ki, Nehlüdov onlara binebileceklerini, vagonda boş yer olduğunu söyledi. Nehlüdov'u dinlediler, Nehlüdov da arkalarından trene bindi. İşçiler tam yerleşmeye çalışırlarken, kokartlı beyle iki hanım işçilerin onların vagonlarına yerleşme girişimini kendilerine yapılmış bir hakaret sayarak, buna şiddetle karşı çıkıp onları kovmaya kalkıştılar. İşçiler – yirmi kişi kadardılar – yaşlısı, iyice genci, hepsi güneşten kavrulmuş, bitkin yüzlerle, anında torbalarını sıralara, duvarlara ve kapılara çarpa çarpa, besbelli kendilerini tamamen suçlu hissederek, açıkçası dünyanın öbür ucuna kadar gitmeye, nereye derlerse oraya, hatta çivinin üzerine bile oturmaya razı bir halde, vagonun içinden arkalara doğru ilerlediler.

Karşılarından gelen başka bir kondüktör "Nereye gidiyorsunuz, Lanet herifler! Otursanıza buraya," diye bağırdı.

İki hanımdan genç olanı güzel Fransızcasıyla Nehlüdov'un ilgisini üzerine çektiğinden çok emin *"Voilà encore des nouvelles!*"* dedi. Kolu bileziklerle dolu kadın da ha bire havayı koklayıp yüzünü buruşturarak, pis kokan bir köylüyle birlikte oturmanın amma da hoş olacağıyla ilgili bir şeyler söyledi.

---
* *Fr.* Bu da nereden çıktı? (Çev. N.)

İşçiler ise büyük bir tehlike atlatmış insanların sevinci ve rahatlığıyla durup ağır torbaları bir omuz hareketiyle sırtlarından indirip sıraların altına sokuşturarak yerleşmeye koyuldular.

Taras'ın sohbet ettiği bahçıvan kendi yerinde oturmuyordu, kalkıp kendi yerine geçti, böylece Taras'ın yanında ve karşısında üç kişilik yer açılmış oldu. Üç işçi de bu boş yerlere oturdu ancak Nehlüdov yanlarına gidince, kılık kıyafetinin asil görüntüsü işçileri öyle huzursuz etti ki, gitmek için ayağa kalktılar ama Nehlüdov oturmalarını rica edip kendisi de sıranın koridor tarafındaki kolçağına ilişti.

Elli yaşlarında olan iki işçiden biri şaşkınlıkla, hatta korku içinde genç olanıyla bakıştı. Nehlüdov'un bir beye özgü bir şekilde sövüp sayarak kovacağı yerde onlara yer vermesi işçileri çok şaşırtmıştı. Hatta bu yüzden başlarına kötü bir şey gelmesinden korkuyorlardı. Ancak herhangi bir ayak oyunu olmadığını ve Nehlüdov'un sakin bir şekilde Taras'la sohbet ettiğini görünce rahatladılar, genç olana torbanın üstüne oturmasını söyleyip, Nehlüdov'dan yerine geçip oturmasını istediler. Nehlüdov'un karşısında oturan yaşlı işçi başlangıçta beye çarpmamak için çarıklı ayaklarını gayretle toplayarak, iyice büzülüyordu ama sonra Nehlüdov ve Taras'la öyle samimi bir sohbete daldı ki, hikâyesinin özellikle dikkatini çekmek istediği yerlerinde, elinin tersiyle Nehlüdov'un dizine bile vuruyordu. Yaşadıkları koşulları, turba bataklıklarında yaptıkları işleri, iki buçuk ay çalışıp adam başı kazandıkları onar rubleyle eve döndüklerini, ücretlerinin bir kısmının önceden avans verildiğini anlatıyordu. Yaptıkları iş, anlattığına göre, dizlerine kadar su içinde, sabahın köründen gün batımına kadar sürüyormuş, iki saat öğle tatilleri varmış.

"Alışık olmayan için, malum, zor," diyordu, "ama katlanır, alışırsan dert değil. Yeter ki, yemekler güzel olsun. Başlangıçta yemekler kötüydü. Ancak sonra insanlar söylenmeye başlayınca yemekler düzeldi, çalışmak da kolaylaştı."

Sonra, yirmi sekiz yıl boyunca nasıl çalıştığını, bütün kazancını eve, önce babasına, sonra ağabeyine, şimdi de evi geçindiren yeğenine verdiğini, kendisi de kazandığı elli, altmış rubleden yılda iki, üç ruble kendi keyfine, tütün ve kibrite harcayarak geçindiğini anlattı.

"Yorgunluktan canın çıkınca da votka içip günaha batıyorsun tabii," dedi suçlu suçlu gülümseyerek.

Bir de kadınların onların arkasından evi nasıl çekip çevirdiklerini, bugün yola çıkmadan önce elçinin onlara yarım kova votka ikram ettiğini, içlerinden birinin öldüğünü, bir diğerini hasta hasta gördüklerini anlattı. Sözünü ettiği hasta, aynı vagonda bir köşede oturuyordu, beti benzi atmış, dudakları morarmış bir yeni yetmeydi. Belli ki, sıtmadan can alıp can veriyordu. Nehlüdov onun yanına gitti ama yeni yetme Nehlüdov'a öyle sert ve acı dolu bir bakış attı ki, Nehlüdov sorularıyla onu rahatsız etmekten çekindi, ağabeyine kinin almasını tavsiye etti ve bir kâğıda ilacın adını yazıp ona verdi. Çıkartıp para vermek istedi ama yaşlı işçi cebinden vereceğini, gerekmediğini söyledi.

Taras'a dönerek "Kardeşim, bunca yer gezdim, böyle bir bey görmedim. Bırak seni defetmeyi, bir de yer veriyor. Demek ki, böyle beyler de varmış," diyerek noktayı koydu.

Nehlüdov, bu kuru, kaslı kollara, kaba ev yapımı giysilere ve bronzlaşmış, sevgi dolu ve tükenmiş yüzlere bakarak ve gerçek insanlık ve emekçi yaşamının ciddi sorunları, acıları ve sevinçleriyle dolu, tamamen yeni insanlar tarafından her yönden kuşatıldığını hissederek, "Evet, tamamen yeni, bambaşka bir dünya," diye aklından geçirdi.

Korçaginler'in incir çekirdeğini doldurmayacak, aşağılık çıkarlarıyla dolu, bütün o boş ve gösterişli dünyalarıyla birlikte Knyaz Korçagin tarafından dile getirilen cümleyi anımsayarak, "işte o, *le vrai grand monde*"* diye düşündü.

Yeni, bilinmedik, harika bir dünyayı keşfeden bir gezginin sevincini yaşıyordu.

---

* *Fr.* Büyük dünya (Çev.N.)

ÜÇÜNCÜ BÖLÜM

I

Maslova'nın gittiği kafile yaklaşık beş bin versta yol almıştı. Maslova Perm'e kadar demir yolu ve gemiyle ağır suçlularla birlikte gelmiş, Nehlüdov bu kafileyle birlikte gelen Bogoduhovskaya'nın tavsiyesine uyarak, onu siyasi suçluların yanına geçirmeyi ancak bu kentte başarabilmişti.

Yolculuğun Perm'e kadar olan kısmı Maslova için hem fiziksel hem de manevi açıdan oldukça zorlu geçmişti. Fiziksel zorluğun nedeni, sıkışıklık, pislik ve hiç rahat vermeyen iğrenç böcekler, manevi zorluğun nedeni de her varış noktasında değişmelerine karşın, her yerde sırnaşık, yapışkan, rahat yüzü göstermeyen, en az böcekler kadar iğrenç erkeklerdi. Erkek ve kadın mahkûmların, gardiyanların ve konvoy muhafızlarının arasında gelenek halini almış öyle arsızca bir ahlaksızlık yer etmişti ki, kadınlığından yararlanmak istemeyen, özellikle her genç kadının tetikte olması gerekiyordu. Bu süreğen korku ve mücadele hali oldukça zorluydu. Maslova da özellikle hem dış görünüşünün çekiciliği hem de herkesin malumu geçmişi yüzünden bu saldırılardan nasibini alıyordu. Onu taciz eden erkeklere karşı gösterdiği kararlı direniş, erkeklerce hem hakaret olarak algılanıyor hem de Maslova'ya karşı içlerinde daha büyük bir hınç doğuruyordu. Bu durumda, karısının uğradığı tacizlerden haberdar olunca onu korumak için tutuklanmasını isteyen ve Nijniy'den içerdekilerle birlikte bir mahkûm gibi gelen Taras ve Fedosya ile yakınlığı işini kolaylaştırıyordu.

Siyasi suçluların yanına geçiş Maslova'nın durumunu her bakımdan iyileştirmişti. Siyasi suçluların üst üste olmamaları, daha iyi beslenmeleri, kaba davranışlarla çok daha az karşılaşmaları bir yana, Maslova'nın siyasi suçluların yanına geçişi erkeklerin tacizlerinin son bulması bakımından da onu rahatlatmış ve artık unutmayı çok istediği, anımsatılmadan bir dakika bile geçmeyen geçmişini düşünmeden yaşaması olanaklı hale gelmişti. Bu geçişin sağladığı en önemli avantaj da üzerinde esaslı ve oldukça yararlı etkileri olan birkaç kişiyi tanımış olmasıydı.

Maslova'ya menzillerde siyasi suçlularla birlikte kalmasına izin veriliyordu ama sağlıklı bir kadın olarak ağır cezaya çarptırılmış hükümlülerle birlikte yürümek zorunda kalıyordu. Tomsk'dan beri de bu şekilde sürekli yürüyordu. Onunla birlikte aynı şekilde yürüyen iki siyasi suçlu vardı: Biri, Bogoduhovskaya ile yaptığı görüşme sırasında Nehlüdov'u etkileyen, şu uysal bakışlı, güzel kız, Marya Pavlovna Şçetinina, diğeri de yine bu görüşme sırasında Nehlüdov'un dikkatini çeken, Yakutsk bölgesine sürgüne gönderilen Simonson adındaki, o saçı başı birbirine girmiş, alnının altındaki gözleri iyice derine kaçmış, esmer adamdı. Marya Pavlovna yük arabasındaki yerini hükümlü hamile kadına verdiği için yayan yürüyordu, Simonson da sınıfsal avantajından yararlanmayı adil saymadığı için. Bu üçlü yük arabalarıyla daha geç yola çıkan diğer siyasi suçlulardan ayrı, ağır suçlularla birlikte sabah erkenden yola çıkıyordu. Kafileyi yeni kafile subayının devraldığı büyük kentten önceki son menzilde de bu şekilde olmuştu.

Kapalı bir eylül sabahının erken saatiydi. Ansızın şiddetli bir biçimde bastıran soğuk rüzgârla birlikte kâh kar, kâh yağmur yağıyordu. Kafiledeki bütün mahkûmlar, dört yüz erkek ve yaklaşık elli kadar kadın menzil binasının avlusundaydılar, bir kısmı koğuş çavuşlarına iki günlük yiyecek parası dağıtan kafile çavuşunun başına üşüşmüştü, bir kısmı da avluya alınan pazarcı kadınlardan yiyecek satın alıyorlardı. Ortalığı, para sayan, erzak alan mahkûmların uğultusu ve pazarcı kadınların tiz sesleri kaplamıştı.

Katyuşa, Marya Pavlovna ile birlikte, her ikisi de ayaklarında çizme, sırtlarında gocuk, başlarına atkılar sarılı bir halde menzil binasının avlusuna çıkıp rüzgârı arkalarına almış, tahta kuzey duvarının dibinde oturmuş, birbirleriyle yarışarak kendi mallarını, taze ekmek, börek, balık, erişte, lapa, ciğer, sığır eti, yumurta, süt, hatta birinde kızarmış domuz yavrusu bile satan pazarcı kadınlara yöneldiler. Simonson da sırtında suni deri ceket, ayağında yün çoraplarının üzerine iplerler sıkıca bağlanmış lastik pabuçlarla (Simonson vejetaryendi ve öldürülmüş hayvan derisi kullanmıyordu) avluya çıkmış, kafilenin yola çıkışını bekliyordu. Kapının önünde durmuş not defterine aklına gelen bir düşünceyi yazıyordu. Aklına gelen düşünce şuydu: "Eğer," diye yazıyordu, "bakteri insanın tırnağını gözlemleyip inceleseydi, aynı bizim yer kabuğunu gözlemleyerek, yer kürenin inorganik bir madde olduğunu kabul ettiğimiz gibi onun inorganik bir madde olduğunu kabul ederdi. Bu doğru değil."

Mahkûmlar arasında hareketlenme başladığı sırada Maslova pazarlık ederek aldığı her şeyi, yumurta, bir bağ simit, balık ve taze buğday ekmeğini torbasına dolduruyor, Mariya

Pavlovna da pazarcı kadınlarla hesaplaşıyordu. Herkes susmuş, insanlar sıraya girmeye başlamıştı. Bir subay çıkıp hareket öncesi son talimatları verdi.

Her şey her zamanki gibiydi: Yeniden tek tek sayıyorlar, prangaların sağlamlığını kontrol ediyorlar ve kelepçeyle yürüyenleri birbirlerine kelepçeliyorlardı. Ancak ansızın amirane bir tonda subayın öfkeli haykırışı, tokat sesleri ve bir bebek ağlaması duyuldu. Bir anda her şey sessizliğe gömüldü, daha sonra tüm kalabalığı boğuk bir mırıltı dolaştı. Maslova ve Marya Pavlovna sesin geldiği tarafa ilerlediler.

II

Gürültünün geldiği tarafa ilerleyen Marya Pavlovna ve Katyuşa şöyle bir manzarayla karşılaştılar: Sarı, pos bıyıklı, sağlam yapılı subay kaşlarını çatmış, sol eliyle mahkûmun suratına yapıştırarak acıttığı sağ avcunu ovuşturuyor ve durmaksızın ağza alınmayacak, iğrenç küfürler savuruyordu. Onun önünde, kısa gömlekli ve çok daha kısa pantolonlu, kafasının yarısı tıraşlı, uzun boylu, zayıf bir mahkûm bir eliyle kan içindeki yüzünü siliyor, diğer eliyle de atkıya sarılı, cıyak cıyak çığlıklar atan bir kız çocuğunu kucağında tutmuş dikiliyordu.

Subay "Sana (ahlaksızca bir küfür) itiraz etmek ne demekmiş gösteririm (yine küfür); kadınlara ver," diye bas bas bağırıyordu. "Kelepçele."

Subay sürgüne giden ve Tomsk'da tifodan ölen karısından yadigar kalan kız çocuğunu bütün yol boyunca kucağında taşıyan *yerelciye* kelepçe takılmasını istiyordu. Mahkûmun kelepçeli bir halde çocuğu taşımayacağı yönündeki bahaneleri, keyfi yerinde olmayan subayı öfkelendirmiş ve bir türlü söz dinlemeyen mahkûmu dövmüştü.*

Dayak yiyen mahkûmun karşısında, bir subaya, bir kucağında çocukla dayak yiyen mahkûma somurtarak yan yan bakan bir eli kelepçeli, kara sakallı bir mahkûmla bir asker duruyordu. Subay askere kızı alması emrini yineledi. Mahkûmların arasından gittikçe daha fazla homurtular yükselmeye başlamıştı.

Arka sıralardan "Tomsk'dan beri kelepçesiz yürüyorlardı," diyen boğuk bir ses işitildi.

"Köpek eniği değil, bir çocuk."

"Çocuğu nereye bırakabilir ki?"

Başka biri daha "Bu kanun dışı," dedi.

Subay kalabalığın üzerine yürüyerek, yılan sokmuş gibi "Kim o?" diye sordu. "Sana kanun neymiş gösteririm. Kim söyledi? Sen mi? Sen mi?"

Geniş yüzlü, yerden bitme bir mahkûm "Herkes söylüyor, zira..." sözünü bitiremedi. Subay iki eliyle birden adamın yüzüne vurmaya başladı.

"Demek isyan ediyorsun! İsyan etmek ne demekmiş sana göstereyim. Köpek gibi kurşuna dizeyim de gör. İdare bana yalnızca teşekkür eder. Al şu kızı!"

Kalabalık sessizliğe gömüldü. Bir asker çığlık çığlığa bağıran kız çocuğunu sökercesine çekip aldı, bir diğer asker uysalca elini uzatan mahkûma kelepçeleri takmaya koyuldu.

Subay kılıcının kemerini düzeltirken askerine "Kadınlara götür," diye bağırdı.

Küçük kız babasının yüzünden akan kana batmış atkıdan

---

* D.A. Linev'in "Sürgün Yolunda" adlı kitabında geçen gerçek bir olay. (L.N. Tolstoy'un notu)

minicik kollarını dışarı çıkarmaya çalışarak, ciyak ciyak bağırıyordu. Marya Pavlovna kalabalığın içinden öne çıkıp askerin yanına yaklaştı.

"Subay bey, izin verirseniz kızı ben taşıyayım."

Asker kucağında çocukla duruyordu.

"Sen kimsin?" diye sordu subay.

"Siyasi suçluyum."

Besbelli Marya Pavlovna'nın harika, fırlak gözleriyle, güzel yüzü subayı etkilemişti (onu teslim alma sırasında görmüştü). Bir şeyleri tartıyormuş gibi sesini çıkarmadan ona baktı.

"Bana göre hava hoş, taşımak istiyorsanız taşıyın. Onlar için üzülüyorsunuz iyi de ya kaçarsa, hesabını kim verecek?"

"Çocukla nasıl kaçsın ki?" dedi Marya Pavlovna.

"Sizinle çene yarıştıracak zamanım yok. Almak istiyorsanız alın."

Asker "Vermemi emreder misiniz?" diye sordu.

"Ver."

Marya Pavlovna küçük kızı almaya çalışarak "Gel bana," diyordu.

Ancak küçük kız askerin kollarından babasına uzanarak ciyak ciyak bağırmayı sürdürüyor ve Marya Pavlovna'ya gitmek istemiyordu.

Maslova torbasından bir simit çıkararak "Durun Marya Pavlovna, o bana gelir," dedi.

Çocuk Maslova'yı tanıyordu ve hem onu hem de simidi görünce Maslova'ya gitti.

Her şey sessizliğe gömüldü. Kapılar açıldı, kafile dışarı çıkıp sıraya girdi; kafile görevlileri yeniden sayım yaptılar, yük arabalarına torbaları yerleştirip bağladılar, dermansızları oturttular. Maslova kucağında kız çocuğu, Fedosya ile birlikte kadınlarla sıraya girdi. Bu sırada olup bitenleri izleyen Simonson, uzun, kararlı adımlarla yürüyerek, bütün talimatları verip kapalı, uzun yol arabasına kurulmak üzere olan subayın yanına gitti.

"Subay bey, kötü davrandınız," dedi Simonson.

"Yerinize geçin, size düşmez."

Simonson gür kaşlarının altından gözlerini subaya dikerek "Bana düşen size söylemek, ben de kötü davrandığınızı söylüyorum," dedi.

Simonson'un söylediklerine aldırış etmeyen ve sürücü askerin omuzuna tutunarak arabaya binen subay "Hazır mı? Kafile, marş," diye bağırdı.

Kafile yola koyuldu ve uzayarak, sık bir ormanın içinden geçen, iki yanı hendekler kazılı, gidip gelen arabalar yüzünden bozulmuş, çamur içindeki bir yola çıktı.

III

Kentteki son altı yıllık zevk ve eğlence düşkünü, şatafatlı, çıt kırıldım yaşamdan ve hapishanede ağır suçlularla birlikte geçirdiği iki aydan sonra, içlerinde bulundukları koşulların ağırlığına karşın, şu anda siyasi suçlularla birlikte olmak Katyuşa'ya çok iyi geliyordu. İyi beslenerek, iki günlük yürüyüşten sonra bir gün dinlenerek yapılan yirmi otuz versta yürüyüşler fiziksel olarak onu güçlendirmiş, yeni arkadaşlıkları da önüne, yaşamla ilgili, hiçbir fikir sahibi olmadığı yepyeni ilgi alanları açmıştı. Kendi ifadesine göre, şu anda birlikte yürüdüğü böyle harika insanları bırakın tanımayı, hayal bile edemezdi.

"Bir de beni mahkûm ettikleri için ağlayıp duruyordum,"

diyordu. "Oysa ömür boyu Tanrı'ya şükretmeliyim. Hayatım boyunca öğrenemeyeceğim şeyler öğrendim."

Bu insanları harekete geçiren gerekçeleri çok kolayca ve çaba harcamadan kavramıştı, ayrıca halktan biri olarak onlara büyük sempati duyuyordu. Bu insanların halk için egemen güçlere karşı yürüdüklerini anlamış, kendileri de egemen güçlere dahil olmalarına karşın sahip oldukları avantajlarını, özgürlüklerini ve hayatlarını halk uğruna feda etmeleri, özellikle bu insanları takdir etmesine ve onlara hayranlık duymasına yol açmıştı.

Yeni arkadaşlarının hepsine hayranlık duyuyordu ama en çok Marya Pavlovna'ya hayrandı, ona karşı yalnızca hayranlık duymakla kalmıyor, aynı zamanda saygı ve hayranlıkla karışık büyük bir sevgi besliyordu. Varlıklı bir general ailesinden gelen, üç dil konuşan, bu güzel kızın sıradan bir işçi kadın gibi hareket etmesi, zengin erkek kardeşinin ona gönderdiği eline geçen her şeyi başkalarına vermesi ve dış görünüşüne hiç aldırmadan hem sırtına hem de ayağına sadece basit değil aynı zamanda eski püskü şeyler giymesi de Katyuşa'yı hayretler içinde bırakıyordu. Yosmalıktan eser olmayan bu özellik onu bilhassa şaşırtıyor ve bundan dolayı da Maslova'yı kendine hayran ediyordu. Maslova, Marya Pavlovna'nın güzelliğinin farkında olduğunu ve hatta bunu bilmekten hoşlandığını ama dış görünüşünün erkekler üzerinde uyandırdığı izlenimden hiç memnun olmadığını, tam tersi bundan korktuğunu ve aşka karşı açıkça tiksinti ve korku duyduğunu görüyordu. Bunu bilen erkek arkadaşları ona karşı bir ilgi duysalar bile bunu ona hiç belli etmiyorlar, erkek arkadaşlarına davranır gibi hareket ediyorlardı. Fakat yabancılar sık sık başına musallat oluyor ve onlardan, kendi ifadesiyle, özellikle gurur duyduğu fiziksel gücü onu kurtarıyordu. "Bir keresinde" – gülerek anlatıyordu – "sokak ortasında adamın biri musallat olmuştu ve ne yapsam bırakmak istemiyordu, ben de onu öyle bir silkeledim ki, korkup koşarak benden uzaklaştı."

Devrimci olmasının nedeni, anlattığına göre, çocukluğundan beri beylerin yaşamına karşı bir tiksinti duyması, sıradan insanların yaşamını sevmesi ve konuk odasında değil de hizmetçi odasında, mutfakta, ahırda olması yüzünden sürekli azarlanmasıydı.

"Aşçı kadınlarla ve arabacılarla eğleniyordum, ama bizim beylerle ve hanımlarla canım sıkılıyordu," diye anlatıyordu. "Sonra aklım ermeye başlayınca, çok kötü bir yaşam sürdüğümüzü fark ettim. Annem yoktu, babamı da sevmiyordum ve on dokuz yaşındayken bir kız arkadaşımla birlikte evden kaçıp işçi olarak bir fabrikaya girdim."

Fabrikadan ayrıldıktan sonra köyde yaşamış, sonra kente gelip gizli matbaanın bulunduğu, tutuklandığı daireye yerleşmiş ve kürek cezasına mahkûm edilmişti. Marya Pavlovna asla kendisi anlatmıyordu ama Katyuşa onun arama sırasında karanlığın içinden bir devrimcinin açtığı ateşi üstlendiği için kürek cezasına çarptırıldığını başkalarından öğrenmişti. Katyuşa onu tanıdığından beri, Marya Pavlovna'nın nerede, hangi koşullarda olursa olsun, asla kendini düşünmediğini, tek kaygılandığı şeyin, her zaman küçük büyük kim olursa olsun yardımına koşmak olduğunu görüyordu. Yeni edindiği arkadaşlarından biri, Novodvorov şakayla, Mariya Pavlovna hakkında, onun kendini iyilik yapma sporuna kaptırdığını söylüyordu. Bu da doğruydu. Marya Pavlovna'nın yaşamdaki bütün ilgi alanı, bir avcının av hayvanlarını kollaması gibi, başkalarına hizmet edecek fırsatları kollamaktı. Bu spor alışkanlık haline gelmiş ve onun hayattaki başlıca işi olmuştu. Üstelik bunu o kadar doğal bir biçimde yapıyordu ki, onu tanıyan herkes, artık takdir etmek şöyle dursun, bunu ondan vazifesiymiş gibi bekliyordu.

Maslova yanlarına geldiğinde, Marya Pavlovna ona karşı tiksinti duymuş, nefret etmişti. Katyuşa bunu fark etmiş ama sonra Marya Pavlovna'nın kendisini zorlayarak, ona karşı özellikle sevecen ve iyi davranmaya başladığını da aynı şekilde görmüştü. Böyle olağanüstü bir varlığın sevecenliği ve iyiliği Maslova'nın içine öylesine işlemişti ki, onun görüşlerini bilinçsizce benimseyip gayri ihtiyari ona öykünerek, kendini bütün kalbiyle ona adamıştı. Katyuşa'nın adadığı bu sevgi Marya Pavlovna'yı duygulandırmış ve o da aynı şekilde Katyuşa'yı sevmişti.

Bu kadınları bir de her ikisinin de cinselliğe karşı duydukları tiksinti yakınlaştırıyordu. Biri, bu cinsellikten, onun bütün dehşetinden payını aldığı için, diğeri de bundan payını almamakla birlikte, ona anlaşılmaz bir şey gibi geldiği ve aynı zamanda insanlık onuru için aşağılayıcı ve iğrenç bulması yüzünden nefret ediyordu.

IV

Marya Pavlovna'nın etkisi Maslova'nın kendini kaptırdığı bir etkiydi. Bunun nedeni, Maslova'nın, Marya Pavlovna'yı sevmesiydi. Diğer etki, Simonson'un etkisiydi. Bu etkinin nedeni de Simonson'un Maslova'yı sevmesiydi.

Bütün insanlar kısmen kendi, kısmen de başkalarının düşüncelerine göre yaşar ve davranırlar. Aslında insanlar arasındaki en temel fark, insanların ne kadar kendi düşüncelerine, ne kadar başkalarının düşüncelerine göre davrandıklarındadır. Çoğu durumda kimi insanlar düşüncelerini zihinsel bir oyun olarak kullanır, akıllarına aktarma kayışı çıkarılmış bir çark gibi muamele ederler, davranışlarında ise gelenek, söylenti ve yasaya uygun olarak başkalarının düşüncelerine tabi olurlar, diğerleri ise kendi düşüncelerini tüm hareketlerinin itici gücü sayarak, neredeyse her zaman akıllarının taleplerine kulak verirler ve ona itaat ederler, yalnızca nadiren ve o da eleştirel bir değerlendirme yaptıktan sonra başkalarınca verilen kararı kabul ederler. Simonson da böyle biriydi. Her şeyi değerlendirir, mantığına göre karar verir, neye karar verdiyse, onu yapardı.

Daha lise öğrencisiyken, eski bir levazım memuru olan babasının edindiği malın mülkün namussuzca edinildiğine karar verip, halka geri verilmesi gerektiğini babasına söylemişti. Babası onu dinlemek bir yana, onu haşlamış, o da evi terk ederek, babasının olanaklarından yararlanmayı kesmişti. Mevcut tüm kötülüklerin halkın cehaletinden kaynaklandığına karar verip üniversiteden ayrılmış, Halkçılara katılıp bir köye öğretmen olarak gitmiş ve hem öğrencilere hem köylülere hem doğru saydığı hem sahtekârca bularak yadsıdığı her şeyin cesurca propagandasını yapmıştı. Onu tutuklamış, yargılamışlardı.

Mahkeme sırasında, mahkemenin onu yargılama yetkisi olmadığına karar vermiş ve bunu ifade etmişti. Ancak mahkeme heyeti ona katılmayıp yargılamayı sürdürünce, yanıt vermeme ve onların bütün soruları karşısında susma kararı almıştı. Onu Arhangelsk eyaletine sürmüşler, o da orada tüm faaliyetlerini belirleyen dini bir öğreti kurmuştu.

Bu dini öğreti şuydu: Dünyadaki her şey canlıdır, ölü yoktur; ölü, inorganik saydığımız her şey yalnızca, istediğimiz şekli vermek için ezip bükemeyeceğimiz koskocaman organik bir maddenin parçasıdır, bundan dolayı da büyük bir organizmanın küçük bir parçası olarak insanın önünde duran görev, bu organizmanın ve onun bütün canlı parçalarının yaşamını korumaktır. Dolayısıyla da canlıları yok etmeyi suç sayıyordu: Savaşlara, idama, yalnızca insanların değil, hayvanların öldürülmesine de karşı çıkıyordu. Evlilik ilişkisiyle ilgili de kendi kuramı vardı, bu kuram da şöyleydi: İnsanların üremesinde insan yalnızca alt bir işlevi görüyordu, üst işlevi ise var olan canlıya hizmet etmekti. Bu düşüncesinin kanıtı olarak kandaki yutar hücrenin varlığını gösteriyordu. Bekârlar, onun düşüncesine göre, amacı vücudun zayıf, hasta kısımlarına yardım etmek olan aynı bu yutar hücreler gibiydiler. Eskiden, gençliğinde kendini uçarı bir yaşama kaptırmış olmasına karşın, bu kararı verdiğinden beri bu şekilde yaşıyordu. Artık aynı Marya Pavlovna gibi kendisini de toplumdaki yutar hücre olarak kabul ediyordu. Katyuşa'ya duyduğu sevgi, platonik olduğu için bu kuramı bozmuyordu, zira böyle bir aşkın zayıf kısımlara hizmet eden yutar hücrenin faaliyetlerine engel olması bir yana, aksine daha da güçlendireceğini varsayıyordu.

Ahlaki sorunları kendince çözmesinin yanı sıra, gündelik sorunların büyük bir kısmına da kendince pratik çözüm yolları buluyordu. Bütün gündelik işleriyle ilgili kendi kuramları vardı: Kaç saat çalışmalı, ne kadar dinlenmeli, nasıl beslenmeli, nasıl giyinmeli, sobayı nasıl yakmalı, nasıl aydınlanmalı, hepsiyle ilgili kuralları vardı.

Bununla birlikte Simonson insanlarla olan ilişkilerinde son derece çekingen ve mütevazıydı. Ancak bir şeyi yapmaya karar verdikten sonra onu hiçbir şey durduramazdı.

İşte bu adamın Maslova'nın üzerinde onu sevdiği için belirleyici bir etkisi olmuştu. Maslova kadınsı bir içgüdüyle bunu hemen anlamış ve böyle olağanüstü bir adamda sevgi uyandırabilmiş olmanın bilinci onu kendi gözünde yüceltmişti. Nehlüdov yüce gönüllülük gösterip yaşananlardan dolayı evlilik teklif etmişti ama Simonson onu olduğu gibi, sırf sevdiği için seviyordu. Ayrıca Simonson'un onu bütün kadınlardan çok farklı, özellikle yüksek ahlaki değerlere sahip olağanüstü biri saydığını da hissediyordu. Onun kendisine hangi özellikleri yüklediğini çok iyi bilmiyordu ama onu yanıltmamak için her fırsatta, düşleyebildiğince, var gücüyle içinde en iyi özelliklerini ortaya çıkartmaya çalışıyordu. Bu da onu elinden geldiğince iyi olmak için çabalamaya zorluyordu.

Bu daha hapishanedeyken, siyasi suçluların genel görüşü sırasında başlamış, çıkık alnın ve kaşların altından özellikle üzerine dikilen, iyilik dolu, koyu mavi gözlerinin masum, ısrarcı bakışlarını fark etmişti. Daha o zaman onun özel biri olduğunu, ona bilhassa baktığını anlamış ve gayrı ihtiyari, diken gibi saçların ve çatık kaşların yol açtığı yüzdeki sert görünümde o bir araya gelen çocuksu iyiliğin ve bakışlardaki masumluğun şaşırtıcı birlikteliğini fark etmişti. Daha sonra, Tomsk'da, onu siyasi suçluların yanına verdiklerinde, Simonson'u yeniden görmüştü. Aralarında söylenmiş tek bir söz olmamasına karşın, karşılıklı bakışlarında birbirlerini anımsadıklarının ve birbirleri için önemli olduklarının itirafı vardı. Daha sonra aralarında önemli bir konuşma geçmedi ama Maslova bulunduğu ortamlarda Simonson'un yaptığı konuşmaların kendisine yönelik olduğunu ve elinden geldiğince anlaşılır olabilmesi için çaba sarf ederek onun için konuştuğunu hissediyordu. Özellikle yakınlaşmaları da Simonson'un ağır cezaya çarptırılanlarla birlikte yürümesiyle başladı.

V

Nehlüdov, Nijniy'den Perm'e kadar Katyuşa ile yalnızca iki kez görüşebilmişti. Bir kez Nijniy'de, mahkûmlar ağla örtülü bir mavnaya bindirilirken ve bir de Perm'de hapishane idaresinde. Her iki görüşmede de onu kendisine karşı kapalı, iyi niyetten yoksun bulmuştu. İyi olup olmadığı, herhangi bir şeye gereksinim duyup duymadığı yönündeki sorularına kaçamak, mahcup bir biçimde, hissettiği kadarıyla, onda daha önce ortaya çıkan düşmanca sitemle yanıtlar vermişti. O sıralarda uğradığı erkek tacizlerinden hemen sonra Katyuşa'da iyice belirgin hale gelen karamsar ruh hali yüzünden Nehlüdov'un içi kan ağlıyordu. Nakil sırasında içinde bulunduğu ağır, ahlaksızca koşulların etkisi altında, ona karşı öfkelendiği ve unutmak için sigara ve votkaya sarıldığı o eski kötü duruma ve umutsuzluğa kendi kendine yeniden düşmesinden korkuyordu. Fakat yolculuğun ilk kısmında onunla görüşme olanağı bulamadığı için hiçbir şekilde yardımcı olamamıştı. Ancak siyasi suçluların yanına geçişinden sonra korkularının yersizliğine inanmak bir yana, tam tersi Katyuşa ile her görüşmesinde onda görmeyi çok arzu ettiği Katyuşa'daki o belirgin ruhsal değişikliğin gittikçe daha çok farkına varıyordu. Daha Tomsk'daki ilk görüşmelerinde Katyuşa yeniden yola çıkmadan önceki haline bürünmüştü. Nehlüdov'u görünce ne surat asıyor ne de mahcup bir tavır takınıyordu, tam tersi, kendisi için yaptıklarına, özelikle de şu anda birlikte olduğu insanlarla tanışmasına vesile olduğu için teşekkür ederek, onu sevinçle ve sade bir biçimde karşılıyordu.

İki aylık yürüyüşten sonra içinde meydana gelen değişiklik dış görünüşüne de yansımıştı. Zayıflamış, bronzlaşmış, adeta yaşlanmıştı; şakaklarında, ağzının çevresinde kırışıklıklar oluşmuştu, saçlarını alnına düşürmüyor, başına başörtü bağlıyordu ve artık ne giysisinde, ne saçında, ne başında, ne de tavırlarında eski yosmaca işaretlerden eser kalmıştı. Katyuşa'da olup biten ve durmaksızın devam eden bu değişiklik Nehlüdov'u özellikle sevindiriyordu.

Nehlüdov, Katyuşa'ya karşı daha önce hiç hissetmediği bir duygu hissediyordu. Bu duygunun ne ilk şairane vurulmayla ne daha sonra çok daha az hissettiği şehvetli aşkla ve hatta ne de mahkemeden sonra, bencillikle karışık bir görev bilinciyle aldığı onunla evlenme kararının yarattığı duyguyla bir alakası vardı. Bu duygu, ilk kez onunla hapishanede görüştüğünde, daha sonra, hastaneden çıktığında, yeni bir güçle tiksintisini yenip, onu hastabakıcıyla olan hayali hikâye için affettiği (daha sonra doğru olmadığı belli olmuştu) sırada hissettiği acımanın ve şefkatin neden olduğu o saf duyguydu. Bu, o duyguydu ama tek farkla, o zaman geçiciydi, şimdi ise kalıcı bir hal almıştı. Şimdi ne düşünürse düşünsün ne yaparsa yapsın, yalnızca Katyuşa'ya karşı değil, bütün insanlara karşı genel ruh haline bu acıma ve şefkat duygusu hâkim olmuştu.

Bu duygu adeta Nehlüdov'un ruhunda, daha önce çıkış yolu bulamayan, şimdi ise karşılaştığı bütün insanlara yönelen bir sevgi seli oluşturmuştu.

Nehlüdov bütün yol boyunca, arabacıdan tutun da kafile askerine, hapishane müdüründen valiye varıncaya kadar işi düştüğü bütün insanlara karşı elinde olmadan şefkatle ve özenle davrandığı coşkulu bir ruh hali içindeydi.

Nehlüdov, Maslova'nın siyasi suçluların yanına geçmesinden dolayı o sırada birçok siyasi suçluyla tanışma olanağı bulmuştu, önce, hepsi bir arada büyük bir koğuşta rahat rahat kaldıkları Yekaterinburg'da, daha sonra beş erkek ve Maslova'nın da katıldığı dört kadınla yolda. Nehlüdov'un sürgüne gönderilen siyasi suçlularla bu yakınlaşması onlarla ilgili görüşlerini değiştirmişti.

Rusya'daki devrimci hareketin en başından beri ve özellikle de 1 Mart'tan sonra Nehlüdov devrimcilere karşı düşmanca ve küçümseyici bir duygu besliyordu. Onu devrimcilerden asıl soğutan şey, her şeyden önce iktidara karşı giriştikleri mücadelede acımasız ve sinsice yollara başvurmaları, en çok da gerçekleştirdikleri acımasızca cinayetler ve son olarak da hepsine özgü aşırı kendini beğenmişlikti. Ancak onları daha yakından tanıyıp iktidarın onlara sık sık suçsuz yere bütün bu acıları çektirdiğini öğrenince, olduklarından başka türlü olamayacaklarını gördü.

Ağır suçlu denenler ne kadar saçma sapan eziyetlere uğrasalar da yine de mahkûmiyet öncesi ve sonrasında onlara yasaya benzer bir şey uygulanıyordu; ancak Nehlüdov'un, Şuştova ve sonra da pek çok yeni tanıdıklarında gördüğü gibi, siyasi suçluların davalarında buna benzer bir şey de yoktu. Bu insanlara karşı tıpkı ağla balık avlarken yaptıkları gibi davranıyorlar, ne denk gelirse kıyıya çekip çıkarıyorlar, sonra kıyıda kuruyarak telef olan ufak tefekleri hiç düşünmeden gerekli olan irilerini seçip ayırıyorlardı. Bu şekilde, böyle yüzlercesini, besbelli yalnızca masum değil, aynı zamanda iktidara zarar verebilecek güçten yoksun insanları yakalayıp onları vereme yakalandıkları, akıllarını yitirdikleri ya da intihar ettikleri hapishanelerde bazen yıllarca tutuyorlar; üstelik onları yalnızca serbest bırakacak sebepleri olmadığı için, belki soruşturma sürecinde herhangi bir meseleyi açıklığa kavuşturmada işe yarayabilirler düşüncesiyle ellerinin altında bulundurmak için hapishanede tutuyorlardı. Bütün bunların, hatta iktidarın bakış açısından bile masum olan bu insanların yazgıları, jandarmanın, polis memurunun, hafiyenin, savcının, sorgu yargıcının, valinin, bakanın ruh haline, boş zamanına denk gelmesine, keyfine bağlıydı. Böyle bir memur bıkıp usanabilir ya da sivrilmek isteyebilir, kendisinin ya da amirinin o an ki ruh haline göre tutuklayıp hapse atar ya da salıverirdi. En tepedeki amir de kendini göstermesinin gerekli olup olmadığını göz önünde bulundurarak, ya da bakanla ilişkisine bakarak, ister dünyanın öbür ucuna sürer, isterse bir hücreye kapatır, isterse sürgüne, kürek cezasına, ölüme mahkûm eder, isterse de bir hanımefendinin ricası üzerine serbest bırakırdı.

Onlara düşman gibi davranıyorlar, onlar da doğal olarak, kendilerine karşı kullanılan aynı yollara başvuruyorlar. Nasıl askerler işledikleri suçları gizlemekle kalmayıp bu yaptıklarını kahramanlık gibi sundukları daimi bir kamuoyu atmosferi içinde yaşıyorlarsa, tam da aynı bu şekilde siyasi suçluların da, gerçekleştirdikleri eylemler sonucunda özgürlüklerini, hayatlarını, insan için değerli neleri varsa kaybetme tehlikesiyle karşı karşıya kaldıklarında yaptıklarını, yine aynı şekilde, kötü saymak bir yana, tam tersi kahramanca kabul eden ve acımasızca eylemlerine daima destek veren bir kamuoyları vardı. Nehlüdov bu şaşırtıcı olguyu, bırakın neden olmayı, canlı varlıkların acısını bile görmeye katlanamayan en halim selim insanların soğukkanlı bir biçimde cinayet işlemeye hazırlanmalarıyla ve hemen hemen hepsinin cinayeti bir nefsi müdafaa ve herkesin yararına en yüksek hedefe ulaşmak için yasal ve haklı bir silah gibi görmeleriyle açıklıyordu.

Davalarına, dolayısıyla da kendilerine yükledikleri yüce anlam, doğal olarak iktidarın onlara verdiği önemden ve o uyguladığı acımasızca zulümden kaynaklanıyordu. Çektiklerine dayanacak gücü bulabilmeleri için kendilerine yüce bir anlam yüklemek zorundaydılar.

Nehlüdov onları daha yakından tanıyınca, kimilerinin gözünde canlandırdığı gibi ne büsbütün kötü ne de kimilerinin kabul ettiği gibi büsbütün kahraman olmadıklarına, her yerde olduğu gibi aralarında iyisinin de kötüsünün de normalinin de aptalının da bulunduğu sıradan insanlar olduklarına ikna oldu. Aralarında kendilerini içtenlikle mevcut kötülükle mücadele etmek zorunda hissettikleri için devrimci olan insanlar vardı; ancak bencillik ve ün düşkünlüğü yüzünden bu işe kalkışanlar da vardı; çoğunluğu ise Nehlüdov'un askerlikten bildiği tehlike, risk arzusundan, gençlere özgü en bilindik gençlik ateşinin tutuşturduğu duygularla hayatıyla oynamanın verdiği zevkten devrimci oluyordu. Onların lehine, sıradan insanlardan farkları, onların arasındaki ahlaki taleplerin sıradan insanların çevresinde kabul görenlerden daha yüce olmasıydı. Onların arasında yalnızca yoksun kalmak, zor koşullara katlanmak, dürüstlük, çıkar gözetmemek değil, aynı zamanda dava uğruna her şeyini, hatta hayatını bile feda etmek zorunlu sayılıyordu. Bundan dolayı da aralarında ortalama seviyenin üzerinde olan bu insanlar onun zirvesinde yer alıyorlar, ender görülen yüksek ahlak timsaline örnek oluşturuyorlar, ortalama seviyenin altında olanlar ise çoğu yalancı, sahtekâr olmakla birlikte kendilerini özgüvenli, gururlu insanlar gibi göstererek, onun en alt tabakasını oluşturuyorlardı. Bundan dolayı da Nehlüdov yeni tanıdığı bu insanların arasından bazılarına saygı göstermekle kalmıyor, aynı zamanda bütün kalbiyle seviyor, diğerlerini ise pek umursamıyordu.

VI

Nehlüdov en çok Katyuşa'nın katıldığı bu kafileyle yürüyen, küreğe sürgüne gönderilen, veremli delikanlı Krıltsov'u sevmişti. Onunla daha Yekaterinburg'da tanışmış ve daha sonra yolculuk sırasında birkaç kez görüşüp sohbet etmişti. Bir keresinde yazın konaklanan hapishanede verilen bir günlük mola sırasında neredeyse bütün günü onunla geçirmiş, Krıltsov da lafa dalarak, ona bütün hikâyesini ve nasıl devrimci olduğunu anlatmıştı. Hikâyesinin hapishaneye kadar olan kısmı çok kısaydı. Güney eyaletlerinden birinde büyük toprak sahibi olan babası o daha bebekken ölmüştü. Tek erkek evlattı, onu annesi yetiştirmişti. Hem liseyi hem de üniversiteyi kolayca okumuş ve matematik fakültesini birincilikle bitirmişti. Üniversitede kalmasını ya da yurt dışına göndermeyi önermişler ama o ağırdan almıştı. Sevdiği bir kız varmış, onunla evlenip yerel yönetimde çalışmayı düşünüyormuş. Çok şey istiyor ama hiçbirine karar veremiyormuş. Tam o sırada üniversiten arkadaşları ondan ortak dava için para istemiş. Bu ortak davanın o zamanlar hiç ilgilenmediği devrim davası olduğunu biliyormuş ama arkadaşlık duygusundan ve korktuğunu düşünmemeleri için onur meselesi yapıp parayı vermiş. Parayı alanlar içeri düşmüşler; paranın Krıltsov tarafından verildiğini öğrendikleri bir pusula bulunmuş; onu tutuklayıp önce bir karakola sonra hapishaneye atmışlar.

"Beni attıkları hapishanede," diye anlatıyordu Krıltsov, Nehlüdov'a (dirseklerini dizlerine dayamış, çökük göğsüyle yüksek bir ranzada oturmuş ve pırıl pırıl parlayan, güzel, zeki, iyilik dolu heyecanını yansıtan gözleriyle ara sıra Nehlüdov'a göz atıyordu), "çok sıkı önlemler yoktu: Duvara vurarak haberleşmek bir yana, koridora çıkıp dolaşıyor, konuşuyor, yiyeceğimizi, tütünümüzü paylaşıyor ve hatta akşamları birlikte şarkı bile söylüyorduk. Sesim güzeldi. Evet. Annem olmasaydı, (kadıncağız dövünüp duruyordu) hapishanede keyfime diyecek olmazdı, hatta hoşuma bile gidiyor ve çok ilginç geliyordu. Bu arada orada ünlü Petrov (daha sonra kalede camla boğazını keserek intihar etti) ve daha başkalarıyla tanıştım. Ancak ben devrimci değildim. İki hücre komşumla da tanıştım. İkisi de aynı davadan Lehçe bildirilerle yakalanmışlar ve onları demir yoluna götürürlerken kafileden kaçma girişiminde bulundukları için yargılanıyorlardı. Biri Polonyalı Lozinski, diğeri Yahudi Rozovski'ydi*, soyadı. Evet. Bu Rozovski daha çocuktu. On yedi yaşında olduğunu söylüyordu ama on beşinde gösteriyordu. Zayıf, ufak tefek, pırıl pırıl kara gözlü, yerinde duramayan biriydi ve bütün Yahudiler gibi müziğe çok büyük yeteneği vardı. Sesi henüz yeni çatallanmıştı ama çok güzel şarkı söylüyordu. Evet. Ben oradayken her ikisini de mahkemeye götürdüler. Götürdüklerinde sabahtı. Akşamleyin döndüler ve ölüm cezasına çarptırıldıklarını söylediler. Kimse bunu beklemiyordu. Davaları o kadar önemsizdi ki, yalnızca kafileden kaçmaya çalışmışlar ve hiç kimseyi de yaralamamışlar bile. Hem sonra Rozovski gibi çocuk yaşta birini idam etmeleri olacak iş değildi. Biz de hapishanede hepimiz bunu yalnızca korkutmak için yaptıklarına, kararın onanmayacağına kanaat getirdik. Başlangıçta kaygılanmıştık ama sonra yatıştık ve hayat normale döndü. Evet. Ancak bir akşam nöbetçi benim kapıma gelip gizlice, marangozların geldiğini ve idam sehpası kurduklarını söyledi. Önce anlamadım: Ne diyorsun? Ne sehpası? Yaşlı nöbetçi o kadar heyecanlıydı ki, ona göz atınca bunun bizim ikili için olduğunu anladım. Arkadaşlarla duvara vurarak haberleşmek istedim ama onların da duymasından korkuyordum. Arkadaşların da sesi çıkmıyordu. Anlaşılan, herkes öğrenmişti. Koridora ve hücrelere akşam boyunca ölüm sessizliği hâkim olmuştu. Ne duvara vurarak haberleşiyor ne şarkı söylüyorduk. Saat ona doğru nöbetçi yeniden yanıma gelip Moskova'dan cellat getirdiklerini söyledi. Söyler söylemez de uzaklaştı. Geri dönmesi için arkasından seslenmeye başladım. Birden Rozovski'nin

---

* 1880 yılında Kiev'de idam edilen halkçı devrimciler. (Çev. N.)

bana hücresinden koridora doğru bağırdığını işittim: "Ne oldu? Onu neden çağırıyorsun? Ben de bana tütün getirmişti türünden bir şeyler söyledim ama o sanki anlamış gibi beni soru yağmuruna tutup neden şarkı söylemediğimizi, neden duvara vurarak haberleşmediğimizi sormaya başladı. Ona ne söyledim anımsamıyorum, onunla konuşmamak için hemen uzaklaştım. Evet. Korkunç bir geceydi. Gece boyunca bütün seslere kulak kabarttım. Birden sabaha karşı koridorun kapısını açtıklarını ve bir kalabalığın içeri girdiğini işittim. Kapıdaki küçük pencerenin yanında dikiliyordum. Koridorda bir lamba yanıyordu. Önce müdür geçti. Şişman biriydi, özgüvenli, kendinden emin bir adama benziyordu. Kendinden geçmiş, cesaretini yitirmiş gibiydi, beti benzi atmıştı, yüzünde adeta korkmuş bir ifade vardı. Arkasından kararlı bir halde çatık kaşlı yardımcısı geldi, en arkada da muhafızlar. Kapımın önünden geçip yandaki hücrenin önünde durdular. Kulak kesildim, müdür yardımcısı tuhaf bir sesle "Lozinski, hadi kalkın, temiz çamaşır giyin," diye bağırdı. Evet. Sonra kapının gıcırdadığını duydum, yanına girdiler, sonra Lozinski'nin ayak seslerini işittim: Koridorun karşı tarafına geçti. Yalnızca müdürü görebiliyordum. Bembeyaz kesilmiş bir halde dikiliyor ve ha bire bir düğmesini açıp kapatıyor ve omuzlarını silkiyordu. Evet. Ansızın sanki bir şeyden korkmuş gibi yana sıçradı. Bu Lozinski'ydi, önünden geçip kapımın yanına geldi. Yakışıklı bir delikanlıydı, bilirsiniz, şu bitirim Polonyalı tiplerden: Başında şapkasıyla geniş, düz bir alın, sarı, kıvırcık, ince saçlar, çok güzel mavi gözler. Öyle çiçeği burnunda, babayiğit, taş gibi bir delikanlıydı. Yüzünü görebileceğim şekilde benim küçük pencerenin önünde durdu. Korkunç, avurtları çökmüş, kararmış bir yüz. "Krıltsov, sigaran var mı?" Tam ona sigara verecekken, müdür yardımcısı adeta geç kalmaktan korkuyormuş gibi sigara tabakasını çıkarıp ona uzattı. Lozinski bir sigara aldı, müdür yardımcısı bir kibrit çakıp onun sigarasını yaktı. Düşüncelere dalmış gibi içmeye koyuldu. Sonra sanki bir şey anımsamış gibi konuşmaya başladı: "Hem acımasızca hem adaletsizce. Hiçbir suç işlemedim. Ben..." Gözümü ayıramadığım beyaz, gencecik boynunda bir şey titremeye başladı ve Lozinski durakladı. Evet. O sırada Rozovski'nin incecik Yahudi sesiyle koridordan bir şeyler bağırdığını duyuyordum. Lozinski izmariti atıp kapıdan uzaklaştı. Küçük pencerede Rozovski göründü. Nemli kara gözleriyle çocuksu yüzü kızarmış ve terlemişti. Onun da üzerinde temiz çamaşır ve çok bol bir pantolon vardı, ha bire iki eliyle pantolonu çekiştiriyor ve tir tir titriyordu. Acınacak haldeki yüzünü pencereme yaklaştırıp "Anatoliy Petloviç, doğru değil mi, doktor bana öksürük şurubu yazmadı mı? Hastayım, daha öksürük şurubu içmem lazım." Kimseden ses seda çıkmıyor, o da soru dolu gözlerle bir bana bir müdüre bakıyordu. Bu sözlerle ne demek istediğini anlamamıştım. Evet. Ansızın müdür yardımcısı yüzüne sert bir ifade takınıp yine keskin bir sesle "Şakanın sırası mı? Gidelim," diye bağırdı. Rozovski besbelli, onu neyin beklediğini anlayacak halde değildi, sanki acelesi varmış gibi, adeta koşturarak koridorda herkesin önüne geçti. Ancak sonra direndi, çığlık çığlığa sesini ve ağlamasını duyuyordum. Gürültü patırtı ve ayak sesleri işitildi. Rozovski çığlık çığlığa bağırıyor ve ağlıyordu. Sonra sesler gittikçe uzaklaştı, koridorun kapısı gıcırdadı ve her şey sessizliğe gömüldü... Evet. Böyle götürüp astılar. İkisini de iple boğmuşlar. İdamı gören bir başka nöbetçi, Lozinski'nin direnmediğini ama Rozovski'nin uzun süre boğuştuğunu, onu darağacına sürükleyerek götürdüklerini ve başını düğüme zorla geçirdiklerini anlattı. O nöbetçi ahmak biriydi. "Bana, beyim, korkunç olduğunu söylüyorlardı. Ancak korkunç bir yanı yokmuş. Onları asar asmaz – sadece iki kere şöyle omuzlarıyla – nasıl çırpınarak omuzlarını kaldırıp indirdiklerini gösterdi – cellat düğümler iyice sıkışsın diye ipe asıldı, hepsi bu, bir daha kıpırdamadılar bile." Krıltsov "hiç de korkunç değilmiş," diyen nöbetçinin sözlerini yineledi ve gülümsemek istedi ama hıçkırıklara boğuldu.

Bundan sonra güçlükle soluk alıp boğazına düğümlenen hıçkırıkları zorlukla yutkunarak, uzun süre sessiz kaldı.

Biraz yatışınca "O günden sonra devrimci oldum. Evet," dedi ve kısaca kendi hikâyesini özetledi.

Halkın özgürlüğü partisi üyesiydi ve hatta hükümetin çekilmesi ve halkın iktidar olması için iktidarı yıldırmayı amaçlayan terörist bir grubun lideriydi. Bu amaçla kâh Petersburg'a, kâh yurt dışına, kâh Kiev'e kâh Odessa'ya gidiyor ve her yerde başarılı oluyordu. Çok güvendiği bir adam onu ele vermişti. Onu tutuklamışlar, yargılamışlar, iki yıl hapiste tutmuşlar ve çarptırıldığı ölüm cezasını ömür boyu kürek cezasına çevirmişlerdi.

Hapishanede vereme yakalanmıştı ve şimdi de içinde bulunduğu bu koşullarda, besbelli birkaç aylık ömrü kalmıştı, üstelik bunu da biliyor ve yaptıklarından pişmanlık duymadığı gibi, dünyaya yeniden gelse, o yaşamını da gene, yıkılması olanaklı gördüğü bu düzeni yıkmak için harcayacağını söylüyordu.

Bu adamın hikâyesi ve onunla yakınlaşması Nehlüdov'un o güne kadar anlamadığı pek çok şeyi anlamasını sağlamıştı.

VII

Yola çıkarlarken kafile subayının mahkûmlarla bebek yüzünden hırgür yaşadığı gün, handa geceleyen Nehlüdov geç uyanmış ve bir de eyalet merkezine göndermek için hazırladığı mektuplarla bir hayli oyalanmış, bu yüzden de handan her zamankinden geç çıkmış ve daha önce olduğu gibi yola çıkan kafileye yetişememiş, ara mezilin yakınındaki bir köye alaca karanlıkta gelebilmişti.

Yaşlı, şişman, olağanüstü kalın, beyaz boyunlu, dul bir kadının işlettiği handa üstünü başını kurutan Nehlüdov çok sayıda ikona ve tablolarla donatılmış tertemiz konuk odasında çayını içip subaydan görüşme izni istemek için hemen menzilin yolunu tuttu.

Bundan önceki altı menzilde değişmiş olmalarına karşın bütün kafile subayları söz birliği etmişçesine Nehlüdov'a menzil binalarının içine girmesine izin vermemişler, bu yüzden de Nehlüdov bir haftadan fazladır Katyuşa'yı görememişti. Bu sıkılık, önemli bir cezaevi müdürünün geçeceği beklentisinden kaynaklanıyordu. Şimdi ise müdür menzillere uğramadan geçip gitmişti, Nehlüdov da sabahleyin kafileyi devralan subayın daha önceki subaylar gibi mahkûmlarla görüşmesine izin vereceğini umuyordu.

Han sahibesi Nehlüdov'a köyün öbür ucundaki ara menzile kadar arabayla gitmesini önerdi ama Nehlüdov yürüyerek gitmeyi yeğledi. Taze katran bulaşmış kocaman çizmeli, gençten, geniş omuzlu, babayiğit bir işçi rehberlik etme işini üstlendi. Gökyüzünden sis perdesi iniyordu ve ortalık öyle karanlıktı ki, pencerelerden ışık vurmayan yerlerde delikanlı iki üç adım uzaklaşınca Nehlüdov onu göremiyor, yalnızca çizmelerinin vıcık vıcık, yapışkan çamurda çıkardığı şapırtıları duyuyordu.

Kilisenin bulunduğu meydanı ve evlerin pencerelerinden yansıyan ışıkla iyice aydınlanmış uzun bir sokağı rehberinin peşinden geride bırakan Nehlüdov köyün ucunda koyu karanlığa daldı. Ancak kısa bir süre sonra bu karanlığın içinde, menzil binasının etrafında yanan fenerlerden sis içine yayılan ışık huzmeleri göründü. Kırmızımsı ışık lekeleri gittikçe daha belirgin ve aydınlık bir hal aldı; çitin tahta perdeleri, dolaşan nöbetçinin karaltısı, işaret direği ve kulübe görünür oldu. Nöbetçi alışıldık biçimde yaklaşanlara "Kim var orada?" diye seslendi ve gelenlerin kendilerinden olmadığını anlayınca, çitin yakınında bile beklenmesine tahammülü yokmuş gibi çok sert bir tavır takındı. Ancak Nehlüdov'un rehberi nöbetçinin sertliğine aldırış etmedi.

"Amma da öfkelisin be delikanlı," dedi ona. "Çavuşa sesleniver, biz de bekleyelim."

Nöbetçi yanıt vermeden, küçük kapıya doğru bir şeyler bağırdı ve durarak, fenerin ışığında bir dal parçasıyla Nehlüdov'un çizmesine bulaşan çamuru temizleyen geniş omuzlu delikanlıya gözlerini dikti. Çitin tahta perdeleri ardından uğultu halinde erkek ve kadın sesleri duyuluyordu. Üç dakika kadar sonra bir demir gıcırtısı işitildi, kapı açıldı ve karanlığın içinden kaputunu omuzuna atmış bir çavuş fener ışığına çıktı ve ne istediklerini sordu. Nehlüdov önceden hazırladığı, kişisel bir işi için kabul edilmesini rica ettiği bir notla, kartvizitini verip subaya iletmesini rica etti. Çavuş, nöbetçi kadar sert değildi ama buna karşılık çok meraklı biriydi. Ne olursa olsun Nehlüdov'un subayı niye görmek istediğini, kim olduğunu öğrenmek istiyordu, besbelli bahşişin kokusunu almış ve ondan olmak istemiyordu. Nehlüdov özel bir işi olduğunu, yardımını karşılıksız bırakmayacağını söyledi ve notu iletmesini rica etti. Çavuş başıyla onay vererek, notu alıp gitti. O gittikten biraz sonra kapı yine gıcırdadı ve içerden ellerinde sepetler, ahşap ve toprak kaplar, çuvallarla kadınlar çıkmaya başladı. Kendilerine özgü Sibirya şivesiyle cır cır gevezelik yaparak kapıdan çıkıyorlardı. Köylü gibi değil, kentli gibi giyinmişlerdi, hepsinin üzerinde manto ve kürkler vardı, etekler yukarı doğru sıvanmış, başlar atkıyla sarılmıştı. Merakla fenerin ışığında Nehlüdov'a ve rehberine bakıyorlardı. Biri besbelli geniş omuzlu delikanlıyla karşılaşmaktan memnun, hemen tatlı bir dille Sibiryalılara özgü bir küfür savurdu.

"Hey, çam yarması, ne işin var burada, ne yapıyorsun?" diye delikanlıya seslendi.

"Bir yolcu getirdim de," diye yanıt verdi delikanlı. "Sen ne getirdin?"

"Sütlü bir şeyler, yarın sabah yine gel dediler."

"Yatıya bırakmadılar mı?" diye sordu delikanlı.

Kadın gülerek "Boyun devrilsin emi, zevzek!" diye bağırdı. Hadi köye birlikte gidelim, bizi de götür."

Rehber, kadına öyle bir şey daha söyledi ki, yalnızca kadınlar değil, nöbetçi de güldü. Sonra Nehlüdov'a dönüp "Ne dersiniz, yolu tek başınıza bulabilir misiniz? Şaşırmazsınız, değil mi? dedi.

"Bulurum, bulurum."

"Kiliseyi geçince, iki katlı evden sonra sağdan ikinci. Alın size bir değnek," dedi, Nehlüdov'a yürürken yanında getirdiği, boyundan uzun bir sopa vererek ve koca çizmeleriyle çamura bata çıka kadınlarla birlikte karanlığın içinde kayboldu.

Küçük kapı yeniden gıcırdayıp Nehlüdov'u subaya götürmek için çağıran çavuş dışarı çıktığı sırada rehberin kadınlarınkine karışan sesi sisin ardından hâlâ duyuluyordu.

VIII

Ara menzil binası Sibirya yolundaki diğer menzil ve ara menzil binaları gibiydi: sivri uçlu kütüklerle çevrili avluda üç tane tek katlı bina vardı. Pencereleri parmaklıklı en büyüğünde mahkûmlar, diğerinde muhafızlar, üçüncüsünde de subay ve kalemi kalıyordu. Üç binanın hepsinde de her zamanki gibi, aydınlatılmış duvarların arasında, özellikle burada, aldatıcı bir şekilde iyi, rahat bir şeyler vaat eden ışıklar yanıyordu. Binaların kapı önlerinde fenerler yanıyor, duvarların yanındaki beş fener de avluyu aydınlatıyordu. Çavuş Nehlüdov'u bir tahtanın üzerinden geçirerek en küçük binaya götürdü. Binanın önündeki merdivenlerden üç basamak çıkıp Nehlüdov'u önüne, lambayla aydınlatılmış kömür kokan sofaya aldı. Sobanın başında, kaba kumaştan bir gömlek giymiş, kravatlı ve siyah pantolonlu, bir ayağında sarı konçlu çizme olan bir asker, eğilmiş, diğerinin koncuyla semaverin ateşini körüklüyordu. Nehlüdov'u gören asker semaveri bırakıp onun deri ceketini sırtından aldı ve içerdeki konuk odasına geçti.

"Geldi efendim."

"Çağır öyleyse," diyen öfkeli bir ses işitildi.

Asker "Bu kapıdan buyurun," dedi ve anında yine semavere el attı.

Asma bir lambayla aydınlatılmış ikinci odada, üzerinde iki şişe bulunan, yemek artıklarıyla kaplı bir masanın arkasında, geniş göğsünü ve omuzlarını sımsıkı saran Avusturya işi gocuklu, sarı pos bıyıklı, kıpkırmızı suratlı bir subay oturuyordu. Sıcak konuk odasına tütün kokusunun dışında, bir de çok sert, keskin, kötü parfüm kokusu sinmişti. Subay Nehlüdov'u görünce doğruldu ve adeta alaycı ve kuşkulu bir biçimde gözlerini içeri girene dikti.

"Ne istemiştiniz?" diye sordu ve yanıtı beklemeden, kapıya doğru bağırdı: "Bernov! Şu semavere ne oldu, ne zaman hazır olacak?"

"Şimdi."

"Şimdi sana şimdiyi öyle bir gösteririm ki, bir daha unutamazsın!" diye bağırdı subay, gözleri çakmak çakmak.

"Getiriyorum!" diye bağırdı asker ve semaverle odaya girdi. Nehlüdov askerin semaveri koymasını bekledi (subay küçük, kötü kötü bakan gözleriyle, sanki vuracağı yere nişan alıyormuş gibi askeri izliyordu). Semaver yerleştirildikten sonra subay çayı demledi. Sonra küçük bir sandıktan konyak dolu dört köşe bir sürahi ve Albert marka bisküviler çıkardı. Hepsini masa örtüsünün üzerine koyup tekrar Nehlüdov'a döndü:

"Nasıl yardımcı olabilirim?"

"Bir kadın mahkûmla görüşmek istiyordum," dedi Nehlüdov, oturmadan.

"Siyasi suçlu mu? Bu kanunen yasak," dedi subay.

"Bu kadın siyasi suçlu değil," dedi Nehlüdov.

"Lütfen, buyurun oturun," dedi subay.

Nehlüdov oturdu.

"Siyasi suçlu değil," diye yineledi, "ancak benim ricam üzerine yukarıdan siyasilerle birlikte gitmesine izin verildi."

Subay "A, biliyorum," diyerek Nehlüdov'un sözünü kesti. "Ufak tefek, esmerce olan, değil mi? Elbette, bu mümkün. Sigara buyurmaz mısınız."

Nehlüdov'un önüne sigara dolu tabakayı sürdü ve özenle iki bardak çay doldurup birini Nehlüdov'a uzattı.

"Buyurun," dedi.

"Çok teşekkür ederim, ben hemen görüşseydim..."

"Gece uzun. Görüşürsünüz. Onu çağırmalarını söylerim."

"Onu çağırmasanız... Kaldığı binaya gitmeme izin veremez misiniz?" dedi Nehlüdov.

"Siyasi suçluların yanına mı? Kanuna aykırı."

"Birkaç kez bana izin vermişlerdi. Onlara bir şey vereceğimden çekiniyorsanız, onun aracılığıyla da verebilirdim."

"Yo, hayır, veremezsiniz, üstünü ararlar," dedi subay ve pis pis sırıttı.

"O halde, benim üzerimi arasanız."

"Eh, aramasak da olur," dedi subay ağzı açık sürahiyi Nehlüdov'un bardağına yaklaştırarak. İster misiniz? Peki, siz bilirsiniz. Bu Sibirya'da yaşayanın, mürekkep yalamış birini görünce içi içine sığmaz. Sonuçta işimiz, siz de bilirsiniz, en üzücü iş. Bir de insan başka şeylere alışıksa çok daha zor. Bizde zaten kafile subayı denince akla kaba saba, cahil adamın teki gelir, başka bir şey için doğmuş olabileceğini kimse düşünmez."

Bu subayın kırmızı suratı, onun parfümü, yüzüğü ve özellikle de pis pis sırıtması Nehlüdov'u iğrendiriyordu ama o yolculuğu boyunca her zaman olduğu gibi şimdi de karşısında kim olursa olsun kendine düşüncesizce ve küçümseyerek davranmaya izin vermediği ve kendince belirlediği gibi herkesle "alabildiğine" konuşmayı gerekli gördüğü, ciddi ve dikkatli bir ruh hali içindeydi. Subayı dinledikten sonra, onun durumunu, kontrolü altındaki insanlara yapılan eziyetin bir parçası olmaktan üzüntü duyan bir ruh hali içinde olduğu şeklinde yorumlayıp ciddi bir tavırla "Sanırım, sizin görevinizde de insan ancak teselliyi onların çektiği acıları hafifletmekte bulabilir," dedi.

"Hangi acılarından bahsediyorsunuz? Sanki bu insanları bilmiyorsunuz."

"Nesi varmış bu insanların?" dedi Nehlüdov. "Herkes gibi insanlar. Hem masumları da var."

"Elbette, her çeşidi var. Anlaşılan acıyorsunuz. Başkaları göz açtırmaz ama ben elimden geldiğince durumlarını kolaylaştırmaya çabalıyorum. Varsın onlar değil, ben acı çekeyim. Başkaları hemen yasayı ileri sürer, ya da kurşuna dizeler, oysa ben acıyorum. Buyurmaz mısınız? İçseydiniz," dedi bir bardak daha çay doldurarak. "Özellikle görmek istediğiniz bu kadın kim?" diye sordu.

"Geneleve düşmüş talihsiz bir kadın, üstelik haksız yere orada zehirlemeden suçladılar, aslında çok iyi bir kadındır," dedi Nehlüdov.

Subay başını salladı.

"Evet, bazen oluyor. Kazan'da, efendime söyleyeyim, bir kadın vardı, Emma diyorlardı. Macar asıllı, gözleri ise gerçek acem," diye konuşmasını sürdürdü, anımsayınca gülmemek için kendini zor tutarak. "Bir kontes kadar şıktı..."

Nehlüdov subayın konuşmasını kesip önceki konuya döndü.

"Sizin kontrolünüzde olduğu sürece bu insanların durumunu kolaylaştırabileceğinizi düşünüyorum. Böyle davranarak büyük sevinç duyacağınızdan eminim," dedi Nehlüdov, yabancılarla ya da çocuklarla konuşuyormuş gibi olabildiğince anlaşılır bir şekilde telaffuz ederek.

Subay parıldayan gözlerle Nehlüdov'a bakıyor ve anlaşılan, canlı bir biçimde hayalinde canlanan ve bütün dikkatini çeken acem gözlü Macar kadınla ilgili hikâyesini sürdürebilmek için besbelli sözünü bitirmesini sabırsızlıkla bekliyordu.

"Evet, diyelim ki, bu doğru," dedi. Onlara da acıyorum. Yalnız ben size şu Emma'yı anlatmak istiyorum. Öyle bir şey yaptı ki..."

"Bu beni ilgilendirmiyor," dedi Nehlüdov, "size açıkça söyleyeyim, eskiden farklı biri olsam da artık kadınlara böyle yaklaşılmasından nefret ediyorum."

Subay çekinerek Nehlüdov'a baktı.

"Bir bardak daha çay ister miydiniz? dedi.

"Hayır, teşekkür ederim."

"Bernov!" diye bağırdı subay. "Beyefendiyi Vakulov'a

götür, söyle, siyasi suçluların koğuşunda bıraksın, yoklamaya kadar orada kalabilirler."

IX

Nehlüdov emir erinin eşliğinde yeniden, kızıl ışıklarıyla parıldayan fenerlerin donuk bir biçimde aydınlattığı karanlık avluya çıktı.

Karşılarına çıkan bir kafile görevlisi Nehlüdov'u götüren emir erine "Nereye?" diye sordu.

"Beş numaraya. Siyasilerin yanına."

"Buradan geçiş yok, kilitli, şu kapı önündeki küçük merdivenlerden çıkın."

"Neden kilitli ki?"

"Çavuş kilitledi, kendisi de köye gitti."

"Öyleyse, hadi şuradan gidelim."

Emir eri Nehlüdov'u öbür merdivenden çıkardı ve bir tahtanın üzerine basarak başka bir çıkışa götürdü. Oğul vermeye hazırlanan bir arı kovanını andıran içerideki hareketlilik ve seslerin uğultusu daha avludan işitiliyordu, ancak Nehlüdov iyice yaklaşıp kapı açılınca bu uğultu daha da arttı ve yerini bağırıp çağırışlara, küfürlere, kahkahalara bıraktı. Gittikçe artan zincir sesleri işitiliyor ve dışkı ve katranın bildik ağır kokusu insanın burnunun direğini kırıyordu.

Her iki izlenim de zincir şakırtılarına karışan seslerin uğultusu ve bu korkunç koku Nehlüdov'da her zaman fiziksel bir mide bulantısına dönüşen bir tür manevi bulantı şeklinde acı verici tek bir duyguda birleşiyordu. Her iki izlenim birbirine karışıyor ve biri diğerini tetikliyordu.

"Lazımlık" denen, iğrenç bir şekilde kokan, kocaman dışkı teknesinin bulunduğu ara menzil binasının sahanlığına çıkan Nehlüdov, önce teknenin ucuna oturmuş bir kadın gördü. Kadının tam karşısında tıraşlı başına pestili andıran şapkasını yan yatırmış bir adam vardı. Bir şeyler konuşuyorlardı. Adam, Nehlüdov'u görünce göz kırpıp "Çar bile çişini tutamaz," dedi.

Kadın giysisinin eteklerini indirip bakışlarını kaçırdı.

Sahanlıktan koğuş kapılarının açıldığı koridora geçiliyordu. İlk koğuş ailelerindi, sonraki büyük koğuşta bekarlar kalıyordu, koridorun en ucundaki iki küçük koğuş da siyasi suçlulara ayrılmıştı. Yüz elli kişi için tasarlanan menzil binasına dört yüz elli kişi sığıştığı için adım atacak yer kalmamış, koğuşlara sığmayan mahkûmlar koridora taşmışlardı. Bazıları yerlerde oturuyor, bazıları yatıyor, bir kısmı da ellerinde dolup boşalan çaydanlıklarla bir ileri bir geri gidip geliyorlardı. Taras da bunların arasındaydı. Nehlüdov'un arkasından yetişip güler yüzle onunla selamlaştı. Taras'ın iyilik okunan yüzü, burnunun üzerindeki ve gözlerinin altındaki morluklarla biçimsiz bir hal almıştı.

"Ne oldu sana?" diye sordu Nehlüdov.

Taras gülümseyerek "Oldu bir şeyler," dedi.

Muhafız küçümser bir tavırla "Ha bire dövüşüp duruyorlar," dedi.

Yanlarından geçen bir mahkûm "Karılar yüzünden," diye ekledi. "Kör Fedka ile kapıştılar."

"Peki, Fedosya nasıl?" diye sordu Nehlüdov.

"Sorun yok, sağlığı yerinde, ben de ona çay götürüyordum," dedi Taras ve aile koğuşuna girdi.

Nehlüdov kapıdan içeri göz attı. Koğuşun her tarafı, ranzaların altı üstü her yer ağzına kadar kadınlar ve erkeklerle doluydu. Kuruyan ıslak giysiler yüzünden rutubet içindeydi ve bitmek bilmeyen ciyak ciyak kadın sesleri yükseliyordu.

Bir sonraki kapı bekarlar koğuşunun kapısıydı. Burası daha da kalabalıktı, öyle ki, aralarında bir şeyi paylaşan ya da bir sorunu çözmeye çalışan ıslak giysiler içindeki gürültücü bir kalabalık kapının ağzına, koridora kadar taşmıştı. Muhafız, Nehlüdov'a, koğuş çavuşunun toplanan ya da oyun kağıtlarıyla önceden kaybedilen yemek paralarını kumar oynatana verdiğini söyledi. Hemen yankında duranlar çavuşu ve beyi görünce kötü kötü bakarak sustular. Nehlüdov, parayı paylaşanlar arasında, zavallı görünüşlü, kalkık kaşlı, beyaz, adeta balon gibi şişmiş bir delikanlıyı yanından hiç ayırmayan, tanıdığı kürek mahkûmu Fedorov'u ve bir de taygada kaçtığı sırada bir arkadaşını öldürmesi ve onun etini yemesiyle tanınan iğrenç, suratı çiçek bozuğu içindeki burunsuz serseriyi fark etti. Serseri ıslak gömleğini bir omuzuna atmış, koridorda kıpırdamadan Nehlüdov'un önünde duruyor ve alaycı bir biçimde arsız arsız ona bakıyordu. Nehlüdov yanından dolaşarak geçti.

Bu manzara Nehlüdov'a ne kadar bildik gelirse gelsin, geçen üç ay boyunca ağır suçtan mahkûm bu dört yüz insanı farklı durumlarda, ister kızgın sıcakta, ister zincirli ayaklarıyla yerden kaldırdıkları toz bulutunun içinde, ister yoldaki molalarda, ister ulu orta gerçekleştirilen ahlaksızlıkların korkunç sahnelerinin geçtiği, aşırı sıcaklarda konaklanan hapishanelerin avlularında ne kadar sık görmüş olursa olsun, yine de aralarına her girişinde, şu anda olduğu gibi, dikkatlerini üzerinde hissediyor ve onlara karşı acı verici bir utanç duygusu ve suçluluk hissediyordu. Ona en ağır gelen şey de bu utanç ve suçluluk duygusuna bir de baş olmaz bir tiksinti ve korku duygusunun eklenmesiydi. İçine sokuldukları bu durumda başka türlü olamayacaklarını biliyordu ama yine de onlara karşı duyduğu tiksintiyi bastıramıyordu.

Nehlüdov tam siyasi suçluların kapısına geldiği sırada, hırıltılı bir ses "Asalaklara göre hava hoş, onlar gibi şeytanlara ne olur ki, karın ağrısı bile çekmezler," dedi ve bir de ahlaksızca bir küfür savurdu.
Düşmanca, alaycı bir kahkaha patladı.

X

Nehlüdov'a eşlik eden çavuş bekarlar koğuşunu geçince, ona yoklama öncesi yanına geleceğini söyleyerek geri döndü. Daha çavuş ayrılır ayrılmaz, bir mahkûm prangalarını çekiştirerek, yalın ayak, hızlı adımlarla iyice Nehlüdov'un yanına sokulup onu ağır ve ekşi bir ter kokusuna boğarak, gizemli bir fısıltıyla, huzursuzca çevresine bakınarak "Sahip çıkın, beyim. Delikanlıyı hepten kıskıvrak ele geçirdiler. Ha bire içirdiler. Daha bugün yoklamada kendini Karmanov diye tanıttı," dedi ve hemen Nehlüdov'un yanından uzaklaştı.

İşin aslı şuydu, kürek mahkûmu Karmanov, yüzü kendisine benzeyen, sürgüne gönderilen bir delikanlıyı, kürek mahkûmu sürgüne, delikanlı da onun yerine küreğe gidecek şekilde onunla yer değiştirmesi için kandırmıştı. Nehlüdov aynı mahkûm bundan bir hafta kadar önce onu bu yapılacak değişiklikten haberdar ettiği için konuyu biliyordu. Nehlüdov anladığı ve elinden geleni yapacağı anlamında başını salladı ve çevresine bakınmadan yürüyerek uzaklaştı.

Nehlüdov bu mahkûmu, karısının arkasından gelmesine izin verilmesi için verdiği dilekçeyle ilgilemesini ondan rica ettiği Yekaterinburg'dan tanıyordu ve bu davranışı onu şaşırtmıştı. Orta boyda ve otuz yaşlarında, soyguna ve adam öldürmeye teşebbüsten kürek cezasına çarptırılmış çok sıradan bir köylüydü.

Adı Makar Devkin'di. Suçu çok garipti. Bu suç, Nehlüdov'a kendi anlatmıştı, aslında onun, Makar'ın değil, onu ayartan Şeytan'ın suçuydu. Makar'ın babasına, kendi anlatmıştı, bir gün bir yolcu uğramış ve ondan iki rubleye kırk versta uzaktaki bir köye gitmek için kızak kiralamış. Babası Makar'a yolcuyu götürmesini söylemiş. Makar atı kızağa koşmuş, üstünü başını giymiş ve yolcuyla birlikte çay içmeye koyulmuş. Çay içerlerken yolcu evlenmek için gittiğini ve yanında Moskova'da kazandığı beş yüz ruble olduğunu söylemiş. Makar avluya çıkmış ve kızakta serili samanların altına bir balta yerleştirmiş.

"Baltayı neden aldım, ben de bilmiyordum," diye anlatmıştı. "Baltayı al diyor. Ben de aldım. Kızağa binip yola çıktık. Gidiyoruz, buraya kadar hiçbir şey yok. Ben de baltayı falan unutmuşum. Neredeyse köye varmışız. Hepsi hepsi altı vertsa kadar yolumuz kalmış. Patikadan çıkıp tepeye doğru ana yola çıkmıştık. İnip kızağın arkasına geçtim, 'Daha ne düşünüyorsun? Ana yoldan tepeye çıkıyorsun, köy de oracıkta. Paraları götürecek, tam zamanı, beklemenin bir anlamı yok,' diye fısıldıyor. Samanı düzeltiyormuş gibi kızağın üstüne eğildim, baltanın sapı sanki kendiliğinden elime geliverdi. Yolcu çevresine bakınıyor, 'ne yapıyorsun?' diyor. Var gücümle vurmak için baltayı salladım ama o tetikte bekliyormuş, kızaktan fırladığı gibi ellerime yapıştı. 'Alçak, diyor, ne yapıyorsun?' Beni karların üzerine yıktı, ben de direnmeye çalışmadım, teslim oldum. Bir kuşakla ellerimi bağlayıp beni kızağa fırlatıp attı. Doğruca karakola götürdü. İçeri attılar. Sonra Mahkemeye çıkardılar. Millet, iyi adamdır, bir kötülüğünü görmedik diyerek beni takdir ettiğini söyledi. Yanında kaldığım insanlar da iyi çocuktur dediler. Ancak avukat mavukat tutacak para yok tabii," diye anlatmıştı Makar, "Öyle olunca da, dört yıla mahkûm ettiler."

İşte şimdi de bu adam, bu söyledikleriyle hayatını tehlikeye attığını bile bile, her şeye karşın hemşerisini kurtarmak için Nehlüdov'a mahkûmların bu sırrını vermişti, eğer yalnızca bu yaptığını bile bilseler onu kesinlikle boğazlarlardı.

XI

Siyasi suçluların kaldıkları yer, kapıları koridorun bir bölmeyle ayrılmış tarafına açılan iki küçük koğuştan oluşuyordu. Koridorun bölmeyle ayrılmış tarafına geçen Nehlüdov'un ilk gördüğü, elinde bir odun parçasıyla sırtında gocuğu, ısının çekişiyle titreyen sobanın açık kapağı önünde çömelmiş Simonson oldu. Nehlüdov'u görünce çömeldiği yerden kalkmadan, sarkık kaşlarının altından aşağıdan yukarı doğru bakarak elini uzattı.

Gözlerini Nehlüdov'un gözlerine dikip manalı manalı bakarak "Geldiğiniz için çok memnun oldum, benim de sizi görmem gerekiyordu," dedi.

"Hayırdır, ne oldu?" diye sordu.

"Sonra. Şimdi işim var."

Simonson yeniden, en az ısı enerjisi kaybıyla ilgili kendi kuramına göre yaktığı sobayla uğraşmaya girişti.

Nehlüdov tam birinci kapıdan girecekken, ikinci kapıdan elinde süpürgeyle, iki büklüm, büyük bir çer çöp ve toz yığınını sobaya doğru süpürerek Maslova çıktı. Beyaz bir bluz giymiş, eteğini sıvamış, ayağında çoraplar vardı. Toza karşı yüzünü kaşlarına kadar beyaz bir başörtüsüyle kapatmıştı. Nehlüdov'u görünce doğruldu ve kıpkırmızı kesilmiş, canlanmış bir halde süpürgeyi bırakıp ellerini eteğine silerek, karşısına dikildi.

Nehlüdov elini uzatırken "Koğuşa çekidüzen mi veriyorsunuz?" dedi.

Maslova "Evet, eski uğraşım," dedi ve gülümsedi. "Ortalık öyle bir batmıştı ki, hayal bile edemezsiniz. Temizle temizle bitmiyor. Ne oldu, battaniye kurudu mu?" diyerek Simonson'a döndü.

Simonson, Maslova'ya Nehlüdov'u şaşırtan farklı bir bakış atarak "Kurumak üzere," dedi.

"O halde onu alıp kurutmak için kürkleri getireyim. Bizimkilerin hepsi burada," dedi Nehlüdov'a, ilerdeki kapıya giderken, hemen oradaki kapıyı göstererek.

Nehlüdov kapıyı açıp bir ranzanın üzerinde, alçak bir yerde duran, ufak teneke bir lambanın hafifçe aydınlattığı küçük koğuşa girdi. İçerisi soğuktu ve uçuşan tozlarla birlikte rutubet ve tütün kokuyordu. Teneke lamba çevresindekileri iyice aydınlatıyordu ama ranzalar karanlıkta kalıyor ve duvarlarda titreşen gölgeler geziniyordu.

Sıcak su ve erzak almayan giden, yiyecek işiyle ilgilenen iki adam hariç herkes küçük koğuştaydı. Nehlüdov'un eskiden tanıdığı, iri gözleriyle ürkek ürkek bakan, alnına bir damar oturmuş, gri bluzlu, kısacık saçlı Vera Yefremovna'da oradaydı, iyice zayıflamış, sararıp solmuştu. Üzeri tütün dolu bir gazete parçasını önüne çekmiş oturuyor ve ani hareketlerle sigara sarıyordu.

Nehlüdov'un siyasi suçlular arasında en çok beğendiği, koğuşun harici işleriyle ilgilenen ve bu işlere en zor koşullarda bile kadınca bir hamaratlıkla, çekicilik katan Emiliya Rantseva da oradaydı. Lambanın yanı başına oturmuş, kollarını sıvamış, güneşten kavrulmuş, becerikli elleriyle maşrapa ve fincanları kurulayıp ranzanın üzerine serili havlunun üzerine yerleştiriyordu. Rantseva yüzü, zeki ve uysal ifadeli, gülümsediği anda birdenbire yepyeni bir hal alan, neşe ve iyilik saçma ve insanı hayran bırakma özelliğine sahip çirkince genç bir kadındı. Şimdi de Nehlüdov'u böyle bir gülümsemeyle karşılamıştı.

"Biz de artık temelli Rusya'ya gittiğinizi düşünmeye başlamıştık," dedi.

Marya Pavlovna da hemen orada, dip tarafta karanlıkta kalan köşede, durmaksızın tatlı çocuksu sesiyle bir şeyler mırıldanan, sarışın, küçük bir kız çocuğuyla bir şeyler yapıyordu.

"Ne iyi ettiniz de geldiniz. Katya'yı gördünüz mü?" diye sordu Nehlüdov'a. Küçük kızı göstererek "Bakın bir de konuğumuz var," dedi.

Anatoli Krıltsov da oradaydı. Çok zayıflamış, sararıp solmuştu, ayağında keçe çizmeler, bağdaş kurmuş, kamburunu çıkartmış, titreyerek, ranzanın dip tarafında oturuyor ve ellerini gocuğunun kollarının içine sokmuş, hummalı gözlerle Nehlüdov'a bakıyordu. Nehlüdov onun yanına gitmek istedi ama kapının sağında, torbadan bir şeyler bakarak ve güleç yüzlü Grabets ile konuşarak oturan, kıvırcık saçlı, sarışın, gözlüklü, suni deri ceketli bir adam gözüne takıldı. Bu ünlü devrimci Novodvorov'du, Nehlüdov onunla çabucak selamlaştı. Bunu özellikle çabucak yapmıştı, zira bütün siyasi suçluların arasında Nehlüdov bir tek bu adamdan hoşlanmıyordu. Novodvorov gözlüklerinin arasından mavi gözlerinden kıvılcımlar saçarak Nehlüdov'a bakıp kaşlarını çatarak minik elini ona uzattı.

Besbelli alay eder gibi "Nasıl gidiyor, yolculuğunuz iyi geçiyor mu?" dedi.

Nehlüdov alayı anlamamış, bunu bir nezaket kabul ediyormuş gibi davranarak "Evet, ilginç pek çok şeyle karşılaşıyorum," diye yanıt verdi ve Krıltsov'un yanına gitti.

Nehlüdov görünüşte umursamaz davranmıştı ama içinden

Novodvorov'a karşı hiç de umursamaz değildi. Novodvorod'un bu sözleri, açıkça canını sıkacak bir şeyler yapma ve söyleme arzusu, Nehlüdov'un içinde bulunduğu huzurlu ruh halini altüst etmişti. Tadı kaçmış, üzülmüştü.

Krıltsov'un buz gibi titreyen elini sıkarak "Sağlığın nasıl bakalım?" dedi.

Krıltsov elini çabucak gocuğunun kollarına sokarak "Ne olsun, idare ediyorum işte, yalnız bir türlü ısınamıyorum, sırılsıklam oldum," dedi. "Bir de burası buz gibi soğuk. Baksanıza pencereler de kırık." Demir parmaklıkların arkasındaki iki yerden kırılmış camı gösterdi. "Sizde ne var ne yok, neden ortalıklarda yoksunuz?"

"İzin vermiyorlar. İdare işi sıkı tutuyor. Nasıl olduysa bugünkü subay nazik ve saygılı çıktı."

"Ne demezsin, hem de çok nazik ve saygılı biridir!" dedi Krıltsov. "Onun bu sabah yaptıklarını bir de Maşa'ya sorun."

Marya Pavlovna oturduğu yerden kalkmadan, sabah menzilden çıkarken küçük kızın başına gelenleri anlattı."

Vera Yefremovna kararlı bir sesle, ancak bununla birlikte kararsız ve ürkek bakışlarla bir ona bir diğerine bakarak, "Bence, toplu olarak protesto etmeliyiz," dedi. "Vladimir ifade etti ama bu yetmez."

Krıltsov can sıkıntısıyla yüzünü buruşturarak "Ne protestosu?" diye söylendi. Anlaşılan Vera Yefremovna'nın sadelikten uzak, yapmacık tavrı ve sinirli hali çoktandır onun sinirine dokunuyordu. Nehlüdov'a dönerek "Katya'yı mı arıyorsunuz?" dedi. "Ha bire çalışıyor. Ortalığı temizliyor. Bizim, erkeklerin koğuşunu temizledi, şimdi de kadınlarınkini temizliyor. Bir tek pireleri temizleyemedi, canımıza okuyorlar. Sonra Marya Pavlovna'nın bulunduğu köşeyi başıyla göstererek "Maşa orada ne yapıyor?" diye sordu.

"Evlatlığının saçını tarıyor," dedi Rantseva.
"Biti pireyi üzerimize salmıyor değil mi?" dedi Krıltsov.
"Hayır, hayır, dikkat ediyorum. Artık tertemiz bir kız oldu," dedi Marya Pavlovna. Sonra Rantseva'ya dönüp "Kızı alsana," dedi, "Ben de gidip Katya'ya yardım edeyim. Bir de Krıltsov'a battaniye getireyim."

Rantseva kızı alıp çocuğun çıplak tombul kollarını anne şefkatiyle bağrına basarak, kucağına oturttu ve ona bir parça şeker verdi.

Marya Pavlovna dışarı çıktı, o çıkar çıkmaz peşinden koğuşa sıcak su ve erzakla iki adam girdi.

XII

İçeri girenlerden biri sırtına içi kürklü kısa bir gocuk geçirmiş, ayağına uzun çizmeler giymiş, kısa boylu, sıska bir delikanlıydı. Sıcak su dolu, dumanlar çıkan iki büyük çaydanlık tutmuş, koltuğunun altına atkıya sarılı bir ekmek sıkıştırmış, hafif, hızlı adımlarla yürüyordu.

Çaydanlığı fincanların arasına koyup ekmeği Maslova'ya verirken "Oo, bakın knyazımız da gelmiş," dedi. Gocuğunu çıkarıp başının üzerinden ranzanın bir köşesine fırlatırken "Harika şeyler aldık. Markel süt ve yumurta aldı; bugün ziyafet var anlayacağınız." Rantseva'ya gülümseyerek bakıp, "Kirillovna da ha bire estetik temizlik peşinde," dedi. Ona dönerek "Hadi çayı demlesene," diye ekledi.

Bu adamın dış görünüşünden, hareketlerinden, sesinin tonundan, bakışından canlılık ve neşe fışkırıyordu. İçeri giren diğeri ise yine kısa boylu, cılız, avurtları çökmüş yüzünde elmacık kemikleri iyice dışarı fırlamış, güzel, kocaman, yeşil gözlü, ince dudaklı biriydi, diğerinin tersine asık suratlı, kederli bir hali vardı. Üzerine eski pamuklu bir palto, ayağına üzeri galoşlu çizmeler giymişti. Elinde iki tencere ve iki ahşap kap vardı. Yükünü Rantseva'nın önüne bırakıp bakışlarını Nehlüdov'dan ayırmadan, boynunu kırarak onu selamladı. Sonra, ter içindeki elini isteksizce ona uzatıp sepetten çıkarttığı erzakı yerleştirmeye koyuldu.

Bu iki siyasi suçlu da halktan insanlardı: İlki köylü Nabatov'du, ikincisi de fabrika işçisi Markel Kondratyev.

Markel devrimci harekete geç bir yaşta, otuz beşinde katılmıştı. Nabatov ise on sekiz yaşında. Üstün yetenekleri sayesinde köy okulundan sonra liseye giren Nabatov kendini sürekli derslerine vererek okulu altın madalyayla bitirmiş ama üniversiteye gitmemişti, çünkü daha yedinci sınıftayken unutulmuş kardeşlerini aydınlatmak için kendisinin de içinden geldiği halka karışma kararı almıştı. Öyle de yaptı: önce büyük bir köyde kâtip olarak işe girdi ama orada köylülere kitap okuduğu ve köylülerin arasında bir üretim ve tüketim kooperatifi kurduğu için tutuklandı. İlk seferinde onu sekiz ay hapishanede tuttular ve sonra göz hapsi şartıyla tahliye ettiler. Özgür kalır kalmaz, hemen başka bir eyalete gitti ve orada öğretmen olarak iş buldu, yine aynı şeyleri yapmaya kalktı. Onu yine aldılar ve bu kez bir yıl iki ay hapishanede tuttular, hapishanedeyken düşüncelerine olan inancı daha da pekişti.

Hapishaneden ikinci çıkışında onu Perm eyaletine sürdüler. Oradan kaçtı. Onu yine yakalayıp yedi ay alıkoyduktan sonra Arhangels eyaletine sürdüler. Yeni çara bağlılık yemini etmeyi reddettiği için oradan Yakut bölgesine sürgüne gönderdiler; böylece yetişkin yaşamının yarısını hapishanelerde ve sürgünde geçirdi. Bütün bu başından geçenler onu zerre kadar hırçınlaştırmadı ama enerjisini de azaltmadı, aksine daha da ateşledi. Çok iyi yemek yapan, canlı, her zaman aynı derecede hareketli, neşeli, dinç bir adamdı. Asla hiçbir şey için pişmanlık duymaz, ilerisiyle ilgili hiçbir şey düşünmez, aklının, becerisinin, pratikliğinin yettiğince var gücüyle o günün işlerini yapmaya çalışırdı. Özgür kaldığı zamanlar önüne koyduğu, işçilerin, özellikle de köylülerin aydınlatılması ve birliğinin sağlanması hedefi için çalışırdı; içerde olduğu zamanlarda ise dış dünya ile ilişki kurmak ve yalnızca kendisi için değil çevresi için de o anki yaşam koşullarında en iyisini sağlamak için aynı şekilde enerjik ve pratik bir biçimde hareket ederdi. Her şeyden önce bir toplum adamıydı. Kendisi söz konusu olduğunda hiçbir şeye gereksinimi yokmuş gibi davranır, çok az bir şeyle yetinebilir ama yoldaşları söz konusu olduğunda çok şey ister ve durup dinlenmeden, gece gündüz, aç açına hem fiziksel hem kafa patlatarak çalışabilirdi. Bir köylü olarak çalışkan, uyanık, el attığı işlerde becerikliydi ve doğal olarak başkalarının yalnızca duygularına değil düşüncelerine karşı da ılımlı, içtenlikle nazik ve dikkatliydi. Boş inançlı, okuma yazma bilmeyen, dul bir köylü kadını olan ihtiyar anası hayattaydı, Nabatov hem ona yardım ediyor, hem de içerde olmadığı zamanlarda onu ziyaret ediyordu. Yaptığı bu kısa ziyaretler sırasında annesinin her şeyiyle ilgilenir, işlerinde ona yardım eder ve eski arkadaşları, köylü çocuklarla ilişkisini kesmezdi; onlarla parmak kalınlığında sarılmış sigaralar içer, yumruk yumruğa dövüşür ve onlara hepsinin nasıl aldatıldığını ve onları kıskıvrak bağlayan bu aldatmacadan kurtulmak için nasıl davranmaları gerektiğini ayrıntılarıyla anlatırdı. Devrimin halka kazandıracaklarını düşündüğü ve bu konuda konuştuğu zaman kendini daima içinden çıktığı o halk gibi hemen hemen aynı koşullarda, ancak kendini toprakla bütünleşmiş, beylerin ve memurların olmadığı bir ortamda hayal ederdi. Devrim, onun hayaline göre, halk yaşamının temel biçimlerini değiştirmemeliydi, bu konuda Novodvorov ve onun yandaşı Markel Kondratyev ile aynı görüşte değildi. Onun görüşüne göre devrim, bütün binayı yıkmamalı, yalnızca bu güzel, dayanıklı, devasa, ateşli bir şekilde sevdiği eski binanın iç mekanlarını farklı bir şekilde donatmalıydı.

Dinsel ilişkiler bakımından da tipik bir köylüydü: doğaötesi sorunları, her şeyin başlangıcını, ölümden sonraki hayatı asla düşünmezdi.

Tanrı onun için aynen Arago* için olduğu gibi, bugüne kadar hiç ihtiyaç duymadığı bir hipotezdi. Dünyanın nasıl, Musa'ya mı, Darwin'e göre mi yaratıldığı konusuyla hiç ilgilenmezdi, arkadaşları için çok önemli olan Darwinizm aynı dünyanın altı günde yaratılışı gibi onun için fikir jimnastiğinden öte bir şey değildi.

Dünyanın nasıl meydana geldiği sorusunun gündeminde olmamasının asıl nedeni sürekli önünde duran, dünyada nasıl daha iyi yaşanır sorusuydu. Hayvanlar ve bitkiler aleminde hiçbir şeyin yok olmadığı, sürekli olarak bir şekilden başkasına geçtiği, gübrenin tohuma, tohumun tavuğa, iribaşın kurbağaya, kurtçuğun kelebeğe, palamut tanesinin meşe ağacına dönüştüğü gibi, aynı şekilde insanın da yok olmadığı, yalnızca değiştiğine ilişkin ona atalarından miras kalan, tüm toprakla uğraşan insanlara mal olmuş, o kesin, huzur veren inanışı ruhunun derinliklerinde taşıyarak öbür dünyayla ile ilgili hiç kafa yormazdı. Buna inanıyor ve bundan dolayı da ölümün gözlerinin içine cesaretle, hatta daima neşeyle bakıyor ve ona yol açan acılara metanetle katlanıyordu ama bu konuyla ilgili konuşmayı sevmez, becere-

---

* François Arago (1786–1583) Fransız fizikçi, matematikçi, astronom. (Çev. N.)

mezdi de. Çalışmayı sever ve daima işe yarayacak konularla uğraşır ve arkadaşlarını da benzer yararlı şeyler yapmaya zorlardı.

Bu kafilede yer alan, halkın içinden gelen diğer siyasi mahkûm Markel Kondratyev farklı yapıda bir adamdı. On beş yaşında çalışmaya ve içinde yeni yeni filizlenen aşağılanma bilincini bastırmak için sigara ve içki içmeye başlamıştı. Bu aşağılanmayı ilk kez, Noel de onları, fabrikatörün karısının düzenlediği Noel şenliğine götürdüklerinde, ona ve arkadaşlarına bir kapiklik birer düdük, elma, yaldızlı bir fındık ve incir, fabrikatörün çocuklarına ise değerinin elli rubleden fazla olduğunu sonradan öğrendiği, ona büyüleyici şeyler gibi gözüken oyuncaklar armağan edildiğinde hissetmişti. Ünlü bir devrimci kızın fabrikaya girdiği ve Kondratyev'in üstün yeteneklerini fark edip ona kitaplar ve broşürler vermeye ve ona içinde bulunduğu durumu ve bunun nedenleriyle bu durumu iyileştirme çarelerini açıklayarak onunla konuşmaya başladığı sıralarda yirmi yaşındaydı. Kendini ve başkalarını içinde bulunduğu bu zulüm koşullarından kurtarmanın kesinlikle olanaklı olduğunu gördüğünde, bu durumun haksızlığı ona eskisine göre daha da acımasızca ve çok daha korkunç gelmiş ve yalnızca bu koşullardan kurtulmayı değil aynı zamanda bu korkunç haksızlığı yaratan ve destekleyenleri de cezalandırmayı büyük bir tutkuyla istemişti. Ona anlattıkları gibi bu olanağı bilgi sağlayabilirdi ve Kondratyev de kendini büyük bir tutkuyla öğrenmeye verdi. Sosyalist ülkünün bilgiyle nasıl gerçekleşeceğini bilmiyordu ama içinde bulunduğu durumun haksızlığı ile ilgili nasıl bilgi gözlerini açtıysa, aynı şekilde bu bilginin bu haksızlığı düzelteceğine de inanıyordu. Bunun dışında bilgi onu kendi gözünde başkalarından daha değerli kılıyordu. Bunun içinde sigara ve içkiyi bırakıp onu ambarcı yaptıklarında daha da artan bütün boş zamanlarını okumaya ayırmıştı.

Devrimci kız onu eğitiyor ve her türlü bilgiyi büyük bir açgözlülükle yutmasını sağlayan olağanüstü yeteneğine şaşıp kalıyordu. İki yıl içinde cebiri, geometriyi, özellikle çok sevdiği tarihi yalayıp yutmuş ve tüm edebiyat eserlerini ve eleştirilerini, en çok da sosyalizm ile ilgili kitapları devirmişti.

Devrimci kızı ve onunla birlikte yanında yasak kitaplar bulundurduğu için Kondratyev'i de tutukladılar ve hapse attılar, sonra da Vologda eyaletine sürgüne gönderdiler. Orada Novodvorov ile tanıştı ve pek çok devrimci eser okuyup bitirdi, her şeyi aklına yazdı ve sosyalist görüşleri iyice pekişti. Sürgünden sonra fabrikanın darmadağın olması ve müdürünün öldürülmesiyle sonuçlanan büyük bir grevin önderliğini yaptı. Onu tutuklayıp yurttaşlık haklarından yoksun bırakarak sürgün cezasına çarptırdılar.

Var olan ekonomik sisteme olduğu gibi dine karşı da olumsuz yaklaşıyordu. İçinde büyüdüğü dinin saçmalığını anlayıp çaba sarf ederek ve başlangıçta korkuyla, daha sonra coşkuyla ondan kurtularak, onu ve atalarını maruz bıraktıkları bu aldatmacayı cezalandırırcasına büyük bir hınçla ve öfkeyle papazlar ve dini dogmalarla durmaksızın dalga geçti.

Alışkanlığı üzere çilekeşti, azla yetinmeyi bilir ve çocukluğundan çalışmaya alışık herkes gibi gelişmiş kaslarıyla fiziksel güç gerektiren her türlü işin altından kolayca ve ustaca kalkardı ama bilgi edinmeyi sürdürmek için hepsinden daha çok hapishanelerde ve sürgüne giderken menzillerdeki boş zamana değer verirdi. Şimdi Marks'ın birinci cildini okuyor ve bu kitabı büyük bir mücevher gibi torbasında özenle saklıyordu. Özellikle candan bağlı olduğu ve bütün konulardaki görüşlerini çürütülemez bir gerçek olarak kabul ettiği Novodvorov dışındaki bütün arkadaşlarına karşı ölçülü, umursamaz yaklaşıyordu.

Gerekli bütün işlerde bir engel olarak gördüğü kadınlara karşı ise dayanılmaz bir aşağılama duygusu besliyordu. Ancak Maslova'ya acıyor ve üst sınıfın alt sınıfı sömürmesine bir örnek olarak gördüğü için ona karşı nazik davranıyordu. Aynı nedenle de Nehlüdov'u sevmiyor, onunla sohbete girmekten kaçınıyor, elini sıkmıyordu, ancak Nehlüdov tokalaşmak istediğinde elini dimdik uzatıp sıkmasına izin veriyordu.

XIII

Soba yanmış, ortalık ısınmış, çay demlenmiş, bardaklara, maşrapalara doldurulmuş ve süt katılmış, simitler, taze undan elenmiş buğday ekmeği, kaynamış yumurta, yağ, dana kellesi ve ayakları bir bir konmuştu. Herkes masa görevi gören ranzanın yanına yerleşip yiyip içiyor ve sohbet ediyordu. Rantseva bir sandığın üzerine oturmuş çay dolduruyordu. Üzerindeki ıslak gocuğu çıkarıp kuru battaniyeye sarınarak yerine uzanan ve Nehlüdov ile konuşan Krıltsov dışında geriye kalan bütün herkes Rantseva'nın başına üşüşmüştü.

Soğuktan, nakil sırasındaki rutubetten, burada karşılaştıkları pislik ve kargaşadan, her şeyi bir düzene koymak için harcanan bunca emekten sonra, buldukları yemek ve sıcak çay hepsinin keyfini iyice yerine getirmiş, sevindirmişti.

Ağır mahkûmların duvarın arkasından işitilen gürültü patırtıları, bağrışmaları ve küfürleri, çevrelerini kuşatan şeyin farkındalığını sağlıyor, onlardaki rahatlık duygusunu pekiştiriyordu. Bu insanlar kendilerini bir süreliğine çevrelerini kuşatan aşağılama ve acılarla baskına uğramamış denizin ortasındaki bir adada gibi hissediyorlar ve bundan dolayı da coşkulu ve heyecanlı bir ruh hali içinde bulunuyorlardı. Her şeyden konuşuyorlar ama yalnızca kendi durumlarından ve onları bekleyen şeyden söz etmiyorlardı. Bunun dışında genç kızlarla delikanlılar, bilhassa da zorla bir arada tutulduklarında, her zaman olduğu gibi, kaynaşmış, aralarında karşılıklı ya da karşılıksız, birbirlerine karşı farklı şekillerde gönül akması olmuştu. Neredeyse hepsi âşıktı. Novodvorov güleç yüzlü Grabets'e âşıktı. Bu Grabets devrim sorunlarına tamamen kayıtsız, bu konulara pek kafa yormayan gencecik bir kız öğrenciydi. Ancak zamanın etkisine boyun eğmiş, bir şekilde kendini kötü duruma düşürmüş ve sürgüne gönderilmişti. Dışardayken asıl amacı nasıl erkekler üzerinde etkili olmaksa, sorgularda, hapishanede ve sürgünde de bu aynen devam ediyor olmalıydı. Şimdi, nakil sırasında Novodvorov'un ona gönlünü kaptırması onu avutuyordu, kendisi de ona âşıktı. Vera Yefremovna çok şıpsevdi bir kadındı, ancak kimsede kendine âşık edecek heyecan uyandıramıyor ama daima karşılık görmeyi umut ediyordu, bir Nabatov'a, bir Novodvorov'a âşık oluyordu. Aşka benzer bir şey de Krıltsov'da Marya Pavlovna'ya karşı vardı. Onu erkeklerin kadınları sevdiği gibi seviyordu ama aşka kaşı onun tutumunu bildiği için duygularını, Marya Pavlovna'nın ona gösterdiği hassasiyet karşısında duyduğu şükran ve dostluk görüntüsü altına ustaca gizliyordu. Nabatov ve Rantseva çok karmaşık bir aşk ilişkisi içindeydiler. Marya Pavlovna nasıl el değmemiş bir kız oğlan kızsa, Rantseva da aynı şekilde eline başka erkek eli değmeyen evli bir kadındı.

On altı yaşında daha liseye giderken Petersburg üniversitesinde okuyan Rantsev'e âşık olmuş ve onunla çocuk daha üniversitedeyken, on dokuz yaşında evlenmişti. Kocası dördüncü sınıftayken üniversitede bir olaya karışmış, Petersburg'dan sürülmüş ve devrimci olmuştu. O da tıp fakültesini bırakıp kocasının peşinden gitmiş ve o da devrimci olmuştu. Eğer kocası onun gördüğü gibi dünyanın en iyi, en akıllı adamı olmasaydı ona âşık olmaz, bırakın âşık olmayı onunla evlenmezdi bile. Ancak bir kere sevmiş ve inanışına göre dünyanın en iyi, en akıllı adamıyla evlenmişti, doğal olarak da, yaşamı ve yaşamın amacını, aynı dünyanın en iyi, en akıllı adamının anladığı gibi anlıyordu. Kocası başlangıçta hayatı iyi eğitim almak olarak anlıyor, o da hayata aynı kocası gibi bakıyordu. Kocası devrimci olunca o da devrimci oldu. Var olan düzenin sürmesinin olanaklı olmadığını ve bu düzenle mücadele etmenin ve bireyin özgürce kendini geliştirebileceği vs. siyasi ve ekonomik bir düzen kurmak için çalışmanın her insanın boynunun borcu olduğunu çok iyi kanıtlayabilirdi. Ona gerçekten böyle düşünüyor ve hissediyormuş gibi geliyordu ama aslında, yalnızca kocasının düşündüklerini düşünüyordu, ki bu da asıl gerçekti ve bir tek şeyin, ona manevi doygunluk veren kocasıyla tam bir uyumun ve ruhen kaynaşmanın peşindeydi.

Kocasıyla ve annesinde kalan bebeğiyle ayrılık ona çok ağır geliyordu. Ancak bu ayrılığa, bütün bunları kocası gönül verdiğine göre kuşkusuz doğru olan dava uğruna çektiğini bilerek metanetle ve yakınmadan katlanıyordu. Aklı fikri hep kocasındaydı, daha önce kimseyi sevmediği gibi şimdi de kocasından başka birini sevemezdi. Ancak Nabatov'un ona olan sadık, saf sevgisi içine dokunuyor ve onu heyecanlandırıyordu. Nabatov ahlaklı ve sağlam bir adamdı, kocasının arkadaşıydı, ona karşı kız kardeşi gibi davranmaya çalışıyordu ama kendisine karşı davranışlarında daha farklı bir şey seziliyor ve bu sezilen şey de onların şu anki zor yaşamlarını süslemekle birlikte her ikisini de daha çok korkutuyordu.

Kısacası bu küçük toplulukta aşkla işi olmayan yalnızca Marya Pavlovna ve Kodratyev'di.

XIV

Nehlüdov, Katyuşa ile her zaman yaptığı gibi, birlikte içilen çaydan ve yenen akşam yemeğinden sonra baş başa görüşmeyi planlayarak, Krıltsov'un yanında onunla sohbet ederek oturuyordu. Bu arada ona Makar'la ilgili kendisine yapılan başvuruyu ve işlediği suçun öyküsünü anlattı. Krıltsov parıldayan gözlerini Nehlüdov'un yüzüne dikmiş, dikkatle dinliyordu.

"Evet," dedi. "Onlarla birlikte yan yana yürüyoruz ama sık sık, bu birlikte yürüdüklerimiz kim diye kafama takılıyor. Gerçekten uğruna yürüdüğümüz insanlar bunlar mı? Bununla birlikte onları hiç tanımıyoruz ve tanımak da istemiyoruz. Onlar ise, daha kötüsü, bizden nefret ediyorlar ve bizi düşman gibi görüyorlar. En korkuncu da bu."

Sohbete kulak kabartan Novodvorov çatlak sesiyle "Korkunç olan bir şey yok," dedi. "Kitleler daima yalnızca iktidara tapınır. Şimdi iktidar her şeye hâkim, onlar da iktidara tapınıyor, bizden nefret ediyorlar; yarın biz iktidar olacağız, o zaman da bize tapınacaklar..."

O sırada duvarın arkasından ağız dolusu küfürler, duvara çarpanların sesi, zincir şakırtıları, keskin bir çığlık ve bağrışmalar işitildi. Birini dövüyorlar, biri de "Nöbetçi!" diye bağırıyordu.

Novodvorov sakin bir biçimde "İşte hepsi hayvan gibiler! Onlarla aramızda ne gibi bir ortak yan olabilir ki?" dedi.

"Sen onlara hayvan diyorsun. Oysa şimdi Nehlüdov öyle bir davranıştan bahsetti ki," dedi öfkeyle Krıltsov ve Makar'ın hemşerisini kurtarmak için nasıl hayatını tehlikeye attığını anlattı. "Bu hayvanlık değil, tam tersi kahramanlık."

Novodvorov alaylı alaylı "Ne büyük hassasiyet!" dedi. "Bu insanların iç dünyasını ve onları harekete geçiren gerekçeleri anlamamız zor. Sen burada yüce gönüllü bir davranış görüyorsun ama belki arkasında bu kürek mahkûmuna duyulan bir kıskançlık vardır."

Ansızın heyecana kapılan Marya Pavlovna "Sen de bir başkasında iyi hiçbir yan görmezsin," dedi. (Herkesle senli benli konuşurdu).

"Olmayan bir şeyi göremezsin."

"Hadi canım, adam korkunç bir ölümü göze alıyor, nasıl olmazmış?"

"Bence," dedi Novodvorov, "şayet kendi işimizi yapmak istiyorsak, bunun ilk koşulu (Kodratyev lambanın ışığında okuduğu kitabı bıraktı ve öğretmenini dinlemeye koyuldu) hayaller kurmak değil, her şeyi olduğu gibi görmektir. Halk kitleleri için her şeyi yapmak, buna karşılık onlardan hiçbir şey beklememektir; kitleler bizim çalışmalarımızın nesnesini oluştururlar, ancak bu güne kadar, şimdi olduğu gibi atıl kaldıkları sürece bizim yoldaşımız olamazlar," diye adeta konferans verircesine söze girişmişti Novodvorov. "Bu nedenle, onlara hazırlamakta olduğumuz gelişme süreci için, bu süreç tamamlanıncaya kadar onlardan yardım beklemek kesinlikle hayalcilik olur."

Krıltsov kıpkırmızı kesilerek "Hangi gelişme sürecinden bahsediyorsun? dedi. "Biz keyfi davranışa ve despotizme karşı olduğumuzdan söz ederken, bu korkunç bir despotizm olmuyor mu?"

Novodvorov sakin bir biçimde "Hayır, despotizmle falan alakası yok," diye yanıt verdi. "Ben yalnızca halkın yürümesi gereken yolu bildiğimi ve bu yolu gösterebileceğimi söylüyorum."

"Peki göstereceğin yolun doğru yol olduğundan nasıl bu kadar emin olabiliyorsun? Bu engizisyondan ve Fransız devriminden sonraki idamlardan kaynaklanan despotizm olmuyor mu? Onlarda bilimsel olarak biricik gerçek yolu biliyorlardı."

"Onların yanılmış olmaları, benim yanıldığımı göstermez. Hem sonra ideologların saçmalıkları ile ekonomi biliminin pozitif verileri arasında büyük bir fark var."

Novodvorov'un sesi bütün koğuşu dolduruyordu. Yalnızca o konuşuyor, kimse sesini çıkarmıyordu.

Bir an için sustuğunda "Ha bire tartışıp duruyorlar," dedi Marya Pavlovna.

"Peki, bu konuda siz ne düşünüyorsunuz?" diye sordu Nehlüdov Marya Pavlovna'ya.

"Anatoli'nin haklı olduğunu düşünüyorum, düşüncelerimizi halka zorla kabul ettiremeyiz."

Nehlüdov gülümseyerek, farklı bir şey söyleyeceği korkusuyla, vereceği yanıtı bekleyerek "Peki, siz, Katyuşa, bu konuda ne düşünüyorsunuz?" diye sordu.

Kıpkırmızı kesilen Katyuşa "Bence olan halka oluyor," dedi, "zavallı insanlar çok çekiyor."

"Çok haklısın, Mihaylova, çok haklısın," diye bağırdı Nabatov, "halk çok ezildi. Halkı ezmelerinin önüne geçmek lazım. Bizim asıl işimiz de bu."

Novodvorov "Devrimin amaçlarıyla ilgili tuhaf bir görüş," dedi ve susup öfkeyle sigara içmeye koyuldu.

Krıltsov fısıltıyla "Onunla konuşulmuyor," dedi ve sesini kesti.

"Konuşmamak çok daha iyi," dedi Nehlüdov.

XV

Novodvorov'a bütün devrimciler tarafından saygı duyulmasına, çok bilgili ve akıllı biri sayılmasına karşın Nehlüdov, onu ahlaki nitelikleri bakımdan ondan çok aşağıdaki, orta düzeyin altındaki devrimciler arasında görüyordu. Bu adamın akıl gücü büyüktü ama kendini üstün görmesi akıl gücünün kat be kat üstündeydi, yani paydası payından fazlasıyla büyük biriydi. Bu adamın akıl gücü – onun payı – büyüktü; ancak kendi hakkındaki görüşü – onun paydası – karşılaştırılamayacak derecede büyük ve çoktan beri akıl gücünü geride bırakmıştı.

Bu adam manevi yaşam bakımından Simonson'la karşılaştırıldığında onun tam tersiydi. Simonson daha çok erkeklere özgü olan, davranışları düşüncelerinden kaynaklanan ve düşünceleriyle belirlenen insanlandandı. Novodvorov ise daha çok insanlar arasında kadınlara özgü olan, düşünceleri kısmen duyguların belirlediği amaçlara ulaşılmasına, kısmen de duyguların neden olduğu davranışları haklı göstermeye yönelen insanlardandı. Novodvorov'un tüm devrimci çalışmaları, çok inandırıcı kanıtlarla, çok inandırıcı bir biçimde açıklamasına karşın, Nehlüdov'a yalnız şöhret düşkünlüğüne ve insanların önünde en gözde olma isteğine dayanıyormuş gibi geliyordu. Başlangıçta, başkalarının düşüncelerini kavrama ve bunları doğru bir şekilde aktarma yeteneği sayesinde, öğrenim döneminde, bu yeteneğe yüksek değer biçen lise, üniversite ve yüksek lisansta öğretmenler ve öğrenciler arasında gözde olmuş ve bu arzusunu tatmin etmişti. Ancak öğrenimini tamamlayıp diplomasını aldıktan sonra okumayı bırakmış ve bu gözde olma durumu sona ermişti, Novodvorov'u sevmeyen Krıltsov'un Nehlüdov'a anlattığına göre, o da yeni çevresinde tekrar gözde olabilmek için birdenbire görüşlerini tamamen değiştirmiş, ılımlı bir liberalken, Halkın Özgürlüğü hareketinin ateşli bir savunucusu olmuştu. Karakterinde kuşku ve kararsızlığa yol açacak ahlaki ve estetik özellikleri olmadığı için devrimciler arasında hızla, onurunu bir hayli okşayan parti yöneticisi konumuna yükselmişti. Bir kere yönünü belirledikten sonra, artık asla ne kuşkuya ne de kararsızlığa düşüyordu, zira asla yanılmayacağından emindi. Hiç kuşkusuz, her şey ona alışılmadık derecede basit ve kolay görünüyordu. Bakış açısı dar ve tek yanlı olduğu için ona göre her şey çok basit ve kolaydı, onun dediği gibi, yalnızca mantıklı olmak yeterliydi. Özgüveni öylesine yüksekti ki, bu özgüven ya insanları ondan uzaklaştırabilir ya da kendine kayıtsız şartsız bağımlı kılabilirdi. Çalışmalarını, onun sınırsız özgüvenini derin düşüncelilik ve bilgelik kabul eden çok genç insanlar arasında gerçekleştiği için çoğunluk ona bağımlı olmuş ve devrimci çevrelerde büyük bir başarı elde etmişti. Çalışması iktidarı el geçirmek ve bir konsey toplamak için bir ayaklanma hazırlamaktan ibaretti. Konseyde kendisi tarafından hazırlanan bir program önerilecekti. Bu programın bütün sorunları çözeceğinden ve onu gerçekleştireceğinden de son derece emindi.

Arkadaşları ona cesareti ve kararlığından dolayı saygı duyuyor ama onu sevmiyorlardı. O ise kimseyi sevmiyor, üstün yanı olan insanları rakip görüyor ve eğer fırsatını yakalarsa, büyük bir istekle, onlara yaşlı erkek maymunların genç maymunlara davrandığı gibi davranmaktan geri durmuyordu. Kendi yeteneklerinin ortaya çıkmasına engel olmamaları için herkesin bütün yeteneklerini ve tüm aklını kökünden kesip atabilirdi. Yalnızca önünde eğilen insanlara iyi davranıyordu.

Şimdi de, yolculuk sırasında, propaganda yaptığı işçi Kondratyev'e ve her ikisi de kendisine âşık olan Vera Yefremovna ve güzelce Grabets'e iyi davranıyordu. İlke olarak her ne kadar kadın sorunlarından yana olsa da, sık sık duygusal olarak âşık olduğu, âşık olunca da, erdemlerini yalnızca kendisinin fark ettiği olağanüstü kadınlar saydığı şu anda âşık olduğu Grabets gibi kadınlar hariç bütün kadınları, için için aptal, işe yaramaz varlıklar sayıyordu.

Cinsel ilişki sorunu diğer bütün sorunlar gibi ona göre çok basit ve kolaydı ve özgür aşkın kabulüyle kesin olarak çözülmüştü.

Biri nikâhlı biri nikâhsız iki karısı olmuş, nikâhlı karısından aralarında gerçek aşk olmadığı inancıyla boşanmıştı, şimdi de Grabets ile bir çatı altında yaşamaya niyetleniyordu.

Söylediği gibi, Maslova ile 'kırıştırdığı' ve özellikle de var olan düzenin yetersizlikleri ve onu düzeltme çareleri hakkında bırakın Novodvorov'un düşündüğü gibi sözcüğü sözcüğüne aynı düşünmeyi, hatta kendince, bir knyaz gibi, yani aptalca düşündüğü için Nehlüdov'dan nefret ediyordu. Nehlüdov, Novodvorov'un kendisine ve üzüntüsüne karşı takındığı bu tutumunu biliyor ve yolculuk sırasında huzurlu bir ruh hali içinde olmasına karşın ona aynıyla karşılık verdiğini ve bu adama karşı duyduğu müthiş antipatiyi bir türlü yenemeyeceğini hissediyordu.

XVI

Yan koğuştan amirlerin sesi işitildi. Herkes sesini kesti, bunun ardın da iki muhafızla birlikte çavuş içeri girdi. Yoklama yapılacaktı. Çavuş herkesi tek tek parmağıyla göstererek saydı. Sıra Nehlüdov'a gelince yumuşak, senli benli bir tavırla "Yoklamadan sonra artık kalmanız yasak, knyaz. Gitmeniz gerekiyor," dedi.

Nehlüdov bunun ne anlama geldiğini bildiği için, çavuşun yanına sokulup daha önceden hazırladığı üç rubleyi cebine sokuşturdu.

"Anlaşılan, sizinle işimiz var! Hadi biraz daha kalın."

Tam çavuş giderken, önden başka bir nöbetçi, onun arkasından da bir gözü morarmış, seyrek sakallı, sıska bir mahkûm içeri girdi.

"Küçük kız için gelmiştim," dedi mahkûm.

Aniden "A, babam gelmiş," diyen keskin bir çocuk sesi işitildi ve Rantseva'nın verdiği etekten küçük kıza yeni bir giysi diken Mariya Pavlovna, Katyuşa ve Rantseva'nın arasından minik, sarışın bir baş yükseldi.

Buzovkin sevecen bir sesle "Ben geldim, kızım, ben," dedi.

Mariya Pavlovna, Buzovkin'in darmadağın olmuş yüzüne acıyarak bakıp "Burada çok iyi," dedi. "Bırakın yanımızda kalsın."

Küçük kız babasına Rantseva'nın elindeki işi göstererek "Teyzeler bana yeni bir *lopot** dikiyorlar," dedi. "Çok güzel, hem de çok cici," diyerek mırıldandı.

Rantseva küçük kızı okşayarak "Geceyi bizim yanımızda geçirmek ister misin? diye sordu.

"İsterim. Babam da kalsın."

Rantseva'nın yüzüne aydınlık bir gülümseme yayıldı.

"Baban kalamaz," dedi. "Onu burada bıraksanız," diyerek babasına döndü.

---

* Sibiryalılar arasında elbisenin adı (Çev.N.)

Kapıda duran çavuş "Olabilir, isterseniz bırakın," dedi ve nöbetçiyle birlikte çıktı.

Muhafızlar çıkar çıkmaz Nabatov, Buzovkin'in yanına sokulup omzuna dokunarak "söyle bakalım, kardeşim, doğru mu, sizin koğuştaki Karmanov bir başkasıyla mı yer değiştirmek istiyor?"

Buzovkin'in saf, sevecen yüzünü ansızın bir hüzün kapladı ve gözlerine sanki bir perde indi.

"Biz duymadık ama sanmam," dedi ve gözlerine inen perdeyi çekmeden "peki, Aksütka, anlaşılan hanımefendilerle keyfin yerinde," diye ekledi ve aceleyle çıktı.

"Her şeyi biliyor, yer değiştikleri doğru demek," dedi Nabatov. "Bu durumda siz ne yapacaksınız?"

"Kentte idareye bildireceğim. Her ikisini de simaen tanıyorum," dedi Nehlüdov.

Hepsi anlaşılan tartışmanın yeniden alevlenmesinden korkarak susuyordu.

Ellerini başının arkasına kavuşturmuş, bir köşedeki ranzada, o ana kadar hiç sesini çıkarmadan uzanan Simonson kalkıp oturanların etrafından usulca geçerek, Nehlüdov'un yanına sokuldu ve "Bana biraz zaman ayırabilir misiniz?" dedi.

"Elbette," dedi Nehlüdov ve arkasından gitmek için ayağa kalktı.

Ayağa kalkan Nehlüdov'a göz atan ve onunla göz göze gelen Katyuşa kıpkırmızı kesilerek, şaşırmış gibi başını salladı.

Simonson, Nehlüdov ile birlikte koridora çıkınca "Sizinle konuşmak istediğim bir konu var," diye söze başladı. Ağır mahkûmların bağırış çağırışları, çıkardıkları gürültü yüzünden koridorda ortalık adeta yıkılıyordu. Nehlüdov yüzünü ekşitti ama Simonson buna hiç şaşırmamış gibiydi. İyilik okunan gözlerini doğruca Nehlüdov'un yüzüne dikip "Katerina Mihaylovna ile ilişkinizi bildiğim için size açıklamak zorunluluğu hissediyorum," diyerek konuşmasını sürdürdü ama tam kapının dibinde iki kişi aynı anda bir konu üzerine avaz avaz bağırarak tartıştıkları için durmak zorunda kaldı.

"Sana bin kez söyledim, budala, benim işim değil!" diye biri haykırdı.

Diğeri "Şeytan herif, boğazında kalsın," diye hırıldadı.

Tam o sırada Marya Pavlovna koridora çıktı.

"Burada nasıl konuşulur ki," dedi, şuraya geçin, orada yalnızca Veroçka var." Öne geçip yandaki, siyasi suçlu kadınlara ayrılmış, küçücük, besbelli tek kişilik koğuşun kapısına doğru yürüdü. Vera Yefremovna başını gömmüş yatıyordu.

"Migreni var, uyuyor ve duymaz, ben de gidiyorum!" dedi Marya Pavlovna.

"Aksine, kalın," dedi Simonson, "Kimseden gizleyecek bir şeyim yok, özellikle de senden."

"Peki, öyleyse," dedi Marya Pavlovna ve çocuk gibi durmadan vücudunu sağa sola oynatarak ve bu hareketini sürdürerek ranzanın iyice dip tarafına yerleşip uysal, güzel gözlerini uzaklarda bir yerlere dikip dinlemeye hazırlandı.

"Sizinle konuşmak istediğim konu," diye yineledi Simonson, "Katerina Mihaylovna ile ilişkinizi bildiğim için onunla olan ilişkimi size açıklamak zorunluluğu hissediyorum."

Simonson'un konuşmasındaki sadelik ve içtenliğe elinde olmadan hayranlık duyan Nehlüdov "Nasıl yani?" dedi.

"Yani, Katerina Mihaylovna ile evlenmek istiyorum..."

Gözleri Simonson'a takılıp kalan Marya Pavlovna "inanılmaz!" dedi.

"... ve ona karım olmasını teklif etmeye karar verdim," diye konuşmasını sürdürdü Simonson.

"Ben ne yapabilirim ki? Onun bileceği iş," dedi Nehlüdov.

"Evet ama sizin ne diyeceğinizi bilmeden buna karar veremiyor."

"Neden?"

"Çünkü sizin onunla olan ilişkiniz kesin bir çözüme kavuşmadan, o hiçbir seçim yapamaz."

"Benim açımdan hiçbir sorun yok. Yapmak zorunluluğu hissettiğim şeyi yapmak, ayrıca onun durumunu kolaylaştırmak istiyordum ama hiçbir koşulda onu sıkıştırmayı istemem."

"Evet ama kendisi sizin fedakârlık yapmanızı istemiyor."

"Yaptığım hiçbir fedakârlık yok."

"Hem Katerina Mihaylovna'nın bu kararının geri dönüşü olmadığını da biliyorum."

"O halde benimle neden konuşuyorsunuz ki? dedi Nehlüdov.

"Sizin de bunu kabul etmenizi gerekli görüyor."

"Zorunlu saydığım bir şeyi yapmamam gerektiğini nasıl kabul edebilirim ki? Bu konuda söyleyebileceğim tek şey, benim değil, onun özgür olduğu."

Simonson düşüncelere dalarak sustu.

"Peki, o halde kendisine aynen söylerim. Ona âşık olduğumu falan sanmayın," diye sürdürdü konuşmasını. "Onu harika, eşi az bulunur, çok çekmiş bir insan olarak seviyorum. Ondan hiçbir beklentim yok, ancak tüm kalbimle ona yardımcı olmak istiyorum, onun durumunu kolayla..."

Nehlüdov, Simonson'un sesindeki titremeyi fark ederek, şaşırdı.

"... onun durumunu kolaylaştırmak istiyorum" diye sürdürdü konuşmasını Simonson. Sizin yardımınızı kabul etmiyorsa, bırakın benimkini kabul etsin. Eğer razı olursa, beni de onun hapis yatacağı yere sürmelerini isteyeceğim. Sonsuza kadar değil ya, hepsi hepsi dört yıl, yakınında olurum, belki de, yazgısını kolaylaştırmak için..." Yine heyecana kapılıp durdu.

"Ne söyleyebilirim ki?" dedi Nehlüdov. Sizin gibi böyle arka çıkan birini bulduğu için memnun oldum..."

"Bilmem gereken bir şey de," diyerek konuşmasını sürdürdü Simonson. "Onu seven, onun iyiliğini isteyen biri olarak benimle evlenmesini onun hayrına görüyor musunuz?"

Nehlüdov kararlı bir biçimde "Evet, elbette," dedi.

Simonson, bu asık yüzlü adamdan hiç umulmayacak çocuksu bir sevecenlikle Nehlüdov'a bakarak "Asıl konu o, istediğim tek şey, acılar içinde kıvranan bu ruhun rahatlaması," dedi.

Simonson ayağa kalkıp Nehlüdov'un ellerini tuttu ve yüzüne doğru uzanıp utangaç utangaç gülümsedi ve onu öptü.

"Peki o halde, ona aynen söylerim," dedi ve çıktı.

XVII

"Vay şuna bak!" dedi Marya Pavlovna. "Âşık, hem de sırılsıklam âşık. Vladimir Simonson'un böyle aptalca, çocukça bir aşka kapılacağını hiç ummazdım. Çok şaşırtıcı, işin doğrusu söylemek gerekirse üzücü de," diyerek içini çekti.

"Peki, ya Katya? O, bu konuya nasıl yaklaşıyor, ne dersiniz?" diye sordu Nehlüdov.

"Katya mı?" Marya Pavlovna besbelli soruya tam doğru yanıt bulmak için durakladı. "O mu? siz de biliyorsunuz, geçmişine karşın, tabiat olarak çok ahlaklı biri... hem öyle zarif biri ki... Sizi seviyor, tertemiz bir sevgiyle seviyor, hem sizi zor durumda bırakmamak için olumsuz da olsa sizin için iyi bir şey yapabilmek onu mutlu eder. Sizinle evlenmek onun için geçmişte yaşadıklarının hepsinden daha kötü, korkunç bir yıkım olurdu ve o da bu yüzden asla sizinle evlenmeyi kabul etmez. Aynı zamanda varlığınız onu huzursuz ediyor."

"Öyleyse ortalıktan kaybolmam mı gerekiyor?" dedi Nehlüdov.

Marya Pavlovna'nın yüzüne tatlı, çocuksu bir gülümseme yayıldı.

"Evet, kısmen."

"Kısmen nasıl kaybolunur ki?"

"Benimki de laf işte; ancak Katyuşa ile ilgili olarak, büyük bir olasılıkla, Simonson'un ateşli aşkının tuhaflığını gördüğünü (Simonson bununla ilgili ona hiçbir şey söylememişti), bundan hem memnuniyet duyduğunu hem de korktuğunu söylemek isterim. Bilirsiniz, bu işlerin uzmanı değilimdir ama bana öyle geliyor ki, Simonson açısından bu, her ne kadar üstü örtülü olsa da çok sıradan erkekçe bir duygu. Bu aşkın enerjisini arttırdığı, platonik bir aşk olduğunu söylüyor. Ancak bu eşsiz bir aşk bile olsa yine de temelinde pis bir şeylerin yattığını biliyorum... Aynı Novodvorov ile Lüboçka arasında olduğu gibi.

Marya Pavlovna en çok sevdiği konuyla ilgili lafa dalmış ve asıl konudan uzaklaşmıştı.

"Peki ben ne yapayım?" diye sordu Nehlüdov.

"Bence, ona söylemelisiniz. Her şeyi açıklığa kavuşturmak, daima en iyisidir. Onunla konuşun, çağırayım onu, ister misiniz?" dedi Marya Pavlovna.

"Lütfen," dedi Nehlüdov ve Marya Pavlovna çıktı.

Küçücük koğuşta Vera Yefremovna'nın ara sıra inlemeleriyle kesilen soluklarını ve iki kapının ardından ara vermeksizin ortalığı kaplayan ağır mahkûmların uğultularını dinleyerek yalnız başına kalan Nehlüdov'un içini tuhaf bir duygu kaplamıştı.

Simonson'un ona söylediği şey, zayıflık gösterdiği anlarda ağır ve tuhaf gelen üstlendiği sorumluluktan onu kurtanıyordu ama bununla birlikte yalnızca tatsız değil aynı zamanda acı verici geliyordu. İçin için Simonson'un önerisinin, davranışının yüceliğini silip atacağını, hem kendi hem de başkalarının gözünde gösterdiği özveriyi sıfırlayacağını hissediyordu; şayet Katyuşa'ya karşı hiçbir sorumluluğu olmayan böyle iyi bir adam onunla yazgısını birleştirmek istiyorsa, bu kendisinin fedakârlığının artık pek bir anlamı kalmadığını gösteriyordu. Belki, bir de basit bir kıskançlık duygusu da vardı: Katyuşa'nın ona olan aşkına o kadar alışmıştı ki, onun başka birini sevebileceğini aklının ucuna bile getirmek istemiyordu. Hem cezasını çekip bitirinceye kadar onun yanında yaşamayla ilgili yaptığı plan da altüst olacaktı. Eğer Katyuşa, Simonson ile evlenecek olursa, burada bulunmasının bir anlamı kalmayacak ve yeni bir yaşam planı yapmak zorunda kalacaktı. Nehlüdov daha duygularını kavrayacak fırsat bulamadan, açılan kapıdan ağır mahkûmlardan çıkan daha da şiddetli bir uğultu ortalığı kapladı (o gün onlarda bir olağanüstülük vardı) Katyuşa koğuşa girdi ve hızlı adımlarla yanına sokuldu.

Hemen yanı başında durarak "Beni Marya Pavlovna gönderdi," dedi.

"Evet, sizinle konuşmam lazım. Buyurun oturun. Vladimir İvanoviç bana bir şeylerden söz etti."

Katyuşa ellerini dizlerine kavuşturarak oturdu, sakin görünüyordu, ancak Nehlüdov, Simonson'un adını ağzına alır almaz kıpkırmızı kesildi.

"Size ne söyledi ki?" diye sordu.

"Sizinle evlenmek istediğini söyledi."

Katyuşa'nın yüzü ansızın acı ifadesiyle buruştu. Hiçbir şey söylemeden gözlerini yere indirdi.

"Benim olurumu yada tavsiyemi istiyor. Ben de her şeyin size bağlı olduğunu, kararı sizin vermeniz gerektiğini söyledim."

Katyuşa "Ah, bu da ne? Neden?" dedi ve Nehlüdov'u her zaman derinden etkileyen, tuhaf bakışıyla şehla gözlerini Nehlüdov'un gözlerine dikti. Birkaç saniye hiçbir şey söylemeden birbirlerinin gözlerinin içine baktılar. Bu bakışma her ikisine de çok şey söylüyordu.

"Kararı siz vermelisiniz," diye yineledi Nehlüdov.

"Neye karar vereceğim?" dedi Katyuşa. "Her şeye çoktan karar verilmiş."

"Hayır, Vladimir İvanoviç'in teklifini kabul edip etmeyeceğinize siz karar vermelisiniz," dedi Nehlüdov.

Katyuşa kaşlarını çatarak "Ben bir kürek mahkûmuyum, benden nasıl bir karı olur? Bir de neden Vladimir İvanoviç'i mahvedeyim ki?" dedi.

"Evet ama ya af çıkarsa?" dedi Nehlüdov.

Katyuşa "Ah, bırakın beni. Daha fazla söyleyecek bir şeyim yok," diyerek, kalkıp koğuştan çıktı.

XVIII

Nehlüdov, Katyuşa'nın peşinden erkekler koşuğuna döndüğünde oradaki herkes heyecan içindeydi. Her yere girip çıkan, herkesle ilişki kuran, her şeyi gözlemleyen Nabatov en etkileyici haberi getirmişti. Haber şuydu, Nabatov bir duvarın üzerinde kürek cezasına mahkûm devrimci Petlin'in yazdığı bir not bulmuştu. Herkes Petlin'in çoktan Kara nehrinin oralarda olduğunu sanıyordu ve birdenbire, onun çok kısa bir süre önce buralardan mahkûmlarla birlikte geçtiği ortaya çıkmıştı.

"17 Ağustos'ta," diye yazıyordu notta, "mahkûmlarla birlikte yalnızca ben gönderildim. Neverov benimle birlikteydi, Kazan'da akıl hastanesinde kendini astı. Sağlıklıyım ve dincim, her şeyin iyi olacağını umut ediyorum."

Herkes Petlin'in durumunu ve Neverov'un intiharının nedenlerini tartışıyordu. Krıltsov ise parıldayan sabit gözlerle önüne bakarak, düşüncelere dalmış bir halde susuyordu.

"Kocam bana Neverov'un daha Petropavlovsk'da hayaletler gördüğünü söylemişti," dedi Rantseva.

"Evet, bir şair, bir hayalperestti, böyle insanlar yalnızlığa dayanamıyorlar," dedi Novodvorov. "Örneğin ben, yalnızlığa düşünce hayal gücümün çalışmasına izin vermem, zamanımı sistemli bir biçimde bölerim. Bu sayede de her zaman kolay atlatırım."

Nabatov besbelli karamsar havayı dağıtmak istercesine, neşeli bir sesle "Atlatamayacak ne var? beni içeri tıktıklarında çoğu zaman memnun bile oluyorum," dedi. "Dışardayken Hem ele geçmekten, hem başkalarının başını derde sokmaktan, hem de davaya zarar vermekten ha bire korkar durursun ama içeri tıktıklarında sorumluluğun son bulur, rahatlarsın. Yan gel yat, bir de cigara yak."

Marya Pavlovna, Krıltsov'un birden bire değişen, avurtları çöken yüzüne kaygıyla bakarak, "Onu yakından mı tanırdın?" diye sordu.

Krıltsov adeta uzun süre bağırmış ya da şarkı söylemiş gibi soluk soluğa "Neverov bir hayalperest ha?" diyerek söze girişti. "Neverov öyle bir adamdı ki, bizim kapıcının dediği gibi, eşi benzeri dünyaya az gelir... Evet... İçi dışı bir, baştan aşağıya şeffaf bir adamdı. Evet... Bırakın yalan söylemeyi, rol bile yapamazdı. İçi neyse dışı da oydu. Evet... Kimseye benzemeyen, karmaşık, zengin bir doğa... Artık, konuşacak ne var ki!"

Sustu. Öfkeyle kaşlarını çatarak "Biz de kalkmış neyin daha iyi olduğunu tartışıyoruz, önce halkı eğitip sonra yaşam biçimlerini mi değiştirmeli, yoksa önce yaşam biçimlerini değiştirip sonra barışçı propagandayla mı yoksa teröre başvurarak mı, nasıl mücadele edeceğimizi tartışıyoruz. Hâlâ tartışıp duruyoruz ama onlar tartışmıyorlar, ne yapacaklarını biliyorlar, hiçbir şey umurlarında değil, kim ölmüş, kim kalmış, onlarca, yüzlerce, hem de ne insanlar, oralı bile değiller. Tam tersi, özellikle en iyileri yok olup gitsin istiyorlar. Evet, Herzen Dekabristler ortadan kaldırılınca, genel seviyenin düştüğünü söylüyordu. Daha ne kadar düşürecekler ki! Sonra bizzat Herzen'i ve onun akranlarını yok ettiler. Şimdi de Neverovlar'ı..."

Nabatov canlı sesiyle "Herkesi yok edemezler," dedi. "Yine de nöbeti devralacak birileri kalacaktır."

Krıltsov sözünün kesilmesine izin vermeden, sesini yükselterek "Hayır, biz onlara merhamet etmeye devam ettiğimiz sürece kalmaz," dedi. "Bana bir sigara verin."

"Sağlığına iyi gelmiyor, Anatoli," dedi Marya Pavlovna, "lütfen içme."

"Aman bıraksana," dedi ve bir sigara yaktı ama hemen öksürmeye başladı; kusacakmış gibi bir öğürtü tuttu. Tükürüp konuşmasını sürdürdü: "Yaptığımız doğru değil, hayır değil. Ha bire konuşacağımıza omuz omuza vermeliydik... ve hepsini yok etmeliydik. Evet."

"İyi ama onlar da insan," dedi Nehlüdov.

"Hayır, onlar insan değil, onların yaptıklarını insan yapmaz... Hayır, hani bombalar, balonlar icat edildi falan diyorlar ya. Evet, balonla havalanıp tahta kuruları gibi soyları tükeninceye kadar üzerlerine bombalar yağdırmalı... evet. Zira..." diye başlamıştı ki, birden kıpkırmızı kesilip daha da güçlü bir öksürüğe tutuldu ve ağzından kan boşandı.

Nabatov kar getirmek için koşturdu. Marya Pavlovna yatıştırıcı damla getirdi ve ona içirmek istedi ama o gözlerini kapatmış, beyaz, cılız koluyla onu ittiriyor ve zorlukla, sık sık soluk alıyordu. Krıltsov kar ve soğuk suyla biraz yatıştırılıp yatırıldıktan sonra Nehlüdov herkesle vedalaşıp onu almaya gelen ve çoktandır bekleyen çavuşla birlikte çıktı.

Ağır mahkûmlar sesini keşmiş, çoğu uykuya dalmıştı. İnsanlar koğuşlarda ranzalarda, ranza altlarında, arada kalan boş yerlerde yatmalarına karşın hepsi koğuşa sığışamıyorlardı, bu yüzden bir kısmı koridorda başlarının altına torbalar koymuş, üzerlerine ıslak kaputlarını çekmiş yerde yatıyorlardı.

Koğuşların kapılarından ve koridorda horultular, inlemeler ve sayıklamalar duyuluyordu. Her yerde kaputlara sarınmış insan yığınları göze çarpıyordu. Yalnızca bekarlar koğuşunda, çavuşu görünce söndürdükleri bir mum parçasının başında oturan birkaç kişiyle birlikte, koridorda lambanın altındaki ihtiyar bir adam uyumuyordu. İhtiyar oturmuş, üzerini çıkarmış, gömleğinden haşereleri ayıklıyordu. Siyasi suçluların koğuşundaki kirli hava, buradaki iğrenç, boğucu havayla karşılaştırıldığında temiz kalıyordu. İs çıkaran lamba sanki sislerin arasından görünüyormuş gibi geliyordu, soluk alınabilecek gibi değildi. Birine basmadan ya da ayağınla birine takılmadan koridoru geçebilmek için önündeki boş yeri araştırmak ve oraya basarken atacağın diğer adım için yer bulmak gerekiyordu. Besbelli koridorda da yer bulamadıkları için üç kişi, sahanlıkta iğrenç kokular yayan, aralıklarından sızdıran dışkı teknesinin dibine yerleşmişti. Bunlardan biri Nehlüdov'un yürüyüşlerde sık sık rastladığı safça ihtiyar bir adamdı. Diğeri on yaşlarında bir erkek çocuğuydu; iki mahkûmun arasına uzanmış, elini yanağının altına koymuş, mahkûmlardan birinin bacağı üzerinde uyuyordu. Nehlüdov kapıdan dışarı çıkınca durdu ve ciğerlerini iyice şişirerek, doya doya, uzun süre buz gibi havayı içine çekti.

XIX

Gökyüzü yıldızlarla kaplıydı. Buz tutmuş, yer yer arasından çamur fışkıran yoldan kaldığı hana dönen Nehlüdov karanlık bir pencereyi tıklattı, geniş omuzlu, yalın ayak bir işçi kapıyı açıp onu sahanlığa aldı. Sahanlığın sağından, hizmetlilerin yattığı kulübeden yükselen horultular duyuluyordu; ilerideki kapının arkasındaki avludan yulaf çiğneyen atların hışırtıları geliyordu. Soldaki kapı konuk odasına açılıyordu. Tertemiz oda terle karışık pelin kokusuyla kaplıydı ve bölmenin arkasından birilerinin güçlü ciğerlerinden çıkan düzenli kısa horultuları duyuluyor ve ikonaların önünde kırmızı renkli bir cam kandil yanıyordu. Nehlüdov soyundu, muşamba kanepeye battaniye serip deri yastığını koydu ve bugün gördüğü ve duyduğu her şeyi bir bir hayalinde canlandırarak uzandı. Bugün gördükleri içinde ona en korkunç gelen, başını mahkûmun bacağına koymuş, dışkı teknesinden sızan pisliğin üzerinde uyuyan çocuktu.

Bu akşam Simonson ve Katyuşa ile yaptığı konuşmalar beklenmedik ve önemli olmasına karşın Nehlüdov bu olayın üzerinde durmuyordu: bu olayla ilgili kafası çok karışıktı, ne yapacağını bilmiyordu, bu yüzden de bu konuyla ilgili düşünceleri kafasından uzaklaştırıyordu. Ancak bununla birlikte o boğucu havada soluğu kesilen, iğrenç kokulu tekneden sızan pisliğin içinde yerlerde sürünen o zavallı insanların ve özellikle de aklından hiç çıkmayan, mahkûmun bacağı üzerinde uyuyan, o masum yüzlü çocuğun manzarasını çok canlı bir biçimde anımsıyordu. Uzaklarda bir yerlerde bazı insanların her türlü ahlaksızlığa, insanlık dışı aşağılamalara ve acılara maruz bırakarak başkalarına eziyet ettiklerini bilmekle, geçen üç ay boyunca ardı arkası kesilmeyen bu ahlaksızlığı ve bazı insanların başkalarına yaptıkları eziyeti kendi gözleriyle görmek bambaşka bir şeydi. Nehlüdov da bunu deneyimlemişti. Geçen üç ay boyunca "Yoksa ben aklımı oynattım da, başkalarının görmediği bir şeyi mi görüyorum, ya da benim gördüklerimi yapanlar mı aklını oynatmış?" sorusunu kendine sormadan bir günü bile geçmemişti. Ancak onu böylesine şaşkına çeviren ve dehşete düşüren bu insanlar (o kadar çoklardı ki) yalnızca öyle gerektiği için değil, aynı zamanda çok önemli ve yararlı bir şey yaptıklarından öylesine kendilerinden emin, huzurlu bir şekilde bunu yapıyorlardı ki, bütün bu insanların aklını oynattığını kabul etmek zordu; düşüncelerinin berraklığının farkında olduğu için kendisini de aklını oynatmış kabul edemiyordu. Bu yüzden hep şaşkınlık içindeydi.

Bu geçen üç ay boyunca Nehlüdov'un gördükleri ona şu şekilde görünüyordu: Mahkemeler ve yönetim aracılığıyla bütün dışarıda yaşayan insanlar arasından en sinirli, en ateşli, en heyecanlı, en yetenekli, en güçlü ve diğerleri kadar kurnaz ve dikkatli olmayanlar seçilip ayrılıyorlar ve toplum için dışarıda yaşayan insanlardan hiç de daha fazla suçlu olmayan ve tehdit oluşturmayan, seçilen bu insanlar, birincisi, aylarca yıllarca, tam bir başıboşluk içinde geçimleri sağlanarak, doğadan, ailelerinden ve çalışmaktan uzak, yani insanoğlunun doğal ve ahlaki yaşamının tüm koşulları dışında tutularak, cezaevlerine tıkılıyor, sürgüne yollanıyor, küreğe mahkûm ediliyorlardı. Bu bir. İkincisi, bu insanlar bu kurumlarda gereksiz her türlü aşağılanmaya uğratılarak,– zincire vurularak, kafaları kazınarak, onur kırıcı giysiler giydirilerek, yani zayıf insanları düzgün bir yaşam sürmek için başlıca itici güç olan şeyden – insan olma kaygısından, utanç ve insanlık onuru bilincinden yoksun bırakılıyorlardı. Üçüncüsü, hapishanelerde devamlı karşılaşılan – güneş çarpması, boğulma ve yangınlar gibi olağanüstü durumlar bir yana – bulaşıcı hastalıklar, eziyet ve dayaklarla yaşamları sürekli tehlike altında bırakılan bu insanlar, en iyi, en ahlaklı insanların bile kendilerini koruma içgüdüsüyle en korkunç, en acımasız hareketleri yapacağı ve başkalarını da yapmaları durumunda bağışlayacağı kötü koşullarda bulunuyorlardı. Dördüncüsü, bu insanlar yaşamın (özellikle de bu kurumların) son derce ahlaksızlaştırdığı, kullanılan araçlarla henüz tam olarak ahlakı bozulmamış insanlar üzerinde mayanın hamura yaptığı etkiyi yapan, batağa batmış kötü insanlarla, katillerle zorla bir arada tutuluyorlardı. Beşinci ve son olarak, bütün bunlara maruz kalan insanlara çok inandırıcı bir biçimde, yani onlara uygulanan her türlü insanlık dışı eyleme, çocukları, kadınları, yaşlıları döverek, falakaya yatırarak, kamçılayarak, kaçan birini ölü ya da diri olarak yakalayana ödül vererek, başkalarının kadınlarını başka adamlarla yaşamaları için bir araya getirmek üzere karı kocaları birbirinden ayırarak, kurşuna dizerek, asarak uygulanan her türlü zorbalığa, acımasızlığa ve vahşiliğe işine geldiği zaman, bırakın yasaklanmayı tam tersi hükümet tarafından izin verildiği, esaret, yoksulluk ve sıkıntı içinde olanlara hayda hayda uygulayacağı düşüncesi işkence yoluyla çok inandırıcı bir biçimde aşılanıyordu.

Bütün bunlar, adeta kasıtlı olarak, başka hiçbir koşulda ulaşılamayacak son derece koyu bir ahlaksızlık ve utanç verici şeyler yaratmak, sonra da bu koyu ahlaksızlığı ve utanç verici şeyleri tüm halk arasında en büyük ölçekte yaymak için bilerek icat edilmiş şeylerdi. Nehlüdov cezaevlerinde ve sürgünlerde olup bitenlere bir anlam vermeye çalışarak "Adeta olabildiğince en çok insan, en emin, en iyi yolla nasıl ahlaksızlaştırabilir diye bir görev verilmiş," diye düşünüyordu. Yüzbinlerce insana her yıl ahlaksızlıkta zirve yaptırılıyor ve iyice bozuldukları zaman hapishanelerde edindikleri ahlaksızlıkları bütün halk arasında yaymaları için onları serbest bırakıyorlardı.

Nehlüdov'a, tolumun kendisine belirlediği bir hedef gibi görünen bu iş, Tümen, Yekatarinburg, Tomsk hapishanelerinde ve sürgünlerde başarıyla gerçekleştiriyordu. Köylü ve Hıristiyan Rus toplumunun ahlaki talepleri doğrultusunda yaşayan basit, sıradan insanlar bu anlayışı bir kenara bırakıp yeni oluşan hapishane jargonunu, en çok da işlerine geldiği zaman, insanın kişiliği üzerinde onun mahvolmasına izin veren her türlü zorbalığa, aşağılamaya ve yıkıma yol açan hapishanelerde edindikleri düşünceleri benimsiyorlardı. Hapishaneye girip çıkmış insanlar başlarına gelenlere bakarak, hem kiliselerin hem de ahlak üzerine ahkam kesenlerin vaaz ettikleri insanlara karşı saygı ve merhametle ilgili tüm ahlaksal yasaların gerçekte hükümsüz kaldığını, bundan dolayı da bu yasalara sadık kalmak zorunda olmadıklarını tüm varlıklarıyla öğreniyorlardı. Nehlüdov bunu tanıdığı bütün mahkûmlarda, Federov'da, Makar'da ve hatta sürgün yollarında iki ay geçirdikten sonra ahlaksız yargılarıyla Nehlüdov'u şaşkına uğratan Taras'da görüyordu. Nehlüdov, sersilerin taygaya kaçarlarken arkadaşlarını kendileriyle birlikte gelmeleri için kandırdıklarını, sonra onları öldürerek etleriyle beslendiklerini yolda örenmişti. Bununla suçlanan ve suçunu itiraf eden canlı bir tanık görmüştü. İşin en korkunç yanı bu yamyamlıklar münferit olaylar değil sürekli yinelenen şeylerdi.

Nietzsche'nin en yeni öğretisini önceden sezen ve her şeyi

olanaklı sayan ve hiçbir şeyi yasak görmeyen ve bu öğretiyi önce mahkumlar, sonra da tüm halk arasında yayan bu kurumlarda olduğu gibi ahlaksızlığın ancak özel koşullarda yeşertilmesi sayesinde Rus insanı içine sürüklendiği böylesi serseri bir konuma düşürülebilirdi.

Bütün bu olup bitenlerin tek açıklaması, kitaplarda yazıldığı gibi önleme, yıldırma, yola getirme ve yasalara uygun olarak cezalandırmaydı. Ancak gerçekte ne birine, ne diğerine, ne üçüncüsüne, ne de dördüncüsüne benzeyen bir şey vardı. Önleme yerine var olan yalnızca suçun yaygınlaşmasıydı. Yıldırma yerine yapılan, serseriler gibi bir çoğu memnuniyetle hapishaneye giren canilerin suça özendirilmesiydi. Yola getirme yerine yapılan sistemli bir biçimde bütün bu utanç verici şeylerin bulaştırılmasıydı. Misilleme isteği ise, hükümetin verdiği cezalarla hafiflemediği gibi tam tersi böyle bir isteği olmayan halkın arasında giderek büyüyordu.

Nehlüdov kendine "Bunu neden yapıyorlar?" diye soruyor ama yanıt bulamıyordu.

Onu en çok şaşırtan da, bütün bu yapılanların rastgele, yanlışlıkla, bir kereye özgü değil, sürekli, yüzyıllardır, bir tek şu farkla, önceleri burunlar koparılarak, kulaklar kesilerek, sonra kızgın demirlerle dağlanarak, şimdi ise yük arabalarıyla değil, kelepçelere vurulup buharlı trenlerle sürgüne gönderilerek yapılıyor olmasıydı.

Onu çileden çıkartan bütün bu olup bitenlerle ilgili görevlilerin söyledikleri, hapishane ve sürgün yapılarının yetersiz olduğu, yeni tarz hapishaneler inşa ederek her şeyin düzeltilebileceği yönündeki görüş, onu öfkelendiren şeyin hapishane koşullarının az ya da çok iyileştirilmesi meselesinden kaynaklanmadığını hissettiği için onu tatmin etmiyordu. Tarde'nin önerdiği şekilde, elektrikli zillerle donatılan hapishaneler ve elektrikli sandalyelerde yapılan idamlarla ilgili çıkan haberleri okuyor ve zorbalığın mükemmelleştirilmesi onu iyice çileden çıkartıyordu.

Nehlüdov'u en çok çileden çıkartan şey de, mahkemelerde ve bakanlıklarda halktan toplanan vergilerden dolgun maaş alarak oturan insanların, benzeri memurların aynı gerekçelerle kaleme aldığı kitaplara bakarak, onların yazdığı yasaları çiğneyenlerin eylemlerini bu yasa maddelerine uydurmaları ve bu maddelere dayanarak bu insanları bir daha görmeyecekleri ve bu insanların da acımasız, yürekleri nasır bağlamış hapishane müdürlerinin, gardiyanların, muhafızların tam egemenliği altındaki milyonlarca insanın ruhen ve bedenen telef olduğu yerlere göndermeleriydi.

Hapishaneleri ve sürgünleri daha yakından tanıyan Nehlüdov, sarhoşluk, kumar, acımasızlık ve hapiste yatanlarca işlenen bütün o korkunç suçlar ve özellikle yamyamlık gibi mahkûmlar arasında yayılan bütün bu utanç verici şeylerin, aslında bir rastlantı ya da bozulmanın, suçlu tipinin soysuzlaşma olgusunun bir eseri olmadığını, işin özünün insanların birbirini cezalandırabileceği yönündeki anlaşılmaz bir yanılgının kaçınılmaz sonucu olduğunu görüyordu.

Nehlüdov yamyamlığın taygada değil, bakanlıklarda, komitelerde, departmanlarda başladığını ve neden sonra taygada sonuçlandığını, örneğin, eniştesinin de, mübaşirden tutun da bakana varıncaya kadar bütün mahkeme üyelerinin ve memurların da dillerinden düşürmedikleri halkın esenliğini ve adaleti sağlamakla ilgili hiçbir işleri olmadığını, hepsine yalnızca bu ahlaksızlık ve acılara neden olan yaptıkları bütün bu işler karşılığında ödenen rublelerin gerekli olduğunu görüyordu. Bu çok açıktı.

"Yoksa bütün bu olanlar yalnızca bir yanlış anlamadan mı

kaynaklanıyordu?" Bütün bu memurlara yalnızca yaptıkları şeyi yapmasınlar diye aylıklarını ödemek ve hatta bir de onlara ödül vermek nasıl yapılırdı acaba?" diye düşünüyordu Nehlüdov. Bu düşüncelere gömülmüş bir halde, ancak horozlar ikinci kez öttükten sonra, kıpırdandığı anda çevresinden fıskiye gibi pire fışkırmasına karşın derin bir uykuya daldı.

XX

Nehlüdov uyandığında arabacılar çoktan gitmişlerdi, hanın sahibesi çayını içmiş ve başörtüsüyle terli kalın boynunu silerek, menzilden bir askerin bir pusula getirdiğini haber vermeye gelmişti. Pusula Marya Pavlovna'dandı. Krıltsov'un geçirdiği nöbetin onların düşündüğünden çok daha ciddi olduğunu yazıyordu. "Bir an için onu burada bırakalım ve yanında kalalım diye düşündük ama buna izin vermiyorlar, onu da yanımızda götüreceğiz ama hepimiz korkuyoruz. Onun kentte kalmasını, eğer bırakırlarsa içimizden birine yanında kalması için izin vermelerini sağlamaya çalışınız. Bu, onunla evlenmemi gerektiriyorsa, tabii ki hazırım."

Nehlüdov bir delikanlıyı atların peşine istasyona gönderip hemen toplanmaya başladı. Daha ikinci bardağını bitirmemişti ki, bir troyka çıngıraklarını çalarak ve donmuş çamurda taşların üzerinde gidiyormuş gibi tekerlekleriyle gürültüler çıkararak kapıya yanaştı. Kalın boyunlu han sahibesi ile hesaplaşan Nehlüdov, aceleyle çıktı ve arabaya atlayıp bir an önce kafileye yetişmek için olabildiğince hızlı gitmesini söyledi.

Gerçekten de otlak çitlerinden biraz ötede torbalarla ve hastalarla yüklü, donmuş çamurun üzerinde gürültüyle ilerlemeye başlayan arabalara yetişti (subay yoktu, önden gitmişti). Görünüşe göre sarhoş oldukları anlaşılan askerler neşeyle sohbet ederek arkadan ve yol kenarından yürüyorlardı. Epeyce araba vardı. Öndeki arabalarda, dermansız ağır mahkûmlar altışar altışar sıkışık bir halde oturuyor, arkadaki üç arabada, araba başına üç siyasi mahkûm gidiyordu. En arkadaki arabada Novodvorov, Grabets ve Kondratyev, ikincisinde Rantseva, Nabatov ve Marya Pavlovna'nın yerini verdiği romatizmalı zayıf kadın oturuyordu. Üçüncüsünde samanların ve yastıkların üzerinde Krıltsov yatıyordu. Onun hemen yanında arabacı yerinde Marya Pavlovna oturuyordu. Nehlüdov, Krıltsov'un yanına gelince arabacıyı durdurup onun yanına doğru yürüdü. Sarhoş bir muhafız Nehlüdov'a elini sallamaya başladı ama Nehlüdov onu umursamadan arabanın yanına gitti ve kenarından tutup yanı sıra yürümeye başladı. Sırtında gocuk, başında koyun kürkü şapkasıyla, ağzı bir örtüyle sarılı Krıltsov çok daha zayıf ve iyice solgun görünüyordu. Güzel gözleri özellikle iri ve parlaktı. Yoldaki sarsıntı yüzünden hafifçe sallanarak, gözlerini ayırmadan Nehlüdov'a bakıyordu. Sağlığıyla ilgili soruya karşılık gözlerini kapayıp öfkeli öfkeli başını sallamaya başladı. Anlaşılan bütün enerjisini arabanın sarsıntılarına dayanmak için harcıyordu. Marya Pavlovna arabanın diğer tarafında oturuyordu. Krıltsov'un durumuyla ilgili duyduğu kaygıyı ifade eden bakışlarla anlamlı anlamlı Nehlüdov ile bakışıp hemen neşeli bir sesle konuşmaya başladı. "Anlaşılan, subay yaptığından utandı," diye bağırdı, tekerleklerin gürültüsünden duyulabilsin diye. "Buzovkin'in kelepçelerini çıkardılar. Artık kızını kendi taşıyor, onlarla birlikte Katya, Simonson ve benim yerime Veroçka yürüyor."

Krıltsov, Marya Pavlovna'yı göstererek, işitilmesi güç bir şeyler söyledi ve kaşlarını çatıp, besbelli öksürüğünü tutmaya çalışarak başını sallamaya başladı. Nehlüdov duyabilmek için başını yaklaştırdı. Bunun üzerine Krıltsov ağzındaki örtüyü çekip fısıldayarak "Şimdi çok daha iyiyim. Yeter ki, üşütmeyeyim," dedi.

Nehlüdov evet dercesine başını sallayarak Marya Pavlovna ile bakıştı.

Krıltsov "Peki, şu üç cismin probleminden ne haber?" diye bir kez daha fısıldadı ve güçlükle, ağır ağır gülümsedi. "Hallettiniz mi?"

Nehlüdov hiçbir şey anlamadı ama Marya Pavlovna ona, bunun üç cismin, güneş, ay ve dünya arasındaki ilişkiyi belirleyen ünlü bir matematik problemi olduğunu ve Krıltsov'un şaka yaparak, Nehlüdov, Katyuşa ve Simonson arasındaki ilişkiyle ilgili bu kıyaslamayı uydurduğunu açıkladı. Krıltsov şakasını, Marya Pavlovna'nın doğru bir biçimde açıkladığı anlamında başını salladı.

"Benim vereceğim bir karar değil," dedi Nehlüdov.

"Gönderdiğim pusulayı aldınız mı, hallediyor musunuz?" diye sordu Marya Pavlovna.

"Kesinlikle," dedi Nehlüdov ve Krıltsov'un yüzündeki hoşnutsuzluğu fark ederek kendi arabasına doğru uzaklaştı, arabasına atlayıp eğri büğrü yolun tümseklerinde onu sarsarak ilerleyen arabanın kenarına tutunarak, bir versta boyunca uzanan gri kaputlu ve gocuklu, prangalı ve birbirine kelepçeli kafileyi geride bırakmaya başladı. Nehlüdov yolun karşı tarafında Katyuşa'nın mavi başörtüsünü, Vera Yefremovna'nın siyah mantosunu ve Simonson'un ceketini, örme şapkasını ve sandalet gibi kayışla bağlanmış beyaz yünlü çoraplarını tanımıştı. Simonson kadınların yanında yürüyor ve hararetli bir biçimde bir şeyler anlatıyordu.

Nehlüdov'u gören kadınlar eğilerek ona selam verdiler, Simonson da ağırbaşlılıkla şapkasını kaldırdı. Nehlüdov'un söyleyeceği bir şeyi yoktu ve arabacıyı durdurmadan onları geride bıraktı. Yeniden düzgün yola çıkan arabacı daha da hızlandı ama yolun iki tarafında uzanan araba kafilesinin yanından geçip gitmek için düzgün yoldan durmadan çıkmak zorunda kalıyordu.

Derin tekerlek izleriyle delik deşik yol, iki tarafında açık, kum sarsı yaprakları henüz dökülmemiş, alacalı bulacalı akağaçların ve melez çam ağaçlarının uzandığı karanlık bir ormanının içinden geçiyordu. Yolun yarsında orman bitti ve iki yanında otlaklar (tarlalar) ortaya çıktı, bir manastırın altın haçları ve kubbeleri göründü. Hava açılmış, bulutlar dağılmış, güneş ormanın üzerinden yükselmiş, nemli yapraklar da, su birikintileri de, kilisenin haçlarıyla kubbeleri de güneşte pırıl pırıl parlamaya başlamıştı. İleride, sağ tarafta, mavi derinliklerin içinde uzak, karlı dağlar bembeyazdı. Troyka kente yakın büyük bir köye girdi. Sokak Ruslar ve tuhaf şapkalı ve gömlekli yabancılarla tıklım tıklım doluydu. Sarhoşu ayığı erkekler ve kadınlar meyhanelerin, lokantaların ve yük arabalarının çevresinde kaynaşıyor, bağırıp çağırıp duruyorlardı. Kentin yakınlığı hissediliyordu.

Arabacı dizginleri sağa çekeceği şekilde, sürücü yerindeki yerini değiştirip yan oturarak ve sağda koşulu atı kamçılayıp sürükleyerek ve besbelli caka satarak, tekneyle ırmağın geçileceği yere kadar koca sokağı hızını hiç azaltmadan süratle geçti. Karşı kıyıdan gelen tekne azgın ırmağın ortasındaydı. Bu kıyıda yirmi kadar yük arabası bekliyordu. Nehlüdov çok beklemek zorunda kalmadı. Akıntıya karşı yükselerek ilerleyen tekne az sonra ahşap iskeleye yanaştı.

Uzun boylu, geniş omuzlu, kaslı ve suskun, gocuklu ve çizmeli tayfalar halatların ucunu babalara alışık, ustaca bir hareketle atıp geçirerek, sıkıca bağladılar ve teknenin kapaklarını kaldırıp bir yana koyduktan sonra teknedeki yük arabalarını kıyıya indirip kıyıda bekleyen yük arabalarını bindirmeye, hiç ara vermeden faytonları ve sudan ürken atları tekneye yerleştirmeye koyuldular. Geniş ırmağın azgın suları halatları gererek, teknenin yanlarını dövüyordu. Tekne dolup Nehlüdov'un atları çözülmüş arabası dört bir taraftan yük arabalarıyla sarılmış bir halde bir uca yerleşince tayfalar yer bulamayanların yalvarmalarına aldırmadan kapakları yerlerine yerleştirip halatları çözdüler ve yola koyuldular. Teknede sessizlik hâkimdi, yalnızca tayfaların ayak patırtıları ve ayak değiştiren atların toynaklarının ahşap zeminde çıkardığı sesler işitiliyordu.

XXI

Nehlüdov teknenin kenarında durmuş, geniş, azgın ırmağa bakıyordu. Gözünün önünde birbiriyle yer değiştiren iki hayal canlanıyordu; can çekişen Krıltsov'un sarsıntılardan irkilerek hırçınlaşan başı ve çevik adımlarla yolun kenarından Simonson ile birlikte yürüyen Katyuşa'nın çehresi. İlki, can çekişen ve ölüme hazır olmayan Krıltosov'un izlenimi ezici ve üzücüydü. İkincisi, çevik adımlarla yürüyen, aşkı Simonson gibi böyle bir adamda bulan ve artık iyiliğin doğru ve emin yoluna giren Katyuşa'nın izlenimi ise onu sevindireceği yerde içini eziyor ve bu ağırlığı bir türlü alt edemiyordu.

Kentin uğultusu ve büyük bakır çanın titreşimi suyun üzerinden yayılarak onlara kadar ulaşıyordu. Nehlüdov'un yanında duran arabacı ve bütün tayfalar birbiri ardına şapkalarını ellerine alıp haç çıkardılar. Hepsinden önde küpeştenin yanında duran, kısa boylu, saçları birbirine girmiş, Nehlüdov'un önceden fark etmediği ihtiyar bir adam haç çıkarmadı ve başını kaldırıp gözlerini Nehlüdov'a dikti. İhtiyar yamalı bir kaftan, çuha bir pantolon ve giymekten bollaşmış, yamalı çizmeler giymişti. Omuzunda küçük bir çanta ve başında tüyleri dökülmüş, uzun, kürklü bir şapka vardı.

Nehlüdov'un arabacısı şapkasını takıp düzeltirken "Hey, ihtiyar, sen dua etmiyor musun?" dedi. "Yoksa vaftiz edilmedin mi?"

Saçı başı birbirine girmiş ihtiyar kararlı, saldırgan bir tavırla, sözcükleri hızla heceleyerek "Kime dua edeceğim ki?" dedi.

Arabacı alaycı bir ifadeyle "Kime edeceğin malum, Tanrı'ya elbette," dedi.

"Şu Tanrı, nerde o, göstersene bana?"

İhtiyarın ifadesinde ciddi ve sert bir şeyler olduğunu, zorlu birine çattığını hisseden arabacı biraz şaşırdı ama bunu belli etmeden, suskun kalmamaya çalışarak ve kulak kesilen insanlar karşısında rezil olmamak için hemen: "Nerde mi? Gökyüzünde, elbette" diye karşılık verdi.

"Peki, sen hiç oraya gittin mi?"

"Gidip gitmemem neyi değiştirir ki, Tanrı'ya dua etmek gerektiğini herkes bilir."

İhtiyar, kaşlarını sertçe çatıp, yine hızlı hızlı konuşarak, "Tanrı'yı hiçbir yerde gören olmadı. Babanın bağrında bulunan ve Tanrı olan biricik Oğul, O'nu tanıttı*," dedi.

Arabacı kırbacını beline sokup atın paldumunu düzeltirken "Anlaşılan, sen Hıristiyan değil, delikçisin**, deliğe dua edersin" dedi.

---

* Yuhanna, 1; 18
** Delikçi: İkonaları kirletilmiş kabul eden, evlerinde doğuya, Küdüs tarafına delik açan ve bu delik önünde dua edenlere verilen ad. (Çev. N.)

Birisi güldü.

Teknenin kenarında yük arabasının yanında duran yaşı geçkin bir adam "Dedeciğim, sen hangi dine inanıyorsun?" diye sordu.

İhtiyar aynı şekilde anında ve kararlı bir biçimde "Hiçbir inancım yok. Çünkü kimseye, kendimden başka kimseye inanmıyorum," dedi.

Nehlüdov söze karışarak "Evet ama kendine nasıl inanabilirsin?" dedi. "Yanılabilirsin."

İhtiyar başını sallayarak, kararlı bir biçimde "Hayatta yanılmam," diye yanıt verdi.

"O halde, neden farklı inançlar var ki?" diye sordu Nehlüdov.

"İnsanların inandığı farklı inançların olmasının nedeni kendilerine inanmamaları. Ben de insanlara inanmıştım ve bir taygada gibi yolumu şaşırdım, öyle şaşırdım ki, kurtulma umudumu yitirdim. Neler gördüm neler... Eski İnanışçıları da, Yeni İnanışçıları da, Cumartesicileri de, Hlistleri de, Papazcıları da, Rahipsizleri de, Avusturyacıları da, Malakanları da, Hadımları da. Her inanç yalnızca kendini övüyor. Bakın işte hepsi de kör enikler gibi sürünüyor. İnanç çok ama ruh bir tanedir. Sende de, bende de, onda da. Demek ki, herkes kendi ruhuna inansa, herkes birleşecek. Herkes kendine inanırsa, herkes birlik olur."

İhtiyar besbelli onu daha fazla insanın duyması arzusuyla, yüksek sesle, ha bire çevresine bakınarak konuşuyordu.

"Peki, çoktan beri mi bu şekilde inanıyorsunuz?" diye sordu Nehlüdov.

"Ben mi? Çoktan, yirmi üç yıl önce beni kovduklarından beri."

"Nasıl kovarlar ki?"

"İsa'yı nasıl kovdularsa, beni de aynı şekilde kovdular. Mahkemelerin, papazların ağızlarına bakıp yakalıyor, Sadukiler ve Ferisiler* gibi yargılayıp akıl hastanesine tıkıyor ama bana hiçbir şey yapamıyorlar, çünkü ben özgürüm. Sana nasıl hitap ediyorlar, adın ne? diye soruyorlar, kendime bir ad takacağımı sanıyorlar ama ben hiçbir adı kabul etmiyorum. Her şeyden vazgeçtim. Ne adım, ne yerim yurdum, ne de vatanım var, hiçbir şeyim yok. Tanrı'nın bir kuluyum. Adın ne? diye soruyorlar, insanım diyorum. Kaç yaşındasın? diye soruyorlar, saymıyorum diyorum, hem saymaya da gerek yok, çünkü her zaman vardım ve her zaman da var olacağım. Anan baban kim? diyorlar, Tanrı'dan ve yeryüzünden başka ne anam ne de babam var diyorum. Tanrı, babam, yeryüzü de anam. Peki, çarı tanıyor musun? diyorlar, Neden tanımayayım? diyorum, o kendinin, ben de kendimin çarıyım. Aman ya, seninle de konuşulmuyor diyorlar, ben de, sana benimle konuşman için yalvarmıyorum ya diyorum. İşte böyle eziyet edip duruyorlar."

"Peki, şimdi nereye gidiyorsunuz?" diye sordu Nehlüdov.

İhtiyar, teknenin karşı kıyıya yaklaştığını fark edip onu dinleyen herkese muzaffer bir eda ile bakarak "Tanrı nereye götürürse. Çalışıyorum, iş olmazsa dileniyorum," diyerek sözlerini tamamladı.

Tekne karşı kıyıdaki iskeleye yanaştı. Nehlüdov para kesesini çıkarıp ihtiyara para vermek istedi. İhtiyar reddetti.

"Para almıyorum, ekmek kabul ediyorum," dedi.

"O halde, kusura bakmayın."

"Kusura bakacak ne var ki! Beni kırmadınız. Hem beni

---

* İsa döneminin yönetici sınıfları, yalnızca Tanrı'nın buyruklarına uyulması gerektiğini savunan Sadukiler ile Tanrı'nın buyruklarına uymakla birlikte, geleneklere de bağlı kalınması gerektiğini savunan Ferisiler, İsa'ya karşı birleşip öldürülmesine karar vermişlerdir. (Çev. N.)

hiç kimse kıramaz," dedi ihtiyar ve çantasını sırtlanmaya koyuldu. Bu arada Nehlüdov'un arabasını indirip atları koştular. Nehlüdov güçlü kuvvetli tayfalara bahşiş verip arabaya binince, arabacı "Beyim, anlaşılan canınız yarenlik etmek istedi ama ipsiz sapsız serserinin teki," dedi.

XXII

Tepeyi tırmanan arabacı başını çevirip "Hangi otele götüreyim?" diye sordu.

"En iyisi hangisi?"

"En iyisi Sbirskaya. Dükov'unki de iyidir."

"Hangisine istersen."

Arabacı yine yan oturup hızlandı. Kent bütün kentler gibiydi: Aynı asma katlı ve yeşil çatılı evler, aynı kilise ve dükkânlar, ana caddede mağazalar ve hatta polisler bile aynıydı. Yalnızca neredeyse bütün evler ahşaptı ve sokaklar topraktı. Arabacı en hareketli caddelerden birinde troykayı bir otelin girişinde durdurdu. Ancak otelde boş oda olmadığı anlaşılınca diğerine gitmek zorunda kaldılar. Diğerinde boş oda vardı, Nehlüdov da böylece iki aydan sonra ilk kez kendini alışık olduğu nispeten daha temiz ve rahat bir ortamda buldu. Her ne kadar Nehlüdov'a verdikleri oda çok mükemmel olmasa da, nakliye araçlarından, hanlardan ve menzillerden sonra büyük bir rahatlama hissetmişti. En önemlisi de, menzilleri ziyaretinden sonra bir türlü tam olarak kurtulamadığı bitlerden bir an önce arınmalıydı. Eşyalarını yerleştirip hemen banyoya girdi, banyodan sonra kolalı gömleğini, kat yerleri iz yapmış pantolonunu, redingotunu ve paltosunu giyip kente yakışır bir biçimde kendine çekidüzen vererek bölge valisine gitti. Otel kapıcısının getirdiği besili, iri bir Kırgız atı koşulu araba Nehlüdov'u önünde nöbetçiler ve bir polisin durduğu büyük, güzel bir binaya götürdü. Binanın önü ve arkası bahçeydi, yaprakları dökülmüş, çıplak dalları fırlamış kavak ve kayın ağaçlarının arasında sık ladin, çam ve köknarlar koyu yeşile çalıyordu.

General rahatsız olduğu için konuk kabul etmiyordu. Nehlüdov yine de uşaktan kartvizitini iletmesini rica etti, uşak olumlu yanıtla döndü.

"Çağırmamı emrettiler."

Bekleme odası, uşak, emir eri, merdiven, pırıl pırıl cilalanmış parkeleriyle salon Petersburg'u andırıyordu, yalnızca daha kirli ve daha görkemliydi. Nehlüdov'u çalışma odasına aldılar.

Şiş yüzlü, patates burunlu, alnında ve çıplak kafasında yumrular bulunan, göz altları torba torba, kanlı canlı bir adam olan general, sırtında Tatar işi ipek bir sabahlık, elinde sigarası oturuyor ve gümüş zarflı bir bardaktan çay içiyordu. Kırış kırış, kalın, kat kat ensesine yakasını kaldırarak, "Merhabalar efendim! Sizi sabahlıkla karşıladığım için kusuruma bakmayın ama hiç kabul etmemekten yine de daha iyidir," dedi. "Tamamen iyileşmedim, dışarı da çıkmıyorum. Bizim bu uzak ellere sizi hangi rüzgâr attı?"

"İçlerinde bir yakınım bulunan bir mahkûm kafilesine eşlik ediyorum," dedi Nehlüdov, "bunun için de kısmen bu kişiyle ve bir de başka bir konuyla ilgili ekselanslarından ricada bulunmaya geldim."

General sigarasından bir nefes çekti, bir yudum çay içti, sigarasını malahit küllükte söndürdü, pırıl pırıl parlayan, ufak, şişmiş gözlerini Nehlüdov'dan ayırmadan, ciddiyetle dinliyordu. Nehlüdov'un sözünü yalnızca sigara içmek isteyip istemediğini sormak için kesti.

General liberalizmi ve insanlığı mesleğiyle bağdaştırmanın olanaklı olduğuna inanan, bilgin askerlerden biriydi. Ancak doğuştan akıllı ve iyi yürekli biri olarak, çok kısa bir sürede, böyle bir uzlaşmanın mümkün olmadığını hissetmiş ve içinde bulunduğu konumda sürekli yaşadığı bu iç çelişkiyi görmemek için askerler arasında çok yaygın olan içki içme alışkanlığına kendini gittikçe daha çok kaptırmıştı, kendini içkiye öyle vermişti ki, otuz beş yıllık askerlik hizmetinin ardından doktorların alkolik olarak nitelendirdikleri bir adam olup çıkmıştı. Tam bir şarap fıçısına dönmüştü. Sarhoş olması için herhangi bir sıvı içmesi yeterliydi. İçki içmek onun için öylesine bir gereksinim halini almıştı ki, içmeden yapamıyor ve her gün akşama doğru kör kütük sarhoş oluyordu, gerçi bu duruma öyle uyum sağlamıştı ki, yalpalamıyor ve saçma sapan şeyler söylemiyordu. Saçma sapan şeyler söylese bile, öyle önemli ve yüksek bir mevkide bulunuyordu ki, söylediği saçma sapan şeyler zekice sözler olarak kabul ediliyordu. Yalnızca sabahları, özellikle Nehlüdov'un onu yakaladığı o anlarda, aklıselim bir adama benziyor ve ona söylenenleri anlıyordu, yinelemeyi sevdiği 'ağzı şişede eli işte' atasözünü, öyle ya da böyle yerine getiriyordu. Amirleri onun ayyaş olduğunu biliyorlardı ama o yine de – her ne kadar eğitimi içkiye başladığı yerde kalmış olsa da – diğerlerinden çok daha iyi eğitimliydi, cesur, becerikli, heybetli, sarhoşken bile kendine hâkim olup nazik davranabilen biriydi, bunun için onu bulunduğu bu seçkin ve sorumlu mevkie atamışlar ve orada tutuyorlardı.

Nehlüdov ona asıl ilgilendiği kişinin bir kadın olduğundan, suçsuz yere mahkûm edildiğinden ve onunla ilgili çara dilekçe verildiğinden söz ediyordu.

"Demek öyle, efendim," dedi general.

"Bu kadınla ilgili kararın en geç bu ay sonuna kadar bana Petersburg'dan bildirileceği sözünü verdiler ve buraya…"

General gözlerini Nehlüdov'dan ayırmadan, küt parmaklı elini masaya uzatıp zili çaldı ve sigarasını fosurdatarak ve özellikle yüksek sesle öksürerek, sessizce dinlemeye devam etti.

"Eğer mümkünse, başvuru dilekçesine yanıt alınıncaya kadar bu kadının burada alıkonulmasını rica edecektim."

Asker giysili bir emir eri içeri girdi.

"Anna Vasilyenva kalktı mı, bir sor bakalım," dedi general emir erine, "bir bardak çay daha ver. Başka bir şey var mı, efendim?" diyerek Nehlüdov'a döndü.

"Bir başka ricam da," diyerek devam etti Nehlüdov, "bu kafileyle gelen siyasi bir suçluyla ilgili."

General manalı manalı başını sallayarak "Öyle mi!" dedi.

"Çok hasta, ölmek üzere olan bir adam. Sanırım, onu burada hastaneye yatıracaklar. Siyasi suçlulardan bir kadın onun başında kalmak istiyor."

"Adamın yakını mı?"

"Hayır ama onunla evlenmeye hazır, yeter ki, yanında kalmasına izin verilsin."

General besbelli muhatabımı bakışlarıyla şaşırtmak istercesine, parıldayan gözlerini dikmiş dikkatle bakıyor, sesini çıkarmadan dinliyor ve ha bire sigara içiyordu.

Nehlüdov konuşmasını bitirince, masadan bir kitap alıp sayfaları parmaklarını hızla tükürükleyerek çevirip evlilikle ilgili bir maddeyi bulup okudu.

Gözlerini kitaptan kaldırıp "Bu kadın hangi cezaya çarptırılmış?" diye sordu.

"Kadın mı, küreğe."

"Bakın, evlendiği için mahkûmun durumunda bir iyileşme olmaz."

"Evet, zaten..."

"İzin verin lütfen. Dışarda olan bir adamla evlense bile, bu kadın bütün cezasını aynı şekilde çekmek zorunda. Burada sorun şu: Daha çok ağır cezaya çarptırılan kim, erkek mi, kadın mı?"

"Her ikisi de kürek cezasına mahkûm."

"Yani, fit olmuşlar," dedi general gülerek. Adama neyse kadına da o. Hastalığından dolayı adamı burada bırakmak mümkün," diye sürdürdü konuşmasını, "hiç kuşkusuz, adamın yazgısını kolaylaştırmak için elden gelen her şey yapılacak, ancak kadına gelince, o adamla evlense bile burada kalamaz..."

"Hanımefendi kahve içiyor," diye haber verdi emir eri.

General başını sallayıp konuşmasını sürdürdü: "Böyle olmakla birlikte, ben bir kez daha düşüneyim. Adları neydi? Şuraya yazın lütfen."

Nehlüdov yazdı.

Nehlüdov'un hastayla görüşme ricası üzerine general "Bunu yapamam," dedi. "Elbette, sizden hiç kuşku duymuyorum, ancak siz hem onunla hem başkalarıyla ilgileniyorsunuz, üstelik paranız da var. Bizim burada da her şey satılık. Bana da rüşvetin kökünü kazı diyorlar. Herkes rüşvetçi olursa, kökünü nasıl kazırsın? Hem rütbe ne kadar düşerse, rüşvet de o kadar artıyor. Üstelik beş bin verstada onu nereden takip edeceksin? Ben nasıl buranın çarıysam, o da oranın çarı," diyerek gülmeye başladı general. "Siz eminim ki, siyasi suçlularla görüştünüz, para verdiğiniz için size izin verdiler, öyle değil mi? dedi gülerek.

"Evet, bu doğru."

"Böyle davranmak zorunda olmanızı anlıyorum. Siyasi bir suçluyu görmek istiyorsunuz. Ona acıyorsunuz da. Hapishane müdürü ya da muhafız parayı cebe indiriyor, çünkü üç kuruş maaş alıyor ve bir ailesi var, rüşvet almaması imkânsız. Ben de sizin ya da onun yerinde olsam sizin ya da onun davrandığı şekilde davranırdım. Ancak bulunduğum konumda en sert biçimde yasaları harfiyen yerine getirmekten kaçınmamamın başlıca nedeni benim de bir insan olmam, ben de acıyabilirim. Ancak ben icracıyım, belirli koşullar altında bana bir görev emanet ettiler, ben de bu güvene layık olmalıyım. Neyse bu sorun çözüldü. Evet efendim, şimdi siz anlatın bakalım, başkentinizde neler olup bitiyor?

Sonra general besbelli aynı zamanda havadisleri öğrenmek ve bilgisiyle, önemini ve insanlığını göstermek arzusuyla sorup soruşturmaya ve anlatmaya koyuldu.

XXIII

"Evet, efendim, işte böyle, nerede kalıyorsunuz? Dük'de mi? Orası da berbat bir yerdir. Bize yemeğe buyurun," dedi general Nehlüdov'u geçirirken. "Saat beşte. İngilizce biliyor musunuz?"

"Evet, biliyorum."

"İşte bu harika. Belki görmüşsünüzdür, buraya bir İngiliz gezgin geldi. Sibirya'daki hapishaneleri ve sürgün yerlerini inceliyor. Bize yemeğe gelecek, siz de gelin. Saat beşte yemekte olacağız, karım dakikliğe önem verir. Hem geldiğinizde o kadınla, ayrıca hasta adamla ilgili ne yapılabilir söylerim. Belki başında birinin kalmasını da sağlarız."

Generalle vedalaşan Nehlüdov, özellikle heyecanlı, içi içine sığmayan bir ruh hali içinde postaneye gitti.

Postane kemerli, basık bir odaydı; bankonun arkasında

memurlar oturuyor ve toplanmış kalabalığa dağıtım yapıyorlardı. Bir memur başını yana eğmiş, el çabukluğuyla önüne sürülen zarflara durmadan mühür vuruyordu. Nehlüdov'u çok bekletmediler, soyadını öğrenip hemen ona kocaman bir paket verdiler. Pakette para, birkaç mektup ve birkaç kitap ile bir de *Oteçestvennıe zapiski** dergisinin son sayısı vardı. Mektuplarını alan Nehlüdov tahta bir sıraya doğru uzaklaşıp elinde kitap bir şeyler bekleyerek oturan bir askerin yanına oturdu ve mektupları tek tek gözden geçirdi. Aralarında taahhütlü, parlak kırmızı mumla mühürlü güzel bir zarf vardı. Nehlüdov zarfı açtı ve resmi bir yazıyla birlikte Selenin'in mektubunu görünce yüzüne kan hücum ettiğini ve yüreğinin sıkıştığını hissetti. Bu Katyuşa davasıyla ilgili karardı. Bu karar neydi? Yoksa ret mi edilmişti? Nehlüdov zor seçilir, zikzaklı bir biçimde küçük harflerle yazılmış mektubu bir solukta okudu ve sevinçle derin bir nefes aldı. Karar olumluydu.

"Sevgili dostum!" diye yazıyordu Selenin. "Son konuşmamız beni derinden etkiledi. Maslova konusunda haklıymışsın. Davayı dikkatle inceledim ve kızcağızın insanı çileden çıkartan büyük bir haksızlığa uğradığını gördüm. Durum yalnızca senin de başvurduğun dilekçe komisyonunda düzeltilebilirdi. Davayla ilgili karara bir şekilde etki etmeyi başarabildim, işte, Grafinya Yekaterina İvanovna'nın bana verdiği adrese gönderdiğim af kararının bir sureti. Kararın aslı mahkeme sırasında tutulduğu yere gönderilmiş, sanırım oradan da geciktirmeden hemen Sibirya valiliğine gönderilir. Bu güzel haberi sana bir an önce bildirmek istedim. Muhabbetle ellerinde sıkarım. Dostun Selenin."

Belgenin içeriği şöyleydi: "Yüce majestelerinin kalemi.

---

* Anayurt Notları (Çev. N.)

Falanca dava, filanca yıl, tarih. Yüce majestelerinin kalem müdürünün emri; Maslova'nın imparator hazretlerine gönderdiği dilekçesindeki ricasına uygun olarak hazırlanan rapor majesteleri tarafından uygun görülmüş Maslova'nın kürek cezasının kaldırılarak, Sibirya'ya yakın bir yerde zorunlu ikamet etmesi kararlaştırılmıştır."

Haber sevindirici ve önemliydi: Her şey Nehlüdov'un hem Katyuşa hem de kendisi için isteyebileceği şekilde sonuçlanmıştı. İşin gerçeği, Katyuşa'nın durumundaki bu değişiklik beraberinde ilişkileriyle ilgili yeni yeni karışıklıklar getiriyordu. Kürek mahkûmu olduğu sürece, ona teklif ettiği evlilik kâğıt üzerinde kalacak, yalnızca Katyuşa'nın durumunu rahatlatma konusunda bir anlam taşıyacaktı. Artık hiçbir şey birlikte yaşamalarına engel değildi. Ancak Nehlüdov buna hiç hazırlıklı değildi. Ayrıca Katyuşa'nın Simonson ile ilişkisi ne olacaktı? Katyuşa'nın dünkü sözleri ne anlam taşıyordu? Simonson'un teklifini kabul ederse, bu iyi mi yoksa kötü mü olurdu? Düşüncelerini bir türlü toparlayamıyordu ve bu konu üzerinde düşünmekten vazgeçti. "Bütün bunlar nasıl olsa daha sonra belli olur," diye aklından geçirdi, "şimdi yapmam gereken bir an önce onu görüp bu sevinçli haberi bildirmek ve onu kurtarmak." Elindeki karar suretinin bunun için yeterli olacağını düşünüyordu. Postaneden çıkıp arabacıya hapishaneye gitmesini söyledi.

Generalin bu sabah ona hapishane ziyareti için izin vermemiş olmasına karşın Nehlüdov, çoğu zaman yüksek rütbelilerle asla elde edilemeyecek şeylere alt rütbedekiler sayesinde kolaylıkla ulaşıldığını deneyimlediği için, Katyuşa'ya sevinçli haberi vermek, olabilirse onu kurtarmak ve aynı zamanda Krıltsov'un sağlık durumunu öğrenmek ve ona ve Marya Pavlovna'ya generalin söylediklerini iletmek için her şeye karşın bir şekilde hapishaneye girmeyi denmeye karar verdi.

Hapishane müdürü çok uzun boylu, şişman, bıyıklarıyla favorileri ağzının uçlarında kıvrılan heybetli bir adamdı. Nehlüdov'u çok sert bir biçimde karşıladı ve doğrudan doğruya valinin izni olmadan yabancılara görüşme izni veremeyeceğini söyledi. Nehlüdov'un büyük kentlerde bile ona izin verdiklerini söylemesi üzerine "Çok doğrudur ama ben izin vermiyorum," diye yanıt verdi. Sesinde "Siz kentli beyler, bizi şaşırtıp tongaya bastırabileceğinizi sanıyorsunuz ama biz Doğu Sibirya'da yol yöntem nedir çok iyi biliriz, bilmekle kalmayıp bir de yol yöntem neymiş size gösteririz," dercesine bir hava vardı.

Majestelerin kaleminden gelen karar sureti de müdürü etkilemedi. Kararlı bir biçimde Nehlüdov'un hapishanenin dört duvarı içine girmesine karşı çıktı. Nehlüdov'un, bu sureti göstererek Maslova'nın serbest bırakılabileceği yönündeki safça önerisi karşısında müdür tepeden bakarak gülümsedi ve herhangi birinin serbest bırakılması için emrin doğrudan doğruya valilikten gelmesi gerektiğini söyledi. Yalnızca, Maslova'ya onunla ilgili af çıktığı haberini vereceği ve valilikten emir gelir gelmez onu bir saat bile içerde tutmayacağı sözünü verdi.

Krıltsov'un sağlığı ile ilgili olarak da, hapishanede böyle bir mahkûmun olup olmadığını bile söyleyemeyeceğini belirterek, yine herhangi bir bilgi vermeyi reddetti. Böylece hiçbir şey elde edemeyen Nehlüdov arabasına binip otelin yolunu tuttu.

Müdürün sertliği esas olarak, normalinden iki kat dolu olan hapishanede genel bir tifüs salgını olmasından kaynaklanmıyordu. Nehlüdov'u götüren arabacı yolda, ona, hapishanede dünya kadar insanın yitip gittiğini söyledi, "Onlara musallat olan nasıl bir illetse! Günde yirmi kadar insan gömüyorlar," dedi.

XXIV

Nehlüdov hapishanedeki başarısızlığına bakmaksızın yine hâlâ o aynı canlı, heyecanlı, içi içine sığmayan ruh hali içinde, Maslova'nın af belgesinin ellerine geçip geçmediğini öğrenmek için valilik kalemine gitti. Belge gelmemişti, bunun üzerine oteline dönen Nehlüdov hiç ötelemeden, bu konuyla ilgili hemen Selenin'e ve avukata yazmak için aceleci davrandı. Mektupları bitirince saatine baktı, generalin evindeki yemek saati yaklaşıyordu.

Yola çıkınca yine Katyuşa'nın affını nasıl karşılayacağı düşüncesi aklına geldi. Onu nereye yerleştireceklerdi? Katyuşa ile birlikte nasıl yaşayacaktı? Simonson ne yapacaktı? Katyuşa'nın Simonson'a karşı tutumu ne olacaktı? Katyuşa'da meydana gelen değişimi, aynı zamanda onun geçmişini anımsadı.

"Unutmak, bir çizgi çekmek lazım," diye düşündü ve yine onunla ilgili düşünceleri hemen kafasından uzaklaştırmaya çalıştı. "Zamanı gelince görürüz," dedi kendi kendine ve generale nelerden söz etmesi gerektiğini düşünmeye koyuldu.

Generalin evinde, Nehlüdov'un tamamıyla alışık olduğu, ileri gelen memurların ve varlıklı insanların yaşamını yansıtan lüks içinde hazırlanmış yemek, yalnızca lüksten değil, en temel ihtiyaçlardan bile yoksun geçen bunca zamandan sonra Nehlüdov'un özellikle hoşuna gitmişti.

Ev sahibesi Nikolay'ın sarayında nedimelik yapmış, Fransızcayı çok doğal, Rusçayı ise zorlanarak konuşan tam bir Petersburglu eski bir *grande dame** idi. Olağanüstü derecede dik duruyor ve ellerini hareket ettirirken dirseklerini belinden ayırmıyordu. Kocasına karşı sakin, kederle karışık saygılı bir tutum içindeydi, konuklarına karşı, her ne kadar konumlarına göre farklı davransa da, son derece nazikti. Nehlüdov'u aileden biri gibi, onun tüm erdemlerini yeniden fark etmesine ve hoşnutluk hissetmesine yol açan, özellikle o ince, sezdirmeden yaptığı övgülerle karşıladı. Her ne kadar şaşırtıcı bulsa da Sibirya'ya gelişinin onurlu bir davranış olduğunu anladığını, onu seçkin biri saydığını hissettiriyordu. Bu ince övgü ve generalin evindeki yaşamın bütün bu zarif, lüks ortamı Nehlüdov'un kendini iyiden iyiye bu güzel ortamın, lezzetli yemeklerin ve çevresinden de alışık olduğu, iyi eğitimli insanlarla birlikte olmanın yarattığı huzur ve keyfin hazzına kaptırmasına yol açmıştı, sanki son zamanlarda yaşadığı her şey, şu anki gerçeklere uyandığı bir rüyaydı.

Yemekte ev sahipleriyle birlikte generalin kızı, kocası ve yaverinin dışında İngiliz, altın madeni sahibi bir tüccar ve uzak Sibirya illerinin birinden ziyarete gelen bir vali vardı.

Bütün bu insanlar Nehlüdov'un hoşuna gitmişti.

İngiliz, sağlıklı, pembe yanaklı biriydi, Fransızcası çok kötüydü ama İngilizceyi çok iyi, bir hatip gibi etkileyici konuşuyordu, çok şey görmüş geçirmişti. Amerika, Hindistan, Japonya ve Sibirya ile ilgili anlattığı hikâyeleri çok ilgi çekiciydi.

Üzerine bir çift pırlanta kol düğmeli, Londra işi bir frak giymiş, büyük bir kütüphane sahibi, pek çok hayır işi yapmış, Avrupai liberal görüşlere sahip bir köylü çocuğu olan altın

---

* *Fr.* Sosyete kadını (Çev. N.)

madeni işletmecisi genç tüccar, sağlıklı, yabani bir köylü fidanına Avrupa kültürü aşılanmış, eğitimli, tamamen yepyeni ve iyi bir tip olarak ortaya çıkması bakımından Nehlüdov'un çok hoşuna gitmiş ve ilgisini çekmişti.

Uzak eyalet valisi, Nehlüdov daha Petersburg'dayken o sıralarda hakkında çok konuşulan, o dairenin eski müdürünün ta kendisiydi. Kıvırcık, seyrek saçlı, sevecen mavi gözlü, alt tarafı çok kalın, bakımlı, beyaz elleri yüzüklerle dolu, gülümsemesi çok hoş, tombul bir adamdı. Bu vali rüşvetçilerin arasında tek rüşvet almayan kişi olduğu için ev sahibinin değer verdiği biriydi. Büyük bir müziksever ve aynı zamanda çok iyi piyanist olan ev sahibesi ise, valiye iyi bir müzisyen olduğu ve onunla birlikte dört elle piyano çaldıkları için değer veriyordu. Nehlüdov'un keyfi o kadar yerindeydi ki, bugün bu adam bile ona sevimsiz gelmiyordu.

Her zaman yardıma hazır, mavimsi kır çeneli, neşeli, enerjik yaver iyi yürekliliği ile hoştu.

Ancak Nehlüdov'un hepsinden daha çok hoşuna giden generalin kızı ve kocası, tatlı, genç çiftti. Generalin kızı kendini ilk iki çocuğuna adamış, çirkince, saf yürekli bir kadındı; ailesiyle giriştiği uzun mücadeleler sonrası severek evlendiği kocası, Moskova Üniversitesi'nde asistan, liberal görüşlü, alçak gönüllü ve akıllı bir adamdı, özellikle, araştırdığı, sevdiği ve ölümden kurtarma gayreti içinde olduğu azınlıklar üzerine istatistikle ilgili çalışıyordu.

Hepsi de Nehlüdov'a karşı sıcak ve sevecen davranmanın ötesinde, yeni ve ilginç birini tanımaktan açıkça memnundular. Yemeğe askeri redingot ve boynunda beyaz bir haçla katılan general, Nehlüdov'u eski bir dostu gibi karşıladı ve hemen konukları votka içmeye ve mezeleri atıştırmaya davet etti. Generalin Nehlüdov'a yanından ayrıldıktan sonra ne yaptığı sorusu üzerine, Nehlüdov postaneye gittiğini ve sabah sözünü ettiği kişiyle ilgili af çıktığını öğrendiğini, şimdi de yeniden hapishaneyi ziyaret için izin rica ettiğini söyledi. Yemekte iş konuşulmasından besbelli hoşlanmayan general kaşlarını çattı ve hiçbir şey söylemedi.

Fransızca "Votka alır mısınız?" diyerek yanlarına yaklaşan İngiliz'e döndü. İngiliz votkayı içip bugün kiliseyi ve bir fabrikayı ziyaret ettiğini, ancak bir de büyük sürgün hapishanesini görmek istediğini söyledi.

"İşte bu çok iyi," dedi general Nehlüdov'a dönerek. "Birlikte gidersiniz. Onlara izin belgesi ver," dedi yavere.

Nehlüdov İngiliz'e "Ne zaman gitmek istersiniz?" diye sordu.

"Hapishaneleri akşamları ziyaret etmeyi tercih ediyorum," dedi İngiliz, "herkes yerindedir, hiçbir hazırlık da olmaz, her şey olduğu gibidir."

"Yani, bütün güzelliğiyle görmek istiyor, öyle mi? Bırak görsün. Yazıyorum ama beni dinlemiyorlar. Bırak yabancı basından öğrensinler," dedi general ve ev sahibesinin konuklara yer gösterdiği masaya gitti.

Nehlüdov ev sahibesiyle İngiliz'in arasına oturdu.

Tam karşısında generalin kızı ve eski daire müdürü oturuyordu.

Yemek boyunca kâh İngiliz'in sözünü ettiği Hindistan hakkında, kâh generalin şiddetle kınadığı Tonkin* seferi üzerine, kâh Sibirya'daki genel dolandırıcılık ve rüşvetle ilgili ara ara sohbet sürüyordu. Bu sohbet konusu Nehlüdov'u pek ilgilendirmiyordu.

---

* Tonkin; Vietnam'ın kuzey kesimleri. 1882'de Riviera komutasındaki Fransız birliğinin eşkıya çeteleri baskınlarına karşı Fransızları güvence altına almak için Tonkin'e yaptığı seferden bahsediyor. (Çev. N.)

Ancak yemekten sonra konuk odasında kahveler içilirken İngiliz'le ev sahibesi arasında, Nehlüdov'a sohbet arkadaşlarının konuşmalarından pek çok şeyi zekice, iyi bir şekilde dile getirmiş gibi gelen Gladstone* ile ilgili çok ilginç bir konuşma geçti. İyi bir yemekten, votkadan sonra yumuşacık bir koltukta, sevecen, iyi eğitimli insanlar arasında kahvesini yudumlamak Nehlüdov'a gittikçe daha çok keyif verir bir hal aldı. Hele İngiliz'in ricası üzerine ev sahibesi, eski daire müdürüyle piyanonun başına oturup birlikte Beethoven'in beşinci senfonisini çalmaya başlayınca Nehlüdov, sanki ne kadar iyi biri olduğunu daha yeni fark ediyormuş gibi, çoktandır hissetmediği kendisiyle ilgili büyük bir ruhsal tatmin duygusu hissetti.

Piyano harika, senfoni performansı muhteşemdi. En azından bu senfoniyi bilen ve seven Nehlüdov'a böyle hissettirmişti. Nefis andante bölümünü dinlerken tüm erdemlerinden ve kapıldığı duygusallıktan burnunun sızladığını hissetti. Çoktandır yaşamadığı bir keyfi bahşettikleri için ev sahibesine teşekkür edip tam vedalaşarak gitmeye hazırlandığı sırada ev sahibesinin kızı kararlı bir biçimde yanına gelip kızararak "Çocuklarımı soruyordunuz, onları görmek ister misiniz?" dedi.

Annesi kızının yaptığı bu hoş patavatsızlığa gülerek "Eh, herkesin çocuklarını görmek isteyeceğini sanıyor," dedi. "Knyazın hiç ilgisini çekmez."

Bu coşkuyla kabaran mutlu anne sevgisinden etkilenen Nehlüdov "Tam tersi, çok, hem de çok fazla ilgimi çeker," dedi. "Lütfen, gösterir misiniz?"

General, damadı, altın işletmecisi ve yaverle birlikte oturduğu oyun masasından "Knyazı çocuklarını göstermeye götü-

---

* William Ewart Gladstone, (1809–1898) İngiltere başbakanı (Çev. N.)

rüyor," diye bağırdı gülerek. "Gidin, gidin, görevinizi yapın."

Bu arada genç kadın o anda çocukları hakkında fikir yürütüleceği için besbelli heyecan içinde Nehlüdov'un önünden koşturarak içerdeki odalara doğru yürüdü. Yüksek tavanlı, beyaz duvar kâğıtlı, koyu abajurlu küçük bir lambayla aydınlatılmış üçüncü odada yan yana iki küçük karyola vardı, karyolaların arasında beyaz bir pelerine sarınmış, elmacık kemikleri çıkık, yüzünden iyilik okunan Sibiryalı bir dadı oturuyordu. Dadı ayağa kalkıp selam verdi. Anne, minik ağzını açmış, mışıl mışıl uyuyan, uzun kıvırcık saçları yastığa dağılmış iki yaşlarındaki bir kız çocuğunun yattığı birinci karyolaya eğildi. "İşte bu Katya," dedi, altından minik beyaz bir ayağın çıktığı mavi çizgili, örgü yorganı düzelterek. "Güzel, değil mi? Daha iki yaşında."

"Çok güzel!"

"Bu da Vasük, dedesi ona böyle diyor. Çok farklı bir tip. Sibiryalı, değil mi?"

Nehlüdov, şişko göbeğinin üzerine yatmış uyuyan çocuğa bakarak "Harika bir bebek," dedi.

"Gerçekten mi?" dedi anne anlamlı anlamlı gülümseyerek.

Nehlüdov zincirleri, kazınmış kafaları, dayakları, ahlaksızlıkları, can çekişen Krıltsov'u, tüm geçmişiyle birlikte Katyuşa'yı anımsadı. İmrendi ve kendisi için de o anda ona göründüğü gibi aynı böyle zarif, tertemiz bir mutluluk diledi.

Nehlüdov çocukları defalarca övüp aynı zamanda biraz da bu övgüleri büyük bir sevinçle karşılayan anneyi hoşnut ederek, annenin peşinden, sözleştikleri gibi birlikte hapishaneye gitmek için İngiliz'in artık onu beklemeye başladığı konuk odasına geçti. Yaşlısı genci ev sahipleriyle vedalaşan Nehlüdov İngiliz ile birlikte generalin evinin kapısına çıktı.

Hava değişmişti. Durmaksızın lapa lapa yağan kar çoktan

yolu, çatıyı, bahçedeki ağaçları, kapı önünü, arabanın üstünü ve atın sırtını kaplamıştı. İngiliz'in kendi arabası vardı. Nehlüdov İngiliz'in arabacısına hapishaneye gitmesini söyleyip tek başına arabasına bindi ve tatsız bir görevi yerine getirmenin verdiği ağır bir hisle karın üzerinde güçlükle ilerleyen yumuşacık arabasına kurulup İngiliz'in peşine takıldı.

XXV

Nöbetçilerin tuttuğu giriş kapıları fenerlerle aydınlatılmış kasvetli hapishane binası, o anda her şeyi, girişi, çatıyı, duvarları kaplayan temiz, bembeyaz örtüye karşın, dış cephesindeki ışıklı pencereleriyle sabahkinden çok daha fazla karamsar bir duygu uyandırıyordu.

Heybetli müdür kapıya çıktı ve Nehlüdov ile İngiliz'e verilen izin belgesini fenerin ışığında okuyup yapılı omuzlarını şaşırmış gibi silkti ama emri yerine getirerek ziyaretçilere kendisini izlemelerini söyledi. Onları önce avluya, sonra sağdaki kapıya ve oradan da büroya giden merdivene götürdü. Oturmalarını istedikten sonra onlara nasıl yardımcı olabileceğini sordu ve Nehlüdov'un Maslova ile hemen görüşmek istediğini öğrenince bir gardiyanı Maslova'nın peşine yolladı ve İngiliz'in Nehlüdov aracılığıyla ona yönelttiği sorulara yanıt vermeye hazırlandı.

"Hapishane kaç kişi alacak şekilde inşa edilmiş?" diye soruyordu İngiliz. "Kaç mahkûm var? Kaçı erkek, kaçı kadın ve çocuk? Kaç tane kürek mahkûmu, sürgün, refakatçı var? Hasta sayısı kaç?"

Nehlüdov yapacağı beklenmedik görüşmeden dolayı şaşkınlık içinde, İngiliz'in ve müdürün söylediklerini anlamadan çeviriyordu. İngiliz'e çevirdiği cümleler arasından yaklaşan adımları duyup pek çok kez olduğu gibi büronun kapısı açılıp önden gardiyan, arkasından da başına başörtü bağlamış, mahkûm gömleği içinde Katyuşa içeri girince yüreği eziliyormuş gibi hissetti.

Katyuşa gözlerini kaldırmadan, hızlı adımlarla odaya girdiği sırada Nehlüdov'un aklından bir an için "Yaşamak istiyorum, bir ailem, çocuklarım olsun istiyorum, insanca bir yaşam istiyorum," düşünceleri gelip geçti.

Ayağa kalkıp ona doğru birkaç adım attı, Katyuşa'nın yüzü, ona sert ve tatsız göründü. Yine aynı ona sitemler yağdırdığı zamanki gibiydi. Kızarıp bozarıyor, parmaklarıyla hummalı bir şekilde gömleğinin uçlarını kıvırıyor, kâh Nehlüdov'a bakıyor, kâh bakışlarını yere indiriyordu.

"Af çıktı, biliyor musunuz?" dedi Nehlüdov.

"Evet, gardiyan söyledi."

"Evraklar gelir gelmez, çıkabilir, nereye isterseniz yerleşebilirsiniz. Detaylarıyla düşünürüz..."

Katyuşa aceleyle onun sözünü kesti: "Düşünecek neyim var ki? Vladimir İvanoviç nereye giderse, ben de onunla oraya gideceğim."

Yaşadığı heyecana karşın, gözlerini Nehlüdov'a kaldırıp hızla, açıklıkla, adeta söyleyeceği her şeyi önceden hazırlamış gibi söylemişti.

"Demek öyle!" dedi Nehlüdov.

"Şayet o, onunla birlikte yaşamamı isterse – korkmuş gibi durdu ve sözlerini düzeltti – yani yanında olmamı isterse, Dimitriy İvanoviç, ne yapabilirim. Benim için bundan daha iyi ne olabilir? Bunu mutluluk saymalıyım. Daha başka ne yapabilirim ki?.."

"İki olasılıktan biri: Ya Simonson'u seviyor ve onun uğruna kendimce hayalini kurduğum fedakârlığı yapmamı istemiyor ya da beni sevmeye devam ediyor ve esenliğim için beni reddediyor ve yazgısını Simonson ile birleştirerek, sonsuza kadar gemileri yakıyor," diye aklından geçirdi Nehlüdov ve utandı. Kızardığını hissetti.

"Eğer onu seviyorsanız..." dedi Nehlüdov.

"Sevip sevmemem neyi değiştirir? Artık zaten hiç umurumda değil, hem Vladimir İvanoviç çok özel biri."

"Evet, hiç kuşkusuz," diye söze girişti Nehlüdov. "O harika bir adam. Hem sanırım..."

Katyuşa onun yersiz bir şey söylemesinden ya da kendisinin her şeyi söylemeyeceğinden adeta korkmuş gibi Nehlüdov'un sözünü yeniden kesti.

Nehlüdov'un gözlerinin içine şehla gözleriyle gizemli bir bakışla bakarak "Hayır, Dimitriy İvanoviç, sizin istediğinizi yapmadığım için beni bağışlayın," dedi. "Evet, elden ne gelir ki, hem sizin de yaşamaya hakkınız var."

Katyuşa ona, tam da az önce onun kendi kendine söylediği şeyi söylemişti ama artık o bunu düşünmüyor, bunun yerine bambaşka şeyler düşünüyor, hissediyordu. Yalnızca utanmakla kalmıyor, aynı zamanda Katyuşa ile birlikte yitirdiği bütün her şeye acıyordu.

"Bunu beklemiyordum," dedi Nehlüdov.

Katyuşa "Neden burada yaşayıp acı çekesiniz ki... Yeterince acı çektiniz zaten," dedi ve tuhaf bir biçimde gülümsedi.

"Hiç de acı falan çekmiyorum, böyle gayet iyiydim, yapabilseydim, size daha da hizmet etmek isterdim."

"Bize," dedi Katyuşa, "bize" ve Nehlüdov'a bir göz attı. "Hiçbir şey gerekmiyor. Siz zaten benim için o kadar çok şey yaptınız ki... Siz olmasaydınız..." Bir şeyler daha söylemek istedi ama sesi titremeye başladı.

"Bana teşekkür etmenize gerek yok," dedi Nehlüdov.

"Neyin hesabını yapacağız? Hesaplarımızı Tanrı çıkarır," dedi Katyuşa ve kara gözleri, gözlerine dolan yaşlarla parlamaya başladı.

"Ne kadar iyi bir kadınsınız!" dedi Nehlüdov.

Gözyaşları arasından "Ben mi iyiyim?" dedi Katyuşa ve acıklı bir gülümseme yüzünü aydınlattı.

"Are you ready?"* diye sordu bu arada İngiliz.

"*Directly*"** diye yanıt verdi Nehlüdov ve Katyuşa'ya Krıltsov'un sağlık durumunu sordu.

Katyuşa heyecanını yatıştırıp toparlanarak, sakin bir biçimde bildiklerini anlattı: Krıltsov yolda çok zayıf düşmüş ve onu hemen hastaneye yatırmışlardı. Marya Pavlovna çok kaygılıydı, hastabakıcı olarak hastaneye almalarını istemiş ama ona izin vermemişlerdi.

İngiliz'in beklediğini fark eden Katyuşa "Gidebilir miyim?" dedi.

"Vedalaşmıyorum, sizinle yeniden görüşeceğim," dedi Nehlüdov.

Katyuşa duyulur duyulmaz bir sesle "Bağışlayın," dedi. Bakışları karşılaştı, hem tuhaf şehla bakışında, hem de bu 'elveda' yerine 'bağışlayın' derkenki acıklı gülümsemesinden Nehlüdov yaptığı iki tahminden Katyuşa'nın verdiği kararın ikincisi olduğuna emin oldu: Katyuşa onu seviyordu ve birbirlerine bağlanırlarsa onun hayatını perişan edeceğini, bunun yerine Simonson ile giderek onu kurtaracağını düşünüyordu, şimdi de istediği şeyi yaptığına seviniyor, ancak bununla birlikte ondan ayrılacağı için acı çekiyordu.

---

* Hazır mısınız? (L.N.Tolstoy'un çevirisi)
** Direkt olarak (L.N.Tolstoy'un çevirisi)

Nehlüdov'un elini sıkıp hızla arkasını dönerek çıktı.

Nehlüdov gitmek üzere başını çevirip İngiliz'e baktı ama İngiliz not defterine bir şeyler yazıyordu. Nehlüdov onu işinden alıkoymadan duvarın dibindeki ahşap kanepeye oturdu ve birdenbire korkunç bir yorgunluk hissetti. Uykusuz geçen gecelerden, seyahatten, yaşadığı heyecanlardan değil, tüm yaşamın yükü yüzünden korkunç bir yorgunluk hissediyordu. Oturduğu kanepenin arkalığına yaslandı, gözlerini kapadı ve aniden ağır, deliksiz bir uykuya daldı.

"Nasıl, koğuşları şimdi mi dolaşmak istersiniz?" diye sordu müdür.

Nehlüdov uyandı ve nerede olduğuna şaşırdı. İngiliz notlarını almış ve koğuşlara göz atmak istiyordu. Nehlüdov yorgun argın, kayıtsız bir halde peşlerine takıldı.

XXVI

İnsanın midesini ayağa kaldıran, leş gibi kokan sahanlığı ve koridoru geçerlerken şaşkınlık içinde, ulu orta yere işeyen iki mahkûma denk geldiler, müdür, İngiliz ve Nehlüdov gardiyanlar eşliğinde kürek mahkûmlarının ilk koğuşuna girdiler. Ortasına kadar ranzalarla dolu koğuşta, bütün mahkûmlar çoktan yatmışlardı. Yetmiş kişi kadarlardı. Baş başa, yan yana yatıyorlardı. Ziyaretçiler içeri girince hepsi zincirlerini şakırdatarak, yerlerinden fırlayıp yarısı yeni tıraşlı parlayan kafalarıyla ranzaların yanında dikildiler. Yatan iki kişi kaldı. Biri besbelli ateşler içinde kavrulduğu için yüzü kızarmış genç bir adam, diğeri sürekli inleyen bir ihtiyardı.

İngiliz "Genç mahkûm çoktandır hasta mı?" diye sordu.
Müdür "Sabahtan beri, ihtiyar ise çoktandır karın ağrısı çe-

kiyor ama revir uzun zamandır dolu olduğu için onu yatıracak bir yer bulamadık," dedi. İngiliz olumsuz anlamda başını sallayıp bu insanlara birkaç şey söylemek istediğini belirterek, Nehlüdov'dan söyleyeceklerini çevirmesini rica etti. İngiliz'in seyahat amaçlarından birinin – bir başka amacı da Sibirya'ya sürgünü ve hapishaneleri anlatmaktı – kurtuluşun inançla ve kefaret ile olacağını vaaz etmek olduğu anlaşıldı.

"İsa'nın onlara acıdığını, onları sevdiğini ve onlar uğruna öldüğünü söyleyin. Şayet buna inanırlarsa, kurtulabilirler." O konuşurken, bütün mahkûmlar ranzaların yanında ellerini iki yanlarına yapıştırmış sessizce duruyorlardı. "Bu kitapta, söyleyin onlara, bütün bunlar belirtilmiş," diyerek sözlerini bitirdi. "İçinizde okuma yazma bilen var mı?" diye sordu.

Okuryazarların yirmiden fazla olduğu anlaşıldı. İngiliz el çantasından ciltlenmiş birkaç İncil çıkardı ve kaba kumaştan yenler içinden sert, kara tırnaklı, kaslı eller, birbirlerini iterek İngiliz'e doğru uzandı. İngiliz bu koğuşta iki İncil verip bir sonraki koğuşa geçti.

Diğer koğuşta da her şey aynıydı. Aynı, leş gibi kokan boğucu bir hava; aynı şekilde ileride, pencerelerin arasında bir ikona asılıydı, kapının solunda dışkı teknesi duruyordu, aynı şekilde herkes dip dibe yan yana yatıyordu ve yine aynı şekilde herkes yerinden fırlayıp hazır ola geçti. Burada da üç kişi kalkmamıştı. İkisi doğrulup oturdu, biri ise kıpırdamadan yatmaya devam ediyordu, hatta içeri girenlere bile bakmadı. Bunlar da hastaydı. İngiliz aynı şeyleri söyleyip yine aynı şekilde iki İncil verdi.

Üçüncü koğuştan bağırışlar, gürültü patırtılar işitiliyordu. Müdür kapıya vurup "Kesin sesinizi!" diye bağırdı. Kapı açılınca yine birkaç hasta ve yüzleri fena halde darmadağın olmuş, biri saçlarına, diğeri sakalına yapışarak, birbirine girmiş kavga eden iki kişi dışında herkes ranzaların yanında esas duruşa geçti. Kavga edenler, ancak gardiyan koşarak yanlarına gidince birbirlerinden ayrıldılar. Birinin ağzı burnu dağılmıştı, burnundan kan damlıyordu, kaftanının yeniyle salyalarını ve kanı sildi; diğeri yolunan sakallarını sıvazlıyordu.

"Koğuş çavuşu" diye serçe bağırdı müdür.

Yakışıklı, güçlü kuvvetli biri öne çıktı.

Koğuş çavuşu, gözlerinin içi gülerek "Bir türlü yatıştıramadım, efendim," dedi.

Kaşlarını çatan müdür "Ben onların hakkından gelirim," diye karşılık verdi.

"*What did they fight for?*"* diye sordu İngiliz.

Nehlüdov koğuş çavuşuna kavganın nedenini sordu.

"Başkasının dolağı yüzünden birbirlerine girdiler," dedi çavuş, gülmeye devam ederek. "Bu vurdu, bu da karşılık verdi."

Nehlüdov İngiliz'e anlattı.

İngiliz müdüre dönerek "Onlara birkaç söz söylemek isterdim," dedi.

Nehlüdov çevirdi. Müdür "Buyurun, söyleyin," dedi. Bunun üzerine İngiliz deri ciltli kendi İncil'ini çıkarttı.

"Lütfen bunu çevirin," dedi Nehlüdov'a. "Siz tartışıp kavga ediyorsunuz, oysa sizin uğrunuza canını veren İsa, sorunlarımızı çözmek için bize başka bir yol gösteriyor. İsa'nın yasasına göre bizi inciten insanlara karşı nasıl davranmamız gerektiğini bilip bilmediklerini, onlara sorar mısınız?"

Nehlüdov İngiliz'in söylediklerini ve sorduğu soruyu çevirdi.

İçlerinden biri heybetli müdüre yan gözle bakarak, sorar

---

* Neden dövüşüyorlar? (İng. L. N. Tolstoy'un çevirisi)

gibi "Yönetime şikâyet edeceksin, o hakkından gelir, herhalde?" dedi.

"Onu bir güzel ıslatmalı, görür gününü o zaman, bir daha da kimseye bulaşmaya kalkmaz," dedi bir başkası.

Onaylayıcı birkaç gülüş duyuldu.

Nehlüdov mahkûmların yanıtlarını İngiliz'e çevirdi.

"Onlara, İsa'nın yasasına göre tam tersini yapmak gerektiğini söyleyin: Eğer birisi bir yanağınıza vurursa, diğerini uzatacaksınız," dedi, yanağını uzatır gibi hareket ederek.

Nehlüdov çevirdi.

"Hele, kendisi bir denemeye kalksın bakalım," dedi biri.

"Ya diğerine de bir tane yapıştırırsa, başka neyini uzatacaksın?" dedi hasta yatanlardan biri.

"O zaman canına okur."

Arkalardan biri "Hele bir denemeye kalksın, görür gününü," dedi ve neşeyle gülmeye başladı. Büyük bir kahkaha tufanı bütün koğuşu kapladı. Kan ve salya içindeki burnu dağılmış mahkûm bile makaraları koyuverdi. Hastalar da gülüyorlardı.

İngiliz hiç şaşırmadı ve Nehlüdov'dan onlara, olanaksız gibi görünen bir şeyin, iman edenler için olanaklı ve kolay olduğunu söylemesini istedi.

"Sorar mısınız, içki içiyorlar mı?"

"Elbette," diyen bir ses işitildi ve aynı anda yine kıkırdamalar ve kahkahalar duyuldu.

Bu koğuşta dört hasta vardı. İngiliz'in neden hastaları tek bir koğuşta toplamadıkları sorusuna, müdür kendilerinin istemediği yanıtını verdi. "Bunların hastalıkları bulaşıcı değil, üstelik bir hastabakıcı da onlarla ilgileniyor ve bakımlarını sağlıyor," dedi.

"İki haftadır ortalarda görünmüyor," dedi biri.

Müdür yanıt vermedi ve onları diğer koğuşa götürdü.

Yine kapı açıldı, yine herkes sesini kesip ayağa kalktı ve yine İngiliz İncil dağıttı; beşinci ve altıncı, sağdaki ve soldaki, her iki taraftaki koğuşlarda da aynı şeyler oldu.

Kürek mahkûmlarının koğuşlarından çıkıp sürgünlerinkine, sürgünlerin yanından da yerelcilerin ve refakatçilerin yanına geçtiler. Hepsinde durum aynıydı: Her yerde aynı şekilde, üşümüş, aç, başıboş, hastalık kapmış, rezil rüsva olmuş, hapse tıkılmış insanlar vahşi hayvanları andırıyordu.

Yeteri kadar İncil dağıtan İngiliz İncil dağıtmayı kesti ve hatta nutuk çekmeyi bile bıraktı. Korkunç manzara ve en çok da boğucu hava, anlaşılan, enerjisini de tüketmişti, artık koğuşları müdürün hangi koğuşta hangi mahkûmların kaldığıyla ilgili verdiği raporlara *"all right,"* diyerek dolaşıyordu. Nehlüdov karşı çıkacak ve çekip gidecek gücü kendinde bulamıyor, hep o yorgun argın, bezgin ruh hali içinde uyur gibi yürüyordu.

XXVII

Nehlüdov sürgünlerin bulunduğu koğuşlardan birinde bu sabah teknede karşılaştığı tuhaf ihtiyarı görünce hayretler içinde kaldı. Sırtında kül rengi, kirli, omzu yırtık bir gömlek, saçı başı darmadağın, kırış buruş ihtiyar, ayağında aynı pantolon, yalın ayak, bir ranzanın yanında yerde oturuyor, sert, soru dolu bakışlarla içeri girenlere bakıyordu. Kir pas içindeki gömleğinin yırtıklarından görünen bitkin vücudu zayıf ve acınacak haldeydi, ancak yüzü teknedekinden çok daha fazla dikkat kesilmiş, ciddi ve canlıydı. Tüm mahkûmlar diğer koğuşlarda olduğu gibi yöneticiler içeri girince ayağa fırlayıp dikildiler; ihtiyar adam ise oturmaya devam ediyordu. Gözleri çakmak çakmak, kaşları öfkeyle çatılmıştı.

Müdür, ihtiyara "Ayağa kalk," diye bağırdı.

İhtiyar yerinden kıpırdamadı, yalnızca küçümser bir edayla gülümsedi.

"Senin karşında uşakların ayağa kalkar. Ben senin uşağın değilim," dedi, sonra müdürün alnını göstererek "Senin damgalanman lazım," diye ekledi.

Müdür "Senin ağzından çıkanı kulağın duyuyor mu?" diyerek tehditkâr bir biçimde ihtiyarın üzerine yürüdü.

Nehlüdov müdürden önce davranarak "Bu adamı tanıyorum," diye atıldı. "Onu neden almışlar?"

"Polis kimliği olmadığı için yollamış. Göndermeyin diye rica ediyoruz ama onlar ha bire gönderiyorlar," dedi müdür, ihtiyara öfkeyle yan yan bakarak.

İhtiyar, Nehlüdov'a dönerek "Ne o, yoksa sen de mi bu Şeytan'ın ordusundansın?" diye sordu.

"Hayır, ben ziyaretçiyim," dedi Nehlüdov.

"Niye geldin, Şeytan'ın insanlara nasıl işkence ettiğini mi merak ediyorsun? Gör, işte. İnsanları toplamış, koca bir orduyu kafese tıkmış. İnsanlar alın teriyle ekmeklerini kazanmalı ama o onları domuz gibi içeri tıkıp kudursunlar diye işsiz güçsüz, besliyor."

"Ne söylüyor?" diye sordu İngiliz.

Nehlüdov, insanları zorla içerde tutuyor diye müdüre çıkıştığını söyledi.

"Sorar mısınız, onun düşüncesine göre yasalara aykırı hareket edenlere karşı nasıl davranılmalı?" dedi İngiliz.

Nehlüdov soruyu çevirdi.

İhtiyar bütün dişlerini göstererek sırıttı, garip garip gülmeye başladı.

"Yasa!" diye tekrarladı küçümseyerek. "O, önce herkesi soyup soğana çevirdi, bütün toprakları, insanların tüm zenginliklerini ellerinden çekip aldı, ona karşı çıkan herkesi kırıp geçirdi, sonra da soymayın, öldürmeyin diye yasa kaleme aldı. Bu yasayı daha önce yazmalıydı."

Nehlüdov çevirdi. İngiliz gülümsedi.

"Peki, yine de şimdi hırsızlara ve katillere karşı nasıl davranılmalı, ona sorar mısınız?"

Nehlüdov yine soruyu çevirdi. İhtiyar sertçe kaşlarını çattı.

"Şeytan'ın damgasını alnından silip atsın, o zaman ne hırsızlar, ne de katiller kalır. Ona aynen böyle söyle."

Nehlüdov, ihtiyarın sözlerini ona çevirince, İngiliz *"He is crazy"** dedi ve omuzlarını silkerek koğuştan çıktı.

İhtiyar öfkeyle kaşlarını çatıp kıvılcımlar saçan gözlerle, koğuşta ağırdan alan Nehlüdov'a bakarak "Sen kendi işine bak, onları bırak. Her koyun kendi bacağından asılır. Kimin cezalandırılacağını, kimin bağışlanacağını Tanrı bilir, bizim aklımız ermez," dedi. Sonra "Kendi kendinin efendisi olursan, o zaman efendilere gerek kalmaz. Git, git hadi," diye ekledi. "Şeytan'ın uşaklarının insanları bitlere nasıl yem ettiğini, doya doya seyrettin, git, git hadi!"

Nehlüdov koridora çıktığında İngiliz, müdürle birlikte kapısı açık, sessiz bir koğuşun önünde durmuş, o koğuşun ne için ayrıldığını soruyordu. Müdür orasının morg olduğunu açıkladı.

Nehlüdov müdürün söylediklerini çevirince "O!" dedi İngiliz ve içeri girmek istedi.

Morg sıradan, küçük bir odaydı. Duvarda küçük bir lamba yanıyor ve bir köşede yığılı torbaları, odunları ve sağdaki ran-

---

* *İng.* Çılgın. (Çev. N.)

zaların üzerindeki dört cesedi güçlükle aydınlatıyordu. Üzerinde kaba kumaştan bir gömlek ve pantolon olan ilk ceset küçük sivri sakallı, kafasının yarısı tıraşlı, uzun boylu bir adamdı. Bedeni kaskatı kesilmişti, morarmış elleri anlaşılan göğsünde kavuşturulmuş ama sonra düşüp kalmıştı, çıplak ayakları da yan yatmış, iki yana dikilmişti. Onun yanında beyaz etekli, beyaz bluzlu, başı açık, seyrek saçlı, kısacık saç örgülü, buruş buruş, ufak sarı yüzlü, minik sivri burunlu ihtiyar bir kadın yatıyordu. Kadının arkasında leylak rengi bir örtüye sarılı bir de erkek cesedi vardı. Bu renk Nehlüdov'a bir şeyler anımsattı.

İyice yanına yaklaşıp ona bakmaya başladı.

Yukarı doğru dikilmiş, küçük sivri bir sakal, keskin hatlı güzel bir burun, beyaz kalkık bir alın, seyrek, kıvırcık saçlar. Bildik çizgileri tanıdı ve gözlerine inanamadı. Dün bu yüzü heyecanlı, öfkeli, acı çeker bir halde görmüştü. Şimdi sakin, hareketsiz ve müthiş güzeldi.

Evet, bu Krıltsov'du ya da en azından, onun maddi varlığının bıraktığı arta kalan izdi. "Neden acılar çekti? Neden yaşadı? Şu anda bunu anlıyor muydu?" diye aklından geçirdi ve ona, bunun yanıtı yokmuş, ölümden başka bir şey yokmuş gibi geldi ve kendini kötü hissetti.

Nehlüdov İngiliz'le vedalaşmadan, gardiyandan kendisini avluya çıkarmasını rica etti ve bu akşam yaşadığı bütün her şeyi etraflıca düşünmek için yalnız kalma ihtiyacı duyarak, otele döndü.

XXVIII

Nehlüdov yatmadan önce otel odasında uzun süre bir ileri bir geri dolandı. Katyuşa ile ilgili işi bitmişti. Artık Katyuşa için gerekli değildi, bu yüzden Nehlüdov hem hüzün hem utanç duyuyordu. Ancak artık bu konu onun için eziyet olmaktan çıkmıştı. Diğer konu ise henüz kapanmamıştı, üstelik her zamankinden çok daha fazla onu incitiyor ve bir şeyler yapmasını gerektiriyordu.

Bu süre boyunca, özellikle de bu gün, bu korkunç hapishanede gördüğü ve öğrendiği, sevgili Krıltsov'u da mahveden bütün bu müthiş kötülük hükmünü sürüyor, zafer kazanmaya devam ediyordu ve yalnızca onu yenmenin hiçbir olanağı görülmediği gibi, onun üstesinden nasıl gelineceğini anlamanın olanağı da yoktu.

Umursamaz generaller, savcılar ve hapishane müdürlerince, bulaşıcı hastalıkların kol gezdiği hapishanelere tıkılmış, rezil rüsva edilmiş, yüzlerce, binlerce insan hayalinde, isyan ediyor, ağzına geleni söylemekten çekinmediği için deli kabul edilen, yöneticilerin bütün foyasını ortaya çıkartan, garip ihtiyar ve cesetlerin arasında, öfke içinde can veren Krıltsov'un mum gibi sararmış ölü yüzü canlanıyordu. Daha önce kendisine sorduğu, yani Nehlüdov'un mu, yoksa kendini akıllı zanneden ve bütün bunları yapanların mı delirmiş olduğu sorusu yeni bir güçle dimdik karşısında duruyor ve yanıt bekliyordu.

Odada dolaşmaktan ve düşünmekten yorulup usanarak, lambanın önündeki divana oturdu ve ceplerini boşaltırken çıkartıp masaya fırlattığı İngiliz'in ona anı olarak verdiği İncil'i bir robot gibi açtı. "Her şeyin çözümü burada yazıyor diyorlar," diye aklından geçirdi ve rastgele açtığı İncil'i okumaya başladı. Matta, 18. bölüm denk gelmişti.

"1. Bu sırada öğrencileri İsa'ya yaklaşıp, 'Göklerin Egemenliği'nde en büyük kimdir?' diye sordular." diye okumaya başladı Nehlüdov.

"2. İsa, yanına küçük bir çocuk çağırdı, onu orta yere dikip şöyle dedi:"

"3. Size doğrusunu söyleyeyim, yolunuzdan dönüp küçük çocuklar gibi olmazsanız, Göklerin Egemenliği'ne asla giremezsiniz."

"4. Kim bu çocuk gibi alçakgönüllü olursa, Göklerin Egemenliği'nde en büyük odur."

Nehlüdov kendini küçülttüğü ölçüde huzur ve yaşam sevinci duyduğunu anımsayarak "Evet, evet, bu böyle," diye düşündü.

"5. Böyle bir çocuğu benim adım uğruna kabul eden, beni kabul etmiş olur."

"6. Ama kim bana iman eden bu küçüklerden birini günaha düşürürse, boynuna kocaman bir değirmen taşı asılıp denizin dibine atılması kendisi için daha iyi olur."

"Burada ne anlamı var: Kim, nereye kabul ediyor? Benim adım uğruna ne demek?" diye kendi kendine sordu, bu sözlerin ona hiçbir şey anlatmadığını hissederek. Hayatında birkaç kez İncil okumaya kalktığını ve her seferinde de böyle anlaşılmaz yerler yüzünden bir kenara bıraktığını anımsayarak "Boynuna değirmen taşı asmanın da, denizin dibinin de ne anlamı var? Hayır, burada yanlış anlaşılan, belirsiz bir şeyler var," diye aklından geçirdi. Dünyaya mutlaka gelecek ayartıcı şeylerden, cehennem ateşi yoluyla insanlara verilecek cezalardan, Göksel Baba'nın yüzünü görecek melek çocuklardan bahseden 7., 8., 9., ve 10. ayetleri de okudu. Burada çok iyi bir şeylerin olduğu hissiyle "Biçimsiz bir şekilde yazılmış olması ne yazık," diye düşündü.

"11. Zira insanoğlu suçluları cezalandırmak ve mahvolanları kurtarmak için geldi," diye okumaya devam etti.

"12. "Siz ne dersiniz? Bir adamın yüz koyunu olsa ve bun-

lardan biri yolunu şaşırsa, doksan dokuzunu dağlarda bırakıp yolunu şaşıranı aramaya gitmez mi?"

"13. Size doğrusunu söyleyeyim, eğer onu bulursa, yolunu şaşırmamış doksan dokuz koyun için sevindiğinden daha çok onun için sevinir."

"14. Bunun gibi, göklerdeki Babanız da bu küçüklerden hiçbirinin kaybolmasını istemez."

"Evet, Tanrı onların mahvolmasını istemiyor ama işte yüzlercesi, binlercesi mahvolup gidiyor. Üstelik onları kurtarmanın bir çaresi de yok," diye aklından geçirdi Nehlüdov.

"21. Bunun üzerine Petrus İsa'ya gelip, 'Ya Rab,' dedi," diye okumayı sürdürdü. *"Kardeşim bana karşı kaç kez günah işlerse onu bağışlamalıyım? Yedi kez mi?"*

"22. İsa, "Yedi kez değil," dedi. "Yetmiş kere yedi kez derim sana."

"23. Şöyle ki, Göklerin Egemenliği, köleleriyle hesaplaşmak isteyen bir krala benzer."

"24. Kral hesap görmeye başladığında kendisine, borcu on bin talantı bulan bir köle getirildi."

"25. Kölenin ödeme gücü olmadığından efendisi onun, karısının, çocuklarının ve bütün malının satılıp borcun ödenmesini buyurdu."

"26. Köle yere kapanıp efendisine, 'Ne olur, sabret! Bütün borcumu ödeyeceğim,' dedi."

"27. Efendisi köleye acıdı, borcunu bağışlayıp onu salıverdi."

"28. Ama köle çıkıp gitti, kendisine yüz dinar borcu olan başka bir köleye rastladı. Onu yakalayıp, 'Borcunu öde' diyerek boğazına sarıldı."

"29. Bu köle yüzüstü yere kapandı, 'Ne olur, sabret! Borcumu ödeyeceğim,' diye yalvardı."

"30. Ama ilk köle bunu reddetti. Gitti, borcunu ödeyinceye dek adamı zindana kapattı."

"31. Öteki köleler, olanları görünce çok üzüldüler. Efendilerine gidip bütün olup bitenleri anlattılar."

"32. Bunun üzerine efendisi köleyi yanına çağırdı. 'Ey kötü köle!' dedi. 'Bana yalvardığın için bütün borcunu bağışladım."

"33. Benim sana acıdığım gibi, senin de köle arkadaşına acıman gerekmez miydi?"

Nehlüdov birden "Yoksa hepsi bundan ibaret mi?" diye çığlığı kopardı. İç sesi tüm varlığıyla "Evet, yalnızca bundan ibaret," dedi.

Sonra da Nehlüdov'un başına, manevi hayata sarılarak yaşayan insanların başına sık sık gelen şey geldi. Başlangıçta ona tuhaf, aykırı, hatta şaka gibi gelen düşünce, hayatın içinde kendine gittikçe daha çok kanıtlar edinerek, ansızın ona en basit, tartışmasız bir gerçek olarak göründü. İnsanların acı çektiği korkunç kötülüklerden kurtulmasının biricik ve kuşku götürmez yolunun yalnızca, insanların kendilerinin Tanrı'ya karşı suçlu olduklarını ve bundan dolayı da başkalarını ne cezalandırmaya ne de düzeltmeye kalkmaya hakları olmadığını kabul etmelerinden geçtiği düşüncesi artık onun için çok açıktı. Hapishanelerde tanığı olduğu bütün bu korkunç kötülüklerin ve insanların bu kötülükleri yapmasına yol açan huzur içindeki kendine güvenin, insanların olmayacak şeye amin demek istemelerinden, kötülüğü kötülükle ortadan kaldırmaya çalışmalarından kaynaklandığı da çok açıktı. Ahlaksız insanlar, ahlaksız insanları düzeltmek istiyorlar ve bunu mekanik bir yolla başarabileceklerini düşünüyorlardı. Ancak bütün bunlardan çıkan sonuç yalnızca, kendine iş yaratmaya çalışan, çıkar peşinde koşan insanların, hayali suç uydurmayı ve insanları adam etmeyi kendilerine meslek edinerek son derece ahlaksızlaştıkları ve eziyet ettikleri insanları da hiç durmadan ahlaksızlaştırdıklarıydı. Gördüğü bunca dehşetin nereden kaynaklandığı ve onu yok etmek için ne yapılması gerektiği artık Nehlüdov için anlaşılır bir hal almıştı. Bir türlü bulamadığı yanıt, İsa'nın Petrus'a verdiği yanıttı: O da daima herkesi sonsuz kez bağışlamaktı, çünkü kendisi suçlu olmayan, dolayısıyla da kimseyi cezalandırabilecek ya da düzeltebilecek hiç kimse yoktu.

Nehlüdov kendi kendine "Hayır, bu kadar basit olamaz," diyor ama bu arada, tersine alışık olduğunu için başlangıçta ne kadar tuhaf gelse de, bunun, bu sorunun kuşkuya yer vermeyecek şekilde, yalnızca kuramsal değil, aynı zamanda en pratik çözümü olduğunu hiç kuşkusuz görüyordu. Ne yani, kötülük yapanları öylece cezasız mı bırakacağız yönündeki sürekli yapılan itiraz, artık onun kafasını karıştırmıyordu. Eğer cezanın suçu azalttığı, suçluları düzelttiği kanıtlanabilseydi, bu itirazın bir anlamı olabilirdi ama kesinlikle tam tersi kanıtlandığı, başkalarını düzeltmenin bazı insanların elinde olmadığı açıkça görüldüğü anda, yapacağınız en akıllıca şey, yalnızca yararsız değil, aynı zamanda zararlı, ayrıca ahlaksızca ve acımasızca olan yaptığınız şeyi yapmayı bırakmaktı. "Suçlu saydığınız insanları yüzyıllardır idam ediyorsunuz. Ne oldu, onların kökünü kazıdınız mı? Kazıyamadınız, tam tersi cezalarla ahlaksızlaştırılan bu suçluların sayısı, oturduğu yerden insanları cezalandıran suçlu hâkimler, savcılar, sorgu yargıçları ve hapishane görevlileriyle katlanarak arttı yalnızca." Nehlüdov, toplumun ve genel olarak düzenin var olmasının, oturduğu yerden başkalarını cezalandıran yasal suçluların değil, böylesi bir ahlaksızlığa rağmen yine de insanların birbirini sevmeleri ve acımaları sayesinde olduğunu anlamıştı artık.

Nehlüdov İncil'in de bu düşünceyi doğrulayacağı umuduyla onu en başından okumaya başladı. Onu her zaman duygulandıran Dağdaki vaazı okurken, bu vaazdaki düşüncelerin soyut, güzel ve büyük kısmıyla aşırı ve gerçek dışı talepler değil, aslında basit, anlaşılır ve pratik olarak uygulanabilir öğütler olduğunu, uygulanması halinde (uygulanmaması için hiçbir neden yoktu) Nehlüdov'u bu kadar çileden çıkartan bütün bu zorbalığın kendiliğinden ortadan kalkacağı, insanlık yararına ulaşılabilecek en yüksek aşamaya, yani yeryüzünde Tanrı'nın egemenliğinin kurulacağı yepyeni, insanca bir toplum inşa edilebileceğini ilk kez gördü.

Bu öğütler beş taneydi.

İlk öğüt (*Matta, V, 21-26*) şöyleydi: İnsan bırakın yalnızca adam öldürmeyi, aynı zamanda kardeşine kızmamalı, kimseye aşağılayıcı sözler söylememeli, eğer biriyle bozuşursa, Tanrı'ya adağını sunmadan, yani dua etmeden önce barışmalıydı.

İkinci öğüt (*Matta. V, 27-32*) şöyleydi: İnsan bırakın yalnızca zina yapmayı, aynı zamanda kadının güzelliğinden haz almaktan kaçınmalı, bir kere bir kadınla birleştiyse ona asla ihanet etmemeliydi.

Üçüncü öğüt (*Matta. V, 33-37*) şöyleydi: İnsan hiçbir konuda yalan yere yemin etmemeliydi.

Dördüncü öğüt (*Matta. V, 38-42*) şöyleydi: İnsan bırakın yalnızca göze göz dişe diş demeyi, aynı zamanda bir yanağına tokat atana öteki yanağını uzatmalı, suçları bağışlamalı, alçakgönüllülükle onlara katlanmalı ve insanlar ondan bir şey istediğinde kimseyi geri çevirmemeliydi.

Beşinci öğüt (*Matta. V, 43-48*) şöyleydi: İnsan bırakın yalnızca düşmanlarından nefret etmeyi, onlarla savaşmamalı, aynı zamanda onları sevmeli, onlara yardım ve hizmet etmeliydi.

Nehlüdov yanan lambanın ışığına gözünü dikip donup kaldı. Yaşadığımız bütün rezillikleri anımsayıp eğer insanlar bu öğütlere göre eğitilseydi nasıl bir hayat olurdu diye açıkça gözünün önüne getirdi ve içini çoktandır hissetmediği büyük bir heyecan kapladı. Uzun süren eziyet ve acılardan sonra sanki birdenbire huzuru ve özgürlüğü yakalamıştı.

İncil'i okuyan pek çok kişinin başına geldiği gibi, o da gece boyunca uyumadı, defalarca okuduğu ve fark etmediği sözcüklerin bütün anlamını ilk kez kavrıyordu. Süngerin suyu emmesi gibi, o da bu kitaptaki gerekli, önemli ve sevindirici gördüğü şeyleri içine çekiyordu. Okuduğu şeylerin hepsi ona bildik geliyor, daha önce tam olarak kavramadığı ve inanmadığı, çoktandır bildiği şeyler, teyit edilmiş, gerçeği kavramış gibi hissediyordu. Artık anlıyor ve inanıyordu.

Ancak bu öğütlerin yerine getirilmesiyle insanların kendileri için var olan en yüksek iyiye ulaşacağını anlamış ve inanmış olmasının ötesinde, her insana düşen işin, yalnızca ve yalnızca, insan yaşamını tek akıllıca anlamlı kılan bu öğütleri yerine getirmek olduğunu, bu öğütlerden her sapmanın anında cezasını keseceği bir hata olacağını anlıyor ve inanıyordu. Bu sonuç, öğretinin her yerinde gün gibi ortadaydı ve özellikle de Bağ Kiracıları Benzetmesi'nde çok açık ve güçlü bir biçimde ifade edilmişti. Bağcılar çalışmak için gönderildikleri efendilerinin bahçesini kendi mülkleri sanmışlar, mal sahibini unutup onlara efendiyi ve efendiye karşı sorumluluklarını anımsatanları öldürerek, bahçedeki her şeyin kendileri için yaratıldığını ve işlerinin yalnızca bu bahçede hayatın tadını çıkartmak olduğunu düşünmüşlerdi.

"Yaşamımızın efendisi olduğumuza, onun bize keyif çatmamız için verildiğine dair gülünç bir güven içinde yaşayarak, biz de aynısını yapıyoruz," diye düşündü Nehlüdov, "oysa bu açıkçası gülünç. Sonuçta buraya gönderildiysek, bu, birinin iradesi ve bir şey içindir. Ancak biz yalnızca mutluluğumuz için yaşadığımıza hükmetmişiz, efendisinin isteğini yerine getirmeyen işçinin başına nasıl kötü şeyler gelecekse bizim de başımıza aynı şekilde kötü şeylerin geleceği açıktır. Efendinin iradesi bu öğütlerde belirtilmiş. İnsanlar yalnızca bu öğütleri yerine getirirlerse, yeryüzünde Tanrı'nın egemenliği kurulur ve insanlar elde edebilecekleri en büyük iyiliğe ulaşır.

Tanrı'nın egemenliği ve onun doğruları peşinde koşun, gerisi sizi bulacaktır. Oysa biz geri kalanın peşinde koşuyor ve besbelli bulamıyoruz.

İşte, artık benim hayattaki görevim bu. Biri bitti, diğeri başladı."

O geceden sonra Nehlüdov için yalnızca yeni yaşam koşullarına girdiği için değil, aynı zamanda, başına gelen şeyler o andan sonra eskisine göre tamamen bambaşka bir anlam kazandığı için yepyeni bir hayat başladı. Nehlüdov'un hayatının bu yeni dönemi nasıl sona erecek, gelecek gösterecek.

16 Aralık 1899

Edebiyatçı, filozof ve eğitimci kişiliğiyle toplumun aynası olan, çağının en büyük yazarlarından Tolstoy'un bu eseri, insanın dünyaya geliş amacı ve hayattaki önceliklerine, birleştirici güç olan sevgiye, insanın özünde var olan iyiliğe, açgözlülük ve tokgözlülüğe, hırsa dair içerdiği eşsiz hikâyelerle kendinize dışarıdan bakabilmenizi sağlıyor.

Her biri sizi ayrı diyarlara götürecek, aklınızı, ruhunuzu ve kalbinizi besleyecek, kimi zaman sizi vicdanınızla baş başa bırakacak, kimi zaman içinizdeki kilitlenmiş kapıları açıp karşınızdaki komşunuzun kapısını çalmanıza vesile olacak. Zihnimizin uzanamadığı kuytu köşelere sokulmak için ruhumuzu ve kalbimizi el feneri yapacağımız, bize değerlerimizi yeniden hatırlatacak ve kazandırdıkları ömür boyu unutulmayacak bir şaheser.

Erdemli ve asil bir ruha sahip Aleksey İvanoviç, sevdiği kızın borçlarını ödeyebilmek için kendini rulet masasında bulur. O masadan kalktığında artık zengin bir adamdır ama içindeki kumarbazın uyanışıyla artık hiçbir şey eskisi gibi değildir.

Dostoyevski, okuyucuları ruhun karanlık sorularıyla yüzleşmeye zorlar: Kumar masasında para mı, aşk mı, onur mu kaybedilir? Yoksa hayatın kendisi mi? Kendisi de bir kumarbaz olan Dostoyevski, teslim tarihine bir aydan daha kısa bir süre kaldığında romanına henüz başlamamış olduğunu fark eder. Eğer başaramazsa romanlarının telif hakkını kaybedecektir.

Kendisine yardımcı olması için Anna Grigoryevna isimli stenografla anlaşır ve hem romanı tamamlar hem de gerçek aşkı tadar.

Okuyacak daha çok kitap var diyorsanız...
Güvenli kitap alişverişinin yeni adresi istanbook.com.tr

www.istanbook.com.tr